中國古典文學基本叢書

辛棄疾集編年箋注

第五册

〔南宋〕辛棄疾 著
辛更儒 箋注

中華書局

辛棄疾集編年箋注卷一四

按：本卷所收詞，共六十五首。起嘉泰元年辛酉（一二〇一），迄嘉泰二年壬戌（一二〇二），家居鉛山瓢泉期間所賦。

長短句

西江月

壽祐之弟，時新居落成〔一〕①

畫棟新垂簾幕，華燈未放笙歌②。一杯瀲灩泛金波，先向太夫人賀〔二〕③。　富貴吾應自有〔三〕，功名不用渠多④。只將緑鬢抵羲娥，金印須教斗大⑤。

【校】

〔一〕題，四卷本丁集作「壽錢塘弟，正月十六日，時新居成」，此從廣信書院本。

〔二〕「太夫人」，《六十名家詞》本作「大夫稱」。

〔三〕「吾」，《六十名家詞》本作「無」。

【箋注】

①題，辛祐之名助，其事跡已載本書卷一〇《臨江仙·醉宿崇福寺寄祐之弟》詞（莫向空山吹玉笛闋）箋注。右詞四卷本題作「錢塘弟」，而查《咸淳臨安志》卷五一《錢塘縣令》，辛助任錢塘縣令在程松與蘇朴之間。繼查《宋史》卷三九六《程松傳》：「程松字冬老，池州青陽人。登進士第，調湖州長興尉。章森、吴曦使北，松爲傔從。慶元中，韓侂胄用事，曦爲殿帥。時松知錢塘縣，諂事曦以結侂胄。……守太府寺丞，未閲旬，遷監察御史，擢右正言、諫議大夫。……除同知樞密院事。自宰邑至執政，才四年。」據《宋史》卷二一三《宰輔表》四，程松於嘉泰元年八月除同知。其自錢塘令擢遷自應在慶元三年。辛助既爲程松錢塘令之後任，則其錢塘令任滿，自應在慶元六年。而右詞則作於辛助自錢塘歸饒州浮梁之後。據四卷本詞題，則正應爲嘉泰元年正月也。

②未放笙歌，白居易《夜歸》詩：「歸來未放笙歌散，畫戟門開蠟燭紅。」《後山集》卷二三《詩話》：「白樂天云：『笙歌歸院落，燈火下樓臺。』又云：『歸來未放笙歌散，畫戟門前蠟燭紅。』非富貴語，看人富貴者也。」

③「一杯」二句，瀲灩泛，曾覿《朝中措・贈南劍瞿守》詞：「雙溪樓上憑闌時，瀲灩泛金卮。」金波，謂月光。《文苑英華》卷六蔣防《姮娥奔月賦》：「想泛金波，詎假琴高之鯉；將摇桂魄，寧因禦寇之風。」太夫人，即辛次膺之子種學之夫人，辛助之母。本卷有《感皇恩・慶嬸母王恭人七十》詞（七十古來稀闋）。

④「富貴」二句，富貴吾自有，《史記》卷七九《范雎蔡澤列傳》：「蔡澤者，燕人也。游學干諸侯，小大甚衆，不遇，而從唐舉相。……唐舉孰視而笑曰：『先生曷鼻巨肩，魋顔蹙齃膝攣。吾聞聖人不相，殆先生乎？』蔡澤知唐舉戲之，乃曰：『富貴吾所自有，吾所不知者壽也。』」功名不用多，陳師道《送外舅郭大夫槩西川提刑》詩：「功名何用多，莫作分外慮。」

⑤「只將」二句，羲娥，羲和、嫦娥，日月，光陰也。金印斗大，見本書卷六《西江月・爲范南伯壽》詞（秀骨青松不老闋）箋注。

菩薩蠻 趙晉臣席上。時張菩提葉燈，趙茂嘉扶病攜歌者〔一〕①

看燈元是菩提葉，依然會説菩提法②。法似一燈明，須臾千萬燈③。　燈邊花更滿，誰把空花散？説與病維摩：而今天女歌〔二〕④。

【校】

〔一〕題，四卷本丙集作「晉臣張菩提葉燈席上賦」，此從廣信書院本。

〔二〕「天女歌」，此句後四卷本有小注：「趙茂中扶病攜歌者來。」

【箋注】

①題，右詞爲嘉泰元年上元前後於趙晉臣席上觀燈所作。

②「看燈」二句，菩提葉，鄭剛中《北山集》卷一九詩題：「廣中菩提樹，取其葉，用水浸之，葉肉盡潰，而脈理獨存，綃縠不足爲其輕也。土人能如蓮花累之，號菩提燈，見而戲爲此絶。」詩云：「初疑雲母光相射，又似秋蟬翼乍枯。智慧有燈千佛供，菩提葉巧一孤燈。」周必大《次韻芮漕國

器憶去年上元二首》詩：「古寺看紅葉，蕃街試幻人。」自注：「報恩寺菩提葉燈最佳。」《武林舊事》卷二《燈品》條：「有五色蠟紙，菩提葉，若沙戲影燈，馬騎人物，旋轉如飛。」《酉陽雜俎》卷一八《木篇》：「菩提樹出摩伽陀國，在摩訶菩提寺。蓋釋迦如來成道時樹，一名思惟樹。莖幹黄白，枝葉青翠，經冬不凋。至佛入滅日，變色凋落，過已還生。至此日，國王人民，大作佛事，收葉而歸，以爲瑞也。」菩提法，毛滂《東堂集》卷一〇《佛鑑大師語録序》：「自《四十二章》西來，而佛書遍中國。能言之類，無以復加。如經所説山河大地，皆是菩提燈發勞相，譬菩提心，爲一大鏡，而山河大地一切衆生草木，根芽之類，皆清淨本。然中所現物，故隨取隨用，而其取其用皆不外吾鏡中，則其能以無心通達，而一音演説，字有盡而義無窮，能言之類無以加，豈不以此哉。」

③「法似」二句，《維摩詰所説經·菩薩品》：「諸女問維摩詰：『我等云何止於魔宫？』維摩詰言：『諸姊，有法門名無盡燈，汝等當學。無盡燈者，譬如一燈燃百千燈，冥者皆明，明終不盡。如是諸姊，夫一菩薩開導百千衆生，令發阿耨多羅三藐三菩提心，於其道意亦滅盡，隨斯説法，而自增益一切善法，是名無盡燈也。』」

④「燈邊」四句，皆用《維摩詰所説經·觀衆生品》故事。可參本書卷一〇《江神子·聞蟬蛙戲作》詞（簟鋪湘竹帳籠紗閑）箋注。

婆羅門引

趙晉臣敷文張燈甚盛，索賦，偶憶舊遊，末章因及之〔一〕①

落星萬點，一天寶焰下層霄②。人間疊作仙鼇③。最愛金蓮側畔，紅粉裊花梢④。更鳴鼉擊鼓，噴玉吹簫⑤。　曲江畫橋，記花月可憐宵⑥。想見閑愁未了，宿酒纔消。東風摇蕩，似楊柳十五女兒腰⑦。人共柳那箇無聊？

【校】

〔一〕題，四卷本丙集作「晉臣張燈甚盛，席上索賦，偶憶舊遊，末章因及之」，此從廣信書院本。

【箋注】

①題，右詞亦嘉泰元年上元在趙晉臣家觀燈所作。

②「落星」二句，落星，本指元夕所燃燈毬。《東京夢華録》卷六《十六日》條載：「諸營班院，於法不得夜遊，各以竹竿出燈毬於半空，遠近高低，若飛星然。」本書卷六《青玉案·元夕》詞有「東風夜放花千樹，更吹落，星如雨」句，箋注即引此條，謂指燈毬。然此稼軒乾道間在臨安所親見。

都城可以如此排場，而鉛山爲信上一縣，趙晉臣乃能燃放燈毬如萬點落星乎？疑此二句當連讀，此處之落星或即寶焰，即燃放煙火之餘焰。南宋記載如《武林舊事》卷二《元夕》條所載：「宮漏既深，如宣放煙火成餘架，於是樂聲四起，燭影縱橫，而駕始還矣。」此是否以火藥放焰火，如近代之煙花，尚不詳。至元代，姚燧於《浪淘沙·大德丙午瑞月十四立春巧連夕求西野澹庵月澗同賦》詞中有句：「巧手青絲盤出看，寶焰騰層。」疑已將火藥用於煙花矣。因以爲趙晉臣所放寶焰，若不以火藥燃放，恐無萬點落星之效果也。

③「人間」句，仙鼇，即指元夕前所立鼇山。

④「最愛」二句，金蓮，謂燈。《新唐書》卷一六六《令狐綯傳》：「還爲翰林承旨，夜對禁中，燭盡，帝以乘輿金蓮華炬送還。院吏望見，以爲天子來，及綯至，皆驚。」范成大《上元紀吴中節物俳諧體三十二韻》詩：「篔簹仙子洞，菡萏化人城。」自注：「坊巷燈，以連枝竹縛成洞門，多處數十重。蓮花燈最多。」紅粉喻指佳人。

⑤「更鳴」二句，鳴鼉擊鼓，《佩文韻府》卷二〇之五《鳴鼉》條：「晉安《海物志》：『鼉宵鳴如枹鼓，今江淮間謂鼉鳴爲鼉鼓，其數應更。吴越謂之鼉更。』《侯鯖録》：『醉得意，宜唱醉，將士宜鳴鼉。』黄庭堅詩：『村村擊鼓如鳴鼉，豆田見角穀成螺。』」玉謂玉笛，簫即洞簫。噴玉已見。

⑥「曲江」二句，曲江畫橋，兒時經歷也。《汴京遺跡志》卷四：「又因瑶華宫火，取其地作大池，名曲江池。中有堂曰蓬壺，東盡封丘門而止，其西則自天波門橋，引水直西，殆半里，江乃折南，又

折北。」按：本詞題中，謂因趙晉臣元夕張燈，乃憶舊遊觀燈情節，且涉及曲江畫橋。查稼軒少年時兩次隨其祖父辛贊居開封，贊以開封府尹之貴，故稼軒得以於元宵縱遊曲江池。其天波門橋不知即稼軒所謂畫橋否。可憐宵，《太平廣記》卷三二六《沈警》條：「沈警字元機，吴興武康人也。美風調，善吟詠，爲梁東宫常侍，名著當時。……後荆楚陷没，入周爲上柱國，奉使秦隴。途過張女郎廟，旅行多以酒餚祈禱，警獨酌水具祝祠。……其詞曰：『命嘯無人嘯，含嬌何處嬌。徘徊花上月，空度可憐宵。』」

⑦「似楊」句，杜甫《絶句漫興九首》詩：「隔户楊柳弱嫋嫋，恰似十五女兒腰。誰謂朝來不作意，狂風挽斷最長條。」

粉蝶兒

和趙晉臣敷文賦落梅〔一〕①

昨日春如十三女兒學繡②，一枝枝不教花瘦。甚無情，便下得，雨僝風僽③。向園林鋪作地衣紅縐。　而今春似輕薄蕩子難久。記前時送春歸後，把春波，都釀作，一江醇酎〔二〕④。約清愁楊柳岸邊相候。

【校】

〔一〕題，四卷本丙集作「和晉臣賦落花」，此從廣信書院本。

〔二〕「醇」，四卷本作「春」。

【箋注】

①題，右詞並以下賦杜鵑花詞及再用韻之《定風波》詞，皆嘉泰元年春與趙晉臣唱和之作，因彙録於此。

②十三女兒，杜牧《贈别二首》詩：「娉娉裊裊十三餘，荳蔻梢頭二月初。」黄庭堅《驀山溪·贈衡陽妓陳湘》詞：「嫋嫋裊裊，恰近十三餘。春未透，花枝瘦，正是愁時候。」

③「甚無」三句，甚，即正也。楊无咎《瑣窗寒》詞：「搔首雙眉門，況無似今年一春晴晝。風僝雨僽，直得恁時迤逗。」僝僽，有折磨、擺布意，謂風雨之連番催殘。

④「把春」三句，一江醇酎，蘇軾《醉蓬萊·重九上君猷》詞：「來歲今朝，爲我西顧，酹羽觴江口。會與州人，飲公遺愛，一江醇酎。」按：《六臣注文選》卷三五張衡《七命八首》引李善注：「《黄石公記》曰：『昔良將之用兵也，人有饋一簞之醪，投河，令衆迎流而飲之。』」李周翰注：「楚與晉戰，或人進王一簞酒，王欲與軍士共之，則少而不徧，乃傾酒於水上源，令衆士飲之。卒皆醉，乃感惠，盡力而戰晉師，大敗之。」

定風波

賦杜鵑花〔一〕①

百紫千紅過了春，杜鵑聲苦不堪聞②。却解啼教春小住，風雨。空山招得海棠魂③。　恰似蜀宫當日女〔二〕，無數。猩猩血染赭羅巾④。畢竟花開誰作主？記取。大都花屬惜花人⑤。

【校】

〔一〕題，四卷本乙集「賦」字闕，此從廣信書院本。

〔二〕「恰」，四卷本作「一」。

【箋注】

①題，杜鵑花，〔乾隆〕《鉛山縣志》卷四《物産》：「杜鵑，一名紅躑躅，一名山石榴，一名映山紅。生山谷，高者四五尺，低者一二尺。枝少花繁，一枝數萼。二月開花，紅紫各異。」

②「百紫」二句，百紫千紅，王安石《越人以幕養花因遊其下二首》詩：「幕天無日地無塵，百紫千

紅占得春。野草自花還自落，落時還有惜花人。」杜鵑聲苦，常璩《華陽國志》卷三《蜀志》：「七國稱王，杜宇稱帝，號曰望帝，更名蒲卑。……會有水災，其相開明决玉壘山，以除水害。帝遂委以政事，法堯舜禪授之義，遂禪位於開明。帝升西山隱焉。時適二月，子鵑鳥鳴，故蜀人悲子鵑鳥鳴也，巴亦化其教而力農務，迄今巴蜀民，農時先祀杜主君。」《韻語陽秋》卷一六引《成都記》：「杜宇又曰杜主，自天而降，稱望帝。好稼穡，治郫城。後望帝死，其魂化爲鳥，名曰杜鵑。故老杜云：『昔日蜀天子，化爲杜鵑似老烏。』又曰：『古時杜鵑稱望帝，魂作杜鵑何微細。』又曰：『我見常再拜，重是古帝魂。』」《古今事文類聚》後集卷四四引《華陽風俗録》：「杜鵑大如鵲而羽烏，其聲哀而吻有血。土人云：春至則鳴，聞其初聲，則有離别之苦，人惡聞之。惟田家候其鳴則興農事。」

③「却解」三句，《甕牖閑評》卷七：「浙中海棠開遲，故小詞云：『海棠花謝清明後。』以此知三月始開也。」按：此三句謂杜鵑鳥雖聲苦不堪知聞，却能使春日小住，於空山風雨中，招得滿山海棠花開也。

④「恰似」三句，蜀宮當日女，司空曙《杜鵑行》：「古時杜宇稱望帝，魂作杜鵑何微細。……口乾垂血轉迫促，似欲上訴於蒼穹。蜀人聞之皆起立，至今相效傳遺風，乃知變化不可窮。豈知昔日居深宮，嬪妃左右如花紅！」猩猩血染，李立《紅花》詩：「紅花顔色掩千花，任是猩猩血未加。染出輕羅莫相貴，古人崇儉誡奢華。」則是以猩猩血染紅輕羅也。

⑤「畢竟」三句，花開誰作主，蘇軾《次韻王晉卿惠花栽栽所寓張退傅第中一首》詩：「若問此花誰是主，天教閑客管青春。」大都花屬惜花人，白居易《遊雲居寺贈穆三十六地主》詩：「勝地本來無定主，大都山屬愛山人。」

又

再用韻和趙晉臣敷文

野草閑花不當春，杜鵑却是舊知聞①。謾道不如歸去住，梅雨。石榴花又是離魂②。前殿羣臣深殿女③，異數〔一〕。赭袍一點萬紅巾。莫問興亡今幾主〔二〕，聽取。花前毛羽已羞人。

【校】

〔一〕「異」，廣信書院本原闕，此從文淵閣《四庫全書》本《稼軒詞》補。《六十名家詞》本此二字闕。

〔二〕「主」，《六十名家詞》本作「許」。

【箋注】

①「野草」二句，野草閑花不當春，蘇軾《單同年求德興俞氏聚遠樓詩三首》詩：「雲山煙水苦難親，野草閑花各自春。」閑，一本作幽。舊知聞，舊友，舊知音。

②「梅雨」二句，石榴花，《山堂肆考》卷二〇〇《石榴花》條：「《格物叢話》：『榴花其始來自安石國，故名曰石榴，或曰安榴。亦有來從新羅國者，故又以海榴名之。其花跗萼皆真紅色，如小琴軫樣，花面開寸許，瓣如拶丹，鬚黄粟，密葉修條。盛夏花開，閃爍可愛。』」二句謂至夏四月，又有石榴花續其花魂矣。

③「前殿」句，前殿羣臣，《漢書》卷九七下《外戚傳》：「孝平王皇后，安漢公太傅大司馬莽女也。……明年春，遣大司徒宫、大司空豐、左將軍建、右將軍甄邯、光禄大夫歆，奉乘輿法駕，迎皇后於安漢公第。宫、豐、歆授皇后璽紱登車，稱警蹕，便時上林延壽門，入未央宫。前殿羣臣就位行禮，大赦天下，益封父安漢公地滿百里。」深殿女，或謂王皇后。

卜算子 用莊語①

一以我爲牛，一以我爲馬〔一〕②。人與之名受不辭③，善學莊周者。江海任虚舟④，風雨從飄瓦。醉者乘車墜不傷，全得於天也⑤。

【校】

〔一〕「我」，四卷本丁集作「吾」，此從廣信書院本。

【箋注】

①題，右詞用莊子語，當爲嘉泰元年所作。可參本調《用韻答趙晉臣敷文趙有真得歸方是閑二堂》詞題及箋注。據下闋「春水」句，因次於嘉泰元年春晚。

②「一以」二句，《莊子·應帝王》：「齧缺問於王倪，四問而四不知。齧缺因躍而大喜，行以告蒲衣子。蒲衣子曰：『而乃今知之乎？有虞氏不及泰氏，有虞氏其猶藏仁以要人，亦得人矣，而未始出於非人。泰氏其卧徐徐，其覺於於。一以己爲馬，一以己爲牛。其知情信，其德甚真，而未始入於非人。』」成玄英注：「或馬或牛，隨人呼召。」

③「人與」句，《莊子·天道》：「老子曰：『夫巧知神聖之人，吾自以爲脱焉。昔者子呼我牛也，而謂之牛，呼我馬也，而謂之馬。苟有其實，人與之名而弗受，再受其殃。』」

④「江海」句，《莊子·山木》：「南子曰：『少君之費，寡君之欲，雖無糧而乃足。君其涉於江而

浮於海，望之而不見其崖，愈往而不知其所窮，送君者皆自崖而反，君自此遠矣。……方舟而濟於河，有虚船來觸舟，雖有惼心之人不怒。有一人在其上，則呼張歙之，一呼而不聞，再呼而不聞，於是三呼邪？則必以惡聲隨之，向也不怒，而今也怒。向也虚，而今也實。人能虚己以遊世，其孰能害之？』」

⑤「風雨」三句，《莊子・達生》：「夫醉者之墜車，雖疾不死。骨節與人同而犯害與人異，其神全也。乘亦不知也，墜亦不知也。……彼得全於酒而猶若是，而況得全於天乎？聖人藏於天，故莫之能傷也。復讎者不折鏌干，雖有忮心者，不怨飄瓦。是以天下平均，故無攻戰之亂，無殺戮之形者，由此道也。」

又

漫興三首〔一〕

夜雨醉瓜廬①，春水行秧馬②。點檢田間快活人，未有如翁者。　掃秃兔毫錐〔二〕，磨透銅臺瓦③。誰伴揚雄作《解嘲》？烏有先生也④。

【校】

〔一〕題，廣信書院本、四卷本丁集俱闕，此據王詔校刊本、《六十名家詞》本補。

〔二〕「掃禿」，四卷本作「禿盡」。

【箋注】

①「夜雨」句，瓜廬，《三國志・魏書》卷一五《賈逵傳》注引《魏略》：「沛前後宰歷城守，不以私計介意，又不肯以事責人，故身退之後，家無餘積。治疾於家，借舍從兒，無他奴婢。後占河南夕陽亭，部荒田二頃，起瓜牛廬，居止其中。其妻子凍餓。沛病亡，鄉人親友及故吏民爲殯葬也。」同書卷一一《管寧傳》注引《魏略》：「焦先及楊沛並作瓜牛廬，止其中。以爲瓜當作蝸，蝸牛，螺蟲之有角者也，俗或呼爲黄犢。先等作圜舍，形如蝸牛蔽，故謂之蝸牛廬。」

②「春水」句，行秧馬，蘇軾《秧馬歌》序：「予昔遊武昌，見農夫皆騎秧馬，以榆棗爲腹，欲其滑，以楸桐爲背，欲其輕。腹如小舟，昂其首尾，背如覆瓦，以便兩髀，雀躍於泥中。繫束藁其首以縛秧，日行千畦。較之傴僂而作者，勞佚相絶矣。」

③「掃禿」二句，掃禿兔毫錐，李白《醉後贈王歷陽》詩：「書禿千兔毫，詩裁兩牛腰。」銅臺瓦，《春渚紀聞》卷九《銅雀臺瓦》條：「相州魏武故都，所築銅雀臺，其瓦初用鉛丹雜胡桃油擣治火之，取其不滲，雨過即乾耳。後人於其故基，掘地得之，鑱以爲研，雖易得墨而終乏温潤，好事者但取其高古也。下有金錫文爲真，每硯成受水處，常恐爲沙粒所隔，去之則便成沙眼，至難得平瑩者。」

④「誰伴」二句，見本書卷一二《水調歌頭·將遷新居不成有感戲作》詞（我亦卜居者闕）箋注。

又

珠玉作泥沙，山谷量牛馬①。試上纍纍丘隴看，誰是强梁者②。水浸淺深簷，山壓高低瓦。山水朝來笑問人：翁早去聲。歸來也〔一〕③？

【校】

〔一〕小注，廣信書院本原闕，此據四卷本丁集補。

【箋注】

①「珠玉」二句，珠玉作泥沙，杜牧《樊川集》卷一《阿房宫賦》：「燕趙之收藏，韓魏之經營，齊楚之精英，幾世幾年，摽掠其人，倚疊如山。一旦不能有，輸來其間，鼎鐺玉石，金塊珠礫，棄擲邐迤。秦人視之，亦不甚惜。嗟乎，一人之心，千萬人之心也。秦愛紛奢，人亦念其家。奈何取之盡錙銖，用之如泥沙。使負棟之柱，多於南畝之農夫；架梁之椽，多於機上之工女。」山谷量牛馬，

《漢書》卷九一《貨殖傳》：「烏氏贏畜牧，及衆，斥賣，求奇繒物，間獻戎王。戎王十倍其償，予畜，畜至，用谷量牛馬。」

②「試上」二句，纍纍丘隴，《古詩三首》：「遥望是君家，松柏冢纍纍。」白居易《同微之贈别郭虚舟鍊師五十韻》詩：「不聞姑射上，千歲冰雪肌。不見遼城外，古今冢纍纍。」强梁者，《老子》：「人之所教，我亦教之，强梁者不得其死。」

③「翁早」句，早，本來，已。《稼軒詞編年箋注》作早晚、何時解，恐非是。

又

千古李將軍〔一〕，奪得胡兒馬。李蔡爲人在下中，却是封侯者①。　芸草去陳根，筧竹添新瓦②。萬一朝家舉力田〔二〕，舍我其誰也③？

【校】

〔一〕「千古」，王詔校刊本、《六十名家詞》本俱作「漢代」，此從廣信書院本。

〔二〕「家」，王詔校刊本、《六十名家詞》本、四印齋本作「廷」。

【箋注】

①「千古」四句，《史記》卷一〇九《李將軍列傳》：「漢以馬邑城誘單于，使大軍伏馬邑旁谷，而廣爲驍騎將軍，領屬護軍將軍。是時單于覺之，去，漢軍皆無功。其後四歲，廣以衛尉爲將軍，出雁門擊匈奴，匈奴兵多，破敗廣軍，生得廣。單于素聞廣賢，令曰：『得李廣，必生致之。』胡騎得廣，廣時傷病，置廣兩馬間，絡而盛卧廣。行十餘里，廣佯死，睨其旁有一胡兒騎善馬，廣暫騰而上胡兒馬，因推墮兒。取其弓，鞭馬南馳數十里，復得其餘軍。因引而入塞。匈奴捕者騎數百追之，廣行取胡兒弓，射殺追騎，以故得脱。……初，廣之從弟李蔡，與廣俱事孝文帝、景帝，時蔡積功勞至二千石，孝武帝時，至代相，以元朔五年爲輕車將軍，從大將軍擊右賢王，有功中率，封爲樂安侯。元狩二年中，代公孫弘爲丞相。蔡爲人在下中，名聲出廣下甚遠，然廣不得爵邑，官不過九卿，而蔡爲列侯，位至三公。」

②「芸草」二句，去陳根，《齊民要術》卷三《中葵》：「九月收菜後即耕，至十月半，令得三徧，每耕即勞以鐵齒杷樓去陳根，使地極熟，令如麻地，於中逐長。」筧竹，以打通之竹管通水灌溉。方以智《通雅》卷三八：「承霤謂之筧。程大昌曰：『説文：霤，屋水流也。堂中有天井處。』……《老學庵筆記》曰：『臨江蕭氏，五代時祖仕湖南，亡命匿人家霤槽中，江湖謂霤爲筧，世世祠筧頭神。』戴氏筧一作梘，古作建，建瓴是也。」添新瓦，當指接頭處覆以新瓦。

③「萬一」二句，舉力田，《漢書》卷二《惠帝紀》：「春正月，舉民孝弟力田者，復其身。」同書卷三

《高后紀》：「二月，賜民爵户一級，初置孝弟力田二千石者一人。」注：「特置孝弟力田官，而尊其秩，欲以勸厲天下，令各敦行務本。」蘇軾《次韻周邠》詩：「南遷欲舉力田科，三徑初成樂事多。」舍我其誰也，《孟子·公孫丑》下：「夫天未欲平治天下也，如欲平治天下，當今之世，舍我其誰也？」

又

用韻答趙晉臣敷文。趙有真得歸、方是閑二堂〔一〕①

野水玉鳴渠，急雨珠跳瓦④。一榻清風方是閑，真得歸來也〔二〕⑤。百郡怯登車，千里輸流馬②。乞得膠膠擾擾身，却笑區區者③。

【校】

〔一〕題，四卷本乙集作「答晉臣，渠有方是閑、真得歸二堂」，此從廣信書院本，「二」字原闕，據四卷本補。

〔二〕「得」，廣信書院本原作「是」，此據四卷本改。

【箋注】

①題，趙晉臣真得歸、方是閑二堂，當在其居地彭溪。此其慶元六年自江西運判歸鉛山後所建，用

以示歸來之樂者，詞或作於嘉泰元年。

②「百郡」二句，登車，《後漢書》卷九七《范滂傳》：「范滂字孟博，汝南征羌人也。少厲清節，爲州里所服。舉孝廉光禄四行。時冀州饑荒，盗賊羣起，乃以滂爲清詔使按察之。滂登車攬轡，慨然有澄清天下之志。及至州境，守令自知臧污，望風解印綬去。」輸流馬，《三國志·蜀書》卷五《諸葛亮傳》：「十二年春，亮悉大衆由斜谷出，以流馬運。據武功五丈原，與司馬宣王對於渭南。」按：此二句謂晉臣自江西運判任上歸，其在任上又嘗兼攝隆興府。百郡泛指州郡。陸游《感憤》詩：「四海一家天曆數，兩河百郡宋山川。」

③「乞得」二句，乞得膠膠擾擾身，《莊子·天道》：「堯曰：『膠膠擾擾乎？子天之合也，我人之合也。』」王安石《答韓持國芙蓉堂二首》詩：「乞得膠膠擾擾身，五湖煙水替風塵。」區區者，《左傳·昭公十三年》：「初，靈王卜曰：『余尚得天下。』不吉，投龜詬天而呼曰：『是區區者，而不余畀！』」注：「區區，小天下。」

④「野水」二句，鳴渠，蘇軾《與王郎昆仲及兒子邁繞城觀荷花登峴山亭晚入飛英寺分韻得月明星稀四首》詩：「昨夜雨鳴渠，曉來風襲月。」急雨珠跳瓦，杜牧《題池州弄水亭》詩：「一鏡奩曲堤，萬丸跳猛雨。」黄庭堅《謝黄從善司業寄惠山泉》詩：「急呼烹鼎供茗事，晴江急雨看跳珠。」

⑤「一榻」二句，一榻清風，見本書《鷓鴣天·鵝湖寺道中》詞（一榻清風殿景涼闋）箋注。方是閑，《古今事文類聚》前集卷三二《徒言退閑》條引《遁齋閑覽》：「余嘗於驛舍見人題壁云：『謀生

待足何時足，未老得閑方是閑。』余深味其言，服其精當，而愧未能行也。此與夫『一日看除目，三年損道心』者異矣。」黄庭堅《題歸去來圖二首》詩：「日日言歸真得歸，迎門兒女笑牽衣。宅邊猶有舊時柳，漫向世人言昨非。」

又

萬里籋浮雲〔一〕，一噴空凡馬①。歎息曹瞞老驥詩，伏櫪如公者②。　山鳥哢窺簷③，野鼠饑翻瓦。老我癡頑合住山〔二〕，此地菟裘也④。

【校】

〔一〕「籋」，《六十名家詞》本作「只」，此從廣信書院本。

〔二〕「老我」，文淵閣《四庫全書》本《稼軒詞》作「我老」。

【箋注】

①「萬里」二句，籋浮雲，《漢書》卷二二《禮樂志》載《郊祀歌十九章》：「太一况，天馬下。霑赤汗，

沫流赭。志俶儻，精權奇。籋浮雲，晻上馳。」注：「籋音躡，言天馬上躡浮雲也。」一噴空凡馬，《戰國策·楚策》四：「夫驥之齒至矣，服鹽車而上太行，蹄申膝折，尾湛胕潰，漉汁灑地，白汗交流。中阪遷延，負轅不能上。伯樂遭之，下車攀而哭之，解紵衣以冪之。驥於是俛而噴，仰而鳴，聲達於天，若出金石聲者，何也？彼見伯樂之知己也。」張固《幽閑鼓吹》：「喬彝京兆府解試，……爲《渥洼馬賦》，曰：『校些子。』奮筆斯須而就。警句云：『四蹄曳練，翻瀚海之驚瀾；一噴生風，下胡山之亂葉。』」杜甫《丹青引》：「斯須九重真龍出，一洗萬古凡馬空。」

②「歎息」二句，曹操《龜雖壽》詩：「老驥伏櫪，志在千里。烈士暮年，壯心不已。」

③「山鳥」句，梅堯臣《與諸弟及李少府訪廣教文鑑師》詩：「野蜂時入座，巖鳥或窺簷。」哢，鳥吟。

④「老我」二句，癡頑老子，謂馮道。見本書卷二《諸葛元亮見和復用韻答之》詩箋注。菟裘，見本書卷一〇《水調歌頭·送楊民瞻》詞（日月如磨蟻闋）箋注。

水調歌頭

題趙晉臣敷文真得歸、方是閑二堂〔一〕①

十里深窈窕，萬瓦碧參差②。青山屋上，流水屋下綠橫溪③。真得歸來笑語〔二〕，方是閑中風月，剩費酒邊詩。點檢笙歌了〔三〕，琴罷更圍棋。王家竹，陶家柳，謝家池④。知君勳業未了，不是枕流時⑤。莫向癡兒説夢⑥，且作山人索價⑦，頗怪鶴書遲⑧。一事定嗔我，已辦《北山移》⑨。

【校】

〔一〕題，四卷本丁集「趙晉臣敷文」作「晉臣」，此從廣信書院本。

〔二〕「笑」，《六十名家詞》本作「嘯」。

〔三〕「笙歌」，四卷本作「歌舞」。

【箋注】

①題，趙晉臣敷文真得歸、方是閑堂已見《卜算子·用韻答趙晉臣敷文趙有真得歸方是閑二堂》詞箋注。右詞當與之爲同時作。

②「十里」二句，深窈窕，劉敞《飲郁公園贈章湖州何漢州》詩：「珍館深窈窕，茂林揚芬葩。」洪芻《同陳虛中勸農出郊因遊明水山寺》詩：「松徑深窈窕，軒車紛少留。」碧參差，王安石《即席》詩：「曲沼融融泮盡澌，暖煙籠瓦碧參差。」蘇軾《二十七日自陽平至斜谷宿於南山中蟠龍寺》詩：「起觀萬瓦鬱參差，目亂千巖散紅緑。」

③「青山」二句，蘇軾《司馬君實獨樂園》詩：「青山在屋上，流水在屋下。」按：緑横溪，指趙晉臣所居地湛溪。

④「王家」三句，王家竹，王子猷竹，見本書卷八《念奴嬌・和韓南澗載酒見過雪樓觀雪》詞（兔園舊賞闋）箋注。陶家柳，陶潛五柳，見本書卷九《洞仙歌・訪泉於奇師村得周氏泉爲賦》詞（飛流萬壑闋）箋注。謝家池，謝靈運有「池塘生春草」詩句。見本書卷一〇《鷓鴣天》詞（木落山高一夜霜闋）箋注。

⑤「不是」句，見本書卷九《鷓鴣天・重九席上再賦》詞（有甚閑愁可皺眉闋）箋注。

⑥「莫向」句，癡兒説夢，楊慎《丹鉛總録》卷九《陶淵明語》條：「癡人前不可説夢，達人前不可言命，宋人《就月録》以爲陶淵明之言，不知何據。」按：此語見耐得翁《就月録》，見《説郛》卷三四上。黄庭堅《山谷集》卷二六《書陶淵明責子詩後》：「觀淵明之詩，想見其人豈弟慈祥，戲謔可觀也。俗人便謂淵明諸子皆不肖，而淵明愁歎見於詩，可謂癡人前不得説夢也。」

⑦「且作」句，韓愈《寄盧仝》詩：「少室山人索價高，兩以諫官徵不起。」《東雅堂昌黎集注》卷五：「李渤字濬之，刻志於學，與仲兄涉偕隱廬山。久之，徙少室山。元和元年，以左拾遺召不至，四年，河陽尹遣吏持詔敦促，又不赴。公爲河南令，遺渤書譬説，渤善公言，始出家東都。」

⑧鶴書，《文選》卷四三孔稚珪《北山移文》：「及其鳴騶入谷，鶴書赴隴，形馳魄散，志變神動。」注引蕭子良《古今篆隸文體》：「鶴頭書與偃波書，俱詔板所用。在漢則謂之尺一簡，髣髴鵠頭，

故有其稱。」

⑨「已辦」句，已辦，當作已誦解。可參本書卷一一《浣溪沙・壬子春赴閩憲別瓢泉》詞（細聽春山杜宇啼閿）箋注。

柳梢青

辛酉生日前兩日，夢一道士，話長年之術，夢中痛以理折之，覺而賦八難之辭①

莫鍊丹難②。黄河可塞，金可成難③。休辟穀難④。吸風飲露，長忍饑難⑤。　勸君莫遠遊難。何處有西王母難⑥。休採藥難⑦。人沉下土，我上天難⑧。

【箋注】

①題，辛酉，即嘉泰元年也。稼軒生日爲五月十一日，此五月九日作也。八難之辭，《漢書》卷一上《高帝紀》：「食其欲立六國後以樹黨，漢王刻印，將遣食其立之，以問張良，良發八難，漢王輟飯吐哺，曰：『豎儒幾敗乃公事。』令趨銷印。」按：張良所發八難，是何内容，今已無考。此詞以八難爲韻，一韻到底，蓋亦詞之一體。黄庭堅有題爲「效福唐獨木橋體作茶詞」之《阮郎歸》，即一韻到底。然此詞以「莫鍊丹」開頭，其下又有「休辟穀」、「休採藥」等，每句均指述道家一事，

蓋即題中所謂痛以理折之者。

②「莫鍊」句，《晉書》卷七二《葛洪傳》：「葛洪字稚川，丹陽句容人也。……究覽典籍，尤好神仙導養之法。從祖玄，吴時學道得仙，號曰葛仙公。以其煉丹秘術授弟子鄭隱，洪就隱學，悉得其法焉。」按：鉛山縣南七十里葛仙山，即葛玄築仙壇之地。

③「黄河」二句，《漢書》卷二五上《郊祀志》：「康后聞文成死，而欲自媚於上，乃遣欒大入，因樂成侯求見言方。天子既誅文成，後悔其方不盡，及見欒大，大説，大爲人長美，言多方略，而敢爲大言，處之不疑。大言曰：『臣嘗往來海中，見安期、羡門之屬，顧以臣爲賤，不信臣。又以爲康王諸侯耳，不足與方。臣數以言康王，康王又不用臣。臣之師曰：黄金可成，而河决可塞，不死之藥可得，仙人可致也。』」蘇軾《寄吴德仁兼簡陳季常》詩：「東坡先生無一錢，十年家火燒凡鉛。黄金可成河可塞，只有霜鬢無由玄。」

④「休辟」句，《史記》卷五五《留侯世家》：「願棄人間事，欲從赤松子遊耳。乃學辟穀，導引輕身。」《論衡·福虚》：「世或以辟穀不食爲道術之人，謂王子喬之輩，以不食穀，與恒人殊食，故與恒人殊壽，踰百度世，遂爲仙人，此又虚也。」

⑤「吸風」二句，《莊子·逍遥遊》：「藐姑射之山，有神人居焉，肌膚若冰雪，綽約若處子，不食五穀，吸風飲露，乘雲氣，御飛龍，而遊乎四海之外，其神凝，使物不疵癘，而年穀熟，吾以是狂而不信也。」

⑥「勸君」二句，《宋書》卷六七《謝靈運傳》載其《撰征賦》，有「嗟文成之却粒，願追松以遠遊。嘉陶朱之鼓櫂，乃語種以免憂」語。知遠遊乃赤松子事。《楚辭·遠遊》，王逸解題以爲屈原所作，「託配仙人，與俱遊戲，周歷天地，無所不到」。《遠遊》有「聞赤松之清塵兮，願乘風乎遺則」語。《楚辭補注》卷五引《列仙傳》：「赤松子，神農時爲雨師，服水玉，教神農，能入火自燒。至崑山上，常止西王母石室，隨風雨上下。炎帝少女追之，亦得仙俱去。」

⑦「休採」句，《漢書》卷二五上《郊祀志》：「復遣方士，求神人採藥以千數。」

⑧「人沉」二句，《莊子·在宥》：「廣成子曰：『來，余語女。彼其物無窮，而人皆以爲終。彼其物無測，而人皆以爲極。得吾道者，上爲皇而下爲王。失吾道者，上見光而下爲土。』」

江神子

侍者請先生賦詞自壽①

兩輪屋角走如梭②，太忙些，怎禁他？擬倩何人，天上勸羲娥③：何似從容來少住〔一〕？傾美酒，聽高歌。　人生今古不消磨〔二〕。積教多，似塵沙④。未必堅牢，剗地事堪嗟〔三〕⑤。莫道長生學不得〔四〕，學得後，待如何！

【校】

(一)「何似」句，四卷本丁集「少住」作「小住」，此從廣信書院本。《六十名家詞》本「來少住」作「來左右」。

(二)「消」，四卷本作「須」。

(三)「事」，王詔校刊本、《六十名家詞》本、四印齋本作「實」。

(四)「莫」，四卷本作「漫」。

【箋注】

①題，此即嘉泰元年五月十一日六十二歲生日，爲駁斥長生之説而賦。

②「兩輪」句，王安石《客至當飲酒二首》詩：「天提兩輪光，環我屋角走。自從紅顏時，照我至白首。」《侯鯖録》卷二：「東坡……嘗不解織烏義，王性之少年博學，問之，乃云：『織烏日也，往來如梭之織。』」

③「天上」句，羲娥，即羲和、嫦娥，日月之神，即首句之兩輪也。

④「人生」三句，吕定《望岱岳》詩：「秦樹千年空老大，漢碑終古不消磨。」積教，積累使之。似塵沙，《法苑珠林》卷一三《會數》：「或展轉從三乘弟子邊，聞法得道，亦塵沙無數。不可以一文定，不可以一義局也。」

⑤「剗地」句，剗地，依舊。

卜算子

齒落①

剛者不堅牢，柔底難摧挫〔一〕。不信張開口角看〔二〕，舌在牙先墮②。　已闕兩邊厢，又豁中間箇③。説與兒曹莫笑翁，狗竇從君過④。

【校】

〔一〕「底」，四卷本丁集作「者」，王詔校刊本、《六十名家詞》本、四印齋本作「的」，此從廣信書院本。

〔二〕「角」，四卷本、廣信書院本作「了」，此從《六十名家詞》本。

【箋注】

①題，右詞於廣信書院本同調詞中排列在後，自當作於嘉泰改元六十餘歲之間，次於是年生日賦詞後，頗能吻合。《稼軒詞編年箋注》次於淳熙十六年元日賦投宿博山寺之《水調歌頭》詞之後，以爲詞之首句即「頭白齒牙缺」，故依類附次。然《水調歌頭》爲初始缺牙之時，此既闕兩厢，中

間亦豁，豈是五十歲之人哉？

②「剛者」四句，見本書卷八《滿江紅・送湯朝美司諫自便歸金壇》詞（瘴雨蠻煙闋）箋注。

③「又豁」句，韓愈《落齒》詩：「去年落一牙，今年落一齒。俄然落六七，落勢殊未已。餘在皆動摇，盡落應始止。憶初落一時，但念豁可恥。及至落二三，始憂衰即死。」

④「狗竇」句，《世説新語・排調》：「張吳興年八歲，虧齒，先達知其不常，故戲之曰：『君口中何爲開狗竇？』張應聲答曰：『正使君輩從此中出入。』」

喜遷鶯

謝趙晉臣敷文賦芙蓉詞見壽，用韻爲謝〔一〕①

暑風涼月，愛亭亭無數，緑衣持節②。掩冉如羞，參差似妒③，擁出芙渠花發〔二〕。步襯潘娘堪恨，貌比六郎誰潔④？添白鷺，晚晴時，公子佳人並列⑤。休說，搴木末。當日靈均，恨與君王别。心阻媒勞，交疏怨極，恩不甚兮輕絶⑥。千古《離騷》文字，芳至今猶未歇⑦。都休問，但千杯快飲，露荷翻葉⑧。

【校】

〔一〕題，四卷本丁集「謝趙」、「敷文」四字闕，此據廣信書院本。《中興絶妙詞選》卷三「芙蓉」作「荷花」。

〔二〕「渠」，《中興絶妙詞選》作「蓉」。

【箋注】

①題，右詞應爲嘉泰元年五月答趙晉臣賀稼軒六十歲壽辰而作。

②「暑風」三句，《周子鈔釋》卷二《愛蓮説》：「水陸草木之花，可愛者甚蕃。……予獨愛蓮之出淤泥而不染，濯清漣而不夭。中通外直，不蔓不枝。香遠益清，亭亭净植，可遠觀而不可褻玩焉。」緑衣持節，亦指荷花。

③「掩冉」二句，掩冉，或指香氣濃鬱。蘇軾《李鈐轄坐上分題戴花》詩：「露濕醉巾香掩冉，月明歸路影婆娑。」或謂遮掩狀。蘇軾《和飲酒二十首》詩：「身如受風竹，掩冉衆葉驚。」此用後者。參差，高低狀。

④「步襯」二句，步襯潘娘，《南史》卷五《齊本紀》下：「又鑿金爲蓮華以帖地，令潘妃行其上，曰：『此步步生蓮華也。』」貌比六郎，見本書卷一〇《鷓鴣天·席上再用韻》詞（水底明霞十頃光）箋注。

⑤「添白」三句，杜牧《樊川文集》卷一《晚晴賦》：「姹然如婦，斂然如女。墮蕊黦顔，似見放棄。白鷺潛來兮，邈風標之公子。窺此美人兮，如慕悦其容媚。」

⑥「休説」句至此，《楚辭·九歌·湘君》：「采薜荔兮水中，搴芙蓉兮木末。心不同兮媒勞，恩不甚兮輕絶。」

⑦「芳至」句，《楚辭·離騷》：「芳菲菲而難虧兮，芬至今猶未沬。」

⑧露荷翻葉，狀飲酒也。蘇軾《和連雨獨飲二首》詩小序：「吾謫海南，盡賣酒器以供衣食，獨有一荷葉杯，工製美妙，留以自娱，乃和淵明連雨獨飲。」王維《秋思二首》詩：「一夜輕風蘋末起，露珠翻盡滿池荷。」右句用此。

新荷葉

再題傅巖叟悠然閣①

種豆南山，零落一頃爲萁②。歲晚淵明，也吟草盛苗稀③。風流剗地，向尊前采菊題詩。悠然忽見，此山正繞東籬④。　千載襟期，高情想像當時⑤。小閣横空，朝來翠撲人衣⑥。是中真趣，問騁懷遊目誰知⑦？無心出岫，白雲一片孤飛⑧。

【箋注】

①題，稼軒慶元六年秋嘗作《賀新郎·題傅巖叟悠然閣》詞（路入門前柳闕）及《水調歌頭·賦傅巖

叟悠然閣》詞(歲歲有黄菊闋),見本書卷一三。右詞既稱「再題悠然閣」,且全用陶詩意境賦詠,必非與以上二詞同時所作。以下詞有「秋以爲期」語,故次於嘉泰元年夏季諸詞間。

②「種豆」二句,《漢書》卷六六《楊惲傳》載其《報孫會宗書》:「家本秦也,能爲秦聲,婦趙女也,雅善鼓瑟。奴婢歌者數人,酒後耳熱,仰天拊缶,而呼烏烏。其詩曰:『田彼南山,蕪穢不治。種一頃豆,落而爲萁。人生行樂耳,須富貴何時!』」

③「歲晚」二句,陶潛《歸田園居六首》詩:「種豆南山下,草盛豆苗稀。」

④「風流」四句,剗地,依舊。陶潛《飲酒二十首》詩:「采菊東籬下,悠然見南山。」

⑤「千載」二句,襟期,杜甫《醉時歌》:「日糴太倉五升米,時赴鄭老同襟期。」高情,陸游《寄姜梅山雷字詩》:「剩約東林投浄社,高情千載有宗雷。」

⑥「朝來」句,王銍《徐師川典祀廬山延真觀用送駒父韻餞别四首》詩:「謝公行樂處,山翠撲人衣。」

⑦「是中」二句,是中真趣,陶潛《飲酒二十首》詩:「此中有真意,欲辨已忘言。」騁懷遊目,《文選補遺》卷二七王羲之《蘭亭詩序》:「仰觀宇宙之大,俯察品類之盛,所以遊目騁懷,足以極視聽之娱,信可樂也。」

⑧「無心」二句,《陶淵明集》卷五《歸去來兮辭》:「雲無心以出岫,鳥倦飛而知還。」

又

趙茂嘉、趙晉臣和韻，見約初秋訪悠然，再用韻〔一〕

物盛還衰①，眼看春葉秋萁。貴賤交情，翟公門外人稀②。酒酣耳熱，又何須幽憤裁詩③。茂林修竹④，小園曲徑疏籬。秋以爲期⑤，西風黄菊開時。拄杖敲門，任他顛倒裳衣〔二〕⑥。去年堪笑，醉題詩醒後方知。而今東望，心隨去鳥先飛⑦。

【校】

〔一〕題，四卷本乙集作「初秋訪悠然」，此從廣信書院本。

〔二〕「任」，四卷本作「從」。

【箋注】

①物盛還衰，《史記》卷三〇《平準書》：「公卿大夫以下，争於奢侈，室廬輿服，僭於上無限度。物盛而衰，固其變也。」

②「貴賤」二句，見本書卷一二《臨江仙·諸葛元亮席上見和再用韻》詞（夜雨南堂新瓦響闋）箋注。

③「酒酣」二句，酒酣耳熱，見本書卷一一《定風波·自和》詞（金印纍纍佩陸離闋）箋注。幽憤裁詩，見本書卷八《水調歌頭·再用韻答李子永提幹》詞（君莫賦幽憤闋）箋注。

④茂林修竹，王羲之《蘭亭序》：「此地有崇山峻嶺，茂林修竹。」

⑤秋以爲期，《詩·衛風·氓》：「將子無怒，秋以爲期。」

⑥「拄杖」二句，拄杖敲門，蘇軾《寓居定惠院之東雜花滿山有海棠一株土人不知貴也》詩：「不問人家與僧舍，拄杖敲門看修竹。」顛倒裳衣，《詩·齊風·東方未明》：「東方未晞，顛倒裳衣。」

⑦「心隨」句，韓愈《奉使鎮州行次承天行營奉酬裴司空相公》詩：「旋吟佳句還鞭馬，恨不身先去鳥飛。」

菩薩蠻　重到雲巖，戲徐斯遠①

君家玉雪花如屋，未應山下成三宿②。啼鳥幾曾催？西風猶未來。　山房連石徑，雲卧衣裳冷③。倩得李延年，清歌送上天④。

【箋注】

①題，雲巖，已見。戲徐斯遠，《朱文公文集》卷六四《答鞏仲至》第六書：「比日秋冷，恭惟幕府燕閑，起處佳福。……近日得昌父、斯遠書，附到書一角，今附往。中有大卷，意必是詩。累年不見斯遠一字，欲發封觀之，又不欲破戒，或看畢，幸轉以見示也。但斯遠省闈不偶，家無内助，嗣續之計亦復茫然，急欲爲謀婚之計，而未有其處，不知親舊間亦有可爲物色處否。想二公書中，亦須説及此事。渠來見囑，此間無處可致力，只得並奉浼也。」此書爲朱熹慶元五年所作，其中言及徐斯遠省闈不利事。而慶元五年爲禮部考試之年。書又謂徐斯遠喪妻無子，而此詞前兩句戲語徐斯遠續娶。則此詞或即嘉泰元年夏秋所作，其時稼軒再有雲巖之遊也。

②「君家」二句，君家玉雪，《能改齋漫録》卷一四《陳後山李氏墓銘》條：「夫人黄氏，先大夫之長女，生重瞳子，眉目如畫，玉雪可念。」按：玉雪可念，語出《昌黎集》卷三三《殿中少監馬君墓志》：「姆抱幼子立側，眉眼如畫，髮漆黑，肌肉玉雪，可念殿中君也。」花如屋，《清波别志》卷一：「海棠富豔，江浙無之。成都燕王宮碧雞坊尤名奇特。客云：碧雞王氏亭館，先中植一株，繼益於四隅。歲久繁盛，衺延如三兩間屋，下瞰覆冒錦繡，爲一城春遊之冠。石湖范至能詞：『碧雞坊裏花如屋。』只爲海棠也。」范成大《醉落魄》詞：「碧雞坊裏花如屋，燕王宮下花成谷。」成三宿，《後漢書》卷三〇下《襄楷傳》：「或言老子入夷狄，爲浮屠。浮屠不三宿桑下，不欲久生恩愛，精之至也。天神遺以好女，浮屠曰：『此但革囊盛血。』遂不盼之。」注：「言浮

屠之人寄桑下者，不經三宿，便即移去，示無愛戀之心也。」

③「雲卧」句，見本書卷八《賀新郎·賦水仙》詞（雲卧衣裳冷闋）箋注。

④「倩得」二句，李延年，見本書卷七《滿江紅·席間和洪景盧舍人兼簡司馬漢章大監》詞（天與文章闋）箋注。送上天，杜甫《贈獻納使起居田舍人》詩：「揚雄更有河東賦，唯待吹噓送上天。」

洞仙歌

趙晉臣和李能伯韻，屬余同和。趙以兄弟皆有職名爲寵，詞中頗叙其盛，故末章有「裂土分茅」之句〔一〕①

舊交貧賤，太半成新貴。冠蓋門前幾行李？看匆匆西笑〔二〕②，争出山來，憑誰問：小草何如遠志〔三〕③？　悠悠今古事，得喪乘除，暮四朝三又何異④。任掀天事業〔四〕，冠古文章，有幾箇笙歌晚歲？况滿屋貂蟬未爲榮，記裂土分茅〔五〕，是公家世⑤。

【校】

〔一〕題，四卷本丁集「趙」字闕，「兄弟」作「弟兄」，此從廣信書院本。廣信書院本「皆」字亦闕，據四卷本補。

〔二〕「西」，王詔校刊本、《六十名家詞》本、四印齋本作「哂」。

〔三〕「小」，廣信書院本原作「水」，據四卷本改。

〔四〕「掀」，廣信書院本原作「軒」，據四卷本改。「事」，四卷本作「勳」。

〔五〕「茅」，廣信書院本原作「封」，據四卷本改。

【箋注】

①題，李能伯，名處端。《八瓊室金石補正》卷九一載浯溪李處端摩崖殘碑：「李處端能伯，以乾道壬辰□□□□後。」編者謂「右刻在摩崖右。……以意度之，處端於乾道五年曾到浯溪。後復經此，乃有是刻，然不可考矣。……左有行書三行，……當是開禧年所題」。《宋詩紀事補遺》卷五二：「李處端，洛陽人，處全弟。乾道九年江都令，累官簽判鎮江府。」此書載處端《深静堂》詩一首，引自《新城志》。按：《景定建康志》卷四九：「李處全字粹伯，徐州豐縣人，邯鄲公淑之曾孫，後遷居溧陽。……登第，繇宗正寺簿遷太常丞，知沅州，提舉湖北茶鹽。……改舒州，淳熙十六年卒於任，年五十九。」據此，知李處端亦應爲徐州人，南渡居建康之溧陽。謂洛陽人，甚誤。李處端當於嘉泰間過信上，然後至湖南。其間任何官，皆已無考。趙晉臣兄弟皆有職名，見此詞「裂土分茅」句箋注。

②「看匆」句，桓譚《新論·琴道》：「人聞長安樂，則出門西向而笑。知肉味美，則對屠門而大

嚼。」

③小草何如遠志，《世説新語・排調》：「謝公始有東山之志，後嚴命屢臻，勢不獲已，始就桓公司馬。於時人有餉桓公藥草，中有遠志。公取以問謝：『此藥又名小草，何一物而有二稱？』謝未即答，時郝隆在坐，應聲答曰：『此甚易解。處則爲遠志，出則爲小草。』謝甚有愧色。桓公目謝而笑曰：『郝參軍此過乃不惡，亦極有會。』」注：「《本草》曰遠志，一名棘菀，其葉名小草。」

④「得喪」二句，得喪乘除，謂得失消長。韓愈《三星行》：「無善名以聞，無惡聲以讙。名聲相乘除，得少失有餘。」暮四朝三，《莊子・齊物論》：「勞神明爲一，而不知其同也，謂之朝三。何謂朝三？曰狙公賦芧，曰：『朝三而暮四。』衆狙皆怒，曰：『然則朝四而暮三？』衆狙皆悦。名實未虧，而喜怒爲用，亦因是也。」

⑤「記裂」二句，《歷代職官表》卷六四：「自三代盛王，莫不封建宗室以爲藩屏。後世分王子弟，法制相沿，爲建國之首務。然或泥于古而不知裁制，或襲其名而徒事虚文，流弊不同而其失均也。漢鑑秦孤立之弊，封樹子弟，裂土分茅，諸侯王大者至據名城數十，尾大不掉，遂啓七國之變。」《尚書・禹貢》：「厥貢惟土五色。」《疏》：「傳王者封五色土以爲社，若封建諸侯，則各割其方色土與之，使歸國立社。其上，燾以黄土。燾，覆也。四方各依其方色，皆以黄土覆之。其割上與之時，苴以白茅，用白茅裹土與之。必用白茅者，取其潔清也。」按：右詞題中已有小

注，謂「趙以兄弟皆有職名爲寵，詞中頗叙其盛，故末章有『裂土分茅』之句」。查〔乾隆〕《鉛山縣志》卷七：「趙士礽字城甫，宋宗室也。大觀元年鎖試第一。……築居鉛山曰暇樂園，藝花莳竹，爲歸老計。紹興三十一年詔外宗官以屬籍文臣齒德俱尊者爲之，士礽首預其選。……子八人，皆相繼擢第，或從薦辟，故號所居里曰叢桂。」《宋史》卷二二四《宗室世系表》載其八子：不逸、不迺、朝請大夫直華文閣不逷、中奉大夫直敷文閣不迂、朝請郎不遂、贈通奉大夫不迹、朝請大夫不退、儒林郎不逦。據《鉛山志》卷六，先後登第者爲不迂、不迹、不逷、不遂、不迺、不退、不逦。

江神子

和李能伯韻，呈趙晉臣

五雲高處望西清，玉階升，棣華榮①。築屋溪頭，樓觀畫難成。長夜笙歌還起問，誰放月②，又西沉？　家傳鴻寶舊知名③。看長生，奉嚴宸④。且把風流，水北畫耆英⑤。咫尺西風詩酒社，石鼎句，要彌明⑥。

【箋注】

①「五雲」三句，五雲高處望西清，杜甫《送李八秘書赴杜相公幕》詩：「南極一星朝北斗，五雲多

處是三台。」《史記》卷一一七《司馬相如列傳》：「青虯蚴蟉於東箱，象輿婉蟬於西清。」注：「西清，西箱清淨地也。」玉階，《漢書》卷九七下《孝成趙皇后傳》：「其中庭彤朱而殿上髹漆，砌皆銅沓，黄金塗，白玉階，壁帶往往爲黄金釭，函藍田璧，明珠、翠羽飾之。」玉階二句，當謂晉臣召見，兄弟榮之。

②放月，教月。

③「家傳」句，《漢書》卷三六《劉向傳》：「上復興神仙方術之事，而淮南有《枕中鴻寶苑秘書》，書言神仙使鬼物爲金之術，及鄒衍重道延命方，世人莫見。而更生父德，武帝時治淮南獄，得其書。」

④奉嚴宸，曹勛《松隱集》卷一七《端午帖子》：「玉帶輕紗迎令節，五雲深處奉嚴宸。」

⑤「水北」句，韓愈《寄盧仝》詩：「水北山人得名聲，去年去作幕下士。水南山人又繼往，鞍馬僕從塞閭里。」《五百家注昌黎文集》卷五：「水北水南，謂洛水之南北也，在洛陽城中。」司馬光《傳家集》卷六八《洛陽耆英會序》：「元豐中，潞國文公留守西都，韓國富公納政在里第，自餘士大夫以老自逸於洛者，於時爲多。潞公謂韓公曰：『凡所爲慕於樂天者，以其志趣高逸也，奚必數與地之襲焉？』一旦悉集士大夫老而賢者於韓公之第，置酒相樂，賓主凡十有一人。既而圖形妙覺僧舍，時人謂之洛陽耆英會。」按：趙不迂家居於鉛山河北石井庵，南距永平鎮五里，見本書卷二《和趙國興知録贈琴》詩箋注。故以水北耆英相比。

⑥「石鼎」二句，《昌黎集》卷二一《石鼎聯句》詩序：「衡山道士軒轅彌明，自衡山來，舊與劉師服進士衡湘中相識，將過太白，知師服在京，夜抵其居宿。有校書郎侯喜新有能詩聲，夜與劉説詩，彌明在其側。……指爐中石鼎謂喜曰：『子云能詩，與我共賦此乎？』劉往見衡湘間人説，云年九十餘矣。解捕逐鬼物，拘囚蛟螭虎豹，不知實能否也。見其老，頗貌敬之，不知其有文也。聞此説大喜，即援筆題其首兩句，次傳於喜，喜踊躍，即綴其下。……劉與侯皆已賦十餘韻，彌明應之如響，皆穎脱含譏諷。二子思竭不能續，因起謝曰：『尊師非人也，某等伏矣。願爲弟子，不敢更論詩。』」

西江月

和晋臣登悠然閣〔一〕①

一柱中擎遠碧，兩峰旁聳高寒〔二〕②。横陳削就短長山〔三〕，莫把一分增減③。我望雲煙目斷，人言風景天慳。被公詩筆盡追還，重上層樓一覽〔四〕④。

【校】

〔一〕題，廣信書院本原作「悠然閣」，此據四卷本丁集改。

〔二〕「聳」，四卷本作「倚」。

〔三〕「就」，王詔校刊本、《六十名家詞》本、四印齋本作「盡」。

〔四〕「樓」，廣信書院本原作「梯」，此據四卷本改。

【箋注】

①題，本卷前有《新荷葉》詞二首，一以「再題傅巖叟悠然閣」爲題，一以「趙茂嘉、趙晉臣和韻，見約初秋訪悠然，再用韻」爲題，作於嘉泰元年夏。右詞應即是年秋踐約之作也。

②「兩峰」句，杜甫《九日藍田崔氏莊》詩：「藍水遠從千澗落，玉山高並兩峰寒。」

③「莫把」句，《文選》卷一九宋玉《登徒子好色賦》：「東家之子，增之一分則太長，減之一分則太短。」

④「重上」句，王之渙《登鸛雀樓》詩：「欲窮千里目，更上一層樓。」杜甫《望嶽》詩：「會當淩絕頂，一覽衆山小。」

又

和趙晉臣敷文賦秋水瀑泉①

八萬四千偈後，更誰妙語披襟②？ 紉蘭結佩有同心③，喚取詩翁來飲。 鏤玉裁冰著句，高山流水知音④。 胸中不受一塵侵，却怕靈均獨醒⑤。

【箋注】

①題，秋水瀑泉，地方志及諸書無記載。 據鉛山人實地考察，期思嶺下之吴氏宗祠，應即當年稼軒之秋水堂。 堂前有井，當地人稱爲龍井，係自瀑泉，水由地下噴湧而出。 今雖已被村民填塞，遺跡猶存，右詞所謂「秋水瀑泉」或即指此。

②「八萬」二句，八萬四千偈，《佛地經論》卷六：「云何八萬四千心行？ 謂諸有情八萬四千諸塵勞心行差别。 此能障礙八萬四千波羅蜜多陀羅尼白三摩地等，如賢劫經，廣説其相。」釋惠洪《冷齋夜話》卷七《東坡廬山偈》條：「東坡遊廬山，至東林，作偈曰：『溪聲便是廣長舌，山色豈非清浄身？ 夜來八萬四千偈，他日如何舉似人！』」妙語披襟，《藝文類聚》卷一宋玉《風賦》：「楚襄王遊蘭臺之宮，宋玉、景差侍。 有風颯然而至，王乃披襟而當之，曰：『快哉，此風

寡人與庶人共者耶？』」

③「紉蘭」句，《楚辭·離騷》：「扈江離與辟芷兮，紉秋蘭以爲佩。」古《來羅》詩：「鬱金黄花標，下有同心草。」

④「高山」句，見本書卷七《滿庭芳·和洪丞相景伯韻》詞（傾國無媒閟）箋注。

⑤「胸中」二句，一塵侵，黄庭堅《次韻蓋郎中率郭郎中休官二首》詩：「世態已更千變盡，心源不受一塵侵。」獨醒，《楚辭·漁父》：「屈原曰：『舉世皆濁我獨清，衆人皆醉我獨醒。』」靈均，《離騷》自謂「字余曰靈均」。

念奴嬌

趙晉臣敷文十月望生日，自賦詞，屬余和韻〔一〕①

看公風骨，似長松磊落，多生奇節②。世上兒曹都蓄縮，凍芋旁堆秋瓞③。結屋溪頭，境隨人勝，不是江山別。紫雲如陣④，妙歌争唱新闋。　尊酒一笑相逢，與公臭味，菊茂蘭須悦〔二〕⑤。天上四時調玉燭，萬事宜詢黄髮⑥。看取東歸，周家叔父，手把元龜説⑦。祝公長似，十分今夜明月。

【校】

〔一〕題，四卷本丁集「趙」、「敷文」三字闕，此從廣信書院本。

〔二〕「茂」，《六十名家詞》本作「花」。

【箋注】

①題，右詞爲趙晉臣賀生辰作，應作於嘉泰元年十月。

②「看公」三句，《晉書》卷四五《和嶠傳》：「和嶠字長輿，汝南西平人也。……嶠少有風格，慕舅夏侯玄之爲人，厚自崇重，有盛名於世，朝野許其能整風俗，理人倫。襲父爵上蔡伯，起家太子舍人，累遷潁川太守。爲政清簡，甚得百姓歡心。太傅從事中郎庾顗，見而歎曰：『嶠森森如千丈松，雖磥砢多節目，施之大厦，有棟梁之用。』」同書卷五〇《庾敳傳》：「敳有重名，爲搢紳所推。而聚斂積實，談者譏之。都官從事温嶠奏之，敳更器嶠，目『嶠森森如千丈松，雖礧砢多節，施之大厦，有棟梁之用』。」二者所記不同，然皆以長松多節喻之。按：當慶元黨禁期間，舉世皆奔競依附，而趙晉臣獨退歸林下，故以長松奇節譽之。

③「世上」二句，兒曹蓄縮，《漢書》卷四五《息夫躬傳》：「躬上疏，歷詆公卿大臣，曰：『方今丞相王嘉，健而蓄縮，不可用。御史大夫賈延，墮弱不任職。左將軍公孫祿、司隸鮑宣，皆外有直項

之名，内實騃不曉政事。』」注：「蓄縮，謂厺於事也。」凍芋旁堆秋瓞，軒轅彌明《石鼎聯句》詩：「秋瓜未落蒂，凍芋强抽萌。」

④紫雲如陣，《本事詩》：「杜爲御史，分務洛陽時，李司徒罷鎮閑居，聲伎豪華，爲當時第一。洛中名士，咸謁見之。李乃大開筵席，當時朝客高流，無不臻赴。以杜持憲，不敢邀置。杜遣座客達意，願與斯會，李不得已馳書。方對花獨酌，亦已酣暢，聞命遽來。時會中已飲酒，女奴百餘人，皆絶藝殊色。杜獨坐南行，瞪目注視，引滿三卮，問李云：『聞有紫雲者，孰是？』李指示之，杜凝睇良久，曰：『名不虚得，宜以見惠。』李俯而笑，諸妓亦皆迴首破顔。杜又自飲三爵，朗吟而起曰：『華堂今日綺筵開，誰唤分司御史來？忽發狂言驚滿座，兩行紅粉一時迴。』意氣閑逸，傍若無人。」杜，杜牧也。如陣，謂歌妓輩成羣。《史記》卷二七《天官書》：「陣雲如立垣，杼雲類杼。」《索隱》：「兵書云：營上雲氣如織，勿與戰也。」

⑤「尊酒」三句，尊酒相逢，蘇軾《與毛令方尉遊西菩提寺二首》詩：「一笑相逢那易得，數詩狂語不須删。」與公臭味，黄庭堅《再答冕仲》詩：「秋堂一笑共燈火，與公草木臭味同。」餘參本書卷一〇《賀新郎·同父見和再用韻答之》詞（老大那堪説）箋注。菊茂蘭悦，庾信《開府集》卷一〇《周大將軍上開府廣饒公鄭常墓志銘》：「悲風夜烈，苦霧晨凝。蘭芬菊茂，終古相成。」

⑥「天上」二句，四時調玉燭，《爾雅·釋天》：「四時和謂之玉燭。」宜詢黄髮，《尚書·秦誓》：「雖則云然，尚猷詢兹黄髮，則罔所愆。」《傳》：「今我庶幾以道謀此黄髮賢老，則行事無所過

矣。」

⑦「看取」三句，《尚書·大誥》：「予不敢閉於天降威用，寧王遺我大寶龜，紹天明即命。」《正義》：「遺我大寶龜者，天子寶藏神龜，疑則卜之，繼天明道，就其命而行之。」按：《大誥》者，周公當武王崩，三監及淮夷俱叛，東征伐叛時所作。元龜即寶龜也，見於《尚書》之《大禹謨》、《西伯戡黎》等篇。

太常引

壽趙晉臣敷文。彭溪，晉臣所居〔一〕①

論公耆德舊宗英②，吴季子，百餘齡，奉使老於行③。更看舞聽歌最精④。　須同衛武，九十入相，菉竹自青青⑤。富貴出長生，記門外清溪姓彭⑥。

【校】

〔一〕題，王詔校刊本、《六十名家詞》本、四印齋本「彭溪晉臣居也」六字在全詞之末，無「所」字，多一「也」字，此從廣信書院本。

【箋注】

①題，彭溪，〔乾隆〕《鉛山縣志》卷一：「彭溪，縣治北二里，源出龔潭陂，轉彭溪橋，六里至清風峽。橋爲彭姓所造，相傳彭姓籛、鏗之後也。」按：永平鎮北，有一小溪自鵝湖山發源，至永平西北入鉛山河，石井庵在其北，此謂之彭溪。而《克齋集》卷一六《賀趙及卿黄定甫主賓聯名登第》詩云：「人傑須知本地靈，鵝峰挺拔湛溪清。新添九桂叢芳茂，旁發一枝花更榮。」自注：「叢桂登科至及卿九人。」則彭溪，亦即湛溪也。

②「論公」句，《漢書》卷一〇〇下《叙傳》：「景十三王，承文之慶。……四國絶祀，河間賢明。禮樂是修，爲漢宗英。」

③「吴季」三句，《史記》卷三一《吴太伯世家》：「壽夢有子四人，長曰諸樊，次曰餘祭，次曰餘眜，次曰季札。季札賢，而壽夢欲立之，季札讓，不可，於是乃立長子諸樊，攝行事當國。……十三年，王諸樊卒，有命授弟餘祭，欲傳以次，必致國於季札而止，以稱先王壽夢之意，且嘉季札之義。兄弟皆欲致國，令以漸至焉。季札封於延陵，故號曰延陵季子。……四年，吴使季札聘於魯。……去魯，遂使齊。……去齊，使於鄭。……去鄭，適衛。……自衛如晉。……十七年，王餘祭卒，弟餘眜立。……四年，王餘眜卒，欲授弟季札，季札讓，逃去。……乃立王餘眜之子僚爲王。……十三年春吴欲因楚喪而伐之，……使季札於晉，以觀諸侯之變。……公子光竟立爲王，是爲吴王闔廬。闔廬乃以專諸子爲卿，季子至，曰：『苟先君無廢祀，民人無廢主，社稷有

奉，乃吾君也，吾敢誰怨乎？哀死事生，以待天命。』」按：自壽夢欲立季札，至王僚十三年，已四十七年，此後未見季札事跡，殆不久即卒。其晚年猶出使於楚，可稱「老於行」也。然史未載季札年齡，謂百餘齡，恐估算之語也。季札行四，而趙晉臣亦行四，故以季子爲比也。

④「更看」句，《史記》卷三一《吴太伯世家》：「王餘祭……四年，吴使季札聘於魯，請觀周樂。爲歌周南、召南，曰：『美哉，始基之矣，猶未也。然勤而不怨。』歌邶、鄘、衛，曰：『美哉，淵乎，憂而不困者也。』……見舞象箾、南籥者，曰：『美哉，猶有憾。』見舞大武，曰：『美哉，周之盛也其若此乎？』」按：季子遍聽周南、召南、邶、鄘、衛、王風、鄭、齊、豳、秦、魏、唐、小雅、大雅之歌，及觀象箾、南籥、大武、大夏之舞，且皆有精到之評論，皆見於此《世家》。故謂之「看舞聽歌最精」。

⑤「須同」三句，《詩·衛風·淇奥》：「瞻彼淇奥，緑竹青青。」《毛詩》序：「《淇奥》，美武公之德也。有文章，又能聽其規諫，以禮自防，故能入相於周，美而作是詩也。」餘參本書卷七《最高樓·慶洪景廬内翰七十》詞（金閨老閑）箋注。

⑥「富貴」二句，張萱《疑耀》卷六《伯益之壽》條：「堯之諸臣，壽最高者惟彭籛、皋陶、伯益三人，而皋陶年百有六十，則前聞之。彭籛或云即彭祖，或云非是，獨未聞伯益二百六十歲之説，豈孟子別有所授耶？」陸德明《經典釋文》卷二六《彭祖》條：「名鏗，堯臣封於彭城，歷虞夏至商，年七百歲，故以久壽見聞。」

又　賦十四絃①

仙機似欲織纖羅，髣髴度金梭。無奈玉纖何。却彈作清商恨多②。　朱簾影裏，如花半面③，絶勝隔簾歌。世路苦風波，且痛飲公無渡河④。

【箋注】

①題，陸游《劍南詩稿》卷一二《長歌行》：「世上悲歡亦偶然，何時爛醉錦江邊。人歸華表三千歲，春入箜篌十四絃。」因知十四絃者，乃箜篌也。《樂書》卷一二八《箜篌》：「劉熙《釋名》曰：『箜篌，師延所作，靡靡之樂，蓋空國之侯所存也。後出桑間濮上，師涓爲晉平公鼓焉。鄭分其地而有之，因命淫樂，爲鄭衛焉。』或謂漢武帝使樂人侯暉作坎侯，蓋取其聲坎坎以應樂節，後世聲訛爲箜篌爾。……舊説皆如琴制。唐制似瑟而小，其絃有七，用木撥彈之以合二變。故燕樂有大箜篌、小箜篌。……昔有白首翁溺於河，其妻麗玉素善十三絃箜篌，作爲《公無渡河》曲，以寄哀情。」右詞作年無考，以廣信書院本次第，與同調《壽趙晉臣敷文》詞爲同時之作，故附編於此。

②清商恨多，王昌齡《段宥廳孤桐》詩：「響發調尚苦，清商勞一彈。」楊巨源《雪中聽箏》詩：「玉柱泠泠對寒雪，清商怨徵聲何切。誰憐楚客向隅時，一片愁心與絃絶。」

③如花半面，見本書卷六《新荷葉·和趙德莊韻》詞（人已歸來闋）箋注。

④「世路」二句，世路苦風波，郭祥正《偶書》詩：「人間易日月，世路苦風波。」公無渡河，《古今注》卷中《箜篌引》條：「朝鮮津卒霍里子高妻麗玉所作也。子高晨起刺船而櫂，有一白首狂夫，被髮提壺，亂流而渡。其妻隨呼，止之不及，遂墮河水死。於是援箜篌而鼓之，作《公無渡河》之歌。聲甚悽愴，曲終，自投河而死。霍里子高還，以其聲語妻麗玉，玉傷之，乃引箜篌而寫其聲，聞者莫不墮淚飲泣焉。」

鷓鴣天

和傅先之提舉賦雪①

泉上長吟我獨清，喜君來共雪爭明〔一〕。已驚並水鷗無色，更怪行沙蟹有聲。添爽氣，動雄情〔二〕②，奇因六出憶陳平③。却嫌鳥雀投林去，觸破當樓雲母屏④。

【校】

〔一〕「來」，《六十名家詞》本作「未」，此從廣信書院本。

〔二〕「情」，《六十名家詞》本作「容」。

【箋注】

①題，稼軒家居鉛山縣時，傅兆僅官湖州通判，其任某路提舉，當在稼軒晚年再出之後。右詞題稱其爲提舉，而詞中有「泉上長吟」語，顯然爲稼軒家居瓢泉時所作，則提舉二字爲後來編集時所加。傅氏於嘉泰二年九月自湖州通判任滿被召，見本卷後《水龍吟·別傅先之提舉時先之有召命》詞（只愁風雨重陽閡）題下箋注。右詞賦雪，則必作於嘉泰元年底或二年初。

②「添爽」二句，爽氣、雄情，《世説新語·豪爽》：「桓宣武平蜀，集參僚，置酒於李勢殿，巴蜀搢紳莫不來萃。桓既素有雄情爽氣，加爾日音調英發，敘古今成敗由人，存亡繫才，其狀磊落，一坐歎賞。既散，諸人追味餘言，於時尋陽周馥曰：『恨卿輩不見王大將軍。』」

③「奇因」句，《史記》卷五六《陳丞相世家》：「於是乃詔御史，更以陳平爲曲逆侯，盡食之，除前所食户牖。其後常以護軍中尉從攻陳豨及黥布。凡六出奇計，輒益邑，凡六益封。奇計或頗秘，世莫能聞也。」按：雪花皆六出，故與陳平六出奇計相聯繫。

④雲母屏，《後漢書》卷六三《鄭弘傳》：「元和元年，代鄧彪爲太尉。時舉將第五倫爲司空，班次在下，每正朔朝見，弘曲躬而自卑，帝問知其故，遂聽置雲母屏風，分隔其間。」注：「以雲母飾

屏風也。」

歸朝歡

題趙晉臣敷文積翠巖〔一〕①

我笑共工緣底怒，觸斷峨峨天一柱②。補天又笑女媧忙，却將此石投閑處③。野煙荒草路，先生拄杖來看汝。倚蒼苔，摩挲試問④，千古幾風雨？　長被兒童敲火苦，時有牛羊磨角去⑤。霍然千丈翠巖屏，鏘然一滴甘泉乳。結亭三四五，會相暖熱攜歌舞⑥。細思量，古來寒士，不遇有時遇⑦。

【校】

〔一〕題，四卷本乙集「趙」、「敷文」三字闕，此從廣信書院本。

【箋注】

①題，積翠巖，已見本書卷一三《賀新郎・用韻題趙晉臣敷文積翠巖》詞（拄杖重來約）箋注。右詞專詠積翠巖擎天柱，應作於其後，亦即嘉泰改元之後。以不能確指，姑次於嘉泰元年冬間諸

作中。

②「我笑」二句，共工觸不周山崩，折天柱，事見《淮南子·天文訓》，可參本書卷六《滿江紅·建康史帥致道席上賦》詞（鵬翼垂空閿）箋注。緣底，緣何，因何。

③「補天」二句，女媧補天，亦見本書卷六《滿江紅·建康史帥致道席上賦》詞（鵬翼垂空閿）箋注。按：積翠巖有石名狀元峰，又名擎天柱。今積翠巖遺跡猶存，在永平鎮西三里，而擎天柱輒因上世紀地方企業施工而毁。

④「倚蒼」二句，王安石《謝公墩》詩：「摩挲蒼苔石，檢點屐齒痕。」

⑤「長被」二句，韓愈《石鼓歌》：「牧童敲火牛礪角，誰復著手爲摩挲。」

⑥「霍然」四句，翠巖屏，謂擎天柱；甘泉乳，謂石竅中膽泉。結亭三四五，〔乾隆〕《鉛山縣志》卷一、〔同治〕《鉛山縣志》卷三均謂積翠巖「一巖天成，兩竇如日月相對，名合璧，上建九仙臺，履之如作憑虚御空。其右有雲壑及藏雲洞、玉麒麟，餘可名者尚多。慶元六年趙不迂上建佛堂，自下望之，如在五雲縹緲間」。右詞既謂「結亭三四五」，必其時趙晉臣已建佛堂於積翠巖之後，非慶元六年明矣。相暖熱，此唐宋人常用俗語，猶言親熱。范成大《石湖詩集》卷三〇《臘月村田樂府十首》詩序：「其五，爆竹行此他郡所同，而吴中特盛，惡鬼蓋畏此聲。古以歲朝，而吴以二十五夜。其六，燒火盆，行爆竹之夕，人家各又於門首燃薪滿盆，無貧富皆爾，謂之相暖熱。」

⑦「古來」二句，《藝文類聚》卷三〇載董仲舒《士不遇賦》、司馬遷《悲士不遇賦》。

鷓鴣天 和趙晉臣敷文韻①

緑鬢都無白髮侵，醉時拈筆越精神。愛將蕪語追前事，更把梅花比那人②。　回急雪，遏行雲③，近時歌舞舊時情。君侯要識誰輕重，看取金杯幾許深。

【箋注】

①題，右詞及以下《生查子》一詞，皆和趙晉臣韻，調笑其侍女者，當爲嘉泰二年正月間所作。

②「更把」句，那人，指某女。宋人詞中屢以此語謂心儀之女。

③「回急」二句，回急雪，指雪之急轉飛舞狀，以况舞姿。見本書卷一〇《水調歌頭》詞（簪履競晴晝闋）箋注。遏行雲，指歌聲高亢，能遏止行雲。見本書卷一〇《御街行》詞（闌干四面山無數闋）箋注。

生查子 和趙晉臣敷文春雪〔一〕①

漫天春雪來，纔抵梅花半。最愛雪邊人，楚些裁成亂②。　雪兒偏解歌，只要金杯滿③。誰道雪天寒？翠袖闌干暖。

【校】

〔一〕題，四卷本丙集闕，此從廣信書院本。

【箋注】

①題，春雪，疑爲趙不迂侍兒名。

②「楚些」句，《楚辭》之《招魂》，以些字爲韻。《招魂》有「宫庭震驚，發激楚些」語，王逸《楚辭章句》卷九注：「復作激楚清聲，以發其音也。」《離騷》以「亂曰」爲結，《楚辭章句》卷一注：「亂，理也，所以發理詞指，總撮其要也。屈原舒肆憤懣，極意陳詞，或去或留，文采紛華，然後總括一言，以明所起之意也。」

③「雪兒」二句，雪兒解歌，《太平廣記》卷二〇〇《韓定辭》條引《北夢瑣言》逸文：「唐韓定辭爲鎮州王鎔書記，聘燕帥劉仁恭，舍於賓館，命試幕客馬彧延接。馬有詩贈韓，……彧詩雖清秀，然意在徵其學問，韓亦於座上酬之曰：『崇霞臺上神仙客，學辨癡龍藝最多。盛德好將銀筆述，麗詞堪與雪兒歌。』座内諸賓靡不欽訝，稱妙句。然亦疑其銀筆之僻也。他日，彧復持燕帥之命，答聘常山，亦命定辭接於公館。……彧從容問韓以雪兒、銀筆之事，韓曰：『……雪兒者，李密之愛姬，能歌舞。每見賓僚文章有奇麗入意者，即付雪兒叶音律以歌之。』……由是兩相悦服，結交而去。」偏解，偏能。金杯滿，可參前同調《和趙晉臣敷文韻》詞「君侯要識誰輕重，看取金杯幾許深」語。

鷓鴣天

有客慨然談功名，因追念少年時事，戲作①

壯歲旌旗擁萬夫，錦襜突騎渡江初②。燕兵夜娖側角切。銀胡䩮，漢箭朝飛金僕姑③。追往事，歎今吾，春風不染白髭鬚④。却將萬字平戎策〔一〕，换得東家種樹書⑤。

【校】

〔一〕「却」，四卷本丁集作「都」，此從廣信書院本。

【箋注】

①題，右詞蓋因來客大談功名激發豪情而作。其距慶元六年拒俗客談功名者，既不可同日而語，亦決非同時或相近之事。此必爲嘉泰二年二月，韓侂胄解除僞學禁，長期遭受黨禁禁錮及被牽連之功名之士遂始萌動復出之際所賦。對於稼軒而言，又恰爲紀念其紹興三十二年春自山東南下渡江四十周年而賦也。

②「壯歲」二句，《宋史》卷四〇一《辛棄疾傳》：「金主亮死，中原豪傑並起。耿京聚兵山東，稱天平節度使，節制山東、河北忠義軍馬。棄疾爲掌書記，即勸京決策南向。……紹興三十二年，京令棄疾奉表歸宋。高宗勞師建康，召見，嘉納之。授承務郎、天平節度掌書記，併以節使印告召京。會張安國、邵進已殺京降金，棄疾還至海州，與衆謀曰：『我緣主帥來歸朝，不期事變，何以復命？』乃約統制王世隆及忠義人馬全福等徑趨金營，安國方與金將酣飲，即衆中縛之以歸。金將追之不及，獻俘行在，斬安國於市，仍授前官，改差江陰簽判，棄疾時年二十三。」稼軒《進美芹十論》：「粵辛巳歲，逆亮南寇，中原之民，屯聚蠭起。臣嘗鳩衆二千，隸耿京，爲掌書記，與圖恢復。共籍兵二十五萬，納款於朝。」洪邁所作《稼軒記》：「余謂侯本以中州雋人，抱忠仗義，章顯聞於南邦。齊虜巧負國，赤手領五十騎，縛取於五萬衆中，如挾毚兔。束馬銜枚，間關西奏淮，至能晝夜不粒食。」此稼軒少年時揮師南渡之大略也。壯歲旌旗擁萬夫，乃自謂在耿京軍中，已是萬夫統帥也。按耿京起義軍，其麾下實自有部曲。如《朱子語類》卷一三二《中

興至今日人物》所載：「耿京起義軍，爲天平軍節度使。有張安國者亦起兵，與京爲兩軍。」可知也。稼軒以二千人投耿京，至南渡時殆已發展至萬軍。黄庭堅《送范德孺知慶州》詩：「春風旍旗擁萬夫，幕下諸將思草枯。」黄罃《山谷年譜》卷一九引作「春風旌旗擁萬夫」。錦襜突騎，《後漢書》卷一上《光武帝紀》：「會上谷太守耿況、漁陽太守彭寵，各遣其將吴漢、寇恂等，將突騎來助擊王郎。」注：「突騎，言能衝突軍陣。」《新唐書》卷一八一《李蔚傳》：「前被繡囊錦襜，珍麗精絶。」張孝祥《水調歌頭・凱歌上劉恭父》詞：「少年荆楚客，突騎錦襜紅。」李賀《艾如張》詩：「錦襜褕繡襠，襦强飲啄哺。」《箋註評點李長吉歌詩》卷四注云：「《説文》云：『襜褕，直裾也。』《爾雅》：『衣蔽前謂之襜。』注云：『今蔽膝也。又謂之韠。又謂之袡襦。』《雋不疑傳》云：『衣黄襜褕。』師古注云：『直裾單衣。』」

③「燕兵」二句，夜娖，《資治通鑑》卷二五三：「又發土團千人赴代州，土團至城北，娖隊不發。」注：「娖，側角翻。言娖，整其隊而不行也。」《類編》卷三五：「娖，一曰善也。」楊萬里《過羅溪南望撫州泉嶺》詩：「蒼蒼總上山頭去，一色前驅娖翠旌。」銀胡簶，《舊五代史》卷四三《唐明宗紀》：「壬午，藥彦稠進回鶻可汗先送秦王金裝胡簶，爲党項所掠，至是得之以獻。」《新五代史》卷三三《王思同傳》：「王思同，幽州人也。其父敬柔，娶劉仁恭女，生思同。思同事仁恭，爲銀胡簶指揮使。」《資治通鑑》卷二六六：「銀胡簶都指揮使王思同，帥部兵三千。」注：「胡簶，箭室也。」金僕姑，《左傳・莊公十一年》：「乘丘之役，公以金僕姑射南宫長萬。」注：「金僕姑，

矢名。南宫長萬,宋大夫。」《疏》謂「僕姑其義未聞」。《嫏嬛記》卷中載:「魯人有僕,忽不見,旬日而返。主欲笞之,僕曰:『臣之姑修玄女術,得道,白日上升,昨降於泰山,如臣飲極歡,不覺遂旬日。臨别,贈臣以金矢一乘,曰:此矢不必善射,宛轉中人而復歸於笮。』主人試之果然,韇而寶焉,因以金僕姑名之。自後,魯之良矢皆以此名。」恐小説家言耳。盧綸《和張僕射塞下曲》:「鷲翎金僕姑,燕尾繡蝥弧。」按:二句當言入金營擒張安國事。

④「春風」句,白居易《代諸妓贈送周判官》詩:「好與使君爲老伴,歸來休染白髭鬚。」歐陽修《聖無憂》詞:「好酒能消光景,春風不染髭鬚。」

⑤「却將」二句,平戎策,《新唐書》卷一三三《王忠嗣傳》:「乃營木剌蘭山,諜虚實,因上平戎十八策。」按:宋人上平戎策者甚多。稼軒南渡以後,亦屢獻大計,擬對金軍事攻擊之策,見於文集,尚有《美芹十論》、《九議》等著作。種樹書,《史記》卷六《秦始皇本紀》:「非博士官所職,天下敢有藏詩書百家語者,悉詣守尉雜燒之。……所不去者,醫藥、卜筮、種樹之書。」韓愈《送石處士赴河陽幕》詩:「長把種樹書,人云避世士。」

行香子　山居客至①

白露園蔬,碧水溪魚,笑先生釣罷還鋤〔一〕。小窗高卧,風展殘書。看《北山移》,《盤谷序》,《輞川圖》②。　白飯青芻,赤腳長鬚③。客來時酒盡重沽。聽風聽雨,吾愛吾廬④。笑本無心〔二〕,剛自瘦,此君疏⑤。

【校】

〔一〕「釣罷」,四卷本丙集作「網釣」,此從廣信書院本。

〔二〕「笑本」,廣信書院本作「歎苦」,此從四卷本。

【箋注】

①題,右詞作年,據廣信書院本次第,當在寓居鉛山稍久之後,遂次於同調《博山戲呈趙昌甫、韓仲止》詞之前。

②「看北」三句,《北山移文》,屢見。《盤谷序》,方崧卿《韓集舉正叙録》:「《送李愿歸盤谷序》,……盤谷在今孟州濟源縣。碑後刻云:『隴西李愿,隱者也,不干譽以求達,每韜光而自晦。跡寄人間,心遊太清。樂仁智於山水之間,信古今一時也。昌黎韓愈,知名之士,高愿之賢,故叙而送之。』」《輞川圖》,《圖畫見聞志》卷五《王維》條:「唐王維右丞字摩詰,少以詞學知名,有高致,信佛理。藍田南置別業,以水木琴書自娛。善畫山水人物,筆蹤雅壯,體涉古今。

嘗於清源寺壁畫《輞川圖》，巖岫盤鬱，雲水飛動。」

③「白飯」二句，見本書卷一三《沁園春·和吴子似縣尉》詞（我見君來閿）箋注。

④「聽風」二句，聽風聽雨，黄庭堅《題竹尊者軒》詩：「平生脊骨硬如鐵，聽風聽雨隨宜説。」吾愛吾廬，陶潛《讀山海經》詩：「衆鳥欣有託，吾亦愛吾廬。」

⑤「笑本」三句，李陽冰刊定《説文》「笑」從竹從夭義云：「竹得風，其體夭屈，如人之笑。未知其審。」無心，謂竹内空也。剛自瘦、此君疏，皆謂竹也。

又

博山戲呈趙昌甫、韓仲止〔一〕①

少日嘗聞：富不如貧，貴不如賤者長存②。由來至樂，總屬閑人。且飲瓢泉，弄秋水，看停雲。　歲晚情親，老語彌真③。記前時勸我慇懃：都休殢酒，也莫論文④。把《相牛經》，《種魚法》⑤，教兒孫。

【校】

〔一〕題，四卷本丁集作「博山簡昌甫仲止」，此從廣信書院本。

【箋注】

①題，右詞作年，據廣信書院本次第，則爲晚年再出之前所賦。可知稼軒嘉泰間尚猶至永豐之博山寺，且與信上二泉往來唱和也，惜右詞外别無記載。又據歇拍諸語，知與追念少年時事之《鷓鴣天》詞殆同時之作。

②「富不」二句，《後漢書》卷一一三《逸民·向長傳》：「向長字子平，河内朝歌人也。隱居不仕，……王莽大司空王邑辟之連年，乃至，欲薦之於莽，固辭乃止。潛隱於家，讀《易》至損益卦，喟然歎曰：『吾已知富不如貧，貴不如賤，但未知死何如生耳。』建武中，男女娶嫁既畢，敕斷家事勿相關，當如我死也。於是遂肆意與同好北海禽慶俱遊五嶽名山，竟不知所終。」

③「歲晚」二句，歲晚情親，杜甫《奉簡高三十五使君》詩：「行色秋將晚，交情老更親。」老語彌真，蘇軾《送邵道士彦肅還都嶠》詩：「少而寡欲顔常好，老不求名語益真。」

④「記前」三句，二泉前時相勸事，稼軒詞中無記載。殢酒，見本書卷六《木蘭花慢·滁州送范倅》詞（老來情味減闋）箋注。論文，見本書卷一三《上西平·送杜叔高》詞（恨如新闋）箋注。

⑤相牛經，種魚法，《舊唐書》卷四七《經籍志》下：「《相牛經》一卷，甯戚撰。」裴若訥《江陰絶句》詩：「紫蓴江上是吾家，一葉扁舟一釣車。何必陶公種魚法，雨汀煙渚盡生涯。」蘇軾《雨晴後步至四望亭下魚池上遂自乾明寺前東岡上歸二首》詩：「高亭廢已久，下有種魚塘。」《東坡詩集注》卷三注此：「《齊民要術》有《種魚法》。」

鵲橋仙

席上和趙晉臣敷文①

少年風月，少年歌舞，老去方知堪羡。歎折腰五斗賦歸來，問走了羊腸幾遍②？　高車駟馬，金章紫綬，傳語渠儂穩便③。問東湖帶得幾多春，且看淩雲筆健④。

【箋注】

①題，右詞於廣信書院本同調詞中排列最後，知作年甚晚。然下片又問趙晉臣自豫章東湖帶得幾多春來，其必在嘉泰二年春，應無可疑也。

②「歎折」二句，折腰五斗賦歸來，《宋書》卷九三《隱逸・陶潛傳》：「以爲彭澤令。……郡遣督郵至，縣吏白應束帶見之，潛歎曰：『我不能爲五斗米，折腰向鄉里小人。』即日解印綬去職，賦《歸去來》。」羊腸，《戰國策・西周策》：「即趙羊腸。」注：「羊腸，趙險塞名也。山形屈辟，狀如羊腸，今在太原晉陽之西北也。」

③「高車」三句，高車駟馬，見本書卷一二《玉樓春・用韻答傳巖叟葉仲洽趙國興》詞（青山不解乘雲去闋）箋注。金章紫綬，《通志》卷五六《職官略》：「凡列侯，金印紫綬。」「傳語」句，穩便，穩

妥也。言傳語其人，其事穩妥也。即謂功名必可取得也。

④「問東」二句，東湖，見本書卷七《鷓鴣天・離豫章别司馬漢章大監》詞（聚散匆匆不偶然闋）箋注。淩雲筆健，杜甫《戲爲六絶句》詩：「庾信文章老更成，淩雲健筆意縱横。」

滿江紅

呈趙晉臣敷文①

老子平生，元自有金盤華屋②。還又要萬間寒士，眼前突兀③。一舸歸來輕似葉，兩翁相對清如鵠④。道如今吾亦愛吾廬〔一〕，多松菊⑤。　人道是，荒年穀。還又似，豐年玉⑥。甚等閑却爲鱸魚歸速⑦？野鶴溪邊留杖屨，行人牆外聽絲竹。問近來風月幾篇詩？三千軸⑧。

【校】

〔一〕「道」，《六十名家詞》本作「到」，此從廣信書院本。

【箋注】

①題，右詞當亦嘉泰二年春間所賦。

②金盤華屋，見本書卷九《念奴嬌·賦白牡丹和范廓之韻》詞（對花何似闋）箋注。

③「還又」二句，杜甫《茅屋爲秋風所破歌》：「安得廣厦千萬間，大庇天下寒士俱歡顔，風雨不動安如山。嗚呼，何時眼前突兀見此屋，吾廬獨破受凍死亦足。」

④「一舸」二句，一舸歸來輕似葉，趙善璙《自警編》卷五：「唐介既南遷，朝中士大夫以詩送者甚衆。獨李師中待制一篇頗爲傳誦。詩云：『孤忠自許衆不與，獨立敢言人所難。去國一身輕似葉，高名千古重於山。』」兩翁相對清如鵠，蘇軾《別子由三首兼別遲》詩：「遥想茆軒照水開，兩翁相對清如鵠。」

⑤「道如」二句，稼軒有松菊堂，本書卷一三有《水調歌頭·賦松菊堂》詞（淵明最愛菊闋）。

⑥「人道」四句，《世説新語·賞譽》：「世稱庾文康爲豐年玉，穉恭爲豐年穀。庾家論云：是文康稱恭爲荒年穀，庾長仁爲豐年玉。」按：庾文康名亮，庾穉恭名翼，庾長仁名統。

⑦「甚等」句，爲鱸魚歸，見本書卷六《木蘭花慢·滁州送范倅》詞（老來情味減闋）箋注。甚，何也。

⑧「問近」二句，歐陽修《贈王介甫》詩：「翰林風月三千首，吏部文章二百年。」

又

遊清風峽，和趙晉臣敷文韻①

兩峽嶄巖，問誰占清風舊築②？更滿眼雲來鳥去〔一〕，澗紅山緑③。世上無人供笑傲，門前有客休迎肅④。怕淒涼無物伴君時，多栽竹。　風采妙，凝冰玉。詩句好，餘膏馥⑤。歎只今人物，一夔應足⑥。人似秋鴻無定住，事如飛彈須圓熟⑦。笑君侯陪酒又陪歌，陽春曲⑧。

【校】

〔一〕「更滿眼」，《六十名家詞》本作「滿眼裏」，此從廣信書院本。

【箋注】

①題，清風峽，《明一統名勝志·廣信府志勝》卷六《鉛山縣》：「清風峽在縣西北五里。嘉祐中劉煇所居之旁有土山，洗而出石，得巨礱，兩崖嶄巖，寒氣逼人。有讀書巖，古藤皆數十丈，盤結左右。躡級而上，隨形賦勝，若小蓬萊。煇嘗讀書於此。峽長五丈，闊五尺，在裂石間行，覺清風

透體，六月如秋。上有留題云：『余藻自閩回，同主人劉煇、邑長方蘋遊，時嘉祐八年九月十五日。』外有石洞，方圓一丈八尺，可安几榻。」〔乾隆〕《鉛山縣志》卷一：「清風峽讀書巖，縣北五里，天成一龕，僅可盤旋。狀元劉煇讀書其中。」〔同治〕《鉛山縣志》卷三：「狀元山，縣西北五里，有清風洞，宋狀元劉煇讀書其中。東即龍窟山，西有清風峽，空嵌嶄巖，寒氣逼人。有讀書巖，天成石龕，煇手書奎星狀元四字於石巖上，水洗之益鮮。古藤數十丈，盤結左右。其下復彙津流爲雙溪。山巔有塔，爲文筆峰。」

②清風舊築，即出清風峽一側之清風洞，劉煇舊嘗讀書於此。

③澗紅山緑，韓愈《山石》詩：「山紅澗碧紛爛漫，時見松櫪皆十圍。」

④「世上」二句，供笑傲，李彌遜《游梅坡席上雜酬》詩：「春風供笑傲，一醉豈人謀。」迎肅，迎拜也。

⑤「詩句」二句，《新唐書》卷二〇一《文藝》上《杜甫傳贊》：「至甫，渾涵汪茫，千彙萬狀，兼古今而有之。他人不足，甫乃厭餘。殘膏剩馥，沾丐後人多矣。故元稹謂詩人以來，未有如子美者。」

⑥一夔應足，《韓非子·外儲説》左下：「哀公問於孔子，曰：『吾聞夔一足，信乎？』曰：『夔人也，何故一足？彼其無他異，而獨通於聲。堯曰：夔一而足矣。使爲樂正。故君子曰夔有一足，非一足也。』」

⑦「人似」二句，人似秋鴻，蘇軾《正月二十日與潘郭二生出郊尋春忽記去年是日同至女王城作詩

乃和前韻》詩：「人似秋鴻來有信，事如春夢了無痕。」如飛彈須圓熟，《南史》卷二二《王筠傳》：「謝朓常見語云：『好詩圓美流轉如彈丸。』近見其數首，方知此言爲實。」《詩人玉屑》卷一〇《好詩如彈丸》條引《王直方詩話》：「謝朓嘗語沈約曰：『好詩圓美流轉如彈丸。』故東坡《答王鞏》云：『新詩如彈丸。』及《送歐陽弼》云：『中有清圓句，銅丸飛柘彈。』蓋謂詩貴圓熟也。」

⑧陽春曲，楚歌。見本書卷七《滿庭芳·游豫章東湖再用韻》詞（柳外尋春闋）箋注。

鷓鴣天

祝良顯家牡丹一本百朵①

占斷雕欄只一株②，春風費盡幾工夫。天香夜染衣猶濕，國色朝酣酒未蘇[一]③。嬌欲語，巧相扶，不妨老榦自扶疏。恰如翠幕高堂上，來看紅衫《百子圖》④。

【校】

[一]「酒」，王詔校刊本、《六十名家詞》本、四印齋本作「醉」，此從廣信書院本。

【箋注】

①題，祝良顯，未詳。本書卷二有《與杜叔高祝彦集觀天保庵瀑布主人留飲兩日且約牡丹之飲》詩，祝彦集事歷亦不詳，然皆應是石塘祝氏家族中人。右詞與以下三詞皆賦牡丹，疑皆作於嘉泰二年春夏間。

②占斷，占據，獨霸也。

③「天香」二句，李濬《松窗雜録》：「會春暮，内殿賞牡丹花。上頗好詩，因問修己曰：『今京邑傳唱牡丹花詩，誰爲首出？』修己對曰：『臣嘗聞公卿間多吟賞中書舍人李正封詩曰：國色朝酣酒，天香夜染衣。』上聞之，嗟賞移時。楊妃方恃恩寵，上笑謂賢妃曰：『妝鏡臺前宜飲以一紫金盞酒，則正封之詩見矣。』」

④《百子圖》，王毓賢《繪事備考》卷六《宋》：「徐世榮，善界畫，兼善寫嬰兒。畫之傳世者，《文王百子圖》一。」按：徐世榮生存年代不詳，不知是否在稼軒之前。然與稼軒同時之姜特立《梅山續稿》卷六有《送枕屏竹爐與劉公達致政道室》詩：「不畫椒房《百子圖》，銷金帳下擁流蘇。」則最晚至稼軒之世，《百子圖》一類祝願多子之圖畫已傳布於世矣。

又

賦牡丹。主人以謗花，索賦解嘲

翠蓋牙籤幾百株〔一〕，楊家姊妹夜游初。五花結隊香如霧，一朵傾城醉未蘇①。　閑小立，困相扶，夜來風雨有情無？愁紅慘緑今宵看，却似吴宫教陣圖〔二〕②。

【校】

〔一〕「幾」，王詔校刊本、《六十名家詞》本、四印齋本作「數」，此從廣信書院本。

〔二〕「却」，王詔校刊本、《六十名家詞》本、四印齋本作「恰」。

【箋注】

①「翠蓋」四句，《舊唐書》卷五一《玄宗楊貴妃傳》：「有姊三人，皆有才貌，玄宗並封國夫人之號。長曰大姨，封韓國。三姨封虢國，八姨封秦國，並承恩澤，出入宫掖。勢傾天下。……再從兄銛，鴻臚卿。錡，侍御史，尚武惠妃女太華公主。……玄宗每年十月幸華清宫，國忠姊妹五家扈從，每家爲一隊，著一色衣。五家合隊，照映如百花之焕發，而遺鈿墜舄，瑟瑟珠翠，璨瓓芳馥於

路。……十載正月望夜，楊家五宅夜遊，與廣平公主騎從争西市門。」一朵傾城，謂楊貴妃。

②「愁紅」二句，愁紅慘緑，楊无咎《陽春》詞：「儘顛悴過了清明候，愁紅慘緑。」吴宫教陣，見本書卷九《念奴嬌·賦白牡丹和范廓之韻》詞（對花何似闕）箋注。

又　再賦

濃紫深黄一畫圖〔一〕，中間更有玉盤盂〔二〕①。先裁翡翠裝成蓋，更點胭脂染透酥。　香瀲灩，錦模糊②，主人長得醉工夫〔三〕。莫攜弄玉欄邊去〔四〕③，羞得花枝一朵無。

【校】

〔一〕「紫」，《全芳備祖》前集卷二作「翠」。「黄」，四卷本丙集作「紅」，此從廣信書院本。

〔二〕「有」，四卷本、《全芳備祖》作「著」。

〔三〕「主」，《全芳備祖》作「美」。

〔四〕「弄玉」，《全芳備祖》作「玉手」。

【箋注】

①玉盤盂，見本書卷一二《臨江仙・昨日得家報牡丹漸開連日少雨多晴常年未有》詞（祇恐牡丹留不住闋）箋注。

②錦模糊，杜甫《送蔡希魯都尉還隴右寄高三十五書記》詩：「馬頭金匼匝，駝背錦模糊。」

③弄玉，本書卷九《念奴嬌・賦白牡丹和范廓之韻》詞（對花何似闋）有句：「最愛弄玉團酥，就中一朵，曾入揚州詠。」弄玉，或爲白牡丹名。可參該詞箋注。

又

再賦牡丹〔一〕

去歲君家把酒杯〔二〕①，雪中曾見牡丹開。而今紈扇薰風裏，又見疏枝月下梅。　歡幾許，醉方回，明朝歸路有誰催？低聲待向他家道，帶得歌聲滿耳來②。

【校】

〔一〕題，廣信書院本原闕，此據四卷本丁集補。

〔二〕「君家」，《六十名家詞》本作「花枝」。

【箋注】

①「去歲」句，王安石《過外弟飲》詩：「一自君家把酒杯，六年波浪與塵埃。」

②「帶得」句，得，與來對舉，應即來意。重言帶來歌聲滿耳。

臨江仙①

醉帽吟鞭花不住②，却招花共商量。人生何必醉爲鄉？從教斟酒淺，休更和詩忙③。　一斗百篇風月地，饒他老子當行④。從今三萬六千場⑤。青青頭上髮，還作柳絲長。

【箋注】

①題，右《臨江仙》詞，無題。據廣信書院本次第，知與《簪花屢墮戲作》一詞同爲晚年再出之前所作。因次於嘉泰二年五月生日書懷一詞之前。

②花不住，晏殊《鳳銜杯》詞：「留花不住怨花飛，向南園情緒依依。」蘇軾《眉子石硯歌贈胡誾》詩：「毗耶居士談空處，結習已空花不住。」按：此處當指醉中看花，摇動不止狀。

③「從教」二句，從教，《詩詞曲語辭匯釋》及《稼軒詞編年箋注》皆釋爲任憑。按：從，多與自對舉，應即自義。從教，即自教，謂自斟淺酒，乃不願多飲，非任憑他人斟酒也。而休更，即不再也。此二句可參同調《壬戌生日書懷》詞「從今休似去年時：病中留客飲，醉裏和人詩」。

④「一斗」二句，一斗百篇，杜甫《飲中八仙歌》：「李白斗酒詩百篇，長安市上酒家眠。」饒他，《稼軒詞編年箋注》：「饒爲任意。」恐不確。此處當釋作管他，上片結句既表示不再爲和詩而忙，故此處應解作：管他老子是不是内行。

⑤三萬六千場，見本書卷一〇《鵲橋仙·壽余伯熙察院》詞（豸冠風采闕）箋注。

又

簪花屢墮戲作

鼓子花開春爛熳，荒園無限思量①。今朝拄杖過西鄉②。急呼桃葉渡③，爲看牡丹忙。　不管昨宵風雨横，依然紅紫成行。白頭陪奉少年場④。一枝簪不住，推道帽簷長。

【箋注】

①「鼓子」二句，鼓子花，野花，似牽牛花。《格致鏡原》卷七三：「鼓子花一名掛金燈，其花如拳，

不放頂幔，如缸鼓式，色微藍。」《能改齋漫録》卷一一《鼓子花開也喜歡》條：「王元之謫齊安郡，民物荒涼，殊無況。營妓有不佳者，公作詩曰：『憶昔西都看牡丹，稍無顔色便心闌。而今寂寞山城裏，鼓子花開亦喜歡。』然唐《杼情集》記朝士在外地觀野花，追思京師舊遊，詩云：『曾過街西看牡丹，牡丹未謝即心闌。如今變作村田眼，鼓子花開也喜歡。』蓋王刊定此詩耳。」

②「今朝」句，西鄉，〔乾隆〕《鉛山縣志》卷二《宫室》：「西鄉亭，縣治西五里西鄉嶺。弘治初千户徐勝重建。」

③「急呼」句，桃葉，指侍女。桃葉渡，見本書卷六《念奴嬌·西湖和人韻》詞（晚風吹雨闋）箋注。

④「白頭」句，白居易《重陽席上賦白菊》詩：「還似今朝歌酒席，白頭翁入少年場。」

又

壬戌生日書懷①

六十三年無限事，從頭悔恨難追。已知六十二年非②。只應今日是，後日又尋思。　少是多非惟有酒，何須過後方知？從今休似去年時：病中留客飲，醉裏和人詩。

【箋注】

①題，壬戌，嘉泰二年也。

②「已知」句，《淮南子·原道訓》：「蘧伯玉年五十而知四十九年非。何者？先者難爲知，而後者易爲攻也。」

賀新郎

別茂嘉十二弟。鵜鴂杜鵑實兩種，見《離騷補注》①

緑樹聽鵜鴂，更那堪鷓鴣聲住，杜鵑聲切②！啼到春歸無尋處，苦恨芳菲都歇③。算未抵人間離别④。馬上琵琶關塞黑，更長門翠輦辭金闕⑤。看燕燕，送歸妾⑥。將軍百戰身名裂〔一〕。向河梁回頭萬里，故人長絶⑦。易水蕭蕭西風冷，滿座衣冠似雪⑧。正壯士悲歌未徹⑨。啼鳥還知如許恨，料不啼清淚長啼血⑩。誰共我，醉明月？

【校】

〔一〕「裂」，四卷本丙集作「列」，《六十名家詞》本作「烈」，此從廣信書院本。

【箋注】

①題，稼軒與茂嘉詞共二首，前一首《永遇樂》，已見於慶元六年初。右詞乃送别詞。劉過《龍洲集》卷一一《沁園春·送辛幼安弟赴桂林官》詞云：「天下稼軒，文章有弟，看來未遲。正三齊盜起，兩河民散。勢傾似土，國覆如杯。猛士雲飛，狂胡灰滅，機會之來人共知。何爲者？望桂林西去，一騎星馳。離筵不用多悲。唤紅袖佳人分藕絲。種黄柑千户，梅花萬樹；等閑遊戲，畢竟男兒。入幕來南，籌邊如北，翻覆手高來去棋。公餘且畫玉簪珠履，倩米元暉。」此詞所送赴桂林西去之辛幼安弟，應即茂嘉。劉過與稼軒蓋於嘉泰四年方相識於京口，其送茂嘉詞之「入幕來南，籌邊如北，翻覆手高來去棋」諸語，則應理解爲「入幕來南」之事在前，而「籌邊如北」在後，赴桂林官更在開禧改元以後。蓋茂嘉於慶元中在閩地爲官，已見於《永遇樂》詞箋注。其慶元末赴調，即被派往淮東或淮西某地爲官，右詞即嘉泰二年赴任時途經鉛山所作。《稼軒詞編年箋注》謂：「詳此詞語意，蓋即作於籌邊如北之時，則劉詞當亦送茂嘉者。」右詞上片用婦女送别三事，下片用壯士送别二事，激烈悲壯，用於送别茂嘉籌邊甚合，故論斷頗爲準確，因編次於嘉泰二年。然劉過詞雖亦送茂嘉者，乃送其爲桂林官時，其時殆值開禧北伐前夕，故有上片「三齊盜起」及「猛士雲飛」諸語，與稼軒所作，有二三年之區隔，非同時所作也。

②「緑樹」三句，鵜鴂、鷓鴣、杜鵑，洪興祖《楚辭補注》卷一：「恐鵜鴂之先鳴兮，使夫百草爲之不芳。」注：「按《禽經》云：『雟周，子規也。江介曰子規，蜀右曰杜宇。』又曰『鶗鴂鳴而草衰』。

注云：『鶗鴂，《爾雅》謂之鵙，《左傳》謂之伯趙，然則子規、鶗鴂，二物也。』《月令》：『仲夏鵙始鳴。』説者云五月陰氣生於下，伯勞夏至應陰而鳴。」鶗與鵜通。按：《漢書》卷八七上《揚雄傳》載揚雄《反離騷》：「徒恐鷤鴂之將鳴兮，顧先百草爲不芳。」顔師古注：「鷤鴂鳥一名買鵤，一名子規，一名杜鵑，常以立夏鳴，鳴則衆芳皆歇。」此謂杜鵑、鵜鴂爲一物，與《楚辭補注》作二物不同。今查杜鵑、鵜鴂無論爲一爲二，而鷤鴂先於春天鳴，杜鵑與鵜鴂則皆於夏至鳴，所謂一鳴則百草衰落，蓋已至秋分。

③「啼到」二句，啼到春歸無尋處，杜荀鶴《聞子規》詩：「啼得血流無用處，不如緘口過殘春。」芳菲都歇，見前條箋注，餘參本書卷六《新荷葉·再和前韻》詞「光景難攜，任他鵜鴂芳菲」語及箋注。

④「算未」句，鄧廣銘先生《稼軒詞編年箋注》於一九五六年出版後，截止一九七八年再出新一版，其間讀者紛紛寫信，對《箋注》有關篇章提出具體商榷意見。其中劉永濬先生即有《讀辛稼軒送茂嘉十二弟之賀新郎詞書後》，談言頗中。其云：「談此詞者多以《恨賦》或《擬恨賦》相擬，以予考之，實本之唐人賦得體，與李商隱詠淚之七律尤復相似。唐人集中有一種賦得體，後代沿爲應制詩定例，得某字五言八韻，即五言排律。唐人每用此體贈别。……李商隱詠淚之七律云：『永巷長年怨綺羅，離情終日思風波。湘江竹上痕無限，峴首碑前灑幾多！人去紫臺秋入塞，兵殘楚帳夜聞歌。朝來灞水橋邊過，未抵青袍送玉珂。』此詩題只一『淚』字，實亦賦得淚

以送別。詩中列舉古人揮淚六事，句各一事，不相連續，至結二句方表達送別之意，打破前人律詩起承轉合成規。稼軒此詞列舉別恨數事，打破前人前後二闋成規，與之正復相似。又，李詩用『未抵』字以承上作結，辛詞用『未抵』字以承上之啼鳥而起下之別恨；李詩用在列舉典實之後，辛詞用在列舉典實之前，殆所謂擬議以成其變化者歟？」

⑤「馬上」二句，馬上琵琶，《文選》卷二七石崇《王明君辭序》：「王明君者，本是王昭君，以觸文帝諱改之。匈奴盛，請婚於漢元帝，以後宮良家子昭君配焉。昔公主嫁烏孫，令琵琶馬上作樂，以慰其道路之思。其送明君，亦必爾也。」李商隱《王昭君》詩：「馬上琵琶行萬里，漢宮長有隔生春。」王洋《明妃曲》：「故鄉阡陌想依然，馬上琵琶向誰語？」關塞黑，杜甫《夢李白二首》詩：「魂來楓林青，魂返關塞黑。」長門翠輦辭金闕，見本書卷七《摸魚兒·淳熙己亥自湖北漕移湖南同官王正之置酒小山亭爲賦》詞（更能消幾番風雨闋）箋注。此言漢武帝陳皇后失寵，別金闕而入長門宮。

⑥「看燕」二句，《詩·邶風·燕燕》序：「燕燕，衛莊姜送歸妾也。」《箋》：「莊姜無子，陳女戴嬀生子，名完，莊姜以爲己子。莊公薨，完立而州吁殺之，戴嬀於是大歸。莊姜遠送之於野，作詩見己志。」《古列女傳》卷一《衛姑定姜》條：「衛姑定姜者，衛定公之夫人，公子之母也。公子既娶而死，其婦無子。畢三年之喪，定姜歸其婦，自送之，至於野，恩愛哀思，悲心感慟，立而望之，揮泣垂涕，乃賦詩曰：『燕燕於飛，差池其羽。之子於歸，遠送於野。瞻望弗及，泣涕如雨。』」

⑦「將軍」三句，將軍百戰身名裂，《漢書》卷五四《李陵傳》：「陵字少卿，少爲侍中建章監，善騎射，愛人，謙讓下士，甚得名譽。武帝以爲有廣之風，使將八百騎，深入匈奴二千餘里。……陵至浚稽山，與單于相值，騎可三萬，圍陵軍。……虜見漢軍少，直前就營，陵搏戰攻之，千弩俱發，應弦而倒。虜還走上山，漢軍追擊殺數千人。單于大驚，召左右地兵八萬餘騎攻陵。……是時，陵軍益急，匈奴騎多，戰一日數十合，復傷殺虜二千餘人，虜不利欲去，會陵軍候管敢爲校尉所辱，亡降匈奴，具言陵軍無後救，射矢且盡，獨將軍麾下及成安侯校各八百人。……單于得敢，大喜，使騎並攻漢軍，疾呼曰：『李陵、韓延年趣降！』遂遮道急攻陵。……陵與韓延年俱上馬，壯士從者十餘人，虜騎數千追之，韓延年戰死，陵曰：『無面目報陛下。』遂降。……上聞，於是族陵家，母弟妻子皆伏誅，隴西士大夫以李氏爲愧。」河梁，李陵《與蘇武詩三首》：「攜手上河梁，遊子暮何之？」故人長絶，《漢書》卷五四《蘇武傳》：「於是李陵置酒賀武，曰：『今足下還歸，揚名於匈奴，功顯於漢室，雖古竹帛所載，丹青所畫，何以過子卿？……已矣，令子卿知吾心耳。異域之人，壹別長絶。』陵起舞，歌曰：『徑萬里兮度沙幕，爲君將兮奮匈奴。路窮絶兮矢刃摧，士衆滅兮名已隤。老母已死，雖報恩將安歸？』陵泣下數行，因與武決。」

⑧「易水」二句，《史記》卷八六《刺客列傳》：「及政立爲秦王，而丹質於秦。秦王之遇燕太子丹不善，故丹怨而亡歸，歸而求爲報秦王者。……太子前頓首，固請毋讓，然後許諾。於是尊荊卿爲上卿，舍上舍。……荊軻怒叱太子曰：『何太子之遣！往而不反者，豎子也。且提一匕首，入

不測之彊秦，僕所以留者，待吾客與俱。今太子遲之，請辭决矣。』遂發。太子及賓客知其事者，皆白衣冠以送之。至易水之上，既祖，取道，高漸離擊筑，荆軻和而歌，爲變徵之聲。士皆垂淚涕泣。又前而歌曰：『風蕭蕭兮易水寒，壯士一去兮不復還！』復爲羽聲忼慨，士皆瞋目，髮盡上指冠。於是荆軻就車而去，終已不顧。」

⑨悲歌未徹，張元幹《念奴嬌·玩月》詞：「醉裏悲歌歌未徹，屋角烏飛星墜。」

⑩「啼鳥」二句，還知，倘知，如知也。《埤雅》卷九《杜鵑》條：「杜鵑一名子規，苦啼，啼血不止，一名怨鳥，夜啼達旦，血漬草木。」

洞仙歌

浮石山莊，余友月湖道人何同叔之別墅也。山類羅浮，故以名。同叔嘗作《遊山次序》，榜示余，且索詞，爲賦《洞仙歌》以遺之。同叔頃遊羅浮，遇一老人，龐眉幅巾，語同叔云：「當有晚年之契。」蓋仙云〔一〕①

松關桂嶺，望青葱無路〔二〕。費盡銀鈎榜佳處②。悵空山歲晚，窈窕誰來？須著我，醉卧石樓風雨③。　仙人瓊海上，握手當年，笑許君攜半山去④。劖疊嶂卷飛泉，洞府凄凉，又却怪先生多取〔三〕⑤。怕夜半羅浮有時還，好長把雲煙，再三遮住。

【校】

〔一〕題，四卷本丁集作「浮石莊」，此從廣信書院本。

〔二〕「青」，《六十名家詞》本作「菁」。

〔三〕「怪」，廣信書院本原作「怕」，此據四卷本改。

【箋注】

①題，浮石山莊，〔弘治〕《撫州府志》卷三《崇仁縣》：「浮石巖，在縣南十五里。曰浮石，曰巖石，曰玲瓏，奇崛鼎立。中貫一溪，可以容舫。宋尚書何異闢爲山莊，表其勝跡五十餘所，合而名之曰三山小隱。理宗在東宫，書『衮庵』二大字，用資善堂璽賜異，揭於方壺之室。」洪邁《浮石山莊記》：「臨川西南百餘里，其支邑曰崇仁，何卿同叔之居在焉。初，因先大夫故廬，面澄江，俯月湖，既辟道院，建東西庵，有船閣睡寮客，春會於數百步外，作意相望，如行山陰輞川圖畫中，境趣勝矣。猶恨市聲嘈嘈，來人耳邊。去之十五里，遂占浮石山莊，最後復得巖石、玲瓏山，崛奇鼎立。中貫一溪，可容舫遊泳。於是合而字之，曰三山小隱。地有幽谷邃巖、穹峰駭石、龍泓雲洞、釣磯石樓，龜蒙之泉，舞嘯之臺，深密濯纓之亭，巢鳳方壺之室，閣爲無盡藏，溪爲小桃源，路爲腰帶輊，店爲杏花村，表而出之者，過五十所。開拓剔抉，萬象不能廋遁，此其大略也。」（見

〔弘治〕《撫州府志》卷三《崇仁縣》，文據〔光緒〕《撫州府志》卷一一訂正。）月湖道人何同叔，《宋史》卷四〇一《何異傳》：「何異字同叔，撫州崇仁人，紹興二十四年進士。……爲浙西提點刑獄，以太常少卿召，改秘書監兼實録院檢討官，權禮部侍郎，太常寺。太廟芝草生，韓侂胄率百官觀焉。異謂其色白，慮生兵妖，侂胄不悦。又以劉光祖於異交密，言者遂以異在言路不彈丞相留正，及受趙汝愚薦，劾罷之。久乃予祠。起知夔州兼本路安撫。異以夔民土狹食少，同轉運司糴米樁積，立循環通濟倉。七月丙戌，西北有星，白芒墜地，其聲如雷。異曰：『戌日酉時，火土交會而妖星自東南衝西北，化爲天狗，蜀其將有兵乎？』丐祠，以寶謨閣待制提舉太平興國宫。後四年，吴曦果叛。……以寶章閣直學士知泉州，從所乞，予祠，進寶章閣學士，轉一官致仕，卒年八十有一。異高自標致，有詩名，所著《月湖詩集》行世。」山類羅浮，《太平寰宇記》卷一五七《嶺南道·廣州》：「羅浮山本名蓬萊山，一峰在海中，與羅山合，因名之。山有洞，通句曲，又有璇房、瑶室七十二所。裴淵《廣州記》云：『羅浮二山隱天，唯石樓一路可登矣。』」卷一六〇《嶺南道·惠州》：「羅浮山，《南越志》云：『增城縣有羅浮山，羅水出焉，是爲浮山，與羅山並體，故曰羅浮，非羽化莫有登其極者。』巘尖之峰四百三十有二，因歸於羅山，上則三峰争竦，各五六千仞，其穴溟水莫測其極，北通句曲之山，即茅君内傳云第七洞，名朱明耀真之天。」《遊山次序》，《直齋書録解題》卷八：「《何氏山莊次序本末》一卷，尚書崇仁何異同叔撰。其别墅曰三山小隱。三山者，浮石山、巖石山、玲瓏山，其實一山也。周回數里，叙其景物次序爲此編，自號月湖，標韻清絶，如神仙中人。膺高壽而終，其山間今蕪廢矣。」「同叔頃遊羅浮」諸語，《夷堅三志》辛集卷三《何同叔遊羅浮》條：「乾道初，何同叔以廣府節度推官督賦惠州，因遊羅浮。逢一道人，與語良久，殊爲契合，臨去言：『從今日以後，且領取三十年安樂。』授以心腎交感之法。……何退抵沖虚觀，詢道士：『適所見何人，房在何處？』皆曰無此人。已而周行至黄野人祠堂，驚曰：『此是也。』何氣幹瘠緊，本自寡欲。生於甲寅，時年甫三十。既遇黄君，不復有疾苦。慶元丁巳歲，入爲太常少卿，爲同僚言此，且云：『今已三十餘年，來日定無多矣。』同僚曰：『公仙風道骨，瞳子紺碧照人，世間不能侵，壽算未易量也。』大兒以太社令在寺，預聞之，親得其所書如此。」《貴耳集》卷中：「月湖何文昌異，爲廣幕，校文惠州，因遊羅浮。至大石樓，遇黄野人，一見便言做得尚書，年九十。袖出一柑分食之。月湖由是清健無疾，後果如其言。或云：黄野人有云箋，長三尺餘，止一節，授一箋於月湖。問其孫，未嘗有之。」右詞作年無考。然據詞中語意，知作於何異罷歸之後。查《宋史全文》卷二九，載慶元五年八月辛巳，太廟太祖夾室柱生芝。明日，宰相京鏜率百官赴太廟觀芝。何異因太廟生芝言有兵妖，爲韓侂胄一黨所劾罷。則其退歸撫州崇仁，當自以慶元五年秋爲始。其何時起知夔州，《建炎以來朝野雜記》甲集卷六《近歲堂部用闕》條載：「嘉泰二年夏，言者請以嘉興府、……等州十五闕，令中書省再行注籍。……從之。四月辛卯。今監司、帥臣亦有待闕者。今年辛焕柄知夔州，待除何侍郎異闕。」則知嘉泰二年夏何異尚在知夔州任内，而吴曦割據蜀中叛降金人，爲開禧二年事，又知《宋史》本傳之七月，亦必爲嘉泰二年矣。何異在夔州未能久任，其赴任當在嘉泰元年底或明年初。據《建炎以來朝野雜記》甲集卷六《郡守銓量》條，嘉泰元年五月，有旨諸道郡守包括蜀郡守並赴闕朝辭。故何異赴郡前須赴行在，不得徑行自鄱陽湖入長江赴夔州。而信州鉛山正在其自撫州入行在之途中，因知右詞乃何異赴夔州任前入闕經鉛山時所作。序中所謂示稼軒以《遊山次序》及索詞諸事，正應是二人相見時情節。是則右詞若非作於嘉泰元年冬，即應作於嘉泰二年初矣。

②銀鈎：《法書要録》卷一《南齊王僧虔論書》：「索氏自謂其書，銀鈎蠆尾，談者誠得其宗。」

③石樓：《輿地紀勝》卷九九《廣南東路·惠州》：「石樓，《南越志》：『羅浮山有聳石如樓，謂之石樓。』」蘇軾《遊羅浮山一首示兒子過》詩：「南樓未必齊日觀，鬱儀自欲朝朱明。」自注：「山有二石樓。今延祥寺在南樓下，朱明洞在沖虚觀後，云是蓬萊第七洞天。」《施注蘇詩》卷三五：「鄒師正《羅浮指掌圖》：『山高三千六百丈，袤直五百里，周三百里。上有大小石樓，相去五里，皆高出雲表，登之可望滄海。』」

④「仙人」三句：仙人指黄野人。〔光緒〕《惠州府志》卷三《博羅縣》：「黄野人庵，野人葛仙門人也。庵有啞虎守之。」同書卷四四：「黄野人，葛仙弟子，或云葛仙之隸。稚川棲山鍊丹，野人隨之。葛既仙去，留丹柱石間，野人自外至，得一粒服之，爲地行仙。近有人遊羅浮，宿留巖谷間，中夜見一人身無衣而紺毛覆體，意必仙也，乃再拜問道，其人了不顧，但長嘯數聲，響振林

木。」瓊海，雍正《廣東通志》卷一三《瓊州府瓊山縣》：「瓊海在城北十里。」「握手」二句，即何異乾道初以廣府節度推官督賦惠州或校文惠州事，《宋史》本傳及諸書記事簡略，不載此經歷。

⑤「又却」句，蘇軾《越州張中舍壽樂堂》詩：「筭如玉筯椹如簪，强飲且爲山作主。不憂兒輩知此樂，但恐造物怪多取。」

【附録】

何異同叔詩

浮石巖

天巧不易覯，覯巧不難著。狐裘或反衣，鑄鐵真成錯。此亭對此石，層層水初落。憑高得其要，他景皆可略。滄波繞廬阜，白浪縈衡霍。魚龍出變怪，鱗鬣紛拏攫。初疑海上來，根株相連絡。又疑泗濱渡，清潤可磨琢。水石兩奇特，賓主一笑樂。猶想峴山亭，清名與山託。（〔弘治〕《撫州府志》卷三《崇仁縣》）

按：右詩《全宋詩》未收。

千年調

開山徑得石壁，因名曰蒼壁。事出望外，意天之所賜邪？喜而賦〔一〕①

左手把青霓②，右手挾明月。吾使豐隆前導，叫開閶闔③。周遊上下，徑入寥天一④。覽玄圃〔二〕⑤，萬斛泉，千丈石。　鈞天廣樂，燕我瑶之席⑥。帝飲予觴甚樂：「賜汝蒼壁〔三〕⑦」。璘珣突兀，正在一丘壑⑧。余馬懷，僕夫悲⑨，下恍惚。

【校】

〔一〕題，四卷本丁集「因名曰蒼壁」五字闕，此從廣信書院本。「賦」下，四卷本有「之」字。

〔二〕「玄」，四卷本作「縣」，其下注：「平。」

〔三〕「壁」，四卷本作「璧」。

【箋注】

①題，蒼壁，即期思嶺山中石壁，稼軒開山徑所得，命名蒼壁。除右詞及以下《臨江仙》詞外，《鉛山縣志》及諸書皆無記載。然此石壁仍存。自五堡洲北行至横畈，亦即期思渡之西，期思嶺南之

花園里中，深入三里，北山中有一石壁，突兀立於山間，斑斕耀目，與山間他石頗異，當地人稱之爲烏石公，高十餘米，與右詞所謂「璘珣突兀，正在一丘壑」頗相似。二〇一二年十月，余在鄉民指引下，披荆棘，分茅草，效稼軒開山徑，在山中訪得此石。可見本書卷首所附照片。稼軒開山徑得蒼壁事，下詞既以巖石、玲瓏之勝對比，可知必始於稼軒爲何異賦浮石山莊之後。其事當在嘉泰二年。

②青霓，司馬彪《贈山濤》詩：「上凌青雲霓，下臨千仞谷。」孟郊《和皇甫判官遊琅琊溪》詩：「碧瀨漱白石，翠煙含青霓。」

③「吾使」二句，豐隆前導，《楚辭·離騷》：「吾令豐隆乘雲兮，求宓妃之所在。」王逸注：「豐隆，雷師。」叫開閶闔，《離騷》：「吾令帝閽開關兮，倚閶闔而望予。」注：「閶闔，天門也。」

④寥天一，《楚辭·離騷》：「及余飾之方壯兮，周流觀乎上下。」《莊子·大宗師》：「且汝夢爲鳥而厲乎天，夢爲魚而投於淵。不識今之言者，其覺者乎？其夢者乎？造適不及笑，獻笑不及排，安排而去化，乃入於寥天一。」郭象注：「乃入於寂寥，而與天爲一也。」

⑤玄圃，《楚辭·離騷》：「朝發軔於蒼梧兮，夕余至乎縣圃。」王逸注：「縣圃，神山也，在崑崙之上。」縣圃即玄圃也。

⑥「鈞天」二句，鈞天廣樂，《史記》卷四三《趙世家》：「趙簡子疾，五日不知人，大夫皆懼。……居二日半，簡子寤，語大夫曰：『我之帝所甚樂，與百神游於鈞天，廣樂九奏萬舞，不類三代之樂。

其聲動人心，有一熊欲來援我，帝命我射之，中熊，熊死。又有一羆來，我又射之，中羆，羆死。帝甚喜，賜我二笥，皆有副。吾見兒在帝側，帝屬我一翟犬，曰：及而子之壯也以賜之。』」瑤之席，《楚辭·九歌·東皇太一》：「瑤席兮玉瑱，盍將把兮瓊芳？」

⑦「帝飲」二句，見前「鈞天」二句所引《史記·趙世家》。

⑧一丘壑，此指期思嶺與鉛山河。本書卷一二《蘭陵王·賦一丘一壑》詞（一丘壑闋）謂指瓜山與紫溪，亦通。

⑨「余馬」二句，《楚辭·離騷》：「僕夫悲余馬懷兮，蜷局顧而不行。」

臨江仙

蒼壁初開，傳聞過實。客有來觀者，意其如積翠、清風、巖石、玲瓏之勝，既見之，乃獨爲是突兀而止也，大笑而去。主人戲下一轉語，爲蒼壁解嘲〔一〕①

莫笑吾家蒼壁小，稜層勢欲摩空。相知惟有主人翁。有心雄泰華，無意巧玲瓏②。　天作高山誰得料？《解嘲》試倩揚雄③。君看當日仲尼窮。從人賢子貢，自欲學周公④。

【校】

〔一〕題，廣信書院本原作「戲爲山園蒼壁解嘲」，此據四卷本丁集。

【箋注】

①題，積翠、清風巖與峽，皆在縣治西北，二者本書皆見。而巖石、玲瓏二山，即前《洞仙歌》賦詠撫州崇仁縣月湖道人何異之别墅所在。詳可見其箋注。下一轉語，謂另作一他語也。《五燈會元》卷一三《瑞州洞山良价悟本禪師》：「直道本來無一物，猶未合得他衣鉢。汝道甚麽人合得這裏？合下得一轉語，且道下得甚麽語。」

②「有心」二句，泰華，謂泰山與華山。玲瓏，即崇仁之玲瓏山。

③「天作」二句，天作高山，《詩・周頌・天作》：「天作高山，大王荒之。」《解嘲》倩揚雄，《漢書》卷八七下《揚雄傳》：「時雄方草《太玄》，有以自守，泊如也。或嘲雄以玄尚白，而雄解之，號曰《解嘲》。」

④「君看」三句，仲尼窮，《莊子・山木》：「孔子窮於陳、蔡之間，七日不火食。」賢子貢，《論語・子張》：「叔孫武叔語大夫於朝曰：『子貢賢於仲尼。』」又：「陳子禽謂子貢曰：『子爲恭也，仲尼豈賢於子乎？』」從人，任人也。學周公，《論語・述而》：「子曰：『甚矣吾衰也，久

矣吾不復夢見周公。』」《山谷集》别集卷五《答王周彦書》：「孔子曰：『吾不復夢見周公。』孔子之學周公，孟子之學孔子，自堯、舜而來，至於三代，賢傑之人，材聚雲翔，豈特周公而已？」

賀新郎

邑中園亭，僕皆爲賦此詞。一日獨坐停雲，水聲山色，競來相娱，意溪山欲援例者，遂作數語，庶幾彷彿淵明思親友之意云〔一〕①

甚矣吾衰矣②。悵平生交游零落，只今餘幾③？白髮空垂三千丈，一笑人間萬事④。問何物能令公喜⑤？我見青山多嫵媚，料青山見我應如是⑥。情與貌，略相似。一尊搔首東窗裏。想淵明《停雲》詩就，此時風味⑦。江左沉酣求名者〔二〕，豈識濁醪妙理⑧？回首叫雲飛風起⑨。不恨古人吾不見，恨古人不見吾狂耳⑩。知我者，二三子⑪。

【校】

〔一〕題，《中興絶妙詞選》卷三作「自述」。《歷代詩餘》卷九四作「獨坐停雲有懷親友」。

〔二〕「名」，《六十名家詞》本作「明」，此從廣信書院本。

【箋注】

①題，邑中園亭，僕皆爲賦此詞，見於本卷及前卷，稼軒於鉛山所賦《賀新郎》詞有關鉛山園亭者，有《題趙兼善龍圖東山園小魯亭》、《題傅巖叟悠然閣》二首、《題傅君用山園》、《用韻題趙晉臣敷文積翠巖》等詞。陶潛《停雲》詩序謂「停雲，思親友也」。故右詞下半闋亦借詠停雲堂感慨交游零落，頗似淵明「願言不從，歎息彌襟」之意。稼軒《用韻題趙晉臣敷文積翠巖》詞賦於慶元六年。步其韻有《韓仲止判院山中見訪》詞，韓淲慶元六年秋方自臨安歸信上，右詞之作，當必晚於慶元六年。又，岳珂《桯史》卷三《稼軒論詞》條載：「辛稼軒守南徐，已多病謝客。……稼軒以詞名，每燕必命侍妓歌其所作，特好歌《賀新郎》一詞，自誦其警句曰：『我見青山多嫵媚，料青山見我應如是。』又曰：『不恨古人吾不見，恨古人不見吾狂耳。』每至此，輒拊髀自笑，顧問坐客何如，皆歎譽如出一口。既而又作一《永遇樂》，序北府事。首章曰：『千古江山，英雄無覓孫仲謀處。』」稼軒守京口，即文中之南徐，事在嘉泰四年至開禧元年間，《永遇樂》即作於開禧元年春。因知右詞必距其守京口爲時不遠，故今編次於嘉泰二年。

②「甚矣」句，語出《論語·述而》，見前《臨江仙·蒼壁初開》詞（莫笑吾家蒼壁小闋）箋注。

③「悵平」二句，交游零落，蘇頌《國史龍圖侍郎宋次道五首》詩：「人物風流今已矣，交游零落痛

何如？」按：自慶元黨禁以來，親友如范如山、陳居仁、王自中、朱熹、洪邁，皆先後棄世。所餘者，信上諸友耳。

④「白髮」二句，白髮三千丈，李白《秋浦歌十七首》詩：「白髮三千丈，緣愁似箇長。」人間萬事，杜甫《送韓十四江東省覲》詩：「兵戈不見老萊衣，歎息人間萬事非。」

⑤「問何」句，見本書卷九《蝶戀花》詞（何物能令公喜閿）箋注。

⑥「我見」二句，《新唐書》卷九七《魏徵傳》：「後宴丹霄樓，酒中謂長孫無忌曰：『魏徵、王珪事隱太子巢刺王時，誠可惡。我能棄怨用才，無羞古人。然徵每諫我不從，我發言輒不即應，何哉？』徵曰：『臣以事有不可，故諫。若不從輒應，恐遂行之。』帝曰：『第即應須别陳論，顧不得。』徵曰：『昔舜戒羣臣：爾無面從，退有後言。若面從，可方别陳論，此乃後言，非稷卨所以事堯舜也。』帝大笑曰：『人言徵舉動疏慢，我但見其嫵媚耳。』徵再拜曰：『陛下導臣使言，所以敢然，若不受，臣敢數批逆鱗哉？』」

⑦「一尊」三句，《停雲》詩：「有酒有酒，閑飲東窗。願言懷人，舟車靡從。」詳見本書卷一二《聲聲慢・檃括淵明停雲》詞（停雲靄靄閿）箋注。

⑧「江左」二句，江左沉酣求名者，蘇軾《和飲酒二十首》詩：「道喪士失己，出語輒不情。江左風流人，醉中亦求名。淵明獨清真，談笑得此生。」濁醪妙理，杜甫《晦日尋崔戢李封》詩：「濁醪有妙理，庶用慰沉浮。」

⑨「回首」句，《漢書》卷一下《高帝紀》：「上還過沛，留，置酒沛宫，悉召故人父老子弟佐酒。發沛中兒得百二十人，教之歌。酒酣，上擊筑自歌，曰：『大風起兮雲飛揚，威加海内兮歸故鄉，安得猛士兮守四方？』令兒皆和習之。上乃起舞，忼慨傷懷，泣數行下。」

⑩「不恨」二句，《南史》卷三二《張融傳》：「融善草書，常自美其能。帝曰：『卿書殊有骨力，但恨無二王法。』答曰：『非恨臣無二王法，亦恨二王無臣法。』……常歎云：『不恨我不見古人，所恨古人又不見我。』」

⑪「知我」二句，知我者，《論語·憲問》：「子曰：『不怨天不尤人，下學而上達，知我者，其天乎？』」二三子，《論語·八佾》：「二三子，何患於喪乎？天下之無道也久矣。」《左傳·昭公三年》：「諺曰：『非宅是卜，唯鄰是卜。』二三子先卜鄰矣。」注：「二三子，謂鄰人。」

又

再用前韻

鳥倦飛還矣①。笑淵明瓶中儲粟，有無能幾②？蓮社高人留翁語，我醉寧論許事③？試沽酒重斟翁喜。一見蕭然音韻古，想東籬醉卧參差是④。千載下，竟誰似！元龍百尺高樓裏⑤。把新詩慇懃問我，停雲情味。北夏門高從拉攞，何事須人料理⑥？翁曾道繁華朝起〔一〕⑦。塵土人言寧可用？顧青山與我何如耳⑧！歌且和，楚狂子⑨。

【校】

〔一〕「曾」，《六十名家詞》本作「會」。此從廣信書院本。

【箋注】

①「鳥倦」句，《陶淵明集》卷五《歸去來兮辭》：「雲無心以出岫，鳥倦飛而知還。」

②「笑淵」二句，《歸去來兮辭》序：「余家貧，耕植不足以自給。幼稚盈室，瓶無儲粟。生生所資，未見其術。」《東坡志林》卷七：「予偶讀《歸去來辭》云：『幼稚盈室，瓶無儲粟。』乃知俗傳，信而有徵。使瓶有儲粟，亦甚微矣。此翁平生，只於瓶中見粟也耶？」

③「蓮社」二句，蓮社高人，見本書卷一二《漢宮春・即事》詞（行李溪頭闋）箋注。我醉欲眠，見本書卷八《醜奴兒・書博山道中壁》詞（少年不識愁滋味闋）箋注。寧論許事，宋人口語。周紫芝《太倉稊米集》卷六六《書張待舉詩集後》：「鄉里有張大人者，……滕公元發其友也。嘗爲錢塘守張侯客焉，滕公置酒高會，賓客滿座，飲方酣，即岸幘箕踞，大呼：『滕大，爾復能記共飲長安酒家，昏直而去耶？』坐客爲之失色。公笑曰：『寧論許事？但當痛飲醇酎耳！』」按：即

豈論此類事也。

④「想東」句，東籬醉卧，此合用陶淵明「采菊東籬下」詩句及「我醉欲眠」語也。參差是，白居易《長恨歌》：「中有一人字太真，雪膚花貌參差是。」

⑤「元龍」句，見本書卷六《水龍吟·登建康賞心亭》詞(楚天千里清秋闋)箋注。

⑥「北夏」二句，北夏門高從拉攞，《世説新語·任誕》：「任愷既失權勢，不復自檢括。或謂和嶠曰：『卿何以坐視元裒敗而不救？』和曰：『元裒如北夏門，拉攞自欲壞，非一木所能支。』」北夏門，即洛陽城北大夏門。《洛陽伽藍記》自叙：「北面有二門，西頭曰大夏門，漢曰夏門，魏晉曰大夏門。嘗造三層樓，去地二十丈。洛陽城門，樓皆兩重，去地百尺，惟大夏門甍棟干雲。」拉攞，余嘉錫《世説新語箋疏》注：「拉，摧也。攞字，……此乃六朝俗字，其義則推物使動也。今通作挪。……蓋愷之必敗，如城門之自壞，非一朝一夕之故矣。」從，聽之任之也。何事須人料理，《世説新語》同卷《簡傲》：「王子猷作桓車騎參軍，桓謂王曰：『卿在府久，比當相料理。』初不答，直高視，以手版拄頰云：『西山朝來，致有爽氣。』」

⑦「翁曾」句，陶潛《榮木》詩：「采采榮木，於兹託根。繁華朝起，慨暮不存。貞脆由人，禍福無門。匪道曷依，匪善奚敦？」

⑧「塵土」二句，塵土人，畢仲游《静勝軒》詩：「自怪塵土人，兹焉憩行役。」鄧肅《和謝吏部鐵字韻》詩：「自笑昔爲塵土人，春狂時逐賣符嗔。」寧可用，蔡絛《鐵圍山叢談》卷五：「成君曰：

有也。我少年時未識好惡，頃在桂林，與一韓生者游。……韓生曰：『今夕月色難得，我懼他夕風雨，儻夜黑，留此待緩急爾。』衆笑焉。……會天大風，俄日暮，風益亟，燈燭不得張，坐上墨黑，不辨眉目矣。衆大悶，一客忽念前夕事，戲𫛕韓生曰：『子所貯月光今安在，寧可用乎？』」顧青山與我何如耳，見本書卷一《滿江紅·盧國華由閩憲移漕建安陳端仁給事同諸公餞別》詞（宿酒醒時）箋注。

⑨「歌且」二句，《論語·微子》：「楚狂接輿，歌而過孔子曰：『鳳兮鳳兮，何德之衰？往者不可諫，來者猶可追。已而，已而，今之從政者殆而。』」

又

嚴和之好古博雅，以嚴本莊姓，取蒙莊、子陵四事，曰濮上，曰濠梁，曰齊澤，曰嚴瀨，爲四圖，屬余賦詞①。余謂蜀君平之高，揚子雲所謂「雖隨和何以加諸」者，班孟堅獨取子雲所稱述爲《王貢諸傳序引》，不敢以其姓名列諸傳，尊之也。故余以謂和之當併圖君平像，置之四圖之間，庶幾嚴氏之高節備焉。作《乳燕飛》詞使歌之〔一〕②

濮上看垂釣③。更風流羊裘澤畔④，精神孤矯。楚漢黄金公卿印，比着漁竿誰小〔二〕⑤？但過眼纔堪一笑。惠子焉知濠梁樂？望桐江千丈高臺好⑥。煙雨外，幾魚鳥！　古來如許高人少。細平章兩翁似與，巢由同調⑦。已被堯知方洗耳，畢竟塵污人了⑧。要名字人間如掃。我愛蜀莊沉冥者，解門前不使徵車到〔三〕⑨。君爲我，畫三老〔四〕⑩。

【校】

〔一〕題，四卷本丁集「余」皆作「予」，「以謂」作「謂」，「高節」後有「者」字，此從廣信書院本。「以謂」之「以」，四卷本原無。

〔二〕「着」，《六十名家詞》本作「看」。

〔三〕「車」，四卷本作「書」。

〔四〕「畫」，《六十名家詞》本作「盡」。

【箋注】

①題，嚴和之，名及事歷俱未詳。陸游《劍南詩稿》卷五〇《別嚴和之》詩：「器之魂逝已難招，尚有和之慰寂寥。今夜月明空歎息，想君孤櫂泊溪橋。（其一）千里風煙行路難，旅舟應過子陵灘。人間富貴知何物？莫負君家舊釣竿。（其二）」詩中之器之，見於《劍南詩稿》者，皆稱「莊器之賢良」。項安世《平庵悔稿》卷七《與鄭檢法莊賢良往三山訪陸提舉不值》詩題下自注：

「莊治器之。」《建炎以來朝野雜記》甲集卷一三《博學宏詞科》條：「淳熙十二年春，……陳天與守池，舉閩人莊治，丘宗卿守平江，舉郡人滕宬，十三年六月召試。二人皆四通，顔侍郎師魯爲考試官，言其文理平常，不應近制，遂罷之。自是制科無復得試者矣。」《宋會要輯稿·選舉》一一之三七載，淳熙十二年十月八日池州守臣陳良祐奏舉福州布衣莊治堪應賢良方正能言極諫科。次頁又載莊治有試卷不合格，詔賜束帛放歸事。張鎡《南湖集》卷一有《莊器之賢良居鏡湖上作吾亦愛吾廬六詩見寄》詩，知器之居紹興會稽。陸游詩作於嘉泰二年春，既並舉嚴和之、莊器之，二人似爲兄弟行，同居會稽。疑和之於會稽訪陸之後，遂前往信上，訪稼軒於期思，因有此作。《史記》卷一一二《平津侯主父列傳》：「趙人徐樂、齊人嚴安，俱上書言世務各一事。」《索隱》：「嚴本姓莊，明帝諱，後並改姓嚴也。」濮上，注見以下。濠梁，見本書卷八《滿江紅·遊南巖和范廓之韻》（笑拍洪崖闋）箋注。齊澤，嚴瀨，注亦見下。莊子爲蒙人，故謂蒙莊。子陵，嚴光也。

②「余謂」句至此，蜀君平之高，《高士傳》卷中：「嚴遵字君平，蜀人也。隱居不仕，常賣卜於成都市，日得百錢以自給。卜訖，則閉肆下簾，以著書爲事。揚雄少從之遊，屢稱其德。李强爲益州牧，喜曰：『吾得君平爲從事，足矣。』雄曰：『君可備禮與相見，其人不可屈也。』王鳳請交，不許。」「揚子雲」以下三句，《漢書》卷七二《王貢兩龔鮑傳》序：「蜀嚴湛冥，不作苟見，不治苟得。久幽而不改其操，雖隋、和何以加諸？舉兹以旃，不亦寶乎？自園公、綺里季、夏黄公、甪里先

生、鄭子真、嚴君平，皆未嘗仕，然其風聲足以激貪厲俗，近古之逸民也。」以上諸語，多取之《揚子法言》。所謂不以嚴君平姓名列於傳中，取尊敬其人之義也。

③「濮上」句，《莊子·秋水》：「莊子釣於濮水，楚王使大夫二人往先焉，曰：『願以竟内累矣。』莊子持竿不顧，曰：『吾聞楚有神龜，死已三千歲矣。王巾笥而藏之廟堂之上，此龜者寧其死爲留骨而貴乎？寧其生而曳尾於塗中乎？』二大夫曰：『寧生而曳尾塗中。』莊子曰：『往矣，吾將曳尾於塗中。』」

④羊裘澤畔，《後漢書》卷一一三《逸民·嚴光傳》：「嚴光字子陵，一名遵，會稽餘姚人也。少有高名，與光武同遊學。及光武即位，光乃變名姓，隱身不見。帝思其賢，乃令以物色訪之。後齊國上言，有一男子披羊裘釣澤中，帝疑其光，乃備安車玄纁，遣使聘之，三反而後至，舍於北軍。……車駕即日幸其館，光卧不起。帝即其卧所，撫光腹曰：『咄咄子陵，不可相助爲理邪？』光又眠不應，良久，乃張目熟視，曰：『昔唐堯著德，巢父洗耳。士故有志，何至相迫乎？』帝曰：『子陵，我竟不能下汝邪？』於是升輿歎息而去。……除爲諫議大夫，不屈，乃耕於富春山。後人名其釣處爲嚴陵瀨焉。」

⑤「楚漢」二句，楚漢黄金公卿印，荀悦《前漢紀》卷九《孝景紀》：「初，諸侯得自除吏，御史大夫已下官屬，擬於天子國家。惟置丞相，黄金印。自吴楚反之後，奪諸侯權，爲置二千石，去丞相曰相，銀印。」比着漁竿誰小，按：此言楚漢公卿黄金之印，皆比不上濮水、齊澤之漁竿。《湘山野

録》卷中：「范文正公謫睦州，過嚴陵祠下。……撰一絶送神曰：『漢包六合網英豪，一箇冥鴻惜羽毛。世祖功臣三十六，雲臺争似釣臺高？』」即此意。

⑥「惠子」二句，惠子焉知濠梁樂，莊子與惠子游於濠梁之上，語出《莊子·秋水》，見本書卷二《和趙昌父問訊新居之作》詩箋注。桐江千丈高臺，桐江即富春江。《輿地紀勝》卷八《兩浙西路·嚴州》：「桐廬江，……源出杭州於潛縣天目山，南流至桐廬縣東一里，合浙江。」《太平寰宇記》卷九五《江南東道·睦州》：「桐溪一名紫溪，水木泉石相映，自桐溪至於潛，有九十六瀨，第二即嚴陵瀨也。」《方輿勝覽》卷五《浙東路·建德府》：「釣臺，在桐廬西南二十九里，東西二臺，各高數百丈。……驚波間馳，秀壁雙峙，上有東漢故人嚴子陵釣臺。孤峰特操，聳立千仞。」

⑦「細平」二句，兩翁似與巢由同調，巢父、許由事，見本書卷一二《木蘭花慢·寄題吴克明廣文菊隱》詞（路傍人怪問闋）箋注。

⑧「畢竟」句，塵污人，見本書卷八《水調歌頭·九日遊雲洞和韓南澗尚書韻》詞（今日復何日闋）箋注。

⑨「我愛」二句，蜀莊沉冥，《揚子法言·問明》：「杜陵李彊，素善雄。久之，爲益州牧。喜謂雄曰：『吾真得嚴君平矣。』雄曰：『君備禮以待之，彼人可見而不可得詘也。』彊心以爲不然。及至蜀，致禮與相見，卒不敢言以爲從事。……蜀莊沉冥，蜀莊之才之珍也。不作苟見，不治苟得，久幽而不改其操，雖隋、和何以加諸？舉兹以旃，不亦寶乎？」解門前不使徵車到，解，即能

也。能讓徵車不到門。

⑩三老，謂蒙莊、嚴子陵、嚴君平。

水龍吟

別傅先之提舉。時先之有召命〔一〕①

只愁風雨重陽，思君不見令人老②。行期定否？征車幾輛，去程多少③？有客書來，長安却早去聲〔二〕。傳聞追詔④。問歸來何日？君家舊事，直須待，爲霖了⑤。　從此蘭生蕙長，吾誰與玩茲芳草⑥？自憐拙者，功名相避，去如飛鳥⑦。只有良朋，東阡西陌，安排似巧。到如今巧處，依然又拙，把平生笑。

【校】

〔一〕題，四卷本乙集作「別傅倅先之，時傅有召命」，此從廣信書院本。

〔二〕小注，四卷本闕。

【箋注】

①題，右詞應爲送傅兆赴召時所作。四卷本稱爲「傅倅先之」。查《嘉泰吳興志》序即傅兆所作，序中言及《吳興志》之肇始，言及郡守李公郎中及富公寺正，而此書卷一四《郡守題名》則載李景和慶元五年七月到任，嘉泰元年三月召赴行在，富琯嘉泰元年四月到任。序末自署「嘉泰改元臘月，郡丞廣信傅兆敬序」。按所謂郡丞者，應即通判，爲郡守之副貳，其職略相當於秦漢以來之郡丞、治中、別駕，故傅兆引古制以自稱。蘇轍《欒城集》卷二七《崔仝通判延州告詞》：「至於均賦役，平獄訟，實倉廩，郡丞事也。」可證。傅兆於湖州通判任内被召，必在稼軒嘉泰三年出帥浙東之前，右詞首句既言「風雨重陽」，則應在嘉泰二年九月。此蓋傅兆先歸鉛山，而後自鉛山赴行在，稼軒因有送行之作。其至臨安後，除行在所雜買務雜賣場提轄官，嘉泰三年七月到任，當月丁母憂，見《中興行在雜買務雜賣場提轄官題名》。同調詞（老來曾識淵明闋）於廣信書院本編序中列右詞之後，當爲同時或稍後所作，故亦附次於此後。

②「只愁」二句，風雨重陽，潘大臨題壁詩句：「滿城風雨近重陽。」見本書卷一〇《踏莎行·庚戌中秋後二夕帶湖篆岡小酌》詞（夜月樓臺闋）箋注。思君不見令人老，《古詩十九首》：「思君令人老，歲月忽已晚。」李白《峨嵋山月歌》：「夜發清溪向三峽，思君不見下渝州。」

③「行期」三句，韓愈《昌黎集》卷二一《送楊巨源少尹序》：「予忝在公卿，後遇病不能出，不知楊侯去時，城門外送者幾人？車幾兩？馬幾匹？道邊觀者，亦有歎息知其爲賢以否？」

④「長安」句，《舊唐書》卷七二《僕固懷恩傳》：「諸道節度使皆懼，非臣獨敢如此。近聞追詔，數人並皆不至。」

⑤「君家」三句，君家謂傅説。《尚書·説命》：「若歲大旱，用汝作霖雨。」此三句言傅家功名，直須做到宰相方了。

⑥「從此」二句，蘭、蕙，《困學紀聞》卷一七：「夾漈《草木略》以蘭蕙爲一物，皆今之零陵香也。然《離騷》『滋蘭樹蕙』，《招魂》『轉蕙氾蘭』，是爲二草，不可合爲一。」吾誰與玩兹芳草，《楚辭·九章·思美人》：「惜吾不及古人兮，吾誰與玩此芳草？」

⑦「自憐」三句，拙者，《孟子·盡心》下：「拙者雖得規矩之法，亦不能成器也。」去如飛鳥，蘇軾《江上看山》詩：「舟中舉手欲與言，孤帆南去如飛鳥。」

又①

老來曾識淵明，夢中一見參差是②。覺來幽恨，停觴不御③，欲歌還止。白髮西風，折腰五斗，不應堪此。問北窗高卧，東籬自醉，應别有，歸來意④。　須信此翁未死，到如今凜然生氣⑤。吾儕心事，古今長在，高山流水⑥。富貴他年，直饒未免〔二〕，也應無味⑦。

甚東山何事，當時也道，爲蒼生起⑧。

【校】

〔一〕「未免」，《六十名家詞》本作「來晚」，此從廣信書院本。

【箋注】

①題，右詞無題。嘉泰二年二月，韓侂胄爲實現開邊北伐意願，解除黨禁，一時黨人及被困之知名人士陸續起廢進用。稼軒有感於自身將亦不免，遂賦詞以寄懷抱。則右詞亦必此年九月間所作。

②參差是，見本卷前《賀新郎·再用前韻》詞（鳥倦飛還矣闋）箋注。

③「覺來」二句，覺來幽恨，本書卷六《新荷葉·和趙德莊韻》詞（人已歸來闋）有「翠屏幽夢，覺來水繞山圍」句，覺來，睡醒也。停觴不御，鮑照《代白紵舞歌詞四首》詩：「秦筝趙瑟挾笙竽，垂璫散佩盈玉除，停觴不御欲誰須？」御，一本作語。按：《左傳·襄公四年》：「匠慶用蒲圃之檟，季孫不御。」注：「御，止也。」

④「白髮」句至此，本書卷八《水調歌頭·九日遊雲洞和韓南澗尚書韻》詞上片云：「今日復何日，

黄菊爲誰開？淵明謾愛重九，胸次正崔嵬。酒亦關人何事，政自不能不爾，誰遣白衣來，醉把西風扇，隨處障塵埃。」可並參其箋注。

⑤「須信」二句，《世説新語·品藻》：「庾道季云：『廉頗、藺相如，雖千載上死人，懔懔恒如有生氣。』」

⑥高山流水，見本書卷七《滿庭芳·和洪丞相景伯韻》詞（傾國無媒閿）箋注。

⑦「富貴」三句，見本書卷八《水調歌頭·湯朝美司諫見和用韻爲謝》詞（白日射金闕閿）箋注。直饒，假如也。

⑧「甚東」三句，見本書卷一三《賀新郎·題趙兼善龍圖東山園小魯亭》詞（下馬東山路閿）箋注。

哨遍

趙昌父之祖季思學士，退居鄭圃，有亭名魚計，宇文叔通爲作古賦。今昌父之弟成父，於所居鑿池築亭，榜以舊名。昌父爲成父作詩，屬余賦詞，余爲賦《哨遍》①。莊周論「於蟻棄知，於魚得計，於羊棄意」，其義美矣。然上文論蝨託於豕而得焚，羊肉爲蟻所慕而致殘，下文將併結二義，乃獨置豕蝨不言，而遽論魚，其義無所從起。又間於羊蟻兩句之間，使羊蟻之義離不相屬，何耶？其必有深意存焉，顧後人未之曉耳。或言「蟻得水而死，羊得水而病，魚得水而活」，此最穿鑿，不成意趣。余嘗反復尋繹，終未能得。意世必有能讀此書而了其義者，他日倘見之而問焉。姑先識余疑於此詞云爾〔一〕②。

池上主人，人適忘魚，魚適還忘水。洋洋乎，翠藻青萍裏③。想魚兮無便於此〔二〕。嘗試思，莊周正談兩事，一明豕蝨一羊蟻。説蟻慕於羶，於蟻棄知。又説於羊棄意。甚蝨焚於豕獨忘之，却驟説於魚爲得計？千古遺文，我不知言，以我非子④。噫〔三〕。子固非魚，魚之爲計子焉知？河水深且廣，風濤萬頃堪依。有網罟如雲，鵜鶘成陣，過而留泣計應非⑤。其外海茫茫，下有龍伯，饑時一啖千里⑥。更任公五十犗爲餌，使海上人人厭腥味⑦。似鯤鵬變化能幾〔四〕⑧？東遊入海此計，直以命爲嬉。古來謬算狂圖，五鼎烹死，指爲平地〔五〕⑨。嗟魚欲事遠遊時，請三思而行可矣⑩。

【校】

〔一〕題，《六十名家詞》「爲成父作詩」前闕「昌父」二字，「屬余」後闕「賦詞余爲」四字，此從廣信書院本。

〔二〕「想」，《六十名家詞》本作「相」。

〔三〕「噫」，廣信書院本、王詔校刊本此字在「子固非魚」之後，此據《六十名家詞》本、四印齋本改。

〔四〕「能」，《六十名家詞》本闕。

〔五〕「指」，《六十名家詞》本作「栢」。

【箋注】

①「趙昌」句至此，劉宰《漫塘文集》卷三一《章泉趙先生墓表》：「先生姓趙氏，諱蕃，字昌父。其先自杭徙汴，由汴而鄭。南渡，居信之玉山。曾祖暘，朝散大夫直龍圖閣，提舉江州太平觀。祖澤，迪功郎海州朐山縣主簿，贈承議郎。父渙，奉議郎通判沅州，贈朝奉郎。龍圖殁葬玉山之章

泉，先生因家焉，故世號章泉先生。」周必大《益國文忠公集》卷五〇《跋魚計亭賦》：「蜀人宇文公虚中以政和六年自右史除中書舍人，……宣和二年秋，上思舊人，復還詞掖，方且進用，而公疑不自安。明年，以顯謨閣待制出知陝州，又明年二月，爲滎陽趙公叡作《魚計亭賦》，引物連類，開闔古今，深得東坡、潁濱之筆勢。適有天幸出入侍從，身名俱榮者，值好文之主也。趙公字彦思，熙寧六年進士，當元祐初，英俊聚朝，以奉議郎禮部編修貢籍，首與孫逢吉彦同作《職官分紀序》。後數年，秦觀少游方繼之，才名亦可知矣。尋自秘閣校理遷太常博士，知登、隨、商三州，召爲郎，出提點京東刑獄，攝帥青社。年五十九，奉祠就養，閑居二十五年。其子諱暘，字乂若。紹聖元年甲科。大觀三年爲郎，宣和四年知同州，靖康中除少府監、左右正言、秘書少監。建炎間直龍圖閣，提點江淮路鑄錢。子澤，終朐山簿。簿生涣，終奉議郎，通判沅州。二子蕃，學問過人，恬於進取，連任嶽祠，居以詩名。弟蒧，亦嗜學好修，有子曰适。慶元己未擢第，距熙寧已百年，而家學不絶。今蒧得宇文公墨，刻於兵火之餘，求記本末，於傳有之，五世其昌，並於正卿。又曰：世濟其美，不隕其名。請以是爲祝規。嘉泰二年九月辛亥。」按：右題中季思學士，即趙叡，周必大跋語謂字彦思，或其人字彦思而兄弟中居季，故稼軒謂之季思。乃趙蕃之高祖，稼軒謂之祖，籠統稱之也。於鄭州創魚計亭者，即趙叡也。宇文叔通名虚中，成都府華陽人，登大觀三年進士第。建炎二年出使議和，被留金國。官翰林學士，金人號爲國師。金皇統四年，以謀反罪被殺。宋人以其不忘故國，於淳熙間贈謚肅愍。《宋史》卷三七一、《金史》卷七九俱有傳。虚中所作《魚計亭賦》，今載於〔乾隆〕《玉山縣志》卷三、〔同治〕《玉山縣志》卷一。昌父之弟成父，即周必大跋中之趙蕆。〔同治〕《玉山縣志》卷一〇《雜類》載：「史載趙蕃年八十七，亦不言兄弟。按：昌父弟成父，號定庵，見戴復古《二老歌》、葉水心《魚計亭》詩。《鶴林玉露》云：『章泉趙昌甫兄弟俱隱玉山之下，蒼顔華髮，相從於泉石之間，皆年近九十，真人間至樂之事，亦人間希有之事也。』」魚計亭，同志卷一載：「魚計亭，趙暘父叡居鄭州時所名字，宇文虚中爲之賦，後四世孫蕆復作亭於縣之章泉，以舊賦刻石，亦以名亭。」章泉，見本書卷一二《鷓鴣天・和章泉趙昌父》詞（萬事紛紛一笑中闋）箋注。右詞作年，題中未有所得。韓淲《澗泉集》卷一四《題魚計編後》詩有云：「積水閑題魚計名，一亭元自野而清。幾年來往疑無謂，舉世行藏定不驚。鄭圃賦留南渡久，瓢泉曲到老來平。詩編多少臨淵興，徒得旁觀句眼明。」據此亦不能遽定。然據周必大跋文，嘉泰二年趙蕃之弟蕆得宇文虚中墨跡，刻於兵火之餘，求記本末，而右詞亦必當時遍求詩詞以紀其事時所作也。

②「莊周」句至此，《莊子・徐無鬼》：「有暖姝者，有濡需者，有卷婁者。所謂暖姝者，學一先生之言，則暖暖姝姝。而私自説也，自以爲足矣，而未知未始有物也。是以謂暖姝者也。濡需者，豕蝨是也。擇疏鬣，自以爲廣宫大囿；奎蹄曲隈，乳間股腳，自以爲安室利處。不知屠者之一旦鼓臂布草，操煙火，而己與豕俱焦也。此其所謂濡需者也。卷婁者，舜也。羊肉不慕蟻，蟻慕羊肉，羊肉羶也。舜有羶行，百姓悦之，故三徙成都，至鄧之虚，而十有萬家。堯聞舜之賢，舉之童

土之地，曰：『冀得其來之澤。』舜舉乎童土之地，年齒長矣，聰明衰矣。而不得休歸，所謂卷婁者也。是以神人惡衆至，衆至則不比，不比則不利也。故無所甚親，無所甚疏。抱德煬和，以順天下，此謂真人。於蟻棄知，於魚得計，於羊棄意。」按：稼軒於題中言：「或言蟻得水而死，羊得水而病，魚得水而活，此最穿鑿，不成意趣。」此見於郭慶藩、孟純《莊子集釋》卷二四所引司馬彪注語：「蟻得水則死，魚得水則生，羊得水則病。」其疏「於蟻棄知」數語有云：「不慕羊肉之仁，故於蟻棄智也。不爲羶行教物，故於羊棄意也。既遺仁義，合乎至道，不傷濡沫，相忘於江湖，故於魚得計。」

③「洋洋」二句，洋洋乎，《孟子·萬章》上：「昔者有饋生魚於鄭子産，子産使校人畜之池。校人亨之，反命曰：『始舍之，圉圉焉，少則洋洋焉，攸然而逝。』子産曰：『得其所哉，得其所哉！』」翠藻青萍，本書卷八《水調歌頭·盟鷗》詞：「破青萍，排翠藻，立蒼苔。」

④「我不」二句，不知言，《論語·堯曰》：「子曰：『不知命，無以爲君子也；不知禮，無以立也；不知言，無以知人也。』」以我非子，《莊子·秋水》：「惠子曰：『我非子，固不知子矣。子固非魚也，子之不知魚之樂全矣。』」

⑤「有網」三句，網罟，《莊子·胠篋》：「鉤餌網罟罾笱之知，多則魚亂於水矣。」罟亦魚網也。同書《外物》：「魚不畏網而畏鵜鶘。」過而留泣，古樂府《枯魚過河泣》：「枯魚過河泣，何時悔復及。」

⑥「下有」二句，《列子·湯問》：「渤海之東，不知幾億萬里，有大壑焉，實惟無底之谷。……龍伯之國有大人，舉足不盈數步，而暨五山之所，一釣而連六鼇，合負而趣歸其國，灼其骨以數焉。於是岱輿、員嶠二山流於北極，沉於大海，仙聖之播遷者巨億計。」

⑦「更任」二句，《莊子·外物》：「任公子爲大鉤巨緇，五十犗以爲餌，蹲乎會稽，投竿東海，旦旦而釣，期年不得魚。已而大魚食之，牽巨鉤陷没而下，鶩揚而奮鬐，白波若山，海水震蕩，聲侔鬼神，憚赫千里。任公子得若魚，離而腊之，自浙河以東，蒼梧以北，莫不厭若魚者。」

⑧「似鯤」句，《莊子·逍遥遊》：「北冥有魚，其名爲鯤。鯤之大，不知其幾千里也。化而爲鳥，其名爲鵬。鵬之背，不知其幾千里也。」

⑨「古來」三句，謬算狂圖，蘇軾《送安惇秀才失解西歸》詩：「狂謀謬算百不遂，惟有霜鬢來如期。」五鼎烹死，《史記》卷一一二《平津侯主父列傳》：「且丈夫生不五鼎食，死即五鼎烹耳。吾日暮途遠，故倒行暴施之。」指爲平地，意即以爲坦途。《論衡·須頌》：「地有丘洿，故有高平。或以钁鍤平而夷之，爲平地矣。」

⑩三思而行，《論語·公冶長》：「季文子三思而後行，子聞之曰：『再斯可矣。』」

【附録】

宇文虚中叔通

魚計亭賦

惟造化之賦物，各異形於一氣。伊衆魚之甦衍，實有繁於庶類。凡物皆病水之覆溺，而爾獨忘之以生死。視波濤若虛空，是未概之以常理。若乃江河陂澤，潢汙沼沚。依蒲藻以孕穀，散蟻粟與蛟秠。春陽嘘以和柔，亦舒中而胖體。迫而視之，則若有若亡，棘端稻芒。羣眩旋以角逐，炯雙目之微光。表裏洞其何有？亦自適而相忘。日月云邁，既漫而長。告添丁於水府，脱阽危於鱅綱。漸鱗鬐之完好，差可別其名狀。於是南嘉丙出，北鮪春登。河腴濁膩，海月因仍。縱頒首於鎬澤，鈎縮頸於襄陵。井谷旁出以距躍，涸轍號呼於斗升。口明珠以酬惠，腹丹書而掛罾。雙鯉贈以修好，三鱣墜爲吉徵。泳梁濠以自得，越山澤而可乘。避城火而勿近，鼓風雷而上征。出北海而秦滅，躍中河而姬興。若其詭狀殊形，目駭心忤。象喙鹿觡，跂行翼翥。擁海若以前驅，擊馮夷之靈鼓。奔騰於决堰之津，冠帶乎燬犀之浦。若石言於晉郊，若星隕於晝雨。溟海善下，蛟龍所舍。呼則流沫千里，吸則萬艘一呀。噴霧則天地昏晝，吐風則星辰蕩夜。伊天地之未徙，跧造物其將化。忽鱗蜕而矯翼，九萬里而風斯在下；嗟山川與古今，曾何異乎塵埃與野馬？夫先生兹之爲計也，將何所取舍乎？將小取於武陽，千針而一舉筋乎？大釣於會稽，十五犗而未飫乎？抑畜之三年，致陶朱之富乎？捄之十千，得長者而悟乎？羊裘澤中，避萬乘之主乎？直鈎渭曲，希卜獵之遇乎？先生笑而言曰：「子觀其外，我遊其内。語大則宇宙猶隘，語小則毫末非礙。冥二者於一致，復何疑於變態？悠悠一世，埃旋茅靡。挾勢交於翻手，快淫福於盈眥。據累棋以自逸，忽尋橦之危墜。彼且甘心於馳驅，則孰知真樂之所在？此故必曰『於蟻棄知，於羊去意』，然後曰『於魚得計』也。」予於是輾然而喜，釋然而悟曰：「微先生，吾不聞此言，願書紳而志之。」（〔乾隆〕《玉山縣志》卷三）

品　令

族姑慶八十，來索俳詞①

更休説，便是箇住世觀音菩薩②。甚今年容貌八十歲，見底道纔十八？　莫獻壽星香燭，莫祝靈椿龜鶴〔一〕。只消得把筆輕輕去③，十字上添一撇。

【校】

〔一〕「靈椿龜鶴」，四卷本丙集作「重龜椿鶴」，此從廣信書院本。

【箋注】

①題，據《宋故資政殿學士左通議大夫致仕東萊郡開國侯贈左光禄大夫辛公墓志銘》，辛次膺一子名種學，無女。右所謂族姑，如係辛助、辛勣之姑，則應爲次膺兄弟元膺、少膺之女。右詞作年無考，其或因辛勣過别，遂一併有慶壽詞之作也。

②觀音菩薩，見本書卷九《水龍吟·題雨巖巖類今所畫觀音補陀》詞（補陀大士虛空闕）箋注。

③只消得，只須。

感皇恩

慶嬸母王恭人七十[一]①

七十古來稀②，未爲希有[二]。須是榮華更長久。滿牀靴笏，羅列兒孫新婦③。精神渾似箇[三]，西王母④。　遥想畫堂，兩行紅袖。妙舞清歌擁前後⑤。大男小女，逐箇出來爲壽。一箇一百歲，一杯酒。

【校】

[一]題，四卷本丙集作「爲嬸母王氏慶七十」，此從廣信書院本。

[二]「希」，四卷本作「稀」。

[三]「似」，四卷本作「是」。

【箋注】

①題，嬸母王恭人，應即辛助、辛勷之母。《辛公墓志銘》：「男種學，右承議郎。」《菱湖辛氏族

譜·隴西派下支分萊州世系》載次膺室王氏，贈新安郡夫人。又載一男種學，未載其室。然王恭人必種學夫人無疑也。

②「七十」句，見本書卷六《感皇恩》詞（七十古來稀關）箋注。

③「滿牀」二句，滿牀靴笏，《舊唐書》卷七七《崔神慶傳》：「開元中，神慶子琳等皆至大官，羣從數十人，趨奏省闥。每歲時家宴，組珮輝映，以一榻置笏，重疊於其上。」羅列兒孫新婦，《世説新語·識鑑》：「周伯仁母，冬至舉酒，賜三子曰：『吾本謂渡江託足無所，爾家有相，爾等並羅列吾前，復何憂？』」王得臣《麈史》卷二《辨誤》：「按今之尊者，斥卑者之婦曰新婦。卑對尊稱其妻，及婦人凡自稱者，則亦然。則世人之語，豈盡無稽哉？而不學者輒易之曰媳婦，又曰室婦，不知何也。」知新婦即媳婦也。

④西王母，《太平廣記》卷五六《西王母》條：「西王母者，九靈太妙龜山金母也，一號太虚九光龜臺金母元君，乃西華之至妙洞陰之極尊。……爲極陰之元位，配西方，母養羣品，天上天下三界十方女子之登仙者得道者，咸所隸焉。……周穆王時，命八駿與七萃之士，使造父爲御，西登崑崙，而賓於王母。穆王持白珪重錦，以爲王母壽。」

⑤「遥想」三句，畫堂、紅袖，見本書卷一〇《瑞鶴仙·壽上饒倅洪莘之》詞（黄金堆到斗關）箋注。妙舞清歌，盧照鄰《登封大酺歌四首》：「繁絃綺席方終夜，妙舞清歌歡未歸。」

破陣子

趙晉臣敷文幼女縣主覓詞①

菩薩叢中惠眼，碩人詩裏蛾眉②。天上人間真福相，畫就描成好靨兒③。行時嬌更遲。　勸酒偏他最劣④，笑時猶有些癡。更着十年君看取，兩國夫人更是誰⑤？殷勤秋水詞⑥。

【箋注】

①題，趙晉臣爲宋宗室，其幼女遂受封。《續資治通鑑長編》卷二一二：「熙寧三年六月癸酉，詔羣臣封爵至大國者，更不改封。其封妻者，隨夫郡國。上批宗室女封郡縣主，亦乖義理，遂詔中書編修條例官檢詳故事取旨，既而條例司言：……遂以太子女爲郡主，封郡親王女爲縣主。封縣其始，疑因避帝女之號，去公字，以嫌故，又不稱翁主，則稱主者，非復有主婚之義，猶曰主君而已。」其幼女既於酒席上覓詞，且又有勸酒最劣語，知其年齡當在十歲之上，笄年之前。

②「菩薩」二句，菩薩惠眼，《維摩經疏》卷三：「如來天眼見一切無量世界。……二乘惠眼，唯見升空。菩薩惠眼，具見二空，而不窮盡。」碩人詩裏蛾眉，《詩·衛風·碩人》：「螓首蛾眉，巧笑

倩兮，美目盼兮。」

③「畫就」句，沈自南《藝林彙考·服飾篇》卷四：「靨，頰輔也。洛神賦：明眸善睞，靨輔承權。自吴宫有獺髓補痕之事。唐韋固妻，少時爲盜刃所刺，以翠掩之。女妝遂有靨飾。……温飛卿詞：『繡衫遮笑靨，煙草粘飛蝶。』……又：『笑靨嫩疑花拆，愁眉翠斂山横。』宋詞：『杏靨夭斜，梅鈿輕薄。』又：『小唇秀靨，團鳳眉心倩郎貼。』則知此飾，五代宋初爲盛。」

④「勸酒」句，「劣」，反訓詞，意即乖、好。

⑤兩國夫人，《宋史》卷二四六《宗室傳》：「魏惠憲王諱愷，……莊文太子薨，愷次當立，帝意未決，既而以恭王英武類己，竟立之。加愷雄武保寧軍節度使，追封魏王，判寧國府。妻華國夫人韋氏，特封韓魏兩國夫人，以示優禮。」按：此孝宗時事。宋代兼封兩國，始於元臣拜兩鎮節度使，韓琦、文彦博、吕頤浩三人皆拜兩鎮。渡江後，大將韓世忠、張俊、劉光世皆至三鎮。而政和以後，蔡京、童貫、秦檜封兩國公，於是三代及小君皆加兩國之贈。如紹興十二年，秦檜封兩國，請改封其母秦魏國夫人。此見於《建炎以來朝野雜記》甲集卷一二《兩鎮三鎮節度使》及《兩國公主兩國夫人》條。然在檜母之前，韓世忠夫人梁氏蓋已因軍功封兩國夫人矣。

⑥秋水詞，秋水，謂秋水觀主人，自稱也。

感皇恩

壽鉛山陳丞及之〔一〕①

富貴不須論，公應自有②。且把新詞祝公壽。當年仙桂，父子同攀希有。人言金殿上，他年又〔二〕③。

冠冕在前，周公拜手，同日催班魯公後④。此時人羨，緑鬢朱顔依舊。親朋來賀喜，休辭酒。

【校】

〔一〕題，四卷本丙集「鉛山」二字闕，此從廣信書院本。

〔二〕「又」，《六十名家詞》本作「久」。

【箋注】

①題，陳丞及之，《淳熙三山志》卷三一：「紹熙元年庚戌余復榜，陳擬字及之，羅源人，父與行，同榜。終通直郎。……陳與行，字叔達，羅源人。子擬，同榜。終朝請大夫知興化軍。」〔乾隆〕《鉛山縣志》卷五《秩官》載宋代鉛山縣丞共二十六人，陳擬爲最後一人。其何時丞鉛山，尚難考證。

今姑置於嘉泰二年稼軒出仕浙東之前。孫應時《燭湖集》卷二〇有《和陳及之》及《再和》七絶詩各五首，應即此人。

②「富貴」二句，《史記》卷七九《范雎蔡澤列傳》：「蔡澤者，燕人也。游學干諸侯，小大甚衆，不遇，而從唐舉相。……蔡澤知唐舉戲之，乃曰：『富貴吾所自有，吾所不知者，壽也，願聞之。』」

③「當年」四句，當年仙桂，謂陳擬父子同榜成進士。人言金殿上，他年又，則祝其父子再登金殿。按：稼軒作此詞時，雖距陳擬父子登第有年，然必尚未改秩。查自乾道以來，增教授，添縣丞及諸司屬官，皆延長選人年限之舉措。見趙彦衛《雲麓漫鈔》卷四《選人之制》條。而一旦選人得以改官，則須赴行在，臨軒召見，同班改秩，如同登第唱名。此見於曾丰《緣督集》卷一七《同班小録序》及劉克莊《後村先生大全集》卷九四《甲申同班小録序》所載。稼軒所云，當指此也。

④「冠冕」三句，《史記》卷三三《周魯公世家》：「周公卒，子伯禽固已前受封，是爲魯公。魯公伯禽之初受封，之魯三年而後報政周公。周公曰：『何遲也？』伯禽曰：『變其俗，革其禮，喪三年，然後除之，故遲。』」《公羊傳·文公十三年》：「周公何以稱大廟於魯？封魯公以爲周公也。周公拜乎前，魯拜乎後。曰：『生以養周公，死以爲周公主。』」

臨江仙 戲爲期思詹老壽①

手種門前烏桕樹②，而今千尺蒼蒼。田園只是舊耕桑。杯盤風月夜，簫鼓子孫忙。七十五年無事客，不妨兩鬢如霜。緑窗剗地調紅妝③。更從今日醉，三萬六千場④。

【箋注】

①題，詹氏爲鉛山著姓。〔乾隆〕《鉛山縣志》卷七《寓賢》：「詹復字仲仁，崇安人，宋景祐五年進士，累官至中憲大夫，浙江副使。賦性恬静，操守廉潔。因金人有犯闕之意，奉親以歸，寓邑之永平橋東崇義鄉。」按：景祐爲宋仁宗年號，下距金人犯闕之靖康元年七十五年，詹復若果於靖康初寓居鉛山，當已近百歲矣。至嘉泰間則已一百六十餘年矣。且中憲大夫亦非宋官。知上述記載必有錯誤。然崇義鄉即詹家之稼軒鄉，今鄉民所藏《詹氏宗譜》記載，詹氏自北宋時居此，已三十餘代。詹老必與詹復相關，或即其子孫也。

②「手種」句，温庭筠《西洲曲》：「門前烏桕樹，慘澹天將曙。」烏桕樹，可參本書卷一二《玉樓春》詞（三三兩兩誰家女闋）箋注。

③剗地，依舊。

④「三萬」句，見本書卷一〇《鵲橋仙·壽余伯熙察院》詞（豸冠風采閿）箋注。

鵲橋仙

贈鷺鷥①

溪邊白鷺，來吾告汝：溪裏魚兒堪數②。主人憐汝汝憐魚〔一〕，要物我欣然一處。

白沙遠浦，青泥別渚，剩有鰕跳鰍舞③。聽君飛去飽時來〔二〕，看頭上風吹一縷。

【校】

〔一〕「主人」句，《六十名家詞》本作「主憐汝汝又憐魚」，此從廣信書院本。

〔二〕「聽」，四卷本丁集作「任」。

【箋注】

①題，〔同治〕《鉛山縣志》卷五《物産》：「鷺，一名屬玉，水鳥也。林棲水食，羣飛成序，潔白如雪，喙長腳高，尾短，頂有長毛十數莖，毵毵然如絲，每欲捕魚則餌之。」

②魚兒堪數，蘇軾《臘日遊孤山訪惠勤惠思二僧》詩：「水清石出魚可數，林深無人鳥自呼。」陳師道《山口阻風》詩：「向晚風力微，湖清魚可數。」俞文豹《吹劍録》：「陳夢建《鷺》詩：『溪清水淺魚能幾，莫遣泥沙惡雪衣。』」剩有，猶有。

③「白沙」三句，白沙，地名，在河口鎮南八里鉛山河上，有白沙洲，即此。青泥，當亦地名，待考。

河瀆神

女城祠，效花間體〔一〕①

芳草緑萋萋②，斷腸絶浦相思。山頭人望翠雲旗，蕙肴桂酒君歸〔二〕③。　惆悵畫簷雙燕舞，東風吹散靈雨④。香火冷殘簫鼓，斜陽門外今古。

【校】

〔一〕題，四卷本丙集「祠」作「詞」，此從廣信書院本。

〔二〕「蕙肴桂酒」，四卷本作「蕙香佳酒」。

【箋注】

①題，女城祠，〔乾隆〕《鉛山縣志》卷一：「女城山，縣東三十里，山形如乳。」同書卷一五：「女城祠，縣東三十里女城山。世傳女仙孔氏八娘，唐肅宗乾元二年嘗賜冠帔，其説不經。或謂山形如乳，意其後名以聲訛，廟以山訛。」按：鉛山河會紫溪於五堡洲南，隨即分流，再會於洲北。女城山即獨立於河之東南。花間體，《直齋書録解題》卷二一：「《花間集》十卷，蜀歐陽炯作序，稱衛尉少卿字宏基者所集，未詳何人。其詞自温飛卿而下十八人，凡五百首，此近世倚聲填詞之祖也。詩至晚唐五季，氣格卑陋，千人一律，而長短句獨精巧高麗，後世莫及，此事之不可曉者。」朱彝尊《詞綜》發凡：「花間體製調即是題，如《女冠子》則詠女道士，《河瀆神》則爲送迎神曲，《虞美人》則詠虞姬是也。」右詞及《鷓鴣天》一首作年皆莫考，以其作於寓居鉛山期間，故附次於此卷之末。

②「芳草」句，毛熙震《浣溪沙》詞：「花榭香紅煙景迷，滿庭芳草緑萋萋。」

③「山頭」二句，雲旗，《楚辭・離騷》：「駕八龍之婉婉兮，載雲旗之委蛇。」蕙肴桂酒，《九歌・東皇太一》：「蕙肴蒸兮蘭藉，奠桂酒兮椒漿。」

④「東風」句，《九歌・東皇太一》：「杳冥冥兮羌晝晦，東風飄兮神靈雨。」

鷓鴣天　石門道中①

山上飛泉萬斛珠，懸崖千丈落鼪鼯②。已通樵徑行還礙，似有人聲聽却無。　閑略彴，遠浮屠③，溪南修竹有茅廬④。莫嫌杖屨頻來往，此地偏宜着老夫。

【箋注】

①題，右詞記蕊雲洞、石門源歸途，而以石門道爲題。石門源在今鉛山稼軒鄉，即詹家東南十里，以水出兩石門得名。而右詞首二句所記乃詹家以東二十二里徐巖塢之蕊雲洞。徐巖塢則在石門源東北十四里處。自徐巖至期思，石門正在半途。稼軒右詞所謂「溪南修竹有茅廬」者，蓋期思渡與五堡洲俱在溪南。與石門源在四五里間，可以杖履頻來往者，如在徐塢巖，則有二十餘里之遠。知右詞題謂石門道中，乃詠蕊雲洞過石門乃至溪南之中途者。據「此地偏宜着老夫」語，亦應詠此也。

②「山上」二句，〔嘉慶〕《續修鉛山縣志》卷二：「蕊雲洞，縣東三十里。極山之巔，循澗六七里始至，始有飛瀑臨其前洞之口，如門者三，中倚一石巖屏狀，周旋可轉。最後懸一龍首，水出不竭，

由外而内，類碧玉池中起蕊雲，縝密可玩。舊名徐塢，因其狀更今名。辛稼軒《鷓鴣天》詞：「……」杜甫《自閬州領妻子却赴蜀山行三首》詩：「轉石驚魑魅，抨弓落狖鼯。」餘參本書卷七《滿江紅·賀王帥宣子平湖南寇》詞（笳鼓歸來閧）箋注。

③略彴、浮屠，蘇軾《同王勝之游蔣山》詩：「略彴横秋水，浮屠插暮煙。」《東坡詩集注》卷二：「略彴，横木橋也。」陸龜蒙詩：『頭經略彴冠微亞，腰插苓箵帶轟頻。』」

④「溪南」句，茅廬謂稼軒五堡洲秋水觀之居也。

西江月

示兒曹，以家事付之〔一〕①

萬事雲煙忽過，百年蒲柳先衰〔二〕②。而今何事最相宜？宜醉宜遊宜睡③。早趁催科了納，更量出入收支。乃翁依舊管些兒，管竹管山管水。

【校】

〔一〕題，四卷本丙集作「以家事付兒曹示之」，此從廣信書院本。

〔二〕「百年」，四卷本作「一身」。

【箋注】

①題，右詞在廣信書院本同調詞中排列最後，當爲嘉泰間所作。

②「萬事」二句，雲煙忽過，《東坡全集》卷三六《寶繪堂記》：「既而自笑曰：吾薄富貴而厚於書，輕死生而重畫，豈不顛倒錯繆，失其本心也哉？自是不復好。見可喜者，雖時復蓄之，然爲人取去，亦不復惜也。譬之煙雲之過眼，百鳥之感耳，豈不欣然接之？去而不復念也。」蒲柳先衰，《世説新語・言語》：「顧悦與簡文同年，而髮蚤白。簡文曰：『卿何以先白？』對曰：『蒲柳之姿，望秋而落；松柏之質，經霜彌茂。』」

③「宜醉」句，陳與義《菩薩蠻・荷花》詞：「南軒面對芙蓉浦，宜風宜月還宜雨。」

醜奴兒

和鉛山陳簿韻二首〔一〕①

鵝湖山下長亭路，明月臨關②。明月臨關，幾陣西風落葉乾？　新詞誰解裁冰雪，筆墨生寒。筆墨生寒，會説離愁千萬般。

【校】

〔一〕題，四卷本丁集作「和陳簿」，此從廣信書院本。

【箋注】

①題，鉛山陳簿，〔乾隆〕《鉛山縣志》卷五《秩官》載宋代鉛山縣主簿共四十二人，其中陳姓才四人，即陳世京、陳某（闕名）、陳仲謂、陳疇。前二人排名在前，當爲北宋人，陳仲謂字謇叔，閩縣人，紹興十八年進士，見《紹興十八年同年小録》。右詞之陳簿不可能是此人。右詞所和者或即陳疇。〔雍正〕《江西通志》卷六《南安府》載嘉定十三年知軍陳疇築城完工。〔雍正〕《湖廣通志》卷四五亦載陳疇寶慶中知永州。右詞爲送陳簿任滿而歸時所賦，賦詞之年亦不可考。廣信書院本《和陳簿二首》在同調詞中排列最後，故編置於稼軒晚年再出之前。

②「鵝湖」二句，鵝湖山下長亭路，〔嘉靖〕《鉛山縣志》卷四：「鵝湖驛，在北門大義橋外。」同書卷六：「大義橋，在城北，去縣治一百另十步，一名萬安橋，砌石礅九座，高十丈，横闊十丈，上爲屋五十三間。」按：自鵝湖驛至鵝湖山，驛路十里。明月臨關，王安石《贈長寧僧首》詩：「欲倩野雲朝送客，更邀江月夜臨關。」

又

年年索盡梅花笑①，疏影黄昏。疏影黄昏，香滿東風月一痕。清詩冷落無人寄，雪豔冰魂②。雪豔冰魂，浮玉溪頭煙樹村③。

【箋注】

①索盡梅花笑，杜甫《舍弟觀赴藍田取妻子到江陵喜寄三首》詩：「巡簷索共梅花笑，冷蕊疏枝半不禁。」

②雪豔冰魂，蘇軾《再用前韻》詩：「羅浮山下梅花村，玉雪爲骨冰爲魂。」

③浮玉溪，指信江。

辛棄疾集編年箋注卷一五

按：本卷所收詞，共二十二首。起嘉泰三年癸亥（一二〇三），迄開禧三年丁卯（一二〇七），起知紹興府至鉛山即世期間所賦。

長短句

浣溪沙

常山道中即事〔一〕①

北隴田高踏水頻，西溪禾早已嘗新②。隔牆沽酒煮纖鱗〔二〕。　忽有微涼何處雨，更無留影霎時雲。賣瓜人過竹邊村〔三〕。

【校】

〔一〕題，四卷本丙集「即事」二字闕，此從廣信書院本。

〔二〕「煮」，四卷本闕。

〔三〕「人」，四卷本作「聲」。

【箋注】

①題，常山，歐陽忞《輿地廣記》卷二三《兩浙路》下《衢州》：「常山縣，本信安縣地。唐咸亨五年置常山縣，屬婺州。垂拱二年來屬，乾元元年屬信州，後復故。有常山。」〔光緒〕《常山縣志》卷一四：「自西門至草萍四十里，與江右玉山界。舊砌以石，爲車御重建，並禁車運，人樂平坦焉。」按：常山爲信上東行必經之途，西接信州之玉山縣。《縣志》卷一二《驛鋪》載常山縣西路十五里爲舒家塘鋪，五里蔣蓮鋪，十里白石鋪。稼軒嘉泰三年以朝請大夫、集英殿修撰起知紹興府兼兩浙東路安撫使，見《寶慶會稽續志》卷二。赴任途中，即走常山道，其時正值夏初季節（稼軒以是年六月十一日到任），遂有右詞即事之作。

②「北隴」二句，踏水，以水車車水灌田。《渭南文集》卷四三《入蜀記》一載：「過合路，居人繁夥，賣鮓者尤衆。道旁多軍中牧馬。運河水泛溢，高於近村地至數尺，兩岸皆車出積水。婦人兒童

竭作，亦或用牛。婦人足踏水車，手猶績麻不置。」已嘗新，張舜民《打麥》詩：「貴人薦廟已嘗新，酒醴雍容會所親。」

漢宮春

會稽蓬萊閣觀雨〔一〕①

秦望山頭，看亂雲急雨，倒立江湖②。不知雲者爲雨，雨者雲乎③？長空萬里，被西風變滅須臾④。回首聽月明天籟，人間萬竅號呼⑤。誰向若耶溪上，倩美人西去，麋鹿姑蘇⑥？至今故國人望，一舸歸歟⑦！歲云暮矣，問何不鼓瑟吹竽⑧？君不見王亭謝館，冷煙寒樹啼烏⑨。

【校】

〔一〕題，廣信書院本之右詞，原題「會稽蓬萊閣懷古」，所寫却爲雨中會稽。而次首原題爲「會稽秋風亭觀雨」，而全詞並無觀雨之意境。因知兩詞題末二字，乃爲誤倒，因以意徑相與調換。另據姜夔和詞之題，右詞亦應作蓬萊閣，而非關秋風亭。

【箋注】

①題，右詞爲嘉泰三年夏，在紹興府所賦。《輿地紀勝》卷一〇《兩浙東路·紹興府》：「蓬萊閣，在郡設廳後，取微之詩也，名公多題詠。」《嘉泰會稽志》卷一：「設廳之後曰蓬萊閣，元微之《州宅》詩云：『我是玉皇香案吏，謫居猶得住蓬萊。』蓬萊之名取此。」同書卷九：「卧龍山，府治據其東麓，隸山陰。……國朝康定初，范文正公撰《清白堂記》云：『會稽府署，據卧龍山之北足，上有蓬萊閣。』」《寶慶會稽續志》卷一：「蓬萊閣在設廳之後，卧龍之下，章楶作《蓬萊閣》詩序云：『不知誰氏創始。』按閣乃吴越錢鏐所建，楶偶不知爾。淳熙元年，其八世孫端禮重修，乃特揭於梁間。……又四十八年，汪綱復修，綱自記歲月於柱云：『蓬萊閣，登臨之勝，甲於天下。』」

②「秦望」三句，秦望山頭，《輿地紀勝》卷一〇《兩浙東路·紹興府》：「秦望山，在會稽東南四十里。《會地記》云：『在州城南，爲衆峰之傑，秦始皇登之以望東海。』」《十道志》云：『秦始皇登秦望山，使李斯刻石，其碑尚乃存。』」《寶慶會稽續志》卷一又載：「州宅後枕卧龍而面直秦望，自錢鏐再建，壞而復修，不知其幾。」（萬曆）《紹興府志》卷四：「秦望山在府城南四十里宛委山南，高出羣山之表。……《水經注》：『秦望山在州正南，爲衆峰之傑。陟境便見，自平地以趣山頂七里。』」陳與義《喜雨》詩：「秦望山頭雲，昨日鸞鳳舉。冥冥萬里風，淅淅三更雨。」倒立江湖，《杜詩詳注》卷二四《朝獻太清宮賦》：「九天之雲下垂，四海之水皆立。」蘇軾《有美堂暴

雨》詩：「遊人腳底一聲雷，滿座頑雲撥不開。天外黑風吹海立，浙東飛雨過江來。」李流謙《遺興》詩：「海波倒立風霆峻，未省鱣鯨竟陸沉。」《容齋四筆》卷二《有美堂詩》條：「東坡在杭州，作《有美堂會客》詩，頷聯云：『天外黑風吹海立，浙東飛雨過江來。』讀者疑海不能立。黄魯直曰：『蓋是爲老杜所誤。』因舉《三大禮賦・朝獻太清宫》云『九天之雲下垂，四海之水皆立』以告之。二者皆句語雄峻，前無古人。」

③「不知」二句，《莊子・天運》：「意者其有機緘而不得已邪？意者其運轉而不能自止邪？雲者爲雨乎？雨者爲雲乎？」

④「長空」二句，長空萬里，蘇軾《念奴嬌・中秋》詞：「憑高眺遠，見長空萬里，雲無留跡。」變滅須臾，《維摩詰所説經・方便品》：「諸仁者如此身，明智者所不怙。……是身如夢，爲虚妄見。是身如影，從業緣現。是身如響，屬諸因緣。是身如浮雲，須臾變滅。」

⑤「回首」二句，《莊子・齊物論》：「子綦曰：『偃不亦善乎？而問之也，今者吾喪我，汝知之乎？汝聞人籟而未聞地籟，汝聞地籟而未聞天籟夫！』子游曰：『敢問其方？』子綦曰：『夫大塊噫氣，其名爲風。是唯無作，作則萬竅怒號。』」

⑥「誰向」三句，若耶溪，《嘉泰會稽志》卷一〇《會稽縣》：「若耶溪在縣南二十五里。溪北流，與鏡湖合。……李白詩云：『若耶溪邊採蓮女，笑隔荷花共人語。』李公垂詩云：『傾國佳人妖豔遠，鑿山良冶鑄爐深。』自注云：『若耶溪，乃西子採蓮、歐冶鑄劍之所。』」美人謂西子。向，

從也，到也。美人西去，麋鹿姑蘇，《吴越春秋》等書皆謂越王得苧蘿山美女西施，獻之吴王闔廬，吴王爲築姑蘇臺，朝夕遊宴其上。迨勾踐滅吴，范蠡復取西施，泛舟五湖而去。然西子隨范蠡遊五湖，不見《吴越春秋》、《越絶書》等記載。麋鹿姑蘇，《史記》卷一一八《淮南衡山列傳》：「王日夜與伍被、左吴等案輿地圖，部署兵所從入。王曰：『上無太子，宫車即晏駕，廷臣必徵膠東王，不即常山王，諸侯並争，吾可以無備乎？且吾高祖孫，親行仁義，陛下遇我厚，吾能忍之萬世之後？吾寧能北面臣事豎子乎？』王坐東宫，召伍被與謀，曰：『將軍上。』被悵然曰：『上寬赦大王，王復安得此亡國之語乎？臣聞子胥諫吴王，吴王不用，乃曰：臣今見麋鹿游姑蘇之臺也。今臣亦見宫中生荆棘，露霑衣也。』」

⑦「至今」二句，故國，《吴越春秋》卷五《勾踐歸國外傳》注：「《會稽志》：『苧蘿山在諸暨縣南五里。』《輿地志》：『諸暨縣苧蘿山，西施、鄭旦所居。』《十道志》：『勾踐索美女以獻吴王，得之諸暨苧蘿山賣薪女也。西施山下有浣紗石。』」一舸，杜牧《杜秋娘》詩：「西子下姑蘇，一舸逐鴟夷。」

⑧「歲云」二句，歲云暮矣，《詩·小雅·小明》：「昔我往矣，日月方除。曷云其還？歲聿云暮。」楊炯《盈川集》卷九《杜袁州墓志銘》：「猗歟令德，秀於閨房。歲云暮矣，池樹荒涼。」鼓瑟吹竽，《詩·唐風·山有樞》：「子有酒食，何不日鼓瑟？且以喜樂，且以永日。」《戰國策·齊策》一：「臨淄甚富而實，其民無不吹竽鼓瑟，擊筑彈琴，鬥雞走犬，六博蹹踘者。」

⑨「君不」二句，王亭謝館，東晉王謝多寓居會稽。王羲之曾宴集山陰蘭亭，謝安遊宴於會稽東山。《嘉泰會稽志》卷一〇《山陰縣》：「蘭渚，在縣西南二十五里。舊經云：『山陰縣西蘭渚有亭，王右軍所置曲水賦詩，作序於此。』《水經注》云：『蘭亭一曰蘭上里，太守王羲之、謝安兄弟數往造焉。王廙之移亭在水中。晉司空何無忌臨郡起亭於山椒，極高，盡眺亭宇。雖壞，基陛尚存。』《世説》以《蘭亭叙》爲《臨河序》，賦詩者二十六人，不能賦，罰酒者一十六人。」〔萬曆〕《紹興府志》卷一〇：「謝車騎宅，《水經注》：『浦陽江自嶀山東北徑太湖，車騎將軍謝玄田居所在。』右濱長江，左傍連山，平陵修通，澄湖遠鏡，於江曲起樓，悉是桐梓，森聳可愛。」又：「上虞始寧園在東山下，謝靈運所棲也。……有故宅及墅，遂修營别業，傍山帶江，盡幽居之美。」冷煙寒樹啼烏，牛希濟《臨江仙》詞：「峭碧參差十二峰，冷煙寒樹重重。」王初《送王秀才謁池州吴都督》詩：「晴郊别岸鄉魂斷，曉樹啼烏客夢殘。」

【附録】

姜夔堯章和詞

漢宫春　次韻稼軒蓬萊閣

一顧傾吴，苧蘿人不見，煙杳重湖。當時事如對奕，此亦天乎？大夫仙去，笑人間千古須臾。有倦客扁舟夜泛，猶疑水鳥相呼。　秦山對樓自緑，怕越王故壘，時下樵蘇。只今倚闌一笑，然則非與？

小叢解唱，倩松風爲我吹竽。更坐待千巖月落，城頭眇眇啼烏。（《白石道人歌曲》）

又

會稽秋風亭懷古〔一〕①

亭上秋風，記去年嫋嫋，曾到吾廬②。山河舉目雖異，風景非殊③。功成者去，覺團扇便與人疏④。吹不斷斜陽依舊，茫茫禹跡都無⑤。千古茂陵猶在〔二〕，甚風流章句，解擬相如⑥？只今木落江冷，眇眇愁余⑦。故人書報：莫因循，忘却蓴鱸⑧。誰念我新涼燈火，一編《太史公書》⑨？

【校】

〔一〕題，「懷古」二字與上闋題目調換。據丘崈、張鎡和詞題序，知亦爲秋風亭而作也。

〔二〕「陵」，《六十名家詞》本、文淵閣《四庫全書》本《稼軒詞》皆作「林」。此據廣信書院本。

【箋注】

①題，秋風亭，《寶慶會稽續志》卷一：「秋風亭，在觀風堂之側，其廢已久。嘉定十五年汪綱即舊

址再建，綱自記於柱云：『秋風亭，辛稼軒曾賦詞，膾炙人口，今廢矣。余即舊基面東爲亭，復創數椽於後，以爲賓客往來館寓之地，當必有高人勝士如宋玉、張翰來游其間，遊目騁懷，幸爲我留，其毋遽起悲吟思歸之興云。』」按：據《嘉泰會稽志》卷一，觀風堂在郡守宅之東北。《續志》不載秋風亭創自何人，而〔雍正〕《浙江通志》卷四五直以爲汪綱建，誤。其題柱只云其即舊基復創此亭，未嘗自稱首創此亭。據張鎡和詞小序，知即稼軒嘉泰三年夏秋所創。右詞有「新涼燈火」語，知其時尚在秋初。

②「亭上」三句，《楚辭·九歌·湘夫人》：「帝子降兮北渚，目眇眇兮愁余。嫋嫋兮秋風，洞庭波兮木葉下。」吾廬，謂稼軒在鉛山之居室。

③「山河」二句，見本書卷六《水龍吟·登建康賞心亭》詞（楚天千里清秋閿）箋注。

④「功成」二句，功成者去，《戰國策·秦策》三：「蔡澤入，則揖應侯。應侯固不快，及見之，又倨，應侯因讓之曰：『子常宣言代我相秦，豈有此乎？』對曰：『然。』應侯曰：『請聞其說。』蔡澤曰：『吁，何君見之晚也？夫四時之序，成功者去。夫人生手足堅强，耳目聰明聖智，豈非士之所願與？……此四子者，成功而不去，禍至於此。此所謂信而不能詘，往而不能反者也。』」陶潛《詠二疏》詩：「大象轉四時，功成者自去。」團扇與人疏，見本書卷一〇《朝中措·九日小集時楊世長將赴南宫》詞（年年團扇怨秋風閿）箋注。

⑤「吹不」二句，吹不斷，李白《望廬山瀑布二首》詩：「海風吹不斷，江月照還空。」茫茫禹跡，《左

傳·襄公四年》：「於虞人之箴曰：『芒芒禹跡，畫爲九州。』」按：紹興府會稽郡，爲《禹貢》揚州之域。《史記》卷二《夏本紀》：「或言禹會諸侯江南，計功而崩，因葬焉，命曰會稽。會稽者，會計也。」《集解》：「禹冢在山陰縣會稽山上。會稽山本名苗山，在縣南，去縣七里。《越傳》曰：『禹到大越，上苗山，大會計，爵有德，封有功，因而更名苗山曰會稽。』」

⑥「千古」三句，茂陵，漢武帝陵，代指其人。《太平御覽》卷五九一：「武帝幸河東祠后土，顧瞻中流，與羣臣宴飲。上歡甚，乃自作歌《秋風辭》云：『秋風起兮白雲飛，草木黄落兮雁南歸。蘭有秀兮菊有芳，懷佳人兮不能忘。泛樓船兮濟汾河，横中流兮揚素波。簫鼓鳴兮發櫂歌，歡樂極兮哀情多。少壯幾時兮奈老何？』」解擬相如，《漢書》卷八九上《揚雄傳》：「先是，蜀有司馬相如，作賦甚弘麗温雅，雄心壯之，每作賦，常擬之以爲式。」解擬，能擬也。

⑦「只今」二句，木落江冷，杜甫《秋興八首》詩：「魚龍寂寞秋江冷，故國平居有所思。」崔信明有「楓落江冷」句。眇眇愁余，見「亭上秋風」句注。

⑧「故人」三句，故人，當指鉛山友人。蓴鱸，見本書卷六《木蘭花慢·滁州送范倅》詞（老來情味減闋）箋注。

⑨「誰念」二句，新涼燈火，韓愈《符讀書城南》詩：「時秋積雨霽，新涼入郊墟。燈火稍可親，簡編可卷舒。」《太史公書》，即司馬遷所作《史記》。

【附録】

丘崈宗卿和詞

漢宫春　和辛幼安秋風亭韻，癸亥中秋前二日

聞説瓢泉，占煙霏空翠，中著精廬。旁邊吹臺燕榭，人境清殊。猶疑未足，稱主人胸次恢疏。天自與相攸佳處，除今禹會應無。　選勝卧龍東畔，望蓬萊對起，巖壑屏如。秋風夜涼弄笛，明月邀予。三英笑粲，更吴天不隔蓴鱸。新度曲銀鈎照眼，争看阿素工書。（《丘文定公詞》）

張鎡公甫和詞

漢宫春　稼軒帥浙東，作秋風亭成，以長短句寄余。欲和久之，偶霜晴，小樓登眺，因次來韻，代書奉酬

城畔芙蓉，愛吹晴映水，光照園廬。清霜乍凋岸柳，風景偏殊。登樓念遠，望越山青補林疏。人正在秋風亭上，高情遠解知無。　江南久無豪氣，看規恢意概，當代誰如？乾坤盡歸妙用，何處非予？騎鯨浪海，更那須採菊思鱸？應會得文章事業，從來不在詩書。（《南湖集》卷一〇）

姜夔堯章和詞

漢宫春　次韻稼軒

雲曰歸歟，縱垂天曳曳，終反衡廬。揚州十年一夢，俛仰差殊。秦碑越殿，悔舊遊作計全疏。分付與

高懷老尹，管絃絲竹寧無？知公愛山入剡，若南尋李白，問訊何如？年年雁飛波上，愁亦關予。臨皋領客，向月邊攜酒攜鱸。今但借秋風一榻，公歌我亦能書。（《白石道人歌曲》）

又

答李兼善提舉和章①

心似孤僧，更茂林修竹，山上精廬。維摩定自非病，誰遣文殊②？白頭自昔〔一〕，歎相逢語密情疏③。傾蓋處論心一語④，只今還有公無？　最喜陽春妙句，被西風吹墮，金玉鏗如⑤。夜來歸夢江上，父老歡予。荻花深處，喚兒童炊火烹鱸⑥。歸去也絶交何必，更修山巨源書⑦？

【校】

〔一〕「昔」，《六十名家詞》本作「惜」，此從廣信書院本。

【箋注】

①題，李兼善提舉，名泌，湖州德清人，孝宗朝參知政事李彥穎之子。《水心集》卷一九《太府少卿

福建運判直寶謨閣李公墓志銘》：「少卿諱洓，字兼善，有夙成之度。少游太學，諸生畏其能。授承務郎，監淮西惠民局。復鎖廳試禮部，詞致瓌特，有司異之，曰：『執政子也。』嫌弗敢上。……自是不復求試。……監六部門、軍器監主簿、太府丞、大宗正丞。再知嚴州，不行。……改知徽州。尋提舉浙東常平。會稽督零稅急，械繫滿府縣，值公攝帥，盡釋之。士民歌呼，叉手至額，曰：『真李參政兒也。』以兵部郎召。」按：李洓後遷太府少卿，除直寶謨閣福建運判，嘉定二年十一月卒，年五十八。又按：《寶慶會稽續志》卷二《浙東提舉》：「李洓，嘉泰三年十月初八日，以朝散大夫到任。嘉泰四年二月二十日，磨勘轉朝請大夫。當年六月二十六日，召赴行在。」稼軒於嘉泰三年十二月二十八日召赴行在，則在紹興府，與李洓共事不足二月。稼軒被召，浙東後帥林采於嘉泰四年四月到任，浙東闕帥期間，李洓暫代帥事，則「會稽督零稅」云云，乃稼軒在浙東帥任内事，蓋頗招致物議也。右詞和李洓所作，當在嘉泰三年冬。

②「維摩」二句，見本書卷一〇《江神子·聞蟬蛙戲作》詞（簟鋪湘竹帳籠紗闋）箋注。定自，有如若意。此二句似言，維摩果若無病，何必遣文殊問疾。

③「白頭」二句，白頭自昔，《史記》卷八三《魯仲連鄒陽列傳》：「諺曰：『有白頭如新，傾蓋如故。』何則？知與不知也。」謝薖《和董彦光立春日二首》詩：「交情自昔白頭新，富貴移人或望塵。」語密情疏，黄庭堅《山谷集》卷二七《跋東坡論畫》：「情見於物，雖近猶疏。神藏於形，雖遠則密。是以儀天步晷而修短可量，臨淵揆水而淺深可測。此論則如語密而意疏，不如東坡得

之濠上也。」

④「傾蓋」句，傾蓋一語，《孔叢子》卷上：「子思曰：『然吾昔從夫子於郯，遇程子於塗，傾蓋而語，終日而别，命子路將束帛贈焉，以其道同於君子也。』」論心，見本書卷六《念奴嬌·三友同飲借赤壁韻》詞（論心論相關）箋注。

⑤「最喜」三句，陽春妙句，《文選》卷四五宋玉《對楚王問》：「客有歌於郢中者，其始曰《下里》《巴人》，國中屬而和者數千人；其爲《陽阿》《薤露》，國中屬而和者數百人；其爲《陽春》《白雪》，國中屬而和者不過數十人。引商刻羽，雜以流徵，國中屬而和者不過數人而已。是其曲彌高，其和彌寡。」金玉鏗如，韓愈《會合聯句》：「堅如撞羣金，眇若抽獨蛹。」一本堅作鏗。

⑥炊火烹鱸，鄭谷《淮上漁者》詩：「一尺鱸魚新釣得，兒孫吹火荻花中。」

⑦「歸去」二句，《六臣注文選》卷四三於嵇康《與山巨源絶交書》題下注：「山濤爲選曹郎，舉康自代，康答書拒絶，因自説不堪流俗而非薄湯武，大將軍聞而惡焉。……山濤爲吏部郎，欲舉康自代，康怨不知己，故作此書，自言不堪流俗而非湯武，大將軍聞而惡焉。」

又

答吴子似總幹和章①

達則青雲，便玉堂金馬②，窮則茅廬。逍遥小大自適，鵬鷃何殊③？君如星斗，燦中天密密疏疏④。荒草外自憐螢火，清光暫有還無。千古季鷹猶在，向松江道我，問訊何如⑤？白頭愛山下去，翁定嗔予：人生謾爾，豈食魚必鱠之鱸⑥？還自笑君詩頓覺〔二〕，胸中萬卷藏書⑦。

【校】

〔一〕「頓」，《六十名家詞》本、文淵閣《四庫全書》本《稼軒詞》俱作「頻」。此從廣信書院本。按頓覺，唐宋人常用語。

【箋注】

①題，吴子似總幹，即稼軒慶元間寓居瓢泉之鉛山縣尉吴紹古。總幹，即總領所幹辦公事官。《正德》《饒州府志》卷四《安仁縣》：「吴紹古字子嗣，陸象山九淵門人，官承直郎，茶鹽幹官。」江東路有提舉茶鹽司，治所在池州，而右詞題謂總領所，未知孰是。右詞與前詞所賦時間或相同。

②玉堂金馬，見本書卷八《水調歌頭・和信守鄭舜舉蔗庵韻》詞（萬事到白髮闕）箋注。

③「逍遥」二句，《莊子・逍遥遊》：「窮髮之北，有冥海者，天池也。有魚焉，其廣數千里，未有知其修者，其名爲鯤。有鳥焉，其名爲鵬。背若泰山，翼若垂天之雲，摶扶摇羊角而上者九萬里，絶雲氣，負青天，然後圖南，且適南冥也。斥鴳笑之曰：『彼且奚適也？我騰躍而上，不過數

仞而下，翱翔蓬蒿之間，此亦飛之至也，而彼且奚適也？』此小大之辨也。」郭象於《逍遥遊》篇下注：「夫小大雖殊，而放於自得之場，則物任其性，事稱其能，各當其分，逍遥一也，豈容勝負於其間哉？」又於此段之後注：「今言小大之辨，各有自然之素，既非跂慕之所及，亦各安其天性，不悲所以異，故再出之髮猶毛也。」

④「君如」二句，如星斗，强至《祠部集》卷二四《代回吕縉叔舍人啓》：「導宣上心，粲如星斗之揭；鼓動羣聽，嚴若雷霆之馳。」燦中天密密疏疏，《文苑英華》卷五李程《日五色賦》：「仰瑞景兮燦中天，和德輝兮光萬有。」黄庭堅《詠雪奉呈廣平公》詩：「夜聽疏疏還密密，曉看整整復斜斜。」

⑤「千古」三句，季鷹，張翰。張翰見秋風起，思吴中菰菜、蓴羹、鱸魚膾，遂命駕歸，見本書卷六《木蘭花慢·滁州送范倅》詞（老來情味減闋）箋注。問訊何如，杜甫《送孔巢父謝病歸游江東兼呈李白》詩：「南尋禹穴見李白，道甫問訊今何如。」

⑥「人生」二句，人生謾爾，隨意過此一生。謾爾，隨便也。食魚必鱠之鱸，《詩·陳風·衡門》：「豈其食魚，必河之魴？豈其取妻，必齊之姜？豈其食魚，必河之鯉？豈其取妻，必宋之子？」

⑦胸中萬卷書，蘇轍《次韻吴興李行中秀才見寄并求醉眠亭》詩：「是非一醉了無餘，惟有胸中萬卷書。」秦觀《滿庭芳·茶》詞：「搜攪胸中萬卷，還傾動三峽詞源。」

上西平　會稽秋風亭觀雪①

九衢中，杯逐馬，帶隨車②。問誰解愛惜瓊華？何如竹外，靜聽窣窣蟹行沙③。自憐是，海山頭種玉人家④。　紛如鬥，嬌如舞；纔整整，又斜斜⑤。要圖畫還我漁蓑⑥。凍吟應笑，羔兒無分謾煎茶⑦。起來極目，向彌茫數盡歸鴉⑧。

【箋注】

①題，右詞亦當作於嘉泰三年冬。

②「九衢」三句，九衢中，姚合《送馬戴下第客遊》詩：「昨來送君處，亦是九衢中。」杯逐馬，帶隨車，韓愈《詠雪贈張籍》詩：「隨車翻縞帶，逐馬散銀杯。」

③蟹行沙，趙與虤《娛書堂詩話》：「四明高端叔博學能詩，鄉里推重。嘗有《雨》詩一聯云：『灑窗蠶食葉，入竹蟹行沙。』人稱其工。又有對云：『人間桂子月中種，水底梅花堤上枝。』坎壈不仕，樓攻媿挽之云：『弟子皆藍綬，先生竟白袍。』」據樓鑰挽詩云云，知高端叔與稼軒同時而時代稍早。

④種玉人家，干寶《搜神記》卷一一：「楊公伯雍，洛陽縣人也。本以儈賣爲業，性篤孝，父母亡葬無終山，遂家焉。山高八十里，上無水，公汲水作義漿於坂頭，行者皆飲之。三年，有一人就飲，以一斗石子與之，使至高平好地有石處種之，云：『玉當生其中。』楊公未娶，又語云：『汝後當得好婦。』語畢不見，乃種其石。數歲，時時往視，見玉子生石上，人莫知也。有徐氏者，右北平著姓，女甚有行，時人求多不許，公乃試求徐氏，徐氏笑以爲狂，因戲云：『得白璧一雙來，當聽爲婚。』公至所種玉田中，得白璧五雙以聘，徐氏大驚，遂以女妻公。」

⑤「紛如」四句，鬥，競也。整整斜斜，黄庭堅《詠雪奉呈廣平公》詩：「夜聽疏疏還密密，曉看整整復斜斜。」

⑥「要圖」句，鄭谷《雪中偶題》詩：「江上晚來堪畫處，漁人披得一蓑歸。」蘇軾《謝人見和前篇二首》詩：「漁蓑句好應須畫，柳絮才高不道鹽。」

⑦「凍吟」二句，凍吟，孟郊《苦寒吟》：「調苦竟何言，凍吟成此章。」蘇軾《江上值雪效歐陽體限不以鹽玉鶴鷺絮蝶飛舞之類爲比仍不使皓白潔素等字》詩：「凍吟書生筆欲折，夜織貧女寒無幃。」「羔兒」句，見本書卷八《鷓鴣天·用前韻和趙文鼎提舉賦雪》詞（莫上扁舟訪剡溪閿）箋注。

⑧數盡歸鴉，見本書卷一三《玉蝴蝶·杜仲高書來戒酒用韻》詞（貴賤偶然渾似閿）箋注。

滿江紅①

紫陌飛塵，望十里雕鞍繡轂②。春未老已驚臺榭，瘦紅肥緑③。睡雨海棠猶倚醉，舞風楊柳難成曲④。問流鶯能説故園無⑤？曾相熟。巖泉上，飛鳧浴。巢林下，棲禽宿。恨荼蘼開晚，謾翻紅玉〔一〕⑥。蓮社豈堪談昨夢，蘭亭何處尋遺墨⑦？但羈懷空自倚鞦韆，無心蹴。

【校】

〔一〕「紅」，廣信書院本原作「船」，此據王詔校刊本、《六十名家詞》本、四印齋本改。

【箋注】

①題，此詞無題。據詞中諸語，知爲嘉泰四年春間在臨安奉朝請時所作。

②「紫陌」二句，紫陌飛塵，劉禹錫《戲贈看花諸君子》詩：「紫陌紅塵拂面來，無人不道看花回。」

按：《資治通鑑》卷一五九：「東魏丞相歡入朝於鄴，百姓迎於紫陌。」注引《鄴都記》：「紫陌在鄴城西北五里。」李白《南都行》：「高樓對紫陌，甲第連青山。」賈至《早朝大明宮呈兩省寮友》詩：「銀燭朝天紫陌長，禁城春色曉蒼蒼。」唐人蓋用指都城街路。雕鞍繡轂，劉攽《燈夕都下》詩：「繡轂雕鞍驅不顧，丹臺絳闕到無因。」秦觀《水龍吟・贈妓婁東玉》詞：「小樓連苑横空，下窺繡轂雕鞍驟。」

③瘦紅肥緑，李清照《如夢令》詞：「昨夜雨疏風驟，濃睡不消殘酒。試問卷簾人，却道海棠依舊。知否？知否？應是緑肥紅瘦。」

④「睡雨」二句，海棠倚醉，《冷齋夜話》卷一《詩出本處》條：「東坡作《海棠》詩曰：『只恐夜深花睡去，高燒銀燭照紅妝。』事見《太真外傳》，曰：『上皇登沉香亭，詔太真妃子。妃子時卯醉未醒，命力士從侍兒扶掖而至。妃子醉顔殘妝，鬢亂釵横，不能再拜。上皇笑曰：豈是妃子醉，真海棠睡未足耳。』」楊柳曲，《折楊柳》原爲鼓吹胡樂，魏晉以來舊曲，見《古今注》中。《楊柳枝》，唐曲，見《雲溪友議》卷下。

⑤説故園，故園當指鉛山之園，應即下文巖泉、飛鳧等景物者。

⑥「恨茶」二句，荼蘼開晚，蘇軾《杜沂遊武昌以酴醿花菩薩泉見餉二首》詩：「酴醿不争春，寂寞開最晚。」謾翻紅玉，謂且將荼蘼作紅玉翻覆看。謾，權且。

⑦「蓮社」二句，蓮社昨夢，謂往日鉛山之閑居生涯。蓮社可見本書卷八《鷓鴣天・用前韻和趙文鼎提舉賦雪》詞（莫上扁舟訪剡溪閑）箋注。蘭亭尋遺墨，借言前此在會稽。王羲之與諸友上巳

日宴集於山陰蘭亭，且作《蘭亭序》，有書跡傳世。

生查子①

梅子褪花時，直與黄梅接②。煙雨幾曾開？一春江裏活③。　富貴使人忙，也有閑時節。莫作路邊花，長教人看殺④。

【箋注】

①題，右詞無題。據詞中各句，知爲稼軒嘉泰四年知鎮江府之初所作。《嘉定鎮江志》卷一五《宋太守》條：「辛棄疾，朝議大夫、寶謨閣待制，嘉泰四年三月到。」

②「梅子」二句，陳元靚《歲時廣記》卷二《黄梅雨》：「《風土記》：『夏至雨名黄梅雨，霑衣服皆敗黦。』」《月令輯要》卷一〇《發黄梅》：「《增風土記》：『夏至前、芒種後雨爲黄梅雨。田家初插秧，謂之發黄梅。』」《老學庵筆記》卷六：「杜子美《梅雨》詩云：『南京犀浦道，四月熟黄梅。湛湛長江去，冥冥細雨來。茅茨疏易濕，雲霧密難開。竟日蛟龍喜，盤渦與岸回。』蓋成都所賦也。今成都乃未嘗有梅雨，惟秋半積陰，氣令蒸溽，與吴中梅雨時相類耳，豈古今地氣有不同

耶？」

③「煙雨」二句，煙雨開，郭祥正《天竺峰》詩：「占盡湖山秀，最宜煙雨開。」一春江裏活，李賀《秦宮詩》：「皇天厄運猶曾裂，秦宮一生花底活。」陸游亦有《泛舟觀桃花》詩：「鄰曲一生花裏活，村翁疑是古遺民。」《秋雨頓寒偶書》詩：「自歎一生書裏活，莫年無力濟黎元。」與稼軒此詞，皆仿李賀句。

④「莫作」二句，路邊花，蔣吉《樵翁詩》：「獨入深山信腳行，慣當貙虎不曾驚。路旁花發無心看，惟見枯枝刮眼明。」人看殺，《世説新語·容止》：「衛玠從豫章至下都，人久聞其名，觀者如堵牆。玠先有羸疾，體不堪勞，遂成病而死。時人謂看殺衛玠。」注引《玠别傳》：「玠在羣伍之中，實有異人之望。齠齔時，乘白羊車於洛陽，市上咸曰：『誰家璧人？』於是家門州黨號爲璧人。」

又

題京口郡治塵表亭①

悠悠萬世功，矻矻當年苦②。魚自入深淵，人自居平土③。　紅日又西沉，白浪長東去④。不是望金山，我自思量禹⑤。

【箋注】

①題，京口郡治，在北固山前峰。〔道光〕《京口山水志》卷一引《嘉定鎮江志》云：「北固山即今府治與甘露寺是。」（按：此所引見《嘉定鎮江志》卷六。）又謂：「蓋是山有三峰，前立郡治，後建甘露寺，中有玄武殿。」塵表亭，〔乾隆〕《鎮江府志》卷一六《府署》：「塵表亭在丹陽樓之北，舊曰娑羅亭，元祐中郡守林希於廣陵得娑羅三十本，植亭下，故名。後陳居仁易名曰塵表。舊亦謂之丹陽樓。」〔光緒〕《北固山志》卷二：「郡守宅在正峰腰，二堂後臺上，最後達頂。丹陽樓在浙西道院西，壬申守王循友建，淳祐己酉李迪重立。塵表亭，舊名婆羅，元祐中守林希於廣陵得婆羅三十本，植亭下。後陳居仁易名，在樓北隅。沈存中《丹陽樓》詩指此。」所載與之同，惟「娑羅」作「婆羅」。《府志》所記與《輿地紀勝·兩浙西路·鎮江府》之娑羅亭合。查范成大《吴船録》卷上謂「娑羅者，其木華如海桐，又似楊梅花，紅白色，春夏間開」，知作婆羅者亦誤。《北固山志》又載塵表亭之位置則曰：「舊有藏密、敬簡二堂，在宅堂内。旁有衛公閣、丹陽樓、塵表亭、壺中亭、梁香亭、晚山亭（後改爲書樓）、望海樓。」又按：陳居仁知鎮江府，據《嘉定鎮江志》卷一五，蓋以通奉大夫焕章閣待制，於紹熙五年十月到任，慶元二年五月改知福州。其字安行，福建興化軍人，本書卷一一《西江月》詞（風月亭危致爽閿）題及箋注皆已及之。右詞亦應爲嘉泰四年所作，以詞中所反映之戰勝敵人、建立豐功偉業之强烈願望，與明年即開禧元年壯圖受挫頗有不同故也。

②「悠悠」二句，萬世功，此與前半闋後二句皆指夏禹平治水土事。《漢書》卷五三《蕭相國世家》：「陛下雖數亡山東，蕭何常全關中，以待陛下，此萬世之功也。今雖亡曹參等百數，何缺於漢？漢得之，不必待以全，奈何欲以一旦之功，而加萬世之功哉？」矻矻，勞極貌。《漢書》卷六四下《王褒傳》：「工人之用鈍器也，勞筋苦骨，終日矻矻。」

③「魚自」二句，《孟子·滕文公》下：「當堯之時，水逆行，氾濫於中國。蛇龍居之，民無所定。……使禹治之，禹掘地而注之海，驅蛇龍而放之菹，水由地中行，江淮河漢是也。險阻既遠，鳥獸之害人者消，然後人得平土而居之。」《吴越春秋》卷四《越王無余外傳》：「萬民不附商均，追就禹之所，狀若驚鳥揚天，駭魚入淵。」

④「紅日」二句，紅日又西沉，陳子昂《登薊丘樓送賈兵曹入都》詩：「擊劍起歎息，白日忽西沉。」孫光憲《菩薩蠻》詞：「紅日欲沉西，煙中遥解觿。」秦觀《浣溪沙》詞：「枕上夢魂飛不起，覺來紅日又西斜。」白浪，孟浩然《揚子津望京口》詩：「北固臨京口，夷山近海濱。江風白浪起，愁殺渡頭人。」

⑤望金山，《輿地紀勝》卷七《兩浙西路·鎮江府》：「金山在江中，去城七里。舊名浮玉，唐李錡鎮潤州，表名金山，因裴頭佗開山得金，故名。」宋人多望金山之詩文。王安石《與寶覺宿龍華院三絶句》詩：「憶我小詩成悵望，金山只隔數重山。」劉炎《邇言》卷一二《志見》：「渡大江，望金山，緇衣環其上，恍然非凡致也。將纜舟而覽焉，風利不得泊。」按：《邇言》之作，書前有「宋

嘉泰甲子正月朔日，括蒼劉炎子宣自序」。

南鄉子

登京口北固亭有懷①

何處望神州？滿眼風光北固樓②。千古興亡多少事？悠悠，不盡長江滾滾流③。

年少萬兜鍪，坐斷東南戰未休④。天下英雄誰敵手？曹劉。生子當如孫仲謀⑤。

【箋注】

①題，鎮江府北固樓在北固山上。〔道光〕《京口山水志》卷一：「北固山在城北一里。……一名北顧。《南史·梁宗室臨川王正義傳》：『武帝幸朱方，正義修廨宇以待輿駕。初，京城之西有別嶺入江，高數十丈，三面臨水，號曰北固。蔡謨起樓其中，以置軍實。是後崩壞，猶有小亭，登降甚狹。及上升之，下輦步進，正義乃廣其路，旁施欄楯，翌日，上幸，遂通小輿。上悦，登望久之，敕曰：此嶺不足須固守，然京口實乃壯觀。乃改曰北顧。』一名土山。」又引《嘉定鎮江志》：「北固山即今府治與甘露寺是，蓋山有三峰，前立郡治，後建甘露寺，中有玄武殿。……

北固樓，或名爲亭，在山上。乾道己丑，守臣陳天麟重建，有記。嘉定甲戌，待制史彌堅命郡吏搜訪得之，碑裂爲三而失其一，然尚可讀也。記曰：『北固京口……上至梁，樓壞爲亭。武帝登望，……百餘年所謂亭者，邈不知何許。……於圖經。耆舊云：甘露即其地。其然……載别嶺入江，高數十丈，三面臨水，號曰北固。予觀京口諸山，起伏繚繞，出入府城，率如瓜蔓旂綴，今甘露最近江，屹立西鄉，而山南北……田，蓋昔江道也，與《南史》所云合矣。予於連滄觀之西爲亭面之，而復其舊，則甘露之爲北固，其亦安之而不辭矣。夫六朝之所以名山，蓋自固耳。其君臣厭厭若九泉下人，寧復有遠略？茲地控楚負吴，襟山帶江，登高北望，使人有焚龍庭空漠北之志。神州陸沉殆五十年，豈無忠義之士奮然自拔，爲朝廷快宿憤、報不共戴天之讎，而乃甘心恃江爲固乎？則予是亭之復，不特爲登覽也。』舊亭在郡圃，後紹熙壬子，殿撰趙彦逾徙亭於山，西向，規制狹小，至嘉泰壬戌，閣學黄由增廣之。」按：以上引文，今本《嘉定鎮江志》卷六多已殘缺，故徵引於此。己丑爲乾道五年，據《北固山志》，陳天麟乾道四年以敷文閣待制知鎮江府。壬戌則爲嘉泰二年。右詞亦嘉泰四年到鎮江守臣任上所賦，上距黄由增廣北固亭，爲時僅二年也。有懷者，懷斯亭之創建及前後修復之人也。

②「何處」二句，望神州，朱槔《感事》詩：「山川非晉土，悲泣效楚囚。一語强自慰，淒迷望神州。」滿眼風光，王銍《别張自彊燕子》詩：「都門别恨終難寫，滿眼風光思不堪。」陸游《小飲趙園》詩：「滿眼風光索彈壓，酒杯須似蜀江寬。」

③「千古」三句，千古興亡，楊傑《清軒》詩：「千古興亡無問處，好風惟共月明來。」不盡長江滾滾流，杜甫《登高》詩：「無邊落木蕭蕭下，不盡長江滾滾來。」蘇軾《次韻前篇》詩：「長江滾滾空自流，白髮紛紛寧少借！」

④「年少」二句，萬兜鍪，《左傳·僖公二十二年》：「八月丁未，公及邾師戰於升陘，我師敗績，邾人獲公胄，縣諸魚門。」注：「胄，兜鍪。」疏謂「兜鍪，首鎧也」。按：此蓋自詡少年時坐擁萬軍之英姿。坐斷東南，《後漢書》卷五二《杜茂傳》：「十五年，坐斷兵馬廪縑。」注：「斷，猶割截也。」右詞之坐斷，當即割據之意。《三國志·吴書》卷四《劉繇傳》有「坐斷三郡，委輸以自入」語，亦此意也。戰未休，王昌齡《箜篌引》：「將軍鐵驄汗血流，深入匈奴戰未休。」

⑤「天下」三句，《三國志·蜀書》卷二《先主傳》：「從曹公還許，表先主爲左將軍，禮之愈重。……是時，曹公從容謂先主曰：『今天下英雄，惟使君與操耳，本初之徒，不足數也。』」同書《吴書》卷二《孫權傳》：「十八年正月，曹公攻濡須，權與相拒月餘。曹公望權軍，歎其齊肅，乃退。」注引《吴曆》：「曹公出濡須，作油船夜渡洲上。權以水軍圍，取得三千餘人，其没溺者亦數千人。權數挑戰，公堅守不出。權乃自來，乘輕船從濡須口入，公軍諸將皆以爲是挑戰者，欲擊之。公曰：『此必孫權，欲身見吾軍部伍也。』……公見舟船器仗軍伍整肅，喟然歎曰：『生子當如孫仲謀，劉景升兒子，若豚犬耳。』」

瑞鷓鴣

京口有懷山中故人①

暮年不賦短長詞，和得淵明數首詩②。君自不歸歸甚易，今猶未足足何時③？偷閑定向山中老，此意須教鶴輩知。聞道只今秋水上，故人曾榜《北山移》④。

【箋注】

①題，右詞與同調以下二首詞皆應作於嘉泰四年秋間，可參本卷同調《京口病中起登連滄觀偶成》詞（聲名少日畏人知闋）箋注。山中故人，謂鉛山親舊好友。

②「暮年」二句，稼軒謂其晚年甚少賦詞，僅和淵明數詩而已。然蘇軾盡和陶詩，效颦者亦不乏人。稼軒詩集中，雖多欽慕淵明之作，而和章則尚未一見。

③「君自」二句，君自不歸歸甚易，崔塗《春夕旅懷》詩：「自是不歸歸便得，五湖煙景有誰爭。」王安石《送吴顯道五首》詩：「眼中了了見鄉國，自是不歸歸便得。」《招元度》詩：「自是不歸歸便得，陸乘肩輿水乘舟。」蘇軾《和子由與顔長道同遊百步洪相地築亭種柳》詩：「劍關大道車方軌，君自不去歸何難。山中故人應大笑，築室種柳何時還。」未足足何時，見本書卷一三《滿江

紅・山居即事》詞（幾箇輕鷗閑）箋注。

④「偷閑」四句，山中老，郭祥正《送楊主簿次公》詩：「聞說名山心即飛，一生願向山中老。」鶴輩，南齊周彦倫隱於鍾山，後應詔出爲海鹽縣令，欲過鍾山，孔稚珪乃假山靈之意移之，使不許得至，故云《北山移文》。見《文選》卷四三《北山移文》題下注。《北山移文》中有「至於還飈入幕，寫霧出楹。蕙帳空兮夜鶴怨，山人去兮曉猿驚」諸語，此即猿鶴之輩也。秋水，指稼軒期思所居秋水觀、秋水堂。此蓋已决歸山之策，故先告知猿鶴輩，勿令再有驚怨也。

【附録】

韓淲仲止和詞

瑞鷓鴣　辛鎮江有長短句，因韻偶成，愧非禹步爾

南蘭陵郡《鷓鴣》詞，底用登臨更賦詩？貴不能淫非一日，老當益壯未多時。人間天上風雲會，眼底眉前歲月知。只有海門横北固，宦情隨牒想推移。（《澗泉詩餘》）

又

京口病中起登連滄觀，偶成①

聲名少日畏人知，老去行藏與願違②。山草舊曾呼遠志〔一〕，故人今又寄當歸〔二〕③。何

人可覓安心法？有客來觀杜德機④。却笑使君那得似，清江萬頃白鷗飛！

【校】

〔一〕「山」，《六十名家詞》本作「小」，此從廣信書院本。

〔二〕「又」，王詔校刊本、《六十名家詞》本、四印齋本作「有」。

【箋注】

①題，稼軒守京口，多病，見岳珂《桯史》卷三《稼軒論詞》條：「辛稼軒守南徐，已多病謝客。予來筮仕委吏，實隸總所，例於州家殊參辰，旦望贄謁刺而已。余時以乙丑南宮試，歲前蒞事僅兩旬，即謁告去。稼軒偶讀余《通名啓》而喜，又頗階父兄舊，特與其潔。余試既不利，歸官下，時一招去。」乙丑爲開禧元年。岳珂既於嘉泰四年十二月赴行在禮部試，明年春還官下，知稼軒在京口多病，蓋嘉泰四年秋冬間事。開禧元年爲禮部考試之年。連滄觀，《輿地紀勝》卷七《兩浙西路·鎮江府》：「連滄觀，在府治，乃一郡之勝絶處也。」《京口三山志選補》卷一四：「連滄觀在燕寢後山絶頂，舊曰望海樓，郡守胡世將易樓爲觀。王存觀焦山，愛而賦詠，有『連山擁滄江』之句，故名。」

②「聲名」二句，聲名少日，王庭珪《江虞仲生日》詩：「却來人間知幾載，少日聲名震寰海。」老去行藏與願違，李彌遜《山遊遇雨》詩：「老去行藏甘一壑，不須重廣畔牢愁。」嵇康《幽憤》詩：「事與願違，遘兹淹留。」王安石《次韻酬王太祝》詩：「塵上波瀾不自期，飄然身與願相違。」

③「山草」二句，山草舊曾呼遠志，山草即小草，又名遠志，見本書卷一四《洞仙歌·趙晉臣和李能伯韻屬余同和》詞（舊交貧賤閼）箋注。寄當歸，《三國志·吴書》卷四《太史慈傳》：「慈長七尺七寸，美鬚髯，猨臂善射，絃不虚發。……曹公聞其名，遺慈書，以篋封之。發省，無所道，而但貯當歸。」蘇軾《寄劉孝叔》詩：「故人屢寄山中信，只有當歸無別語。」顧炎武《日知録》卷一三《辛幼安》條：「辛幼安詞：『小草舊曾呼遠志，故人今有寄當歸。』此非用姜伯約事也。《吴志》太史慈，東萊黄人也。後立功於孫策。曹公聞其名，遺慈書，以篋封之，發省，無所道，但貯當歸。幼安久宦南朝，未得大用，晚年多有淪落之感，亦廉頗思用趙人之意爾。觀其與陳同甫酒後之言，不可知其心事哉？」按：所謂姜伯約事，亦見《三國志·蜀書》卷一四《姜維傳》，注引孫盛《雜記》：「初，姜維詣亮，與母相失。復得母書，令求當歸。維曰：『良田百頃，不在一畝。但有遠志，不在當歸也。』」稼軒此詞用當歸故事，意僅在做官與退歸之間，與不共戴天之讎金國毫無關係。顧炎武所論的確甚誤。辛啓泰《稼軒詞抄存》卷後論及《日知録》此條所釋稼軒詞時，嘗有跋文論及：「公詞中『故人今有寄當歸』句，與蘇長公『山中故人應有招我歸來篇』句，意正相同。當歸故事，特泛用以對遠志，非指金言也。顧亭林以爲有廉頗思用趙人之意，而

引稗説以證之，謬矣。公此詞作於知鎮江府時，年已六十餘，其仕宋亦幾四五十年，所不獲大用者，徒以不能事時宰相韓侂胄耳。初，公以《周易》筮，得離，爲南方，志遂以定，金固非嘗試之國也。其時金宰相亦未必不如韓侂胄也。以暮齒而違筮言，以直道而思他適，以舊人而切新圖，雖庸夫且知其不可，况公常與晦庵、同父諸賢道德仁義相切劘乎？余既斥稗説，因讀《日知録》，遂並書其後。」

④「何人」二句，覓安心法，《景德傳燈録》卷三《第二十八祖菩提達磨》：「師遂因與易名，曰慧可。光曰：『諸佛法印可得聞乎？』師曰：『諸佛法印，匪從人得。』光曰：『我心未寧，乞師與安。』師曰：『與汝安。』曰：『覓心了不可得。』師曰：『我與汝安心竟。』」蘇軾《和子由寄題孔平仲草庵次韻》詩：「逢人欲覓安心法，到處先爲問道庵。」觀杜德機，《莊子·應帝王》：「鄭有神巫曰季咸，知人之死生存亡，禍福壽夭，期以歲月旬日，若神。鄭人見之，皆棄而走。列子見之而心醉，歸以告壺子曰：『始吾以夫子之道爲至矣，則又有至焉者矣。』……明日，列子與之見壺子，出而謂列子曰：『嘻，子之先生死矣，弗活矣，不以旬數矣。吾見怪焉，見濕灰焉。』列子入，泣涕沾襟，以告壺子。壺子曰：『鄉吾示之以地文，萌乎不震不正，是殆見吾杜德機也。』」郭象注：「德機不發曰杜德，杜德機，塞吾德之機。」

又

膠膠擾擾幾時休①？一出山來不自由。秋水觀中山月夜〔一〕，停雲堂下菊花秋。隨緣道理應須會②，過分功名莫强求。先去聲。自一身愁不了，那堪愁上更添愁〔二〕③？

【校】

〔一〕「山」，《花草稡編》卷一一、《六十名家詞》本作「秋」，此從廣信書院本。

〔二〕「更」，《花草稡編》作「又」。

【箋注】

①「膠膠」句，膠膠擾擾，見本書卷一四《卜算子·用韻答趙晉臣敷文》詞（百郡怯登車閿）箋注。王安石《芙蓉堂二首》詩：「乞得膠膠擾擾身，五湖煙水替風塵。」

②「隨緣」句，《景德傳燈録》卷三〇《菩提達磨辯大乘入道四行》（弟子曇琳序）：「夫入道多途，要而言之，不出三種。一是理入，二是行入。……行入者，謂四行，其餘諸行悉入此中。何等四

邪？一報冤行，二隨緣行，三無所求行，四稱法之行。……隨緣行者，衆生無我，並緣業所轉子，苦樂齊受，皆從緣生。若得勝報榮譽等事，是我過去宿因所感，今方得之，緣盡還無，何喜之有？得失從緣，心無增減，喜風不動，冥順於道，是故説言隨緣行。」

③「先自」二句，李綱《山月驛聞子規次韻》詩：「春枕夢回孤館悄，世故縈心愁不了。」先自，本自。杜甫《陪王使君晦日泛江就黄家亭子二首》詩：「非君愛人客，晦日更添愁。」

永遇樂

京口北固亭懷古①

千古江山，英雄無覓，孫仲謀處②。舞榭歌臺，風流總被，雨打風吹去③。斜陽草樹，尋常巷陌，人道寄奴曾住〔一〕④。想當年金戈鐵馬，氣吞萬里如虎⑤。　元嘉草草，封狼居胥，贏得倉皇北顧⑥。四十三年，望中猶記，烽火揚州路⑦。可堪回首？佛貍祠下，一片神鴉社鼓⑧。憑誰問廉頗老矣，尚能飯否⑨？

【校】

〔一〕「寄奴」，文淵閣《四庫全書》本《稼軒詞》作「宋公」，此從廣信書院本。

【箋注】

①題，據下片「四十三年」諸語，知右詞作於開禧元年。詞中又有「神鴉社鼓」語，知作右詞時適逢社日。而稼軒於此年六月與祠，不及在鎮江過秋社，則右詞當作於是年二月春社期間。蓋開禧元年正月八日立春，見《宋會要輯稿·運曆》二之三二。春社爲立春後第五個戊日，知即是年二月二十日戊戌之後數日，爲稼軒賦此詞之時。題謂之「懷古」，詞即由懷念在京口開創王業之孫權、劉裕而起興也。

②「千古」三句，《輿地紀勝》卷七《兩浙西路·鎮江府》：「東漢末年，吴王孫權，初鎮丹徒，謂之京城，今州是也。後遷建業，於此置京口鎮。」《讀史方輿紀要》卷二五《鎮江府》：「漢建安十三年，孫權自吴徙治丹徒，號曰京城。十六年遷建業，復於此置京督。……蓋丹徒城憑山臨江，故有京口之名。」漢末，曹操以英雄自詡，又稱劉備爲英雄，又贊歎生子當如孫仲謀。見本卷《南鄉子·登京口北固亭有懷》詞（何處望神州闕）箋注。

③「舞榭」三句，舞榭歌臺，黄滔《黄御史集》卷一《館娃宫賦》：「舞榭歌臺，朝爲宫而暮爲沼；英風霸業，古人失而今人驚。」雨打風吹去，杜甫《三絶句》詩：「不如醉裏風吹盡，可忍醒時雨打稀？」白居易《微之宅殘牡丹》詩：「殘紅零落無人賞，雨打風吹花不全。」

④「尋常」二句，尋常巷陌，《輿地紀勝》卷七《兩浙西路·鎮江府》：「丹徒宫，在丹陽縣。《輿地志》云：『在城南，宋武帝微時宅，後築爲宫。』」《京口三山志選補》卷一四：「城南丹徒宫，宋

武帝故宅。微時躬耕，及受命，藏農器以示後人。元嘉中，文帝幸舊宅，見而色慚。」邵雍《觀盛化吟》：「尋常巷陌猶簪紱，取次園亭亦管絃。」寄奴，宋武帝劉裕小字。《宋書》卷一《武帝紀》上：「高祖武皇帝諱裕，字德興，小名寄奴，彭城縣綏里人。漢高帝弟楚元王交之後也。……旭孫生混，始過江，居晉陵郡丹徒縣之京口里，官至武原令。混生東安太守靖，靖生郡功曹翹，是爲皇考。」

⑤「想當」二句，金戈鐵馬，此殆指劉裕於晉義熙五年、十二年兩次北伐事。據《宋書》卷一、卷二《武帝紀》，義熙五年三月，劉裕以車騎將軍、揚州刺史率師北伐鮮卑南燕慕容超，攻入齊地，平燕擒超。十二年八月，再以中外大都督、北雍州刺史率師北伐後秦，先後攻破洛陽、長安，執後秦主姚泓。《舊五代史》卷三〇《李襲吉傳》：「天復中，武皇議欲修好於梁，命襲吉爲書，以貽梁祖，書曰：『豈謂運由奇特，謗起奸邪。毒手尊拳，交相於暮夜；金戈鐵馬，蹂踐於明時。狂藥致其失歡，陳事止於堪笑。』」氣吞萬里如虎，釋覺範《贈少府》詩：「須臾耳熱仰天笑，氣吞萬里駒方驤。」張耒《王都尉惠詩求和逾年不報王屢來索而王許酒未送因次其韻以督之》詩：「猶令此老氣如虎，傲兀幾以醉爲異。」

⑥「元嘉」三句，元嘉草草，元嘉爲宋武帝子文帝劉義隆年號，共三十年。元嘉草率從事北伐以致失敗事，指元嘉七年十一月，命征南將軍檀道濟北伐，到彦之敗於滑臺，城陷，檀道濟引軍還。二十七年七月，又命寧朔將軍王玄謨伐北魏，攻滑臺不克，敗歸。封狼居胥，《讀史方輿紀要》卷

四五《蒙古》：「狼居胥山，在漠北。漢霍去病出代二千餘里，與匈奴左賢王接戰，左賢王敗遁，乃封狼居胥山而還。」《史記》卷一一〇《匈奴列傳》：「漢驃騎將軍之出代二千餘里，與左賢王接戰。漢兵得胡首虜凡七萬餘級，左賢王將皆遁走，驃騎封於狼居胥山，禪姑衍，臨翰海而還。」《正義》：「積土爲壇於山上，封以祭天也，祭地曰禪。」按：狼居胥山，《歷代通鑑輯覽》卷一五注：「在漠北，今喀爾喀地。」《南史》卷一六《王玄謨傳》：「王玄謨字彦德，太原祁人也。……宋武帝臨徐州，辟爲從事史，與語異之。少帝末，謝晦爲荆州，請爲南蠻行參軍、武寧太守，晦敗，以非大帥見原。元嘉中，補長沙王義欣鎮軍中兵參軍，領汝陰太守，每陳北侵之謀。上謂殷景仁曰：『聞王玄謨陳説，使人有封狼居胥意。』」倉皇北顧，《宋書》卷九五《索虜傳》：「十一月，虜大衆南渡河。彦之敗退，洛陽、滑臺、虎牢諸城並爲虜所没。……己巳，上以滑臺戰守彌時，遂至陷没，乃作詩曰：『逆虜亂疆場，邊將嬰寇仇。堅城效貞節，攻戰無暫休。……戎事諒未殄，民患焉得瘳。撫劍懷感激，志氣若雲浮。願想淩扶摇，弭旆拂中州。爪牙申威靈，帷幄騁良籌。華裔混殊風，率土浹王猷。惆悵懼遷逝，北顧涕交流。』」

⑦「四十」三句，稼軒自紹興三十二年正月，自山東奉耿京起義軍表南歸，至開禧元年春，爲時正四十三年。當年正值金帝完顔亮南侵兵敗，身殞揚州，金軍相繼北歸。稼軒一行人自楚州南下，經揚州到建康府行宫，朝見自行在前來視師之宋高宗。《建炎以來繫年要録》卷一九三載紹興末揚州路置烽火事始曰：「紹興三十一年十月辛亥，初，淮南轉運副使楊抗令州縣鄉村臨驛路

十里置一烽火臺，其下積草數千束，又令鄉民各置長槍，催督嚴切，人甚苦之。」同書卷一九五又載同年十二月辛亥，平江府守臣洪遵言：「官拘舟船聚近海縣，募水手，留民兵，夾運河築烽臺，徒費無益。」烽火揚州路，蓋四十三年之後追憶紀實語也。

⑧「佛狸」二句，佛狸祠，佛狸爲後魏太武帝拓跋燾小名。《宋書》卷九五《索虜傳》：「明元皇帝子燾，字佛狸，代立。」佛狸祠在真州瓜步。元嘉二十八年，因王玄謨北伐失敗，後魏大舉渡河，十二月，拓跋燾兵進瓜步，欲自此渡江。《魏書》卷四《世祖紀》：「世祖太武皇帝諱燾。……太平真君十一年十有二月丁卯，車駕至淮，詔刈萑葦作筏數萬而濟。……淮南皆降。……癸未，車駕臨江，起行宮於瓜步山。……甲申，義隆使獻百牢以貢其方物，又請進女於皇孫以求和。帝以師婚非禮，許和而不許婚。」陸游《渭南文集》卷四四《入蜀記》二：「七月四日，風便，解纜掛帆，發真州。……有頃，風愈厲，舟行甚疾，過瓜步山。山蜿蜒蟠伏。臨江起小峰，頗巉峻。絶頂有元魏太武廟。廟前大木可三百年，一井已眢，傳以爲太武所鑿，不可知也。太武以宋文帝元嘉二十七年南侵至瓜步，建康戒嚴。太武鑿瓜步山爲蟠道，於其上設氈廬，大會羣臣，疑即此地。王文公所謂『叢祠瓜步認前朝』是也。梅聖俞題廟云：『魏武敗亡歸，孤軍駐山頂。』按：太武初未嘗敗，聖俞誤以佛狸爲曹瞞耳。」元王惲《狒貍祠（在瓜洲城）》詩：「江山照眼舒清眺，千古興亡墮眼前。瓜步市長連野戍，佛貍祠古慘荒煙。柂樓看取平吴日，父老空傳飲馬年。此日不須開濁浪，好風都屬往來船。」一片，猶言一派、滿地，盡是也。神鴉，《杜詩詳注》卷一三《過

洞庭湖》詩：「護堤盤古木，迎櫂舞神鴉。」注引《岳陽風土記》：「巴陵鴉甚多，土人謂之神鴉，無敢弋者。」

⑨「憑誰」二句，《史記》卷八一《廉頗藺相如列傳》：「廉頗居梁，久之，魏不能信用。趙以數困於秦兵，趙王思復得廉頗，廉頗亦思復用於趙。趙王使使者視廉頗尚可用否，廉頗之仇郭開多與使者金，令毁之。趙使者既見廉頗，廉頗爲之一飯斗米，肉十斤，被甲上馬，以示尚可用。趙使還報王曰：『廉將軍雖老，尚善飯。然與臣坐，頃之三遺矢矣。』趙王以爲老，遂不召。」憑，由也。

【附録】

岳珂肅之稼軒論詞

辛稼軒守南徐，已多病謝客。予來筮仕委吏，實隸總所，例於州家殊參辰，且望贄謁刺而已。余時以乙丑南宫試，歲前莅事僅兩旬，即謁告去。稼軒偶讀余《通名啓》而喜，又頗階父兄舊，特與其潔。余試既不利，歸官下，時一招去。稼軒以詞名，每燕必命侍妓歌其所作，特好歌《賀新郎》一詞，自誦其警句曰：「我見青山多嫵媚，料青山見我應如是。」又曰：「不恨古人吾不見，恨古人不見吾狂耳。」每至此，輒拊髀自笑，顧問坐客何如，皆歎譽如出一口。既而又作一《永遇樂》，序北府事。首章曰：「千古江山，英雄無覓孫仲謀處。」又曰：「尋常巷陌，人道寄奴曾住。」其寓感慨者，則曰：「可堪回首，佛狸祠下，一片神鴉社鼓。憑誰問，廉頗老矣，尚能飯否。」特置酒，召數客，使妓迭歌，益自擊節，徧問客，必使摘其疵，遜謝不可。客或措一二辭，不契其意，又弗答，然揮羽四視不止。余時年少，勇於言，偶坐於席側，稼軒因誦《啓》語顧問再四，余率然對曰：「待制詞句，脱去今古軫轍，每見集中有『解道此句，真宰上訴，天應嗔耳』之序，嘗以爲其言不誣。童子何知，而敢有議？然必欲如范文正以千金求《嚴陵祠記》一字之易，則晚進尚竊有疑也。」稼軒喜，促膝亟使畢其説。余曰：「前篇豪視一世，獨首尾二腔，警語差相似。新作微覺用事多耳。」於是大喜，酌酒而謂坐中曰：「夫君實中予痼。」乃味改其語，日數十易，累月猶未竟，其刻意如此。余既以一語之合，益加厚，頗取視其骫骳，欲以家世薦之朝，會其去，未果。（《桯史》卷三）

按：岳珂所謂《賀新郎》詞與此詞「首尾警語相似」及「用典多」二憾事，其實皆非。查今十二卷本此詞與其所引，無一字之異，則知稼軒果有「味改其語，日數十易，累月猶未竟」云云諸事，最後亦以爲不須改也。蓋此詞千錘百煉，岳珂非能知音也。戴復古有《減字木蘭花·寄五羊鍾子洪》詞，下片云：「吴姬勸酒，唱得廉頗能飯否？西雨東晴，人道無情又有情。」又知此詞雖不改字，亦傳唱海内也。

羅大經景綸記事一條

辛幼安……又寄丘宗卿詞云：「千古江山，英雄無覓孫仲謀處。舞榭歌臺，風流總被雨打風吹去。斜陽草樹，尋常巷陌，人道寄奴曾住。想當年鐵馬，氣吞萬里如虎。元嘉草草，封狼居胥，贏得倉皇北顧。四十三年，望中燈火，猶記揚州路。可堪回首，佛貍祠下，一片神鴉社鼓。憑誰問，廉頗老矣，尚能飯不。」此詞集中不載，尤雋壯可喜。朱文公云：「辛幼安、陳同甫，若朝廷賞罰明，此等人皆可用。」（《鶴林玉露》甲編卷一）

姜夔堯章和詞

永遇樂　次稼軒北固樓韻

雲隔迷樓，苔封很石，人向何處？數騎秋煙，一篙寒汐，千古空來去。使君心在，蒼厓緑嶂，苦被北門留住。有尊中酒差可飲，大旗盡繡熊虎。　前身諸葛，來遊此地，數語便酬三顧。樓外冥冥，江皋隱隱，認得征西路。中原生聚，神京耆老，南望長淮金鼓。問當時依依種柳，至今在否？（《白石道人歌曲》卷四）

玉樓春

乙丑京口奉祠西歸，將至仙人磯①

江頭一帶斜陽樹②，總是六朝人住處。悠悠興廢不關心，惟有沙洲雙白鷺③。　仙人磯下多風雨，好卸征帆留不住④。直須抖擻盡塵埃，却趁新涼秋水去⑤。

【箋注】

①題，乙丑，即開禧元年。是年夏六月十九日，稼軒自知鎮江府改知隆興府。七月五日予宫觀。

見《嘉定鎮江志》卷一五。應即爲未離任間，以臣僚論劾，罷其新任，遂奉祠而西歸。《宋會要輯稿・職官》七五之三七載：「開禧元年七月二日，新知隆興府辛棄疾予宫觀，理作自陳。以臣僚言棄疾好色貪財，淫刑聚斂。」其離任歸鉛山，當在是年七月中下旬間。稼軒此次西歸係溯江而上行。仙人磯，舊注謂「未詳所在」，實則據《景定建康志》卷四所附《沿江大閫所部圖》之下，仙人磯在建康府西南江上，北爲蔡家港，南爲馬家渡。查（正德）《江寧縣志》卷五：「江寧鎮在縣西南六十里。」實地踏查，仙人磯在江寧鎮西十里。瀕江處有巨石十數，延伸至江。遠處又有巨石十數，矗立大江中。巉巖峻峭，形態猙獰。其下水深流急，風濤洶湧。《渭南文集》卷四四《入蜀記》二，謂「凡山臨江，皆有磯」。仙人磯之得名，未詳。明人黄福撰《奉使安南水程日記》有云：「午至大勝驛，有仙人磯石横於中流，其勢巉巖，其流洶湧，舟人每爲之震讋。又有三山磯，三峰聯峙於岸，其峻秀可觀。是夕風雨横江，艤舟於岸。」見《粤西叢載》卷三。

②斜陽樹，項安世《家説》卷八《因諱改字》條：「歌者多因諱避輒改古詞本文，後來者不知其由，因以疵議前作者多矣。如蘇詞『亂石崩空』，因諱『崩』字，改爲『穿空』。秦詞『杜鵑聲裏斜陽樹』，因諱『樹』字，改爲『斜陽暮』，遂不成文。」

③「悠悠」二句，言沙洲白鷺不關心悠悠興廢，亦借指白鷺洲歷盡歷史滄桑耳。雙白鷺，蘇軾《再和潛師》詩：「惟有飛來雙白鷺，玉羽瓊枝鬥清好。」《次韻秦少章和錢蒙仲》詩：「二子有如雙白鷺，隔江相照雪衣明。」《景定建康志》卷一九：「白鷺洲在城之西，與城相望，周迴一十五里。

酈道元《水經》云：『江寧之新林浦西對白鷺洲。』《丹陽記》曰：『白鷺洲在縣西三里，洲在大江中，多聚白鷺，因以名之。』」

④「仙人」二句，按：仙人磯在烈山之東。《景定建康志》卷一九謂烈洲在城西南七十里，吴之舊津，内有小河，可泊船，商旅多停舟於此以避烈風，故以爲名。仙人磯下多風雨，可參前引《奉使安南水程日記》。

⑤「直須」二句，抖擻盡塵埃，白居易《答州民》詩：「宦情抖擻隨塵去，鄉思磨銷逐日無。」《遊悟真寺》詩：「抖擻塵埃衣，禮拜冰雪顏。」《讀鄂公傳》詩：「高卧深居不見人，功名抖擻似灰塵。」《王右丞集箋注》卷三：「抖擻，猶言振作。《釋氏要覽》：『……抖擻，謂三毒如塵，能坌污真心，此人能振掉除去故。』」新涼秋水，謂新生漸涼之秋水，秋水非謂期思舊居秋水觀或秋水堂。

瑞鷓鴣　乙丑奉祠，舟次餘干賦①

江頭日日打頭風，憔悴歸來邴曼容②。鄭賈正應求死鼠，葉公豈是好真龍③？　孰居無事陪犀首，未辦求封遇萬松〔二〕④。却笑千年曹孟德，夢中相對也龍鍾⑤。

【校】

〔一〕「辦」，《六十名家詞》本作「辨」，此從廣信書院本。

【箋注】

①題，餘干，《輿地紀勝》卷二三《江南東路·饒州》：「餘干縣，在州東一百六十里。《寰宇記》云：『本越王勾踐之西界。』《元和郡縣志》云：『漢餘汗縣。』……隋開皇九年去水存干，名曰餘干。」（《太平寰宇記》卷一〇七作「州東南一百六十里」，謂在東南，應是。）按：稼軒此次西歸，蓋自京口溯江而上，自南康軍入鄱陽湖，再出湖口入餘干溪而直達鉛山，故有「舟次餘干」云云。

②「江頭」二句，打頭風，朱翌《猗覺寮雜記》卷上：「風之逆舟，人謂之打頭風。坡云：『臥聽三老白事，半夜南風打頭。』元云：『江喧過雲雨，船泊打頭風。』『過雲雨』亦俗諺。」餘見本書卷一一《小重山·三山與客泛西湖》詞（綠漲連雲翠拂空闌）箋注。歸來邴曼容，《漢書》卷七二《王貢兩龔鮑傳》：「初，琅邪邴漢，亦以清行徵用，至京兆尹。後爲太中大夫，王莽秉政，勝與漢俱乞骸骨。……於是勝、漢遂歸老於鄉里。漢兄子曼容，亦養志自修，爲官不肯過六百石，輒自免去。其名過出於漢。」所謂六百石，據漢衛宏《漢官舊儀》所載，漢代御史員、郎中令、丞相長史、中尉、内史丞及縣人口滿萬之令皆六百石，佩銅印。

③「鄭賈」二句，鄭賈求死鼠，《戰國策・秦策》三：「鄭人謂玉未理者璞，周人謂鼠未腊者璞。周人懷璞過鄭賈，曰：『欲買璞乎？』鄭賈曰：『欲之。』出其璞視之，乃鼠也，因謝不取。今平原君自以賢顯名於天下，然降其主父沙丘而臣之，天下之王尚猶尊之，是天下之王不如鄭賈之智也，眩於名不知其實也。」葉公豈好真龍，《新序》卷五《雜事》：「子張見魯哀公，七日而哀公不禮，託僕夫而去，曰：『臣聞君好士，故不遠千里之外，犯霜露，冒塵垢，百舍重趼，不敢休息以見君。七日而君不禮，君之好士也，有似葉公子高之好龍也。葉公子高好龍，鈎以寫龍，鑿以寫龍，屋室雕文以寫龍。於是夫龍聞而下之，窺頭於牖，拖尾於堂。葉公見之，棄而還走，失其魂魄，五色無主。是葉公非好龍也，好夫似龍而非龍者也。今臣聞君好士，故不遠千里之外以見君，七日不禮，君非好士也，好夫似士而非士者也。』」按：此二句皆嘲韓侂胄之用人，亦自傷其開禧間之際遇也。

④「孰居」二句，孰居無事陪犀首，《史記》卷七〇《張儀列傳》：「犀首者，魏之陰晉人也。名衍，姓公孫氏，與張儀不善。張儀爲秦之魏，魏王相張儀，犀首弗利。」同傳：「陳軫者，游説之士，與張儀俱事秦惠王，皆貴重爭寵。……陳軫使於秦，過梁，欲見犀首。犀首謝弗見。軫曰：『吾爲事來，公不見軫，軫將行，不得待。』異日，犀首見之。陳軫曰：『公何好飲也？』犀首曰：『無事也。』曰：『吾請令公饜事可乎？』曰：『奈何？』」《莊子・天運》：「天其運乎？地其處乎？日月其爭於所乎？孰主張是？孰維綱是？孰居無事，推而行是？」未辦求封遇萬

松，萬、松，謂宋長萬與張伯松。《新序》卷八《義勇》：「宋閔公臣長萬以勇力聞。萬與魯戰，師敗，爲魯所獲，囚之宫中。數月歸之宋。宋閔公博，婦人在側。公謂萬曰：『魯君孰與寡人美？』萬曰：『魯君美。天下諸侯惟魯君耳，宜其爲君也。』閔公矜婦人妬，因言曰：『爾魯之囚虜爾，何知？』萬怒，遂搏閔公頰，齒落於口，絶吭而死。仇牧聞君死，趨而至，遇萬於門，攜劍而叱之。萬臂擊仇牧而殺之，齒著於門闔。」《公羊傳·莊公十二年》所記與此大致相同，有「伊牧聞君弑，趨而至，遇之於門，手劍而叱之，萬臂殺伊牧，碎其首」語。《漢書》卷九九上《王莽傳》：「居攝元年四月，安衆侯劉崇與相張紹謀曰：『安漢公莽專制朝政，必危劉氏。天下非之者乃莫敢先舉，此宗室耻也。吾帥宗族爲先，海内必和。』紹等從者百餘人，遂進攻宛，不得入而敗。紹者，張竦之從兄也。竦與崇族父劉嘉詣闕自歸，莽赦弗罪。竦因爲嘉作奏，曰：『……安衆侯崇，乃獨懷悖惑之心，操畔逆之慮，興兵動衆，欲危宗廟，惡不忍聞，罪不容誅。誠臣子之仇，宗室之讎，國家之賊，天下之害也。……願爲宗室倡始，父子兄弟負籠倚鍤，馳之南陽，豬崇宫室，令如古制。及崇社宜如亳社，以賜諸侯，用永監戒。……』於是莽大説。……封嘉爲師禮侯，嘉子七人皆賜爵關内侯。後又封竦爲淑德侯。長安爲之語曰：『欲求封，過張伯松；力戰鬥，不如巧爲奏。』」注謂伯松爲竦之字。未辨，不能也。按：此二句自嘲晚年既未急君之難而立功，亦未媚權臣而求封，僅如犀首無事飲酒而已也。

⑤「却笑」二句，涉及曹孟德典故，不詳。或謂曹操嘗有《龜雖壽》詩，自詡「老驥伏櫪，志在千里。

烈士暮年，壯心不已」，當以此解嘲耳。李端《贈康洽》詩：「漢家尚壯今則老，髮短心長知奈何。華堂舉杯白日晚，龍鍾相見誰能免。君今已反我正來，朱顏宜笑能幾回。」

臨江仙①

老去渾身無着處，天教只住山林②。百年光景百年心③，更歡須歎息，無病也呻吟。　試向浮瓜沉李處，清風散髮披襟④。莫嫌淺後更頻斟⑤，要他詩句好，須是酒杯深。

【箋注】

①題，右詞無題。然據詞意，知爲自知鎮江奉祠歸鉛山之後所作。

②「老去」二句，蘇軾《豆粥》詩：「我老此身無着處，賣書來問東家住。」《景純見和復次韻贈之二首》詩：「老去此身無處著，爲翁栽插萬松岡。」渾身，全身。唐宋以來俗語。《三朝北盟會編》卷六六：「自初巡壁，雨雪交作，四日未嘗止。……皇后親付内府幣帛，與宮嬪作綿擁項，分賜將士。……兵士得擁項，有以手執之戲語者曰：『雖得此，奈渾身單寒何？』」住山林，王安石《北山三詠·覺海方丈》詩：「往來城府住山林，諸法翛然但一音。」

③「百年」句，邵雍《對花飲》詩：「百年光景留難住，十日芳菲去莫遮。」郭祥正《秀公見喜飯僧二首》詩：「百年光景逐飛螢，會脱塵勞只有僧。」杜甫《春日江村五首》詩：「乾坤萬里眼，時序百年心。」

④「試向」二句，見本書卷一二《南歌子·新開池戲作》詞（散髮披襟處闋）箋注。

⑤「莫嫌」句，後，《詩詞曲語辭匯釋》解作呵或啊，語氣詞，余於本書卷一〇《最高樓·送丁懷忠教授入廣》詞中又釋作便，應亦通。

又

停雲偶作①

偶向停雲堂上坐，曉猿夜鶴驚猜。「主人何事太塵埃？」低頭還説向②：「被召又還來〔一〕。」　多謝北山山下老③，殷勤一語佳哉。「借君竹杖與芒鞋，徑須從此去，深入白雲堆④。」

【校】

〔一〕「還」，王詔校刊本、《六十名家詞》本、四印齋本作「重」，此從廣信書院本。

【箋注】

①題，右詞亦歸鉛山之作，借《北山移文》之猿鶴與隱湖山主人對話，申説歸來不復再出之意也。

②説向，説到、説與也。《朱子語類》卷一六《大學》：「子升問：『修身齊家章所謂親愛畏敬以下説，凡接人皆如此，不特是一家之人否？』曰：『固是。』問：『如何修身却專指待人而言？』曰：『修身以後，大概説向接物待人去，又與只説心處不同。要之，根本之理則一，但一節説闊一節去。』」卷一八《大學》：「問：『兩日看何書？』對：『看《或問》致知一段，猶未了。』曰：『此是最初下手處，理會得此一章分明，後面便容易。程子於此段節目甚多，皆是因人資質説，故有説向外處，有説向内處。』」

③北山山下老，借《北山移文》謂隱湖山下諸老，即鉛山諸友也。

④「借君」三句，竹杖芒鞋，蘇軾《初入廬山三首》詩：「芒鞋青竹杖，自掛百錢遊。」《與舒教授張山人參寥師同遊戲馬臺書西軒壁兼簡顔長道二首》詩：「竹杖芒鞋取次行，下臨官道見人情。」白雲堆，釋貫休《陪馮使君遊六首・登干霄亭》詩：「古桂林邊棋局濕，白雲堆裏茗煙青。」邵雍《依韻和壽安尹尉有寄》詩：「本酬壯志都無效，欲住青山却有緣。翠竹陰中開縹帙，白雲堆裏揖飛泉。」

瑞鷓鴣

期思溪上日千回，樟木橋邊酒數杯①。人影不隨流水去②，醉顏重帶少年來。疏蟬響澀林逾静③，冷蝶飛輕菊半開。不是長卿終慢世，只緣多病又非才④。

【箋注】

①「期思」二句，期思溪，即紫溪合流後之鉛山河。鉛山河源自縣南武夷山桐木關，又稱桐木水。〔乾隆〕《鉛山縣志》卷一：「桐木水，其源自建陽，二百九十里入鉛山，東北流，注會於分水，合於紫溪。」按：桐木水與紫溪於石塘鎮北匯合，又分繞五堡洲北流，再匯合，經永平流入信江。其自五堡洲以北東流之水即期思溪也。樟木橋，當指期思橋。〔乾隆〕《鉛山縣志》卷二：「期思橋，縣東三十里，因渡爲之。辛稼軒《期思橋》詞引曰：『舊呼奇獅或曰騎獅，皆非也。朱晦翁書。』按：期思橋在縣東南二十里，三乃二之誤。稼軒有《沁園春》詞，題稱「橋壞復成，父老請余賦，作《沁園春》以證之」。稼軒《沁園春》詞（有美人兮闋）見本書卷一〇。〔同治〕《鉛山縣志》卷五：「樟，木高數丈，葉小，似楠而尖，皆有赤黄茸毛，四時不凋，夏開細花，結小子，肌理

細膩，錯綜多文，宜於雕鏤。」

②「人影」句，晁以道《秋思堙鬱忽蒙圓機寵示崇賦欣然開豁爲惠大矣率草謝之》詩：「幽恨不隨流水去，壯懷每共暮雲空。」趙汝愚《同林擇之姚宏甫遊鼓山》詩：「江月不隨流水去，天風直送海濤來。」

③「疏蟬」句，《顔氏家訓》卷上：「王籍《入若耶溪》詩云：『蟬噪林逾静，鳥鳴山更幽。』江南以爲文外斷絶，物無異議。」

④「不是」二句，長卿慢世，《世説新語·品藻》：「王子猷、子敬兄弟共賞《高士傳》人及贊，子敬賞井丹高潔，子猷云：『未若長卿慢世。』」注引嵇康《高士傳》：「司馬相如者，蜀郡成都人，字長卿。初爲郎，事景帝。梁孝王來朝，從遊説士鄒陽等，相如説之，因病免遊梁。後過臨卬，富人卓王孫女文君新寡，好音，相如以琴心挑之，文君奔之，俱歸成都。後居貧，至臨卬買酒舍，文君當壚，相如著犢鼻袴，滌器市中。爲人口吃，善屬文。仕宦不慕高爵，常託疾，不與公卿大事。終於家。其贊曰：長卿慢世，越禮自放。犢鼻居市，不恥其狀。託疾避官，蔑此卿相。乃賦《大人》，超然莫尚。」多病非才，《唐摭言》卷一一《無官受黜》條：「襄陽詩人孟浩然，開元中頗爲王右丞所知。……維待詔金鑾殿，一旦召之，商較風雅，忽遇上幸維所，浩然錯愕伏床下，維不敢隱，因之奏聞。上欣然曰：『朕素聞其人。』因得詔見，上曰：『卿將得詩來耶？』浩然奏曰：『臣偶不齎所業。』上即命吟，浩然奉詔拜舞，念詩曰：『北闕休上書，南山歸卧廬。不才

明主棄，多病故人疏。』上聞之，憮然曰：『朕未曾棄人，自是卿不求進，奈何反有此作？』因命放歸南山，終身不仕。」蘇軾《喬太博見和復次韻答之》詩：「非才更多病，二事可並案。」按：稼軒晚年所作《和前人韻》詩亦有「昨日溪南雞酒社，長卿多病不能臨」句（見本書卷二），與此詞意同，知皆爲自鎮江歸鉛山之後所作也。

玉樓春

有自九江以石中作觀音像持送者，因以詞賦之①

琵琶亭畔多芳草，時對香爐峰一笑②。偶然重傍玉溪東，不是白頭誰覺老③？補陀大士神通妙〔一〕，影入石頭光了了④。肯來持獻可無言〔二〕？長似慈悲顏色好。

【校】

〔一〕「補」，王詔校刊本、《六十名家詞》本、四印齋本作「普」，此從廣信書院本。

〔二〕「肯」，王詔校刊本、《六十名家詞》本、四印齋本作「看」。

【箋注】

①題，右詞謂有自江州來，以其地之石雕作觀音像持獻者，故賦此詞。其事在何時，本無可考。

《稼軒詞編年箋注》遂次於瓢泉之什之末，非確。今查此詞之廣信書院本雖次於同調《乙丑京口奉祠西歸將至仙人磯》詞之前，然必爲晚作無疑。詞中有「偶然重傍玉溪東」句，明爲重歸鉛山之語，知作於晚年重歸山林之時，故改編於此。《輿地紀勝》卷三〇《江南西路・江州》：「江州，尋陽郡，定江郡節度。……彭澤，州之西門，江州，國之南藩，九江一水，而名之曰九江。」

②「琵琶」二句，琵琶亭，《輿地紀勝》卷三〇《江南西路・江州》：「琵琶亭，在西門外，面大江。白居易爲江州司馬，夜送客湓浦口，聞鄰舟琵琶聲，遇商婦，爲《琵琶行》之地，故名其亭。」香爐峰，《輿地紀勝》卷三〇《江南西路・江州》：「香爐峰，在山西北。宋鮑照、唐李白有詩，孟浩然所謂『艤舟尋陽郭，始見香爐峰』是也。」

③「偶然」二句，玉溪，指信江。玉山縣在上饒東北，信江自玉山入上饒，再經鉛山入貴溪。稼軒所稱玉溪，並非專指流經玉山之信江水，殆用以統稱流經信上諸縣之信江而言也。不是白頭誰覺老，張元幹《冬夜有懷柯田山人四首》詩：「自憐歸未得，不是白頭新。」杜牧《早秋》詩：「銖秤與縷雪，誰覺老陳陳。」

④光了了，謂其石像極爲光亮。了了，即特別、非常之意。

歸朝歡

丁卯歲寄題眉山李參政石林①

見説岷峨千古雪，都作岷峨山上石②。君家左史老泉公〔一〕，千金費盡勤收拾〔二〕③。一堂真石室〔三〕，空庭更與添突兀〔四〕。記當時，《長編》筆硯，日日雲煙濕④。　野老時逢山鬼泣，誰夜持山去難覓⑤。有人依樣入明光，玉堦之下巖巖立⑥。琅玕無數碧。風流不數平泉物〔五〕⑦。欲重吟，青葱玉樹，須倩子雲筆⑧。

【校】

〔一〕「左」，原作「右」，徑改。詳見箋注。

〔二〕「費」，《六十名家詞》本作「未」，此從廣信書院本。

〔三〕「石室」，王詔校刊本、《六十名家詞》本作「石石」。

〔四〕「空庭」句，《六十名家詞》本作「閑庭更與天突兀」。

〔五〕「泉」，廣信書院本原作「原」，此據王詔校刊本、《六十名家詞》本、四印齋本改。

【箋注】

①題，丁卯，即開禧三年。據「寄題」二字，知右詞作於鉛山。本年稼軒在行在所以龍圖閣待制奉在京宫觀。春夏之後，乃得歸鉛山。李參政，謂李壁，眉州丹稜人。《宋詩紀事》卷五六《李壁》：「壁字季章，燾子，用父任入官，後登進士第。寧宗朝，累遷權禮部尚書、直學士院、同知樞密院事，歷資政殿學士致仕，卒謚文懿，有《雁湖集》。」《宋史》卷三九八有傳。本傳載：「寧宗即位，徙著作佐郎兼刑部郎，權禮部侍郎，兼直學士院。時韓侂胄專國，建議恢復。辛相陳自强請以侂胄平章國事，遂召壁草制，同禮部尚書蕭逵討論典禮。」查稼軒嘉泰四年春初在行在奉朝請，《南宋館閣續録》卷九《同修國史·嘉泰以後》：「李壁，四年正月，以宗正少卿權。七月，以權兵部侍郎兼。八月，除禮部侍郎。開禧二年五月，爲權禮部尚書並兼。」知嘉泰四年初二人同朝，其相識或在此時。其參知政事，則見《宋史》卷二一二《宰輔表》四：「開禧二年七月癸卯，李壁自禮部尚書除參知政事。三年十一月甲戌，李壁罷參知政事。」李壁居第有石林堂。楊萬里《誠齋集》卷四二《題李季章中書舍人石林堂》詩：「紫微仙人今太白，不愛好官愛奇石。頃從道山歸雪山，一葉漁舟一横笛。船過宣池月滿空，乘雲飛上九華峰。十指一掇九芙蓉，和月擎取歸船中。歸到雁湖秋水碧，萬斛酒船觴九客。蘿頤諸峰作不速，不待折簡登几席。儂與石兄殊不疏，問訊别來安穩無？」陸游《劍南詩稿》卷六二亦有《寄題李季章侍郎石林堂》詩，其中有云：「我行新灘見益奇，千巖萬竇雷雨垂。古來豈無好事者，根株盤踞不可移。侍郎築堂

聚衆石，坐卧對之旰忘食。千金博取直易爾，要是尤物歸精識。君不見牛奇章與李衛公，一生冰炭不相容。門前冠蓋各分黨，惟有愛石心則同。」據誠齋詩，李壁自秘書省官歸蜀，途中始於江行過宣州、池州時搜集九華山奇石，此以石林名堂之始。而據《南宋館閣續録》卷八《著作佐郎·慶元以後》，知爲慶元二年四月其自著佐出知閬州之時。則其石林堂自在眉州舊第無疑。誠齋詩爲嘉泰四年作，放翁詩則作於開禧元年。

②「見説」二句，岷峨，岷山在眉州北茂州，峨眉山則在眉州南嘉定府。王應麟《通鑑地理通釋》卷五：「岷山在茂州汶山縣，俗謂之鐵豹嶺，禹導江始於此。太史公西瞻蜀之岷山。」同卷：「峨眉大山在嘉州峨眉縣西七里，兩山相對，望之如峨眉。中峨眉在縣東南二十里。」按：《方輿勝覽》卷五三《成都府路·眉州》：「古犍爲之地，介岷峨之間。」

③「君家」二句，君家左史老泉公，老泉公謂蘇洵，此以蘇洵比李壁之父李燾。《宋史》之《李壁傳》載：「壁父子與弟𡌴皆以文學知名，蜀人比之三蘇云。」《方輿勝覽》卷五三《成都府路·眉州》：「老泉墓，蘇明允葬於蟇頤山東二十里，地名老翁泉。」然詞中原謂李燾爲右史，據《宋史》卷三八八《李燾傳》，李燾於乾道五年遷秘書少監兼權起居舍人、實録院檢討官，平生未嘗任起居郎。據宋人官制簡稱，右史謂起居郎，左史謂起居舍人，故詞中之右史，必爲左史之誤。燾本傳追述時亦有「燾爲左史時」語。《稼軒詞編年箋注》謂燾「曾屢爲史官，故稱右史」。此語誤。宋之起居郎與舍人，皆居殿螭之左右，掌記載皇帝言行，故又稱左右史。千金費盡，此謂石林堂

創自李燾，故有「勤收拾」語，非僅謂李燾搜聚奇石也。《稼軒詞編年箋注》謂「據詞中語意，石林堂上衆石應爲李仁甫所搜聚，放翁則謂係李季章所聚，亦不知孰是」。蓋奇石與石林堂均創自李燾，而李壁又續有搜集，故下句謂「更與添突兀」也。

④「記當」三句，《長編》，謂李燾所著《續資治通鑑長編》。燾本傳：「燾恥讀王氏書，獨博極載籍，搜羅百氏，慨然以史自任。本朝典故，尤悉力研覈。倣司馬光《資治通鑑》例，斷自建隆，迄於建康，爲編年一書，名曰《長編》。……起知遂寧府，七年，《長編》全書成，上之。詔藏秘閣。燾自謂此書寧失之繁，無失之略，故一祖八宗之事，凡九百七十八卷，卷第總目五卷，依熙寧修三經例，損益修換四千四百餘事，上謂其書無愧司馬遷。」

⑤誰夜持山，見本書卷一二《玉樓春·戲賦雲山》詞（何人半夜推山去闋）箋注。

⑥「有人」二句，入明光，明光殿，見本書卷一一《清平樂·壽趙民則提刑》詞（詩書萬卷闋）箋注。玉堦巖巖立，《世説新語·賞譽》：「王公目太尉巖巖清峙，壁立千仞。」同書《容止》：「嵇康身長七尺八寸，風姿特秀，見者歎曰：『蕭蕭肅肅，爽朗清舉。』或云：『肅肅如松下風，高而徐引。』山公曰：『嵇叔夜之爲人也，巖巖若孤松之獨立，其醉也，傀俄若玉山之將崩。』」

⑦「風流」句，平泉莊，唐宰相李德裕别墅，多奇石。《唐語林》卷七：「平泉莊在洛城三十里，卉木榭臺甚佳。……莊周圍十餘里，臺榭百餘所，四方奇花異草與松石，靡不置其後。石上皆刻支遁二字，後爲人取去。……怪石名品甚衆，各爲洛陽城族有力者取去。有禮星石、獅子石，好事

者傳玩之。」自注：「平泉禮星石，縱廣一丈，厚尺餘，上有斗極之象。獅子石，高三四尺，孔竅千萬，遞相通貫，如獅子，首尾眼鼻皆全。」不數，不算，算不上。

⑧「青葱」二句，見本書卷一二《賀新郎·和徐斯遠下第謝諸公載酒相訪韻》詞（逸氣軒眉宇闊）箋注。

洞仙歌 丁卯八月病中作①

賢愚相去，算其間能幾？差以毫釐繆千里②。細思量義利，舜跖之分，孳孳者，等是雞鳴而起③。　味甘終易壞，歲晚還知，君子之交淡如水④。一餉聚飛蚊，其響如雷，深自覺昨非今是⑤。羨安樂窩中泰和湯，更劇飲無過，半醺而已⑥。

【箋注】

①題，稼軒於開禧三年夏歸鉛山，卒於是年九月十日。詩集有《丁卯七月題鶴鳴亭三首》及《偶作三首》，此詞爲八月病中所作，乃稼軒集之絕筆也。

②「賢愚」三句，王楙《野客叢書》卷九《李陸娛老之趣》條：「士大夫晚年不問家事，自適其適，非

其胸中能擺脱世累，未易及此。僕讀陸賈、李遷哲二傳，深喜其得娱老之趣。……二公臨老能自享如此，是非高見邪？其有斷斷焉計較口腹，疲精竭力，爲子孫作活，至老死而不知休者，人之賢愚，相去幾何哉？」《史記》卷一三〇《太史公自序》：「故《易》曰：『失之毫釐，差以千里。』」《集解》：「一云『差以毫釐』，一云『繆以千里』。」按：今《易》無此語，鄭玄《易緯通卦驗》卷上作「正其本而萬物理，失之毫釐，差以千里」。

③「細思」四句，《孟子・盡心》上：「孟子曰：雞鳴而起，孳孳爲善者，舜之徒也。雞鳴而起，孳孳爲利者，跖之徒也。欲知舜與跖之分，無他，利與善之間也。」

④「味甘」三句，《禮記・表記》：「故君子之接如水，小人之接如醴。君子淡以成，小人甘以壞。」《莊子・山木》：「且君子之交淡若水，小人之交甘若醴。君子淡以親，小人甘以絶。彼無故以合者，則無故以離。」按：此數語蓋稼軒感慨其晚年再出之遭遇，以及世間之諸多非難語。謝枋得《祭辛稼軒先生墓記》有曰：「稼軒垂殁，乃謂樞府曰：『侂胄豈能用稼軒以立功名者乎？稼軒豈肯依侂胄以求富貴者乎？』」

⑤「一餉」三句，一餉聚飛蚊，《漢書》卷五三《中山靖王勝傳》：「夫衆呴漂山，聚蚊成雷。朋黨執虎，十夫橈椎。」韓愈《醉贈張秘書》詩：「雖得一餉樂，有如聚飛蚊。」昨非今是，陶潛《歸去來兮辭》：「實迷途其未遠，覺今是而昨非。」

⑥「羨安」三句，安樂窩，《宋史》卷四二七《道學》一《邵雍傳》：「初至洛，蓬蓽環堵，不芘風雨。躬

樵興以事父母，雖平居屢空，而怡然有所甚樂，人莫能窺也。及執親喪，哀毁盡禮。富弼、司馬光、吕公著諸賢退居洛中，雅敬雍，恒相從游，爲市園宅。雍歲時耕稼，僅給衣食。名其居曰安樂窩，因自號安樂先生。旦則焚香燕坐，晡時酌酒三四甌，微醺即止，常不及醉也。」泰和湯、半醺，《性理大全書》卷一三引邵雍《無名公傳》：「性喜飲酒，嘗命之曰太和湯。所飲不多，微醺而罷，不喜過醉。」又，邵雍《林下五吟》詩：「安樂窩深初起後，太和湯釅半醺時。」《太和湯吟》：「二味相和就甕頭，一般收口效偏優。同斟祗却因無事，獨酌何嘗爲有愁。纔沃便從真宰辟，半醺仍約伏羲遊。人間盡愛醉時好，未到醉時誰肯休。」

詞集附考

頌韓詞三首非辛稼軒所作考

辛更儒

多年以來，我一直認爲，傳誦已久的辛稼軒頌諛韓侂胄的三首詞：《西江月》（堂上謀臣帷幄）、《清平樂》（新來塞北關）以及《六州歌頭》（西湖萬頃關）並不是辛稼軒所作。爲此，早在一九八四年，我就在《北方論叢》上發表了題爲《辛稼軒頌韓詞辨僞》的論文（後收入《辛棄疾研究叢稿》，研究出版社二〇〇九年),但是,無論是一九九三年在我協助鄧廣銘先生完成的增訂本《稼軒詞編年箋注》中還是後來作爲定本再版的同書中,這三首詞也都赫然出現在辛稼軒晚年詞作的最後,雖然頗有附録含義在内,但有如此顯證的僞作不能剔除,畢竟不愜我意。現在,在撰成《辛棄疾集編年箋注》之時,我終於把這三首詞從辛稼軒的著作中剔除出去,可以説,這確實了却了我的平生志願。

當年,在增訂《稼軒詞編年箋注》時,這三首詞和所有稼軒詞一樣作了較爲詳盡的箋注。如今在把三詞剔除之後,爲了給讀者一個交代,我還必須對這三首詞的内容和寫作背景再進行一次考證,以證實此三詞確實非辛稼軒所作。

一、《西江月》

堂上謀臣帷幄,邊頭猛將干戈。天時地利與人和,燕或伐與曰可。　此日樓臺鼎鼐,他時劍履山河。都人齊和《大風歌》,管領羣臣來賀。

這首詞本是辛稼軒的好友劉過所作,《龍洲集》和單行的《龍洲詞》中無不將它收入。而元人吴師道在《詩話》中也收入此詞,且與收在《龍洲集》集中的這首詞文字全同:「帷幄」作「尊俎」,「猛將」作「將士」,「此日」作「今日」,「他時劍履」作「明年帶礪」,「都人齊和」作「大家齊唱」,「管領羣臣」作「不日四方」。雖然有上述版本上的差别,但這只是在流傳中形成的異文而已,兩本所收的都是一篇詞作應是無疑的。

此詞上片「天時」一聯，用了《孟子·公孫丑》的典故：「天時不如地利，地利不如人和。」「沈同以其私問曰：『燕可伐與？』孟子曰：『可。』」而下片則用了《史記》卷八《高祖本紀》中「還歸過沛，留，置酒沛宫，悉召故人父老子弟縱酒，發沛中兒得百二十人，教之歌。酒酣，高祖擊筑，自爲歌詩曰：『大風起兮雲飛揚，威加海内兮歸故鄉。安得猛士兮守四方。』令兒皆和習之」的故實。

通觀全詞之意，很明顯，是在爲開禧間韓侂胄發動的北伐金國之舉的正當性和可行性作鼓吹。然而，這些頌諛之辭，施之於劉過則可，施之於四朝老臣辛稼軒則不可。劉過一生浪跡江湖，嘉泰三年正在行都，時值韓侂胄倡議北伐，劉過投向韓門，貢獻詩詞，參與宴樂，成爲標準的門客。其集中，投獻韓侂胄的詩詞就有十二首。不但稱之「師王」，比之爲韓忠獻（即其曾祖北宋宰相韓琦），且還有「華夷休戚，繫王顰笑」這樣的話（韓侂胄於慶元五年封平原郡王，嘉泰二年進太師，故劉過稱之「師王」）。以上所引，見劉過《呈陳總領五首》詩、《滿江紅·壽》詞）。是年冬，浙東安撫使辛稼軒曾約邀其到會稽訪問，因事未及行。四年春夏，劉過遂過京口，時辛稼軒知鎮江府，二人訂交。辛稼軒「館燕彌月，酬倡亹亹」（《桯史》卷二《劉改之詩詞》條）。早年，劉過曾有「十年曾此記來遊，有策中原一戰收」的詩句（《六合道中》詩），到了開禧改元之後，逢迎韓侂胄北伐的輿論需求，遂寫出「行定中原，錦衣歸相，分茅裂地」的詞句（《水龍吟》），這些都和《西江月》詞上片方言及北伐可行，而下片遽説到北伐勝利後，如漢高祖那樣得意歸鄉的心理完全一致。而辛稼軒，在嘉泰四年春出知鎮江府之初，雖也曾積極備戰，但他在鎮江的舉措，如派間諜偵伺金人實力和動向，招募沿邊土丁，欲創立一支北伐軍隊等等，都明顯帶有不相信韓侂胄等人鼓吹的輕易即可戰勝金人的輿論宣傳，而要用事實來澄清當時甚囂塵上的有害言論的目的。而《西江月》一詞所反映的思想水平和價值取向，全在於取媚於權臣韓侂胄，根本就與辛稼軒逆向而行，並無相同之處。

辛稼軒晚年再出，固然也是爲了恢復大業，但他鄙薄韓侂胄之爲人，不肯與之私交，因此，在開禧二年韓侂胄北伐之前後，從未被韓侂胄重用。《西江月》一詞不可能出自辛稼軒之手。

二、《清平樂》

新來塞北，傳到真消息。赤地居民無一粒，更五單于爭立。　維師尚父鷹揚，熊羆百萬堂堂。看取黄金假鉞，歸來異姓真王。

這首詞與見於劉過《龍洲集》和《龍洲詞》中的同闋，文字全同，無一字異文。

詞中有重要本事可尋。此詞開頭便言：「新來塞北，傳到真消息。」據其後二句所寫，從金人那裏傳來的消息就是敵國有災荒和内部争權之禍。葉紹翁《四朝聞見録》乙集《開禧兵端》條正好記載了此事：

韓侂胄亟欲興師北伐，先因生辰，使張嗣古假尚書入敵中，因伺虚實。張即韓之甥也。使事告旋，……亟問張以敵事。張曰：「以某計之，敵未可伐，幸太師勿輕信人言。」韓默然，風國信所奏嗣古詣金廷幾乎墜笏，免所居官。……韓後又遣李壁因使事往伺，壁歸，力以敵中「赤地千里，斗米萬錢，與韃爲讎，且有内變」相證。韓大喜，壁遂以是居政府。

查《宋史》卷三八《寧宗紀》二，開禧元年六月，遣李壁賀金主生辰（金章宗的天壽節定爲九月一日）。李壁使事歸來，路途可在四十日上下（此參考了《攻媿集》卷一一二《北行日録》的歸國行期），也就是説，其歸臨安，應在十月八日韓侂胄生辰稍後（韓之生日，據《桯史》卷一五《楊艮議命》條）。《永樂大典》卷一〇八七六虜字韻引李壁《雁湖集》的《開禧乙丑十月十二日使虜回上殿札子》，亦可證知李壁的行程。因而，李壁正是《清平樂》詞「新來塞北，傳到真消息」之人。

金國遭遇旱災事，見於《金史》卷一二《章宗紀》四，泰和四年（即宋嘉泰四年）二月，詔山東、河北旱，祈雨東北二嶽。四月、五月，又載「祈雨於社稷」，「以久旱，下詔責躬。……免時災州縣徭役及今年夏税」，「祈雨於北郊」。十二月，「敕陝西、河南饑民所鬻男女，官爲贖之」。可見金國災荒頗爲嚴重。這一消息逐漸傳到南宋境内，應在明年即開禧元年。李壁似乎就是始作俑者。而所謂「五單于争立」，用的是《漢書》卷九四《匈奴傳》呼韓邪等五單于争立故事，以喻指金世宗死後，立長子顯宗之子章宗，而屠殺諸叔，猜忌諸弟一事。此事之傳入南宋，雖未必就在開禧元年，但前一事即金國饑饉既然必在開禧元年，則可證明，《清平樂》這首壽韓詞，也只能是作於開禧元年。

考察辛稼軒晚年行蹤，知其於開禧元年六月自知鎮江府改知隆興府，以言者論列，罷新任而與宫觀，遂自鎮江起行歸鉛山，這有其《玉樓春・乙丑京口奉祠西歸將至仙人磯》及《瑞鷓鴣・乙丑奉祠歸舟次餘干賦》二詞爲證。此年秋冬，辛稼軒在鉛山期思家居，自然與李壁歸來所得到的新消息無緣，更無可能爲韓侂胄急欲北伐的壽誕賦寫賀詞，應當是毫無疑問的。

而劉過的行蹤，却能與此相吻合。《桯史》卷二《劉改之詩詞》條載：「廬陵劉改之過，以詩鳴江西。厄於韋布，放浪荆楚，客食諸侯間。開禧乙丑，過京口，余爲饟幕庾吏，因識焉。……暇日，相與蹠奇弔古，多見於詩。一郡勝處皆有之，不能盡憶，獨録改之《多景樓》一篇曰：『金焦兩山相對起，不盡中流大江水。一樓坐斷天中央，收拾淮南數千里。西風把酒閑來遊，木葉漸脱人間秋。』」開禧元年乙丑秋，劉過既在鎮江，而鎮江恰是李壁使金歸國後必經之地。且其回國到鎮江的時間又正與韓侂胄十月八日生日相近。查樓鑰《北行日録》，樓鑰於乾道五年十一月八日起行，六年正月一日在金燕京賀正旦畢，於五日入辭歸國。二十八日到淮上，二月七日抵鎮江丹陽館。自燕京到鎮江前後路途爲日四十二，抵臨安則爲二月十四日。李壁此次出使，其歸途至鎮江，亦應在開禧元年的十月八日之前。其出使金國的見聞，尤其在舉國正藴釀伐金之時，正是當時官員及士大夫關心的熱門話題，而此時劉過正周旋於鎮江的地方官和名士之中。可以想見，有關金國饑饉和内亂的消息，遂致劉過無比興奮，乃將此最新消息寫入投寄韓侂胄的壽詞中。因而，作此詞者曾爲韓侂胄宴席上的客人劉過，也自然順理成章。

嘉泰四年春，辛稼軒在知紹興府被召入見寧宗時，曾對金國形勢有一個判斷，見於《建炎以來朝野雜記》乙集卷一八《丙寅淮漢蜀口用兵事目》條的記載：

辛殿撰棄疾除紹興府，過闕入見，言金國必亂必亡，願付之元老大臣，務爲倉猝可以應變之計。

這本是辛稼軒被召時的一種預言，當時尚未有金人受災饑荒的報告。到了這年夏，辛稼軒在知鎮江任内得到派遣的間諜的敵情報告之後，對新任建康府學教授程珌討論過北伐的前途命運問題，曾有「虜之士馬尚若是，其可易乎」的話。這表明，辛稼軒始終是一個對國家的統一大業抱有負責態度的愛國志士。一年之後，當他已經被罷免，已經回到山間時，即使他真的得知李壁那些「赤地千里，斗米萬錢，與韃爲讎，且有内變」情報，也絕不可能轉向韓侂胄諂諛北伐，寫下「維師尚父鷹揚，熊羆百萬堂堂。看取黄金假鉞，歸來異姓真王」這樣的話來。然而，劉過一時諂諛權臣，却給他的好友辛稼軒帶來無窮的後患（辛棄疾與劉過爲友，只是欣賞其詩詞的豪放風格，二人政治上並非同道）。辛稼軒死後，主和派對其大加誣陷。《慶元黨禁》記載了時人的誣陷之辭：

辛棄疾因壽詞贊其用兵，則用司馬昭假黄鉞、異姓真王故事，由是人疑其有異圖。

辛啓泰在《辛稼軒年譜》中亦記載道：

先生因韓侂胄將用兵，值其生日，作詞壽之。……假鉞真王皆曹操、司馬昭秉政時事。先生卒後爲倪正甫所論，盡奪遺恩，即指此詞。

只因這首詞中用了《晉書》卷二《文帝紀》中司馬昭加假黄鉞的故實，以及漢唐封異姓假王，漢高祖有

「即爲真王，何以假爲」的記載（《史記》卷九二《淮陰侯列傳》），遂致嫁禍於辛稼軒，成爲又一個不白之冤的公案。

這首詞無論是廣信書院本還是四卷本都没有收録，只有《吴禮部詩話》稱此詞爲「世傳辛幼安壽韓侂胄詞」，且已肯定爲劉過所作，故《稼軒集》中理應不收此詞，這更是此詞决非辛稼軒所作的重要依據。

三、《六州歌頭》

西湖萬頃，樓觀矗千門。春風路，紅堆錦，翠連雲，俯層軒。風月都無際，蕩空藹，開絶境，雲夢澤，饒八九，不須吞。翡翠明璫，争上金堤去，勃窣媻姗。看賢王高會，飛蓋入雲煙。白鷺振振，鼓咽咽。記風流遠，更休作，嬉遊地，等閑看。君不見，韓獻子，晉將軍，趙孤存。千載傳忠獻，兩定策，紀元勳。孫又子，方談笑，整乾坤。直使長江如帶，依前是（扶）趙須韓。伴皇家快樂，長在玉津邊，只在南園。

這首詞用了甚多典故，寫參與韓侂胄南園盛會，頌揚其功業的情景。除了影宋鈔本《稼軒詞》丙集在開卷的位置記載外，歷來却不曾有人引用或評述過這首詞。

上片先述寫南園盛會。《咸淳臨安志》卷八六載：「勝景園在長橋南，舊名南園，慈福以賜韓侂胄。後復歸御前。」陸游《放翁逸稿》卷上《南園記》載：「慶元三年二月丙午，慈福有旨，以别園賜今少師平園郡王韓公。其地實武林之東麓，而西湖之水匯於其下。天造地設，極山湖之美。公既受命，乃以禄入之餘，葺爲南園。」「看賢王高會」諸句表明，這首詞已作於慶元五年九月韓侂胄封王之後。「白鷺」二句，出自《詩·魯頌·有駜》：「夙夜在公，在公明明。振振鷺，鷺於下。鼓咽咽，醉言舞，於胥樂兮。」原用於頌揚魯僖公君臣相得之樂，這裏却被用作諂諛韓侂胄之辭。

下片純是議論，從韓獻子韓厥存活趙氏孤兒開始，直説到北宋的韓琦。「孫又子，方談笑，整乾坤。直使長江如帶，依前是扶趙須韓」諸句，把宋寧宗得繼光宗爲帝的擁立之功歸於韓侂胄一人，又只説「談笑整乾坤，使長江如帶」，未言及恢復開邊等事，可見這首詞的出現，必然還在慶元黨禁時期，亦即慶元六年至嘉泰二年初的二三年間。因其寫了春季的西湖高會，慶元五年秋其始封王，而嘉泰二年二月韓侂胄又廢除了黨禁，準備團結反對黨派，對金北伐，因此，此詞之作自不出此三年的春間。

辛稼軒在慶元元二年冬春間曾寫下一首《卜算子·飲酒不寫書》詞，上片四句：「一飲動連宵，一醉長三日。廢盡寒温不寫書，富貴何由得？」宋代有官人多勤於書札，以此爲聯絡交往的工具。當韓侂胄控制政權以後，辛棄疾就已經切斷了同韓侂胄及其黨徒的一切聯繫。其實，在慶元改元之初，辛稼軒本就是韓侂胄黨羽極力排擯的目標之一。來自韓黨的彈劾而見於《宋會要輯稿》的記載就有四次之多。辛稼軒對韓黨的深惡痛疾，其源即在於此。即使在慶元四年，因僞學逆黨籍公布，辛稼軒並未列名黨籍，因而被恢復職名宮觀之後，他也未嘗改變對韓黨的態度。在一首題爲「用韻答傅先之」的《念奴嬌》詞中，他寫道：「炙手炎來，掉頭冷去，無限長安客。丁寧黄菊，未消勾引蜂蝶。天上絳闕清都，聽君歸去，我自癯山澤。」不顧他人相勸，表示要堅守而不出山。嘉泰元年秋，他又作了數首《卜算子》詞，其中一首有句：「千古李將軍，奪得胡兒馬。李蔡爲人在下中，却是封侯者。」對韓侂胄專制下的用人極爲不滿。又寫道：「老我癡頑合住山，此地菟裘也。」完全是一種不與當權者合作的態度，這和《六州歌頭》所表現的意境，幾乎是風馬牛不相及的。所以，梁啓超於《跋稼軒集外詞》一文中寫道：「《六州歌頭》亦侂胄封王時媚竈之作，事同一律。集中有『戊午拜復職奉祠之命』《鷓鴣天》一詞……此種懷抱，此種意興，豈是作『看賢王高會，飛蓋入雲煙』等語之人耶？」因此，當下我們雖已無法弄清此詞的真正作者，但從上述角度看，這首詞根本不可能爲辛稼軒所作。

《吴禮部詩話》載：「『新來塞北……』又云：『堂上謀臣尊俎……』世傳辛幼安壽韓侂胄詞也。又有小詞一首，尤多俚談，不録。近讀謝疊山文，論李氏《繫年録》、《朝野雜記》之非，謂乾道間幼安以金有必亡之勢，願詔大臣預修邊備，爲倉卒應變之計，此憂國遠猷也。今摘數語而曰『贊開邊』，借西江劉過、京師人小詞，曰：『此幼安作也。』忠魂得無冤乎？故今特爲拈出。」江西劉過詞，應即《西江月》和《清平樂》，而京師人小詞，《詞苑叢談》卷一〇收入時作「京師人詞」，無「小」字，其即指《六州歌頭》，應即爲臨安人所作者。

至於四卷本何以收入此詞及劉過《西江月》一詞，以宋人所刻四卷本原面目已無從得見，其丙丁二集爲何人所編，皆已無任何資據可考，而清人的鈔本是否即宋刻本的原貌，也不得而知，因而這兩首的辨僞，也只能以上述理由爲據，今天已無法做出更清晰的論證了。

寫於二〇一二年十月十一日

稼軒先生辛棄疾年譜

一、世　系

按：稼軒濟南先世，自維叶始，據辛啓泰《稼軒先生年譜》及《菱湖辛氏族譜》，知爲以下五世：

遷濟南始祖維叶——高祖師古——曾祖寂——祖贊——父文郁。現將有關資料彙集於後。

維叶，官大理評事。

辛啓泰《稼軒年譜》：「始祖維叶，大理評事，由狄道遷濟南。」

《菱湖族譜》之《僑居目類》：「亮公十八世孫惟叶公，由隴西狄道來，今屬山東濟南歷城縣居。」

《隴西派下支分濟南之圖》：「亮公十八世孫。第一世，惟叶公，大理評事。室王氏，生子一：師古。」

按：據《族譜》卷首所刊《肇周大夫甲公後遷居隴西源流之圖》載，辛亮，爲三國魏河内太守辛敞之後，隋司隸大夫辛公義之長子。公義傳見《隋書》卷七三。又，《族譜》卷首所刊稼軒十六世孫明萬曆間辛鼎梅撰《辛氏通譜僑居録》謂稼軒所著《宗圖》，「傳歷宋景德間大理評事惟叶公，凡五十一世」。謂維叶官於真宗景德間，亦不知所據爲何，然以時間推考，則頗近事實。

師古，儒林郎。

《稼軒年譜》：「高祖師古，儒林郎。」

《菱湖族譜》之《隴西派下支分濟南之圖》：「第二世，師古公，儒林郎。室鄔氏，生子一：寂。」

寂，濱州司户參軍。

《稼軒年譜》：「曾祖寂，賓州司户參軍。」

《菱湖族譜》之《隴西派下支分濟南之圖》：「第三世，寂公，賓州司户參軍。室胡氏，生子一：贊。」

按：《宋史》卷九〇《地理志》六：「廣南西路賓州，下，安城郡，軍事。」辛寂既居濟南，不可能到廣西爲户參小官，且遠仕賓州亦與稼軒《進美芹十論》中所言之「受廛濟南，代膺閫寄」諸語不合，因知「賓」必爲「濱」之誤。濱州，北宋爲河北東路屬郡，入金後爲山東東路州郡，即今山東濱縣。辛寂居官之地應即濱州。

贊，朝散大夫、隴西郡開國男，亳州譙縣令，知開封府。

《稼軒年譜》：「祖贊，朝散大夫，隴西郡開國男，亳州譙縣令，知開封府，贈朝請大夫。」

《菱湖族譜》之《隴西派下支分濟南之圖》：「第四世，贊公，朝散大夫、隴西郡開國男、亳州譙縣令，知開封府。贈朝請大夫。室崔氏夫人。」

按：五世之中，惟辛贊仕歷較顯，然濟南、亳州及開封地方志中，於北宋入金之後中州地方官名録均極疏略，故其名歷無從得以證實。稼軒《進美芹十論》中曾言及：「大父臣贊，以族衆被污虜官。……嘗令臣兩隨計吏，抵燕山，諦觀形勢，謀未及遂，大父臣贊下世。粤辛巳歲，逆亮南寇。」則辛贊於紹興三十一年辛巳之歲前去世，當卒於知開封府任上。

文郁，贈中散大夫。妻孫氏，封令人。

《稼軒年譜》：「父文郁，贈中散大夫。」

《菱湖族譜》之《隴西派下支分濟南之圖》：「贊公之子，第五世，文郁公，贈中散大夫。室孺氏，封令人。生子一，幼安。」

《有宋南雄太守朝奉辛公壙志》：「曾祖文郁，故任中散大夫，妣太令人孫氏。」

按：稼軒其父文郁，既著爲「贈中散大夫」，則其生前無官，疑已早卒。《族譜》謂其夫人孺氏，《壙志》則謂爲孫氏，兩字皆有「子」字偏旁，當以《壙志》爲是。又，稼軒母孫氏，曾隨其子南渡歸宋，且因稼軒而受婦人封號，當卒於南宋境内，儘管稼軒作品中從未道及其事。

二、卷　首

辛公棄疾，始字坦夫，後易爲幼安。别號稼軒居士，濟南之歷城人。

《宋史》卷四〇一《辛棄疾傳》：「辛棄疾，字幼安，齊之歷城人。……以稼名軒。……有《稼軒集》行世。」

《宋兵部侍郎賜紫金魚袋稼軒公歷仕始末》：「辛公稼軒，名棄疾，字幼安，其先濟南，中州人。」

《菱湖辛氏族譜》之《隴西派下支分濟南之圖》：「第六世，幼安公，諱棄疾，行第一，號稼軒。」

周孚《蠹齋鉛刀編》卷三〇有雜文，題爲「辛棄疾始字坦夫，後易曰幼安，作詞以祝之」。

按：稼軒易字，當在南渡之後。查《蠹齋鉛刀編》同卷載此文之前，有《何山人求詩因書於詩卷》文曰：「張舍人安國見吾詩，欲求識面，未果而死。員著作顯道過潤，或以吾詩示之，員歎曰：『去鄉萬里，今得交矣。』不浹旬而員暴亡，吾詩之凶蓋如此。」員顯道名興宗，即《采石戰勝録》及《九華集》之作者。據《九華集》書後附録之金山住持印老《祭員興宗》文，知其卒於乾道六年。而張舍人安國即張孝祥，卒於乾道五年。是則周文之作，最晚亦當在乾道六年或其稍後。稼軒之易字，應即此時事也。

受學於亳州劉瞻，與党懷英、酈權同學，辛、党皆以文名，人號辛党。

元好問編《中州集》卷二《劉内翰瞻》：「瞻字嵓老，亳州人。天德三年南榜登科。大定初，召爲史館編修，卒官。党承旨世傑、酈著作元輿、魏内翰飛卿，皆嘗從之學。嵓老自號攖寧居士，有集行於世。作詩工於野逸，如『厨香炊豆角，井臭落椿花』之類爲多。」

同書卷三《承旨党公》：「公諱懷英，字世傑，宋太尉進之十一代孫。父純睦，自馮翊來，以從仕郎爲泰安軍録事參軍，卒官。妻子不能歸，遂爲奉符人。……少穎悟，日授千餘言。師亳社劉嵓老，濟南辛幼安，其同舍生也。」

劉祁《歸潛志》卷八：「党承旨懷英、辛尚書棄疾，俱山東人，少同舍。」

大父贊，當靖康之變時，未克南渡，遂留仕於金。

《進美芹十論》：「臣之家世，受廛濟南，代膺閫寄，荷國厚恩。大父臣贊，以族衆，拙於脱身，被污虜官，留京師，歷宿、亳，涉沂、海，非其志也。」

按：稼軒自幼隨祖父宦遊北方，亳州爲其既至，師從劉嵓老，及與党、酈等同學，皆事出有因也。

稼軒秉承祖訓，志報國讎，稍長即兩赴燕山，諦觀形勢。甫成年，即舉義兵，結耿京，欲圖恢復。紹興末，率衆南渡歸宋。

《進美芹十論》：「大父臣贊，……每退食，輒引臣輩登高望遠，指畫山河，思投釁而起，以紓君父所不共戴天之憤。嘗令臣兩隨計吏抵燕山，諦觀形勢。謀未及遂，大父臣贊下世。」

《宋史》本傳：「始筮仕，決以著，懷英遇坎，因留事金。棄疾得離，遂決意南歸。金主亮死，中原豪傑並起，耿京聚兵山東，稱天平節度使，節制山東、河北忠義軍馬，棄疾爲掌書記，即勸京決策南向。……紹興三十二年，京令棄疾奉表歸宋。高宗勞師建康，召見，嘉納之，授承務郎、天平節度掌書記，併以節使印告召京。……仍授前官，改差江陰簽判。棄疾時年二十三。」

因之深知敵國形勢及兵家利害。

《朱子語類》卷一一一《論兵》：「辛棄疾頗諳曉兵事。」

程珌《洺水集》卷二《丙子輪對札子》二：「辛棄疾嘗爲臣言：……『棄疾之遣諜也，必鈎之以旁證，使不得而欺。如已至幽燕矣，又令至中山，至濟南。中山之爲州也，或背水，或負山，官寺帑廩位置之方，左右之所歸，當悉數之。其往濟南也亦然。』又曰：『北方之地，皆棄疾少年所經行者，彼皆不得而欺也。』」

南歸之初，攜夫人趙氏與二子寓居江陰軍。趙氏卒，於京口繼娶范氏。范氏卒後再娶林氏。

《菱湖辛氏族譜》之《隴西派下支分濟南之圖》：「室趙氏，再室范氏，三室林氏。」

《濟南派下支分期思世系》：「初室江陰趙氏，知南安軍修之女，卒於江陰，贈碩人。繼室范氏，蜀公之孫女，封令人，贈碩人。公與范碩人俱葬本里鵝湖鄉洋源，立庵名圓通。」

《有宋南雄太守朝奉辛公壙志》：「祖棄疾，故任中奉大夫、龍圖閣待制，累贈正議大夫，妣碩人趙氏、范氏。」

按：稼軒三娶，均見本譜各年記事。其三室林氏，僅見於《濟南之圖》，蓋稼軒各子，長二子爲趙氏所生，而作《壙志》之辛衍，乃稼軒之孫，因其出於范氏，故《壙志》未載林氏出處。趙氏、范氏既爲出土之《壙志》所證實，知《濟南之圖》所載必爲有據，當不誣也。

有九子，名稹、秬、稏、穮、穰、穟、秸、褎、穮。穮早卒。

有關諸子，見本譜各年所涉及，餘見所附後裔表。

二女，名穏、穖，適陳成父、范炎。

亦見本譜有關各年記事。

侍從諸女，可得考知者曰整整、錢錢、田田、卿卿。

周煇《清波別志》卷下：「在上饒，屬其室病，呼醫對脈。吹笛婢名整整者侍側，乃指以謂醫曰：『老妻病安，以此人爲贈。』不數日，果勿藥，乃踐前約。」

陶宗儀《書史會要》卷六：「田田、錢錢，辛棄疾二妾也。皆因其姓而名之。皆善筆札，常代棄疾答尺牘。」

稼軒詞《臨江仙》有題云：「侍者阿錢將行，賦錢字以贈之。」

稼軒詞《西江月・題阿卿影像》：「有時醉裏喚卿卿，却被旁人笑問。」

稼軒詞《滿江紅》之四卷本甲集題云：「稼軒居士花下與鄭使君惜別，醉賦，侍者飛卿奉命書。」

按：阿卿、卿卿、飛卿，本即一人之名，鄧廣銘先生著《年譜》，却以卿卿一人，阿卿爲另一人，誤矣。又，稼軒詞《鷓鴣天》有句云：「嬌癡却妒香香睡，唤起醒鬆説夢些。」鄧《譜》亦以香香爲侍女名，今不取其説。詳見本書詞集箋注。

南渡之初，當隨仕宦所至而居。乾道末，寓居京口。淳熙六年，營建上饒城北靈山門内帶湖居第，其以稼名軒，自號稼軒居士，最早始於此年。

《稼軒公歷仕始末》：「初寓京口，後卜居廣信帶湖。」

洪邁《稼軒記》：「國家行在武林，廣信最密邇畿輔。……郡治之北可里所，故有曠土存，三面傅城，前枕澄湖如寶帶。其從千有二百三十尺，其衡八百有三十尺，截然砥平，可廬以居。而前乎相攸者皆莫識其處，天作地藏，擇然後予。濟南辛侯幼安最後至，一旦獨得之。……意他日釋位而歸，必躬耕於是，故憑高作屋下臨之，是爲稼軒。」

《新居上梁文》：「百萬買宅，千萬買鄰，人生孰若安居之樂？一年種穀，十年種木，君子常有静退之心。久矣倦遊，兹焉卜築。稼軒居士，生長西北，仕宦東南。頃列郎星，繼聯卿月。兩分帥閫，三駕使軺。不特風霜之手欲龜，亦恐名利之髮將鶴。欲得置錐之地，遂營環堵之宫。雖在城邑闤闠之中，獨出車馬囂塵之外。」

按：淳熙六年春，稼軒自湖北轉運副使改湖南路，七月，改知潭州兼湖南安撫使。在此之前，稼軒已經倉部郎中、大理少卿、湖北、江西安撫使、京西運判、湖北、湖南運副等仕歷，右《上梁文》既有「頃列郎星，繼聯卿月。兩分帥閫，三駕使軺」云云，則必作於淳熙六年三月至七月任湖南運副期間，而其經始帶湖新居，以及以稼名軒，亦必在此之前。

又按：南宋信州城，北起帶湖之外，南至信江。而明清以後，廣信府北城南移，將帶湖以北區域皆置城外，故乾隆《上饒縣志》卷一一《寓賢》載：「辛幼安，名棄疾，號稼軒。其先歷城人，淳熙間卜築邑之帶湖。」而同治《上饒縣志》卷二三則謂「淳熙間卜築邑城北靈山門外之帶湖」。

帶湖之居後燬於火，移居鉛山縣期思渡瓜山之下。

《稼軒公歷仕始末》：「卜居廣信帶湖，爲煨燼所變，慶元丙辰，徙鉛山州期思市瓜山之下，所居有瓢泉、秋水。」

《濟南派下支分期思世系》：「卜居廣信帶湖，築居將成，丙辰火災，遷居鉛山州期思市。」

《菱湖辛氏族譜》卷首《僑居目類》：「期思位，惟叶公五世孫稼軒公，由濟南寓京口，復卜上饒城北帶湖，因遭回禄，徙居鵝湖之西期思渡瓜山五寶洲中，今屬廣信府鉛山縣崇義鄉十都。」

按：瓜山之下有瓢泉，五寶洲今稱五堡洲，爲鉛山河與紫溪所包圍，稼軒秋水觀舊址即在五堡洲，隔紫溪與瓢泉相對。期思渡則在瓢泉北一里，稼軒秋水堂在期思嶺下。

稼軒身高體健，精神如虎。

《蠹齋鉛刀編》卷三〇《辛棄疾始字坦夫後易曰幼安作詞以祝之》：「言不中律，行不適實，惟德之疾。以今之學，思古之德，唯疾之藥。凡吾之歉，攻不遺力。迨其去矣，吾膚自碩。瘝憂未亡，正氣以殘。小過不作，大德可完。中無所愧，其體則胖。祝子無止，豈惟幼安？」

按：鄧著《年譜》於引此文前冠以「稼軒膚碩體胖」之小標題，其後又有大段按語云：「張功甫鎡和稼軒韻之《賀新郎詞》有『何日相從雲水去，看精神峭緊芝田鶴』句，或即此推斷稼軒之軀體爲瘦峭，然細繹張詞語句，蓋以『鶴壽有千百之數』，而鮑照《舞鶴賦》中有『朝戲於芝田，夕飲乎瑶池』之句，因即用『芝田鶴』以狀述稼軒之老而益壯，狀述其精神之愈益堅强，非謂其軀體峭瘦如鶴也。且即周信道祝詞中『中無所愧，其體則胖』兩語而推尋之，使稼軒實非胖者，是周氏不啻明言其『中有所愧』矣，亦恐無是理也。」查「其體則胖」此語之源爲《禮記·大學》：「富潤屋，德潤身，心廣體胖。」注：「胖猶大也。」「胖，步丹反。」朱熹《儀禮經傳通解》卷一六釋此，謂曰：「胖則能潤屋矣，德則能潤身矣，故心無愧怍，則廣大寬平，而體常舒泰。」知胖音判，非今言胖瘦之胖，實即心廣體安之意，則稼軒實體形健碩，若以此推測稼軒身形爲肥胖者，誤矣。

增訂本《陳亮集》卷一〇《辛稼軒畫像贊》：「眼光有稜，足以照映一世之豪；背胛有負，足以荷載四國之重。」

劉過《龍洲集》卷八《呈稼軒》詩：「精神此老健於虎，紅頰白鬚雙眼青。未可瓢泉便歸去，要將九鼎重朝廷。」

陸游《劍南詩稿》卷八〇《寄趙昌甫》詩：「君看幼安氣如虎，一病遽已歸荒墟。」

英風文武，卓犖奇才。

崔敦禮《宫教集》卷六《代嚴子文滁州奠枕樓記》：「侯有文武材，偉人也。嘗官朝，名棄疾，幼安其字云。」

羅願《鄂州小集》卷一《送辛殿撰自江西提刑移京西漕》詩：「英風雜文武，公獨可肩差。」

同書卷五《謝辛大卿啓》：「伏遇某官，文武兼資，公忠自許。」

《朱文公文集》卷八五《答辛幼安啓》：「伏惟某官，卓犖奇材，疏通遠識。經綸事業，有股肱王室之心；游戲文章，亦膾炙士林之口。」

《五百家播芳大全文粹》卷四九林鎰《通待制辛帥啓》：「恭惟某官，蓄雄剛之至德，負卓越之奇才。」

黄榦《勉齋集》卷一一《與金陵制使李夢聞書》：「嘗觀近日出而圖惟國事，其能自有所爲者，莫若辛幼安。……辛幼安之才，世不常有。」

精察邁往，智略無前。

《攻媿集》卷三五《福建提刑辛棄疾太府卿制》：「養邁往之氣，日趨於平。晦精察之明，務歸於恕。」

《後樂集》卷一《降授朝散大夫充寶謨閣待制提舉建寧府武夷山沖佑觀賜紫金魚袋辛棄疾依前官特授知紹興軍府兼管内勸農使充兩浙東路安撫使馬步軍都總管賜如故制》：「具官某，謀猷經遠，智略無前。……其才任重有餘，蓋一旦緩急之可賴。」

以氣節自負，以功業自許。

范開《稼軒詞甲集序》：「公一世之豪，以氣節自負，以功業自許。」

徐元杰《楳埜集》卷一一《稼軒辛公贊》：「摩空節氣，貫日忠誠。紳綾動色，草木知名。」

《朱文公文集》卷六〇《答杜叔高書》：「辛丈相會，想極款曲。今日如此人物，豈易可得？」

爲人豪爽，識拔英俊，所交多海内知名士。

《宋史》本傳：「棄疾豪爽，尚氣節，識拔英俊，所交多海内知名士。嘗跋紹興間詔書曰：『使此詔出於紹興之前，可以無事讎之大耻；使此詔行於隆興之後，可以卒不世之大功。今此詔與讎敵俱存也，悲夫！』人服其警切。帥長沙時，士人或愬考試官濫取第十七名《春秋》卷，棄疾察之，信然。索亞榜《春秋》卷兩易之，啓名，則趙鼎也。棄疾怒曰：『佐國元勳，忠簡一人，胡爲又一趙鼎！』擲之地。次閲《禮記》卷，棄疾曰：『觀其議論，必豪傑士也，此不可失。』啓之，乃趙方也。」

按：稼軒交遊遍海内，今將無具體時日可考者彙録於此。稼軒交遊之廣，於此亦可見矣。

《永樂大典》卷三一四九陳字韻引《南康志》：「陳秬字和成，初調江夏令，築長堤以捍水。再調善化令，佐淮東總幕，被旨築楚州城。李侍郎椿、張端明枃、辛待制棄疾皆器重之。終池州倅。」

程敏政《篁墩集》卷二八《竹洲文集序》：「吾邑竹洲先生吴文肅公，其一人也。先生初在太學，即有志當世，而於俗學之陋，蔑如也。龍川陳公、稼軒辛公，咸奇其人而友之。……先生初名儆，字益恭，以避國諱，更名儆。」

按：《萬姓統譜》卷一〇：「吴儆，休寧人，與兄俯齊名，時爲之語曰：『眉山三蘇，江東二吴。』俯登乾道進士，終太學録。儆登紹興進士，歷官通判邕州，張栻薦之朝，召對，便陳恢復大計，極言大臣宜待之以誠，使之任天下之重；貴近之臣宜待之以恩，勿使干朝廷之事。孝宗嘉獎之。」

〔光緒〕《永康縣志》卷七：「石天民，奇士也。刻苦好修，研求性理之學。所交如吴益恭、王道甫、辛幼安、王仲衡輩，皆一時碩望。」

按：石天民名斗文。《萬姓統譜》卷一二一：「石斗文，悦可子。隆興初進士，仕至樞密院編修，雖諫官而能抗論朝政，寧宗嘉獎之，内外驚歎。」

宋濂《文憲集》卷二三《故諸暨陳府君墓碣》：「惟陳氏遠有世序，……宋國子助教旦，始自宜城徙杭之萬松嶺。旦生慤，字公寔，有文學，一時名人如范元卿、陸務觀、辛棄疾，咸與之游。論者謂其氣節度量，有郭元振之風。官至承事郎知餘姚縣。」

南歸以後，仕途坎坷。生平大半爲世所抑遏摧伏，不得以盡其才。遂花時中酒，託之陶寫。淋漓慷慨，乃以詞人名於世。

洪邁《稼軒記》：「侯以中州雋人，抱忠仗義，章顯聞於南邦。……使遭事會之來，挈中原還職方氏，彼周公瑾、謝安石事業，侯固饒爲之。此志未償，因自詭放浪林泉，從老農學稼，無亦大不可歟？」

《勉齋集》卷二《與辛稼軒侍郎書》：「恭惟明公，以果毅之資，剛大之氣，真一世之雄也。而抑遏摧伏，不使得以盡其才。一旦有警，拔起於山谷之間，而委之以方面之寄，明公不以久閑爲念，不以家事爲懷，單車就道，風采凛然，已足以折衝於千里之外。」

《後村先生大全集》卷九八《辛稼軒集序》：「烏虖，以孝皇之神武，及公盛壯之時，行其説而盡其才，縱未封狼居胥，豈遂置中原於度外哉？機會一差，至於開禧，則向之文武名臣欲盡，而公亦老矣。余讀其書而深悲焉。」

劉辰翁《須溪集》卷六《辛稼軒詞序》：「稼軒胸中今古，止用資爲詞，非不能詩，不事此耳。斯人北來，喑嗚鷙悍，欲何爲者？而讒擯銷沮，白髮横生，亦如劉越石陷絶失望，花時中酒，託之陶寫，淋漓慷慨，此意何可復道？而或者以流連光景、志業不終恨之，豈可向癡人説夢哉？爲我楚舞，吾爲若楚歌。英雄感愴，有在常情之外。其難言者，未必區區婦人孺子間也。世儒不知哀樂，善刺人，及其自爲，乃與陳后山等。嗟哉偉然，二大夫無異。」

稼軒詞悲壯激烈，不主故常。卷舒起滅，隨所變態。横絶六合，掃空萬古，爲有蒼生以來所無者。

《宋史》本傳：「棄疾雅善長短句，悲壯激烈。有《稼軒集》行世。」《稼軒詞甲集序》：「其詞之爲體，如張樂洞庭之野，無首無尾，不主故常。又如春雲浮空，卷舒起滅，隨所變態，無非可觀。無他，意不在於作詞，而其氣之所充，蓄之所發，詞自不能不爾也。」《辛稼軒集序》：「世之知公者，誦其詩詞。而前輩謂有井水處皆唱柳詞，余謂耆卿直留連光景、歌詠太平爾。公所作大聲鞺鞳，小聲鏗鍧，横絶六合，掃空萬古，自有蒼生以來所無。其穠纖綿密者，亦不在小晏、秦郎之下。」

陳模《懷古録》卷中：「近時宗詞者只説周美成、姜堯章等，而以稼軒詞爲豪邁，非詞家本色。紫巖潘牥云：『東坡爲詞詩，稼軒爲詞論。』此説固當。蓋曲者曲也，固當以委曲爲體。然徒狃於風情婉孌，則亦不足以啓人意。回視稼軒所作，豈非萬古一清風哉？」

徐旭旦《世初堂初集》卷一一《再答毛子霞論詩書》：「不唯詩不宜熟，即詞亦不宜熟，此辛稼軒所以獨卓絶千古也。」

文墨議論尤英偉磊落，筆勢浩蕩，智略輻湊。

《辛稼軒集序》：「其間北方驍勇，自拔而歸，如李侯顯忠、魏侯勝，士大夫如王公仲衡、辛公幼安，皆著節本朝，爲名卿將。辛公文墨議論，尤英偉磊落。乾道、紹熙奏篇及所進《美芹十論》、上虞雍公《九議》，筆勢浩蕩，智略輻湊，有《權書》、《衡論》之風。」

詩亦悲壯雄邁，惜爲詞所掩。

《後村先生大全集》卷一七六《詩話》後集：「辛稼軒帥湖南，有小官山前宣勞，既上功級，未報而辛去，賞格不下。其人來訪，辛有詩別之云：……此篇悲壯雄邁，惜爲長短句所掩。上饒所刊辛集有詞無詩，惜無好事者搜訪補足之。」

同書卷一八〇《詩話》續集：「稼軒五言，……七言云：……皆佳句，然爲詞所掩。」

書法渾厚沉婉，飛動奇絶。

李日華《六硯齋三筆》：「辛稼軒棄疾，才情豪邁，見於填詞諸作，書法未有聞，亦未之見。甲戌春仲，得觀一卷，乃行書札子，渾厚沉婉，有蘇欒城風氣，絶無拔劍罵坐之態。」

〔康熙〕《鉛山縣志》卷七《藝文志》費元禄《遊章巖記》：「沙門之東，諸峰逼窄而起，皆石山也。視之，多宋名賢碑碣詩賦記銘之類，不可數記。顧苔蘚剥蝕，不可讀。獨辛稼軒、劉子羽二碣，稍可摩耳。而字楷奇絶，筆勢飛動。」

惟全集既已殘佚，今則多不可考云。

按：《稼軒集》清初亡佚，至卷數亦莫可考。今所存世者，惟詞集較完整，尚餘六百二十餘首，詩文則殘闕甚多，今多方搜補，僅見於本書各百數十首或數十篇而已。

三、稼軒先生辛棄疾年譜

宋高宗趙構紹興十年　金熙宗完顔亶天眷三年　庚申（一一四〇）

五月十一日卯時，稼軒生於金山東東路濟南府歷城縣之四風閘。

《菱湖辛氏族譜》之《隴西派下支分濟南之圖》：「幼安公，諱棄疾，行第一，號稼軒，宋紹興十年庚申五月十一日卯時生。」

《宋兵部侍郎賜紫金魚袋稼軒公歷仕始末》：「宋高宗紹興十年庚申五月十一，卯時生。」

辛啓泰《稼軒先生年譜》：「紹興十年庚申，先生生於是年五月十一日卯時。按先生歸宋時年二十三，爲紹興之三十二年，則生年爲紹興十年庚申。又按先生甲辰《壽韓南澗》詞，有『對桐陰滿庭清晝』之語，其爲夏月審矣。先生生日與南澗相去衹一日，見於《生日次前韻和南澗》詞自注。」

韓玉《東浦詞・水調歌頭・上辛幼安生日》詞：「重午日過六，靈嶽再生申。」

按：吴則虞《辛棄疾詞選集》後附其所撰《辛棄疾年表》，於宋高宗紹興十年條下稱「公於是年五月十日卯時生於歷城」。並於附記中云：「辛啓泰《稼軒先生年譜》謂五月十一日卯時生，蓋據萬載《辛氏族譜》，而《鉛山辛氏宗譜》作五月十日卯時，今從之。韓玉壽稼軒詞『重午日過六』，連重日計，故正爲十日。」查萬載縣辛氏非稼軒後裔，且辛啓泰撰《稼軒年譜》，明於《後記》中謂「生卒年月日時從《鉛山譜》」，則非據萬載《辛氏族譜》明矣。吴氏此書著於一九五七年，再版於一九九三年，其間鉛山《辛氏族譜》所發現者僅紫溪西山之《鵝南辛氏宗譜》，此譜除刊《宋兵部侍郎賜紫金魚袋稼軒公歷仕始末》之外，未載其他稼軒事跡。吴氏所據之《鉛山辛氏宗譜》，何時何地發現，其又於何處得見，此書俱未明言。然其所載稼軒生日，皆與已知記載不符，今不從，且記所疑於此。

田雯《古歡堂詩集》卷四《四風閘訪辛稼軒舊居》詩：「藥欄圍竹嶼，石泉逗山腳。風流不可攀，誰結一丘壑？斜陽甸柳莊，長歌自深酌。」自注：「稼軒有一丘一壑詞，甸柳，村名。」任宏遠《鵲華山人詩集・四風閘訪辛稼軒故宅（宅在邑東北廿里）》詩：「南宋詞流宅，當年詎隱淪。可知持節地，不異拜鵑人（南渡後以恢復中原爲，作《杜鵑辭》以寓意）。古木飛黄葉，秋風動白蘋。誰將遺恨遠，一水碧粼粼。」

按：記載稼軒故居者，現存記載始於清初。田雯、任宏遠二詩亦不知根據爲何。〔道光〕《濟南府志》卷一一：「柳林閘在華山北，今堰頭鎮，堰濼東流，爲小清河之第一閘，河久淤，閘亦廢。王家閘在柳林閘東，壩子屯在王家閘東，船柳渡在壩子屯東，四風閘在船柳東。」〔民國〕《續修歷城縣志》卷二載張馬鄉南保全里有九村，其一曰甸柳莊。今濟南歷城區於遥牆鎮四風閘村建辛棄疾故居紀念館。而《續修歷城縣志》卷二載遥牆鄉有安平三里，並無甸柳莊，其中安平二里有小辛莊，安平三里有大辛莊。

稼軒友人中年歲可考者：

張浚德遠，四十四歲。據《建炎以來繫年要録》卷二二，建炎三年四月，張浚知樞密院事，時年三十三。

陳康伯長卿，四十四歲。據〔嘉靖〕《鉛山縣志》卷八《劉珙所撰陳康伯神道碑》（未書全名）。

吴芾明可，三十七歲。據《朱文公文集》卷八八《龍圖閣直學士吴公神道碑》。

虞允文彬甫，三十一歲。據楊萬里《誠齋集》卷一二〇《宋故左丞相節度使雍國公贈太師謚忠肅虞公神道碑》。

李椿壽翁，三十歲。據《朱文公文集》卷九四《敷文閣直學士李公墓志銘》。

傅自得安道，二十五歲。據《朱文公文集》卷九八《朝奉大夫直秘閣主管建寧府武夷山沖佑觀傅公行狀》。

陳天麟季陵，二十五歲。據《紹興十八年同年小録》。

洪适景伯，二十四歲。據《盤洲文集》附録《宋尚書右僕射觀文殿學士正議大夫贈特進洪公行狀》。

韓元吉無咎，二十三歲。據《南澗甲乙稿》卷一四《易繫辭解序》。

吴交如亨會，二十三歲。據《京口耆舊傳》卷二《吴大卿交如傳》。

王正己正之，二十二歲。據樓鑰《攻媿集》卷九九《朝議大夫秘閣修撰致仕王公墓志銘》。

趙彦端德莊，二十歲。據《南澗甲乙稿》卷二一《直寶文閣趙公墓志銘》。

葉衡夢錫，十九歲。據《宋宰輔編年録》卷一八、《宋史》卷三八四《葉衡傳》。

程大昌泰之，十八歲。據《宋史》卷四三三《程大昌傳》。

洪邁景盧，十八歲。據錢大昕《洪文敏公年譜》。

施師點聖與，十七歲，據葉適《水心集》卷二四《故知樞密院事資政殿大學士施公墓志銘》。

陸游務觀，十六歲。據錢大昕《陸放翁年譜》。

盧彦德國華，十六歲。姜特立《梅山續稿》卷五《送盧漕》詩小序：「國華郎中與余同門同里，又同甲子。忽聞釋省户清班，以七閩節歸，過故鄉，小詩送行，併寄老懷。」詩云：「昔忝二三子，今俱七十翁。」則盧、姜二人同齡。同書卷一又有《甲辰春蒙恩召試時年六十》詩，甲辰爲淳熙十一年，以此推知本年爲十六歲。

吴儆益恭，十六歲。見《竹洲集》卷後所附程卓《宋故朝散郎知邕州軍州兼管内勸農營田事兼廣南西路安撫都監提舉欽廉等州盗賊公事沿邊溪洞都巡檢使兼提點買馬事竹洲先生吴公行狀》。

周必大子充，十五歲。據《益國文忠公集》卷後所附《年譜》。

范成大致能，十五歲。據《益國文忠公集》卷六一《資政殿大學士贈銀青光禄大夫范公成大神道碑》。

王淮季海，十五歲。據《攻媿集》卷八七《少師觀文殿大學士魯國公致仕贈太師王公行狀》。

胡元質長文，十四歲。據《紹興十八年同年小録》。

趙像之民則，十三歲。據《誠齋集》卷一一九《朝請大夫將作少監趙公行狀》。

留正仲至，十二歲。據《宋史》卷三九一《留正傳》。

陳居仁安行，十二歲。據《攻媿集》卷八九《華文閣直學士奉政大夫致仕贈金紫光禄大夫陳公行狀》。

朱熹仲晦，十一歲。據王懋竑《朱子年譜》卷一。

范如山南伯，十一歲。據劉宰《漫塘集》卷三四《故公安范大夫及夫人張氏行述》。

錢之望表臣，十歲。據《水心集》卷一八《華文閣待制知廬州錢公墓志銘》。

陸九齡子壽，八歲。據《象山集》卷二七《全州教授陸先生行狀》。

張栻敬夫，八歲。據《朱文公文集》卷八九《右文殿修撰張公神道碑》。

党懷英世傑，七歲。據趙秉文《滏水集》卷一一《翰林學士承旨文獻党公碑》。

湯邦彦朝美，七歲。據《漫塘集》卷一九《頤堂集序》。參本譜淳熙十四年記事。

何異同叔，七歲。據洪邁《夷堅三志》辛卷三《何同叔遊羅浮》條。

趙充夫可大，七歲。據袁燮《絜齋集》卷一八《運判龍圖趙公墓志銘》。

舒邦佐輔國，七歲。據《雙峰猥稿》卷首《故致仕通直舒公墓志銘》。

開趙興宋，七歲。據《吴都文粹》卷三八《宋故武功大夫濮州團練使浙西路總管開公埋銘》。

丘崈宗卿，六歲。《宋宰輔編年録》卷二〇：「嘉定元年八月四日薨，年七十四。」

周孚信道，六歲。卒於淳熙四年，詳見該年記事。

曹盅困明，六歲。據《攻媿集》卷一〇六《朝請大夫曹君墓志銘》。

羅願端良，五歲。據《鄂州小集》所附《羅願傳》。

呂祖謙伯恭，四歲。據《東萊集》所附《年譜》。

陳傅良君舉，四歲。據《攻媿集》卷九五《寶謨閣待制贈通議大夫陳公神道碑》。

樓鑰大防，四歲。據《宋史》卷三五九《樓鑰傳》。

崔敦詩大雅，二歲。據《南澗甲乙稿》卷二一《中書舍人兼侍講直學士院崔公墓志銘》。

陸九淵子静，二歲。據《象山集》卷三六《年譜》。

趙汝愚子直，一歲。據同治《餘干縣志》卷一八劉光祖《宋丞相忠定趙公墓志銘》。

王自中道夫，一歲。魏了翁《鶴山集》卷七六《宋故籍田令知信州王公墓志銘》謂王自中卒於慶元五年，享年六十六。而《宋史》卷三九〇《王自中傳》謂其卒年六十，《止齋集》卷五〇《王道甫壙志》亦謂其得年六十，兹從之。

袁説友起巖，一歲。據《東塘集》卷末所附《家傳》。

紹興十一年　皇統元年　辛酉（一一四一）

稼軒二歲。

是年十一月，宋金和議簽訂。

《宋史》卷二九《高宗紀》六：「紹興十一年十一月辛丑，兀朮遣審議使蕭毅、邢具瞻與魏良臣等偕來。……壬子，蕭毅等入見，始定議和盟誓。乙卯，以何鑄簽書樞密院事，充金國報謝進誓表使。庚申，命宰執及議誓撰文官告祭天地、宗廟、社稷。……是月，與金國和議成，立盟書，約以淮水中流畫疆，割唐鄧二州畀之，歲奉銀二十五萬兩、絹二十五萬匹。」

《金史》卷四《熙宗紀》：「皇統元年秋，都元帥宗弼伐宋，渡淮，以書讓宋，宋復書乞罷兵，宗弼以便宜畫淮爲界。……二年二月辛卯，宋使曹勛來許歲幣銀、絹二十五萬兩匹，畫淮爲界，世世子孫，永守誓言。……三月丙辰，遣左宣徽使劉筈以衮冕圭册册宋康王爲帝。」

趙善扛文鼎生。

《中興以來絶妙詞選》卷四趙善扛《感皇恩》詞：「七十古來稀，吾生已半。」自注：「乙未生辰作。」

紹興十二年　皇統二年　壬戌（一一四二）

稼軒三歲。

是年，彭龜年子壽生。

《攻媿集》卷九六《寶謨閣待制致仕特贈龍圖閣學士忠肅彭公神道碑》：「公字子壽，世爲臨江軍清江縣人。……開禧二年三月二十三日，終於家，享年六十有五。」

紹興十三年　皇統三年　癸亥（一一四三）

稼軒四歲。

九月，陳亮同父生。

增訂本《陳亮集》卷三七《先妣黄氏夫人墓志銘》：「乾道九年十有二月二日，永康陳亮與其弟充始克合葬其母夫人於龍窟卧龍山下。……十有四歲而生子，生之二十三年而没。」

同書卷三九有《垂絲釣·九月七日自壽》詞。

按：據此，知陳亮生於紹興十三年九月七日。

十二月，趙蕃昌父生。

《赤城志》卷一二趙蕃《台州謝子暢義田續記》：「予與子暢同生於紹興癸亥。」

《淳熙稿》卷二有詩題：「蕃與斯遠、季奕同生於十二月，蕃初五日，季奕初十日，斯遠十八日。近辱季奕貺詩，猶未獲報，兹及斯遠之壽，併此奉頌二首。」

紹興十四年　皇統四年　甲子（一一四四）

稼軒五歲。

紹興十五年　皇統五年　乙丑（一一四五）

稼軒六歲。

楊炎正濟翁生。

見本譜慶元二年記事。

紹興十六年　皇統六年　丙寅（一一四六）

稼軒七歲。

是年，祖父贊爲亳州譙縣令，稼軒從學於居士劉瞻。

稼軒《進美芹十論》：「大父臣贊，以族衆，拙於脱身，被污虜官。留京師，歷宿、亳，涉沂、海，非其志也。」

元好問《中州集》卷二《劉内翰瞻》：「瞻字㠑老。亳州人。天德三年南榜登科。大定初，召爲史館編修，卒官。党承旨世傑、酈著作元輿、魏内翰飛卿，皆嘗從之學。㠑老自號攖寧居士，有集行於世。」

同書卷三《承旨党公》：「公諱懷英，字世傑，宋太尉進之十一代孫。父純睦，自馮翊來，以從仕郎爲泰安軍録事參軍，卒官，妻子不能歸，遂爲奉符人。……少穎悟，日授千餘言。師亳社劉㠑老。濟南辛幼安，其同舍生也。」

同書卷四《酈著作權》：「權字元輿，安陽人。作詩有筆力。……元輿父瓊，國初有功，仕至武寧軍節度使。」

按：辛贊爲亳州譙縣令在何年，本無可考。然稼軒從劉瞻學，必在天德三年之前。酈權既爲酈瓊之子，其從劉瞻爲學，必在酈瓊在亳州爲官時。查《金史》卷七九《酈瓊傳》載：「酈瓊字國寶，相州臨漳人。……康王以爲楚州安撫使、淮南東路兵馬鈐轄。累遷武泰軍承宣使。未幾，率所領步騎十餘萬附於齊，授静難軍節度使知拱州。齊國廢，以爲博州防禦使。……宗弼復河南，以瓊爲山東路弩手千户，知亳州事。丁母憂去官。……既而江南果稱臣，宗弼喜瓊爲知言，……復命瓊守亳，凡六年，亳人德之。遷武寧軍節度使，八年，爲泰寧軍節度使。」此八年，即金皇統八年，宋紹興十八年。完顔宗弼復河南爲紹興九年事（即金天眷二年），而所謂江南稱臣，即簽訂紹興和議則爲紹興十一年事，酈瓊守亳州，應在其後，則其本年必仍在亳州任内。稼軒與党懷英、酈權等同學於劉瞻，當始於本年。

又按：《辛稼軒年譜》次此事於明年稼軒八歲時。查宋人入學男取單，趙與時《賓退録》卷四載：「今世男子初入學，多用五歲或七歲。蓋俗有男忌雙、女忌隻之説，以至笄冠亦然。」八歲入學與時俗不合。查予當年爲鄧先生修訂《年譜》時曾確定爲七歲事，不知何以改爲明年。

紹興十七年　皇統七年　丁卯（一一四七）

稼軒八歲。

紹興十八年　皇統八年　戊辰（一一四八）

稼軒九歲。

紹興十九年　金海陵帝完顔亮天德元年　己巳（一一四九）

稼軒十歲。

是年，稼軒在汴京，曾入凝碧池觀木犀。南渡後作《聲聲慢·嘲紅木犀余兒時嘗入京師禁中凝碧池因書當時所見》詞，追憶舊事。

其上半闋云：「開元盛日，天上栽花，月殿桂影重重。十里芬芳，一枝金粟玲瓏。管絃凝碧池上，記當時風月愁儂。翠華遠，但江南草木，煙鎖深宮。」

按：稼軒祖父贊亳州譙縣令任滿，當官於汴京之金南京行臺尚書省，時任何官，則無考。詳可參見明年記事。

十二月，金平章政事完顏亮殺熙宗自立，是爲海陵帝，改元天德。

見《金史》卷四《熙宗紀》、卷五《海陵紀》。

辛啓泰撰《稼軒年譜》，謂本年稼軒師於蔡伯堅，甚誤。

按：鄧廣銘《辛稼軒年譜》於本年引辛啓泰《稼軒年譜》：「先生十歲，與党懷英同學，號辛、党。按伯堅名松年，晚號蕭閑老人。」又引陳模《懷古録》卷中：「蔡光工於詞，靖康間陷於虜中，辛幼安嘗以詩詞參請之，蔡曰：『子之詩則未也，他日當以詞名家。』故稼軒歸本朝，晚年詞筆尤高。」其後兩作按語，謂：「陳模字子宏，南宋末廬陵人。其《懷古録》三卷，上卷論詩，中卷論詞，下卷論文，前有寶祐乙卯蒼山曾原一太初子序文一篇，謂其書成於淳祐戊申之後。去稼軒之卒，爲時蓋已四十餘年。所記云云，不見他書，疑爲當時傳聞之詞，或確有其事亦未可知。唯蔡光何人，事歷如何，則概無可考。稼軒參請時間，因亦難以考知，姑附於此。」又謂：「稼軒師於蔡伯堅之説，首見《宋史》本傳，辛啓泰氏著其事於十歲，未知有無依據。稼軒與党懷英同受學於亳州劉瞻，元遺山於《中州集》中詳記其事，自屬絶對可信。《宋史》本傳之說，不知何據，頗疑其爲附會《懷古録》之記事而又失其本真者。蓋就蔡松年之事跡與稼軒少年情事考之，其不合之處凡有數端：查《金史·蔡松年傳》，謂『松年字伯堅，父靖，宋宣和末守燕山，松年從父來，管勾機宜文字。宗望軍至白河，郭藥師敗，靖以燕山府降，元帥府辟松年爲令史。……松年前在宗弼府，而海陵以宗室子在宗弼軍中任使，用是相厚善。天德初擢吏部侍郎，俄遷户部尚書。海陵遷中都，徙榷貨務以實都城，復鈔引法，皆自松年啓之』。是則蔡氏自降金以後即忙於仕途，至海陵篡弑前後，位益高，事益繁，絶無暇兼爲童子師。且海陵之遷都燕京，事在貞元元年（紹興二十三年）春季，在此以前，蔡氏既皆居官會寧，而稼軒又從未北至其地，則蔡氏即容有教讀之事，稼軒亦莫得而爲之徒也。此難合者一。稼軒於《奏進美芹十論札子》中，自謂曾兩隨計吏抵燕山，是絶未久居燕山，則其受學亦絶不在燕山，即使蔡氏之教讀事在移都之後，稼軒亦絶無受學機緣也。此難合者二。稼軒與党懷英爲同舍生，《中州集》、《歸潛志》及《宋史》本傳中既均言其事，自屬毫無可疑。《中州集》党氏小傳中謂『公諱懷英，字世傑。……父純睦自馮翊來，以從仕郎爲泰安軍録事參軍，卒官。妻子不能歸，遂爲奉符人。……師亳社劉嵓老，濟南辛幼安其同舍生也。嘗試東府，取解魁。』據知党氏少年絶無力遊學於燕京，其與稼軒共學之地，自非在亳州或齊魯之間不可，此難合者三。如是則稼軒無從蔡氏受學之事殆可斷言。然若必强爲牽合以實其事，則亦衹可謂稼軒早年從事於樂府歌詞之寫作，有曾師法蔡伯堅之可能。蓋據元遺山於《中州集》蔡氏小傳所載云：『百年以來，樂府推伯堅與吴彦高（按：　即吴激，爲米元章之婿，亦將命之金元帥府，以知名被留，遂仕金爲翰林待制），號吴蔡體。』如此則固不必爲及門受業之人矣。」鄧先生所作按語既詳且盡，然予以爲，其駁蔡松年爲稼軒受學之師諸條考證，除難合之一甚確外，餘者皆有考證固臆之嫌。辛啓泰置稼軒受學蔡松年於其十歲時，純出主觀臆斷。《稼軒公歷仕始末》及《辛氏族譜》中全無此類記載。駁之爲是。《宋史》本傳稱：「少師蔡伯堅，與党懷英同學，號辛党。」稱蔡松年不稱名稱姓字，不合史傳體例，此證明《宋史》本傳撰者此條乃採用於雜史而失於考證，即不知蔡伯堅即蔡松年者也。然稼軒受學於蔡松年既爲事實，則所謂《宋史》本傳「爲附會《懷古録》之記事而又失其本真」者，乃本末顛倒，應爲《懷古録》附會雜談記事而失蔡松年之本真者。稼軒從蔡松年學詞，自應在其二次赴燕京之時，本譜後文將列置其事。而本年，蔡松年正在今黑龍江阿城之金都會寧府爲官，目睹完顔亮之政變，至後五年即貞元元年完顔亮始遷都燕京。僅此即可證實辛啓泰之誣妄，毋須多費筆墨駁正，更不須論證稼軒在燕山是否逗留頗久以及考證党懷英之行蹤矣。

紹興二十年　天德二年　庚午（一一五〇）

稼軒十一歲。

是年，當隨其祖父在汴京。

十月，海陵帝殺其行臺左丞相、左副元帥撒離喝。稼軒時在汴京，親見獄事。

《金史》卷五《海陵紀》：「天德二年十月辛未，殺太皇太妃蕭氏及其子任王偎喝。使使殺行臺左丞相、左副元帥撒離喝於汴，並殺平章政事宗義、前工部尚書謀里野、御史大夫宗安，皆夷其族。」

同書卷八四《杲傳》：「杲本名撒離喝。……會海陵欲除遼王舍斜也子孫及平章政事宗義等，元帥府令史遥設希海陵旨，誣撒離喝父子謀反，並平章宗義、尚書謀里野等。遥設學撒離喝手署及印文，詐爲契丹小字家書，與其子宗安，從左都監奔睹上變。封題作已經開拆者，書紙隱約有白字，作曾經水浸致字畫分明者，稱御史大夫宗安於宫門外遺下此書，遥設拾得之。……使厮魯渾殺撒離喝於汴，族其家。」

《三朝北盟會編》卷二三三引《神麓記》，載世宗下詔暴揚海陵帝完顔亮之罪，其中有云：「左副元帥國王撒海，累建功勳，止因篡位之初，自懷疑懼，計構遥設，以白礬書假言，宫外拾得，令其誣告，並其子御史大夫沙只並子孫三十餘口，及太祖親弟遼越國王男平章字急弟兄子孫一百餘口，兵部尚書毛里弟兄子嗣二十餘口，太皇太妃並子任王喂阿，並以無罪，盡行殺戮。」

稼軒《九議》之五：「某頃遊北方，見其治大臣之獄，往往以礬爲書，觀之如素楮然，置之水中則可讀。交通内外，類必用此。」

按：據稼軒「見其治大臣之獄」諸語，知稼軒在汴京，曾親見海陵帝治撒離喝獄事，則此年必隨其祖父官於汴京。疑辛贊於金熙宗末年至海陵帝初年，蓋曾官於金行臺尚書省，得與完顔亮相識（完顔亮於皇統九年兼都元帥，出領行臺尚書省事。復爲平章政事，遂發動政變，於是年十二月殺金熙宗，自立爲帝，改皇統九年爲天德元年。見《金史》卷五《海陵紀》。辛贊在海陵爲帝時，升遷甚速，至知開封府，殆必因有同居行臺尚書省之誼也。

十二月，海陵帝罷行臺尚書省。

見《金史》卷五《海陵紀》。

紹興二十一年　天德三年　辛未（一一五一）

稼軒十二歲。

是年，業師劉瞻登第。

《中州集》卷二《劉内翰瞻》：「瞻字嵓老，亳州人。天德三年南榜登科。」

按：據《金史》卷五一《選舉志》一，金天會五年，以新收河北、河東，詔南北各因其素所習之業取士，號南北選。各以經義、詞賦取士。所云南榜，謂此也。

紹興二十二年　天德四年　壬申（一一五二）

稼軒十三歲。

六月，黄榦直卿生。

據《勉齋集》所附鄭元肅、陳義和《勉齋先生黄文肅公年譜》。

十月，韓侂胄節夫生。

張端義《貴耳集》卷上：「韓平原壬申生。」

《兩朝綱目備要》卷八：「嘉泰四年六月丙申，是日，韓侂冑却生日賀儀。……至是，韓之書表司：『準本使太師、郡王鈞旨，十月五日生日，所有諸路監司、帥臣、州郡賀禮書信，依年例並不收受。』」

是年，李洓兼善生。

《水心集》卷一九《太府少卿福建運判直寶謨閣李公墓志銘》：「少卿諱洓，字兼善。……以嘉定二年十一月二日卒，年五十八。」

按：《辛稼軒年譜》謂李洓生於紹興十二年，誤。

紹興二十三年　貞元元年　癸酉（一一五三）

稼軒十四歲。

三月，海陵帝遷都至燕京。

見《金史》卷五《海陵紀》。

本年領鄉舉。

《宋兵部侍郎賜紫金魚袋稼軒公歷仕始末》：「十四歲領鄉舉。」

按：《濟南派下支分期思世系》所載相同。辛啓泰《稼軒年譜》於本年領鄉薦條後又謂：「按先生《進美芹十論札子》云：『兩隨計吏抵燕山，諦觀形勢。』蓋由此也。」所言是。

三月，張鎡功父生。

方回《桐江續集》卷八《讀張功父南湖集》詩小序：「南湖生於紹興癸酉。」

《南湖集》卷一〇《木蘭花慢·癸丑年生日》詞：「年年三月二，是居士，始生朝。」

項安世平甫生。

《象山集》卷三六《年譜》紹興二十三年記事：「項平甫再書，略云：『某自幼便欲爲善士，今年三十一矣。』」

紹興二十四年　貞元二年　甲戌（一一五四）

稼軒十五歲。

本年春，應有燕山之行。

《進美芹十論》：「大父臣贊，……嘗令臣兩隨計吏抵燕山，諦觀形勢。」

按：據《金史》卷五一《選舉志》一記載，金選舉承繼遼宋舊規，進士科須經鄉、府、省、殿四試。天德二年增殿試，定試期。三年，罷經義、策論兩科，專以詞賦取士。鄉試爲三月，府試八月，會試明年正月，殿試三月。稼軒上年所領鄉舉，應指府試合格（山東兩路試於東平府），本年故應赴燕京會試。另據《金史》卷八三《張汝霖傳》，汝霖爲貞元二年賜呂忠翰榜下進士第。同書卷八九《翟永固傳》亦載：「遷太常卿，考試貞元元年進士（元年當爲二年之誤），出《尊祖配天賦》題，海陵以爲猜度己意。……進士張汝霖賦第八韻有曰：『方今將行郊祀。』海陵詰之曰：『汝安知我郊祀乎？』亦杖之三十。」知本年正爲禮部會試之年。

又按：自天德二年十二月金行臺尚書省罷以後，稼軒祖父贊出守山東、河南諸郡。《進美芹十論》稱爲「歷宿、亳，涉沂、海」。其中所守宿、沂、海三郡，海爲刺史州，宿、沂爲防禦使州，辛贊所知諸州次序或爲先山東東路海州，然後遷同路沂州，其次方遷南京路宿州。稼軒赴燕山，或即始於沂州，取道濟南、德州、滄州而抵燕京。

劉過改之生。

見本譜開禧二年記事。

紹興二十五年　貞元三年　乙亥（一一五五）

稼軒十六歲。

娶婦趙氏，或即本年事。

《濟南派下支分期思世系》：「初室江陰趙氏，知南安軍修之女。」《有宋南雄太守朝奉辛公壙志》：「祖棄疾，……妣碩人趙氏。」

紹興二十六年　正隆元年　丙子（一一五六）

十月，宋宰相秦檜卒。

見《宋史》卷三一《高宗紀》八。

稼軒十七歲。

紹興二十七年　正隆二年　丁丑（一一五七）

稼軒十八歲。

是年春，稼軒當再有燕京之行。

按：據《金史》卷五一《選舉志》一，海陵帝正隆元年更定試期，爲三年一闢。《續文獻通考》卷三四《選舉考·金登科總目》載，正隆二年爲考試之年，登第七十三人，第一人爲鄭子聃。稼軒登第否，無考。然《三朝北盟會編》卷二四九紹興三十二年正月十八日乙酉條，載耿京遣賈瑞詣朝廷，瑞請一文人同往，京然之。乃遣進士辛棄疾行。稱進士，不知其真爲進士否也。

又按：本年稼軒祖父辛贊當在開封尹任内。故稼軒燕京之行，當自汴京北上，經真定、保州、涿州至燕山。程珌《洺水集》卷一《丙子輪對札子》二引稼軒晚年所言：「棄疾之遣諜也，必鈎之以旁證，使不得而欺。如已至幽燕矣，又令至中山，至濟南。中山之爲州也，或背水，或負山，官寺帑廩位置之方，左右之所歸，當悉數之。其往濟南也亦然。……北方之地，皆棄疾少年所經行者，彼皆不得而欺也。」中山即河北定州，與濟南非一條路綫，必即此番燕京之行所經過者。

請益詩詞且受業於蕭閑老人蔡松年，當爲此時事。

稼軒以詩詞參請蔡松年，見陳模《懷古録》卷中，然此書蔡松年作蔡光，涉及其事歷，則謂「工於詞，靖康間陷於虜中」，與蔡松年事同。蔡光殆即傳寫之訛。

虞集《道園學古録》卷三《題李溉之學士湖上諸亭·蕭閑堂》詩：「受業蕭閑老，令人憶稼軒。高堂何處是，湖曲長蘭蓀。」

按：李溉之名泂，滕州人，仕元至翰林直學士。僑居濟南，有湖山花竹之勝。《元史》卷一八三有傳。則右詩所寫，乃濟南大明湖之勝景也。據右詩前兩句，知稼軒嘗受業於蕭閑老人蔡松年爲確有其事。而稼軒在金期間，惟本年入燕山會試，當有機緣參拜尚書右丞蔡松年。所謂受業，蓋曾得蔡氏詞學傳授也。是《宋史》本傳之記載，雖不應稱姓字，其事則在，爲不誣也。

紹興二十八年　正隆三年　戊寅（一一五八）

稼軒十九歲。

祖父辛贊病卒，當在本年前。

按：據《金史》卷五《海陵紀》，正隆三年十一月，詔左丞相張浩、參知政事敬嗣暉營建南京宫室。此海陵帝欲遷都汴京之始，不言南京守臣，疑辛贊前卒。而同書卷八三《耶律安禮傳》載其密諫海陵伐宋，忤其意，罷爲南京留守。則本年開封府尹已另有人矣。

紹興二十九年　正隆四年　己卯（一一五九）

稼軒二十歲。

八月，蔡松年卒。

《金史》卷五《海陵紀》：「正隆四年八月己卯，尚書右丞相蔡松年薨。」

稼軒《美芹十論・察情》：「逆亮始謀南寇之時，劉麟、蔡松年一探其意而導之，則麟逐而松年鴆，惡其露機也。」

按：《歸潛志》卷一〇言田瑴黨事，涉蔡松年意外死。其言曰：「田瑴輩風采，誠一時人士魁，名士皆顯達焉。凡宴會談集間，羣以分別流品，升沉人物爲事。時蔡丞相松年、曹尚書望之、許宣徽霖居下位，欲附其中，而瑴輩不許，曰：『松年失節，望之俗吏，霖小人。』皆屏而不用。三人者大恨之。時太師遼王以皇叔當國，三人者遊其門，甚言瑴等專進退人材，用則將不利朝廷。遼王信之，將有以發怒。……瑴等失勢，三人者促遼王起黨事奏聞，熙宗曰：『黨人何爲？』遼王曰：『黨人相結欲反耳。』上曰：『若爾，當誅之。』於是收瑴等下獄，且遠捕四方黨與。……瑴、具瞻皆死獄中，而松年、望之、霖皆進用矣。其後松年在相位，晨赴朝，上馬見瑴召辯，左右但聞松年云：『某當便行。』望之在吏部廳事，亦見瑴召辯，二人由此薨。」遼王即完顏宗弼，蔡松年與海陵帝皆出其麾下。稼軒所言與劉祁所聞，皆金國當時之傳言如此，可知其必意外暴亡也。

本年，次子秬生。

《濟南派下支分期思世系》：「秬公，……宋紹興己卯年生。」

稼軒《清平樂・爲兒鐵柱作》詞：「從今日日聰明，更宜潭妹嵩兄。」

按：辛秬爲趙氏所生次子，其元子稹如長辛秬兩歲，則稼軒娶婦，當在紹興二十五年，故次其迎娶趙氏事在彼年。稼軒《清平樂》詞爲其第三子辛䆿所賦也，詞有「更宜潭妹嵩兄」句。所謂嵩兄，應即指辛秬。嵩、䆿、潭，皆以地名命兒名也。據此，疑本年稼軒在洛陽，故生子以嵩山命名也。

紹興三十年　正隆五年　庚辰（一一六〇）

稼軒二十一歲。

是年，李壁季章生。

《西山集》卷四一《故資政殿學士李公神道碑》：「公字季章，眉之丹陵人。……嘉定十五年六月，薨於家，年六十有四。」

按：《辛稼軒年譜》謂李壁生於紹興二十九年，誤。

韓淲仲止生。

《澗泉集》卷一〇《正月十三日》詩：「南山春雪未全消，路併浮梁步石橋。……一夜東風吹酒醒，夢回花月是元宵。」

方回《瀛奎律髓》卷一〇評此詩云：「此嘉定十四年辛巳正月十三日詩也，澗泉年六十三，不仕久矣。」

紹興三十一年　金世宗完顏雍大定元年　辛巳（一一六一）

稼軒二十二歲。

是年秋，海陵帝大舉南侵。

《金史》卷五《海陵紀》：「正隆六年正月癸巳，命參知政事李通諭宋使徐度等，……期以二月末先往河南，……以淮右多隙地，欲校獵其間。……六月癸卯，上自汝州如南京。……九月，上自將三十二總管兵伐宋，進自壽春。……丁未，大軍渡淮。」

《宋史》卷三二《高宗紀》九：「紹興三十一年九月，金主亮以尚書右丞李通爲大都督，造浮梁於淮水之上，遂自將來攻，兵號百萬，遠近大震。」

中原之民屯聚蜂起，稼軒亦聚衆二千起義，隸耿京，爲掌書記，共圖恢復。

《金史》卷五《海陵紀》：「正隆六年九月庚寅，大名府賊王九據城叛，衆至數萬。所至盜賊蜂起，大者連城邑，小者保山澤。或以十數騎張旗幟而行，官軍莫敢近。」

《三朝北盟會編》卷二四九：「濟南府民耿京，怨金人征賦之搔擾，不能聊生，乃結集李鐵槍以下，得六人，入東山，漸次得數十人，取萊蕪縣、泰安軍，有衆百餘。有蔡州賈瑞者，亦有衆數十人，歸京，京甚喜。瑞説京以其衆分爲諸軍，各令招人，自此漸盛，俄有衆數十萬。是時大名府王友直亦起兵，遣人通書，願聽京節制，京以瑞爲諸軍都提領。」

《建炎以來繫年要録》卷一九六：「先是，京怨金人征賦之横，不能聊生，與其徒六人入東山，漸得數十人，取萊蕪縣，有衆百餘。瑞亦有衆數十人，歸京。自此漸盛，遂據東平府。京遣瑞渡江，瑞曰：若到朝廷，宰相已下有所詰問，恐不能對，願得一文士偕行。乃以棄疾權掌書記，自楚州至行在。瑞，萊州人，棄疾，濟南人也。」

《宋史》本傳：「金主亮死，中原豪傑並起，耿京聚兵山東，稱天平節度使，節制山東、河北忠義軍馬，棄疾爲掌書記，即勸京决策南向。僧義端者，喜談兵，棄疾間與之遊。及在京軍中，義端亦聚衆千餘，説下之，使隸京。義端一夕竊印以逃，京大怒，欲殺棄疾。棄疾曰：『匄我三日期，不獲，就死未晚。』揣僧必以虚實奔告金帥，急追獲之。義端曰：『我識君真相，乃青兕也，力能殺人，幸勿殺我。』棄疾斬其首歸報，京益壯之。」

按：完顔亮甫一宣佈南侵，中原義軍即結集起兵，耿京之起義，本非亮死之後，乃在本年八月間。可據以下《開趙埋銘》得之。義端者，别無所見，稼軒斬其首歸報耿京事，何時何地，除本傳外亦皆無考。耿京其時已占據東平府。〔康熙〕《濟南府志》卷三五《稼軒傳》，有張安國殺京，棄疾縛安國，戮之於靈巖寺事。張安國被稼軒解送臨安，不殺之於靈巖。疑殺於靈巖者，義端也。

又按：《宋史》卷八五《地理志》一：「東平府，東平郡，天平軍節度。」耿京以占據東平府，故稱天平軍節度使。

《三朝北盟會編》卷二四二歸正官張棣《正隆事跡記》：「冬十月，王友起於大名，耿京起於濟南，陳俊起於太行，乘時而嘯聚者，處處有之。亮首知大名之亂，拊髀而歎曰：『朕兵未行，輒撓其後，雖匹夫匹婦不可留。』即遣都監斜也將兵萬人於大名，無少長盡洗之。大名之衆聞風而自潰焉，斜也殺居民三十萬口，滅族者一千七百餘家。」

《吳都文粹》續集卷三八趙開瑞《宋故武功大夫濮州團練使浙西路總管開公埋銘》：「公諱趙，字興宋，世爲沂州臨沂人。公名本姓也，因國步中衰，以開爲姓者，欲開大我國家之疆土云耳。……公自紹興三十一年八月結豪傑，起義兵，衆推公爲首，不旬日有衆數萬，收復密州日照縣等處，聚集忠勇三十餘萬，攻淄齊等州。……十一月，差充山東河北忠義軍都統制，將所得大漢軍三千餘人及本部統制將等二萬餘人，歸正本朝。」

按：右《埋銘》之「三十一年八月」，原誤作「二十八年」。開趙起義與耿京同時，作二十八年甚誤，故據改。後文又謂將「本部統制將等二萬餘人歸正本朝」。耿京有衆二十五萬，開趙歸附後，合其所部，故謂之三十餘萬。則攻淄、齊等地者，耿京起義軍也。

又按：葉適《水心別集》卷一《治勢》下有云：「紹興之末，戎王以殘虐失衆，嘗舉傾國之力，聲搖江漢。既而不戰自斃，狼顧北還，無復行伍。而青鄆亳宋之間，豪傑響應，執殺其吏，處處屯結。或號三十萬衆，以請命於王師。此豈非其可按劍抵掌、經營河洛，上以厲節義，下以執讎恥，千載之一時者哉？」「三十萬衆」蓋即指耿京起義軍而言也。

十月六日，金人立葛王褎於遼陽府。

見《三朝北盟會編》卷二三二《十月八日丁未金人立葛王褎於遼陽府》條。

按：「褎」原作「裒」，查同書同卷引張棣《正隆事跡》：「裒乃太祖第三子潞王宗輔之子也。

亮之從弟，裒字彦舉，乙巳三月一日寅時生，小字忽辣馬，即位後改名雍。」其字義從《漢書》卷五六《董仲舒傳》「今子大夫褎然爲舉首」句而出，故知以名褎爲正。

《宋史》卷三二《高宗紀》九：「紹興三十一年冬十月丁未，金人立其東京留守葛王褎爲皇帝，改元大定。」

蔡州新息縣令范邦彦開城以迎宋師。

牟巘《陵陽集》卷一五《書范雷卿家譜》：「范君雷卿，以學事至霅，示余以其家世本末。……君之四世祖通守，號河朔孟嘗，靖康之亂，能全其宗，收窮周急，信義具著。由進士出身，爲蔡州之新息縣。紹興辛巳十月，以其縣來歸。乃海陵敗盟，我以成閔鎮上流，趙樽屯德安，擣虛潰蔡時也。」

劉宰《漫塘集》卷三四《故公安范大夫及夫人張氏行述》：「公諱如山，字南伯，邢臺人。……父諱邦彦，皇任左宣教郎，添差通判鎮江府。通判宣政間入太學，其後陷虜，母老不能去，既除喪而虜禁益嚴，念惟仕可以行志，乃舉進士。以蔡近邊，求爲新息令。歲辛巳，率豪傑開蔡城以迎王師，因盡室而南。」

按：《辛稼軒年譜》考云：「稼軒與范氏先後南歸，忠義相知，後遂婿於范氏。其後邦彦之子如山與稼軒深相投契，至如山之子炎又爲稼軒之婿。三世姻緣，均繫於邦彦南歸一事，故特著其事於此。」不特此也，如山之外孫後來又嫁與稼軒之子穮，惜鄧先生未之見也。

是月，李寶敗金人於陳家島，山東忠義李鐵槍、王世隆、開趙等與之並肩作戰。

《三朝北盟會編》卷二三七《十月二十七日李寶敗金人於陳家島》條：「先是，有劉毘彪、温臯、趙開、李幾四人，聚衆於京東，與王世隆合共攻成陽軍。成陽軍者，密州之莒縣，陷僞改焉。李寶泊於東海縣，毘彪等遣于琦等四人詣寶軍納款，請以兵相助。……金人盡發五百騎解圍成陽軍，趙開等皆散去。世隆者，耿京下馬軍將也，乃率其馬軍駐於日照縣二十里，寶軍中提舉一行事務曹洋，借民馬同小吏徐堅兩騎往迎之。世隆以其衆降洋，以世隆見寶，令作山後都統制，以待官軍進攻。數日，趙開以其衆至，洋與寶議，亦授趙山後都統制。俄金人自膠西出船，皆獨桅，用夾油絹爲帆，約千餘船，其勢甚盛。兵部尚書右副元帥蘇賓衡統之，以大總管六員爲副，各分部海船。完顔亮令十月十八日到海門山，入錢塘江，幹了大事，遣阿虎來江上迎報，泊於陳家島。寶泊於石臼山，兩軍相望三十餘里，而日起北風。寶等憂之，有大漢軍水手數百人迎軍降，又有大漢軍節次來降。大漢軍者，簽起上等户也，皆富豪子弟。寶與洋問之，頗得北軍事實。……癸丑，洋祭風，是夜，猶未順。四鼓，洋命擊鼓，令將士皆飽食已，夜漏將盡，洋命起碇進船，風猶未順，衆有難色。方鼓行，良久，南風漸應。順風進舟，將士皆懽噪踴躍。洋先以所乘舟直犯虜船，以火箭亂射，船中已有火起者。倏忽火大作，官軍舟船皆到，火箭亂發。虜船皆油絹爲颿，故火騰愈熾。金人被焚，相與投海而死者不啻數萬人。……既而王世隆、趙開等皆來，遂令趙率其衆旁海而行，以世隆在舟中，至海州，世隆馬軍尚有七八百留在海州。以世隆至行在。」

又：「浙西總管李寶申：『十月二十七日，將一行官兵海船到密州膠西縣，地名唐島，逢見金賊海船六百餘隻，乘載女真、渤海二萬餘人，大漢軍一萬人，水手四萬人於唐島以來，應諸浦口，至膠西縣，水路二百餘里，連續使風，入大洋，向南，定日剋期以取杭州。寶親率海船當賊要路，分布衝擊，乘風掩殺。自早至二更以來，殺至膠西縣巷口，殺死女真、渤海軍不知其數，其船被風勢緊猛，颼颼靠岸，風浪打損，及因入船與賊戰鬥損壞，遂行焚燒了當，三晝夜二百餘里，煙火不絶。全獲勝捷。其金賊殘零船數十隻，寶亦使風趕趁百里，戰殺過膠西縣以來，其船被風浪損壞，海道上下肅静，别無賊船。所有都統制押被亂軍所殺外，取得銀牌並銅印，及原差海道官職位，並録白元降征南指揮行程日曆真本在前。所有燒不盡軍，令先會六路策應李鐵槍下王世隆、趙開、劉敵雲、孫賛收拾，連綴應副。萬人逐急披帶，追襲走透上岸金賊。又差將官郭大用、兵旗索横、王德和部，押諸義兵，勦戮盡净。』」

按：右文中之趙開，即改姓爲名之開趙也。

十一月初八，督視江淮軍馬參謀軍事虞允文，督建康諸軍統制官張振等以舟師拒金主亮於東采石，戰勝却之。

見《宋史》卷三二《高宗紀》九。其詳可參《三朝北盟會編》卷二三八《十一月八日丙子中書舍人虞允文統制官張振等大敗金人於楊林》條及卷二三九記事。

同月二十八日，金人殺其主亮於揚州。

《宋史》卷三二《高宗紀》九：「紹興三十一年十一月甲午，金人弑其主亮於揚州龜山寺。」

《金史》卷五《海陵紀》：「正隆六年十一月庚午，上還和州，遂進兵揚州。甲午，會舟師於瓜洲渡，期以明日渡江。乙未，浙西兵馬都統制完顏元宜等軍反，帝遇弑崩，年四十。」

十二月，稼軒奉耿京表詣行在。

《宋兵部侍郎賜紫金魚袋稼軒公歷仕始末》：「紹興三十一年十二月，奉耿京表詣行在。」

按：《濟南派下支分期思世系》所載同此。詳見明年正月記事。

《宋史》本傳：「與党懷英同學，號辛党。始筮仕，决以蓍，懷英遇坎，因留事金。棄疾得離，遂决意南歸。」

《疊山集》卷七《祭辛稼軒先生墓記》：「公初卜，得離卦，乃南方丙丁火，以鎮南也。」

《秋澗集》卷九四《玉堂嘉話》：「少與泰安党懷英友善，肅慎氏既有中夏，誓不爲金臣子。一日，與懷英登一大丘，置酒曰：『吾友安此，余將從此逝矣。』遂酌别而去。……初，公在北方時，與竹溪嘗遊泰山之靈巖，題名曰六十一上人，破辛字也。」

按：以上有關稼軒與党懷英决蓍以卜之事，雖記載各有不同，然其事當必在，應即稼軒奉表南歸之時。竹溪爲党懷英之號。今長清之靈巖，稼軒之摩崖石刻雖已無可蹤跡，然王惲於元至正間既親見其與竹溪同遊之文，想必不誣也。

紹興三十二年　大定二年　壬午（一一六二）

稼軒二十三歲。

正月，以耿京之命，奉表詣建康府。十八日召見，陳大計。授右承務郎。

《宋史》卷三二《高宗紀》九：「紹興三十二年春正月乙酉，權知東平府耿京遣其將賈瑞、掌書記辛棄疾來奏事。己丑，以耿京爲天平軍節度使，知東平府。」

同書本傳：「紹興三十二年，京令棄疾奉表歸宋，高宗勞師建康，召見，嘉納之，授承務郎、天平節度掌書記，併以節使印告召京。」

《三朝北盟會編》卷二四九《十八日乙酉引見耿京下諸軍提都領賈瑞等一十一人耿京除天平軍節度使將佐授官各有差》條：「完顏亮犯淮甸，京遣瑞渡江，通朝廷。瑞曰：『如到朝廷，宰相以下有所詰問，恐不能對，請一文人同往。』京然之。乃遣進士辛棄疾行。凡一十一人同行，到楚州，見淮南轉運副使楊抗，發赴行在。是時，上巡幸在建康。乙酉，瑞等入門，即日引見。上大喜，皆命以官。授京天平軍節度使，瑞修武郎、閤門祗候，皆賜金帶。棄疾右儒林郎，改右承務郎。其餘統制官皆修武郎，將官皆成忠郎，凡補官者二百餘人，悉命降官告。令樞密院差使臣二員，與瑞等詣京軍。樞密院差使臣吴革、李彪，賫京官告節鉞及統制官以下告身至楚州，革、彪不敢行，請在海州伺候，京等到來即授告節。瑞等不得已從之。至海州，革、彪以官告節鉞待於海州，京東招討使李寶遣王世隆率十數騎，與瑞等同行。」

又：「一録云：『辛巳歸朝人總轄賈瑞，統制官劉震，在軍副總管劉弁，遊奕軍統制孫肇，左軍統領官劉伯達，左軍第二副將劉德，左軍正將梁宏，右軍正將劉威，策應右軍副將邢弁，踏白第三副將劉聚，總轄司提轄董昭、賈思成，天平軍掌書記辛棄疾。辛巳正月十九日至建康府，二十日行宫引見，統制官轉修武郎，統領官忠訓郎，正副將成忠郎，書記承務郎。』」

《建炎以來繫年要録》卷一九六：「紹興三十二年正月乙丑，制授耿京天平軍節度使、知東平府，兼節制京東河北路忠義軍馬，權天平軍節度掌書記辛棄疾特補右承務郎，諸軍都提領賈瑞特補敦武郎、閤門祗候。京、瑞並賜金帶。將吏補官者二百人。於是，京東招討使李寶遣統制官王世隆與瑞等，齎官誥節鉞以往。」

《濟南派下支分期思世系》：「紹興三十一年辛巳十二月，奉表詣行在，奏補承務郎，充天平軍節度使掌書記。」

《菱湖辛氏族譜》引《鉛山縣志》：「紹興末，虜渝盟，乃結義士耿京等，糾合忠義軍二十五萬，以圖恢復。斬寇取城，報功行在。高宗勞師建康，陳大計八條奏聞，上偉其忠。」

按：舊譜所引《鉛志》，蓋明代以前方志，所載稼軒「斬寇取城」，及「陳大計八條」事皆不見他書記載，然與當時情事頗能吻合，疑所載非傳聞也。

閏二月，耿京將張安國等殺京降金，稼軒自海州赴金營，擒張安國，縛歸行在。

《宋史》卷三二《高宗紀》九：「紹興三十二年閏二月，張安國等攻殺耿京，李寶將王世隆攻破安國，執之以獻。」

同書本傳：「會張安國、邵進已殺京降金，棄疾還至海州，與衆謀曰：『我緣主帥來歸朝，不期事變，何以復命？』乃約統制王世隆及忠義人馬全福等徑趨金營。安國方與金將酣飲，即衆中縛之以歸。金將追之不及。獻俘行在，斬安國於市。」

《朱子語類》卷一三二《中興至今人物》下：「耿京起義兵，爲天平軍節度使。有張安國者亦起兵，與京爲兩軍。辛幼安時在京幕下，爲記室，方銜命來此，致歸朝之義，則京已爲安國所殺。幼安後歸，挾安國馬上，還朝以正典刑。」

洪邁《稼軒記》：「予謂侯本以中州雋人，抱忠仗義，章顯聞於南邦。齊虜巧負國，赤手領五十騎，縛取於五萬衆中，如挾毚兔。束馬銜枚，間關西奏淮，至通晝夜不粒食。壯聲英概，懦士爲之興起，聖天子一見三歎息，用是簡深知。」

按：《辛稼軒年譜》於此條下有按語，引康熙《濟南府志》卷三五《人物志·稼軒小傳》：「紹興末，耿京據濟南，棄疾勸京南歸。會張安國殺京，棄疾縛安國，戮之靈巖寺，遂南奔，夜行晝伏。」謂「與上引各書所述稼軒擒安國情事均不合，必出傳聞之訛，不足爲據」。《府志》所引或誤，上年稼軒聚衆起義條已辨之，可參。

章穎《南渡十將傳》卷四《魏勝傳》：「是時，太行山之東，忠義之士蜂起。開趙起於密州，有衆十餘萬，以助膠西之師。王世隆起兵援海道，夏侯取泗州來歸。耿京起濟南，取兖州。陳亨祖復陳州，孟俊焚虜舟而守順昌，李雄復鄧州而抗劉蕚，王友直復北京。潼關以東，淮水以北，奮起者不可殫記。凡能以姓名達者，即加寵秩。王世隆召見，即日拜武功大夫，賜金帶，授御前諸軍統制。耿京由太行遣人以表至，即拜檢校少保、天平軍節度使，未及拜命，其徒張安國殺京。時葛王雍已立，大赦曰：『在山者爲盗賊，下山者爲良民。』中原忠義，所在保聚以待，而往來議和使命相踵於道。中原之民，乃乘赦宥，歸保田里。故張安國貪虜重賞殺京。其後張浚開督府，嘗問孰能爲我生致安國者，王世隆應募願往，浚命以五百騎與之，世隆辭焉，止以其所部二十騎往。時安國已受僞命知濟州，世隆以一騎至濟州，謁入，安國駭曰：『世隆已南歸，胡爲至此？』使其人出視之，曰：『貌瘠而赤鬚也。』果然。出見之，世隆拔刀劫之上馬，出郊議事，庭下莫敢動。且曰：『王師十萬至矣。』及交所隨騎，每四五里則置一二騎，盡二十騎而驅安國，並馬而南矣。督府以安國詣行在所，下廷尉，劾反覆狀。初，京以表進，世隆、安國俱列姓名矣。安國服罪，戮之都市。」

按：《辛稼軒年譜》於此條下有考證云：「稼軒縛張安國而獻俘行在，不唯《宋史》本傳記其事，《朱子語類》及洪邁所作《稼軒記》中亦均盛加稱道，無可疑者。章穎爲魏勝立傳，而忽插入王世隆擒張安國事，且所述原委至悉，則亦必有所本。但謂其爲張浚直接所派遣，且無隻字道及稼軒在此事件中之作用，則均非是。蓋王世隆、馬全福俱爲自海州隨同稼軒馳赴張安國軍營之人，諸人併力將張安國執縛，其首功則爲稼軒也。」所考均極是。據以下所引，知稼軒擒張安國，在當時廣爲士大夫傳頌，非王世隆所可掩。另據《繫年要録》卷一九七，本年高宗還臨安後，張浚依舊判建康府兼行宫留守，未嘗有開督府事，傳謂王世隆由張浚派遣，亦與史不合。惟稼軒兩次南歸，皆由山東西路而南，先至建康府。其與張浚有關，僅此而已。

陸游《渭南文集》卷三《上二府論事札子》（壬午六月五日）：「某伏見大理寺奏北界蒙城縣官邢珪罪狀。……又慮議者，以謂張安國殺耿京事，與此略同，恐啓寬貸之路，無以慰歸附之人。則某謂不然。張安國，中國人，又嘗受旗榜招安，見利而動，賊殺耿京。反覆奸猾，罪惡明白，與珪實爲不類。兼邢珪所犯，在未被大赦蕩滌之前，張安國所犯，在已受旗榜招安之後，伏乞鈞察。」

陳振孫《直齋書録解題》卷二一：「《稼軒詞》四卷，寶謨閣待制濟南辛棄疾幼安撰。信州本十二卷，卷視長沙爲多。金亮之殞，朝廷乘勝取四十郡。未幾班師，復棄數郡。京東義士耿京據東平府，遣掌書記辛棄疾赴行在。京後爲裨將張安國所殺，棄疾擒安國以歸，斬之。詳見《朝野雜記》。」

仍授前官，改差江陰軍簽判。

見《宋史》本傳、《宋兵部侍郎賜紫金魚袋稼軒公歷仕始末》。

稼軒到江陰任，最晚亦在本年夏。

〔道光〕《江陰縣志》卷一一《職官表》：「紹興三十二年，簽判，辛棄疾，字幼安，山東歷城人，有傳。」

按：《辛稼軒年譜》於本年孝宗即位之後接書「稼軒之定居京口及其與范邦彦子美之女、范如山南伯之女弟之結婚，當均爲本年内事」。其後又列考證三事，謂詞集壽内子之《浣溪沙》詞，有「兩人百歲恰乘除」句，「據知稼軒夫妻爲同齡」，「蓋當時處於戰亂顛沛流離之際，致男女雙方均未得及時婚嫁也」。此其一。《滿江紅》詞有「家住江南，又過了清明寒食」句。「知抵達江南不久即已有室有家矣」。此其二。范如山夫妻《行述》及《書范雷卿家譜》謂稼軒「遂婿於」邦彦，「可證知稼軒之婚娶必爲其南渡後不久事也」。鄧先生生前未能得見《菱湖辛氏族譜》，故有上述論斷。今既知稼軒初室爲江陰趙氏，而范氏乃爲再室，則此結論及考證諸語皆誤。蓋《歷仕始末》雖有「初寓京口」語，然稼軒南渡之初却非即寓居於京口者。兹亦論證如下：

一、稼軒髮妻趙氏既爲江陰人，而稼軒南渡之後，宋廷即任命其爲江陰軍簽判，必寓就近安家之意。趙氏於稼軒奉表南歸之時，是即時攜公婆及二子隨稼軒南來（稼軒母太令人孫氏），抑或其後渡江雖不可考，然其後三年即寓家於江陰，當無疑問。《滿江紅》詞之「家住江南，又過了清明寒食」應指家在江陰而言，亦確定不移也。

二、范氏既爲稼軒再室，則應在趙氏卒後續娶者也。而范氏卒後又三娶林氏，凡此，皆可證稼軒壽内子詞非必指范氏而言。據本譜考證，則應爲林氏。故考證稼軒與范氏同齡及二十三歲結婚之説，均難成立。

三、稼軒與范如山結識，以及與寓居京口之周孚結識，皆在乾道中或乾道末，凡此則可證知稼軒「初寓京口」之時間，必不在紹興末年或隆興初年也。

六月，高宗傳位皇太子趙眘，是爲孝宗。

《宋史》卷三二《高宗紀》九：「紹興三十二年六月丙子，詔皇太子即皇帝位。帝稱太上皇帝，退處德壽宫。」

同書卷三三《孝宗紀》一：「紹興三十二年五月甲子，立爲皇太子，改名眘。……六月乙亥，内降御札：『皇太子可即皇帝位，朕稱太上皇帝，退處德壽宫，皇后稱太上皇后。』丙子，遣中使召帝入禁中面諭之，帝又推遜不受，即趨側殿門，欲還東宫。高宗勉諭再三，乃止。」

按：孝宗即位在是年六月十一日丙子，《辛稼軒年譜》書於是年五月，誤。

秋七月，判建康府張浚入見，以爲江淮宣撫使。

《宋史》卷三二《高宗紀》九：「紹興三十二年五月甲寅，命張浚專一措置兩淮事務兼節制淮東西、沿江州郡軍馬。」

同書卷三三《孝宗紀》一：「紹興三十二年七月庚子，判建康府張浚入見。……癸卯，以張浚爲少傅、江淮宣撫使，封魏國公。」

稼軒向張浚進獻分兵攻金之策，不爲採納。

《朱子語類》卷一一〇《論兵》：「辛棄疾頗諳曉兵事。云：『……某向見張魏公，説以分兵殺虜之勢。祇緣虜人調發極難。元顔要犯江南，整整兩年，方調發得聚。彼中雖是號令簡，無此間許多周遮，但彼中人纔逼迫得太急，亦易變，所以要調發甚難。祇有沿淮有許多捍禦之兵。爲吾之計，莫若分幾軍趨關陝，他必擁兵於關陝。又分幾軍向西京，他必擁兵於西京。又分幾軍望淮北，他必擁兵於淮北。其他去處必空弱。又使海道兵擣海上，他又著擁兵捍海上。吾密揀精兵幾萬在此，度其勢力既分，於是乘其稍弱處，一直收山東。虜人首尾相應不及，再調發來添助，彼卒未聚，而吾已據山東。纔據山東，中原及燕京自不消得大段用力。蓋精鋭萃於山東，而虜勢已截成兩段去。又先下明詔，使中原豪傑自爲響應。』是時魏公答以：『某祇受一方之命，此事恐不能主之。』」

按：張浚於明年隆興元年正月進樞密使，都督江淮東西路軍馬。據右文「某祇受一方之命」語，稼軒以進取之策干張浚，當在其任樞密使之前，即本年自行在所赴江淮宣撫司任所途中。其既節制沿江軍馬，利用回歸任所之機會，巡視江陰、鎮江等屯駐大軍所在，乃在情理之中。因知稼軒進見張浚必在本年，亦即本年七月間，最爲可能。稼軒所獻之策，與其隆興二年秋所進獻之《美芹十論·詳戰》篇大致相同，《辛稼軒年譜》謂據「知其爲久蓄胸中之韜略，而朱熹於轉述時能如此詳盡，亦足證其印象之深」。此條亦予當年爲增訂彼《年譜》所提供者。

十二月立春，賦《漢宮春》詞抒懷，是爲稼軒詞開篇之作。

即《漢宮春·立春日》詞（春已歸來闋）。《宋會要輯稿·運曆》一之二七載，紹興三十二年十二月二十四日立春。

宋孝宗趙眘隆興元年　癸未（一一六三）

稼軒二十四歲。

稼軒在江陰簽判任。

是年春，右僕射兼樞密使史浩上疏反對分兵取山東之議。

史浩《鄮峰真隱漫録》卷七《論未可用兵山東札子》：「臣恭覩陛下，特發英斷，進討山東，以爲恢復故疆、牽制川陝之謀。臣獲侍清光，親奉睿旨，不勝欣忭。然亦有惓惓之愚，不敢隱默。竊以傳聞之言，多謂虜兵困於西北，不復顧山東。加之苛虐相承，民不堪命，王師若至，可不勞而取。審如此説，則弔伐之兵，本不在衆；偏師出境，百城自下；不世之功，何患不成？萬一未至盡如所聞，虜人尚敢旅拒，遺民未能自拔，則我師雖衆，功亦難必。而宿師於外，守備先虚。我猶知出兵山東以牽制川陝，彼獨不知警動兩淮、荆襄以解山東之急耶？爲今之計，莫若戒敕宣撫司，以大兵及舟師固守江淮，控制要害，爲不可動之計。俟有餘力，方可遴選驍勇有紀律之將，使之以奇制勝。若徐、鄆、宋、亳等以次撫定之，兩淮無致敵之慮，然後漸次那大兵前進。如此，則進有闢國拓土之功，退無勞師失備之患，實天下至計也。蓋山東去虜巢萬里，彼雖不能守，未害其疆。兩淮近在畿甸，一城被寇，尺地陷没，則朝廷之憂，復如去歲。此臣所以夙夜憂懼，寢不能瞑，而爲陛下力陳其愚也。且富商巨室，未嘗不欲利也，然賈於遠者，率不肯以多貲付之，其意以爲山行海宿，要不可保，若傾囊而付之，一有所失，悔其何及哉？此言雖小，可以喻大，願陛下留神察焉。臣比者誤蒙聖慈，使攝事樞筦，攻守大計，實任其責。伏惟陛下照其愚忠，速降處分。」

按：　本年正月庚子，以史浩爲尚書右僕射、同中書門下平章事兼樞密使。右札子有「攝事樞筦」語，知必本年春間所上。另據《朱文公文集》卷九五下《少師保信軍節度使魏國公致仕贈太保張公行狀》及《宋史》卷三六一《張浚傳》載，紹興三十二年十一月，孝宗召江淮宣撫司判官兼知建康府陳俊卿及張浚子張栻赴行在，浚附奏請用師淮堧，進舟山東，以爲四川吴璘之聲援。故史浩有此奏札，反對張浚之議。自去年以來，朝廷之上，多有關於分兵取山東之争論，其説當始於稼軒之進言。故次其事於此。

又按：　此札子乃史浩之門客陸游所草，草稿猶存於《渭南文集》卷三。惟游幼子子遹編集時，爲掩蓋其父追隨史浩之跡，以表見其父非反對進取山東者，乃改文題爲《代乞分兵取山東札子》，而全文除少量詞句爲史浩奏進時有所改動之外，大意均與奏進稿無異也。

五月，宋廷出兵攻金河南，敗於符離。

《宋史》卷三三《孝宗紀》一：「隆興元年四月戊辰，張浚入見，議出師渡淮，三省、樞密院不預聞。……戊子，張浚命邵宏淵帥師次盱眙。己丑，又命李顯忠帥師次定遠。……五月丁酉，李顯忠復靈壁縣。邵宏淵次虹縣，金人拒之。戊戌，顯忠東趨虹縣。庚子，復虹縣，金知泗州蒲察徒穆及同知泗州大周仁降。甲辰，顯忠及宏淵敗金人於宿州。……丙午復宿州，戮金兵數千人。……辛亥，金紇石烈志寧自睢陽引兵至宿州，李顯忠擊却之。壬子，……顯忠與金人戰於宿州，邵宏淵不援，顯忠失利。是夜，建康中軍統制周宏及邵宏淵之子世雄、殿前司統制官左士淵逃歸。

癸丑，……金人攻宿州城，顯忠大敗之。殿前司統制官張訓通等七人、統領官十二人，以二將不叶而遁。甲寅，李顯忠、邵宏淵軍大潰於符離。……六月庚午，張浚自盱眙還揚州。辛未，李顯忠罷軍職。……癸酉，下詔罪己。張浚降特進，仍前樞密使、江淮東西路宣撫使，官屬各奪二官。邵宏淵降武義大夫，職仍舊。……己卯，李顯忠責授清遠軍節度副使，筠州安置。……七月癸巳，……李顯忠再責授果州團練副使，潭州安置。乙未，詔宿州棄軍將佐奪官貶竄有差。」

隆興二年　甲申（一一六四）

稼軒二十五歲。

春夏間，賦《滿江紅》詞，喻指去年符離之戰也。

稼軒《滿江紅·暮春》詞：「家住江南，又過了清明寒食。花徑裏一番風雨，一番狼籍。紅粉暗隨流水去，園林漸覺清陰密。算年年落盡刺桐花，寒無力。　庭院靜，空相憶。無説處，閑愁極。怕流鶯乳燕，得知消息。尺素如今何處也？綵雲依舊無蹤跡。謾教人羞去上層樓，平蕪碧。」

秋，著《美芹十論》。其奏進之日，當在是年十一月宋金和議達成之前。

按：《美芹十論》今有明人黄淮、楊士奇所編《歷代名臣奏議》卷九四、唐順之《荆川先生右編》卷二二及羅振玉鈔單行本《美芹十論》收録。而辛啓泰於所編《稼軒集抄存》卷一著録此文，於題下注明「乾道乙酉進」，據法式善《陶廬雜録》卷三所載，即其録自《永樂大典》。今查《十論》

各篇皆有明顯證據，如《審勢》篇涉及金世宗庶長子永中守汴京事，即在本年春。如《自治》篇提及歲幣爲二百餘萬緡，折合銀絹，爲紹興十一年和議時所約定之二十五萬匹兩，則可證此篇仍在本年十一再議和時削減五萬匹兩之前也。而十篇之前有《進美芹十論》一篇，即所謂《奏進札子》，其中有云：「臣聞事未至而預圖，則處之常有餘；事既至而後計，則應之常不足。」又云：「今日之事，朝廷一於持重以爲成謀，虜人利於嘗試以爲得計。故和戰之權常出於敵，而我特從而應之。」此皆和戰未定時語，顯非經歷宋金議和而大局已定時所應言者也。因知無論題下注語出自何人，《美芹十論》寫於本年宋金使人頻繁往來議和未定之際應無疑義。稼軒反對與金議和，仍持主戰姿態亦無疑義，因之，此書不可能奏進於和議既定之後，故移次於此。詳可參本書《美芹十論》後之附録。《辛稼軒年譜》著此文奏進於乾道元年，今亦不取。

又按：《進美芹十論》有「官閑心定」、「雖越職之罪難逃，野人美芹而獻於君，亦愛主之誠可取」諸語。蓋以小官而議論軍國大計，故有此語。然據〔道光〕《江陰縣志》卷一一《職官表》所載，稼軒蓋以紹興三十二年夏到江陰簽判任，至本年秋冬，任期屆滿，故《縣志》本年簽判表上列爲承議郎吴一能。知稼軒去任即在是年秋冬之交，其後宋廷即命其爲廣德軍通判，「官閑心定」之語，必指此而言也。

八月，程珌懷古生。

《洺水集》卷二五附《宋故端明殿學士宣奉大夫致仕贈特進少師程公行狀》：「公諱珌，字懷古，世籍徽之休寧。……生於隆興甲申八月二十日，享年七十九。」

閏十一月，王世隆因謀反伏誅。

《宋會要輯稿·兵》一九之一五：「隆興二年閏十一月十四日，詔左軍第二將、借補進義副尉李成，白身忠義效用秦飛，告首王世隆作過，各特與轉子七官資。」

《南渡十將傳》卷四《魏勝傳》：「其後，世隆爲鎮江都統制劉寶所惡，有告其謀叛者，寶斬之。」

十二月，宋廷宣佈宋金和議成。

《宋史》卷三三《孝宗紀》一：「隆興二年十一月丙申，遣國信所大通事王抃持周癸書如金帥府，請正皇帝號，爲叔侄之國。易歲貢爲歲幣，減十萬。割商、秦地。歸被俘人，惟叛亡者不與。誓目大略與紹興同。……閏月丙辰，王抃見金二帥，皆得其報書以歸。……十二月丙申，制曰：『比遣王抃，遠抵潁濱，得其要約。尋澶淵盟誓之信，倣大遼書題之儀。正皇帝之稱，爲叔侄之國。歲幣減十萬之數，地界如紹興之時。憐彼此之無辜，約叛亡之不遣。可使歸正之士，咸起寧居之心。』」

乾道元年　乙酉（一一六五）

稼軒二十六歲。

二月，陳康伯卒，年六十九。

〔嘉靖〕《鉛山縣志》卷八載劉珙撰《陳康伯神道碑》：「乾道元年二月丁未，少保尚書左僕射魯國公陳康伯薨於位。……享年六十有九。」

本年夏秋，或赴廣德軍通判任。

《宋兵部侍郎賜紫金魚袋稼軒公歷仕始末》：「江陰軍簽判，廣德軍通判。」

按：據《景定建康志》卷二四《通判東廳題記》所載，孝宗初年，任建康府通判者，任期大致爲二十四月至三十月不等。廣德軍通判任期或與此相同。惟今存廣德地方志皆未記載稼軒通判廣德之事，更無年月可考。僅據《宋史》本傳「乾道四年通判建康府」一語推之，或在乾道元年至三年間。以本年秋初到任計，如任期在三十月，則至乾道三年春間即應任滿。

又按：稼軒詞中，有《滿江紅·中秋寄遠》一首：「快上西樓，怕天放浮雲遮月。但平聲。喚取玉纖橫管，一聲吹裂！誰做冰壺涼世界？最憐玉斧修時節。問嫦娥孤令有愁無？應華髮。雲液滿，瓊杯滑。長袖舞，清歌咽。歎十常八九，欲磨還缺。但願長圓如此夜，人情未必看承別。把從前離恨總成歡，歸時説。」詞題作「寄遠」者，即寄内也。稼軒南歸，於隆興二年江陰軍簽判任滿，繼改任廣德軍通判。而其夫人趙氏，原爲江陰軍人，南渡後歸其故里，後即卒於江陰軍。稼軒官廣德時，趙氏或未及同時赴任，故因中秋思家，遂有《寄遠》之作，則右詞或即作於乾道元年之秋。又有《緑頭鴨·七夕》詞，有「歎飄零，離多會少堪驚……誰念監州，蕭條官舍，燭摇秋扇坐中庭」諸語，疑皆作於通判廣德軍任内也。

乾道二年　丙戌（一一六六）

稼軒二十七歲。

在廣德軍通判任。

劉宰平國生。

《京口耆舊傳》卷九：「辛字平國，其先本滄州景城人，國初徙丹陽，其後徙金壇。……年七十四，以疾終於家。」此下所附按語：「《漫塘集·辭免除將作少監第二狀》有曰：『寶慶御極，有籍令之除。』又考《漫塘集》，有《辭免除籍田令第一狀》有云：『年甫六十。』據此則寶慶元年宰年六十，以此書卒年七十四考之，則當卒於嘉熙三年。」

乾道三年　丁亥（一一六七）

稼軒二十八歲。

廣德軍通判任滿，當有暢遊吴江之經歷。

稼軒有數首詞，皆憶及吴江之遊。蓋由秋至冬，逗留時間甚久，故屢形於詞章。《六幺令·再用前韻》詞：「江上吴儂問我，一一煩君說。坐客尊酒頻空，剩欠真珠壓。手把漁竿未穩，長向滄浪學。」

《清平樂·憶吴江賞木樨》詞：「少年痛飲，憶向吴江醒。明月團團高樹影，十里水沉煙冷。」

《水調歌頭·和王正之右司吴江觀雪見寄》詞：「好卷垂虹千丈，只放冰壺一色，雲海路應迷。老子舊遊處，回首夢耶非？……寄語煙波舊侶，聞道蓴鱸正美，休裂芰荷衣。」

與周孚相識，或在本年。

周孚《蠹齋鉛刀編》卷一四《夢與辛幼安遇於一精舍予賦詩一篇覺而記其卒章云它年寄書處當記盧仝窮因賦此詩寄之》詩：「秋霜草花落，夢君浮屠宫。……與君十年交，九年悲轉蓬。君行斗牛南，我在淮漢東。修途繚山岳，此會何緣同。」

按：《蠹齋鉛刀編》所收詩大體以年代先後排列。其卷一之詩最早爲紹興二十四年之作，而與稼軒之詩最早則爲卷九所收之《寄辛幼安二首》，爲乾道六年作。因知周孚之與稼軒相識，必在乾道中，不可能早至乾道初。右所載詩，據「斗牛南」句，知爲稼軒淳熙三年任江西提刑時所作，則前推十年，右詩或爲乾道二三年間之作。所謂「十年」、「九年」，不必拘於實數。稼軒任廣德軍通判時，二人未必相識，至其任滿，始寓居京口，方得與之結交。因疑即在本年或明年。

劉宰《京口耆舊傳》卷三：「周孚，世濟北將家。避亂南徙。……辛棄疾少壯時兄事之。擢乾道丙戌進士第，爲真州教授。」

方回《瀛奎律髓》卷四四於周孚《次韻朱德裕見贈予病初起》詩後注：「周孚字信道，濟南人。乾道二年進士，爲儀真教官卒。詩本黄太史。辛稼軒刊其集曰《蠹齋集》，丘詳之惜其年不老，蓋尚進而未艾。」

夫人趙氏之卒及寓居京口，疑皆爲本年或稍後之事。

《濟南派下支分期思世系》：「初室趙氏，知南安軍修之女，卒於江陰，贈碩人。」

《宋兵部侍郎賜紫金魚袋稼軒公歷仕始末》：「初寓京口。」

按：趙氏夫人既卒於江陰，而稼軒通判廣德期間，又未嘗隨之到任，則其病卒，或在稼軒任通判期間。稼軒此後移居京口，亦必因此。

改字幼安，爲本年或以後數年間事。

《蠹齋鉛刀編》卷三〇有文題曰：「辛棄疾始字坦夫，後易曰幼安，作詞以祝之。」

按：此卷標爲雜文，或有乾道六年所作，而其前三篇爲《自贊》、《勸農文》、《跋王嵒帖》，跋文乃乾道八年十一月十日代滁州守臣稼軒所作。然其後又收有乾道三年丁亥十一月所作之《跋鞠城諸銘》，既有顛倒錯亂，則此卷文作年實不可定。今姑以稼軒改字一事繫於乾道三年至乾道六年之數年間，當較能符合事實也。

乾道四年　戊子（一一六八）

稼軒二十九歲。

是秋，稼軒赴建康府任通判。

《宋史》本傳：「乾道四年，通判建康府。」

《蠹齋鉛刀編》卷九《寄辛幼安二首》詩：「我屋與君室，濟河南北州。相逢楚天晚，却看蜀江流。老境渾能迫，妖氛竟未收。何時一廛地，歸種故園秋？（其一）別去才三月，人來已兩書。老懷多弛曠，厚意獨勤渠。共歎飄零際，能收謗罵餘。春風緑林壑，還佇短轅車。（其二）」

按：稼軒本年倅建康，何時到任，史書未詳。周孚右二詩乃其乾道四年底所作。此二詩之後編有《夜坐懷日新》詩，内有「憶昨乾元初，春風被簷楹。……別來四寒暑，歸計猶未成」句，可以證知必在乾道五年春。若周孚寄稼軒詩作於乾道四年十二月，據「別去才三月，人來已兩書」句，則其自京口赴任自應在乾道四年九月。

又按：稼軒通判建康府，《景定建康志》卷二四《通判廳》之東西廳題名中均無其姓名，而《南廳壁記》則起於宋理宗嘉熙三年以後，之前姓名概無存留。《壁記》云：「他郡別駕一人或二人，此獨視行在所又有員外，置爲三，例以處廷紳補外者。職清事簡，府公不盡吏之，號方外司馬，人以爲榮。」紹興三十二年五月，應判建康府張浚之請，建康府特置添差通判一員，見《宋會要輯稿·選舉》三一之八，此書誤作三十一年，徑改。此建康府置添差通判之始。稼軒或即在添差之列，而爲方志所闕略也。

《益國文忠公集》卷一六八《泛舟遊山録》二：「乾道三年丁亥九月辛未陰，早入上水門，泊天津橋。時方務德被召去，史志道未上。謁韓無咎運判、葉夢錫總領、周仲應通判。……壬申，雨霽，御前諸軍副都統制武功張大夫榮、府倅嚴承議煥子文、袁奉議惟一、教授何承議作哲、簽判魯通直璆、察推丘文林崈、左司理孫迪功革、右司理林修職宗文、上元宰魏宣教楫、江寧宰陳宣教昷、主簿錢迪功永存、威武軍承宣使張淵、軍器監丞翁子功、新南城主簿陳大朋、府學正夏融、學諭蔡瑀、士人張光祖、朱符、鍾大聲、經緯吉安世，讜論相候。」

按：此乾道三年建康府及諸司官員大都在此，其中周仲應即周樞，袁惟一不見《建康志》，應即添差通判，稼軒之前任者。

江東轉運副使趙彦端生日，稼軒賦詞爲賀。

見稼軒《水調歌頭・壽趙漕介庵》詞（千里渥洼種闋）。

《景定建康志》卷二六《轉運司題名》：「趙彦端，左朝散郎直顯謨閣，副使，乾道三年十一月一日到任。王秬，右通直郎直寶文閣，副使，乾道四年十月初四日到任。」

韓元吉《南澗甲乙稿》卷二一《直寶文閣趙公墓志銘》：「吾友趙德莊將葬於饒州餘干縣某山之原。……德莊諱彦端，德莊其字也。於宣祖皇帝爲八世孫。……年十七應進士舉，南城亦鎖其廳，試進士，父子俱爲國子監第一，遂同登紹興八年禮部第。……除直顯謨閣，爲江南東路計度轉運副使。……移福建路計度轉運副使。過闕，請久任淮南郡守，休興築以安邊民，乞放池州被水人户夏税，故徽州折帛錢俾輸本色，皆極一路利害。上遣中貴人諭旨，留爲左司郎中。……其所爲文，類之爲十卷，自號《介庵居士集》云。」

按：丘崈《文定詞》有《水調歌頭・爲趙漕德莊壽》詞，其下片有云：「記長庚，曾入夢，恰而今。橙黄橘緑，可人風物是秋深。九日明朝佳節，得得天教好景，供與醉時吟。」知其生日在九月初，乃稼軒初到建康府之時。至十月，其即移漕七閩矣。

陳景思思誠生。

《水心集》卷一八《朝請大夫主管沖佑觀焕章侍郎陳公墓志銘》：「以嘉定三年二月卒，年四十三。」

乾道五年　己丑（一一六九）

稼軒三十歲。

在建康府通判任。

是年，屢與知建康府兼行宫留守史正志賦詞唱和。

稼軒有《滿江紅·建康史帥致道席上賦》詞（鵬翼垂空闋）、《念奴嬌·登建康賞心亭呈史留守致道》詞（我來弔古闋）及《千秋歲·金陵壽史帥致道時有版築役》詞（塞垣秋草闋），均作於本年内。

《景定建康志》卷一《行宫留守題名》：「史正志，乾道三年九月，以集英殿修撰、安撫使兼行宫留守司公事。」卷一四《建康表》：「乾道三年丁亥，九月二十四日，左朝奉郎充集英殿修撰史正志知府事兼沿江水軍制置使兼提舉學事。……乾道五年二月四日，詔令展前馬步軍司同江東帥漕於本府近便寬閑去處，踏逐牧放馬五千匹，並牧馬官兵寨屋地段，措置修蓋。……六月二十六日，正志除敷文閣待制。……正志重修鎮淮橋、飲虹橋，上爲大屋數十楹，極其雄壯。」

《嘉定鎮江志》卷一九：「史正志字志道，丹陽人，賦籍揚之江都。紹興二十一年趙逵榜，……孝宗即位，覃恩轉承奉郎，命往江上計議軍事，催築塢，置轉般倉，還朝除度支員外郎。隆興初，元遷吏部員外郎，求補外，除江西運判，召爲户部員外郎，尋除福建運判，再召户部員外郎。丐外，除江東運判，未赴改江西。秩滿召赴行在，除左司兼權檢正。轉朝奉郎，除檢正兼權吏部侍郎。明年，權刑侍兼吏侍，又兼兵侍，改吏侍。請郡，除集英殿修撰知建康府。轉朝散郎，以職事修舉，進敷文閣待制，賜金帶，除知成都府。」

稼軒在建康府，同官有嚴焕、丘崈，稼軒皆與之爲友，或相唱和。

《景定建康志》卷二四《通判東廳題名》：「嚴焕，左承議郎，乾道二年六月十八日到任，五年六月二十五日任滿。」

同卷《察推題名》：「丘崈，乾道二年四月，五年四月任滿。」

《琴川志》卷八：「嚴焕字子文，縣人，……登紹興十二年進士第。調徽州、臨安教官，通判建康府，知江陰軍，遷太常丞，出爲福建市舶。終於朝奉大夫。焕長於書，筆法尤精。」

《宋史》卷三九八《丘崈傳》：「丘崈字宗卿，江陰軍人，隆興元年進士，爲建康府觀察推官。」

按：稼軒有《浣溪沙·贈子文侍人名笑笑》詞（儂是嶔崎可笑人闋）。丘崈多與稼軒唱和，而稼軒詞未見。

葉衡爲淮西總領，治所在建康，稼軒與之屢相過從，情誼頗篤。

《景定建康志》卷二六《總領所題名》：「葉衡，左朝奉郎、太府寺丞，乾道二年十一月二十五日到，二十七日因前任知常州軍器賞特轉朝散郎。三年正月四日磨勘轉朝請郎，七月七日除尚書户部員外郎，五年三月十四日除太府少卿。」

同書卷四三載史正志爲《卞壺墓記》立石，題名謂：「乾道四年三月壬申，右朝散郎直秘閣江南東運判官韓元吉題，左朝散郎直顯謨閣權發遣江南東路計度轉運副使公事兼本路勸農使趙彦端、左朝請郎尚書户部員外郎總領淮西軍馬錢糧專一報發御前軍馬文字葉衡、左朝奉郎充集英殿修撰知建康軍府事充江南東路安撫使馬步軍都總管兼行宫留守司公事兼沿江水軍制置使史正志立石。」

《宋史》卷三八四《葉衡傳》：「葉衡字夢錫，婺州金華人。紹興十八年進士第。調福州寧德簿……擢知常州……除太府少卿……除户部侍郎。」

按：據前引卞壺墓題名，葉衡爲淮西總領在其除太府少卿之前，《宋史》失載。《辛稼軒年譜》考證稼軒與葉衡之友誼，引周孚《代賀葉留守啓》，謂爲代稼軒寫致葉衡者，其後有云：「辛葉行蹤之併合，前乎此年者無可考見，因著其事於此。其中所謂『拯困扶危，韜瑕匿垢』諸事，雖俱難指實，然據此二句已可知稼軒南歸初年之遭遇，亦必多崎嶇坎坷也。」

是年前後，嘗患癩疝之疾。

張世南《游宦記聞》卷五：「辛稼軒初自北方還朝，官建康，忽得癩疝之疾。重墜，大如杯。有道人教以取葉珠，即薏苡仁也。用東方壁土，炒黄色，然後水煮爛，入砂盆内，研成膏，每用無灰酒調下，二錢即消。沙隨先生晚年亦得此疾，辛親授此方，服之亦消。然城郭人患不能得葉珠，只於生藥鋪買薏苡仁，亦佳。」

按：沙隨先生即程迥。《宋史》卷四三七《儒林》七《程迥傳》：「程迥字可久，應天府寧陵人，家於沙隨。靖康之亂，徙紹興之餘姚。……登隆興元年進士第，歷揚州泰興尉。……調信州上饒縣。歲納租數萬石，舊法加倍，又取斛面米，迥力止絶之。」程迥何時知上饒，諸書無考，惟韓淲《澗泉日記》載：「程迥字可久，號沙隨先生。……作上饒宰，以不能辦財賦得辭，歸老鄱陽。朱元晦喜其寫字筆正，嘗託寫《武王踐阼》一篇。先公亦嘗招之一飯。」淲父元吉卒於淳熙十四年，則程迥作宰上饒，正在稼軒淳熙九年至十四年家居上饒帶湖時。

乾道六年　庚寅（一一七〇）

稼軒三十一歲。

時虞允文當國，召對延和殿，進奏阻江爲險，須藉兩淮，又奏請練民兵守淮。

《宋史》本傳：「六年，孝宗召對延和殿。時虞允文當國，帝鋭意恢復，棄疾因論南北形勢，及三國、晉、漢人才，持論勁直，不爲迎合。作《九議》及《應問》三篇、《美芹十論》獻於朝，言逆順之理、消長之勢，技之長短、地之要害甚備。以講和方定，議不行。」

按：稼軒本年奏議，有《論阻江爲險須藉兩淮》及《議練民兵守淮》兩疏，辛啓泰《稼軒集抄存》收後一疏，謂係自《永樂大典》輯出者，且於題下注：「孝宗隆興元年辛棄疾論阻江爲險須藉兩淮，又上疏。」以二疏爲隆興元年奏進，其實皆誤。據前疏「今陛下城楚城揚於東，城廬城和於西，金湯屹然，所以爲守者具矣」諸語，知作疏時，楚、揚、廬、和四州城之修葺必已完成，則其時已入乾道六年之夏。《宋會要輯稿·方域》九之八至九：「乾道三年十二月，……詔修和州城，來年三月畢工。……乾道五年十二月二十九日詔修廬州城。明年三月二十二日興工，四月畢。是歲詔修楚州城。」稼軒之召見進對，亦必在其同時。再據以下記載，知稼軒之召，必在本年閏五月或六月間。

楊萬里《誠齋集》卷一二〇《宋故左丞相節度使雍國公贈太師謚忠肅虞公神道碑》：「未幾，有右輔辨章兼管樞使國用之命，時乾道五年八月戊子也。左相陳公俊卿薦龔茂良宜在本朝，有詔補外。陳公見上，上愠，見上震怒，陳公退丐罷政，上不留行。……六年，……前後居中爲相，首用胡銓、張震、……辛棄疾、湯邦彦、王之奇、……一時得人之盛，凛凛有慶曆、元祐之風。」

按：據《宋史》卷二一三《宰輔表》四，乾道六年五月，陳俊卿罷左僕射，此後爲虞允文獨相期間。故稼軒之被召，非二相之舉薦，純出虞允文之意旨也。

遷司農寺主簿。

見《宋史》本傳。

按：梁啓超撰《辛稼軒年譜》於乾道六年列稼軒作《九議》上虞允文一條，並謂《九議》中「頗注重理財，遷司農主簿，殆有嚮用之意」。此語誤。《九議》作於明年，而新除乃在召見之後，與嚮用無關。

是年夏秋，遣范成大爲泛使使金，求陵寢地。稼軒與張栻等朝臣均表示反對。

《宋史》卷三四《孝宗紀》二：「乾道六年閏五月戊子，遣范成大等使金求陵寢地，且請更定受書禮。……九月，范成大至自金，金許以遷奉及歸欽廟梓宫而不易受書禮。」

按：派泛使使金，爲虞允文當國期間一件外交大事項，其與孝宗皆欲因此激怒金人叛盟，藉機恢復。然當時朝臣反對者衆。左相陳俊卿爲此罷相，吏部侍郎陳良祐因此放逐筠州。朱熹、張栻皆批評虞允文遣使主張，稼軒反對未戰而揚聲於敵，亦與虞允文見解不合。

乾道七年　辛卯（一一七一）

稼軒三十二歲。

在司農寺簿任。

是年，作《九議》上宰相虞允文，且有《應問》三篇，涉及恢復大計。

《後村先生大全集》卷九八《辛稼軒集序》：「辛公文墨議論尤英偉磊落，乾道、紹熙奏篇及所進《美芹十論》、上虞雍公《九議》，筆勢浩蕩，智略輻湊，有《權書》、《衡論》之風。」

梁啓超撰《辛稼軒年譜》，於乾道六年書上《九議》條文中考云：「細讀《美芹十論》及《九議》，知兩文決非作於一時，舊譜謂皆乾道元年作，非也。本傳謂皆本年作，亦非也。《十論》作於元年乙酉，《永樂大典》本有明文，想所據爲文集原本，更無可議。《九議》《大典》本不著年份，當從傳文定爲本年作。篇中有『朝廷規恢遠略已三年矣』之語，蓋自丁亥、戊子以來，已漸覺和議不可恃，有備戰之意。《美芹十論》若作於是年，是爲無的放矢。《九議》之立論，則全以備戰爲前提，而反言戰之不可輕發，故知其必作於是年也。篇中有『欲乞丞相稍去簿書細務，爲數十日之間，舒寫胸臆，延訪豪傑』語，知其書當爲上虞允文，非奏議也。《應問》三篇，或是答允文咨訪，惜已佚不可考矣。傳文『以講和方定，議不行』云云，亦是誤將《美芹十論》時事併爲一談。上《九議》時和局久定，而戰論方張，先生又非主立時開戰者，無所謂行不行也。議中頗注重理財，遷司農簿，殆有嚮用之意。」

按：梁説大體應是，惟次於乾道六年小誤也。以《九議》所涉及之遣使求金陵寢地、諸路都大發運使結局、兩淮廬州、揚州、楚州諸城修建完工各事時間推斷（楚州築城完工於乾道六年十月，爲四城之最晚竣工者），《九議》之上虞允文，當在乾道七年，惟不知在何月内也。

作《杜鵑辭》，或爲本年之事。

康熙《濟南府志》卷三五《經濟傳》：「辛棄疾字幼安，歷城人。……孝宗召對，決意恢復，因作《九議》並《美芹十論》上之，以講和方定，議不行。遂著《杜鵑辭》，以勸其人心，極其衷至。尋守潭州。」

按：《杜鵑辭》，爲稼軒所作，不見於現存稼軒著述中。然康熙時，《稼軒集》尚未遺失，故作傳者尚能見之。疑稼軒作此，爲屢獻抗金大計不被採納而發也。清時人猶多及此事。如〔乾隆〕《歷城縣志》卷一四載方紹綸《過辛稼軒故居》詩：「知音身後謝枋得，結交生前劉改之。南渡君臣主和議，幾人淚墮杜鵑辭。」〔民國〕《續修歷城縣志》卷一六引任宏遠《鵲華山人詩集·四風聞訪辛稼軒故宅（宅在邑東北廿里）》詩：「南宋詞流宅，當年詎隱淪。可知持節地，不異拜鵑人（南渡後以恢復中原爲心，作《杜鵑辭》以寓意）。古木飛黄葉，秋風動白蘋。誰將遺恨遠，一水碧粼粼。」同上引符兆綸《歷下詠懷古跡詩鈔·弔辛稼軒》詩：「移師山左壞長城，書記胸中萬甲兵。只手封狼常縛賊，三牙飛虎更盤營。中原和議金繒重，南渡偏安社稷輕。故宅一廛空濟上，東風惆悵杜鵑聲。」皆提及《杜鵑辭》也。

党懷英舉進士。

《大金國志》卷二八《文學翰苑》上《党懷英傳》：「大定十年進士。」

乾道八年　壬辰（一一七二）

稼軒三十三歲。

正月，出知滁州。

周孚《蠹齋鉛刀編》卷二三《滁州奠枕樓記》：「乾道八年春，濟南辛侯自司農寺簿來守滁。」崔敦禮《宫教集》卷六《代嚴子文滁州奠枕樓記》：「乾道元年，疆陲罷兵。……八年某月，滁人闕守，詔用右宣教郎辛侯幼安。」

〔光緒〕《滁州志》卷四之二：「辛棄疾字幼安，齊歷城人。乾道八年正月，以右宣教郎出知滁州。」

稼軒有《滿江紅·再用前韻》詞：「照影溪梅，悵絶代佳人獨立。便小駐雍容千騎，羽觴飛急。……寶馬嘶歸紅旆動，龍團試水銅瓶泣。」應即出知滁州時所作。

州罹兵燼，稼軒寬徵薄賦，招流散，教民兵，議屯田。

《宋史》本傳：「出知滁州，州罹兵燼，棄疾寬徵薄賦，招流散，教民兵，議屯田。」

《蠹齋鉛刀編》卷一九《代辛滁州謝免上供錢啓》：「比陳危懇，方竊戰兢。仰荷至慈，特加閔可。民免追呼之苦，吏逃稽緩之愆。戴德無窮，感恩有自。伏念某偶以一介得領偏州。較之兩淮，實爲下郡。地僻且險，民瘠而貧。兵革薦更，慨莫如其近歲；舟車罕至，歎有甚於昔時。忍於瘡痍之餘，督以承平之賦？符檄相仍而至，官吏莫知所爲。雖載在有司，當謹出納之數；然驗之近制，尚有蠲免之文。云不斂民，實爲罔上。不避再三之瀆，庶期萬一之從。逮被湛恩，實逾始望。某官仁不間遠，明可燭微。伊尹佐君，恥一夫之不獲；周公在内，期四國之是皇。故令窮陋之區，亦在憐憫之數。向愁與歎，今舞且歌。某恪承德意，遵奉詔條。仰惟鈞石之平，不遺小物；敢有毫釐之擾，以速大尤？」

同書卷二三《奠枕樓記》：「時滁人方苦於饑，商旅不行，市物翔貴。民之居茅竹相比，每大風作，惴惴然不自安。侯既至，釋民之負於官者錢五百八十萬有奇，凡商旅之過其郡，有輸於官，令減舊之十七。」

建奠枕樓、繁雄館。

見《宋史》本傳。繁雄館亦應爲驛館，無考。

《宫教集》卷六《代嚴子文滁州奠枕樓記》：「乾道元年，疆陲罷兵，烽火撤警。邊民父子收卷戈甲，歸服田壟。天子軫念兩淮，休養涵育，俾各安宇。二千石能宣主德屬之民，則居者以寧，流者以還。否則，境内蕭條，民戚戚不奠厥居。八年某月，滁人闕守，詔用右宣教郎辛侯幼安。至之日，周視郛郭，蕩然成墟。其民編茅籍葦，僑寄於瓦礫之場。廬宿不修，行者露蓋，市無雞豚，晨夕之須無得。侯慨然作曰：『是可已也耶？自兵休迄今，江以北所在寧輯，雞鳴犬吠，邑屋相接，而獨滁若是，守土者過也，余何辭？』於是早夜以思，求所以爲安集之計。郡之酤肆，舊頹廢不治，市區寂然，人無以爲樂。侯乃易而新之，曰：凡邸館所以召和氣，作民之歡心也，非直曰程課入云爾。即館之傍，築逆旅之邸，宿息屏蔽，罔不畢備。納車聚欉，各有其所。四方之至者，不求皆予之以歸。自是流逋四來，商旅畢集，人情愉愉，上下綏泰，樂生興事，民用富庶。既又揭樓於邸之上，名之曰奠枕，使其民登臨而歌舞之。面城邑之清明，俯閭閻之繁夥，荒陋之氣一洗而空矣。樓成而落之，侯舉酒樓上，屬父老而告曰：『今日之居安乎？壯者擐甲胄，弱者供轉輸，急呼疾步，勢若星火，時則思太平無事之爲安；水旱相仍，秉耒耜者，一墢不得起，糴甚貴，衾裯不易斗粟，時則思豐年樂歲之爲安；驚懼盜賊，困逼於饑饉，蕩析爾士，六親不得相保，時則思按堵樂業之爲安。今疆事清理，年穀順成，連甍比屋之民，各復其業，吾與父老登樓以娱樂，東望瓦梁清流關，山川增氣，鬱乎葱葱。前瞻豐山，玩林壑之美，想醉翁之遺風，豈不休哉？』侯喜其政之成，移書二千里，乞余文以爲記。余曰：『是不可不書也。』故爲之書。侯有文武材，偉人也。嘗官朝，名棄疾，幼安其字云。」

是秋，周孚客游滁州，實應聘權充滁州教授，爲作《奠枕樓記》。

《蠹齋鉛刀編》卷二三《滁州奠枕樓記》：「乾道八年春，濟南辛侯自司農寺簿來守滁。時滁人方苦於饑，商旅不行，市物翔貴。民之居茅竹相比，每大風作，惴惴然不自安。侯既至，釋民之負於官者錢五百八十萬有奇，凡商旅之過其郡，有輸於官，令減舊之十七。侯又陶瓦伐木，貸民以錢，使新其屋，以絶火災。夏麥大熟，商旅坌集，榷酤之課倍增，流亡復還，民始蘇。侯乃以公之餘錢，取材於西南山，役州之閑兵，創客邸於其市，以待四方之以事至者。既成，又於其上作奠枕樓，使民以歲時登臨之。是歲秋，予客遊滁，侯爲予言其名樓之意曰：『滁之爲州，地僻而貧。其俗勤於治生而畏官府。自力田之外，無復外慕，故比他郡爲易治。然處於兩淮之間，用兵者之所必争，是以比年以來，蒙禍最酷。自乾道初元迨今八年矣，天子之涵養綏拊兩淮者至矣。而滁之水旱相乘凡四載，民之復業者十室而四。吾來承乏，而政又拙，幸國家法令明備，循而守之，無失闕敗。今歲又宜麥而美禾，是天相吾民也。吾之名是樓，非以侈遊觀也。以志夫滁人至是始有息肩之喜，而吾亦得以偷須臾之安也，子以爲如何？』予以爲天下之事，常敗於不樂爲者。夫君子之仕，凡事之在民者，皆我所當盡力也。盡吾力而不成，吾無憾焉。苟曰吾樂大而狹小，豈民望哉？今以侯之仕進，而較其同列蓋小屈矣。人意侯不樂於此也，而侯勿惰勿媮，以登於治，亦可謂賢矣。故樓之役雖小，而侯之心其規規然在民者，尚可驗也。夫敏以行之，不倦以終之，古之政也，其可無傳哉？故予樂爲之書。十月三日，左迪功郎新差充真州州學教授濟北周孚。」同書卷一《濟南辛侯作奠枕樓於滁陽余登而樂之遂爲之賦》：「稅余車於南樵兮，歲方迫於凜秋。紛叢薄與灌莽兮，無以蕩吾之幽憂。杖予策而出遊兮，舒予情於兹樓。脱塵坌之喧卑兮，揖羣山於几席。嶔岑巃嵸以獻伎兮，余應接之不暇。給清風颯以來媵兮，曖歸雲之娱予。渺大江之何許兮，鍾阜淡其欲無。酹文饒於懷嵩兮，弔子羽於陰陵。面清流之故關兮，快暉鳳之就擒。放遠目以四顧兮，恐夕陽之西沉。振予衣而欲起兮，顧坐客而復止。眷兹地以擇勝兮，將誰爲之肇始？壓鋒鏑之餘腥兮，焕丹堊於蒿艾。惟因名以見意兮，識若人之有在。吾聞哲人之憂樂兮，盍視民而後先？匪土木之惟尚兮，庶逋播之少安。使顰呻之一有兮，吾將食而不下咽。招父老以前進兮，潔予尊而使飲。凜德星於虚危兮，固爾曹之深幸。屹琅琊之千仞兮，與兹樓而相望。雖歲月之逾邁兮，爾思侯兮勿忘。」

按：周孚於待闕真州教授時，爲稼軒招至滁州，以教授身份代稼軒起草文書，除《謝免上供錢啓》外，此記此賦皆應稼軒之請而作。

又以全椒縣僧智淳來獻宋太祖《賜王嵓帖》，代稼軒作跋文。

《蠹齋鉛刀編》卷三〇《跋王嵓帖》（乾道八年十一月十日代作）：「臣守滁之十月，全椒縣僧智淳以王嵓帖來獻，且言向嘗刻石天慶觀中。臣召道士王中勤問之，信然。臣又詢諸州人，得嵓之六世孫進士王大亨，言嵓晉陽人，柴周之攻淮南，嵓適隸太祖皇帝麾下。顯德四年，太祖皇帝攻楚、泗，嵓實被命來。此帖本藏其家，政和八年始取歸禁中。後以石本賜天慶觀，乃刻而龕之端命殿之壁。臣以《周史》考之，世宗攻楚、泗歲月與帖所載合。臣竊惟滁雖僻郡，而司馬光嘗以謂太祖皇帝禽繊姦桀，肇開王跡者，實在此土。較其難易，與周之伐崇，唐之下霍邑等。當此之時，凡執羈紲奔走從命者，皆一時之傑。嵓行事雖不可考，然以其時儕輩推之，蓋亦以材選者。臣懼其湮没，故備載於下方，且使嵓得託以不朽云。」

是年，有奏札告君相，預言金國之前途命運。

劉塤《隱居通議》卷二〇《江東運司策問》條：「景定中，江東轉運司行貢舉，引試北方士人一科，時疊山先生謝公枋得爲考試官，發策以中原爲問，問目筆力甚偉。當時遠近傳誦，今將五十年矣，故書中得舊本，恐失之，謾録於此：問：事有利害不切身而傷懷，人有古今不同時而合志，吾亦不知其何心也。登冶城，訪新亭，欲問神州在何處？自南渡百四十年，惟見青山一髮，眇眇愁予。耆老不足證矣，安得不夢寐東晉諸賢乎？衰草寒煙，猶帶齊梁光景，徒以重人黯然耳。不知秦淮舊月，曾見千載英雄肝膽乎？惜其遠而不可詰也。北來諸君，忠義之澤在心，慨歎黍苗，悲歌蒲柳，豈能忘情故都哉？本朝道德仁義之教，三代而後未有也。士大夫苟且媮惰無能遠猶，晉宋人物所不爲也。自隆興至端平三大敗，縉紳不敢問中原矣。兵端不可妄開，國事不可再誤。思目前之危急，舍分外之經營，兹猶可藉口。柏城澗水，草木自春，不知誰家墳墓乎？每歲寒食，夏畦馬醫之子，無不以麥飯灑其松楸者。長陵抔土，詎容置而不問哉？劉裕入長安，道洛謁五陵，時晉寄江左百十有三年矣。五胡雲擾，豈暇念晉陵廟？舜野禹穴，誰敢以疑心視之？此臣子不忍言之至痛也。由端平至今，又三十年。八陵不復動淒愴，秦始皇、陳隱王之冢，猶有人守之。三歲禋沛，義夫節婦墳墓，亦禁樵採，況祖宗神靈所眷乎？士大夫沉於湖山歌舞之娛，何知有天下大義？諸君北風素心，豈隨末俗間斷哉？公卿談學問，自許孔孟；談功業，自許伊周。若限田，若鄉飲，若論秀，若舉逸，皆欲彷彿三代，此一事乃堪在晉人下哉？或謂本朝取中原者，其失有四：不保全名將，不信任豪傑，不招納降附，不先據中原。不知諸君所聞何如也。後來童稚，班荆輟音，固晉人所深恨。西北流寓，抱孫長息於東南，同父已知中原决不可復矣。一旦聞有北方豪俊試於漕闈，有司安得不驚喜也？猶記乾道壬辰，辛幼安告君相：『讎虜六十年必亡，虜亡，而中國之憂方大。』紹定驗矣，惜乎斯人之不用斯世也。諸君亦有義氣如幼安者，百尺樓上，豈可不分半席乎？或謂策問當設疑問難，今一筆説去，似非問目，然文氣振發，終是一篇好文字。其問目即藏於議論之中，但恐難爲對耳。」

按：此文周密《浩然齋意鈔》亦全載之，惟文字略有異同，且未及此文作者謝枋得。故亟還作者之名，全文引用，以見稼軒之遠見。而《齊乘》卷六《稼軒小傳》中亦載：「嘗言曰：『讎虜六十年後必滅，虜滅而宋之憂方大。』其識如此，宋人既以傖荒目之而不柄用，中原又止以詞人目之，爲可惜也。」可知稼軒確有此預言也。

又按：乾道八年二月，虞允文、梁克家除左右丞相。九月，虞允文罷。明年十月，梁克家罷。稼軒告相所言，未知何人。

稼軒婦翁范邦彦卒，年七十四，最晚或在本年。

《至順鎮江志》卷一九《僑寓》：「范邦彦字子美，邢州唐山人。宣和間太學生。靖康末，邢州破，入金，舉於鄉，仕蔡州新息令。紹興中率衆開蔡州以迎宋師，遂南徙於潤。授湖州簽判，改鎮江簽判，陞通州，卒於官，年七十四。」

按：「陞通州」，即自簽判晉升通判，與河北路之通州無關。

《宋會要輯稿·儀制》一三之一〇：「乾道元年七月二十一日，忠訓郎不磻言：『父士跂係濮安懿王下，向任右監門衛大將軍、吉州團練使，於建炎四年陷虜，居於邢州。自後欲結約歸朝，事覺遇害。有歸正官范邦彦備見。』既而會到邦彦言：『向在虜中，不記年月，有趙士跂自邢州收捕至京城，繼聞已戮死於市。』詔特贈節度使。」

《陵陽集》卷一五《書范雷卿家譜》：「范君雷卿以學事至霅，示余以其家世本末。蓋范自唐以來爲邢之著姓，所居堯山范解村，環十里皆諸族。有爲虞部郎官者。君之四世祖通守，號河朔孟嘗，靖康之亂，能全其宗，收窮周急，信義具著。由進士出身，爲蔡州之新息縣。紹興辛巳十月，以其縣來歸。……至是公等來，法當超授以勸，乃僅添差湖川長興丞，緋衣銀魚，不盡如章也。……改簽書鎮江軍節度使判官廳事。召赴都堂審察，添差通判本府，以壽終於官。……公與辛公棄疾，先後來歸，忠義相知，辛公遂婿於公。公當審時，陳公俊卿、王公炎皆知公，而公老矣，不果用，齎志以殁。辛公聲名日起，入則導密旨，出則蹐執撰，領帥垣。嗚呼，公之不遇，命也。」

按：《辛稼軒年譜》於此後有大段考證皆甚確。其曰：「宋制，凡有召赴都堂審察之人，均由宰執任審察之責。據《宋史·宰輔表》，陳俊卿於乾道三年十一月除參知政事，四年十月除右僕射同平章事兼樞密使，六年五月除觀文殿大學士知福州。王炎於乾道四年二月賜同進士出身，除端明殿學士，簽書樞密院事，五年二月兼權參知政事。是其同任朝政僅乾道五年之二月至次年五月之期間耳。范氏之被召受審當亦在此期之内。受審後添差通判鎮江，未及代而終於官，則其卒必在乾道九年之前爲無疑，因著其事於本年。」

乾道九年　癸巳（一一七三）

稼軒三十四歲。

正月三日大雪，與僚屬登瑯琊山，留題於清風洞。

《瑯琊山開化寺清風洞題名》：「乾道癸巳正月三日，大雪。後二日，辛棄疾、燕世良、陳弛弼、周孚、楊森、慕容輝、□恕、戴居仁、丁俊民、李揚、王□、李浦來遊。」

按：此題名據上世紀舊摩崖石刻拓片記録，今石因風化，又失於保護，幾難讀矣。燕世良以下皆其時滁州官屬。其中多數已不可考，少數人在《蠹齋鉛刀編》中尚有綫索可查。現列於其後。

燕世良，周孚《蠹齋鉛刀編》卷一一有《題滁倅燕丈文伯蘧廬》詩。而〔光緒〕《滁州志》卷四之二《通判》載：「燕世良，乾道八年任。」據知文伯蓋即世良之字。燕世良籍貫不詳，據《宋會要輯稿·選舉》二一之一，其淳熙四年任大理正。據《咸淳臨安志》卷五〇，淳熙七年任兩浙運判。據《宋會要輯稿·職官》七二之七，淳熙九年在太府少卿兼權吏部侍郎任。

楊森，或字繼甫，爲滁州判官。《蠹齋鉛刀編》卷一一《次韻奉答楊判官繼甫》詩：「向君官昇今官滁，十年兩地無此儒。……君才如魯我則邾，氣味莫間沂與洙。甲辰雖俱那得如，蒼髯直榦霜不枯。歸來破屋從繩樞，飛騰付君吾敢諛！」《景定建康志》卷二五《江東安撫司名表》中則有主管機宜文字楊森，未標在任年月。

李揚，《蠹齋鉛刀編》卷一三有《送李清宇因寄滁陽舊遊》詩，有句云：「君行還過永陽郡，忽憶老夫嘗賦詩。庶子泉頭納涼處，醉翁亭上送秋時。」永陽即滁州郡名。同書卷二三《樊氏讀書堂記》：「永陽樊君德明，於其所居之前得廢地，……以讀書名其堂，而因延安李君清宇，求記於予。始予自潤適滁，過君居，……而清宇又與予善。」卷二五《送李清宇序》：「延安李君清宇，予始識之於滁，與之語歡甚。」稼軒有題爲「滁州旅次登奠枕樓作和李清宇韻」之《聲聲慢》詞，疑清宇即李揚之字，蓋取「激濁揚清」義也。李揚時任何官無考。

李浦，據〔雍正〕《江西通志》卷五〇載，紹興二十年解試有廬陵人李浦，不知即此人否。

贈周孚端硯，亦本年事。

《蠹齋鉛刀編》卷一一《謝端硯辛滁州幼安》詩：「君家即墨君，不與世同調。紫雲覆寒冰，色與質俱妙。誰知窮荒地，尤物來越徼。探囊忽見畀，此事出吾料。隋珠暗投處，歎息真可弔。物生各有用，瑚璉薦清廟。君才兩漢餘，妙句出長嘯。吾衰亦粗爾，老語世不要。摩挲冰玉質，自慶還自誚。願君爲追琢，勿令硯空笑。」

上疏乞將滁州依舊作極邊推賞。

《宋會要輯稿·職官》一〇之九：「乾道八年正月十四日詔，滁州州縣官到任任滿，依次邊舒州縣官推賞。先是，權通判滁州范昂陳請，故有是詔。」

按：〔光緒〕《滁州志》卷四之二《通判》載：「范昂，乾道六年任。」稼軒有《木蘭花慢·滁州送范倅》詞（老來情味減闋），作於乾道八年秋。

《宋會要輯稿·職官》五九之二九：「乾道九年十一月二日，吏部言，權發遣滁州辛棄疾乞將滁州依舊作極邊推賞。參照滁州至淮百六十里，舒州至淮六百里，蘄州至淮九百十五里，若以滁州止依蘄州、舒州推賞，地理既殊，輕重不倫。今相度欲將滁州州縣官比附極邊推賞，到任減磨勘一年，任滿減磨勘二年。從之。」

稼軒因病去任，歸鎮江寓第，爲本年冬之事。

按：稼軒明年春致賀啓於建康留守葉衡，有「頃者易鎮南荆，抗旌西蜀」及「適以筋骸之疚，退安閒里之居」語。詳見明年記事。葉衡於乾道七年四月起復，帥淮西，除樞密都承旨。見《宋會要輯稿·選舉》三四之二五。八年十月知荆南府，見同書《食貨》二一之一〇。九年八月詔知成都府，見同書《選舉》三四之二九。然葉衡未及赴任，即改知建康府，故同書《兵》五之二九載本年九月二十八日尚以知荆南府言事。可知稼軒因病退歸京口，必在是年冬季。

稼軒之再娶范氏，或亦本年事。

《濟南派下支分期思世系》：「繼室范氏，蜀公之孫女，封令人，贈碩人。」

按：稼軒《西江月·爲范南伯壽》詞（秀骨青松不老閿）作於明年淳熙元年。其下片云：「奠枕樓頭風月，駐春亭上笙歌。留君一醉意如何？金印明年斗大。」《景定建康志》卷二四載，府廨東北青溪道院有四亭，芍藥亭曰駐春。據知范如山本年曾至滁州訪問，稼軒續娶其妹，或即本年退歸京口時事。范氏有子鐵柱名䵻，即淳熙二年任江西提刑以後所生，可證其與稼軒成婚，最早始於本年冬。

又按：《辛稼軒年譜》於紹興三十二年書稼軒與范氏結婚，爲此年内事，且於其後考云：「稼軒賦閑居帶湖期内，賦有《定風波》詞，題爲：『大醉歸自葛園，家人有痛飲之戒，故書於壁。』詞之下片有云：『起向綠窗高處看，題徧；劉伶元自有賢妻。』據知范氏蓋必知書通文藝者，故能於稼軒外出與友人相會時，題字滿窗間，勸其勿再痛飲也。」雖編年有誤，然此數語則不誤也。又，稼軒尚有《西江月》詞無題，疑爲范氏卒後傷悼之作。首二句爲：「粉面都成醉夢，霜鬚能幾春秋？」」下片有云：「詩在陰何側畔，字居羅趙前頭。錦囊來往幾時休？已遣蛾眉等候。」若所考無誤，則范氏不但能書，且爲知詩能詩之婦人也。

淳熙元年　甲午（一一七四）

稼軒三十五歲。

是年正月，葉衡知建康府，有賀啓。

《景定建康志》卷一《行宫留守題名》：「葉衡，淳熙元年正月，以敷文閣學士安撫使兼行宫留守。」

同書卷一四《建康表》：「淳熙元年甲午，正月二十六日，敷文閣學士左朝散大夫葉衡知府事提舉學士兼管内勸農營田使。二月，召赴行在。」

《蠹齋鉛刀編》卷一九《代賀葉留守啓》：「伏自頃者，易鎮南荆，抗旌西蜀。相望百舍，緬惟跋涉之勞；欲致一書，少效寒暄之問。適以筋骸之疢，退安閭里之居。既乏使令，莫附置郵。雖攀援之意未始少變，而弛曠之罪其何以逃？非大德之普容，豈細故之可略？兹承使節，歸尹别都。新命一聞，孤悰增抃。恭惟某官，以伊皋之業，值唐虞之時。智略足以燭微，器識足以任重。出臨方面，靡容毫髮之姦；入佐經常，不益錙銖之賦。爰總戎於武部，旋承命於樞廷。睿眷彌隆，輿情攸繫。唯此保釐之任，實爲柄用之階。以理而推，數日可待。路車乘馬，少淹南土之居；衮衣繡裳，遄俟東都之逆。自惟菅蒯，嘗侍門牆。拯困扶危，韜瑕匿垢。不敢忘提耳之誨，何以報淪肌之恩？ 兹以卑身，復託大府。 雖循牆以省，昔虞三虎之疑； 然引袖自憐，今有二天之覆。 佇待熒煌之坐，少陳危苦之辭。」

按：《辛稼軒年譜》於此啓有長考甚詳。 今録於後：「《蠹齋鉛刀編》所載此一《代賀葉留守啓》，雖未標明所代何人，然以啓中所述事節考之，知其代稼軒所寫爲無疑，而其時間則當爲淳熙元年之歲初。 其時稼軒蓋已受命爲江南東路安撫司參議官，雖離滁州，而以『筋骸之疢』未能即赴新任，故此啓標題既不云代辛滁州亦不著其新職事也。 據啓中『兹以卑身，復託大府』句，知其由滁州之調任江東安撫司參議，蓋稍早於是葉氏之除知建康府，則稼軒此次之調遣，亦非出於葉氏之辟舉也。 另據啓中『自惟菅蒯，嘗侍門牆。 拯困扶危，韜瑕匿垢。 ……雖循牆以省，昔虞三虎之疑』諸語，藉知稼軒於乾道四五年内任建康府通判時，處境蓋多舛迕，甚至時遭誣枉與謗毁。 其時葉氏以總領江東錢糧而治所亦在建康，對稼軒甚多『拯困扶危』之舉措，故稼軒深感其有『淪肌之恩』。 此可證知稼軒渡江初年，雖尚沉淪下僚，而已屢遭擯擠，惜其具體事節均莫可考知矣。」

辟江東安撫司參議官。

《宋史》本傳：「辟江東留守司參議官，留守葉衡雅重之。」

《景定建康志》卷二五《安撫司簽廳題名》，始於紹興，淳熙元年首列辛棄疾。

《蠹齋鉛刀編》卷一〇《送辛幼安》詩：「西風掠面不勝塵，老欲從君自濯薫。 兩意未成還忤俗，一饑相迫又離羣。只今參佐須孫楚，何日公卿屬范雲？節物關心那可别，斷紅疏緑正春分。」

按：詩有「只今參佐須孫楚」句，孫楚字子荆，太原中都人。才藻卓絶，爽邁不羣，多所陵傲。四十餘始參鎮東軍事，見《晉書》卷五六《孫楚傳》。知即送稼軒赴江東參議官時所作。淳熙元年春分在是年正月二十九日，即周孚於京口送别之日也。

二月，虞允文卒，年六十五。

《誠齋集》卷一二〇《宋故左丞相節度使雍國公贈太師謚忠肅虞公神道碑》：「公感上不世之遇，深思所報。每曰：『宰相無職事，旁招俊乂，列於庶位而已。』懷袖有一小方策，目曰《材館録》，聞人一善必書。一再論蜀，首薦汪應辰、趙雄、黄鈞、梁介、范仲芑、章森，前後居中及爲相，首用胡銓、張震、洪适、梁克家、留正、鄭聞、周執羔、王希吕、韓元吉、林光朝、林枅、丘崈、晁公武、吕祖謙、張珖、楊甲、王質、辛棄疾、湯邦彦、王之奇、尤袤、王佐、王公衮，又用吕原明、司馬康故事，薦張栻入經筵，又薦布衣李垕制科，一時得人之盛，凛凛有慶曆、元祐之風。……得疾而薨，實淳熙元年六月癸酉也，享年六十有五。」

周孚又有詩相寄。時友人黄鈞病卒。

同書卷一二《寄幼安》詩：「送君城西原，春水今鑿冰。兩州灌瓜地，一往竟未能。衡門閉青苔，欲語誰復應。招邀西飛鴻，因得問寢興。向時金華翁，與君嘗伏膺。清談尚尊俎，高標忽丘陵。梁木果爾摧，天理安可憑。吾儕鬼揶揄，可但世所憎。霜風拉枯桑，囑君護茵馮。我病比復加，日飯那得升。殘年卧閭巷，盛事望友朋。得見君奮飛，吾甘老薪蒸。」

按：詩中「金華翁」指黄鈞仲秉。同書卷一一有《以黄公金華伯五字爲韻上黄仲秉侍郎》詩，卷一二有《送黄侍郎仲秉赴瀘南》詩，卷一三有《寄從之時聞黄丈仲秉初亡（甲午）》詩。《南宋館閣録》卷七《著作佐郎·乾道以後》：「黄鈞字仲秉，綿竹人，張孝祥榜同進士出身，治《詩》。二年六月除，三年五月爲起居舍人。」卷八《國史院編修官·乾道以後》：「黄鈞，六年十一月，以太常少卿兼。八年四月，以秘閣修撰知瀘州。」稼軒與之交好，僅見此詩。

是秋，登建康賞心亭，賦《水龍吟》詞。

按：此詞即《水龍吟·登建康賞心亭》詞（楚天千里清秋闋）。鄧廣銘先生曾謂此詞「充滿牢騷憤激之氣，且有『樹猶如此』語，疑非首次官建康時作」。則此詞自應作於再官建康時。

十一月，葉衡入相，薦稼軒慷慨有大略，召見，遷倉部員外郎。

《宋史》本傳：「衡入相，力薦棄疾慷慨有大略，召見，遷倉部郎官。」

《宋兵部侍郎贈紫金魚袋稼軒公歷仕始末》：「倉部員外郎。」

按：據《宋史》卷三四《孝宗紀》二，本年四月，以户部尚書葉衡簽書樞密院事，六月，參知政事，十一月兼權知樞密院事，同月爲右丞相兼樞密使。稼軒是年十月尚在建康府，賦詞爲留守胡元質作壽，有《八聲甘州·壽建康帥胡長文給事》詞。據《紹興十八年同年小録》。胡元質爲十月初三日生。因知稼軒被召，必在葉衡拜相之後。《辛稼軒年譜》於稼軒被召時間上自相矛盾。既言「玩傳文『衡入相』之語意，似係葉氏歸朝後即力薦者，非必確在十一月爲右丞相之後也」，又言「稼軒詞集中有『爲建康胡長文留守壽』之《八聲甘州》一闋，是本年夏間稼軒必尚未離參議任。又據詞集中『觀潮上葉丞相』之《摸魚兒》，則其離建康赴行在，至晚當在八月中旬前。另據《紹興十八年同年小録》，胡元質爲十月初三生，但淳熙元年十月稼軒似不應仍在建康，須更考」。前後之説皆不能自圓，非是。

是年，湖北茶商軍入湖南，爲安撫使劉珙擊敗。

《朱文公文集》卷九七《觀文殿學士大中大夫知建康軍府事兼管内勸農使充江南東路安撫使馬步軍都總管營田使兼行宫留守……劉公行狀》：「一旦茶盗數千人入境，疆吏以告，公曰：『此非必死之寇，緩之則散而求生，急之則聚而致死。』乃處處揭榜，喻以自新，聲言大兵且至，令屬州縣具數千人之食，盗果散去，獨餘五百許人。公乃遣兵，戒曰：『來毋亟戰，去毋窮追，毋遏其塗，不去者乃擊之耳。』於是盗之存者無幾，進兵擊之，盡擒以歸。公獨奏誅首惡數人，餘悉以隸諸軍。明年，盗之餘黨賴文政等復入境。」

按：茶商武裝自紹興中期以來，即冒法偷渡淮河，將私茶輸入北界，獲利數倍。乾道以來，茶商武裝漸次壯大，而宋廷亦加强江上巡邏，因之茶商成軍後，轉向湖南江西，終至釀成明年之惡戰，故將其今年戰事之大者次之於此。

淳熙二年　乙未（一一七五）

稼軒三十六歲。

進倉部郎中。

《宋兵部侍郎贈紫金魚袋稼軒公歷仕始末》：「倉部員外郎，倉部郎中。」

四月，宋廷討論會子發行問題，爲應對善後之計，稼軒上《論行用會子疏》。

《皇宋中興兩朝聖政》卷五四：「淳熙二年夏四月壬子朔，内殿進呈淮東西兩總領各乞以金銀兑换會子支遣。上曰：『綱運既以會子中半入納，何故乃而闕少？』葉衡、龔茂良奏：『緣朝廷以金銀换收會子，椿管不用，金銀價低，軍人支請折閲，所以思用會子。』上曰：『何幸得會子重，但更思所以闕用之因。』……及錢良臣申到民間入綱闕少會子，並兩淮收换銅錢已支絶會子，乞再給降，……上令應副，因宣諭曰：『卿等子細講求本末，思所以爲善後之計。』」

按：是年四月，宋孝宗曾與宰相葉衡等討論會子問題，且宣諭葉衡等：「卿等子細講求本末，思所以爲善後之計。」稼軒此疏，應即在四五月間爲應對孝宗善後之計而作。

與周孚書，勸戒且痛忍臧否。

《蠹齋鉛刀編》卷一八《寄解伯時書》：「江津語離，勞長者遠出，訖今皇愧。人至，領手教，欣審别來，台候萬福。孚初八日交割，連三日有會，十一日方詣交代許立者，且留過是日發遣耳。范三哥歸，聞嘗相見，不知渠何日過江？辛幼安書中云云，亦頗有向來所傳所幸者，有頗不相悦者沮之耳。辛戒小人以『且痛忍臧否』，不知是可忍乎？吐之則逆人，茹之則逆余，以爲寧逆人也，故卒吐之。此東坡平生得力處也，豈可以一官而改耶？一笑。孚三兩日間，事稍定，當别拜書次，不宣。」

按：右書所述真州與前任教授交代情節，當作於周孚初到真州教授任時。查《鉛刀編》卷一二《别鄉舊》詩，作於周孚赴任之時，題下自注：「乙未五月。」稼軒書中勸戒語，當發於此書之前。明年稼軒移漕京西，周孚又有詩作（見卷一四），其中有「去年不得一字書」句，蓋稼軒奉寄此書後，本年未得以他書至，故周孚乃作是語也。

又按：題中解伯時不得其名，陳珙爲《蠹齋鉛刀編》作序，有「公既没之二年，平陽解君伯時得公之遺文。……伯時，公之死友也，嘗仕爲尚書省監門。公之自真歸葬也，伯時營護之力爲多」云云，則原爲《蠹齋鉛刀編》之編纂者也。

是月，茶商賴文政再起於湖北，入湖南、江西，兩敗官軍。

《宋史》卷三四《孝宗紀》二：「淳熙二年夏四月，茶寇賴文政起湖北，轉入湖南、江西，官軍數爲所敗，命江州都統皇甫倜招之。……五月庚子，命鄂州都統李川調兵捕茶寇。」

《朱文公文集》卷九七《觀文殿學士大中大夫知建康軍府事兼管内勸農使充江南東路安撫使馬步軍都總管營田使兼行宫留守……劉公行狀》：「明年，盗之餘黨賴文政等復入境。後帥欲盡誅之，盗因悉力死戰。既剿湖南軍，遂入江西，犯廣東，官軍數敗。」

按：茶商軍於去年爲湖南帥劉珙擊敗後，餘部在湖北常德府武陵再度起事，推賴文政爲首。

《重修琴川志》卷八《錢佃小傳》：「時盜賴文政起武陵，朝廷調兵討之。」

又按：右《行狀》所謂後帥，即繼劉珙任湖南安撫使之王炎。《攻媿集》卷八九《敷文閣學士宣奉大夫致仕贈特進汪公行狀》：「五月，茶寇賴文政等起湖北，自湖南向江西。……六月初，有旨，湖南令帥臣王炎節制。如已入江西，即令賈和仲統率四路人馬討捕。」《宋史·孝宗紀》二亦載六月丁卯，用左司諫湯邦彦言，落王炎觀文殿大學士，袁州居住，此即因茶商軍自湖北入湖南，湖南軍戰敗之故。

《宋會要輯稿·兵》一三之三〇：「淳熙二年六月十九日，詔茶賊於吉州縣永新縣禾山等處藏匿，已令王琪、皇甫倜遣兵將搜捕。如能捕殺賊道之人，每人捕獲或殺賊道一名，特補進武校尉，二人承信郎，三人承節郎，四人保義郎，五人成忠郎，各添差一次，五人以上取旨，優異推恩，一人已上立功，即行分賞。」

同書《職官》七二之一三：「淳熙二年七月二十八日，知隆興府汪大猷降充集英殿修撰，以選委賈和仲捕賊不當，已降龍圖閣待制，和仲輒行招安，致賊走脱，故復有是命。」

周必大《益國文忠公集》卷一三七《論任官理財訓兵三事》（淳熙二年八月一日）：「姑以近日茶寇言之，四百輩無紀律之夫，非有堅甲利兵也，又非有奇謀秘畫也，不過陸梁山谷間，轉剽求生耳。自湖北入湖南，自湖南入江西，今又睥睨二廣，經涉累月，出入數路，使帥守監司路分將官稍有方略，用其所部之卒，自可殄滅。顧乃上煩朝廷，遠調江鄂之師，益以贛吉將兵，又會合諸邑土軍弓手，幾至萬人，猶未有勝之之策。但聞總管失律，帥臣拱手，提點刑獄連易三人，其它將副巡尉，犇北夷傷之不暇。小寇尚爾，倘臨大敵，則將若何？」

《宋史全文》卷二六上：「淳熙二年七月丁未，上宣諭葉衡等：『賈和仲，朕本欲行軍法，然其罪在輕率進兵。朕觀漢唐以來，將帥被誅，皆以逗留不進，或不肯用命。今和仲正緣輕敵冒進，誅之却恐將士臨敵退縮。俟勘到情犯，别議施行。』先是，上宣諭衡等：『賈和仲與茶賊戰失利，當治其罪。此須商量，要歸於當。朕非固欲誅之，和仲當一小寇乃失律如此，設有大敵當如何？不誅恐無以警諸將。然誅一人，須要是卿等更熟議。』」

《宋會要輯稿·職官》七二之一三：「淳熙二年八月八日，明州觀察使、江南西路兵馬總管賈和仲除名勒停，送賀州編管。以和仲收捕花賊失利。上謂輔臣曰：『和仲當小寇乃失律如此，設有大敵當如何？不誅無以警諸將。』既而復諭曰：『和仲本欲行軍法，其罪在輕舉進兵。朕觀漢唐以來，將帥被誅，皆以逗留不進，或不肯用命。如和仲正緣輕敵冒進，誅之却恐諸將臨敵退縮。』故有是責。」

六月十一日，新江西提刑方師尹别與差遣。繼後，又詔前江西提刑葉行己放罷，永不得與監司差遣。

《宋會要輯稿·職官》七二之一三：「淳熙二年六月十一日，新江西路提刑方師尹，别與差遣，坐老耄畏怯，聞江西茶賊竊發，畏避遷延，不敢之官故也。……十四日，新夔路轉運葉行己，特降授朝請郎放罷，永不得與監司差遣。以言者論行己任江西提刑，當盜賊縱横，略無措置，但有畏怯故也。」

十二日，稼軒出爲江西提刑，節制諸軍，討捕茶商軍。

《宋史》卷三四《孝宗紀》二：「淳熙二年六月辛酉，以倉部郎中辛棄疾爲江西提刑，節制諸軍，討捕茶寇。」

徐元杰《楳埜集》卷一一《稼軒辛公贊》：「會逆寇攻剽江右，先生毅然請行，衣繡，節制軍馬，期以一月蕩平，果如其言。」

七月初去國，至江西提刑司治所贛州。到官後即專意於督捕茶商軍。

見稼軒《與臨安友人札子》：「棄疾自秋初去國，倏忽見冬。詹詠之誠，朝夕不替。第緣馳驅到官，即專意督捕，日從事於兵車羽檄間，坐是倥傯，略無少暇。」

《益國文忠公集》卷一三八《論平茶賊利害札子》（淳熙二年九月五日）：「臣自聞茶寇陸梁，每遇來自江西之人，必詢訪利害，參以己見，今具如後：一，臣於前月二十七日，因進故事，具言賊徒常逸，故多勝，官軍常勞，故多敗。而又奸氓利賊所得，反以官軍動静告賊，故彼設伏而我不知，我設伏則彼引避。今驅迫甲兵，馳逐山谷，且使運粮之夫顛踣道路，最可慮之大者。欲乞指揮皇甫倜，將諸處官軍，只分布在江西、湖南控扼去處，使賊不敢睥睨州縣，一則免兵卒暴露，二則省運粮之害。或有偏裨知賊所向，願帶所部人掩襲者聽。却專令辛棄疾擇巡尉下弓兵土豪壯健者，隨賊所在，與之角逐，庶幾事力相稱，易於成功。一，臣觀自古用兵鬥智不鬥多，以曹操之謀略，然用青州三十萬之衆，則爲吕布所敗，及退而歸許，乃以二萬人破袁紹十五萬，大概亦可見矣。今聞辛棄疾所起民兵數目太多，不惟揀擇難精，兼亦倍費粮食，今乞令精選可用之士，毋貪人數之衆。至於方略，則難遥授。但觀其爲人，頗似輕鋭，亦須戒以持重。一，臣聞賊魁數輩，自知罪惡貫盈，不可幸免，往往劫制脅從之人，爲必死之計，悉力以抗官軍。使彼雖欲自拔，勢有不敢。向來朝廷雖有殺併之賞，而未聞開其徒悔禍之路，欲望聖慈，因數州之勞弊，特降指揮，令監司守臣，先次條具恤民事件，其間帶説賊中脅從之人，本非得已，如能翻然悔悟，殺戮賊首，不惟可以贖罪，自當格外補官，重行賞賜。庶幾轉相告報，離散黨與，指日平殄。」

曹彦約《昌谷集》卷一三《上荆湖宣諭薛侍郎札子》：「是故整兵法，招强壯，三年而後可以責效；復古道，行屯田，十年而後可以成功。倉卒之所當講，緩急之所當辦，則吴子之所謂料兵，太公之所謂練士者，不可忽也。淳熙之初，江西收捕茶寇，召敢死之士，舉親兵千人之衆，應募者張忠一名而已。一名應募，十八人從而和之，欲增募一名竟不可得。其後首入敵陣，以倡大軍，即前日應募張忠者也。」

《朱子語類》卷一一〇《論兵》：「辛棄疾頗諳曉兵事，云兵老弱不汰可慮。向在湖南收茶寇，令統領揀人，要一可當十者。押得來，便看不得，盡是老弱。問何故如此，云：『只揀得如此。間有稍壯者，諸處借事去。』州郡兵既弱，皆以大軍可恃，又如此，爲今之計，大段著揀汰，但所汰者又未有頓處。」

《朱文公文集》卷二七《與林擇之書》：「聞辛幼安只是得所募敢死之力。」

彭龜年《止堂集》卷一一《論解彦祥之功書》：「某此月十五日，得陳丞書，傳台旨，問解彦祥萍鄉破茶寇始末。某時亦效職軍前，頗知其事。是年八月二十六日，賊自安福由良子坑過萍鄉，卜於大安之龍王祠，不得卜，遂以其衆潛於東岡之周氏家。二十九日，解彦祥令四兵偵探，遇寇漁於周氏之塘，二人爲寇所殺，二人脱走歸報，乃管界巡檢馬熙所轄也。解知寇處，因以馬熙之兵爲鄉導，親提其衆，即東岡與賊陣於周氏之門前田中。田皆淤泥，僅有徑闊尺餘，寇據田上，我兵弓弩並發，一寇長而髯者奮身前格，彦祥一箭中之，寇墜淤泥中，兵因刎其首。已而又斃一寇無唇者。賊氣遂索，我兵大振。自巳戰至申酉，凡獲十二級，賊稍稍引却，日昏乃遁。馬熙襲之，賊自赤竹凹復入安福高峰寺。解以其衆自萍鄉之樓下，越宜春仰山，復過安福討賊，賊已從永新迤邐南奔向興國矣。方賊去萍鄉時，某以憲檄，捕寇於安福之白雲寺，去高峰二十里。某至白雲時，寇新退，詢之土人，皆云賊留高峰三日，被創者四五十人，疲不能起者，往往自斃之而行。小山有土豪彭道，以辛憲命往捕，因大搜高峰山中，得數屍木葉下，皆被重創而死，人始知茶寇衂於萍鄉亦不細也。此賊自起湖南與官軍接屢矣，官軍可數者，僅有三四勝，其大者摧鋒敗之嶺南而勢始衰，解彦祥却之萍鄉而力始困。然摧鋒之功人人皆知之，而彦祥之功，必待辨而後明者。萍鄉數級之得，曷能困賊？曾不知此一戰之後，賊所以不能復振，乃彦祥力也。今彦祥非惟不得賞，且因是鐫官自效，賞罰如此，後萬一有警，何以使人乎？頃萍鄉黄主簿人傑，嘗條其事上之辛漕，辛漕報云：『已申朝廷。』未知今日施行，果繇此否？或别有知之者，爲訟其功耶？某所聞亦其大略。先生廣加物色，儻得其實，爲彦祥直之，不使此輩尚懷不滿之意，於清明公大之朝，不勝幸甚。」《小貼子》：「先生如物色彦祥破賊之功，不當止於袁州。……解彦祥事，先生若得其實，止能上之朝廷，其施行與否，先生固不得專，但管界巡檢馬熙及管界司兵級皆當時爲鄉導受敵者也。」

《攻媿集》卷八八《敷文閣學士宣奉大夫致仕贈特進汪公行狀》：「淳熙元年，申前請，始有興國宫之命。歸次延平，除知隆興府兼江南西路安撫使。……五月，茶寇賴文政等起湖北，自湖南向江西。帥司即令境上防託。江西所恃惟贛、吉將兵，亟遣，未及而賊已入境。與吉兵遇，一使臣死之。以湖南曾狀官軍，至此又小勝，止爲逃死之計，遂據禾山洞。公遣副總管賈和仲總數州之兵以討之。和仲老將，意頗輕敵，或已議其狠愎難任，然兵官無踰此人者。未及出門，而得旨，果以委之。主帥調發，而簹牧領兵，職也。武人謂朝廷專委，凡事寖不相關。一到賊壘，暮夜驅迫將士入山，反爲所覆，不可復用。又遽遣約降，至折箭爲誓，人知其爲詐而不寤。賊立旗幟爲疑兵，由烏道竄去，兩日而後知之。六月初有旨，湖南令帥臣王炎節制，如已入江西，即令賈和仲統率四路人馬討捕。是時猶未委公。及和仲輕舉妄發，將兵已潰，賊勢日張，則乞就委江州都統制。月末始得金字牌，令公節制。大暑中，兼程而進，洪至吉七百里，勢不相及。賊亡命習險阻，常隱叢薄間，弓矢所不及。官兵驅逐，接戰十餘，殺傷相當，多猝遇於陿隘之處，交鋒者不過數人，餘已遁去，不知蹤跡。使荷戈被甲之士，與之追逐，雖欲列陣併力，有所不可。既逐入廣，而又復回。初就招安，列六百餘人，後止餘百輩，則知所喪已多。勢既已窮，而有許拔身自首指揮。間有禽獲者，亦言本非兇逆，若開其生路，必來降矣。遂以小榜具載指揮，募人入賊。賊云：『望此久矣。苟得曉事文官來，即當隨往。』提刑辛棄疾同議，遣士人借補以行，而公已罷，盡復逃去。未幾，興國尉黄倬請行，正合前説，遂降。公初以和仲敗事自劾，降龍圖閣待制。會有爲和仲地者，又降集英殿修撰。後帥既以儁功受賞，公遂落職，南康軍居住。」

周孚先後寄二詩來問候。

《蠹齋鉛刀編》卷一一《寄辛幼安》詩：「飛鳶跕跕瘴煙中，歎息渠儂伎已窮。欹壑老松真耐久，燎原荒草易成空。危機可畏渾如此，莊語能聽只有公。已識柴車勝朱轂，快來相就北窗風。」《次韻贛州知府陳侍郎二首前篇寄幼安後篇寄季陵》詩：「乘軺西去定何人，驚倒吴儂政要君。平日比肩空絳灌，此行知己有華勳。不令殘孽終煩國，信是高才可冠軍。鋒猬斧螗當著語，病夫今歲懶於文。（其一）」

按：據兩詩所云，知右二詩作於稼軒至贛州平定茶商軍之際。

趙彦端卒，年五十五。

《南澗甲乙稿》卷二一《直寶文閣趙公墓志銘》：「官至朝奉大夫，享五十有五歲，卒以淳熙二年七月四日。」

九月，葉衡罷右丞相。

《宋史》卷三四《孝宗紀》二：「淳熙二年六月乙未，葉衡罷。」

《宋史全文》卷二六上：「淳熙二年九月，葉衡罷相。以諫官湯邦彦論其奮身寒微，致位通顯，未聞少有裨益，惟務險愎，以爲身謀也。初命知建寧府，言者不已，遂罷之。」

閏九月，誘捕賴文政，於贛州殺之。茶商軍平，加秘閣修撰。

《益國文忠公集》卷二〇《金溪鄉丁説》：「茶寇久未平，數日前，太學上舍魁劉堯夫純叟來言，撫州金溪縣大姓鄧氏、傅氏各有鄉丁數千，以朱漆皮笠冒其首，號紅頭子，遠近頗畏之，號鄧傅二社。……今官軍數爲賊困，宜命撫守趙燁以禮追請，諭委用之意。……堯夫之言似可信，即以告執政。明日，執政於上前及之。後數日，某對，上曰：『卿前日論撫州民兵甚好，但慮所過擾人耳。』亦會辛棄疾誘賊戮之，遂不復問，姑記其大略。淳熙乙未閏月二日。」

按：據此文，稼軒之誘捕賴文政當在九月下旬，周必大此文記於閏九月二日，爲最早之記事，當爲奏報朝廷之時也。

《宋史》卷三四《孝宗紀》二：「淳熙二年閏九月，辛棄疾誘賴文政殺之，茶寇平。」

〔同治〕《贛州府志》卷四二《陳天麟傳》：「棄疾所俘獲送贛獄者，治其魁。餘黨並從末減。」

按：據此知賴文政被殺於贛州，詳可參陳天麟在此次事件所發揮作用之條目。

《宋會要輯稿・兵》一九之二六：「淳熙二年九月二十四日，上謂輔臣曰：『江西茶寇已剗除盡，皇甫倜雖有節制指揮，未及入境，辛棄疾已有成功。當議優與職名，以示激勵。自餘立功人，可次第推賞。』」

同書《兵》一三之三二：「淳熙二年閏九月二十八日，宰執進呈，昨茶寇自湖北入湖南、江西，侵犯廣東，已措置剗除，理宜黜陟。上曰：『辛棄疾捕寇有方，雖不無過當，然可謂有勞，宜優加旌賞。汪大猷身爲帥守，督捕玩寇，不可無罰。廣東提刑林光朝不肯避事，躬督摧鋒軍以遏賊鋒，志甚可嘉。初謂其人物懦緩，臨事乃能如此，宜與進職。湖北提刑徐宅，盜發所部，措置乖方，宜加責罰。』於是詔江西提刑辛棄疾除秘閣修撰，廣東摧鋒軍統制路海、路鈐、黃進掩殺賊徒，不致侵犯海，落階官，除正任刺史，特轉行遥郡團練使。林光朝特進職一等。江西運副錢佃軍前督運錢糧不闕，除秘閣修撰。前湖北提刑徐宅追三官，前江西帥臣汪大猷落職送南康軍居住。」

《益國文忠公集》卷六三《朝散郎充集英殿修撰林公光朝神道碑》：「乾道九年，請外，以直顯謨閣提點廣西刑獄。淳熙改元，易使東路。二年，茶寇自荆湖剽江西，薄嶺南，其鋒鋭。統制路海、本路鈐轄黃進，各以其軍分控要害。會有詔徙公轉運副使，公謂賊勢方張，留屯不去，督二將遮擊，俘獲相繼。賊驚懼宵遁。上聞之，喜曰：『林某儒生，乃知兵也。』加直寶文閣。」

楊萬里《誠齋集》卷一一九《羅价卿墓志銘》：「授迪功郎、南雄州保昌縣尉。始至，湖北寇逸入江西，將犯廣東。提點刑獄司業林公光朝，宿重兵南雄禦之。价卿謁曰：『南安前，章貢後，賊來南雄，將焉寄？徑惟韶州仁化。其徑有三，曰珠子嶺，曰九曲嶺，其險可守。曰芙溪長岡，其地坦夷，寇所必趨。盍遣一軍爲覆以待之？可熸也。』林公從之，賊果至，大破之。」

《宋會要輯稿·兵》一九之二六、二七：「淳熙二年閏九月二十七日，降授武功大夫吉州刺史充荆鄂駐札御前諸軍統制、鄂州駐札李川叙復團練使。是日，因執政進呈李川奏劾統制解彦祥、統領梁嘉謀、張興嗣等收捕茶寇，弛慢不職。上謂輔臣曰：『人多庇其部曲，不能盡公，李川奏劾之章，獨能體國，此爲可嘉，與叙復團練使，蓋欲激勵諸將，使之赴功也。』」

同書《兵》一三之三一：「淳熙二年十月二十七日，詔統制官解彦祥、統領官梁嘉謀、張興嗣收捕茶寇，調發乖謬，彦祥追三官，嘉謀、興嗣各追兩官，並勒停。」

《歷代名臣奏議》卷九六載司農卿李椿上奏：「近者鄂州大軍三千人，捕數百之寇，半年之間，亡失過半。内有病患寄留者，無可奈何，臨陣戰歿者，猶爲盡力。惟是避征逃竄，對敵退怯，小寇尚爾，遇大敵將如何？臣嘗詰問差來兵將官，但云：『絶無舊人，新人不經戰陣，其馭衆無術，不能自知也。』……解彦詳等所將之兵，戰歿者不過百十人，而竄逸者不下數百。臣得江西提刑辛棄疾書云：『彦詳所帶二千人，今但有九百餘人。』臣計其陣歿及疾病寄留之外，餘皆竄逸，不啻數百，此李川所以不得不按其罪也。此兵乃王琪選差之人，則其它軍兵，皆可知矣。」

按：彭龜年《論解彦祥之功書》云：「今彦祥非惟不得賞，且因是鐫官自效，賞罰如此，後萬一有警，何以使人乎？頃萍鄉黄主簿人傑，嘗條其事上之辛漕，辛漕報云：『已申朝廷。』未知今日施行，果繇此否？或別有知之者，爲訟其功耶？」此所謂「今日施行」，必此後有申報解彦祥之功而續有甄别之命。據「辛漕云云」，其時當在明年稼軒自江西提刑改京西運判之際，惟史書未載耳。

羅大經《鶴林玉露》甲編卷二《盗賊脱身》條：「淳熙間，江湖茶商相挺爲盗，推荆南茶駔賴文政爲首。文政多智，年已六十，不從，曰：『天子無失德，天下無他釁，將欲何爲？』羣兇不聽，以刀脅之，黽勉而從。文政知事必不集，陰求貌類己者一人曰劉四，以煎油糍爲業，使執役左右。辛幼安爲江西憲，親提死士與之角，困屈請降。文政先與渠魁數人來見，約日束兵。既退，謂其徒曰：『辛提刑瞻視不常，必將殺我。』欲遁去，其徒不可，則曰：『寧斷吾首以降，死先後不過數日耳。』其徒又不忍，乃斬劉四之首，使僞爲己首以出，而文政竟遁去，官軍迄不知其首級之僞爲也。」

參與江西收捕茶商軍過程中，有功勞者甚多。

《宋會要輯稿·兵》一九之二七：「淳熙三年六月三十日，詔江西收捕茶寇官兵將，當陣手戮賊級並親捕獲賊徒，及隨黄倬入賊寨説諭人，各與轉一官，於正職名上收使。餘令帥司各支折資錢三十貫文，陣亡人依例推恩。」

《建炎以來朝野雜記》甲集卷一八《江茶》條：「江南産茶既盛，民多盗販，數百爲羣，稍詰之則起而爲盗。淳熙二年，茶寇賴文政反於湖北，轉入湖南、江西，侵犯廣東，官軍數爲所敗。辛棄疾幼安時江西提刑，督諸軍討捕，命屬吏黄倬、錢之望誘致，既而殺之。江州都統制皇甫倜因招降其黨隸軍中，今東南茶皆自榷場轉入虜中，亦有私渡淮者，雖嚴爲稽禁，而終不免於透漏焉。」

《水心集》卷一八《華文閣待制知廬州錢公墓志銘》：「公姓錢氏，諱之望，字表臣，常州晉陵人。……差江西帥屬。賴文政反，前帥龔參政茂良白上，以賊委公。公薦黄倬可用，爲方略授之，立擒文政。改官增秩，公奏賞倬宜厚，臣濫恩也，可損。上多公讓，從之。以宣教郎添差通判鎮江府。」

《益國文忠公集》卷七四《朝奉郎袁州孫使君逢辰墓志銘》：「諱逢辰，字會之，豐裕秀發，人推遠器。年十八，鄉舉首薦，登乾道二年進士第。……用舉主升從事郎，移贛州贛縣丞，歷事三守，監司六七人，皆咨其清，稱其文，伏其能。……淳熙二年，茶寇轉剽江西，君請精擇土軍，參以贛卒、郴、桂弓手，别募敢死軍，分委偏將，或扼賊要衝，或馳逐山谷間，而命荆鄂之師養威持重，乘賊憊於後，帥不能用。已而上命辛棄疾繡衣持斧乘傳來，竟如君策。師旅方興，屬君調軍食，君持金帛，即所至易米於民，省饋運十七八。漕李燾、錢佃以名聞，詔任滿赴堂審察。」

《宋會要輯稿·職官》四八之四〇：「淳熙四年四月二十二日，詔贛州瑞金知縣張廣，令吏部依淳熙三年八月七日指揮，先授通判，理作堂除。以江西路轉運副使錢佃等言，瑞金與汀州爲鄰，兩界之衝，盜賊盤踞，追捕之速，則竄入他境。自廣到官，嚴立保伍，機察奸細，羣盜屏跡。昨茶寇自興國抵瑞金，不能三十里，而先事有備，民賴以安，乞賜旌擢，故也。」

〔嘉靖〕《南安府志》卷三一：「謝泌，上猶人，宋淳熙間爲縣學長，知縣事吴榮聘修川志，有確論。初任肇慶理掾，會提刑辛棄疾平蕩茶子寇，時泌獻十策，隨試輒效，遂白於朝，願遜己官，以旌其忠，命下而卒。」

宜春尉彭龜年作啓上稼軒。

《止堂集》卷一三《上憲使啓》：「偶紆黄綬，慚無任職之才；竊仰繡衣，喜有庇身之所。趨風雖舊，爲隸則新。每不敢以訊問寒温之書，仰瀆記室；自此始有遵承約束之地，故達賤名。惟負率爾之慚，益作赧然之色。伏念某孤志不侔於俗，百拙無庸於時。未能鑿方而規圓，是宜進寸而退尺。得效官於一邑，凡需次者六年。深欲奉甘旨之歡，恐未脱酸寒之累。至所職掌，況無紀綱？以近民故易以擾民，求去盜而適以爲盜。名爲教閲，徒應虚文。但事奔馳，以供私役。當習俗剽悍之未化，有山川險阻之可依。未免弄兵，安能禦侮？乃蒞以謬庸之吏，豈免無鰥曠之憂？自顧此行，何恃不恐！兹者伏遇某官，道不絶物，志在濟時。誕布寬恩，不憚驅馳之苦；能令歉歲，亦無攘奪之風。非惟稱部使者嚴重之名，蓋不負聖天子臨遣之意。豈期疏遠，得在使令。某敢不恪意奉公，修身報上！愛人利物，誓殫一日之長；藏垢匿瑕，敢恃二天之庇。」

按：此作啓之彭龜年，即前引《論解彦祥之功書》中「以憲檄，捕寇於安福之白雲寺」者。另據「得效官於一邑，凡需次者六年」語，知必作於本年彭龜年在宜春尉任上。《宋史》卷三九三《彭龜年傳》：「彭龜年字子壽，臨江軍清江人。……登乾道五年進士第，授袁州宜春尉。」自乾道五年至淳熙二年，爲時恰六年。知右啓雖隱憲使之姓名，實即本年致稼軒者。

贛州守臣陳天麟於討平茶商軍過程中，頗能貢獻方略，深得稼軒稱道。

〔嘉慶〕《寧國府志》卷二一七《宣城》：「陳天麟字季陵，幼警悟，日誦數千言。紹興戊辰進士，調廣德簿，歲饑，代郡將爲書，請部使者，得粟三千斛以賑。召對稱旨，除太平州教授。未幾，以國子正召，累官集英殿修撰，由饒州改知襄陽府，治樓堞，募忠義軍，浚古習河，察城中奸細誅之，朝旨嘉獎。改知贛州，時茶商寇贛吉間，預爲守備，民恃以安。江西憲臣辛棄疾討賊，天麟給餉補軍，棄疾所俘獲送贛獄者，治其魁，餘黨並成末減。事平，棄疾奏：『今成功，實天麟方略也。』治郡不用威刑，訟亦清簡。未幾罷，尋復集英殿修撰卒。晚益苦學，著諸書外，詩三千篇，號《攖寧居士集》。」

按：陳天麟於乾道四年七月知鎮江府，六年罷，見《嘉定鎮江志》卷一五。其與稼軒應相識於此時。其人《宋史》無傳，故詳載其事跡。右所記事，較〔同治〕《贛州府志》卷四二《陳天麟傳》爲詳，其中謂「棄疾所俘獲，送贛獄者治其魁，餘黨並從末減」，可知賴文政送贛州殺之。而《辛稼軒年譜》引《朝野雜記》之《江茶》條，於辛棄疾幼安「時爲江西提刑，督諸軍討捕，命屬吏黄倬、錢之望誘致，既而殺之。江州都統制皇甫倜因招降其黨隸軍中」諸語中，將殺賴文政事置於江州，斷句爲「既而殺之江州。都統制皇甫倜因招降其黨隸軍中」，意其被送俘於江州而死。此顯與史實不符。查賴文政之茶商軍轉戰廣東不利，北歸江西南部，遂於瑞金境内爲稼軒合諸軍之力所撲滅。而賴文政身爲渠魁，則就近送贛州，爲陳天麟所斬。瑞金正是贛州屬縣。皇甫倜其時爲江州都統，《宋史》卷三四《孝宗紀》二：「淳熙二年四月，茶寇賴文政起湖北，轉入湖南、江西，官軍數爲所敗。命江州都統皇甫倜招之。」《宋會要輯稿·兵》一九之二六同年九月二十四日載皇甫倜「雖有節制指揮，未及入境，辛棄疾已有成功」。《兵》二〇之三〇亦載同年閏九月十四日，「茶商軍平後，「江州軍令皇甫倜統押歸軍」。而李川爲其所遣，率大軍於江西中部吉州一帶圍堵茶商軍者。故茶商軍敗滅，得以就招餘黨入軍。此事理之常，合於史實者也。江州距贛州將及一千里，焉有賴文政被俘，不就近處決，送於千里之外而後就戮之理？且皇甫倜雖有節制指揮，未嘗入江西境乎？舊譜斷句有誤，遂致混淆史實也。

《宋會要輯稿·職官》七二之一二：「淳熙二年三月二十九日，知贛州陳天麟除敷文閣待制、知平江府韓彦古除敷文閣待制，並寢罷成命，以天麟贛州之政未有過人，彦古奪服爲郡，亦難冒處，故寢是命。」

同書《職官》七二之一六：「淳熙三年十月八日，前知贛州陳天麟罷宫觀，以臣僚言天麟政以賄成，罪以貨免，寄居宣城，交通關節，靡所不有，故有是命。」

淳熙三年　丙申（一一七六）

稼軒三十七歲。

在江西提刑任。

四月，湯邦彥使金辱命，送新州編管。

《宋史》卷三四《孝宗紀》二：「淳熙三年四月丁酉，湯邦彥、陳雷奉使無狀，除名。邦彥新州，雷永州安置。」

《宋史》卷三八四《葉衡傳》：「上諭執政，選使求河南。衡奏司諫湯邦彥有口辯，宜使金。邦彥請對，問所以遣，既知薦出於衡，恨衡擠己，聞衡對客有訕上語，奏之。上大怒，即日罷相，責授安德軍節度副使，郴州安置。邦彥使還，果辱命。上震怒，竄之嶺南。詔衡自便。」

《宋會要輯稿・職官》五一之二六：「淳熙二年二月十七日，詔左司諫湯邦彥假翰林學士知制誥朝議大夫，提舉佑神觀兼侍讀，充奉使金國申議使；閤門舍人陳雷假昭信軍承宣使知閤門事兼客省四方館事，副之。既而三年四月，詔邦彥送新州、雷永州居住。以臣僚言其奉使虜廷，頗乖使指，驅車亟還，又於虜廷頗有所受，且不能堅守己見，惟從謝良弼之謀。於是復詔邦彥、雷並編管，國信所使臣謝良弼等三人並除名勒停。」

劉時舉《續宋編年資治通鑑》卷九：「淳熙二年八月，湯邦彥使金，請河南陵寢地。明年夏四月，邦彥使金至燕，金人拒不納，旬餘乃命引見，夾道皆控絃露刃之士，邦彥怖，不能措一詞而出。上大怒，詔流新州，自是河南之議遂息，不復泛遣使矣。」

《漫塘集》卷一九《頤堂集序》：「頤堂先生司諫湯公，故知樞密院事敏肅公之玄孫。……試博學宏詞科，一上即中選。……虞丞相允文，又於上前力薦之，即以其年六月擢樞密院編修官。而公之志雅欲以勳業自見，故立朝未幾，即出從虞公於宣幕。既宣帥勞還，公亦復歸舊著，時淳熙甲午秋七月。而以明年秋八月出使，又明年三月以使事謫，中間立螭坳，登諫垣，演綸鳳閣，勸講金華，君臣之間氣合道同，言聽諫行，僅朞月耳。一謫八年，乃始得歸。」

按：湯邦彦字朝美，鎮江金壇人，紹興間知樞密院事謚敏肅鵬舉之孫。然其與稼軒相識不可考。趙蕃《淳熙稿》卷一二《寄贈湯司諫二首》詩云：「自聞寬法離新州，日日江頭數過舟。學子尚知稱述作，君王寧不念謀猷。五車頗困十年讀，一見蘄勝萬户侯。我亦東歸苦無日，待公行矣勿遲留。」韓元吉《南澗甲乙稿》卷一《送湯朝美還金壇》詩亦云：「湯公涉南荒，歲月猶轉轂。幾年卧新州，寧肯事雞卜。身安一瓢飲，志大五車讀。揭來靈山隈，跫然慰虚谷。」可知邦彦於謫居新州數年之後，因某慶典恩量移近里州郡，故自新州移信州，然後於淳熙十年即一謫八年之後得旨自便居住。稼軒與湯氏詞二首，一即初歸上饒帶湖之後所賦《水調歌頭·湯朝美司諫見和用爲謝》詞（白日射金闕闋），一即淳熙十年春所賦《滿江紅·送湯朝美司諫自便歸金壇》詞（瘴雨蠻煙闋）。查《宋史》卷三五《孝宗紀》三，淳熙六年九月，宋廷合祭天地於明堂，大赦。湯邦彦當因此於明年自新州量移信州。至淳熙九年九月，宋廷復有明堂大禮，故邦彦得於次春自便歸金壇。

劾贛州守臣施元之，邀察推杜穎入憲幕。

《後村先生大全集》卷一五〇《杜郎中墓志銘》：「公諱穎，字清老。……以祖澤爲尤溪主簿。……歷贛州觀察推官。太守施司諫元之繩吏急，一日緘片紙來云：『某吏方游飲，亟簿録其家。』公袖還之曰：『罪由邏發，懼者衆矣。』施公矍然，爲罷邏卒。……居官方介自守，在贛，辛提刑棄疾以私意劾贛守，郡僚皆恐，公蓋俱受薦，慨然曰：『施公深知我。』事之益謹。施公扁舟先發，公徐護其孥而歸，舉牒於辛公。辛有媿色，因屈入憲幕。」

〔光緒〕《邵武府志》卷一九：「杜潁字清老，先世常州無錫人。祖圮簽書邵武軍判官，因家焉。……潁以祖蔭補尤溪主簿，歷贛州觀察推官。州守施元之繩吏急，諷吏遊飲者，札令潁簿録其家，潁袖還曰：『罪由羅者發，懼者衆矣。』元之矍然，爲罷邏卒。已而提刑辛棄疾以私意劾元之，元之罷。扁舟先發，郡僚莫敢顧者，潁徐護其孥而歸，棄疾聞而賢之，邀入幕中。」

羅願《鄂州小集》卷一《送贛州施司諫奉祠歸吴興》詩：「去國二千里，叱馭良已勤。到官一百日，啜菽念所欣。」

同卷《水調歌頭・中秋和施司諫》詞：「鬱孤高處張樂，語笑晚氛埃。簷外白毫千丈，坐上銀河萬斛，心鏡兩佳哉。俯仰共清絶，底處着風雷？」

同書卷四《祭施司諫文》：「雖擿奸之似察，抑爲吏之終循。登鬱孤而有慨，念馨膳之及晨。謇臨兮而不忍，意惻愴而傷神。曰去此其何難惜？吾佐之孔仁。惟明時之置守，立副貳以同寅。兩相得之罕逢，或越肝而膽秦。」

按：〔雍正〕《浙江通志》卷一七九引《長興縣志》：「施元之字德初，以文章著聲，試館職，除起居舍人，遷左司諫，注《東坡詩》四十卷。」《南宋館閣録》卷七《著作佐郎·乾道以後》載：「施元之字德初，吴興人，張孝祥榜同進士出身，治《詩》。五年六月除，十月爲起居舍人。」同書卷八《國史院編修官·乾道以後》載：「施元之，五年十一月以起居舍人兼，是月除左司諫。」《建炎以來朝野雜記》甲集卷一三《乾道制科本末恩數》條亦載乾道五年冬，吏部尚書汪應辰薦李垕應試制科，爲左正言施元之、起居郎兼權中書舍人林機繳奏，左相陳俊卿奏元試中有獨試故事，因極論二人之奸，後二日，詔林機、施元之身居出納言責之地，朋比相通，可並放罷。此十二月二十九日事也。施元之知贛州，乃繼陳天麟者。據前引《宋會要輯稿·職官》七二之一六記事，知陳天麟之罷，當在淳熙三年十月之前。而據羅詩「到官一百日，啜菽念所欣」句，及中秋和詞，知施元之任贛州守臣，當自本年夏爲始，在任僅一百餘日而已。周必大《益國文忠公集》卷二五《回施贛州元之啓》之「远勤碩望，出領雄藩。幕府一開，懽謡四達」諸語，亦可證知其到任即在本年。至於施元之藉繩吏爲名，以邏卒懼衆，似稼軒之彈劾，即以此立論。觀「雖擿奸之似察，抑爲吏之終循」諸語，則亦可知矣。

薦贛州通判羅願治行。

《鄂州小集》卷六附録曹宏齋《鄂州太守存齋羅公願傳》：「故鄂州太守存齋先生羅公，……公之先五季時自豫章避地來歙，遂爲徽州歙縣人。七傳至尚書公，爲大家，尚書公，公父也。年十六上辟雍，宋政和二年進士，由大諫中丞遷吏部尚書，贈少師。六男子，公爲第五人。諱願，字端良，存齋其自號也。……八年，通判贛州，尚攝州事。寇攘甫定，壹以政清訟簡、化美風俗爲務。教官劉靖之子和，官事之暇，時至學宫，不爲倦煩，縫掖生淑艾之功居多。詳刑使者剡聞於朝，謂公宜在清要之選，秩滿，差知南劍州。」

王禕《鄂州小集序》：「公諱願，字端良，新安人也。……公早以蔭補官，紹興末調臨安府新安縣監税。……非其志也，乾道二年擢進士第，歷知饒州鄱陽縣。不上，予祠，主管台州崇道觀。八年除通判贛州，攝其守事。以簡易爲治，贛人化之。部使者列其治行以聞，淳熙六年知南劍州。」

《鄂州小集》卷五《謝辛大卿啓》：「受察公朝，本由推轂；疏恩列郡，亦既懷章。退省孱庸，惟深感荷。伏念某頃爲别駕，得近行臺。表於屬吏之中，期以古人之事。萬乘之器，乃取蟠木以爲容；千石之鐘，豈爲寸莛而發響？遂關淵聽，旋被明揚。揆以生平，知我莫如於鮑子；聞之道路，逢人更説於項斯。意朝廷諸公之賢，多門牆一日之雅。倘非憑藉，曷有超踰？兹蓋伏遇某官，文武兼資，公忠自許。胸次九流之不雜，目中萬馬之皆空。見輒開心，不假趦趄囁嚅之請；稱之極口，率皆沉着痛快之詞。褒衮甚榮，夢刀既叶。季布河東之召，譽偶出於一人；袁安楚郡之除，選第因於三府。至於羈跡，全賴公言。慚非共理之良，曷稱同升之義？某敢不勤宣上意，毋負己知。薦長史而稱宰相之才，事無近比；期國士而用衆人之報，人謂斯何？抱此愚心，要之晚節。」

按：稼軒薦舉羅願，必在施元之罷任而羅氏攝代郡守時。而稼軒本年冬即調任京西運判，則其事當在本年秋冬之際無疑。

調京西轉運判官。

《宋史》本傳：「調京西轉運判官。」

《蠹齋鉛刀編》卷一四《聞辛幼安移漕京西》詩：「孤鴻茫茫暮天闊，問君章貢何時發。去年不得一字書，今日又看千里月。向來人物推此邦，至人不死惟老龐。請君剩釀蒲萄酒，爲君酹渠須百缸。」

《鄂州小集》卷一《送辛殿撰自江西提刑移京西漕》詩：「峨峨欝孤臺，下有十萬家。喧呼隘城闕，戀此明使車。憶公初來時，狂狡嘯以譁。主將失節度，玉音爲咨嗟。一朝出明郎，繡衣對高牙。持斧自天下，荒山走矛叉。光騰將星魄，枉矢失驚蛇。氛霧果盡廓，十州再桑麻。恩令撰中秘，天筆有褒嘉。辛氏世多賢，一姓古所誇。太史善箴闕，伊川知辭華。誰歟立軍門，杖節來要遮。亦有救折檻，叩頭當殿衙。英風雜文武，公獨可肩差。佩玦善斷割，揮毫絶紛葩。時時有縱舍，惠利亦已遐。京西故畿甸，傍塞聞悲笳。明時資饋餫，豈減漢褒斜。勿云易使耳，重地控荆巴。三節萃一握，眷心良有加。古來居此人，愛國肯雄誇。羊祜保至信，陶公戒其奢。安邊有成略，此道未全賒。公今有才氣，功名安可涯。願低湖海豪，磨礱益無瑕。淩州果何晚，猶有髮如鴉。」

按：據周孚詩「孤鴻茫茫暮天闊，問君章貢何時發」句，知至初冬，尚未得稼軒移京西之消息。

則其赴任，必在本年冬無疑。另據羅詩「三節萃一握」句，知稼軒尚兼任京西路提刑及提舉茶鹽公事二職。蓋襄陽府爲轉運、提刑、提舉置司之地，故以轉運而兼提刑、提舉也。

又按：稼軒在京西憲任内事跡，除此二送行詩外，别無可考。

淳熙四年　丁酉（一一七七）

稼軒三十八歲。

是春，改知江陵府兼湖北路安撫使。

《宋史》本傳：「差知江陵府兼湖北安撫。」

同書卷三四《孝宗紀》二：「淳熙四年二月戊戌，以新知荆南府胡元質爲四川安撫制置使兼知成都府。」

按：此年二月辛未朔，戊戌爲二十八日。稼軒之自京西運判差知江陵，應在胡元質知江陵改命四川之後，或在三月初數日内。另據《宋史》卷八八《地理志》四，江陵府於淳熙三年還爲荆南府，未幾復舊稱。

五月，友人韓玉賦詞賀壽。

韓玉《東浦詞·水調歌頭·上辛幼安生日》：「重午日過六，靈嶽再生申。丰神英毅，端是天上謫仙人。夙藴機權才略，早歲來歸明聖，驚聳漢廷臣。言語妙天下，名德冠朝紳。　繡衣節，移方面，政如神。九重隆眷倚注，偉業富經綸。聞道山東出相，行拜紫泥飛詔，歸去秉洪鈞。壽嘏自天錫，安用擬莊椿？」

《四朝聞見録》丙集《司馬武子忠節》條：「謹按韓太監玉所記云：初，司馬池之後朴，字文秀，借兵部侍郎使金。……生子名通國，字武子，蓋本蘇武之義。通國有大志，嘗結北方之豪韓玉舉事，皆未得要領。紹興初，遂挈家以南，授京秩，江淮都督府計議軍事。其兄璘猶在敵中，以弟故與通國善，癸未九月，都督魏公遣張虬、侯澤往大梁伺璘，璘因以扇贈玉詩。……魏公見此詩，於甲申歲春復遣侯澤往大梁，諷通國、璘等。行至亳州，爲邏者所獲，通國、璘與嘗所與交聶山三百餘口同日遇害，是歲三月十六日也。……時魏公開督府於丹陽，蓋以右相出使巡邊回也，聞之盛歎，云：『某入見上，當白其事而旌之。』會魏公中道罷去，玉亦竄責嶺表。」

按：據《直齋書録解題》卷二一，韓玉字温父，有《東浦詞》一卷。其南歸以後事跡，雜見諸書，據《齊東野語》卷一《孝宗聖政》條記載：「李處全嘗論匠監韓玉，玉乃廟堂客也。凡三疏，而玉亦以處全請託私書爲言。上既重違臺論，且以忌器，遂令玉補外，既而與祠。而玉留北闕作書投匭，訴匠簿張權譖己，檢院不敢納，遂潛入關伏闕投之。上就書批云，韓玉……可送潭州居住。」此事亦見《宋會要輯稿·職官》三之七二，爲乾道四年七月事。七年，韓玉再受彈擊。《攻媿集》卷九三《純誠厚德元老之碑》載周必大奏言：「近歲張松、韓玉等，使臺諫無所顧忌，早爲力言，豈至勞民費財，始勤英斷。」八年春，楊萬里上書乞留張栻，及於韓玉，謂「小人如韓玉者，士論藉藉，謂其狼子野心，陰懷兩端之志，其大奸大惡之狀，臺臣既言之矣。」見《誠齋集》

卷六五《上壽皇乞留張栻黜韓玉書》。不知其因何事再遭言者論劾。而此後，史書再無韓玉消息。亦不知本年韓玉在何地任何職爲稼軒祝壽，僅據「繡衣節，移方面，政如神」句，知此詞必爲本年五月所賦。

奏陳知武陵縣事彭漢老政績。

《誠齋集》卷一一九《中散大夫廣西轉運判官贈直秘閣彭公行狀》：「公諱漢老，字季皓，其先金陵人。五世祖避地廬陵，因家焉。公幼長於《詩》，紹興季年以門蔭補官。……循從政郎，改宣教郎知常德府武陵縣。轉通直郎。邑有官池數十頃，大將邵宏淵乾没其利而不輸租。有馬從事冒占民田百畝，公皆復之。轉奉議郎。有二畎訟田，公諭以比鄰友助，二人感悟遂畔。有武臣祝其姓者，掠士族女爲婢，公分俸嫁之。帥臣尹公機、憲使辛公棄疾以其事上聞，詔下中書書於籍，授江西提刑司幹辦公事。」

按：此《行狀》謂稼軒曾爲湖北提刑，而尹機爲湖北帥臣。實誤。查尹機其人，乃潭州安化縣人，以進義副尉改右迪功郎（見《建炎以來繫年要録》卷九八紹興六年二月記事），隆興元年六月，以符離失律，勒停江淮招撫司機宜，蓋爲李顯忠之謀主。乾道五年自郴州編管復元官（見《宋會要輯稿·職官》七一之三、七六之五七）。淳熙二年十月知辰州（見《宋會要輯稿·兵》六之六）。《建炎以來朝野雜記》甲集卷一八《湖北土兵刀弩手》條載：「淳熙三年，楊太尉倓爲荆南帥，上命楊修其政令（八月戊子）。已而，知辰州尹機代還，請命有司括田招募，人給例物五千，春秋閲教、犒賜如禁軍例。上即擢機湖北提點刑獄，使與之同措置。……會李仁父出守武陵，力言其不便，乞度田立額，事下諸司。張欽夫爲安撫使，頗以仁父爲是。會機卒，馬大同繼之。」《益國文忠公集》卷六六《敷文閣學士李文簡公燾神道碑》：「政和七年，鼎、澧、辰、沅、靖州置營田弓弩手司，給田募人開邊。范世雄、張崇等附會擾民。建炎三年，亟罷之。乾道末，守臣劉邦翰請復行於辰、沅、靖三州，公爲轉運，謂不當復。已而提刑尹機迫郡縣行之。」據此，則知本年任湖北提刑者，尹機也。楊萬里著彭漢老行狀，乃誤將帥憲姓名相顛倒也。

范成大罷四川制置使，歸途過江陵，招遊渚宫。

范成大《吴船録》卷下：「庚午，發楊木寨，八十里至江陵之枝江縣，四十里至松滋縣，二百里至荆南之沙頭宿。沙頭一名沙市。辛未，泊沙頭，道大堤，入城謁諸官。壬申、癸酉，泊沙頭。江陵帥辛棄疾幼安招遊渚宫。敗荷剩水，雖有野意，而故時樓觀無一存者。後人作小堂亦草草。舊對此有絳帳臺，今在營寨中，無復遺跡。章華堂在城外野寺，亦粗存梗概。詢龍山落帽臺，云在城北三十里，一小丘耳。息壤在子城南門外，舊記以爲不可犯，畚鍤所及，輒復如故，又能致雷雨。唐元和中裴宙爲牧，掘之六尺，得石樓如江陵城樓狀，是歲霖雨爲災。用方士説，復埋之，一夕如舊。相傳如此。近歲遇旱，則郡守設祭掘之，畚其土於旁，以俟報應，往往掘至石樓之簷，則雨作矣。雨則復以故土還覆之，不聞其壤之息也。然掘土而致雨，則辛幼安云親驗之而信。」

在江陵任上，嚴治盜之法，得賊則殺，不復窮究，奸盜屏跡。

《攻媿集》卷一〇六《朝請大夫曹君墓誌銘》：「君諱盅，字囦明，明之定海縣人。……乾道三年，君以中奉致仕恩補將仕郎，明年銓試上等，授迪功郎，爲平陽主簿，次調江陵令。……大卿辛公棄疾帥江陵，治盜素嚴。有盜牛者配江州，吏緣其意，欲沉之江。君慨然稟白，公改容歎賞，卒俾如令。寸金隄去城二里，實捍大江衝突之患，歲役人夫數千，具文而徒勞。君調夫均平，躬自督課，增卑培厚，以爲永利。又以農隙修築沿江官隄，使前日巨浸衝决之地，復爲膏腴，流移歸業，耕墾日闢。諸司公舉，具載實跡。南軒張公栻，尤知君，引置簽幕。」

按：此《墓誌銘》言稼軒治盜素嚴，又言配盜牛者。查本譜明年記事，宋廷有嚴禁耕牛戰馬出疆之禁，而《宋史》卷三四《孝宗紀》二亦載：「淳熙四年八月辛巳，禁耕牛過淮。」則是時恰逢宋廷對戰略物資偷盜金境予以嚴查，非所謂素嚴治盜也。

又按：右《墓誌銘》所載曹盅在江陵縣任内築堤、耕墾諸事，皆應稼軒在任時所從事者，以其湖北政績無記載可考，故復引録其文。張栻於淳熙五年繼稼軒之後任姚憲任湖北安撫，上舉諸事，蓋曹氏今明兩年間政績也。

《嘉泰會稽志》卷一五：「姚憲字令則，父舜明，仕至徽猷閣待制。……憲以父任，補承務郎監臨安府糧料院。……起提舉江州太平興國宫，知太平府。未行，徙泉州。復端明殿學士，知江陵府，卒，年六十三。其在江陵，前帥頗厲威嚴，治盜不稍貸。憲繼其後，嘗語客曰：『故帥得賊則殺，不復窮竟，奸盜屏跡。自僕至，獲盜少付之有司，在法當誅者，初未嘗輒貸一人，而羣盜已稍出矣。僕平居雖雛卵不敢妄殺，今寧以疲輭不勝任去，安忍濫及無辜哉？』人以此益推其長者。」

按：《益國文忠公集》卷一〇八有《賜新除端明殿學士知江陵府姚憲乞除一在外宫觀不允詔》，下注：「十二月二日，元係中大夫知泉州。」本卷所草詔爲淳熙四年作。據知姚憲之繼稼軒爲湖北帥，其命行下之日必在本年十一月間。《會稽志》引姚憲語，謂故帥濫及無辜，亦不分别爲何等盜賊，以表白其「雛卵不敢妄殺」之所謂仁者，蓋欲以獲取長者之名。則所謂故帥，必即稼軒無疑也。

《永樂大典》卷三五七九「村」字韻引項安世《文村道中》詩：「十五年前號畏塗，祇今開闢盡田廬。分明總是辛卿賜，誰信兜鍪出袴襦？」自注：「辛卿名棄疾，前此帥荆，弭絶羣盜。」

冬，江陵統制官率逢原縱部曲毆百姓，稼軒謂曲在軍人，坐是徙知隆興府兼江西安撫使。

《益國文忠公集》卷六二《龍圖閣學士宣奉大夫贈特進程公大昌神道碑》：「淳熙三年四月，除權刑部侍郎，升侍講。五月，兼國子祭酒。……四年八月，兼給事中。江陵統制官率逢原縱部曲毆百姓，守帥辛棄疾謂曲在軍人，坐徙豫章。公極論不可。上曰：『朕治軍民一體，逢原已削兩官，降本軍副將矣。』」

《止堂集》卷六《代襄陽帥張尚書論邊防事宜畫一疏》：「鄂州副都統某人，雖有粗才，爲人凶横。向者辛棄疾之事，實自某人啓之。」

同書卷一一《上丞相論瀘南建康易帥書》：「某昨日，竊聞建康、瀘南易帥，聞之道塗，皆有異説。建、瀘兩帥均爲得人，似無可議。然究其所以易者，則云因一軍帥逢原爾。未知果否？若果爾，則云不得不駭矣。此人近招軍士之謗，朝廷縱之不行，人已藉藉。今又因而易一連帥，回朝廷已行之命，專日置連帥之權，人謂大丞相亦未必有此力也。」

《止齋集》卷二四《繳奏率逢原除都統制狀》：「準中書門下省送到録黄一道，樞密院關池州駐札御前諸軍副都統制率逢原，奉聖旨除都統制，令臣書行。右臣將指湖湘，已聞率逢原之爲人，且見其行事矣。其在江陵，其在襄陽，與今在池陽，監司帥守皆患苦之，屢有文字，上煩朝廷。」

《誠齋集》卷一二〇《宋故少師大觀左丞相魯國王公神道碑》：「淳熙三年八月，除同知樞密院事。靖州蠻既平，率逢原殺及老幼。」

《攻媿集》卷九五《寶謨閣待制贈通議大夫陳公神道碑》：「其甚難者莫如陳源與率逢原二者。源之貫盈，幸不及誅，忽除内侍省押班，瑣闥攝事者繳章五上，人皆傳誦。大臣力請觸雷霆之怒，幾不自全，一爲書行，公議沸騰，黨與凶焰，不可嚮邇，而公獨當之。逢原粗暴，恃有奥援，所至凶横。其在池陽，幾至軍變，爲總領鄭湜所發，按其偏裨。上命樞臣鐫戒，方待罪間，自副統制陞都統。」

按：以上所引，皆可證知率逢原之凶暴。江陵之事，曲在軍人，而孝宗庇護之，蓋如《攻媿集》所言，以其恃有奥援也（即有内侍爲助）。又「率」，或作「帥」。《氏族大全》卷二〇：「帥逢原，仕宋爲江陵統制官。」

是年，方信孺孚若生。

《後村先生大全集》卷一六六《寶謨寺丞詩境方公行狀》：「公諱信孺，字孚若。……九歲落筆屬文，京西公守廬陵，公猶丱角，周丞相、楊誠齋見而驚曰：『天才也。』京西公服闋，授番禺縣尉。……以嘉定壬午臘月二十有六日卒，年四十六。……公美姿容，性疏豁豪爽，幼及交辛稼軒、陳同父諸賢。」

《水心集》卷一九《京西運判方公神道碑》：「方氏自固始遷莆田九世矣，公名崧卿，字季申。……擢知吉州，提點廣東刑獄，移廣西轉運判官，復移京西。紹熙五年三月二十五日，終於襄陽，年六十。」

按：壬午爲嘉定十五年，上推四十六年，知方信孺生於本年。方信孺之父卒於紹熙五年，時方信孺年十八。其與稼軒交往，當在其父仕宦江西、嶺南期間，其隨父宦遊所至之時。

淳熙五年　戊戌（一一七八）

稼軒三十九歲。

在江西安撫使任。

二月，奏劾知興國軍黃茂材。

《宋會要輯稿・職官》七二之二〇：「淳熙五年二月二十五日，知興國軍黃茂材特降兩官，以江西安撫辛棄疾言茂材過數收納苗米，致人户陳訴故也。」

於屬縣豐城創置二埽，以殺水勢。

〔道光〕《豐城縣志》卷一：「淳熙六年，帥閫辛棄疾建二埽於寶氣亭前濯纓巷口，以殺奔湍。」同書卷二一賴晉《讀豐城縣志得六十四韻柬同門唐萃亭兼寄志局諸君子》詩：「堤始永徽牢，長虹亘水滸。築埽首辛公，一仰安瀾渡。堤正而埽奇，兵法機宜布。」

〔雍正〕《江西通志》卷一三一楊廉《豐城縣新埽記》：「治水猶用兵，以正合，以奇勝，而後可以盡用兵之術。正以爲之隄，奇以爲之埽，而後可以盡治水之術。……豐城地勢低洼，當春夏水生之時，所恃者隄而已，然諸隄以縣治之隄爲要，縣治之隄以埽爲要。是埽也，橫波突出，成功最難。隄之有埽，自宋淳熙間辛帥棄疾始，繼此而能留意者，惟端平間邑人徐侍郎鹿卿。……自餘皆忽不知務，波濤齧及，則退而示弱，而隄始不勝其任。猶用兵無奇，終亦折北，潰散而已。郡守祝侯瀚下車之二年，親臨豐城，問民疾苦，顧縣之隄岌岌然，乃進父老，諭之曰：『此宜隄，此宜埽。』……今侯去辛帥三百餘年，而見與之合，且不局局於昔人之陳跡，其功之卓，當與辛帥並矣。」

楊道賓《文恪公文集》卷四六《與祝太守》：「聞執事新春按臨敝邑，經畫河堤甚悉，見得前人有未到處，如此爲之，或可保數百年無水災也。抑敝邑河隄築埽，始於宋辛稼軒。滄桑之變，豈得只守故處？高見議埽上流六七里，最是。又聞於南昌縣築圩壋，皆不勞而集，此並得之。東白老見謂，余惟倍加保嗇，以惠兹一郡，不宣。」

按：稼軒於豐城築埽，不見他書記載。其帥江西爲時甚短，此事當在本年正二月間。

奏請耕牛戰馬過北界之禁。

《宋會要輯稿·刑法》二之一二：「淳熙五年六月二十日，詔湖北、京西路沿邊州縣，自今客人輒以耕牛並戰馬負茶過北界者，並依軍法。其知情引領停藏乘載之人，及透漏州縣官吏公人兵級，並依興販軍須物斷罪。許諸色人告捕，賞錢二千貫，仍補進義校尉，命官轉兩官。其知情停藏同船同行梢工水手，能告捕及人力，女使告首者，並與免罪，與依諸色人告捕支賞。知、通任内能捕獲，與轉兩官。從知隆興府辛棄疾請也。」

按：此稼軒爲湖北嚴耕牛戰馬出疆之禁而奏進者，當上於離湖北帥任之際，至今年六月方始行下也。

三月，召爲大理少卿。别豫章之際，賦《水調歌頭》詞，頗及時事。

《宋史》本傳：「以大理少卿召。」

增訂本《陳亮集》卷二七《與吕伯恭正字祖謙》：「辛幼安、王仲衡俱召還，張静江無别命乎？元晦亦有來理乎？」

同書卷二九《與石天民斗文》：「辛幼安、王仲衡諸人俱被召還，新揆頗留意善類，老兄及伯恭、君舉，皆應有美除。」

按：《宋史》卷三八八《王希吕傳》：「王希吕字仲行，宿州人。渡江後，自北歸南，既仕，寓居嘉興府。乾道五年登進士科，孝宗獎用西北之士，六年，召試授秘書省正字，除右正言。……淳熙二年，除吏部員外郎。……加直寶文閣，江西轉運副使。五年，召爲起居郎，除中書舍人、給事中。」

又按：據《宋史》卷三五《孝宗紀》三，本年三月壬子，以史浩爲右丞相。陳亮所謂「新揆」，即指史浩而言。稼軒被召，蓋史浩入相後首召入朝者之一。

稼軒《水調歌頭》詞題爲：「淳熙丁酉，自江陵移帥隆興。到官之三月被召。司馬監、趙卿、王漕餞別，司馬賦《水調歌頭》，席間次韻。時王公明樞密薨，坐客終夕爲興門户之歎，故前章及之云。」

《鷓鴣天·離豫章别司馬漢章大監》詞：「聚散匆匆不偶然，二年歷遍楚山川。但將痛飲酬風月，莫放離歌入管絃。　縈緑帶，點青錢，東湖春水碧連天。明朝放我東歸去，後夜相思夜滿船。」

按：據右詞「東湖春水」句，及《水調歌頭》「一笑落花風」句，知此次稼軒離豫章入朝，在本年春末。

又按：據《水調歌頭》詞題，知稼軒離豫章之頃，寓居豫章之前樞密使王炎適卒。王炎字公明，《宋史》不立傳。《建炎以來繫年要録》卷一六三載：「資政殿學士知建康府楊愿薨。先是，願守宣城，其表弟王炎調蘄水令。……炎，安陽人，競弟也。」《宋宰輔編年録》卷一七：「乾道四年二月己巳，王炎，端明殿學士簽書樞密院事，自右朝奉大夫試兵部侍郎賜同進士出身除。……五年二月甲辰，王炎參知政事兼同知樞密院事。自端明殿學士簽書樞密院事兼權參知政事除兼同知國用事。三月以左中大夫王炎爲四川宣撫使，依舊參知政事。七年七月參知政事王炎授樞密使、左大中大夫依前四川宣撫使。……八年九月戊寅，虞允文罷左丞相。……宣撫使王炎召還，議代之者，允文請行，遂有是命。……九年正月己丑，王炎罷樞密使，觀文殿學士提舉臨安府洞霄宫。炎……是年正月罷，執政凡五月。淳熙元年十二月，以觀文殿學士太中大夫知潭州。二年五月，臣僚論蔣芾、王炎、張説欺君之罪，並詔落職居住。炎落觀文殿學士，袁州居住。三年七月，上宣諭龔茂良等曰：『有一事，累日欲與卿言。昨湯邦彦論蔣芾、王炎、張説三人者，朕思之，王炎似無大過，非二人之比。』茂良等奏：『仰見聖明洞照，邦彦所論王炎事，多非其實，人皆能言之，宜蒙聖恩寬貸。』上曰：『未欲便與差遣，且令自便。』三年十二月，中大夫新知荆南府王炎復資政殿大學士，以赦恩檢舉也。後以通議大夫致仕，贈銀青光禄大夫。」詞題所謂「門户之歎」者，據《益國文忠公集》卷一四《王炎除樞密使御筆跋》：「乾道七年七月二十六日，……御札來除王炎爲樞密使，依舊宣撫。……初，炎與宰相虞允文不相能，屢乞罷歸。……暨宣炎制，宰相以下皆莫測。」當指其與虞允文之矛盾而言。湯邦彦乃虞允文所提拔，故王炎帥湖南敗於茶商軍之後，邦彦論劾之。《辛稼軒年譜》考證王炎事歷，引王質《雪山集》卷九《上王參政啓》：「恭維某官，……總二火以制名，符國家之運氣；賦一壬而定命，合主上之天元。」又引周必大《益國文忠公集》卷五《寄題王公明樞使豫章佚老堂（甲午）》詩：「公今年纔六十耳。」《石湖詩集》卷一五《寄題潭帥王樞使佚老堂》詩之自注：「王公自言堂去東湖百步。」而有考云：「是知王公明本相州安陽人，南渡後寓居豫章，其生當在宋徽宗政和二年壬辰，與孝宗之受禪（紹興三十二年壬午）同爲壬年，卒時當爲六十七歲也。」《年譜》又謂王炎爲稼軒友人。然稼軒與王炎無交往之跡。

四月，友人鄧林登進士第。

《淳熙三山志》卷三〇：「淳熙五年戊戌姚潁榜，鄧林，字楚材，福清人。」

〔弘治〕《八閩通志》卷六二《福州府》：「鄧林字楚材，福清人。年十五，以詩義魁鄉校。十六遊江湖。與辛棄疾善。又爲周必大之客。淳熙中登第，調泰和簿。一時名公如陳傅良、戴溪、朱熹、祖謙皆嘗與之交遊。凡三上書於朝，其略曰：『今朝廷無元氣，中國無生氣，士大夫無英氣，此夷狄客氣擣虚而入，陰陽沴氣乘間而起。』大意皆譏切朝政。時朝議欲授以中都幹官，或曰：『鄧林若在中都，此謗議之府也。』遂授石城縣丞。有《虚齋文集》行於世。」

按：稼軒今存詩詞文無與鄧林唱酬之作。本年四月進士發榜之時，稼軒恰在行都，疑二人相識，或在此前後。

曾丰《緣督集》卷三《過泰和赴主簿鄧楚材豫章貢闈之約》詩：「福建人才古鄒魯，文章師匠道宗主。餘子姑作尋常看，此公僅能一二數。太學頡頏賦争衡，淩雲之氣擲地聲。鯤鵬誰礙天南去，麒麟猶落地上行。南昌傾蓋恨不早，西昌扣門喜欲倒。風月那容酒絶交，江山不許詩在告。宦遊同調能幾人，相逢莫厭情相親。言下甘心聽苦口，鏡中白髮催青青。」

閏六月，同僚吴交如死，厚賻之。

《宋史》本傳：「爲大理卿時，同僚吴交如死，無棺斂。棄疾歎曰：『身爲列卿而貧若此，是廉介之士也。』既厚賻之，復言於執政，詔賜銀絹。」

《京口耆舊傳》卷二：「吴大卿交如，字亨會，丹徒人。性姿樂易，重義而疏於財。擢紹興十五年進士乙科，爲湖州烏程尉、楚州鹽城簿、紹興府嵊縣丞，再中法科，入爲大理寺評事，遷寺丞、寺正。……尋召赴行在，再除刑部郎中，遷大理少卿，丐外，除直秘閣提點兩浙東路刑獄公事，……居無何，除大理卿，明年，囹圄空爾，玉書嘉獎。會刑部侍郎虚位，上意有屬，命且下，而交如被病。淳熙五年閏六月，卒於位，年六十一。」

劉宰《漫塘集》卷一九《送吴兄入京序》：「吾鄉吴子隆兄，宦遊五十年，進不求榮，退不謀利。每見人訴滯淹而求薦引，述窘匱而丐周給，即瞑目不視，曰：『是不異乞人，可以吾儒而作乞人態乎？』其家翁大卿，平生歷官，買田不盈二百畝，季不肖，盡賤售以爲酒家費。人謂子隆必訴之官而復之，比子隆歸，委不問。或詰其故，子隆曰：『是其初必假母兄之命以行，吾欲復田，可使吾弟伏辜，以傷吾母之心乎？』在官公餘即閉門讀未見書，或招勝友，命駕出遊，飲酒賦詩以爲樂。

於儀真同僚中，惟與今春官小宗伯曹公，及前農卿辛公厚，在揚在杭，非此所知。故章泉趙先生在日，與某書，言子隆在上饒時，同僚無可其意，所與遊惟寓客章泉與南澗韓先生，及今奉常余公耳。……辛卯七月中澣，漫塘叟劉某序。」

按：《辛稼軒年譜》考此有云：「據此知吴交如爲疏財好義之人，而平生雖亦曾置産二百畝，但爲家鄉之不動産，故卒於臨安時不免貧無棺斂也。」

又按：劉宰序文後半部分，《年譜》删而未引。吴交如長子子隆名無考，據陳造《江湖長翁集》卷二〇《送吴子隆節推之官信州五首》詩，知其曾官於信上，故與趙蕃、韓淲友善。而序中「前農卿辛公」，則不知與稼軒諸子有關聯否。辛卯爲理宗紹定四年，蓋已在稼軒卒後二十四年矣。

《宋史全文》卷二六下：「淳熙五年閏六月丁酉，大理卿吴交如等札子：『本寺公事勘斷盡絶，並無收禁罪人，見今獄空，欲依故事上表稱賀。』詔免上表，令降詔獎諭。」

按：孝宗此次獎諭詔書見載《咸淳臨安志》卷六《孝宗皇帝獎諭獄空敕書》中。

晚秋，出爲湖北轉運副使。

《宋史》本傳：「出爲湖北轉運副使。」

《建炎以來朝野雜記》甲集卷一八《湖北土兵刀弩手》條載：「上即擢機湖北提點刑獄，使與之同措置。然刀弩手舊田，諸郡已收爲省計，機迫使募人爲之，往往無田可給，但虚立姓名以應命。……會李仁父出守武陵，力言其不便，乞度田立額，事下諸司。張欽夫爲安撫使，頗以仁父爲是。會機卒，馬大同繼之，欲换以土軍。辛幼安時新除漕副，亦乞各具所見，議不合。」

按：據此亦不能考知稼軒除湖北漕副時間。稼軒有《和周顯先韻二首》詩，其前首有「暖日晴風晚蝶忙，平林先著夜來霜」句，次首後二句謂：「更惜秋風一帆足，南樓只在遠山西。」南樓爲鄂州舊跡，而湖北漕治所在鄂州，知爲此次江行所作。

淳熙六年　己亥（一一七九）

稼軒四十歲。

在湖北轉運副使任。

三月，改湖南轉運副使。

稼軒《水調歌頭》詞題云：「淳熙己亥，自湖北漕移湖南，周總領、王漕、趙守置酒南樓，席上留别。」

《摸魚兒·淳熙己亥自湖北漕移湖南同官王正之置酒小山亭爲賦》詞：「更能消幾番風雨？匆匆春又歸去。惜春長怕花開早，何况落紅無數！春且住，見説道天涯芳草無歸路。怨春不語，算只有殷勤，畫簷蛛網，盡日惹飛絮。　　長門事，準擬佳期又誤。蛾眉曾有人妒。千金縱買相如賦，脈脈此情誰訴？君莫舞。君不見玉環飛燕皆塵土！閑愁最苦，休去倚危欄，斜陽正在，煙柳斷腸處。」

《鶴林玉露》甲編卷一《辛幼安詞》條：「辛幼安《晚春》詞云：……詞意殊怨。『斜陽煙柳』之句，其與『未須愁日暮，天際乍輕陰』者異矣。使在漢唐時，寧不賈種豆種桃之禍哉？ 愚聞壽皇見此詞頗不悦，然終不加罪，可謂盛德也已。」

按：孝宗見稼軒《摸魚兒》詞不悦，或當有其事。稼軒於淳熙八年被劾罷之後，終孝宗在位之世，不見起用，其事殆可知矣。

湖南郴州陳峒聚衆反，湖南帥臣王佐奉詔討捕。轉運司嘗檄諸州，毋以備禦妨農。

《宋史》卷三五《孝宗紀》三：「淳熙六年三月己巳，郴州賊陳峒等破連、道州、桂陽軍諸縣，命湖南帥臣討捕之。」

《渭南文集》卷三四《尚書王公墓志銘》：「奉詔，會合諸路兵，乃合二命爲一，稱節制會合諸路兵馬。檄廣南摧鋒軍兵官黄進、張喜，分屯要害。賊知湛至，而廣南守備已嚴，乃驅載所掠輜重，由間道歸宜章。轉運司聞之，即移諸州，以爲賊已窮蹙，自守巢穴，毋以備禦妨農。公得報曰：『是不獨害捕寇，且必惑朝廷。』乃檄轉運司及諸州，以爲賊未嘗敗，何謂窮蹙？其巢穴旁接三路七郡，林菁深阻，出入莫測，何謂自守？復奏言遣馮湛之後，事方有緒，若遽弛備，賊必更猖獗，愚民且有附和而起者，非細事也。因堅乞前所請。」

按：轉運司移檄諸州，事在本年三月或四月，爲稼軒之任内事。轉運司與安撫司之齟齬，必由此而引起，故述其事於此。

五月，王佐撲滅陳峒起義。稼軒有《滿江紅·賀王帥宣子平湖南寇》詞，王佐以爲諷己。

《宋史全文》卷二六下：「淳熙六年五月丙戌，上曰：『王佐以帥臣親入賊峒，擒捕誅剿，與向來捕賊不同，書生亦不易得。』趙雄等奏乞旌賞，因曰：『今日成功，皆出宸算。蓋王佐初時奏事，已云束手無策，止日夜俟荆鄂大軍三千人至。陛下亟降宸翰，令將本路將兵、禁軍、義丁、土豪無慮四五千人，自足破賊。宸翰又云：諸路養兵皆出民力，小寇不用，蓄兵何爲？卿爲帥臣，焉不知此？王佐得此訓戒，方知驚懼，遂專用本路鄉兵等，不復指準大軍。今日擒陳峒等，皆鄉丁，非大軍也。宸翰所料明矣。非陛下明見萬里，則王佐成功，必不如此之速。陛下必欲旌賞之，宜俟王佐保明立功之人來，先自下推賞，然後及王佐也。』」

《齊東野語》卷七《王宣子討賊》條：「王佐宣子帥長沙日，茶賊陳豐嘯聚數千人，出没旁郡。朝廷命宣子討之。時馮太尉湛謫居在焉，宣子乃權宜用之。諜知賊巢所在，乘日晡放飯少休時，遣亡命卒三十人，持短兵以前，湛自率百人繼其後，徑入山寨。豐方抱孫獨坐，其徒皆無在者。卒覩官軍，錯愕不知所爲，亟鳴金嘯集，已無及矣。於是成擒，餘黨亦多就捕。宣子乃以湛功聞於朝，於是湛以勞復元官，宣子增秩。辛幼安以詞賀之，有云：『三萬卷，龍頭客。渾未得，文章力。把詩書馬上，笑驅鋒鏑。金印明年如斗大，貂蟬元自兜鍪出。』宣子得之，疑爲諷己，意頗銜之。殊不知陳後山亦嘗用此語送蘇尚書知定州云：『枉讀平生三萬卷，貂蟬當復作兜鍪。』幼安正用此。然宣子尹京之時，嘗有書與執政云：『佐本書生，歷官出處有本末，未嘗得罪於清議，今乃蒙置諸士大夫所不可爲之地，而與數君子接踵而進。除目一傳，天下士人視佐爲何等類？終身之累，孰大於此？』是亦宣子之本心耳。」

按：湖南起義軍首領，諸書皆作陳峒，而《野語》作陳豐，誤矣。王佐疑稼軒詞中寓有嘲諷之意。周密雖爲之婉轉辯解，然陸游所作《尚書王公墓志銘》中又載王佐晚年閑居於山陰家中所語，應知其事固難排除也。《墓志銘》云：「一日，嘗語某曰：『里中或謂僕以誅殺衆，故多難，不知僕爲人除害也。湖湘鄉者盜相踵，今遂掃跡者二十年。綿地數州，深山窮谷之氓，得以滋息，而僕以一身當禍譴，萬萬無悔。』」稼軒反對誅殺元元，王佐在湖南多殺，此爲稼軒所嘲諷之根源也。詳可參本年稼軒奏進《論盜賊札子》條。

是夏，爲擬移居之上饒帶湖新居稼軒作《上梁文》。自稱稼軒居士，亦當始於本年。

本書卷五有《新居上梁文》。

《永樂大典》卷八〇九三城字韻引《廣信府志》：「本府舊城，南抵信河，北自古城嶺，過帶湖之南，至東門，周回七里五十步，高二丈一尺，闊二丈，下闊三丈。宋皇祐二年爲大水破壞，知州晉陵張公復築城垣九千尺。至南宋，改築於帶湖之北，北廣舊城一里許。庚子年歸附。國朝，復築於帶湖之南，因帶湖以爲北壕。」

按：帶湖既在明清上饒城北，而南宋時期則横亘於北門靈山門以内。帶湖之北，今上饒北門龍牙亭路以東之古城嶺，應即稼軒所在。據《新居上梁文》中「兩分帥閫，三駕使軺」語，知稼軒以稼名軒，爲稼軒上梁，應即其在湖南轉運副使任上事，蓋未言三分帥閫，必尚在移湖南帥任之前。《辛稼軒年譜》移置淳熙八年，不確。而稼軒何時買上饒之地，諸書無考。惟稼軒於淳熙二年就任江西提刑之行程中，得以經上饒，則買地或在此時。考核稼軒其他仕歷，則均無由經過此地也。

是秋，奏進《論盗賊札子》。

《宋史》本傳：「出爲湖北轉運副使，改湖南。尋知潭州，兼湖南安撫。盗連起湖湘，棄疾悉討平之。遂奏疏曰：『今朝廷清明，比年李全、賴文政、陳子明、李峒相繼竊發，皆能一呼嘯聚千百，殺掠吏民，死且不顧，至煩大兵翦滅。良由州以趣辦財賦爲急，吏有殘民害物之狀，而州不敢問。縣以並緣科斂爲急，吏有殘民害物之狀，而縣不敢問。田野之民，郡以聚斂害之，縣以科率害之，吏以乞取害之，豪民以兼併害之，盗賊以剽奪害之。民不爲盗，去將安之？夫民爲國本，而貪吏迫使爲盗。今年剿除，明年剗盪，譬之木焉，日刻月削，不損則折。欲望陛下，深思致盗之由，講求弭盗之術，無徒恃平盗之兵。申飭州縣，以惠養元元爲意，有違法貪冒者，使諸司各揚其職，無徒按舉小吏以應故事，自爲文過之地。』詔奬諭之。」

蔡戡《定齋集》卷一《禦盗十事札子》：「臣近準尚書省札子，備坐湖南轉運副使辛棄疾札子，奏官吏貪求，民去爲盗事。」

按：　據蔡戡《札子》，知稼軒奏進此疏在其作湖南漕副時，本傳謂在其知潭州兼湖南安撫使之後，誤矣。

又按：　本傳援引稼軒此《札子》節文，有「比年李全、賴文政、陳子明、李峒相繼竊發」語，查稼軒此《札子》原文爲「比年以來，李金之變，賴文政之變，姚明敖之變，陳峒之變，及今李接、陳子明之變」，其中宜章射士李金於湖南郴州作亂，在乾道元年，當年爲湖南帥臣劉珙討平。靖州徭人姚明敖於淳熙三年反，同年爲荆鄂駐札明椿所平息。李接、陳子明於淳熙六年五月在廣西陸川反叛，至稼軒作此《札子》時尚未平息。本傳將李金誤作李全，將陳峒誤作李峒，又未及姚明敖、李接，均誤。此乾道以來發生於湖南及廣西各地之反叛事件，除賴文政確爲稼軒所平定之外，餘皆與其無關。所謂「棄疾悉討平之」語亦誤。

又按：　稼軒此《札子》中，力主官府聚斂，使田野之民「不去爲盜，將安之乎」，大聲呼籲「斯民無所訴，誅之則不可勝誅」。皆爲民請命語也。此蓋針對湖南前此苛政暴政而言，頗有針對性。故前帥臣王佐對此耿耿，晚年猶不能忘懷也。

改知潭州，兼湖南安撫使。

《宋史》本傳：　「尋知潭州，兼湖南安撫。」

《渭南文集》卷三四《尚書王公墓志銘》：　「淳熙六年正月，郴州宜章縣民陳峒竊發，俄破道州之江華，桂陽軍之藍山、臨武，連州之陽山縣，旬日有衆數千。郴、道、連、永、桂陽軍皆警。公奏乞荆鄂精兵三千，未報。公度不可待，而見將校無可用者，流人馮湛適在州。……即日令湛自選潭州廂禁軍及忠義寨凡八百人，即教場誓師遣行。……五月朔日詰旦，分五路進兵。……湛遂誅陳峒，函首來獻。已而李晞以下，誅獲無遺。……案功行賞，悉如初令，且上其事於朝，振旅而還。詔以公忠勞備著，起拜顯謨閣待制，湛亦由此復進用。俄徙公知揚州。」

《宋會要輯稿·職官》六二之二一：「淳熙六年七月二十三日，詔集英殿修撰湖南帥臣王佐除顯謨閣待制，湖南運判陳孺除直秘閣。樞密院言，收捕郴寇日，佐節制軍馬平蕩賊巢，忠勞備著。孺應副捕賊官兵，錢糧辦集。故有是命。」

按：王佐之徙知揚州，在其鎮壓郴州陳峒起義，由集撰進職待制之後。據孝宗批答稼軒《論盗賊札子》之日爲八月七日壬辰，内中即有「今已除卿帥湖南」語，知爲七月末或八月初之事也。

孝宗批答稼軒文字，申諭懲治官吏貪求。

《宋史全文》卷二六下：「淳熙六年八月壬辰，上宣諭宰執：『批答辛棄疾文字，可札下諸路監司帥臣，遵守施行。』先是，湖南漕臣辛棄疾，奏官吏貪求，民去爲盗，乞先申飭，續具按奏。御筆付辛棄疾：『卿所言在已病之後，而不能防於未然之前。其原蓋有三焉：官吏貪求，而帥臣監司不能按察，一也。方盗賊竊發，其初甚微，而帥臣監司漫不知之，坐待猖獗，二也。當無事時，武備不修，務爲因循。將兵不練，例皆占破。纔聞嘯聚，而帥臣監司倉皇失措，三也。夫國家張官置吏，當如是乎？且官吏貪求，自有常憲。無賢不肖，皆共知之，亦豈待喋喋申諭之耶？今已除卿帥湖南，宜體此意，行其所知，無憚豪强之吏，當具以聞。朕言不再，第有誅賞而已。』上又曰：『亦欲少警諸路監司郡守也。』」

淳熙七年　庚子（一一八〇）

稼軒四十一歲。

在湖南安撫使任。

春二月，奏請諸州以官米募工，濬築陂塘，因而賑給。

《宋會要輯稿·食貨》六一之一二六：「淳熙七年二月四日，知潭州辛棄疾言，欲令常平司、本路諸州郡措置以官米募工，濬築陂塘，因而賑給。一則使官及遍及細民，二則興修水利。從之。」

出湖南樁積米十萬石，賑糶永、邵、郴三州。

《宋史》卷三五《孝宗紀》三：「淳熙七年二月己亥，出湖南樁積米十萬石，振糶永、邵、郴三州。」

《宋會要輯稿·食貨》六八之七六：「淳熙七年二月二十七日，詔湖南安撫辛棄疾於前守王佐所獻樁積米内支五萬石，應副邵州二萬石、永州三萬石賑糶。以棄疾言溪流不通，舟運艱澀故也。」

友人張栻卒，年四十八。

《朱文公文集》卷八九《右文殿修撰張公神道碑》：「淳熙七年春二月甲申，秘閣修撰荆湖北路安撫廣漢張公卒於江陵之府舍。……卒時年四十有八。」

《宋史全文》卷二六下：「淳熙七年二月，張栻卒。……改知江陵府，湖北尤多盜，栻入境，首劾罷大吏之縱賊者，捕斬姦民之舍賊者，羣盜遁去。……以病請祠，病且死，自作《遺表》來上。……邸吏以庶僚不得上《遺表》却之，上迄不見也。」

整頓湖南鄉社，爲本年春間事。

《建炎以來朝野雜記》甲集卷一八《湖南鄉社》條：「湖南鄉社者，舊有之，領於鄉之豪酋。或曰彈壓，或曰緝捕，大者所統數百家，小者三二百。自長沙以及連、道、興、韶，而郴、桂、宜章尤盛。乾道七年春，知衡州王琰者，言湖南八郡，三丁取一，可得民兵萬五千人。帥臣沈德和不可，乃止。淳熙七年春，言者奏鄉社之擾，請盡罷之。事下安撫司，已而帥臣辛幼安言，鄉社皆雜處深山窮谷中，其間忠實狡詐，色色有之，但不可一切盡罷。今欲擇其首領，使大者不過五十家，小者減半，屬之巡尉而統之縣令，所有兵器，官爲之印押。上從之。」

《宋史》卷一九二《兵志》六：「湖南鄉社。舊制以鄉豪領之，大者統數百家，小者亦二三百家。後言者以其不便，淳熙中，擇其首領，使大者不過五十家，小者減半。」

夏，奏請置郴州宜章縣、桂陽軍臨武縣學。

《宋會要輯稿·選舉》一七之三：「淳熙七年六月四日，詔郴州宜章縣、桂陽軍臨武縣並置學，從知桂陽軍徐大觀及帥臣辛棄疾請也。」

《宋史》卷三五《孝宗紀》三：「淳熙八年四月癸酉，立郴州宜章、桂陽軍臨武縣學，以教養峒民子弟。」

陳傅良《止齋集》卷一九《桂陽軍乞畫一狀》：「一、臣伏見前後臣僚，屢言郴、桂之間宜興學校，以柔人心。尋準淳熙八年八月二十一日敕節文，三省同奉聖旨，依體户部勘會事理施行，行下本路，於郴之宜章、本軍臨武兩縣，創建縣學，所以勸獎風厲，條目甚備。仰見睿明，旁燭幽照，欲使邊氓同被文化，幸甚幸甚。今來兩縣雖各有學，然而無訓導之官，無供億之具，名存實亡，不足以仰稱明詔。」

按：三書所載兩縣置學年月各有不同，《象山集》卷一九《宜章縣學記》：「郴據嶺，爲荆湖南徼，宜章又郴之南徼，遠於衣冠商賈之都會，其民宜淳愿忠樸，顓蒙悍勁，而不能爲詐欺。……不數十年間，盜孽屢起，宜章以是負惡聲，有自來矣。淳熙十有二年，吴侯鎰扺行都，……於是宜章闕宰，顧吏之視任宜章，若蹈豺虎之區，無敢往者，帥府嗜吴侯之賢，辟書東馳，吴侯欣然就之。至則務去民之所惡，而致其所欲，勉之使爲善，以雪惡聲，大葺學宫，補弟子員。淳熙五年始建今學，八年，朝廷殊其令，優其數，以獎誘入學之士。」此與上引記載又不同，不知何故。殆其初始應以《會要》所載爲準也。

按劾知桂陽軍趙善珏，罷之。

《宋會要輯稿·職官》七二之二八：「淳熙七年六月十三日，知桂陽軍趙善珏特降一官放罷。以帥臣辛棄疾按其昏濁庸鄙，窠占軍伍，散失軍器，百姓賦科折銀兩贏餘入己故也。」

按：前引《止齋集》卷一九《桂陽軍乞畫一狀》有「臣檢會到淳熙五年正月空日守臣徐大觀奏，昨準聖旨指揮，減收銀價錢」語，知徐大觀知桂陽軍始於淳熙四年，至七年任滿。繼之者爲趙善珏，到任不足半年即被劾罷，此稼軒在湖南任内懲治貪吏之例，餘皆無所考知矣。

是秋，創置湖南飛虎軍。

《宋史》卷三五《孝宗紀》三：「淳熙七年八月丁酉，置湖南飛虎軍。」

同書本傳：「又以湖南控帶二廣，與溪峒蠻獠接連，草竊間作，豈惟風俗頑悍，抑武備空虚所致。乃復奏疏曰：『軍政之弊，統率不一。差出占破，略無已時。軍人則利於優閑窠坐，奔走公門，苟圖衣食。以故教閲廢弛，逃亡者不追，冒名者不舉。平居則奸民無所忌憚，緩急則卒伍不堪征行，至調大軍，千里討捕，勝負未決，傷威損重，爲害非細。乞依廣東摧鋒、荆南神勁、福建左翼例，别創一軍，以湖南飛虎爲名，止撥屬三牙密院，專聽帥臣節制調度，庶使夷獠知有軍威，望風懾服。』詔委以規畫。乃度馬殷營壘故基，起蓋砦柵，招步軍二千人，馬軍五百人，傔人在外，戰馬鐵甲皆備。先以緡錢五萬，於廣西買馬五百匹，詔廣西安撫司歲帶買三十匹。時樞府有不樂之者，數沮撓之。棄疾行愈力，卒不能奪。經度費鉅萬計，棄疾善斡旋，事皆立辦。議者以聚斂聞，降御前金字牌，俾日下住罷。棄疾受而藏之，出責監辦者，期一月飛虎營柵成，違坐軍制。如期落成，開陳本末，繪圖繳進，上遂釋然。時秋霖幾月，所司言造瓦不易，問須瓦幾何，曰：『二十萬。』棄疾曰：『勿憂。』令厢官自官舍神祠外，應居民家取溝壝瓦二，不二日皆具，僚屬歎伏。軍成，雄鎮一方，爲江上諸軍之冠。」

《宋史全文》卷二六下：「淳熙七年八月，是月，置湖南飛虎軍，帥臣辛棄疾所創也。尋詔撥隸步軍司，遇盜賊竊發，專聽帥司節制，仍以一千五百人爲額。」

《夷堅志》支戊卷一二《湘鄉祥兆》條：「長沙古語，嘗有『駱駝嘴斷狀元出』之謡。駝嘴者，山也，其形似之，在州北，正直水口，其下曰麻潭，皆巨石屹立。淳熙七年，辛幼安作守，創飛虎營，廣辟衢陌，許僧民得以石贖罪，皆鑿於潭中，所取不勝計。後帥林黄中，又增益南街，取石愈多。迨丙午之夏，駝嘴中斷爲兩，不一歲而南强應之。」

按：駝嘴山或即麻潭山。〔乾隆〕《長沙府志》卷五《長沙縣》載：「麻潭山，縣北五十里，形家稱蘆花鞭，其山多石，爲長沙水口。」〔同治〕《長沙縣志》卷四亦載：「麻潭山，縣北四十里臨湘都。山下即丁字灣。……山産麻石，性堅實，能勝重任，鑿石者常數百人。」

又按：羅正鈞《左文襄公年譜》卷二：「咸豐七年。是年，自柳莊迻家省城。《文集·亡妻周夫人墓志銘》：『湖南撫部駱文忠公、湖北撫部胡文忠公，勸余還居長沙，爲鐻金與屋，乃得司馬橋今宅居焉。』《書牘》卷二十二《己卯與譚文卿書》云：『敝居舊爲辛稼軒帥潭時練兵故地，寨曰飛虎，橋曰司馬，因其遺跡名之。咸豐七八年，弟由柳莊迻家長沙，賃屋而居。駱、胡兩文忠鐻金五百購得之，雖近城市，却似山村，种蔬數十畦，養魚數百尾，差足自給。』」司馬橋，據長沙人流傳，爲飛虎寨河之橋，今名司馬里，在長沙北開福區營盤路南。

《鶴林玉露》乙編卷六《臨事之智》條：「大凡臨事無大小，皆貴乎智，智者何？隨機應變，足以弭患濟事者是也。……辛幼安在長沙，欲於後圃建樓賞中秋，時已八月初旬矣。吏白他皆可辦，唯瓦難辦。幼安命於市上，每家以錢一百，賃簷前瓦二十片，限兩月以瓦收錢，於是瓦不可勝用。」

按：《辛稼軒年譜》於此條頗有所疑，曾作按語云：「羅大經謂稼軒『欲於後圃建樓賞中秋』，此乃事理之所不容有；其所述建造之時令及責辦屋瓦事，與《宋史》稼軒傳所記起蓋飛虎營寨事跡頗相合，則其所謂『後圃建樓』必即建飛虎營寨之訛傳，因附載其文於此。」

《建炎以來朝野雜記》甲集卷一八《湖南飛虎軍》條：「湖南飛虎軍者，潭州土軍也。淳熙四年春，樞密院言：『江西、湖南多盜，諸郡廂禁軍單弱，乞令諸路帥司各選配隸人置一軍，並以敢勇爲名，以一千人爲額。』其後帥臣王佐、吕企中以爲亡命之徒，恐聚集作過，遂不行。七年，辛幼安爲潭帥，始募一千八百人訓練之。其冬賜名，遥隸步軍司（十一月八日降旨）。十年夏，改隸御前江陵軍額，從副都統郭杲請也（五月十日降旨）。明年，趙衛公爲帥，奏乞移其軍屯江陵。周益公在樞院，以爲小人重遷，恐生變，不可。趙公力請，迄不行（飛虎軍歲用錢七萬八千貫，糧料二萬四千石，並以步司闕額錢糧支用者。益公云：湖南、湖北近年來多有徭人强盜，藉此軍先聲彈壓，不可移也）。」

《益國文忠公集》卷一四三《論步軍司多差撥將佐往潭州飛虎軍札子》（淳熙七年十月十三日）：

「臣竊見湖南帥臣辛棄疾，以本路地接蠻猺，時有盗賊，創置飛虎一軍，免致緩急調發大兵。截自七月，已有步軍一千餘人，馬軍一百六十八人。起蓋營寨，製造軍器，約至來秋可辦。預先撥屬三衙，專聽帥臣節制，庶免他時潭州占破差使。八月十八日，已奉聖旨撥屬步軍司。至九月十九日，岳建壽奏審合與不合差官，又奉聖旨，差統領官一員，事體已爲允當。已而，建壽言，却欲依步司諸軍格式，分置隊伍，差撥諸色合干人。於是統領之外，共差將官四員，撥發官一員，訓練官一十五員（内馬軍將五員，步軍將一十五員），合干人八十九人（部隊將二十五員，並馬軍押雍隊四十員，並步軍諸色教頭十七人，醫人、獸醫一人，統領將司五人）。見今申尚書省下糧料院，分擘請受前去。臣雖書生，不嫺軍事，偶有三疑，不敢輒隱。若其不中於理，望陛下憐而恕之。臣聞蠻猺僻在溪洞，惟土人習其地利，可與角逐，所用鋒牌器械，專務便捷，與節制之師全然不同，此則辛棄疾創軍伍之本意。今若一切教以三衙戰陣之法，深慮所招新軍，用違所長，一也。馬軍未及二百人，而差將官一員，部隊將二十五員，必須量破使令，則是部曲少而主者多，或有十羊九牧之患，二也。凡三衙偏裨，日赴教閲，紀律甚嚴，不容少怠，聞有外路優輕去處，必是計會請行，在步軍先減見成之人，於飛虎未見其益，三也。今若只依已降指揮，且差統領官韓世顯，或更差正將一兩人前去，與辛棄疾相度，只就飛虎千五百人中，推擇事藝高强、爲衆所服者爲教頭、押隊之屬，既免虚占衛兵，亦使上下相習，似爲兩得。况棄疾止欲先得軍額，未曾陳乞將佐，欲望聖慈，更賜詳酌施行，取進止。」

按：《辛稼軒年譜》在此條後有長考，謂：「稼軒奏《請創置飛虎軍疏》，《宋史》中僅節録概要，全文今已無從得見，因而其奏請及其得旨允從之日期均不可知，據周益公《奏議》，謂截至七月既已有步軍千餘馬軍百六十餘人，知其經始當在夏間。《宋史·孝宗本紀》於淳熙七年八月丁酉書『置湖南飛虎軍』，當即周氏於奏議中所謂『八月十八日已奉聖旨撥屬步軍司』之日也。」又云：「由創置飛虎軍一事，可備見稼軒之才幹機略。此軍一成遂即雄視江上，亘數十年而猶爲勁軍。奈稼軒甫經離去湖南任，即異論紛起，或謂非便，或請改隸，或主移屯，而又以主持非人，風紀莫保，亦遂時染驕悍之習，使稼軒艱難締造之成果坐此而幾至全行廢敗。今將散見各處之有關文獻備録於後，該軍始終庶足考見焉。」所考甚悉。今除將已有之文獻照録外，新補充之内容亦一併附録於此。

《朱文公文集》卷九四《敷文閣直學士李公墓志銘》：「公諱椿，字壽翁，洺州永年縣人。……越再歲，上以湖南兵役之餘，公私困敝，上下恫疑，思有以鎮安之。謂公厚重可倚，復起公以顯謨閣待制知潭州、荆湖南路安撫使。……飛虎軍新立，或以爲非便。公曰：『長沙一都會，控扼湖嶺，鎮撫蠻徼，而二十年間，大盜三起，何可無一軍？且已費縣官緡錢四十二萬，民財力不可計，何可廢耶？亦在馭之而已。』異論乃息。」

同卷《直顯謨閣潘公墓志銘》：「公諱時，字德鄜，姓潘氏，婺州金華縣人。……進直徽猷閣知潭州，安撫湖南。……飛虎軍驕横不可制，有恃醉挾刃傷人者，案軍法誅之，於是帖服無敢犯。」

同書卷九三《運判宋公墓志銘》：「公諱若水，字子淵，成都府雙流縣人。……除湖南提點刑獄公事。……被旨攝帥事。飛虎軍素驕悍，白晝掠人，吏不敢問。公一以軍律繩之，賞信罰必，士民以是得安其居，而軍吏亦皆悦服。」

同書卷二一《乞撥飛虎軍隸湖南安撫司札子》：「熹竊見荆湖南路安撫司飛虎軍，元係帥臣辛棄疾創置，所費財力以鉅萬計，選募既精，器械亦備，經營葺理，用力至多。數年以來，盗賊不起，蠻猺帖息，一路賴之以安。而自棄疾去鎮之後，便有指揮撥隸步軍司，既而又有指揮撥隸荆鄂副都統。自此之後，只許緩急聽本司節制，而陞差事權並在襄陽。竊詳當日創置此軍，本爲彈壓湖南盗賊，專隸本路帥司。本路别無頭段軍馬，唯賴此軍以壯聲勢。而以帥司制御此軍，近在目前，行移快疾，察探精審，事權專一，種種利便。今乃遥隸襄陽，襄陽乃爲控制北邊大敵，自有大軍萬數，何藉此軍爲重？而又相去一千二百餘里，其將吏之勤惰，士卒之勇怯，紀律之疏密，器械之利鈍，豈能盡知？而使制其升黜之柄，徒使湖南失此事權，不過禮數羈縻，略相賓服而已。於其軍政，平日無由覺察。及有調發，然後從而節制之，彼此不相諳，委有誤事必矣。欲望朝廷考究元來創置此軍一宗本末，照辛棄疾當時所請，特賜敷奏，别降指揮，仍舊以湖南飛虎軍爲額。其陞差節制，一切事務，並委帥臣專制，只令荆鄂副都統司每歲十月關湖廣總領所，同共差官，按拍事藝，覺察有無闕額虚券、雜役之類，庶幾互相防檢，緩急可恃。」

周必大《益國文忠公集》卷一四六《移飛虎軍御筆》（淳熙十五年五月七日）：「飛虎軍若以屯田

爲名，令漸出戍荆南，如何？更與議之。」《回奏》：「臣伏準御筆，詢問飛虎軍出戍荆南事。昨翟安道屢以此軍分未正，衣糧不及大軍爲言。臣緣曾聞玉音，欲移此軍，所以未敢領略，思爲後圖。適亦曾與郭杲商量，方欲來早面奏。今蒙宸翰，仰服聖明。惟是以屯田爲名，恐軍士疑其薄己。若只令杲具奏，以謂潭州去三衙太遠，密邇荆南，乞改隸御前駐扎諸軍，就正軍額，支破請給，俟三數月間，杲自措置起發，庶幾樂從。度杲任此有餘。未審聖意以爲然否？所有前月翟安道札子，謹具繳進，其飛虎軍人馬數目曲折皆可見。伏乞睿照。」

同書卷一九四《與趙德老總領彦逾書》（淳熙十三年）：「垂報飛虎諸給湖南諸州煎熬已極，豈容添此一項？其出於户部無疑。二版曹已自無説，但省吏未必體國。近見科撥來年歲計，頗多畫餅。將來須費申請也。人皆云飛虎當併入江陵，殊不思湖南歲有猺人强盗，自得此項軍兵，先聲足以彈壓，是謂曲突徙薪計，兹固可以默喻矣。」

同書卷一九五《與林黄中少卿書》（淳熙十年）：「某蒙諭飛虎軍曲折，仰歎閎慮，密札數道，皆降付三省矣。長沙將兵元不少，因董苹及劉樞各創一軍，往往舍彼就此。若精加訓練，自可不勝用。而辛卿又竭一路民力爲此舉，欲自爲功，且有利心焉。議者謂四項衣糧不等，恐非久長之策，撥隸步司，與御前江陵軍，無大相遠也。正是主帥不應回易科擾，若非啓聞，亦無由知。已一面行下戒約，自此亦少戢否？親兵等必委翟瓊教閲，比預令再任，正欲留備驅策。未審其才略何如，因風幸批報。以飛虎易鄂戍，去冬嘗與侍從商量，而王宣子謂此皆烏合無賴，在帥府成隊伍，方帖帖無事，若使出戍，無異虎兕出柙。遂姑置之，更望審度見報也。」又書（十一年）：「飛虎一軍，牛僎屢乞移屯，一切止之，今又易帥矣。」又書（十二年）：「荆襄乞飛黄不已，若歲令一半，往來江陵間，使習知大軍紀律，又有以繫懷土之心，亦可行否？望速垂教。」同書卷一九六《與湖南潘帥時書》（淳熙十二年）：「飛虎軍内外議論交興，皆欲移寘江陵。止慮湖湘闕人彈壓，奏乞仍舊。亦有以書問相侵者，不敢校也。孤蹤若不在此，衆説必紛然矣。」《誠齋集》卷一一六《李侍郎傳》：「前守創新軍曰飛虎，讙議未息。椿曰：『長沙鎮壓蠻徼，控扼湖嶺，二十年間，至三乞師，可無一軍？且以費縣官四十三萬緡，何可廢也？亦在馭之而已。』」《後樂集》卷一一《奏陞差李義充飛虎軍統領袁任充親兵忠義統領狀》：「照對連年盗賊俶擾之後，今方稍就平寧，人心易於弛玩，軍政不可不修，要當精擇其人，庶幾可以責任。湖南一路，所恃官軍，惟飛虎軍與親兵忠義，粗爲可用。昨因調發，累歷戰陣。間有死損逃亡，逐旋招刺，多是新人。當此事定之時，正須修明軍政，閲習武藝，俾各精熟，庶幾可備緩急。」《鶴山集》卷七三《直焕章閣淮西安撫趙君綸墓志銘》：「嘉定九年守信陽，公以飛虎、義士、克敵、信效諸軍，列栅淮壖間，出游騎以誘之。一日與敵遇，乘勝逐北，一舉而盡俘之。於是開納降附，弱者贍衣食，壯者隸軍伍。厥明年正月，諜言寇治兵，公乃以鄂軍及信效、義勇諸軍專禦，以飛虎軍爲游擊，城諸砦，土豪各保其地，而身率郡僚，分隅爲城守備。二月，敵盛兵先犯羅山，尋縱燎迫郡城，公登授方略，遣飛虎統領許用先提精鋭出城，及其未定急擊之，殺傷甚衆。」同書卷七七《直寶章閣提舉沖佑觀張公墓志銘》：「十二年春，敵破五關，圍信陽、蘄、黄，襄漢皆震。公請調飛虎軍以壯聲勢，卒賴其用。」

《朱子語類》卷一三〇《自熙寧至靖康人物》：「本朝養兵蠹國，更無人去源頭理會，只管從枝葉上去添兵添將。太祖初定天下，將諸軍分隷州郡，特寄養耳，故謂之第幾指揮，謂之禁軍，明其爲禁衛也。其將校乃衙前，今所謂都知，兵馬使謂之教練，乃其軍之將也若都監，乃唐末監軍之遺制，鈐轄、都部署皆國初制也。部署即今之總管。今州鈐、路鈐、總管皆無職事，但大閱時供職一兩日耳。潭州有八指揮，其制皆廢弛，而飛虎一軍獨盛。人皆謂辛幼安之力，以某觀之，當時何不整理親軍？自是可用，却别創一軍，又增其費。」又引《廣録》云：「……因言軍政，後來因事而添者甚多，添得新者，却不理會舊時有者。祖宗只有許多禁軍，散在諸州，謂之禁軍者，乃天子所用之軍，不許他役。而今添得許多御前諸軍，分屯了，故諸州舊有禁軍皆不理會。又如潭州，緣置飛虎一軍了，都不管那禁軍與親兵。」

《歷代名臣奏議》卷一八五涇《奏按郭榮乞賜鐫黜狀》：「臣照對湖南飛虎一軍，自淳熙間帥臣辛棄疾奏請創置，垂四十年，非特彈壓蠻猺，亦足備禦邊境。北虜頗知畏憚，號虎兒軍。開禧用兵，蓋嘗調發，緣統御無術，分隷失宜，兵將素不相諳，枉致剉衂，人皆惜之。」

改湖南税酒法爲榷酒。

《文獻通考》卷一四《征榷考》：「淳熙八年，兵部侍郎芮輝言：『潭州自紹興初，劇盗馬友行税酒法，一方便之，於官無費，歲得錢十四五萬緡。昨守臣辛棄疾變榷酒，人多移徙。乞依舊法。』」真德秀《西山集》卷九《潭州奏復税酒狀》：「臣至愚極陋，誤蒙聖恩，擢付一路。入境之初，訪求民瘼，即聞榷酒一事，重爲潭人之害。既又詳加考訂，乃知積弊已極，不容不更；舊法具存，不容不復。……潭州在城，或税或榷，前後屢變。考諸故牘，税酒之法，實起於紹興元年。是時兵革未息，城市蕭條，幕府適有練達之人，建議於州募醞户，造酒城外，而募粕户賣之城中。入城之時，數畧以税，官無尺薪斗米之費，而坐獲利入；民無逮捕抑配之擾，而得飲醇美。其後名公鉅卿，相繼典州，皆因而不改。旁郡如衡，依倣其法，亦迄今遵行。至乾道二年，劉珙討平郴寇，增置新兵，又乞屯軍郴、桂，一時調度百出，亦不敢輕變税法，但增置糯米場，添創南、北、楚三樓，量從官賣，稍分醞户之利而已。及辛棄疾之來，創置飛虎一軍，欲自行贍養，多方理材，取辦酒課，乃始獻議於朝，悉從官賣。明年，權給事中芮煇奏言：『潭州自行税酒法，人甚安之，官不費一錢，而日有所入。今變税爲榷，皆謂不便，人多移徙，虚市一空。始行之初，所得雖多，今止及半，而米麴之本，官吏之給，盡在其中。夫以小利易大不便猶不可，况初無可得之利？且彼方新經陳峒猖獗之後，又可遽擾之乎？』孝宗皇帝亟從其説，降旨住罷，令本州照舊例施行。是年冬，帥臣李椿到官，椿於吏事最爲詳練，亦奏：『臣久居湖外，備諳土俗。税酒之爲民便已久，而棄疾改之。當創造營寨房廊，日役夫匠甚衆，所入雖不下七八百緡。夫匠一散，已不及初，其後愈見虧額。會計所得，除抱認諸司錢及贍給官吏，虛有廢罷醞户之名，實無所益，請依舊於行醞户稅賣，而帥司樓店亦且開沽，俟稅課登羨日止。』」

《後村先生大全集》卷一六八《西山真文忠公行狀》：「除寶謨閣待制知潭州、湖南安撫使。……長沙自南渡初，民自醞酒而稅於官，其法簡便。至劉公珙，討郴寇，增新兵，始量從官賣，稍分醞户之利。辛帥棄疾創飛虎一軍，博求利源，奏改爲榷酤。給事中芮公煇持不可而寢。至趙帥善恭，又榷焉，曹公彦約修復舊法，至安樞密丙又榷焉。」

按：湖南酒法多變，時榷時稅，皆取決於政務需要及財政狀況，亦無所謂孰爲是孰爲非也。

是秋，閱解試卷，取趙方。

《宋史》本傳：「帥長沙時，士人或訴考試官濫取第十七名《春秋》卷，棄疾察之信然。索亞榜《春秋》卷兩易之，啓名則趙鼎也。棄疾怒曰：『佐國元勳，忠簡一人，胡爲又一趙鼎？』擲之地。次閱《禮記》卷，棄疾曰：『觀其議論，必豪傑士也，此不可失。』啓之，乃趙方也。」

按：趙方字彦直，湖南衡山人，爲南宋抗金名臣，《宋史》卷四〇三有傳。

《錢塘遺事》卷三《趙方威名》條：「方初登第，作尉時，嘗訪辛稼軒，留三日，劇談方略，辛喜之，謂其夫人曰：『近得一佳士，惜無可爲贈。』夫人曰：『我有絹十端尚在。』稼軒將添作贐儀，且奉以數書，云諸監司覓文字，趙極感之。」

按：《辛稼軒年譜》於此條後有考按云：「《宋史》所載稼軒識拔趙氏之事，按之其時其地，全無不合，當屬可信。是則趙氏登稼軒之門必不待登第爲尉之後。且趙氏舉進士後任蒲圻尉，蒲圻爲江陵屬邑，其時稼軒已移帥隆興，似亦無由過訪，則《錢塘遺事》所載未必可信。但傳信傳疑，亦適足見稼軒確有獎擢趙氏之事，故附録於此。」此按語，除謂《宋史》本傳所記識拔趙方確信無誤外，其餘均不免舛誤。查《趙方傳》，其淳熙八年舉進士，調蒲圻尉，授大寧監教授，知青陽縣。從其仕歷似可確認，其至知青陽縣始獲改官。《年譜》謂淳熙八年趙方登第爲尉時稼軒已移知隆興府，故趙方無由來訪。查宋人登科之後，雖已得差遣，猶須待闕，短則一二年，長則七八年或更久。則趙方任縣尉時，必已在稼軒退居上饒帶湖之際，絶無可能於淳熙八年即赴蒲圻任。另據史傳，趙方知青陽縣時，池州守臣爲史彌遠，而同書卷四一四《史彌遠傳》謂其慶元六年知池州。是知趙方登第後歷十九年方得知縣，其前僅歷兩任州縣僚吏，是知其閑居之日甚久，可證上述判斷。又，稼軒奉書使趙方覓文字，當在其任尉之後，蓋宋制，選人改官須待七考五章無過犯方能合格，覓文字即覓舉薦狀紙，非初任尉時即有此舉也。且蒲圻在鄂州西南，乃鄂州屬邑，謂江陵屬邑亦誤。然《錢塘遺事》記稼軒識拔趙方一事，所謂「近得一佳士」，如初識者之語，當不符合實際。蓋趙方得解試之後，必有謝座主之舉，其相識當不始於晤訪之時。以其晤訪並無確切時間可考，遂亦一仍舊文附次於其獲解之際。

檄衡山尉戴翊羽行縣事。

《益國文忠公集》卷七七《二戴君墓碣》：「慶元丙辰七月戊戌，朝奉郎江南東路提點刑獄司幹辦公事戴君翊羽卒，卜葬吉州廬陵縣儒林鄉長徑之原。……淳熙二年，一上登第。……翊羽字漢宗，一字漢卿。童丱知力學，日記千言，長通載籍，益自刻苦，遂以起家。初補迪功郎潭州衡山尉，盜不敢作。帥辛棄疾才之，檄行縣事。臺府交薦，陞從政郎，補贛州雩都丞。」

按：據〔雍正〕《江西通志》卷五〇之《選舉表》，淳熙元年解試及二年乙未詹騤榜中均有戴翊世，安福人。疑集中羽字爲世之誤。

長沙丞孫仲洧，曾受知於稼軒。

〔雍正〕《江西通志》卷八〇：「孫洵字子直，臨川人。……三子後皆成名。……仲洧，乾道二年進士，再調長沙丞，受知辛稼軒。張杓尤器之，及尹京，特薦以自代。」

〔弘治〕《撫州府志》卷二二：「孫洵字子直，後奏以字名，改字直翁，臨川人。……篤意教子，後皆成名。……仲洧，舊名有慶，静愿好修，乾道二年登進士，再調長沙丞，受知辛稼軒。改静江教，守張杓尤器之。及尹京，特薦自代。」

九月，友人陸九齡卒，年四十九。

《象山集》卷三六《年譜》：「淳熙七年九月二十九日，季兄復齋先生卒。」

按：陸九淵爲作《全州教授陸先生行狀》，見《象山集》卷二七。謂九齡字子壽，乾道五年進士，授興國軍教授，再授全州教授，未到任卒。稼軒與其交誼諸書無載，惟〔同治〕《蘇州府志》卷一四一《金石志》載辛棄疾撰並書《復齋陸先生傳》，謂在虎丘甫里祠，乾隆四年勒石，今亦無傳。而明年其弟九淵致書徐誼，言及稼軒，有「舊聞先兄，稱其議論」語，先兄即謂九齡。可知二人之誼，亦甚深厚云。

刊行亡友周孚《蠹齋集》，事亦在本年。

《嘉定鎮江志》附録引《咸淳鎮江志》：「周孚字信道，丹徒人。……有《蠹齋集》三十卷，稼軒辛棄疾幼安刊於長沙。樞密丘崈宗卿爲之序，略曰：『予評信道之爲詩，大要本諸黄太史，而濫觴於江西諸賢，不爲蹈襲，高爽刻厲似可正平，而行布創立，紆徐明暢又似高子勉。逮其合處，微詞宛轉，一唱三歎，有諷有刺，而不爲虐。跂望太史氏，猶將見之。』又有集曰《鉛刀編》，鄉人之從遊者，爲板行於世。」

方回《瀛奎律髓》卷四四周孚《次韻朱德裕見贈予病初起》詩後考云：「周孚字信道，濟南人，乾道二年進士。爲儀真教官卒。詩本黄太史。辛稼軒刊其集曰《蠹齋集》，丘詳之惜其年不老，蓋尚進而未艾。」

史正志或卒於本年，年六十。

《嘉定鎮江志》卷一九：「史正志字志道，丹陽人。……除知成都府，改除户侍、江浙京湖淮廣福建等路都發運使，檢察諸路財賦。未幾，乞守本官致仕，詔答不允。……以散官謫永州，尋復元官，提舉隆興府玉隆萬壽觀，除右文殿修撰知静江府，未赴而罷。再奉祠，轉朝請大夫，賜爵文安縣開國男，轉朝議大夫知寧國府，改贛州，又知廬州，既至數月，以疾終，年六十。」

《宋會要輯稿・職官》七二之一一：「淳熙元年三月十九日，右文殿修撰新知静江府史正志落職，提舉隆興府玉隆觀。以言者論其巧求進用，聚斂殘酷故也。」

《益國文忠公集》卷一五《題六一先生與王深甫帖》：「右同年史志道送《歐陽公帖》一紙，深甫必王回也。淳熙庚子二月二十九日，周某子充。淳熙十五年四月二十八日，觀舊題，轉燭八年，而史志道墓木已拱，太息久之。」

按：史正志淳熙以後事歷，史書多不見載。據周必大跋語，疑史正志之卒或在本年。

歲末，加右文殿修撰，差知隆興府兼江西安撫使。

《宋史》本傳：「加右文殿修撰，差知隆興府兼江西安撫。」

《宋史全文》卷二六下：「淳熙七年十一月己未，知隆興府張子顏言：『曩乾道之旱，江西安撫龔茂良有請，欲明諭州縣，於賑濟畢日，按籍比較，稽其登耗而爲守令賞罰，以此流移者少。今歲旱傷，欲乞許臣依茂良所請，以議守令賞罰。』從之。」

按：此年十一月己酉朔，己未爲十一日。宋廷頒佈稼軒移鎮隆興府之命，當在十一月十一日之後，或在十二月間。

淳熙八年　辛丑（一一八一）

稼軒四十二歲。

江右大饑，任責荒政。榜八字，禁戒通衢。

《宋史》本傳：「時江右大饑，詔任責荒政。始至，榜通衢曰：『閉糴者配，彊糴者斬。』次令盡出公家官錢銀器，召官吏儒生商賈市民，各舉有幹實者，量借錢物，逮其責領運糴，不取子錢，期終月至城下發糶。於是連檣而至，其直自減，民賴以濟。時信守謝源明乞米救助，幕屬不從，棄疾曰：『均爲赤子，皆王民也。』即以米舟十之三予信。」

按：淳熙七年，江、浙、淮西、湖北旱。今年二月，詔去歲旱傷郡縣，以義倉米日給貧民，至閏三月半止。見《宋史》卷三五《孝宗紀》三。因知稼軒隆興府救荒事，當在本年春正月。

又按：其時信州守謝源明，字用光，邵武人，其守信前後時日不可考。《夷堅丙志》卷三《邵武酒家女》條：「謝用光源明，邵武人，所居在城内。」如圭子，黄中婿，紹興三十年進士。仕至工部尚書、四川制置使。見〔乾隆〕《福建通志》卷三四、《朱文公文集》卷九一《端明殿學士黄公墓志銘》。

《朱子語類》卷一一一《論民》：「直卿言：『辛幼安帥湖南，賑濟榜文，祇用八字，曰：劫禾者斬，閉糶者配。』先生曰：『這便見得他有才。此八字若做兩榜，便亂道。』又曰：『要之，只是粗法。』」

《黄氏日鈔》卷七八《四月初十日入撫州界再發曉諭貧富升降榜》：「本職聞『閉糶者籍，搶掠者斬』，此辛稼軒之所禁戒，而朱晦庵之所稱述。兩下平斷，千載不易。」

按：《語類》所謂帥湖南，與淳熙二年所引「向在湖南收茶寇」，均學生所漫記者，與稼軒在江西行荒政乃爲一事，非另有他時他事也。蓋輾轉傳播，故榜文亦記載各有所不同耳。而賀復徵《文章辨體彙選》卷四二六於引《語類》此條後，論曰：「按歲值凶荒，必至饑窘。一二亂民掀風作亂，蜂聚虎行，上官宜先示榜文，禁其劫奪，痛懲首惡，以警餘衆。此非但救荒之要圖，實弭亂之急務。至於閉糴，最是難處，惟先諭之以情，繼風之以義，後裁之以法，而一寓以不測之機權，使無擾無虛可也。」

《宋會要輯稿·食貨》六九之六五：「淳熙八年二月八日，詔江西漕司行下旱傷州縣守令，約束上户，存恤地客，毋令失所逃移，從漕臣錢請也。」

按：此「漕臣錢」，應即江西轉運副使錢佃，見同書《瑞異》二之二五。稼軒有《西河·送錢仲耕自江西漕移守婺州》詞（西江水關），即致此人者。《辛稼軒年譜》書「錢仲耕佃時任江西轉運判官，同任救荒之責」，謂運判，誤。

趙蕃《章泉稿》卷二《春雪四首》詩之一：「旱歷三時久，荒成比歲連。祇疑吾邑爾，復道數州然。懔懔溝虞壑，嗷嗷釜苦懸。縣官深惻怛，長吏闕流宣。賑米多虛上，蠲租豈盡捐。處心誠昧己，受賞更欺天。敢謂皆如此，其間蓋有賢。大江分左右，萬口説朱錢。」自注：「謂南康朱熹元晦使君、江西錢佃仲耕運使。」

本年春旱，嘗遣新建縣宰汪義和巡視旱情。欲濬治東湖，亦以其勸阻而未果。

袁燮《絜齋集》卷一八《侍御史贈通議大夫汪公墓誌銘》：「公諱義和，字謙之，徽州黟縣人也。……公未弱冠，貢於鄉，以郊奏補官，主江陰簿，被計臺首薦，歷餘干丞，改宣教郎，宰隆興之新建。時歲大祲，府檄公視之，而使人私焉，曰：『幸以郡計爲念。』已而謁帥，首言旱甚，十蠲其八矣。帥艴然曰：『不我告而專之可乎？』公曰：『農民已困，將爲餓殍，賦安從出？明示以所減數，俾户知之，猶足以繫其心，必待稟明，緩不及事，奈何？』大忤其意，以語見侵。公曰：『某頭可斷，言不可食。』帥黽勉從之。諸邑長咸在，無敢出聲，公抗首力争，八縣饑民，均被大惠。府有東湖之勝，歲久不治，屬公浚之，計工五十餘萬，日役數千人。公言取之諸邑，寧免追胥？賦於近郊，徒資游手，於饑民無預，且游觀之所，非今所急也。議由是寢。時淳熙八年也。是歲擢進士科。時宰欲處以他闕，辭不敢當，益勤於民事，務以仁恕教化爲本，陶然珥筆，息争善俗，獄犴遂清。」

按：此《墓誌銘》所載淳熙八年隆興府救荒事及欲濬治東湖事，皆在稼軒任内，故引於此。然稼軒本年任荒政之責，謂其以郡計爲念，頗與其言行不符，疑稼軒所以不悦者，乃在其不告而行之耳。至於修濬東湖，亦其在湖南藉修治陂塘使官米遍及細民之策也，然其議亦因汪義和之諫而寢。於此可見稼軒從諫之一面也。

分宜縣令許及之上稼軒詩二十韻，蒙賞音，亦本年春間事。

許及之《涉齋集》卷一三《上辛安撫二十韻》詩：「開闢重華旦，胚胎間世賢。雲龍時際會，星鳳睹争先。天授歸三傑，神謀效一編。宏謨驅固陋，餘論細雕鐫。詔旨傾臚句，山呼動奏篇。干霄須造化，惟月進班聯。有客占星次，逢人問日邊。江湖煩鎮撫，壤地屈盤旋。談笑潢池净，生成壁壘堅。丈夫真細事，餘子敢差肩？黄屋深知切，青雲寵渥駢。即歸調鼎鉉，少駐劚龍泉。更治今馮翊，重歸舊潁川。載塗明積雪，嗣歲卜豐年。封殖棠陰盛，驩迎竹馬鮮。恩波行處足，威譽向來傳。此獨瘡痍甚，方疑雨露偏。禁通鄰邑粟，費減月樁錢。齋戒逾三日，遭逢有二天。執鞭吾所慕，負弩敢驅前！」

謝采伯《密齋筆記》卷四：「許同知爲宰時，以詞投稼軒，蒙賞音，即同出訪梅。夜歸，過一人家，禮席華盛，客尚未集，兩人就坐索飲，主人奉之甚謹。許曰：『貴人入宅。』稼軒曰：『決無好事。』諺云：『破家縣令，滅門刺史。』其家乃邑胥之魁，未幾，果及禍。」

按：許及之於慶元四年八月丁卯同知樞密院事，見《兩朝綱目備要》卷五。《密齋筆記》之許同知應即許及之。《宋史》卷三九四《許及之傳》：「許及之字深甫，温州永嘉人，隆興元年第進士。知袁州分宜縣。以部使者薦，除諸軍審計，遷宗正簿。……諂事侂胄，無所不至。……居亡何，同知樞密院事。」《盤洲文集》附録《宋尚書右僕射觀文殿學士正議大夫贈特進洪公行狀》：「公諱适，字景伯。……淳熙十一年二月二日薨於正寢。……女三人，長欲嫁而卒，次歸及之。……公爲總賦，屬文安擇婿。及之爲隆興元年進士，實文安領貢舉。公以文安之言信之不疑，一見即相器重。出疆辟使爲屬，既而以疾辭。虞雍公在政府，復兩學，官闕，欲以及之，及之辭。公曰：『兹我意也，可以見子之所存矣。』顧碌碌州縣且二紀，有負期待。前年冬，解秩分宜，紆道往省，公喜見顔際，從容餘月。」據此，知許及之爲洪适之婿。此《行狀》即淳熙十二年十一月由許及之所作。據《行狀》中「前年冬解秩分宜」語，知其知分宜縣必自淳熙八年始，至十年任滿。則如《辛稼軒年譜》所言：「此詩必即作於分宜任内者。據詩中『更治』、『重歸』及『禁通鄰邑粟』等句，其必作於稼軒二次帥西時亦無疑。」

閏三月，友人舒邦佐舉進士。

舒邦佐《雙峰舒先生存稿》卷三《及第謝辛帥啓》：「南宫放榜，偶綴春風淡墨之中；北闕傳名，又到玉皇香案之下。雖收末第，頗愧平生。握筆於兹，汗顔多矣。恭維堯舜相傳之世，尤盛漢唐得士之朝。蘭臺角藝者餘四千人，氈筆題名者僅二伯輩。錦標競奪，衣鉢喧傳。鯉有三十六鱗，争躍天池之峻；鵬摶九萬餘里，並圖風背之高。盡收四海之英髦，不及孤生之名姓。如某者，嶔崎可笑，結約忘奇。鶚早横秋，鱗重點額。惟自養其山林突兀之氣，終亦羞上場屋骫骳之文。有屋數椽，堆書四座。落月滿梁，而浩歌今古；新涼入郊，而長抱簡編。精勤燈火於三十年間，力採聖傳於千百載上。亦嘗搔首，頗欲著書。謂文字儻爲不配之傳，則金珠莫酬此價之重。故以名教爲樂地，而視富貴爲儻來。然念前輩未嘗一飯忘君，豈可賤子獨占半山自老？揞笻千里，昂首一鳴。敢誇食葉之蠶，但怯傷弓之翼。寒灰已死，不謂復燃。塞馬歸來，方知無失。桃浪三層而直透，楊葉百步而的穿。遂辱春官，奏名丹陛。能不自揣，直肆其狂？激激守心，每視天下不平之事；拳拳一策，妄獻玉階得路之時。既不能消剛爲柔，則動是轉喉觸諱。置之在末，愚也甘心。雖居虎榜之後乘，已許鷺庭之並集。靜尋僥冒，實有寅緣。茲蓋伏遇某官，抱經綸廊廟之材，負整頓乾坤之業。無斧鑿痕，無脂粉氣，詩歌蓋出於天成；有霹靂手，有雨露恩，政事豈容於人測？掃綠林而剿其類，提赤子而置之安。活江湖幾十萬之生靈，民心固矣；復京河數百州之疆土，聖主期之。暫爲江左之長城，行作天邊之霖雨。凡叨化育，悉荷陶鎔。致令蹇步之駑材，亦獲標名於雁塔。某敢不益鞭此志，不負所天。全操履以爲立己之方，廣見聞以爲效官之法。秉心夙夜，豈但一時酬國士之知；惟命東西，已誓此身爲吾君之報。」

按：〔雍正〕《江西通志》卷六七載：「舒邦佐字輔國，靖安人，淳熙進士，爲善化主簿。……遷衡州司録參軍，……紹熙甲寅，朱文公帥長沙，邦佐以疾乞歸，文公賢而從之。嘉定中授通直郎卒。所著有《雙峰猥稿》九卷。《舒通直墓志》。」靖安爲隆興府屬邑，故登第而謝府主也。

遣客船載牛皮發赴淮東總領所，經南康軍，爲守臣朱熹遣人拘没，致書朱熹，請其給還。

《朱文公别集》卷三《與黃商伯書》：「辛帥之客舟，販牛皮過此，掛新江西安撫占牌，以帟幙蒙蔽，船窗甚密，而守卒僅三數輩。初不肯令搜撿，既得此物，遂持帥引來，云發赴淮東總所。見其不成行徑，已令拘没入官。昨得辛書，却云軍中收買。勢不爲已甚，當給還之。然亦殊不便也。因筆及之，恐傳聞又有過當耳。」

按：朱熹於淳熙六年三月知南康軍，至八年三月除提舉江西常平茶鹽公事，閏三月去軍東歸，見《朱子年譜》卷二下。其拘没牛皮事，必在閏月之前。《辛稼軒年譜》謂其本年三月提舉浙東常平，誤，本年八月方改浙東提舉。

曾與朱熹論及民間避賦税事，有「糞船亦插德壽宫旗子」語。

《朱子語類》卷一一一《論民》：「福建賦税猶易辨，浙中全是白撰，横斂無數，民甚不聊生，丁錢至有三千五百者。人便由此多去計會中使，作宫中名字以免税。向見辛幼安説：『糞船亦插德壽宫旗子。』某初不信，後提舉浙東，親見如此。」

按：《建炎以來繫年要録》卷八二：「紹興四年十一月壬子，上曰：……『聞昨日致遠奏：自吴江至中塗，見稱御前船不計其數。此恐是諸司插一旗幟，便爲御前船。可速行下，幾察禁止。』」據此記載可知，以宫中旗號往來道路，官府民間自紹興間便已如此。此亦可見稼軒對其時社會經濟生活之關注。

又按：《語類》此條爲陳淳、黄義剛所記録，朱熹對門人言及此事，在紹熙四年以後。而稼軒與朱熹會晤言事，據「提舉浙東」語，知必在淳熙八年冬朱熹提舉浙東常平之前。以稼軒與晦翁之相識既不可考，姑繫其事於此。

詩人胡時可通謁，亦本年春間事。

陳世崇《隨隱漫録》卷五：「辛稼軒觴客滕王閣，詩人胡時可通謁，閽人辭焉，呵詈愈甚。辛使前，曰：『既稱詩人，先賦滕王閣，有佳句則預坐。』即題云『滕王高閣臨江渚』，衆大笑，再書云：

『帝子不來春已暮。鶯啼紅樹柳摇風，猶似當年舊歌舞。』乃相與宴而厚賙之。范希文置酒郊樓，聞哭聲，悉撤飲器，贈數喪之未葬者，忠厚可以戒薄俗，稼軒視希文之事必優爲之。」

按：胡時可，名籍事歷均待考。

四月，第三子辛稏生。

《濟南派下支分期思世系》：「九三公諱稏，字望農，官朝請大夫直秘閣，潼川提刑，任正議大夫。淳熙辛丑年四月十四日巳時生。」

七月，以荒政修舉，轉奉議郎。

《宋會要輯稿・瑞異》二之二五：「淳熙八年七月十七日，詔去歲諸路州軍有旱傷去處，其監司守臣修舉荒政，民無浮殍，各與除職轉官。既而江西運副錢佃、知興元府張堅、知隆興府辛棄疾……各轉一官。」

《宋史》本傳：「帝嘉之，轉一秩。」

按：本年十一月稼軒祭文所署爲奉議郎，則其所進蓋即由通直郎轉奉議郎也。

友人曾丰、黄人傑及陸德隆來會。

曾丰《緣督集》卷八有《别陸德隆黄叔萬》詩，題下注：「歲在辛丑，始識陸德隆、黄叔萬於江西帥辛大卿坐上，握手論交而去。戊申，又會於中都，德隆得倅夔，叔萬得宰公安。言别，次課贈之。」詩云：「辛丑隨浮梗，鍾陵得盍簪。潛蕃門若市，斂板客如林。氣宇黄陂闊，詞源陸海深。二豪談正劇，一坐口俱瘖。詩社初容入，交盟後失尋。雲山千里眼，鑑寐八年心。九陌迎連璧，孤燈話斷金。始猶疑面目，徐復記聲音。鰕菜隨宜簇，茅柴取意斟。行藏更見告，文行互相箴。憤敵常旁午，憂時半孔壬。清風晨揖袂，明月夕離襟。發纜東流岸，迴檣倒景岑。荆江隨地卷，蜀道與天侵。通守諸侯土，專彈百里琴。長才優撫字，暇日少登臨。隱士隆中卧，羈臣澤畔吟。青城山鬱積，赤壁樹陰森。哀樂歸巴曲，興亡入楚砧。把杯空弔古，搔首重傷今。擁户鋒車急，開緘詔墨淋。擡頭高拱斗，別手上捫參。可畫安邊策，無韜活國鍼。寸心丹未了，雙鬢白那禁。顧我傷彊矯，從今判陸沉。磨礱閑筆研，摹寫亂魚禽。氣反風騷樸，聲收鄭衛淫。吾伊樵道上，欸乃釣磯陰。拔茹終無忘，彈冠老不任。移書相答謝，吾突誓長黔。」

按：《辛稼軒年譜》於此條後考三人行實及與稼軒交往有云：「曾丰字幼度，號撙齋，撫州樂安人，乾道五年進士，積官至朝散大夫，知德慶府事。真德秀幼嘗從之受學（見虞集《道園學古録·緣督集序》）。其與稼軒交誼，詩序外別無可考。黄叔萬即淳熙二年任萍鄉主簿之黄人傑，南城人，乾道二年進士，有能詩聲，自號魯齋居士。見《兩朝綱目備要》卷七嘉泰二年記事。所著有《可軒曲林》，見《書録解題》詞集類。《永樂大典》卷二一五二六齋字韻魯齋條下，引沈繼祖《題歸州黄教授魯齋》詩，及《涉齋集·黄叔萬知縣以魯名齋求詩將赴公安並以爲餞》詩。陸德隆於淳熙八年後曾爲玉山縣令，稼軒有『用陸氏事送玉山令陸德隆侍親東歸吴中』之《六幺令》詞。及淳熙十五年又爲夔州倅。其餘事歷則均不詳。」

友人呂祖謙卒，年四十五。

《東萊集》附録卷一《年譜》：「淳熙八年辛丑，七月二十九日，終於正寢，享年四十有五。十一月三日，葬明招。」

呂祖儉《壙記》：「遷著作佐郎、著作郎兼權禮部郎官。淳熙五年冬得疾，請去職。先是，奉詔編類《皇朝文鑑》，至是書成，除直秘閣，主管建寧府武夷山沖佑觀。病少間，除著作郎兼國史院編修官，不就，添差兩浙東路安撫司參議官，亦不就，主管亳州明道宫。八年七月二十九日，以疾終於家，享年四十有五。」

稼軒《祭吕東萊先生文》：「維淳熙八年，歲次辛丑，十一月癸酉朔，初二日甲戌，奉議郎充右文殿修撰、知隆興軍府事兼管内勸農營田事、主管江南西路安撫司公事、馬步軍都總管辛棄疾，謹以清酌庶羞之奠，致祭於近故宫使、直閣大著呂公之靈。……棄疾半世傾風，同朝託契。嘗從遊於南軒，蓋於公而敬畏。兹物論之共悼，寧有懷於私惠？緘忱辭於千里，寓哀情於一酹。」

知江陵縣趙奇暐任滿歸會稽，過豫章會晤。

《平庵悔稿》卷一《送趙令奇暐赴江陵》詩：「平生所聞趙景明，太阿出匣百壬死。不令赤手縛可汗，亦合麻鞋見天子。霜風獵獵鬢毛斑，萬里水縣菰蒲間。妻兒稱屈大夫笑，閉閤正用蘇麻頑。邊頭有兵人要籍，邊頭有萊人要鬭。名佳實惡君勿信，塞下吏民須蕩佚。檢民如葦身如絃，有時白眼對世賢。正爾忽憶諸梁篇，稍事細謹無流連（葉正則《送行詩》有細謹等語）。」

按：此淳熙六年項安世於會稽送趙奇暐赴江陵任時所作。趙奇暐赴任途經鄂州，與時任湖北轉運副使之稼軒相會，稼軒有《水調歌頭·和趙景明知縣韻》詞（官事未易了闋）。

同書卷一〇《江陵送趙知縣二首》：「萬壑千巖相送時，靈星小雪上豐頤。南雲北夢重分首，撲漉繁霜滿瘦髭。功業向來真自許，頭顱今日遂如斯。英雄老大無人識，足扣雙舷只自知。（其一）別離底處最堪憐，君上吴船我蜀船。從此相思真萬里，重來何止又三年！司州刺史髭如戟（浙漕丘宗卿），國子先生瘦如椽（太學正葉正則）。二子有情須問訊，爲言重九向西川。（其二）」

按：本年冬，趙奇暐任滿東歸，途經豫章，稼軒再賦《沁園春·送趙景明知縣東歸用韻》詞（佇立瀟湘闋）。時任江西運判之丘崈亦有和詞，題云：「景明告行，頗動懷歸之念。得帥卿詞，因次其韻。前闋奉送，後闋以自見云。」見其《文定詞》。

進賢縣熊純有文學名，稼軒推重之。

胡儼《頤庵文選》卷上《熊先生墓志銘》：「先生諱釗，字伯幾，姓熊氏。其先江陵人，後徙南昌。中葉有諱逮者，南唐時贅居豐城之筝岡。……遷進賢之北山，再傳至純，有文學，仕宋爲儒學官，知名當時。辛稼軒極推重之。實先生之高祖也。」

熊明遇《文直行書·文選》卷一三《三宗衮傳》：「三宗衮者，皆吾熊，居此山之嫡派也。……虞亭公諱釗，字伯璣，別號虞亭。高祖純公，有文學，仕宋爲提學官，當時辛先生稼軒極爲引重。」

陸九淵有書信致稼軒，論及隆興之政。其與徐誼書，亦對稼軒頗多訾議而隱其名。

《象山集》卷五《與辛幼安書》：「輒有區區，欲效芹獻，伏惟少留聰明，賜之是正。竊見近時有議論之蔽，本出於小人之黨，欲爲容奸庾慝之地，而飾其辭說，託以美名，附以古訓，要以利害，雖資質之美、心術之正者，苟思之不深，講之不詳，亦往往爲其所惑，此在高明，必洞照本末，而某私憂過計，未能去懷，敢悉布之，且以求教。……今天子愛養之方，丁寧於詔旨，勤恤之意，焦勞於宵旰，賢牧伯班宣惟勤，勞來不怠，列郡承風，咸尚慈恕。而縣邑之間，貪饕矯詐之吏，方且用吾君禁非懲惡之具，以逞私濟欲，置民於囹圄械繫鞭箠之間，殘其支體，竭其膏血，頭會箕斂，槌骨瀝髓，與奸胥猾徒，厭飫咆哮其上，巧爲文書，轉移出没，以欺上府。操其奇贏，與上府之左右締交合黨，以蔽上府之耳目。田畝之人，劫於刑威，小吏下片紙，因纍纍如驅羊；劫於庭廡械繫之威，心悸股慄，箠楚之慘，號呼籲天，隳家破産，質妻鬻子，僅以身免，而曾不得執一字符以赴訴於上。上之人或浸淫，聞其髣髴，欲加究治，則又有庸鄙淺陋明不燭理志不守正之人，爲之緩頰，敷陳仁愛寬厚有體之説，以杜吾窮治之意。游揚其文具，僞貌誕謾之事，以掩其罪惡之跡，遂使明天子勤恤之意，牧伯班宣之誠，壅底而不達。百里之宰，真承宣撫字之地，乃復轉而爲豺狼蝎蚊之區，日以益甚，不可驅除，豈不痛哉？若是者，其果可宥乎？果可失乎？至於是而又泛言寬仁之説，以逆蔽吾窮治之途，則其滋害遺毒，縱惡傷和，豈不甚哉？其與古人寬仁之道，豈不戾哉？今之貪吏，每以應辦財賦爲辭，此尤不可不辨。今日邦計誠不充裕，賦取於民者，誠不能不益於舊制。居計省者，誠能推支費浮衍之由，察收斂滲漏之處，深求節約檢尼之方，時行施舍己責之政，以寬民力，以厚國本，則於今日誠爲大善。若未能爲此，則亦誠深計遠慮者之所惜。然今日之苦於貪吏者，則不在此。使吏果不貪，則因今之法，循今之例，以賦取於民，民猶未甚病也。今貪吏之所取，供公上者無幾，而入私囊者或相十百，或相千萬矣。今縣邑所謂應辦月解歲解者，固多在常賦之外，然考其所從出，則逐處各有利源。利源所在，雖非著令之所許，而因循爲例，民亦視以爲常而未甚病也。利源有優狹，優者應辦爲易，狹者應辦差難。然通而論之，優者多，狹者少，若循良之吏，則雖在利源狹處，亦寧書下考，不肯病民。今之貪吏，雖在利源優處，亦啓無厭之心。搜羅既悉，而旁緣無藝，張奇名以巧取，持空言以横索，無所不至。方且託應辦之名，爲缺乏之説，以欺其上，顧不知事實不可掩，明者不可欺，通數十年之間，取其廉而能者，與其貪之尤者而較之，其爲應辦則同，而其賦取誅求於民者，或相千萬而不啻。此貪吏之所借以爲説而欺上之人者，最不可不察也。貪吏害民，害之大者。而近時持寬仁之説者，乃欲使監司郡守不敢按吏，此愚之所謂議論之蔽，而憂之未能去懷者也。不識執事以爲如何？今江西繄安撫修撰是賴，願無摇於鄙陋之説，以究寬仁之實，使聖天子愛養之方，勤恤之意，無遠不暨，無幽不達，而執事之舊節素守，無所屈撓，不勝幸甚。」

同卷《與徐子宜書》：「婺女之行，道經上饒，往往聞説其守令無狀，臨川大不相遠。既而聞景明劾罷上饒、南康二守，方喜今時監司，乃能有此差强人意。劉文潛作漕江西，光前絶後。至其帥湖廣，乃遠不如在江西時，人才之難如此。某人始至，人甚望之。舊聞先兄，稱其議論，意其必不碌碌，乃大不然。明不足以得事之實，而奸黠得以肆其巧。公不足以遂其所知，而權勢得以爲之制。自用之果，反害正理。正士見疑，忠言不入。護吏而疾民，陽若不任吏，而實陰爲所賣。奸猾之謀，無不得逞，賄賂所在，無不如志。聞有一二行遣，形若治吏，而僞文詭辭，諂順乞憐者，皆可回其意。下人轉移其事，如轉户樞。胥輩窺之審，玩之熟，爲日久矣。所欲爲者，如取如攜，不見有毫髮畏憚之意。惟其正論誠意，則扞格而不入，乃以此自謂其明且公也。良民善士，疾首蹙額，飲恨吞聲而無所控訴。公人世界，其來久矣，而尤熾於今日。」

按：陸九淵之兩書，均針對隆興府貪吏横行、强暴虐民立論，而力以受胥吏蒙蔽爲言。《辛稼軒年譜》考云：「象山《與徐子宜書》中所云『劾罷上饒、南康二守』之景明，亦姓趙，與本年來豫章相會之江陵宰姓字全同而並非一人。宰江陵之趙景明名奇暐，見《平庵悔稿》詩題中；此趙景明名燁，爲福建三山人，曾從學於吕伯恭，由知撫州就除江西提點刑獄，均見蔡戡《定齋集·朝奉郎提點江南東路刑獄趙公墓志銘》中。《宋會要·職官》七二之三一：淳熙八年九月有記事云：『二十八日，知信州劉甄夫、知南康軍吴諒夫並放罷，以提刑趙燁劾甄夫年齡衰暮，郡政無綱紀，諒夫天次狡狠，交通貨賄，且違法收税故也。』與陸書所云正爲一事，知陸氏此信必寫於淳熙八九月以後者。致書稼軒既備述吏胥蔽上欺下之不可宥，致書徐氏亦痛陳長吏爲胥輩玩蔽賣弄之事實，知此所謂『長吏』爲指稼軒無疑。」查《象山集》卷三六《年譜》，陸九淵於淳熙六年授建寧府崇安縣主簿，因待闕居家。至八年六月都堂審察，未赴。九年除國子正。

則本年正居於撫州金溪。又，所謂曾「光前絶後」之江西漕劉文潛，名焞，紹興二十一年進士，成都人，見《南宋館閣録》卷七《著作佐郎・乾道以後》。其任江西運判，在乾道末年至淳熙初年，見《宋會要輯稿・食貨》五〇之二五。而徐子宜名誼，温州人，陸九淵弟子，與九淵同登乾道八年進士第。象山此二書，言及江西時政，皆直言無隱，不知是否皆實。稼軒此前在湖南，上《論盗賊札子》，痛陳官吏殘民害物之弊，不應至江西反而包庇其貪横不法。疑象山所言，不免傳聞異辭。而此書播於士大夫間，亦難免聳人耳目。以至稼軒復起主閩憲時，問政於朱晦庵，晦庵猶以「馭吏以嚴」爲言（《朱子語類》卷一三二）。象山卒後，稼軒爲其弟子吴紹古賦經德堂詩，有「世間多少噉名兒」句，對象山翁頗致其嘲諷也。

是年，友人洪邁爲上饒帶湖稼軒落成，作《稼軒記》。

祝穆《古今事文類聚》前集卷三六《民業部・農家類》洪邁《稼軒記》：「國家行在武林，廣信最密邇畿輔。東舟西車，蠭午錯出，處勢便近，士大夫樂寄焉。環城中外，買宅且百數，基局不能寬，亦曰避燥濕寒暑而已耳。郡治之北可里所，故有曠土存，三面傅城，前枕澄湖如寶帶。其從千有二百三十尺，其衡八百有三十尺，截然砥平，可廬以居。而前乎相攸者皆莫識其處，天作地藏，擇然後予。濟南辛侯幼安最後至，一旦獨得之。既築室百楹，度財占地什四，乃荒左偏以立圃，稻田泱泱，居然衍十弓。意他日釋位而歸，必躬耕於是，故憑高作屋下臨之，是爲稼軒。而命田邊立亭曰植杖，若將真秉耒耨之爲者。東岡西阜，北墅南麓，以青徑款竹扉，以錦路行海棠。集山有樓，婆娑有堂，信步有亭，滌硯有渚。皆約略位置，規歲月緒成之。而主人初未之識也，繪圖畀予曰：『吾甚愛吾軒，爲我記。』予謂侯本以中州雋人，抱忠仗義，章顯聞於南邦。齊虜巧負國，赤手領五十騎，縛取於五萬衆中，如挾毚兔。束馬銜枚，間關西奏淮，至通晝夜不粒食。壯聲英概，懦士爲之興起，聖天子一見三歎息，用是簡深知。入登九卿，出節使二道，四立連率幕府。頃賴氏寇作，自潭薄於江西，兩地驚震，譚笑埽空之。使遭事會之來，挈中原還職方氏，彼周公瑾、謝安石事業，侯蓋饒爲之。此志未償，顧自詭跡，放浪林泉，從老農學稼，無亦大不可歟？若予者倀倀一世間，不能爲人軒輊，乃當夫須襏襫，醉眠牛背，與蕘童牧孺肩相摩，幸未黎老時，及見侯展大功名，錦衣來歸，竟廈屋潭潭之樂，將荷笠櫂舟，風乎玉溪之上，因圉隸内謁曰：『是嘗有力於稼軒者。』侯當輟食迎門，曲席而坐，握手一笑，拂壁間石細讀之，庶不爲生客。侯名棄疾，今以右文殿修撰再安撫江南西路云。」

按：《辛稼軒年譜》於引此文之後有按語云：「洪邁《稼軒記》中云『既築室百楹，財占地什四』，云『主人初未之識』，云『今以右文殿修撰再安撫江南西路』，稼軒遊豫章東湖之《滿庭芳》詞注中，亦已道及洪氏作記之事，是《稼軒記》當作於本年暮春之前，而帶湖新居之經始當在上年稼軒帥湖南時。」謂帶湖經始於上年，本譜已作辨解。謂稼軒《滿庭芳·游豫章東湖再用韻》詞（柳外尋春闋）小注以及洪邁作記事，見於此詞末句：「溪堂好，且拼一醉，倚杖讀韓碑。」自注：「堂記公所製。」《稼軒詞編年箋注》增訂本對此有注語云：「據詞中語句及自注，知稼軒此次遊東湖，蓋與洪景盧偕往。洪景伯原唱自注謂『司馬漢章作山雨樓，景盧爲之記』，稼軒此注當亦指此。予曩曾以此注爲指洪景盧所作之《稼軒記》而言，蓋誤。稼軒上饒居第之經始，據《新居上梁文》知在淳熙七年，本年春容已次第落成，然依此詞前後語意觀之，似以指山雨樓記爲合。又洪氏《稼軒記》云：『繪圖畀予曰：吾其愛吾軒，爲吾記。』知《稼軒記》係洪氏與稼軒會晤之後，據所畀信上居第之營造圖樣而作。非洪氏初抵豫章之日，於匆遽之間所寫就也。」既作注如此，蓋已自糾其誤，而此譜原文又如此，是兩書失於照應也。

增訂本《陳亮集》卷二九《與辛幼安殿撰書》：「如聞作室其宏麗，傳到《上梁文》，可想而知也。見元晦説潛入去看，以爲耳目所未曾睹，此老言必不妄。」

按：據《朱子年譜》卷二下，本年十一月己亥，朱熹除浙東提舉，奏事延和殿，此前赴行在途中殆經過上饒，因得潛入去看，以爲未嘗睹也。

十二月，改除兩浙西路提點刑獄公事，以臺臣王藺論劾，落職罷新任。

《宋會要輯稿·職官》七二之三一：「淳熙八年十二月二日，右文殿修撰、新任兩浙西路提點刑獄公事辛棄疾，落職罷新任。以棄疾奸貪凶暴，帥湖南日虐害田里，至是言者論列，故有是命。」

崔敦詩《西垣類稿》卷二《辛棄疾落職罷新任制》：「淫風殉貨，義存商訓之明；酷吏知名，事匪漢朝之美。豈意公平之世，乃聞殘黷之稱！罪既發舒，理難容貸。爾乘時自奮，慕義來歸。固嘗推以誠心，亦既委之方面。曾微報效，遽暴過愆。肆厥貪求，指公財爲囊橐；敢於誅艾，視赤子猶草菅。憑陵上司，締結同類。憤形中外之士，怨積江湖之民。方廣賂遺，庶消譏議。負予及此，爲爾悵然。尚念間關向舊之初心，迄用平恕隆寬之中典。悉鐫秘職，併解新官。宜訟前非，益圖後效。可。」

《宋史》本傳：「臺臣王藺劾其用錢如泥沙，殺人如草芥。」

按：《辛稼軒年譜》於此有按語云：「據韓元吉《南澗甲乙稿・崔敦詩墓志銘》，知崔氏卒於淳熙九年，則上引制詞必行於稼軒此次罷任之時爲無疑。據其中『肆厥貪求，指公財爲囊橐；敢於誅艾，視赤子猶草菅』等語，必即依據彈章中『用錢如泥沙，殺人如草芥』之語以立言者。《宋史・王藺傳》未著明其任臺臣之時期，據《宋會要・職官》五五之三五載，『淳熙八年八月十一日詔，新權發遣舒州王藺兩經奏對，鯁亮敢言，朕甚嘉之，雖不曾作縣，可特除監察御史。』又查《宋會要・職官》七二之三一、三三，淳熙八年所載經監察御史王藺所奏劾之官吏甚多，於十二月一日，即稼軒落職罷新任之前一日，尚載其劾知饒州趙公廣、知徽州曹耜不恤荒政、催科苛急一事，則稼軒此次所被彈章爲出於王氏之手，必亦不誤。《宋史》本傳乃將此事記叙於紹熙五年帥閩去職之時，殊爲未合。其時王氏方膺兩湖制閫之寄（《宋史・王藺傳》：帥江陵，寧宗即位，改帥湖南），不任言責，莫得而論列他路帥臣也。」所考甚確，不可易也。

是年，友人崔敦禮卒。

《景定建康志》卷四九：「敦禮字仲由，歷江寧尉、平江府教授、江東撫幹、諸王宫大小學教授，淳熙八年卒，官至宣教郎。」

周嗣武卒。

《吹劍四録》：「晦庵挽周户侍嗣武云：『憶昔趨丹陛，看公上玉墀。民饑深獻納，主聖極欷歔。解手寒江闊，驚心夜壑虚。竭來空老淚，無地别輀車。』注其後云：『某以浙東荒入奏，公適回自荆鄂，引對，具奏民饑。及某渡江，即聞公訃。今兹會葬。偵伺失期，追送不及，故云。』」

按：周嗣武即稼軒《摸魚兒》詞（折盡武昌柳闋）題中之周總領。朱熹於本年提舉浙東常平，十一月入對，十二月六日視事西興，見《朱子年譜》卷二下。知周氏之卒，當在本年十二月初。

淳熙九年　壬寅（一一八二）

稼軒四十三歲。

家居上饒。

賦《水調歌頭·盟鷗》詞，湯邦彦、嚴涣、傅自得和韻，有再和詞。

稼軒《水調歌頭·盟鷗》詞（帶湖吾甚愛闋）、同調《湯朝美司諫見和用韻爲謝》詞（白日射金闕闋）、同調《嚴子文同傅安道和前因韻再和謝之》詞（寄我五雲字闋）。

按：湯邦彦、嚴涣事跡已見前文。傅自得字安道，泉州人，事跡見《朱文公文集》卷九八《朝奉大夫直秘閣主管建寧府武夷山沖佑觀傅公行狀》：「公諱自得，字安道，……改除兩浙西路提點刑獄公事，時公年已六十餘矣。……公至治所，未十日而賜罷。……公益自知果不爲世俗所容，乃復求爲祠官，得主管武夷山沖佑觀。秩滿，復除知寧國府事，朝命督行甚峻，公不獲已，單車引道，行未數程，復以言者追論前體究事，且嘗面折泉守爲罪，則又以沖佑祠官罷歸。」

則賦詞時蓋居於家中。

錢象祖本年知信州。

韓元吉《南澗甲乙稿》卷一五《信州新作二浮橋記》：「淳熙十年仲夏，信溪大水，浮梁敝，幾墊，郡守朝奉郎錢侯象祖議新之。議新之時，歲屢歉，衆懼費不能給也。侯則曰：『吾非取諸經賦也，矧敢斂於民？顧吾承乏民上，愧無以及民者，惟是燕設厨傳之常，則加節焉。既踰年矣，公費之積，或可用於此乎？』」

按：錢象祖於嘉泰四年除同知樞密院，稼軒有賀啓。其相識或始於其守信州時。有此機緣，稼軒之弟子范開後客寓錢門，教授其子沆，詳見下條記事。

范開受學來遊，始於本年。

〔民國〕《台州府志》卷九九《寓賢》：「范開字先之，河陽人。爲洪邁、辛棄疾所器重，嘉定中寓居於台。」

按：范開當原字廓之，寧宗名擴，即位之後，爲避寧宗嫌名，遂改廓爲先。廣信書院本編刊於寧宗在位期間，故廣信本「廓之」一律作「先之」，而四卷本甲集成書於孝宗淳熙末，於時尚存范開之本字而未改也。

范開《稼軒詞序》：「開久從公游，其殘膏剩馥，得所霑焉爲多。因暇日裒集冥搜，才逾百首，皆親得於公者。以近時流布於海内者率多贋本，吾爲此懼，故不敢獨閟，將以祛傳者之惑焉。……淳熙戊申正月元日，門人范開序。」

稼軒《醉翁操》詞（長松閟）題：「頃予從廓之求觀家譜，見其冠冕蟬聯，世載勳德。廓之甚文而好修，意其昌未艾也。今天子即位，覃慶中外，命國朝勳臣子孫之無見任者官之。先是，朝廷屢詔甄録元祐黨籍家，合是二者，廓之應仕矣。將告諸朝，行有日，請予作歌以贈。屬予避謗，持此戒甚力，不得如廓之請。又念廓之與予遊八年，日從事詩酒間，意相得歡甚，於其别也，何獨能恝然？顧廓之長於楚詞，而妙於琴，輒擬《醉翁操》，爲之詞以叙别。異時廓之綰組東歸，僕當爲買羊沽酒，廓之爲鼓一再行，以爲山中盛事云。」

《至元嘉禾志》卷二〇《白龍潭記》：「華亭在三輔爲壯縣，環邑皆水，交錯於中。其流濁而不深，有一水焉，獨深而潔，可釀於衆流之間者，白龍潭也。潭以龍名舊矣，按圖經在縣西北三里。……天台僧隆磊，雲遊來此，聞龍神感通之異，因公築室之難，歸語船官吴越錢沆，乃故相國成公季子也。……洛人范開，久客錢門，遠陪東閣，目擊勝事，因公以記文見囑，又惡得而辭焉。……嘉定己卯夏五既望，竹洞翁記。」

按：故相國成公即錢象祖，錢沆其子也。陳耆卿《篔窗集》卷四《畏齋記》：「畏齋者，錢沆少初讀書之室也。……少初公台子，脱略富貴而欲從事於斯，可謂有志也已。即此人也。」又按：《辛稼軒年譜》於此有長考云：「《稼軒詞集》中與范廓之酬唱之作甚多，據上引兩文，知范開必即范廓之，蓋兩文所叙情事頗相合，而『開』與『廓』義亦相屬，必開其名而廓之其字也。信州本詞集遇『廓之』均改作『先之』，則以寧宗名擴，於即位後詔御名並同音一十八字如廓與郭等均須回避故也（見《宋會要·刑法》二之一二六）。右引《白龍潭記》稱范開爲洛人，而稼軒《醉翁操》詞題又謂其爲元祐黨籍家，今查隸名元祐黨籍之范姓人物中，惟范祖禹之子孫有曾自稱或被稱爲洛人者，如祖禹長子范沖，因曾奉高宗之命編輯司馬光之《涑水紀聞》，其後吕本中遂有『温公《涑水紀聞》多出洛中人家子弟增加之僞』之説。范沖長子仲熊，曾一度爲金軍所羈留，曾向金人自稱爲西京（北宋以洛陽爲西京）人，也曾被人稱爲『洛陽土豪』（見《三朝北盟會編》卷六三）。范沖的次子仲彪雖仕宦履歷無考，然在朱熹《書張氏所刻潛虚圖後》一文中，亦稱之爲『洛人范仲彪炳義』。凡此皆可證知，雖則范沖一家在宋室南渡之後已偕同趙鼎一家一同南遷衢州，而其父子仍自稱或被稱爲『洛人』。是則稼軒所稱爲『元祐黨籍家』之范廓之與《白龍潭記》『洛人范開』，其即范祖禹之裔孫斷然無疑。」

九月二十八日，與朱熹、韓元吉、徐安國會於南巖寺，有詞作並題名。

稼軒《滿江紅·遊南巖和范廓之韻》詞（笑拍洪崖闋）。

韓淲《澗泉集》卷二《訪南巖一滴泉》詩：「僧逃寺已摧，唯餘舊堂殿。顛倒但土木，彷彿昔所見。山寒少陽焰，崖冷盡冰綫。曾無五六年，驟覺荒涼變。遺基尚可登，一滴泉自濺。憶昨淳熙秋，諸老所閑燕。晦庵持節歸，行李自幾甸。來訪吾翁廬，翁出成飲餞。因約徐衡仲，西風過遊衍。辛帥倏然至，載酒具殽饍。四人語笑處，識者知歎羨。摩挲題字在，苔蘚忽侵徧。壬寅到庚申，風景過如箭。驚心半存没，歷覽步徐轉。回思勸耕地，嘗着郡侯宴。今亦不能來，草木漫葱蒨。人間之廢壞，物力費營繕。不如姑付之，猿鳥自啼囀。」

按：《朱子年譜》卷二上：「淳熙九年八月，改除江南西路提點刑獄公事，辭。九月十二日，去任歸。」朱熹歸途過信上，是南巖之會之由來。南巖在信江南，今上饒縣茶亭鄉之北端。自解放前到新中國建立後，一直由軍隊駐守而未嘗對外開放。二〇一二年十月二十八日，予因學術考察，與同行七人獲準進入，一滴泉猶在，然南巖洞内及洞外百丈壁之摩崖石刻，包括稼軒與朱熹之題刻均已無存，令人憮然而歎。

戴表元《剡源文集》卷一〇《遊南巖詩序》：「余既棄故業，以文學掾至信州，蓋老而遠行，意惘然不自聊。頗聞州之南有危巖空寬，僧廬其中，林泉溜清，禽鳥往來，幸而一遊，得以發鬱積、舒固滯。然至官四閱月，不能遂也。乃季秋二十有八日，高春約朋客出關，駕輕舟，西浮可七八里所，捨舟遵小徑，益南，坡壠高下起伏。又三里，所得巖形如剖瓠，穰實懸綴，飛層仰積，横嶂旁豁，崩湍欲窮，未半倏湧。居者緣其餘隙，礱坐床，斵步道，曲會人意。巖東有泉，時時出一滴石罅中。地宜拒霜花，於時暄晴，光彩穠澤可愛。滿巖鐫來游人名氏，前漫後缺，獨朱晦翁、辛幼安題蹤儼然。數之，適百二十年，歲月日，與今游皆相同，良爲奇事。巖西攀磴上小窩無數，其一稍盤窈，云古有得道老釋結坐於此。平出轉南，竦矗一石峰相直，次第刻成立梯者五，登其巔，州城郭可俯眺。余極力及四梯，不敢盡登而止，所見已不貲矣。初約以昏歸，抵巖既晡，遂治宿具，歌飲巖中。夜向深，氣倍淒峭，非人境。淩晨，再周遭按歷，俱不忍去。是遊之事，取饌於漁，因庖於樵，假苇於圃，惟牢罈壺酒，糜米燭蜜，客有預攜者，懽縱之極，他無比喻。垂歸忽自笑，余也固習於山居，平生行吴楚間，見若不少，而獨爲此留連不能忘情，何耶？余既不自持，抑諸人者方英年盛氣，又多士居，何爲亦若是復缪缪乎？於是分韻各賦詩一篇。同遊者，大名王應夔景然，先歸，餘客鉛山虞舜臣、舜民、宋如曾，吾省上饒鄭仁則、則榮、曾道華華父、徐如礪若金、王叔太正輔、叔謙自牧、則榮之子義榮、番昜湯及翁及翁。而余，剡源戴表元帥初。是爲歲大德壬寅良月朔日序。」

鄭真《滎陽外史集》卷九一《游南巖詩》小序：「洪武乙丑三月初四日，上饒文學掾會稽徐仲告、教導廣信歐陽君蓍二先生，招予過巖，遂與周先生宗文出南門，渡浮橋，蛇行十五里。山徑曲折，巖崖峭絶，諸峰羅列，狀如覆盂。一洞深豁，可容千人。仰而盼之，其勢若壓。唐僧大義建寺已數百年，洊經兵難，而殿宇舊制尚存，豈神明護持力耶？宋元豐至景德、咸淳及元大德、至治間諸公，若辛稼軒、朱考亭、韓無咎暨四明鄉先達宦遊者趙子溁英叟、汪□□□、樓□□、程先生敬叔，多刻名石上。竊懷先哲，有往者莫作之歎。縣學生徐升應保置酒，沽醉而歸。時日影欲夕，禽聲争唤，窮幽攬勝，殆不知登頓之勞也。賦律詩三首，示斯文同志，用以寓留連光景之意。登高能賦之士，其亦有所感發哉？是行也，小兒復昇與諸生暨執事者，凡三十餘人。辭疾不屑者，訓導貴溪傅先生原綱、永豐周先生子明，游先生用文云。」

淳熙十年　癸卯（一一八三）

稼軒四十四歲。

家居上饒。

二月，吴儆卒。

《竹洲集》所附《宋故朝散郎知邕州軍州兼管内勸農營田事兼廣南西路安撫都監提舉欽廉等州盗賊公事沿邊溪峒都巡檢事兼提點買馬事竹洲先生吴公行狀》：「以淳熙十年二月二十七日卒，享年五十有九。」

春，友人陳亮寄書來，擬秋後來訪。

《陳亮集》卷二九《與辛幼安殿撰棄疾書》：「亮空閑没可做時，每念臨安相聚之適，而一别遽如許，雲泥異路又如許。本不欲以書自通，非敢自外，亦其勢然耳。前年，陳詠秀才强使作書，既而一朋友又强作書，皆不知達否？不但久違，無以慰相思也。去年東陽一宗子來自玉山，具説辱見問甚詳，且言欲幸臨教之。孤陋日久，聞此不覺起立。雖未必真行，然此意亦非今之諸君子所能發也。感甚，不可言。即日春事强半，伏惟燕處自適，天人交相，台候萬福。亮頑鈍，寖已老矣。面目稜層，氣象彫落。平生所謂學者，又將掃蕩無餘，但時見故舊，則能大笑而已。其爲無足賴，曉然甚明，真不足置齒牙者。獨念世道日以艱難，識此香氣者，不但人摧敗之，天亦僵仆之殆盡。四海所繫望者，東序惟元晦，西序惟公與子師耳，又覺戛戛然若不相入，甚思無箇伯恭在中間擱就也。天地陰陽之運，闔闢往來之機，患人無毒眼精、硬肩胛頭耳。長江大河，一瀉千里，不足多怪也。前年曾訪子師於和平山間，今亦甚念走上饒，因入崇安。但既作百姓，當此田蠶時節，只得那過秋杪。如聞作室甚宏麗，傳到上梁文，可想而知也。見元晦説潛人去看，以爲耳目所未曾覩，此老言必不妄。去年亮亦起數間，大有鷦鷯肖鵾鵬之意，較短量長，未堪奴僕命也。又聞往往寄詞與錢仲耕，豈不能以一紙見分乎？偶有端便，因作此問起居，且詢前書達否。此使一去不回，能尋便，以一二字見及，甚幸。餘惟崇護茵鼎，大攄所藴，以決天下大計爲禱。」

按：此書信作於本年春，《辛稼軒年譜》有長考甚詳，録之於此：「書中之錢仲耕名佃，蘇州常熟人，於淳熙八年由江西漕移守婺州，稼軒爲賦《西河》以送其行。《宋會要·職官》七二之三九，淳熙十年九月十三日載：『中奉大夫充秘閣修撰知婺州錢佃特降一官，坐軍兵喧哄，佃既獲爲首人，不能盡法行遣故也。』是其時錢氏尚在婺州任；同年閏十一月九日又載：『新除司農卿錢佃差主管建寧府武夷山沖佑觀，以臣僚駁奏故也。』是錢氏之離婺州任在十年閏月之前。書中既云『往往寄詞與錢仲耕』，當係錢氏尚在婺州時事，金華、永康相去未遠，故陳氏得聞其事。又陳氏於淳熙十一年春繫獄得釋之後，所有致友人函件，均詳述其事之原委而大致其憤懣之辭，此書獨未道及其事。凡此均可證此書之作必在十一年甲辰之前。『因入崇安』

語，乃指入崇安訪朱熹言。淳熙九年朱熹尚在浙東提舉任，該年秋九月方以奏劾台州守唐仲友事而去職家居，則此書又可斷其必在九年之後。因知其決在本年春爲無疑。《龍川集·癸卯通朱氏書》有云：『自去年七月三日得教答之後，不惟使車入丹丘，亮亦架數間潑屋，自朝至暮，更不得舉頭，况能相從於數百里之外乎？』與此書中『去年亮亦起數間』語正指一事。與朱書又云：『春間嘗欲遣人問訊，不果，漏逗遂至今日，良可一笑。幾番意思悶頓時，欲裹包相尋於寂寞之濱，又復牽掣而止。尊仰殆不勝情。即日秋氣澄清，伏惟燕居有相，……』與此書中『今亦甚念走上饒，因入崇安』等語亦指一事而言。與朱書乃秋日所作，知此書所謂『既作百姓，……衹得那過秋杪』者，届時又復別遇牽掣，而使此行終未得果。至十一年春陳氏即被累繫獄，此事遂更因循，償願之期乃復遲至五年之後矣。」

又按：陳書中既有「又聞往往寄詞與錢仲耕，豈不能以一紙見分乎」語，則稼軒必曾賦詞贈與之。然今稼軒諸詞中，除淳熙十五年相與唱和各闋外，僅有一首《破陣子·爲陳同甫賦壯詞以寄之》詞（醉裏挑燈看劍闋），既謂「寄之」，則非與陳亮相會所贈者甚明。而《稼軒詞編年箋注》附於《賀新郎·陳同父自東陽來過余》詞（把酒長亭説闋）等三詞之後，編年豈合理耶？予以爲應即陳亮索詞之後所寄奉者，故新集已改從此年矣。

友人湯邦彦自便歸金壇，爲本年春間事，有詞作送行。

《南澗甲乙稿》卷一《送湯朝美還金壇》詩：「騰駒輕卧駝，野蔓欺落木。舉頭便干霄，春至亦重録。人生百年内，萬事紛過目。得爲蠖步伸，失作蠨頸縮。古來曠達士，一視等蠻觸。」稼軒《滿江紅·送湯朝美司諫自便歸金壇》詞：「瘴雨蠻煙，十年夢尊前休説。春正好故園桃李，待君花發。」

五月，葉衡卒，年六十二。

《宋宰輔編年録》卷一八：「淳熙二年九月乙未，葉衡罷右丞相。……三年二月，責授散官，郴州安置。六年八月，詔責授安德軍節度副使。葉衡久在謫籍，洊經恩霈，特與叙復中大夫，在外宫觀。十年四月，詔復通議大夫，依前提舉洞霄宫，從吏部檢舉也。五月卒，贈資政殿學士，依條與致仕遺表恩澤。」

按：《宋史》卷三八四《葉衡傳》謂其卒年六十二。《鳳墅帖》卷一八《南渡名相帖》載葉衡札子，有「衡廢放餘生，已甘永棄。聖恩矜貸，忽許便安。仰戴隆天厚地之稱，雖萬死何足以報。區區之跡，已於前月末還至敝里」諸語，疑作於淳熙六年九月宋廷明堂大禮，葉衡被恩霈之後。

八月，傅自得卒，年六十八。

《朱文公文集》卷九八《朝奉大夫直秘閣主管建寧府武夷山沖佑觀傅公行狀》：「既病，則屏却藥餌，獨飲水以待終。一日忽召所善前昭武守黄君維之、新安守石君起宗置酒卧内，與訣。既而劇談詼笑，歌呼如常時。翌日遂不起。時淳熙十年秋八月也，年六十有八。」

是年，岳珂肅之生。

岳珂《寶真齋法書贊》卷二八《銀青清白頌語跋》：「右先君《銀青遺書清白頌語》真跡一卷，紹熙壬子十月，先君子帥廣，微若不適，猶治事如平時。壬子平旦，起書數語於紙，口占遺奏，略不及家事，遂深衣幅巾而啓手足，珂時始十齡。」

按：壬子爲紹熙三年，是年岳珂父岳霖卒，上推十年，珂當生於本年。

淳熙十一年　甲辰（一一八四）

稼軒四十五歲。

家居上饒。

三月，陳亮繫獄，七八十日後方得釋歸。

《陳亮集》卷三六《陳春坊墓碑銘》：「甲辰之春，余以藥人之誣，就逮棘寺，更七八十日而不得脱。」

同書卷二八《甲辰秋答朱元晦書》：「五月二十五日，亮方得離棘寺而歸。……亮今歲之事，巧雖有以致之，然亦謂之不幸可也。當路之意，主於治道學耳。亮濫膺無纇之禍。初欲以殺人殘其命，後欲以受賂殘其軀。推獄百端搜尋，竟不得一毫之罪。而撮其投到狀一言之誤，坐以異同之罪，可謂吹毛求疵之極矣。最好笑者，獄司深疑其挾監司之勢，鼓合州縣以求賂。亮雖不肖，然口説得，手去得，本非閉眉合眼、矇瞳精神以自附於道學者也。若其真好賄者，自應用其口手之力，鼓合世間一等官人，相與爲私，孰能禦者？何至假秘書諸人之勢，干與州縣，以求賄哉？

獄司吹毛求疵，若有纖毫近似，亦不能免其軀矣。」《水心集》卷二四《陳同甫王道甫墓志銘》：「前此鄉人爲讌會，末胡椒，特置同甫羹胾中，蓋村俚敬待異禮也。同坐者歸而暴死，疑食異味有毒，已入大理獄矣。」

五月十日，韓元吉六十七歲生辰，賦詞賀之。

稼軒《水龍吟·甲辰歲壽韓南澗尚書》詞（渡江天馬闋）。

按：稼軒明年此日再賦《水龍吟》詞壽南澗，詞題云：「次年，南澗用前韻爲僕壽。僕與公生日相去一日，再和以壽南澗。」

辛釄之夭折，或在本年。

稼軒《哭釄十五章》詩。《清平樂·爲兒鐵柱作》詞（靈皇醮罷闋）。

是冬，提點諸路坑冶鑄錢公事李大正改除利州路提刑，賦詞送其入蜀。

〔乾隆〕《鉛山縣志》卷一二韓元吉《膽泉銘》：「淳熙之八年，天子復命建安李公大正爲諸道坑冶鑄錢使。」此文《南澗甲乙稿》失收。

稼軒《滿江紅·送李正之提刑入蜀》詞（蜀道登天闋）。《蝶戀花·用趙文鼎提舉送李正之提刑韻送鄭元英》詞（莫向樓頭聽漏點闋）。

按：據《膽泉銘》所載，知李大正提點任滿改除利州路提刑。《辛稼軒年譜》謂「是冬，寓居信上之李正之大正入蜀任利州路提刑」，謂其居信上，恐誤。鄭元英之入蜀與李大正同時，或其在信上遇合而同行者也。

是年或明年初，友人錢佃卒，年六十二。

《重修琴川志》卷八：「錢佃字仲耕，弱冠入太學，登紹興十五年進士第。……出爲江西轉運副使。時盜賴文政起武陵，朝廷調兵討之，佃饋餉不乏。繼使福建，再使江西。……卒年六十二。」

按：《辛稼軒年譜》置錢佃之卒於淳熙十四年。引證《誠齋集》卷二二《錢仲耕殿撰侍郎撰挽詩》，並作按語云：「《誠齋集》均係按年編次者，此詩在《朝天集·丁未年四月十七日侍立集英殿觀進士唱名》等詩之後，在《戊申元日立春》詩之前，因知錢氏之卒必在本年。」此所考大誤。此卷所收雖爲淳熙十四年春夏所作，然後半卷收《李仁甫侍講閣學挽詩》以下六首挽詩，挽錢詩爲第三首，其後爲《周子及監簿挽詩》和《洪丞相挽辭》。此三人均有卒年可考。李燾仁甫卒於淳熙十一年春，周洎子及卒於十二年五月，洪适卒於淳熙十一年。可知錢佃絶非卒於淳熙十四年者。拙著《楊萬里集箋校》於挽李燾詩箋注考云：「李燾既卒於淳熙十一年春，此詩之作最晚當不晚於誠齋是年入朝之後。而本卷所載，爲誠齋淳熙十四年所作。因知此詩及以下各首挽詩，乃將淳熙十一年至本年所作，按先後彙録於此卷之末。」

淳熙十二年　乙巳（一一八五）

稼軒四十六歲。

家居上饒。

連年出遊，踏得永豐博山寺桃源溪，喜其地，遂讀書於寺中，當自本年春間爲始。

稼軒《江神子・博山道中書王氏壁》詞：「一川松竹任横斜。有人家，被雲遮。雪後疏梅，時見兩三花。比着桃源溪上路，風景好，不争些。」

同調《送元濟之歸豫章》詞：「亂雲擾擾水潺潺，笑溪山，幾時閑？更覺桃源，人去隔仙凡。」自注：「桃源乃王氏酒壚，與濟之送别處。」

〔乾隆〕《廣豐縣志》卷一〇《寓賢》：「辛棄疾，……嘗讀書於永豐西南之博山寺，舊有稼軒書堂。寺中碑記，其手撰也，今尚存。」

鄭汝諧守信州，稼軒與之頻相唱酬。

〔光緒〕《青田縣志》卷一〇《儒林》：「鄭汝諧字舜舉，紹興丁丑進士，穎悟貫洽，出入五經，權衡諸史。辛稼軒見之，曰：『老子胸中兵百萬。』丞相洪景伯薦於朝，孝宗書於御屏，曰：『鄭汝諧威而能惠。』授兩浙轉運判官。時浙東苦旱，舉行荒政，轉江西轉運副使。時知袁州黄劭丁母憂不肯離任，倍支棺櫬喪服官錢，汝諧奏鐫一級。入爲大理少卿，持公論釋陳亮。歷官吏部侍郎。既老，以徽猷閣待制致仕。自號東谷居士。居鄉多惠愛，邑人生祠之。卒贈開國伯，祀鄉賢。」

《宋會要輯稿・食貨》七〇之七四：「淳熙十二年三月二十五日，宰執進呈權發遣信州鄭汝諧，奏前知袁州宜春縣許及之陳述户長之弊……王淮等奏，鄭汝諧行之信州，百姓甚利。……上曰：『可依户部勘當到事理，並下路州軍仿此隨宜施行。』」

趙蕃《章泉稿》卷五亦載余鑄《重修廣信郡學記》，有「淳熙十二年知州事鄭汝諧再撥下新收莊」語。

淳熙十三年　丙午（一一八六）

稼軒四十七歲。

家居上饒。

屢遊博山雨巖，命其巖外奇石名山鬼，爲本年前後事。

稼軒《山鬼謡》詞題云：「雨巖有石，狀甚怪，取《離騷·九歌》，名曰山鬼，因賦《摸魚兒》，改今名。」詞後自注：「石浪，庵外巨石也，長三十餘丈。」又賦《蝶戀花·月下醉書雨巖石浪》詞，有句云：「唤起湘纍歌未了，石龍舞罷松風曉。」

朱熹與門弟子論及稼軒，深爲其廢置不用而不平，亦本年前後事。

《朱子語類》卷一三二《中興至今日人物》下：「辛幼安亦是箇人才，豈有使不得之理？但明賞罰，則彼自服矣。今日所以用之者，彼之所短，更不問之。視其過當爲害者，皆不之恤。及至廢置，又不敢收拾而用之。」

按：據此條之後小注，及此書卷首《姓氏》，知爲萬人傑於淳熙七年庚子以後所聞。此即朱熹於稼軒廢置多時之後有感而發，當爲淳熙十二三年間事，故權次於此。

訪泉於鉛山縣奇師村，得周氏泉，即後來命名爲瓢泉者，亦始於本年。

稼軒《洞仙歌·訪泉於奇師村得周氏泉爲賦》詞：「飛流萬壑，共千巖争秀。孤負平生弄泉手。歎輕衫短帽，幾許紅塵？還自喜，濯髮滄浪依舊。人生行樂耳，身後虚名，何似生前一杯酒？便此地結吾廬，待學淵明，更手種門前五柳。且歸去父老約重來，問如此青山，定重來否？」

歲杪，信州守鄭汝諧被召赴行在。

《南澗甲乙稿》卷七《菩薩蠻·鄭舜舉别席侑觴》詞：「詔書昨夜先春到，留公一共梅花笑。青瑣鳳凰池，十年歸已遲。」

按：《辛稼軒年譜》據《中西回史日曆》考淳熙十三年十一月初三冬至，下推四十五日，立春當在此年十二月十八日。鄭汝諧被召，即在本年歲杪。稼軒亦有送行詞，即《滿江紅·送信守鄭舜舉被召》，有句云：「看野梅官柳，東風消息。」

《宋會要輯稿·職官》一〇之三九：「淳熙十四年三月十五日，吏刑部言令大理寺結絶公案批報，以革留滯之弊。以考功員外郎鄭汝諧申請，……從之。」

淳熙十四年　丁未（一一八七）

稼軒四十八歲。

家居上饒。

是夏，友人韓元吉卒，年七十。

稼軒本年有《水調歌頭·慶韓南澗尚書七十》詞：「上古八千歲，纔是一春秋。不應此日，剛把七十壽君侯。」

陸游《劍南詩稿》卷一九《聞韓無咎下世》詩題下注：「丁未夏。」

按：韓元吉生於政和八年，見其集卷一八《易繫辭解序》。據陸詩，其卒蓋當後於其七十生辰未久。

知仁和縣陳德明違法刺配信州，稼軒時與之往來，有詞相和。

見稼軒《念奴嬌·雙陸和陳仁和韻》詞（少年横槊闋）。

《宋史全文》卷二七下：「淳熙十三年冬十月甲戌朔。是月，仁和知縣陳德明坐贓污不法，免真決，刺面配信州，其元舉主葉翥、齊慶胄、郭棣各貶秩三等。」

按：查《淳熙三山志》卷二九：「隆興元年癸未木待問榜，陳德明字光宗，寧德人。」周必大《益國文忠公集》卷一七一《乾道壬辰南歸録》，有乾道八年四月「癸卯，風順，午時次常州，太守右朝散大夫晁子健、通判左朝散郎葛郯、教授迪功郎陳德明……並相候」語，知嘗爲常州教授。另據《咸淳臨安志》卷五一《仁和縣令表》中，有虞汝翼、陳鞏、陳德明、朱贇等，未著到罷時間。同書卷五四：「仁和縣無倦堂，淳熙十一年令陳鞏建。」其仕宦經歷大致如此，則其淳熙十四年正應在發配信州之時，故能與稼軒相識，且陪其遊戲，以解其憂也。

友人楊冠卿編刊《羣公樂府》成，收稼軒詞，有致謝小簡。

《客亭類稿》卷七《羣公樂府序》：「自紹興迄於今，閱歲浸久，賢豪述作，川增雲興，絶妙好辭，表表在人耳目者，不下數十百家。湮没於時，豈不甚可惜？余漂流困躓，久客諸侯間，氣象萎薾，時有所攖拂，則取酒獨酌，浩歌數闋，怡然自適，似不覺天壤之大，窮通之爲殊塗也。羈旅新豐，既獲其助，遂掇拾端伯《雅詞》未登載者，釐爲三秩，名曰《羣公詞選》，鋟木寓室，以廣其傳。丁未中秋，楊冠卿夢錫序。」

《諸老先和惠答客亭書啓編·與楊夢錫小簡》：「棄疾伏承垂示詞集，珠璧焜耀，乃以瓦礫□□其間，讀之令人皇恐。且知左右之愛，忘不獨□日也，又以爲感。」

按：曾慥字端伯，撰《樂府雅詞》共五卷，編成於紹興十六年。楊冠卿《羣公樂府》乃繼曾氏之續編，故收當代詞人之作。據稼軒右書中自謙之語，知其必收入稼軒之詞作，故有此致謝小簡。楊冠卿字夢錫，江陵人，平生未仕。其與稼軒之交誼無考。

淳熙十五年　戊申（一一八八）

稼軒四十九歲。

家居上饒。

元日，門人范開編輯《稼軒詞》甲集成。

范開所作序，書「淳熙戊申元日，門人范開序」。

自作《蝶戀花》詞抒懷。

稼軒《蝶戀花·戊申元日立春席間作》詞：「誰向椒盤簪綵勝？整整韶華，争上春風鬢。往日不堪重記省，爲花長把新春恨。　春未來時先借問，晚恨開遲，早又飄零近。今歲花期消息定，只愁風雨無憑準。」

按：　本年元日立春，范成大《石湖詩集》卷二八有《元日立春感歎有作二首》詩：「元日兼春日，霜寒又雪寒。」楊萬里《誠齋集》卷二三亦有《戊申元日立春題道山堂前梅花》詩，皆可證此年立春確在元旦。　此詞作於戊申元日，然借春花爲喻，以其開遲且又飄零過早，故有『往日不堪重記省，爲花長把新春恨』及『今歲花期消息定，只愁風雨無憑準』之句，蓋於此頗致其感慨也。」所謂「晚恨開遲，早又飄零近」，必指數年間，頗有多次起用之議而屢遭沮格也。　當時所云「頗致其感慨」者，殆謂其自淳熙中被誣劾罷，至淳熙末始有湔洗之望。　疑至戊申元日，來自朝中之消息，爲奉祠有日也。

知衡州鄭如崈赴任過上饒，賦詞惜别。

稼軒《滿江紅·稼軒居士花下與鄭使君惜别醉賦侍者飛卿奉命書》詞（莫折荼蘼闋）、《水調歌頭·送鄭厚卿赴衡州》詞（寒食不小住闋）。

按：　《經義考》卷三四載鄭汝諧《易翼傳》之後有其子鄭如岡跋。　如岡與如崈之後一字皆以山字爲序，疑如崈亦鄭汝諧之子侄輩。　果如是，則如崈蓋亦浙東處州青田人。　《永樂大典》卷八六四七衡字韻載《衡州府圖經志》之《郡守題名》，謂如崈淳熙十五年四月到，與荼蘼晚春開花季節正合，故知其赴衡州任必經信州也。

朱熹与與門人語及陳亮，兼及稼軒，謂其作帥有勝人處。

《朱子語類》卷一三二《中興至今日人物》下：「問：『陳亮可用否？』曰：『朝廷賞罰明，此等人皆可用。如辛幼安，亦一帥材，但方其縱恣時，更無一人敢道他，略不警策之。及至如今一坐坐了，又更不問著，便如終廢。此人作帥，亦有勝他人處，但當明賞罰以用之耳。』」

按：此條記事乃其門人黄罃於淳熙十五年戊申所聞，見小注及卷首姓字。據「便如終廢」句，疑至此時，尚未得聞稼軒奉祠之消息，故有此語。或其時已多有其即將奉祠之傳聞，遂發此感慨，亦未可知。

奏邸則忽傳稼軒以病掛冠，遂賦詞以紀之。

稼軒《沁園春・戊申歲奏邸忽騰報謂余以病掛冠因賦此》詞：「老子平生，笑盡人間，兒女怨恩。況白頭能幾？定應獨往；青雲得意，見説長存。抖擻衣冠，憐渠無恙，合掛當年神武門。都如夢，算能争幾許，雞曉鐘昏？　此心無有親冤，況抱甕年來自灌園。但凄涼顧影，頻悲往事；慇勤對佛，欲問前因。却怕青山，也妨賢路，休鬥尊前見在身。山中友，試高吟楚些，重與招魂。」梁啓超《辛稼軒年譜》有釋此詞之語謂：「先生落職，本緣被劾，而邸報誤爲引疾，詞中『笑盡人間，兒女怨恩』，『此心無有親冤』，謂胸中絶無芥蒂，被劾與引退原可視同一律也。『白頭能幾，定應獨往，衣冠無恙，合掛當年神武門』，言早當勇退，不必待劾也。『都如夢，算能争幾許，雞曉鐘昏』，言邸奏竟爲我延長若干年做官生涯，然所差無幾，不必較也。『抱甕年來自灌園』，『淒涼顧影，頻悲往事』，此明是罷斥後情狀，若猶在官，安得有此語？『却怕青山，也妨賢路』，極言憂讒畏譏，恐雖山居猶不免物議也。『山友重與招魂』，言本已罷官，邸奏又爲我再罷一次，山友不妨再賦招魂也。」

主管沖佑觀，當爲本年事。

《宋史》本傳：「以言者落職。久之，主管沖佑觀。」

《攻媿集》卷八七《少師觀文殿大學士魯國公致仕贈太師王公行狀》：「八年九月，拜右丞相兼樞密使，授光禄大夫，封福國公。……九年七月，爲明堂大禮使。九月，拜特進左丞相，進封冀國公監修國史、日曆提舉、編修玉牒、詳定一司敕令。……公首以用人爲己任，以館職及郎官多闕，欲召試，及選治郡高第者爲之。於是薦召蔡戡、謝師稷、周頡、尤袤、林枅、鄭僑、羅點、鄭鍔等，又以張杓、傅淇、徐詡、王正己、京鏜等分爲監司，一時翕然稱爲得人。……天長水害七十餘家，或謂不必以聞。公曰：『昔人謂人主不可一日不聞水旱盜賊。』禮曰：『四方有敗，必先知之。』可謂人之父母矣。』因擬周極安豐軍，公奏：『跅弛之士，緩急可用，臨難不顧其身，小廉曲謹者未必能之。』平日愛惜人才，正爲此耳。」

《誠齋集》卷一二〇《宋故少師大觀左丞相魯國王公神道碑》：「淳熙二年，除端明殿學士簽書樞密院事。……辛棄疾平江西茶寇，上功太濫，公謂不核真僞，何以勸有功？……三年八月，除同知樞密院事。靖州蠻既平，率逢原殺及老幼；文州羌既定，李昌祖誘殺降者，公皆請懲其罪。四年六月，除參知政事。……五年十一月，除樞密事。……廣西帥劉焞平妖賊李接，上問：『焞功孰與辛棄疾、王佐？』公曰：『弗如也。』乃畀焞集英殿修撰。……八年八月癸丑，拜右丞相兼樞密使，封福國公。……九年九月己巳，拜公左丞相，克家右丞相。二公對持國柄，同心輔政。……一日，上謂公曰：『今中外得人，前所未有，復見古風矣。』故淳熙人物之盛，至今以爲美談。然公守法度，愛名器，重人命，欽刑罰，惜人材，全始終，恤民隱，宣德意，審幾事，持遠謀。夙夜切磋，無微不盡。……公之守法度愛名器如此。……公之重人命欽刑罰如此。故相陳公俊卿請老，公言其材可惜，未宜遽從。趙公雄請祠，公言人材實難，亦未宜聽。右相梁公克家告病求去，公言時方盛寒，請留之以經筵在京祠官之職，使春暄而後行。部使者曾逢請祠以養親，公言逢之孝養，宜加以貼職美名之寵，示砥礪於風俗。周極有才而人多議其輕，公言跅弛之士，緩急能出死力，上遂用爲郡守。辛棄疾有功，而人多言其難駕御，公言此等緩急有用，上即畀祠官。公之惜人才全始終如此。……公之恤民隱宣德意如此。」

按：樓鑰作《王淮行狀》，在嘉泰元年，而楊萬里《神道碑》之作在嘉泰四年，此見於拙著《楊萬里集箋校》。然在此之前，已有熊克爲作《行狀》矣，《誠齋集》不以樓鑰所作爲藍本，而以熊克所作爲依據，見《神道碑》文末語：「按其諸子所作《家傳》及起居郎熊公克所作《行狀》，摭其繫天下國家之大者書之。」蓋熊克卒於淳熙末之故也。此《行狀》今已無從得見。然樓、楊二人之作，叙及王淮在左相任内事，皆用紀事本末體，綜合其諸項施設之大者，以類相從而述之。或熊克之《行狀》即已如此叙事，二人傳承而未能有所改變，故所記王淮任左相期間之舉措，皆分類而不以其事之先後爲序，遂致稼軒奉祠之事亦不得其年月矣。

《宋史》卷三九六《王淮傳》：「嘗言跅弛之士，緩急能出死力，乃以周極知安豐軍，辛棄疾與祠。上章力求去，以觀文殿大學士判衢州。淮力辭，改提舉洞霄宫。光宗嗣位，詔詢初政，淮以盡孝進德，奉天敬民，用人立政，罔不在初。」

張端義《貴耳集》卷下：「王丞相欲進擬辛幼安除一帥，周益公堅不肯。王問益公云：『幼安帥材，何不用之？』益公答云：『不然，凡幼安所殺人命，在吾輩執筆者當之。』王遂不復言。」

按：《辛稼軒年譜》考稼軒奉祠事有云：「考宋代州郡長貳之任免，除由中出者外，例由左右兩相奏擬，《貴耳集》中既有王丞相周益公問答云云之記事，則其事當在淳熙十四年二月丁亥周必大自樞密使遷光禄大夫除右丞相之後。必是除帥擬議見沮於周，因即特予稼軒以宫觀也。王、周共相，起十四年二月，至十五年五月王氏即爲薛叔似論罷，因著其事於此。」據此理由，《年譜》繫稼軒奉祠事在淳熙十四年。然《朱子語類》淳熙十五年記事既有「便如終廢」語，可證知其事必在本年五月之前。《王淮傳》記稼軒奉祠事後，即書其罷相，可知亦必王淮柄政即將結束前之除命也。

是秋，友人趙蕃自湖南歸，有詩卷奉寄稼軒。

劉宰《漫塘集》卷三二《章泉趙先生墓表》：「先生姓趙氏，諱蕃，字昌父。其先自杭徙汴，由汴而鄭。南渡，居信之玉山。……以少嘗從静春先生劉公清之受學。公時守衡，故欲從之卒業。甫至，而劉以非罪去，即從之歸。其謹於所職而篤於所事如此。」

《永樂大典》卷八六四七衡字韻引《衡州府圖經志·郡守題名》：「劉清之，朝奉郎，淳熙十三年四月到。……十五年正月奉祠。」

《宋會要輯稿·職官》七二之四八：「淳熙十四年十二月二十七日，知衡州劉清之主管華州雲臺觀。言者論其以道學自負，於吏事非所長，財賦不理，倉庫匱乏，又與監司不和，乞與宫祠。從之。」

《淳熙稿》卷八詩題：「蕃艤舟湘西之明夕，鄭仲理、吴德夫、周伯壽、黎季成共置酒於書院閣下，追餞者邢廣聲、王衡甫。時戊申仲秋七日。」

同書卷五《以歸來後與斯遠倡酬詩卷寄辛卿》詩：「人家饋歲何所爲，紛紛酒肉相攜持。我曹饋歲復何有，酬倡之詩十餘首。緘封寄稿玄英方，從人笑癡我自狂。狂餘更欲誰送似，咫尺知音稼軒是。公乎比復何所作，想亦高吟動清酌。賓朋雜遝孰爲佳，咸推楊范工詞華。我曹所樂雖小技，歷古更今不能廢。歲云暮矣勿歎窮，梅花爛漫行春風。」

族弟辛助湖南帥幕任滿，歸途過上饒來訪。

稼軒《蝶戀花·送祐之弟》詞：「衰草斜陽三萬頃，不算飄零，天外孤鴻影。幾許淒涼先痛飲，行人自向江頭醒。　　會少離多看兩鬢，萬縷千絲，何況新來病！不是離愁難整頓，被他引惹其他恨。」

《菱湖辛氏族譜》之《隴西派下支分萊州世系》：「迎公次子助公，字祐之，行第五。終朝散郎知荆門軍。本種學公子，過房。」

按：陳傅良《止齋集》卷四二《跋辛簡穆公書》：「簡穆公行藏見國史，且天下能道之，余不復道。曩余守桂陽，歲旱，流言往往以郴桂間民略死徙矣。祐之時在長沙幕府，具以所聞，言之故帥直徽猷閣潘公德鄜。潘公下其説兩郡，蓋甚侵余與丁端叔也。余二人頗恨，然忌幕府不敢白。已而識祐之，乃佳士耳。余既相得，會他郡巡檢下軍人廩不繼，屬祐之即其廬勞苦之。天大寒，彌兩月，雨雪没馬股，祐之崎嶇行盡闔郡，得軍中人之心以歸。余方恨賢勞，而祐之欣欣無一咎言，以是益知其人，苟便於民，雖極言不以爲口過；苟不便於身，雖忘言可也。簡穆公爲有後矣。」簡穆即辛次膺。潘德鄜名畤，其自知廣州進直徽猷閣知潭州，在淳熙十三年下半年。《宋會要輯稿·食貨》二八之二五：「淳熙十三年七月四日，知廣州潘畤言。」而陳傅良知桂陽軍在淳熙十四年。則其所記與辛助交往事，亦必在淳熙十四年。據以下《滿江紅·和楊民瞻送祐之弟還侍浮梁》詞題，知辛助訪稼軒之後，即還浮梁侍親。可知其來訪稼軒，殆即湖南帥幕任滿，於歸途經行上饒時事。則稼軒送别諸作，皆應賦於淳熙十五年。

友人陳亮自東陽來訪，同憩鵝湖，共酌瓢泉，長歌相答，極論世事。

可復得耶？」

稼軒《祭陳同父文》：「而今而後，欲與同父憩鵝湖之清陰，酌瓢泉而共飲，長歌相答，極論世事，

稼軒《賀新郎》詞題：「陳同父自東陽來過余，留十日，與之同游鵝湖。且會朱晦庵於紫溪，不至，飄然東歸。既別之明日，余意中殊戀戀，復欲追路，至鷺鷥林，則雪深泥滑，不得前矣。獨飲方村，悵然久之，頗恨挽留之不遂也。夜半投宿吴氏泉湖四望樓，聞鄰笛悲甚，爲賦《乳燕飛》以見意。又五日，同父書來索詞，心所同然者如此，可發千里一笑。」

《朱文公文集》卷二八《答陳同父書》：「熹懇辭召命，不蒙開允，反得除用，超異非常，内省無堪，何以勝此？已上免奏，今二十餘日矣，尚未聞可報，蹴踖不自勝。來書警誨，殊荷愛念。然使熹不自料度，冒昧直前，亦只是誦説章句，以應文備數而已，如何便擔當許大事？況只此幸冒，亦未敢承當，老兄之言，無乃太早計乎？然世間事，思之非不爛熟，只恐做時不似説時，人心不似我心。孔子豈不是至公至誠？孟子豈不是粗拳大踢？到底無著手處。況今無此伎倆，自家勾當，一箇身心，尚且奈何不下，所以從前不敢容易出來，蓋其自知甚審。而世間一種不相識、有公論底人，亦莫不知之，只是吾黨中，有相知日久，相愛過深者，好而不知其惡，誤相假借，以爲粗識廉恥而又年紀老大，節次推排，遂有無實之名，以至上誤君父之聽。有此叨竊，每中夜以思，悚懼慚怍，無以少答上下之望，未嘗不發汗沾衣也。不意以老兄之材氣識略，過絶流輩，而亦下同流俗，信此虚聲，將欲彊憔僥以千鈞之重，而不憂其覆跌狼狽，以誤知人之明也。辭免人行已久，旦

夕必有回報。似聞後來妙論，又有新番，從官已有以言獲罪而去者，未知事竟如何？封事雖無高論，然恐無降出之理。萬一果如所傳，則孤蹤尤是不復可出。自今以往，牢關固拒，尚恐不免於禍，況敢望入帝王之門乎？彼去都城不遠，想已見得近日爻象矣。萬一再辭不得，即不免束裝裹糧，爲生行死歸之計。承許見訪於蘭溪，甚幸，但恐無所説話處。向來子約到彼，相守三日，竟亦不能一吐所懷。或先得手筆數行，略論大意，使未相見間，預得紬繹，而面請其曲折，庶幾猶勝匆匆説話不盡，只成閑追逐也。」

同卷《答陳同父書》：「熹所遣人，度月半前後到都城，不知歲前便得歸否？但迂滯之見，書中已説盡，自看一過，亦覺難行，次第八九分是且罷休矣。萬一不如所料，又須別相度，今亦不可預定耳。來教所云，心亦慮之，但鄙意到此，轉覺懶怯。況本來只是間界學問，更過五七日，便是六十歲人。近方措置種得幾畦杞菊，若一腳出門，便不能得此物喫，不是小事。奉告老兄，且莫相攛掇，留取閑漢，在山裹咬菜根，與人無相干涉，了却幾卷殘書，與村秀才子尋行數墨，亦是一事。古往今來，多少聖賢豪傑韞經綸，事業不得做，只恁麽死了底何限？顧此腐儒，又何足爲輕重？況今世孔、孟、管、葛，自不乏人也耶？來喻恐爲豪士所笑，不知何處更有豪士笑得？老兄勿過慮也。」

按：以上兩書，論及時事出處。據《宋史》卷四二九《道學》三《朱熹傳》及《朱子語類》卷三下，淳熙十五年六月，朱熹奏事延和殿，除兵部郎官，以足疾丐祠。兵部侍郎林栗因與熹論《易》、

《西銘》不合，劾熹道學爲僞。詔除熹依舊江西提刑，辭免，除直寶文閣主管西京嵩山崇福宮。未逾月再召，熹又辭，乃投匭具封事以聞。書達，乃除主管太一宮兼崇政殿説書，熹力辭，除秘閣修撰，奉外祠。據《宋史》卷三五《孝宗紀》三，命朱熹主管太一宮之命在本年十二月二十一日壬午。則答陳亮第二書所謂「熹所遣人，度月半前後到都城，不知歲前便得歸否」，當爲本年十二月中旬語也。前一書有「承許見訪於蘭溪」語，乃陳亮赴上饒前邀朱熹前來爲三人之會，蘭溪在上饒至東陽之歸途，而辛、陳二人乃往紫溪以迎朱熹，朱熹不至，陳亮乃飄然東歸。疑蘭溪或即紫溪之誤也。要之，朱熹之不來，必在本年十二月中旬之前，辛、陳鵝湖之會期，據此可定。

又按：朱熹第一書，有「向來子約到彼，相守三日，竟亦不能一吐所懷」語。子約其人，乃慶元黨禁時期上封事詆韓侂胄被貶謫者，故《宋史》卷四五五列入《忠義傳》一〇。此傳載：「吕祖儉字子約，祖謙之弟也。受業祖謙如諸生，監明州倉。將上，會祖謙卒。……丞相周必大語尚書尤袤招之，祖儉已調衢州法曹，而後往見。潘時經略廣東，欲辟爲屬，祖儉辭，尋以侍從鄭僑、張杓、羅點、諸葛庭瑞薦，召除籍田令。」尤袤於光宗紹熙四年除禮部尚書卒。見《宋史》卷三一九《尤袤傳》。而周必大於紹熙元年罷相，則所謂「丞相周必大語尚書尤袤招之」，乃淳熙十六年二月孝宗禪位前之事，時尤袤爲禮部侍郎，非尚書，光宗即位不久即罷。綜合以上所考，知吕祖儉於本年必已調衢州法曹。另查吕祖儉於祖謙卒後爲其服喪，其訪稼軒三日，乃其服喪期滿以後事。祖儉與稼軒交往，他書無載。以其來訪不得其年，故附考於此。

友人杜旃亦於歲晚來訪。

稼軒《賀新郎·用前韻贈金華杜仲高》詞（細把君詩説闋）。四卷本乙集「仲高」作「叔高」，此從廣信書院本。

〔光緒〕《蘭溪縣志》卷五《杜仲高小傳》附録杜旃《覆辛稼軒遊月巖》詩：「霧靄蒙龍曉色新，半空依約認冰輪。婆娑弄影寒生露，中有釵横鬢亂人。」（此詩杜旃《癖齋小集》未收）

按：月巖，據〔乾隆〕《上饒縣志》卷二所載：「石橋山在縣西二十里石橋鄉，脈由靈山來，其上平坦如橋，故名。山半一穴，嵌空穿透，中有老木扶疏，遠望如月，又名月巖。」此記載與杜旃詩句相合，知其所詠即上饒之月巖也。〔光緒〕《蘭溪縣志》卷五：「杜汝霖字仁翁，紫溪鄉人，從安定胡瑗學，善古文，甚爲李公擇所稱。孫陵克傳家學，有子五：伯高、仲高、叔高、季高、幼高，皆博學能文，時人稱爲杜氏五高，亦稱金華五高。……仲高名旃，嘗占湖漕舉首，與吴獵、楊長孺善，從辛棄疾遊。著有《杜詩發微》、《癖齋集》。」

《朱文公文集》卷六〇《答杜叔高》：「辛丈相會，想極款曲，今日如此人物，豈易可得？向使早向裏來有用心處，則其事業俊偉光明，豈但如今所就而已耶？彼中見聞豈不有小未安者？想亦具以告之。渠既不以老拙之言爲嫌，亦必不以賢者之言爲忤也。」

按：叔高名斿。《稼軒詞編年箋注》及《辛稼軒年譜》皆以稼軒《賀新郎》詞爲贈杜斿者。《年譜》於引此書後有考云：「朱氏此書並無明確年月可考。查《稼軒詩集》有《同杜叔高祝彥集觀天保庵瀑布》一首，題下自注爲『庚申歲二月二十八日』，則是慶元六年杜氏又有造訪之事。但朱氏之卒即在該年三月甲子，則此書決非該年所寫可知。由『彼中見聞』云云，知確爲杜氏來會歸去以後之語，因節録於此。……稼軒與仲高亦多往還。但叔高來訪有朱氏文集作旁證，而則高則否，因從四卷本詞而定來訪者爲叔高。」予意二高本年與慶元六年皆相偕來訪，故記載如此。今既考知杜斿有與稼軒同遊月巖詩，則杜斿來訪亦有確證在，故仍依廣信本次第著爲仲高。

李泳卒。

《夷堅三志》己卷八《浪花詩》條之後小跋云：「亡友李子永所作《蘭澤野語》，己未用之其前志矣。子永下世十年，予念之不釋。」

按：據洪邁《夷堅三志己序》，此卷作於慶元四年四月，上推十年，知其卒於本年。

淳熙十六年　己酉（一一八九）

稼軒五十歲。

居家上饒。

二月，孝宗禪位光宗。

《宋史》卷三五《孝宗紀》三：「淳熙十六年二月壬戌，下詔傳位皇太子。是日，皇太子即皇帝位。」

同書卷三六《光宗紀》：「諱惇，孝宗第三子也。……淳熙十六年二月壬戌，孝宗吉服御紫宸殿，行内禪禮。」

范開應詔命赴行朝，欲求一官而别，賦《醉翁操》送之。

稼軒《醉翁操》詞題云：「頃予從廓之求觀家譜，見其冠冕蟬聯，世載勳德。廓之甚文而好修，意其昌未艾也。今天子即位，覃慶中外，命國朝勳臣子孫之無見任者官之。先是，朝廷屢詔甄録元祐黨籍家，合是二者，廓之應仕矣。將告諸朝，行有日，請予作歌以贈。屬予避謗，持此戒甚力，不得如廓之請。又念廓之與予遊八年，日從事詩酒間，意相得歡甚，於其别也，何獨能恝然？顧廓之長於楚詞，而妙於琴，輒擬《醉翁操》，爲之詞以叙别。異時廓之綰組東歸，僕當爲買羊沽酒，廓之爲鼓一再行，以爲山中盛事云。」

按：右詞有「今天子即位」、「廓之與予遊八年」語，廓之於淳熙九年來從稼軒遊學，至十六年恰爲八年，知即淳熙十六年春夏之後所作，時光宗雖即位而尚未改元也。光宗即位後，有大赦，百官進秩、優賞諸軍、蠲公私逋負等舉措，皆見《宋史》卷三六《光宗紀》，惟此所謂「命國朝勳臣子孫之無見任者官之」之詔未見史册記載。

宋光宗趙惇紹熙元年　庚戌（一一九〇）

稼軒五十一歲。

家居上饒。

春，友人趙充夫知汀州，並召赴行朝，賦詞爲别。

稼軒《虞美人·送趙達夫》詞：「一杯莫落他人後，富貴功名壽。胸中書傳有餘香，看寫蘭亭小字記流觴。　問誰分我漁樵席？江海消閑日。看君天上拜恩濃，却怕畫樓無處着春風。」

按：《永樂大典》卷七八九三汀字韻引《臨汀志》之《郡守題名》：「趙充夫，紹熙元年四月二十七日，以朝散郎。三年五月二十二日，知秀州。」趙充夫又名達夫，寓居鉛山。右詞末句有「無處着春風」語，知即作於紹熙元年春送其赴任時。或在赴任前召赴行在，故又有「看君天上拜恩濃」語也。

八月中秋後二夕，賦詞抒懷。

稼軒《踏莎行·庚戌中秋後二夕帶湖篆岡小酌》詞：「夜月樓臺，秋香院宇，笑吟吟地人來去。是誰秋到便凄涼？當年宋玉悲如許。　隨分杯盤，等閑歌舞，問他有甚堪悲處？思量却也有悲時，重陽節近多風雨。」

按：帶湖篆岡，見載於洪邁《稼軒記》，爲古城嶺即伎山之另名。

以鉛山縣奇獅村爲古代期思，父老作橋成，爲賦《沁園春》詞。

稼軒《沁園春》詞題曰：「期思舊呼奇獅，或云碁師，皆非也。余考之荀卿書云：『孫叔敖，期思之鄙人也。』期思屬弋陽郡，此地舊屬弋陽縣。雖古之弋陽、期思見之圖記者不同，然有弋陽則有期思也。橋壞復成，父老請余賦，作沁園春以證之。」

按：〔乾隆〕《鉛山縣志》卷二謂期思橋在縣東三十里，三十爲二十之誤。蓋期思渡在舊縣今永平鎮東南二十餘里，渡鉛山河而西，即今吴氏祠堂所在地横畈，稼軒秋水堂舊址。右詞爲期思橋壞復成而作，據同調《答楊世長》詞題之考證，知作於淳熙十六年初。《稼軒詞編年箋注》次於紹熙三年，誤。

友人楊修秋試得解，和詞答之。

稼軒《沁園春·答楊世長》詞：「我醉狂吟，君作新聲，倚歌和之。算芬芳定向，梅間得意；輕清多是，雪裏尋思。朱雀橋邊，何人會道，野草斜陽春燕飛？都休問，甚元無霽雨，却有晴霓？　詩壇千丈崔嵬，更有筆如山雲作溪。著君才未數，曹劉敵手；風騷合受，屈宋降旗。誰識相如，平生自許，慷慨須乘駟馬歸。長安路，問垂虹千柱，何處曾題？」

按：楊世長，疑名修。稼軒又有《朝中措·九日小集》詞，題下有「時楊世長將赴南宫」語。據知其事必在解試之年。查〔雍正〕《江西通志》卷五〇《選舉表》，淳熙末紹熙間上饒解試名單俱闕。而慶元五年己未曾從龍榜有上饒人楊修之名。修與長字意義相近，疑楊修即世長之名。而右《沁園春》各詞，廣信書院本次第皆列於紹熙五年稼軒自閩中歸信上所賦《靈山齊庵》詞之前，知必寓居帶湖期間所賦。紹熙間有兩榜，一爲紹熙元年，一爲紹熙四年。紹熙三年秋稼軒已在閩憲任上，自不能送楊世長赴禮部考試，因知右詞必淳熙十六年解試之年所賦。

十二月，陳亮再次繫獄，年餘方釋。

《陳亮集》卷三六《何少嘉墓志銘》：「紹熙改元冬十有二月，獄事再急。月之六日，少嘉無疾而死。予爲之驚呼曰：『我其不免於詔獄乎？少嘉死，是惡證也。』二年興獄，而僅能以不死。」

《水心集》卷二四《陳同甫王道甫墓志銘》：「前此鄉人爲讌會，末胡椒特置同甫羹胾中，蓋村俚敬待異禮也。同坐者歸而暴死，疑食異味有毒。已入大理獄矣，民呂興、何廿四毆呂天濟且死，恨曰：『陳上舍使殺我。』縣令王恬實其事，臺官諭監司選酷吏訊問，數歲無所得，復取入大理，衆意必死。少卿鄭汝諧直其冤，得免，未幾，光宗策進士，擢第一。」

《宋史》卷四三六《儒林》六《陳亮傳》：「先是，鄉人會宴，末胡椒特置亮羹胾中，蓋村俚敬待異禮也。同坐者歸而暴死，疑食異味有毒，已入大理。會呂興、何念四毆呂天濟且死，恨曰：『陳上舍使殺我。』縣令王恬實其事，臺官諭監司選酷吏訊問，無所得，取入大理。衆意必死，少卿鄭汝諧閱其單辭，大異曰：『此天下奇材也。國家若無罪而殺士，上干天和，下傷國脈矣。』力言於光宗，遂得免。未幾，光宗策進士，……御筆擢第一。」

按：陳亮繫獄事成因始末皆甚複雜，蓋《宋史·陳亮傳》謂其三次入獄，《四朝聞見録》甲集《天子獄》條亦多錯亂之記事。《辛稼軒年譜》大段考證《四朝聞見録》之誣妄。謂陳亮平生兩度繫獄，前一次在淳熙十一年，爲鄉人宴會置毒事，再次繫獄在紹熙元年底，爲毆人致死案。如《四朝聞見録》有如下記事：「稼軒辛公與相婿素善，亮將就逮，亟走書告辛，辛公北客也，故不以在亡爲解，援之甚至，亮遂得不死。時考亭先生、水心先生、止齋陳氏，俱與亮交，莫有救亮跡。亮與辛書，有『君舉吾兄，正則吾弟，竟成空言』云。」《年譜》之考證意在落實王淮及其婿姚穎於此實與陳亮釋獄事無關。查紹熙元年陳亮二次繫獄時，左丞相爲留正，淳熙八年底稼軒被劾罷江西帥，繼任者即留正。二人之相識當甚早。陳亮《謝啓》即有致留正者。而紹熙間任大理少卿之鄭汝諧，淳熙十三年曾守信州，與稼軒交誼甚篤。《年譜》謂「陳氏出獄之後，致各方謝啓甚多，均存《龍川文集》中，其中並無致稼軒者。……陳氏於脱獄後亦有《申謝鄭氏啓札》。但《龍川文集》中別無與鄭氏往還之跡，二人恐非素識。因疑鄭氏之所以肯主持公論開脱陳氏者，蓋即因稼軒居中爲介，使鄭氏得盡悉陳氏被纍原委而然」。籠統謂陳亮有申謝鄭汝諧之啓札，而今存陳亮文中，僅有《謝鄭侍郎啓》一篇，然此篇乃致刑部侍郎鄭湜者，非致鄭汝諧之啓札。鄭汝諧於慶元間除吏部侍郎，爲黄裳所駁，見《宋史》卷三九三《黄裳傳》。此前絶無除刑部侍郎事。可見今本陳亮文集中，皆無謝稼軒與鄭汝諧之啓札，然而並不妨礙二人爲救助陳亮釋獄出力最多者也。

是年，酈權卒。

《中州集》卷四《酈著作權》：「權字元輿，安陽人。作詩有筆力。……元輿父瓊，國初有功，仕至武寧軍節度使。元輿以門資叙宦不達，朝廷高其才。明昌初，以著作郎召之，未幾卒。有《坡軒集》行於世。」

胡元質卒，年六十三。

范成大《石湖詩集》卷三一有《胡長文給事挽詞》三首，編於本年内。

《吴郡志》卷二七：「以正奉大夫敷文閣學士、吴郡侯致其事而卒，年六十三。」

紹熙二年　辛亥（一一九一）

稼軒五十二歲。

家居上饒。

是年春，登黄沙嶺北望上饒，賦詞抒懷。

稼軒《浣溪沙・黄沙嶺》詞：「寸步人間百尺樓，孤城春水一沙鷗。天風吹樹幾時休？突兀趁人山石狠，朦朧避路野花羞。人家平水廟東頭。」

按：黄沙嶺，〔乾隆〕《上饒縣志》卷二《山川》載：「黄沙嶺，在縣西四十里乾元鄉。高可十五里，邑境皆可俯視。」陳文蔚《克齋集》卷一〇《游山記》：「嘉定己巳秋九月，傅巖叟拉予與周伯輝踐傅巖之約。癸巳，巖叟、伯輝發鉛山之東洋，予自水北往會於千田原歸福庵，因止宿焉。……乙未，朝雨不止且驟，二人者趣傅巖之意甚急，予以詩留之，巖叟和答，復有詩惠贈，日且午，豁然開霽，飯僕不及，二人亟命駕，不可遏矣。予遂趣而從之，度北岸橋，過黄沙辛稼軒之書堂，感物懷人，凝然以悲。」黄沙嶺在北岸橋之北，與北岸橋南之稼軒書堂非在一地。右詞廣信書院本置於仕宦七閩諸作之前，故次於紹熙二年春間諸作中。

王自中來守信州，洪梓爲倅，皆本年事。

見稼軒《清平樂・壽信守王道夫》詞（此身長健闋）、《念奴嬌・再用前韻和洪莘之通判丹桂詞》（道人元是闋）。

按：魏了翁《鶴山集》卷七六有《宋故籍田令知信州王公墓志銘》載：「紹熙二年入見，光宗皇帝云：『聞卿有忠直之譽。』又問：『常時作郡，來當爲何官？』欲留之。公謝曰：『朝列有不相樂者。』帝曰：『朕嗣位之日，壽皇言卿可用，令朕記取。』公固辭，翌日，帝謂宰執曰：『王自中以母老，再三不肯留，近郡孰闕守？』以常、信對，遂差知信州。爲政簡静，知大體，六邑多逋負，公爲寬補解之縉，嚴當上之數，皆感激思奮，課吏以最。期年被命奏事，丁太安人憂。」據知王自中守信當在紹熙二年。增訂本《陳亮集》卷三九載陳亮《三部樂》詞，題爲「七月二十六日壽王道甫」。據知王自中生日在七月，稼軒本年七月既爲自中作壽，則其到信守任上，必在此前，應在是年夏秋之間也。

又按：洪莘之，名梓，洪邁之長子。洪邁《容齋四筆》卷一四《劉夢得謝上表》條有「劉夢得數表……邁長子梓常稱誦之語」。《夷堅丙志》卷五《吕德卿夢》條：「吕德卿自贛州石城宰滿秩赴調，夢人持榜子來謁曰：『前信州通判洪朝奉。』其字廣長二寸許，蓋其大兒也。前此無一面之雅，叙次但云：『以家君於門下託契，故願識面。今亦將相與周旋矣。』覺而熟念不能測。時大兒已除倅福州，既還鄉里，後數月，被受甲寅覃霈遷秩之命。告中乃載云：『洪梓等五人擬官如右。』遂同轉朝散郎，始憶前夢。」同志支丁卷七《信州鹿鳴燕》條：「紹熙三年秋，信州解試，揭榜畢，當作鹿鳴燕以享隨計之士。……明日市中大火，延燒民舍數百間，自午至中夜乃止。……遂罷此燕，但致錢酒以贐行。時大兒通判州事，張振之監贍軍酒庫。」甲寅即紹熙五年，是年七月，光宗禪位寧宗。寧宗即位之後，有大赦、百官進秩一級、賞諸軍等詔命，見《宋史》卷三七《寧宗紀》一。所謂「甲寅覃霈遷秩之命」即指此而言，洪莘之由朝奉郎遷朝散郎，即所謂進秩一級也。因知其信州通判任滿，當在紹熙四年。右詞和其所作丹桂詞，最晚當在紹熙二年秋，蓋三年春稼軒已赴福建提刑任，無緣再和其詞矣。

程迥爲上饒令，亦本年事。

按：稼軒與程迥交誼，見乾道五年引張世南《游宦紀聞》卷五記事。程迥嘗爲進賢令、上饒令，見《宋史》卷四三七《儒林》七《程迥傳》。《游宦紀聞》卷八載：「上饒公端殿汪先生過豫章之進賢，手書於旅舍。後三十年，門人程迥授邑於兹。……先生下世七年矣。」汪先生謂汪應辰，其卒於淳熙三年，則程迥爲進賢令乃淳熙十年事。而其再令上饒，則據〔乾隆〕《上饒縣志》卷六，乃紹熙間事。疑稼軒與之相識即始於本年。

起爲福建提刑，爲本年秋冬或歲杪事。

《宋史》本傳：「紹熙二年，起福建提點刑獄。」

按：稼軒於淳熙十五年主管沖佑觀，至此三年期滿，故起爲閩憲，當在本年下半年。時左丞相爲留正，知樞密院事爲葛邲，參知政事兼同知樞密院事爲胡晉臣，曾彈劾稼軒之樞密使王藺已於上一年十二月罷免，故對稼軒之起用朝中並無障礙也。

紹熙三年　壬子（一一九二）

稼軒五十三歲。

元夕，帶湖宴席，和信守王自中詞作。

稼軒《好事近·席上和王道夫賦元夕立春》詞：「綵勝鬥華燈，平把東風吹却。喚取雪中明月，伴使君行樂。　紅旗鐵馬響春冰，老去此情薄。惟有前村梅在，倩一枝隨着。」

按：題中席上，指本年元夕帶湖宴請王自中之筵席。《稼軒詞編年箋注》考云：「據陳垣氏《中西回史日曆》，紹熙二年之冬至爲十一月二十七日，是則紹熙三年正月十五恰應爲立春日也。」而《宋會要輯稿·運曆》一之三〇載：「紹熙二年十月十一日立冬，十一月二十七日冬至，三年正月十四日立春。」與鄧注所推算相差一日，不知何故。但稼軒以時人記時事，所載應不誤。

二月，陳亮釋獄。

《陳亮集》卷三六《喻夏卿墓志銘》：「紹熙辛亥，夏卿年且九十有一。一日，從容置酒，語其弟侄輩曰：『羣兒及今舉自奮，老夫猶可待也，過是則已矣。』又曰：『我兒非陳子莫銘我也。』悵然凝竚者久之。未幾，而八月十有九日，夏卿死，余猶繫三衢獄中。微若聞之，則爲之出涕。明年二月出獄，則往哭焉。」

施師點卒，年六十九。

《水心集》卷二四《故知樞密院事資政殿大學士施公墓志銘》：「淳熙十五年，知樞密院事施公師點引疾辭位。……紹熙三年二月乙未，薨於豫章，年六十九。」

赴提點福建刑獄任。

見稼軒《浣溪沙・壬子春赴閩憲別瓢泉》詞。

中途訪朱熹於建陽，與之相會。既稱述陸九淵之政績，且問政於朱熹。

《象山集》卷三六載陸九淵《年譜》：「紹熙三年，夏四月十九日，朱元晦來書云：『……近辛幼安經由，及得湖南朋友書，乃知政教並流，士民化服，甚慰。』」

按：朱熹此書，其集未收。據《年譜》所載，必稼軒於赴閩憲任之途中曾會見朱熹，且向其稱道陸九淵知荊門軍之政績，故朱熹書中有此語也。

《朱子語類》卷一三二《中興至今日人物》下：「辛幼安爲閩憲，問政，答曰：『臨民以寬，待士以禮，馭吏以嚴。恭甫再爲潭帥，律己愈謹，御吏愈嚴，某謂如此方是。』」

按郡至邵武，辟徐逢爲提刑司檢法。

〔嘉靖〕《嘉興府圖紀》卷一五：「徐綱字晞顔，居崇德鳳鳴鄉。……綱從兄浚字明道，第進士，知烏城，判廬州，皆有惠政。二子，逢、遠，皆進士。逢字吉甫，初調邵武户曹，會監司辛棄疾按郡，詢民隱，應答如響。辟爲檢法。後守常德，郡羌畏懾，不敢擾，除湖北提舉。」

按：《至元嘉禾志》卷一三：「宋徐逢，家於是邑之鳳鳴。孝宗淳熙十四年登進士第，官至常德守，兼湖北倉憲。」

委上杭令鮑粹然决汀州疑獄。

真德秀《西山集》卷四六《朝散大夫知常德府鮑公墓志銘》：「予開禧中，自延平從事入連帥幕府，時鮑公粹然實掌機宜文字。雖言論多與物忤，實質直無他腸。……公字醇父，其先自開封徙越，又徙括，爲龍泉人。……再調汀之上杭令。邑多彊劫盗，公察其故，率大家爲囊橐，每捕獲，必窮竟根穴所在，痛懲之，盗爲衰息。士風故陋甚，公得三山老儒俾職教導，士始知所以學。邑有旱溢，公禱於定光佛祠輒應，他日詣州，州久旱，父老白守，請公以禱，雨立至，州人歡呼，稱爲上杭雨。州有疑獄，久不决，臬使辛公棄疾語其屬曰：『自入境，惟聞上杭令解事，盍以委諸？』公一閱，具得其情，囚以不冤横死。用舉者改宣教郎知嵊縣。」

按：此亦必稼軒行部所至之事。

爲從事郎懷安縣尉楊岳呼醫療目疾。

《朱文公文集》卷六四《答鞏仲至書》：「前懷安尉楊岳從事，乃龜山先生之孫，鄉來在官，不幸盲廢。稼軒憐之，爲之呼醫治療，竟不能視。後來鄭樞特爲請祠，今在彼城中寓居，因其便還，匆匆附此。渠必不能出謁，以其賢者之後，時遣人存問之，少有乏無，力可周恤，計亦所不憚也。」

按：鄭樞即鄭僑，爲紹熙四年任閩帥者。則其爲楊岳請祠，乃在稼軒呼醫爲之治療之後，必在稼軒任閩憲任內。

在閩憲任上，折獄定刑，務從寬厚。

明年秋稼軒出知福州之制詞，述稼軒本年閩憲任内治績有云：「比居外臺，讞議從厚，閩人户知之。」

被後世稱爲名監司。

《延祐四明志》卷五：「楊王休字子美，象山人。……光宗時名監司凡四人：丘崈、馬大同、辛棄疾，王休其一也。」

〔乾隆〕《福建通志》卷二九《名宦》：「閩固東南仕宦一都會也，然地瘠民貧，土田少而山海多警，非得慈惠之師、循良之吏，噢咻而振作之，不爲功。晉唐以還，若嚴高、李茸之興地利，李椅、常衮之振儒風，蔡襄、辛棄疾、趙汝愚之補偏而救弊，自保釐握節以至綰綬分符，莫不峴首留碑，棠陰勿剪，其遺愛在民，有以也。勒鼎鐘而光俎豆，不虛耳。」

知福州兼福建安撫使林枅與同列不相下，與稼軒亦多不合。

《淳熙三山志》卷二二《郡守題名》：「林枅，紹熙二年十二月，以朝請大夫直徽猷閣知。」

《朱文公文集》卷二九《答趙尚書》：「四月二十六日，熹扣首再拜，上覆吏部尚書台座。……閩中自得林、辛，一路已甚幸。若象先來，更能爲上四州整頓得財賦源流，即更爲久遠之惠。」

《朱文公續集》卷三《答劉晦伯》：「林帥遽至此，可駭可惜。昨夕趙丞至，方得其書。人生浮脆如此，而某又與之同庚，得病尤覺可懼可懼。章掾事已爲言之，但今年緣與憲車相款，大得罪於鄉人。其實不曾開口説一字，渠問亦不深應，不謂乃得此謗。今此事雖不同，然此亦不可廣也。林帥固賢，然近聞其與憲司不協，亦大有行不得處。豈其神明將去，而不思至此耶？抑爲州者，固得以捍制使者，而使者果不可以察縣耶？大抵范忠宣所謂恕己則昏者，甚不可不戒，使渠自作監司，能堪此耶？」

黄榦《勉齋集》卷四《與晦庵朱先生書》：「榦少稟：劉仲則來訪，云渠見攝帥幕，帥於同列多不相下，辛憲又非能下人者。一旦有隙，則禍有所歸。渠欲得先生道其姓名於辛憲。榦與之有世契，不能辭，可否？幸裁酌。」

按：稼軒紹熙三年爲閩憲，時閩帥正爲林枅。朱熹《與劉晦伯書》之首二句，謂林帥至此，當在本年九月林枅遽卒之後。書中所追述林枅與憲司不協事，且曲直分明，謂其事蓋由於林枅不許監司察縣所引起。知書中憲車、使者皆指治所在福州之提刑稼軒而言。林、辛之矛盾，亦使幕中僚吏難以應對，故帥幕劉仲則竟欲結識稼軒，可知《辛稼軒年譜》所謂「林、辛間蓋甚齟齬」之斷言甚確。

九月，以林枅卒，攝帥事。

《宋史》本傳：「棄疾爲憲時，嘗攝帥，每歎曰：『福州前枕大海，爲賊之淵，上四郡民，頑獷易亂，帥臣空竭，緩急奈何？』」

《淳熙三山志》卷二二《郡守題名》：「紹熙三年九月，林枅卒。鄭僑，十一月以顯謨閣學士通奉大夫知。」

按：據此可知，稼軒攝帥，在林枅已卒之後，鄭僑未到之間。

厲威嚴，以法治下。

《西山集》卷四五《少保成國趙正惠公墓志銘》：「公以淳熙丁未進士，調福州司户參軍。……初爲户掾，即采古歷代與先朝名公之有惠愛及民者，輯爲編，書置左右，朝夕觀焉以自程。府帥趙忠定公，每委以事，度可必盡力，度不可必盡言，忠定公薦其才。後帥林公枅，彊毅難犯，獨爲公降色辭。其後提點刑獄辛公棄疾攝帥事，厲威嚴，輕以文法繩下，官吏惴栗，惟恐奉教條不逮得譴。公終始據正，不爲屈。侯官石門鄉田賦視他鄉特重，公會郡計之贏，足以當其入，乃白帥，奏輕之，使與他鄉等。……公諱希懌，字叔和，藝祖皇帝元子燕王德昭八世孫也。」

《宋史》卷二四七《趙希懌傳》：「希懌字伯和，燕王八世孫，登淳熙十四年進士第。趙汝愚帥福建，希懌爲屬吏。嘗言治人如修身，治政如理家，愛民如處昆弟。取古今官著惠愛者緝爲一編，曰：『是吾師矣。』汝愚嘉之，薦於憲辛棄疾。棄疾尚氣，僚吏不敢與可否。希懌獨盡言無所避。屬邑侯官苦税重，每不登額。希懌稽核公帑羨錢以足之，棄疾亦薦其能。汝愚當國，調江東運司幹辦。」

《復齋先生龍圖陳公文集》卷二三《奉直大夫福建路安撫司參議陳公行述》：「繼帥辛公棄疾，馭下如束濕，僚吏抑首唯諾走趨。公獨盡誠不疑，事有不可，必辯止之，氣和聲亮，帥反加敬。」

薦陳宓博極羣書，見謂遠器。

《復齋先生龍圖陳公文集》卷二三《奉直大夫福建路安撫司參議陳公行述》：「公諱宓，字師是，興化軍莆田人，丞相魏國正獻公長嫡子也。……通判泉州。……十六年通判福州。林公復帥三山，知公清謹，事無巨細，悉與評論。繼帥辛公棄疾，馭下如束濕，僚吏抑首唯諾走趨。公獨盡誠不疑，事有不可，必辯止之，氣和聲亮，帥反加敬。侍同僚有侵公職者，公遜不與校，帥知之，益服公量。暇日與公商略古今，應答如響，皆出入經史百家。故辛公薦公，其章有『博極羣書，見謂遠器』之語。終更造朝，拜提舉福建路市舶。」

本年，與朱熹往來頻繁，情誼相款。

《朱文公文集》卷八五《答辛幼安啓》：「光奉宸綸，起持憲節。昔愚民犯法，既申震讋之威；今聖上選賢，更作全安之計。先聲攸暨，慶譽交興。伏惟某官，卓犖奇材，疏通遠識。經綸事業，有股肱王室之心；游戲文章，亦膾炙士林之口。軺車每出，必著能名。制閫一臨，便收顯績。茲久真庭之逸，爰深正宁之思。當季康患盜之時，豈張敞處閑之日？果致眷渥，特畀重權。歌皇華之詩，既諭示君臣之好；稱直指之使，想潛消郡國之奸。第恐賜環，不容暖席。熹苟安祠禄，獲託部封。屬聞斧繡之來，嘗致鼎裀之問。尚煩縟禮，過委騑緘。雖雙南金，恐未酬於鄭重；

况一本薤，亦奚助於高明？但晤對之有期，爲感欣而無已。」

《朱文公續集》卷一《答黄直卿書》：「晦伯人來，得近問，知山中讀書之樂，甚慰，但不應舉之説，終所未曉。朋友之賢者，亦莫不深以爲疑，可更思之。固知試未必得，然以未必得之心，隨例一試，亦未爲害也。痰嗽已向安否？亦不可不早治也。牒試中間，辛憲、湯倅過此，皆欲爲問，既而皆自有客，不復可開口。其僞冒者，固不容復動念。知却劉倅之請，甚善。宗官衡陽之嫌，固亦所當避也。」

《朱子語類》卷一〇七《丙辰後雜言行》：「有爲其兄求薦書，先生曰：没奈何爲公發書。某只云某人爲某官，亦老成諳事，亦可備任使，更須求之公議如何，某不敢必。辛棄疾是朝廷起廢爲監司，初到任，也須采公議薦舉。他要使一路官員，他所薦舉，須要教一路官員知所激勸是如何人，他若把應副人情，有書來便取去，這一任便倒了。某兩爲太守，嘗備員監司，非獨不曾以此事懇人，而人亦不曾敢以此事懇某。自謂平日修行，得這些力，他明知以私意來懇祝，必被某責。」

以長女辛穮妻陳成父。

《萬姓統譜》卷一八：「陳駿字敏仲，寧德人，舉進士，登朱文公之門。著《論語孟子筆義》，又著《毛詩筆義》，號仁齋。子成父，字汝玉，克承家學。辛棄疾持憲節來閩，聞其才名，羅致賓席而妻以女。其學以立誠爲本，《近思録》一本，口誦心悟不少輟。故行己皆有法度，安貧守道，澹如也。嘗升上庠，兩預解選，有《律曆志解》、《和稼軒詞》、《默齋集》藏於家。」

按：稼軒長女名穊，始名潭，生於淳熙六年稼軒爲湖南轉運副使時，至此年僅十四歲。謂「羅致賓席而妻以女」，此蓋許嫁於彼，迎娶或爲此後事也。

十二月，陸九淵卒，年五十四。

《象山集》卷三六載陸九淵《年譜》：「紹熙三年壬子，五十四歲。……冬十二月十四日癸丑日中，先生卒。」

是年，岳霖卒。

《桯史》卷三《趙希光節概》條：「壬子冬，先君捐館於廣。」

按：同卷《稼軒論詞》條載稼軒晚年守京口事，有「稼軒偶讀余《通名啓》而喜，又頗階父兄舊，特與其絜」語。岳珂所言父兄，即其父岳霖商卿，其從兄岳甫大用也。據此可知稼軒與二人亦頗有交誼也。

歲杪被召，赴行在。

稼軒《水調歌頭·壬子三山被召陳端仁給事飲餞席上作》詞（長恨復長恨闋）、《西江月·癸丑正月四日自三山被召經從建安席上和陳安行舍人韻》詞（風月亭危致爽闋）。

按：據此，知稼軒被召已在壬子歲杪，故明年正月四日經從建安也。

紹熙四年　癸丑（一一九三）

稼軒五十四歲。

訪朱熹於建陽，適陳亮來訪，始畢其三人晤會之願。

《朱文公續集》卷三《答劉晦伯書》：「饒廷老歸，聞諸公相許，已有成説。而辛卿適至，以某嘗扣其廣右事宜，疑其可以彊起，乃復宿留。然近又有書懇尤延之，計必從初議矣。萬一不允，不敢憚遠畏瘴，但恐伉拙無補於事，而徒失家居講學、接引後來之益，歲月愈無多，愈可惜耳。」

按：據《朱子年譜》卷四上，紹熙三年十二月，朱熹除知静江府、廣南西路經略安撫使，辭免。本年正月六日，尚書省奉聖旨，不許辭免，疾速之任。書中所云，蓋稼軒力勸其赴任，其事當在已過建寧之後。書中饒幹字廷老，邵武人，朱熹弟子。尤延之即尤袤。

《宋史》本傳：「嘗同朱熹遊武夷山，賦《九曲櫂歌》。熹書『克己復禮、夙興夜寐』題其二齋室。」

柳貫《待制集》卷一八《跋家中所藏文公帖》：「予家舊藏文公《答文叔明府》一帖，語真意切，當爲門人高第之宰於近邑者發也。所云『辛幼安過此，極談佳政。與諸朋友書，不謀同辭』者，雖即其實而贊之，固所以深致策勵之意也。」

按：此書《朱文公文集》失收，僅見此跋轉引。《朱文公文集》卷八九有爲張叔夜立廟之《旌忠愍節廟碑》云：「紹熙三年十月己酉，信州守臣王自中言：……侯既屬役於玉山令芮立言、永豐令潘友文，又以書來請銘於熹。」據知潘友文適爲信州永豐令，故稼軒知其政績，乃稱述於朱熹也。潘友文字文叔，東陽人，與朱熹、吕祖謙皆友善。

《陳亮集》卷二五《信州永豐縣社稷壇記》：「吾友潘友文文叔之始作永豐也，謁社而壇幾於圮，其旁之屋廢不復構，無以共祀事。顧瞻不寧，即命工役整治其壇，一如法式，而爲屋若干楹於其旁，高明邃密，嚴飭備具，是真知所尊矣。稼軒辛幼安以爲『文叔愛其民如古循吏』，而諸公猶詰其驗。幼安以爲：『役法之弊，民不肯受役，至破家而不顧。永豐之民，往往乞及今令在時就役，是孰使之然哉？』」

韓淲《澗泉集》卷一二《送陳同甫丈赴省》（癸丑正月十六日）詩：「平生四海幾過從，晚向閩山訪晦翁。又見稼軒趨召節，却隨舉子赴南宮。風雲變態高情表，歲月侵尋醉眼中。可是龍川便真隱，乘時勳業尚須公。」

按：據此詩前四句，知陳亮於時過訪朱熹於建陽，恰逢稼軒亦在途程中，遂有三人會晤事。陳亮於其後乃同建陽舉子共赴省試。韓淲時在行在太平惠民和劑局居官，遂贈以此詩也。

光宗召見於便殿，奏進《論經界鹽鈔札子》。

《永樂大典》卷七八九五汀字韻引《臨汀志》：「紹熙四年，福建提刑辛公棄疾論經界鈔鹽札子（節要）。」文云：「天下之事，因民所欲行之，則易爲功。漳、泉、汀三州皆未經界，漳、泉民頗不樂行，獨汀之民，力無高下，家無貧富，常有請也。且其言曰：『苟經界之行，其間條目，官府所慮謂將害民者，官不必慮也，吾民自任之。』其言切矣。故曰『經界爲上』。其次莫若行鈔鹽。鈔鹽利害，前帥臣趙汝愚論奏甚詳，臣不復重陳。獨議者以向來漕臣峴固嘗建議施行，尋即廢罷。朝廷又詢廣西更改鹽法之弊，重於開陳。其實不然。廣西變法，無人買鈔，因緣欺罔。福建鈔法，纔四閲月，客人買鈔，幾登遞年所賣全額之數。止緣變法之初，四州客鈔輒令通行，而汀州最遠，汀民未及搬販，而三州之販鹽已番鈔入汀，侵奪其額，汀鈔發洩，以致少緩。官吏取以藉口，破壞其法。今日之議，正欲行之汀之一州，奈何因噎而廢食耶？故曰『鈔鹽次之』。」

按：稼軒於本年底被召，明年正月進見，奏進此札子，故題稱閩憲也。召見便殿，見明年稼軒出守福州制詞中「召對便朝」語。

又奏《論荆襄上流爲東南重地》。

《永樂大典》卷八四一三兵字韻載稼軒《紹熙癸丑登對札子》，《歷代名臣奏議》卷三三六改爲《論荆襄上流爲東南重地》。

遷太府卿。

《攻媿集》卷三五《福建提刑辛棄疾太府卿制》：「敕，具官某，爾蚤以才智，受知慈扆，盤根錯節，不勞餘刃。中更閑退，以老其才。養邁往之氣，日趨於平。晦精察之明，務歸於恕。朕則得今日之用焉。召從閩部，長我外府。夫氣愈養則全，明愈晦則光。於以見之事功，孰能禦之哉？」

按：《宋史》本傳原作「遷大理少卿」，《稼軒公歷仕始末》作「大理寺卿」，皆誤，應據制詞改。

五月四日，陳亮舉進士第一人。

《宋史》卷三六《光宗紀》：「紹熙四年五月己巳，賜禮部進士陳亮以下三百九十有六人及第出身。」

《宋名臣言行録》外集卷一六：「陳亮字同父，婺州永康人。壯歲首賢能之書，尋預璧水之選。孝宗朝，六達帝庭上書，論恢復大計。又伏闕論宰相非才，無以繫天下望。垂拱殿成，進賦以頌德，又進《郊祀慶成賦》，皆不報。光宗即位，伏闕上《鑑成箴》，又不報。紹熙四年舉進士，上親擢之第一。」

秋，加集英殿修撰知福州兼福建安撫使。

《攻媿集》卷三六《太府卿辛弃疾集英殿修撰知福州制》：「敕，具官某，七閩奥區，三山爲一都會。地大物阜，甲於東南。負山並海，綿亘數千里，舉聽命於大府，連帥之選，豈云易哉？爾以軼羣之才，蚤著事功。壽皇三畀大藩，寵以論譔之華，於今幾二十年。召對便朝，擢長外府，益平豪爽之氣，而見温粹之容，朕心嘉焉。比居外臺，讞議從厚，閩人户知之。陞之集賢，增重閫寄，往其爲朕布宣德意，撫吾赤子，以寬一面之顧憂，朕豈汝忘哉？」

《淳熙三山志》卷二二《郡守題名》：「辛棄疾，紹熙四年八月，以朝散大夫集英殿修撰知。」

《宋史》本傳：「加集英殿修撰，知福州兼福建安撫使。棄疾爲憲時，嘗攝帥。……至是，務爲鎮静。」

陳傅良《止齋集》卷二三《直前札子》：「或以乞去而亟請不獲，則又紛然竊議，曰：陛下惡人言去。彼辛棄疾召爲大卿，即去爲帥，至欲以次對寵其行，然則陛下，豈惡人言去耶？」

按：所謂次對，即侍從官。蓋稼軒之出帥閩部，初時擬議職名，欲以待制寵其行，然最終仍下一等爲集撰。

友人陳傅良、項安世、韓淲均有詩送别。

《送辛卿幼安帥閩》詩見《止齋集》卷七，《包山送辛大卿知福州》詩見《平庵悔稿》卷四，《送辛帥三山》詩見《澗泉集》卷一二。

按：時陳傅良在起居舍人兼權中書舍人任上，見《宋史》卷四三四《儒林》四《陳傅良傳》。項安世任秘書省正字，見《南宋館閣續録》卷九《正字·紹熙以後》。韓淲居官太平惠民和劑局。見《澗泉集》諸詩，詳考見本譜慶元六年記事。

九月，范成大卒，年六十八。

《益國文忠公集》卷六一《資政殿大學士贈銀青光禄大夫范公成大神道碑》：「紹熙四年九月，公疾病，語門人曰：『吾本不待年告老，今不濟矣，亟爲我剡奏。』詔下，而公以是月五日薨。……享年六十有八。」

任詔卒。

見同書卷八《任漕子嚴詔挽詞》（癸丑）。

詩人彭止謁見，爲本年或明年事。

《萬姓統譜》卷五四：「彭止字應期，崇安人，自號漫者。詩筆甚高。嘗謁辛棄疾，值其晝寢，題一絶於齋而去，辭云：『棊子聲乾案接塵，午窗詩夢暖於春。清風不動階前竹，誰道今朝有故人。』棄疾覺，遣人追之，延留累月，所爲詩皆清麗典雅，有《刻鵠集》。」

〔民國〕《崇安縣志》卷二六《文苑》：「彭止，字應期，永漿里人。詩筆甚高。嘗謁辛棄疾，……所爲詩詞皆清麗典雅。有詞云：『夜來小雨三更作，近水處小桃閑却。玉女問曉掀珠箔，似與花枝有約。　緑池上柳腰纖弱，燕子過誰家院落？春衫試著杏羅薄，無奈東風太惡。』著有《刻鵠集》行世。」

按：《克齋集》卷一四有《同彭漫者寄鉛山諸友韻送彭歸武夷》詩，次於《辛亥春與陳周佐縣丞會於汭川旅邸從容三日臨别呈周佐》詩之前，辛亥即紹熙二年，疑彭止曾於是年訪上饒鉛山，稼軒與其相識，或在其年。故其謁見詩自稱「故人」也。彭止其餘事歷不詳。

十一月，與監察御史曾三復札子，論及三山政情。

《鳳墅殘帖釋文》卷一七載稼軒《與曾無玷札子》：「棄疾坎壈之跡，奔走半天下。二三十年間，名公鉅卿，碩生鴻儒，棄疾不佞，皆獲伏下風而接餘論，獨一世偉人，每有惄如調饑之歎。初春入都，得望温厲，遂降此心，且蒙顧睞接納，如平生歡，其何幸如之！猝猝南征，八月間始交賤事，求訪故事，當以吏櫝，上罷任不勝任之謝。然區區庸敬，豈所以施諸達人大觀之前？棄疾則陋矣，言之汗下。載惟察院，問學之富，踐履之實，忠肝義膽，可以貫日月而沮金石者，固已見之議論之餘矣。海内學士，日俟廷告，由禁林而上政塗，鹽梅霖雨之事，不於門下，將誰屬乎？棄疾泚筆，以俟修慶。棄疾求閑得劇，衰病不支。冠蓋如雲，朝求夕索。少失其意，風波洶湧，平陸江海。吁，可畏哉！棄疾至日前，欲先遣孥累西歸，單騎留此，即上祠請。或者謂送故迎新，耗蠹屬耳，理有未安。少俟來春，當伸此請，故應有望於門下宛轉成就之賜也。三山歲事得中熟，然亦不敢不爲救荒之備。弟才薄力腐，任大責重，未知濟否，尚幸警誨。引睇賓榮，伏紙不勝依歸之劇。右謹具呈。朝奉大夫、集英殿修撰、權知福州軍州辛棄疾札子。」

按：據札子中「八月間始交賤事」句，知此札子作於紹熙四年秋季以後。據「至日前，欲先遣孥累西歸，單騎留此」語，知作於是年十一月。蓋據《宋會要輯稿·運曆》二之三〇，紹熙四年冬十一月二十日冬至。《宋史》卷四一五《曾三復傳》：「曾三復字無玷，臨江人。乾道六年進士，淳熙末爲主管官告院，遷太府寺簿，歷將作太府丞。登朝數年，安於平進，搢紳稱之。紹熙初，出知池州，改常州，召爲御史檢法，拜監察御史。轉太常少卿，進起居舍人，遷起居郎兼權刑部侍郎。以疾告老，詔守本官職致仕。三復性耿介，耻奔競，故位不速進。在臺餘兩年，持論正平，不隨不激，其没也，士論惜之。」據札子「察院」之稱，知其時曾三復正在監察御史任上。《鳳墅帖》爲曾三復子宏父所編，宏父字幼卿，自稱鳳墅逸客，廬陵人。《鳳墅帖》多收其父故交之尺牘，右札子有「載惟察院」語，知即與曾三復者。

又按：右札子所謂「冠蓋如雲，朝求夕索。少失其意，風波洶湧，平陸江海」諸語，蓋指福州爲宗室聚集之地，其與軍人朝夕索米，故不堪其擾也。而所謂「三山歲事得中熟，然亦不敢不爲救荒之備」，蓋指稼軒欲建備安庫事，詳可參下年記事。

重修經史閣。

〔弘治〕《八閩通志》卷七三：「經史閣在御書閣後，即舊九經閣也。宋大觀二年記曰：『比聞諸州學有閣藏書，皆以經史名。方今崇八行以迪多士，尊六經以黜百家，史何足言？可賜名稽古。』紹熙四年帥守辛棄疾重修，仍扁曰經史。朱文公爲記。」

嘗薦廣東揭陽縣令黃煜。

〔嘉靖〕《龍溪縣志》：「黄杞字景韋，殿撰碩之孫。……子煜，知揭陽縣，有能聲。閩帥辛棄疾嘗薦之。」

按：右記事不得年月，姑載於此。

年底，放籍中歌妓自便。

稼軒《菩薩蠻·和盧國華提刑》詞：「旌旗依舊長亭路，尊前試點鶯花數。……詩句到梅花，春風十萬家。」自注：「時籍中有放自便者。」

按：宋制，樂妓脱籍，須由郡守決斷。福州樂籍有放出者，僅見於此詞。據詞中「梅花」二句，知其事在本年底，且此次所放自便者，爲數頗可觀也。

延悟老入住福清黄檗寺，爲本年事。

《枯崖和尚漫録》卷上：「肯庵圓悟禪師，建寧人，天姿閑暇，居武夷山餘十年。因聽牛歌悟道，嘗有偈云：『山中住，不識張三並李四。只收松栗當齋糧，静聽嶺猿啼古樹。』瑞世於福唐大目禪院，嘗授儒學於晦庵朱文公。與帥辛公棄疾爲同門友，因以黄檗延之。入寺，有讒其行李數十擔，辛聞之，艴然不樂。後過都運黄公環，同訪之，且曰：『有道之士，三衣外無長物。多多益辦，不爲聖人累乎？』庵笑不答。徐而觀諸老手帖，因盡揭籠篋示之，皆大德墨跡，紫陽書翰，辛有慚色。」

〔康熙〕《福建通志》卷六〇《建寧府》：「圓悟，住崇安開善院。法性圓徹，學貫儒釋，善畫能詩。嘗作《朱熹像贊》云：『巖巖泰山之聳，浩浩海波之平。凛乎秋霜騰肅，温其春陽發生。立天地之大節，極萬物之性情。傳先賢之心印，爲後人之典型。』示寂之日，熹哭以詩云：『一別人間萬事空，他年何處却相逢？不須更話三生石，紫翠參天十二峰。』」

按：朱詩見《朱文公文集》卷九《香茶供養黄檗長老悟公故人之塔並以小詩見意》二首。卷八四《書先吏部與净悟書後》則稱之爲净悟，此即與稼軒一生爲友之悟老，既非肯堂圓悟克勤，亦非喜作竹石之悟書記圓悟，乃淳熙初稼軒送其住明教禪院，帶湖閑居間爲永豐博山寺作《開堂記》之悟老也。其延之入主黄檗，既在爲閩帥時，爲本年抑明年無可考，故次其事於此。詳可參本書卷一《送悟老住明教禪院》詩之箋注。黄環乃蜀成都人，李石之友，《方舟集》卷一四《用拙堂銘》，爲其所作。何時爲運使，無考。

紹熙五年　甲寅（一一九四）

稼軒五十五歲。

在福建安撫使任。

正月，陳亮卒，年五十二。

《宋名臣言行録》外集卷一六：「陳亮字同父，……紹熙四年舉進士，上親擢之第一，授建康軍節度判官，次年卒，享年五十有五。」

吴師道《敬鄉録》卷八：「由免解奏名，擢紹熙癸丑進士第一，授承事郎、僉書建康軍節度判官廳公事，未上，踰年病，一夕卒。」

稼軒《祭陳同父文》：「閩浙相望，信問未絶。子胡一病，遽與我訣！嗚呼同父，而止是邪？而今而後，欲與同父憩鵝湖之清陰，酌瓢泉而共飲，長歌相答，極論世事，可復得邪？千里寓辭，知悲之無益，而涕不能已。嗚呼同父，尚或臨鑑之否？」

《永樂大典》卷三一五六陳字韻引韓淲《澗泉日記》：「陳亮字同父，婺州人。……紹熙四年作第一人，今年正月遂死。」

按：今《四庫》輯本《澗泉日記》此條失收。據知陳亮卒於本年正月。《陳亮集》卷三八載《吕夫人夏氏墓志銘》，謂吕浩之母夏氏卒於紹熙三年十二月，至五年二月二十七日葬於趙侯祠南山之原。查此《墓志銘》必陳亮生前所寫定，然未及其母之葬即卒，而此《墓志銘》之「二月二十七日」云云，必臨葬時填寫，故不能以此證明陳亮至此年二月猶在世也。《辛稼軒年譜》所考：「其卒在何月何日，無可考。唯吕浩之母夏氏葬於紹熙五年二月二十七日，陳氏猶爲作《墓志銘》，知其卒當在二月之後。」所考當誤。

因食青梅而病齒。

稼軒《鷓鴣天・用韻賦梅三山梅開時猶有青葉甚盛余時病齒》詞：「病繞梅花酒不空，齒牙牢在莫欺翁。恨無飛雪青松畔，却放疏花翠葉中。」

王執中《鍼灸資生經》卷六《牙疼》條：「辛帥舊患傷寒，方愈，食青梅，既而牙疼甚。有道人爲之灸，屈手大指本節後陷中，灸三壯。初灸，覺病牙癢。再灸覺牙有聲，三壯疼止，今二十年矣，恐陽溪穴也。」

在閩帥任上，積鏹至五十萬緡，用糴米粟，以供宗室軍人請給，遂置備安庫。

《宋史》本傳：「未期歲，積鏹至五十萬緡，牓曰備安庫。謂閩中土狹民稠，歲儉則糴於廣。今幸連稔，宗室及軍人入倉請米，出即糶之。候秋賈賤，以備安錢糴二萬石，則有備無患矣。」

又欲造萬鎧，招强壯，補軍額，事未果。

亦見《宋史》本傳：「又欲造萬鎧，招强壯，補軍額，嚴訓練，則盗賊可以無虞。事未行。」

檄福清縣主簿傅大聲鞫長溪縣囚，又親按之，辨釋五十餘人。

〔乾隆〕《福建通志》卷四四：「傅大聲字仲廣，誠從子。淳熙十四年進士，授福清簿。奉檄鞫長溪囚，釋株連五十餘人，爲帥辛棄疾所重。調貴州教官，課最天下第一，改知武平縣。」

〔道光〕《福建通志》卷一二三：「傅大聲，仙遊人，紹熙間主簿。安撫使辛棄疾檄鞫長溪縣囚，大聲辨釋五十餘人，僅留十作人於獄。邑令憾大聲翻異，無客主禮，大聲至質衣以食。及棄疾親按，皆從大聲讞。」

委長溪縣令曹豈鬻鹽，差官吏措置出售犒賞庫回易鹽。

《攻媿集》卷一〇六《朝請大夫曹君墓志銘》：「君諱豈，字囦明，明之定海縣人。……改知福州長溪縣。……既至長溪，辛公帥閩，以鬻鹽來委。君謂縣爲出産之地，開國以來，未嘗與民争利，持不可。帥怒，易糾曹。比至，帥已釋然，不使就職，相與觴詠彌旬。會貳車闕，即以處君。」

按：此長溪令曹豈，事跡已見本譜淳熙四年記事。其仕宦福建，未就縣令，而爲稼軒薦爲福州通判，可知非傅大聲鞫囚時之長溪令也。

陳宓《復齋先生龍圖陳公文集》卷二三《朝散大夫直秘閣主管亳州明道宫林公行狀》：「公諱行知，字子大，姓林氏。……居福州之長樂縣。……紹熙改元，始以簡肅公恩授京秩，監湖州德清縣户部犒賞酒庫，一洗宿蠹。能聲方軒，丁簡肅艱，執喪盡禮。倚廬終制，四年反吉，辛公棄疾時帥福唐，以鹽局招公，公力辭不就。五年，時宰以名聞於上，上曰：『此朕舊學林栗之子也。』特差湖北營田司公事。」

《後村先生大全集》卷一五六《林經略墓志銘》：「故兵部侍郎簡肅林公，在淳熙間號魁磊骨鯁之臣，危言勁氣，視古肅、汲。公其仲子，諱行知，字子大。……父仕爲承務郎，監德清縣户部犒賞庫，有能聲。外艱免喪，辛帥棄疾以鹺局屈致，力辭。」

《宋會要輯稿·食貨》二八之三九：「紹熙五年三月一日，臣僚言：『訪聞福建安撫司措置出賣犒賞庫回易鹽，約束甚嚴，権販甚廣，多差官吏於坊場。事體驟新，民旅非便。乞命福建帥司日下住罷所置官吏坊場，今後置鋪，不得出門。』從之。」

《朱文公續集》卷一《答黄直卿書》：「辛卿鬻鹽，得便且罷，却爲佳。」

修建福州郡學。

〔弘治〕《八閩通志》卷三六：「詹體仁，字元善，浦城人。孝宗將復土，體仁言永阜陵地勢卑下，非所以安神靈，與宰相異議，除太府寺卿。直龍圖閣知福州。言者竟以前論山陵事罷之。在郡，嘗出錢助修郡學，以畢前守辛棄疾之功。」

爲安撫司石闌，以護二古榕。

〔民國〕《福建通志》總卷二九：「藩署石闌題字兩段，紹熙五年夏六月置。……閩藩司署，……五代王氏改爲宫殿，故制度殊宏麗。署外古榕數株，蟠陰庭際，東西兩石闌圍之，字刻闌上。……則詹體仁知福州時，石闌當其所修造。」

按：詹體仁帥閩，爲稼軒後任。石闌既署年月，則應爲稼軒所置，非詹體仁也。

七月，皇子嘉王即皇帝位，是爲寧宗。

《宋史》卷三六《光宗紀》：「紹熙五年秋七月甲子，太皇太后以皇帝疾未能執喪，命皇子嘉王即皇帝位於重華宫之素幄，尊皇帝爲太上皇帝，皇后爲壽仁太上皇后，移御泰安宫。」

二十九日，以右正言黄艾論列，罷帥任，主管建寧府武夷山沖佑觀。

《宋會要輯稿·職官》七三之五八：「紹熙五年七月二十九日，知福州辛棄疾放罷，以臣僚言其殘酷貪饕，奸贓狼藉。」

《後村先生大全集》卷一四九《黄柳州簡墓志銘》：「父艾，刑部侍郎，贈少師，爲紹熙名臣。……初，少師在諫垣，論擊辛卿棄疾，辛銜切骨。」

按：《兩朝綱目備要》卷三：「紹熙五年七月戊辰，詔求言。……以章穎爲侍御史，黄艾爲左司諫。……八月乙卯，章穎、黄艾罷言職。」參以後村所作《墓志銘》，知《宋會要》所載彈劾稼軒之臣僚，應即黄艾。

《宋史》本傳：「臺臣王藺劾其用錢如泥沙，殺人如草芥，旦夕端坐閩王殿。遂丐祠歸。」

按：本傳所載王藺及其所彈劾之用錢、殺人二語，皆淳熙八年事，史傳誤置於此。此次黄艾彈劾時，趙汝愚已爲右丞相，雖辭免，猶除樞密使。稼軒雖罷帥任，猶能奉祠，或與此有關。所謂閩王殿，據《淳熙三山志》卷七《府治》，即僞僭號之宫殿，入宋後皆廢撤，惟留一殿曰明威，以爲郡守設廳，敕設宴集乃就焉。

又按：稼軒知福州，甚得時譽。元人袁桷《清容居士集》卷三三《先大夫行述》，謂其父袁洪，「尹臨安十年，神明愷悌，自辛棄疾、楊王休、馬大同、丘崈以後，推公次之」。此所言稼軒以下，皆任郡守政績卓著者，可知稼軒所以銜之切骨也。

九月，以御史中丞謝深甫奏劾，降充秘閣修撰。

《宋會要輯稿・職官》七三之五九：「紹熙五年九月二十七日，朝散大夫集英殿修撰辛棄疾降充秘閣修撰，朝議大夫焕章閣待制提舉江州興國宫馬大同降充集英殿修撰，罷祠。以御史中丞謝深甫言，二人交結時相，敢爲貪酷，雖已黜責，未快公論。」

按：《兩朝綱目備要》卷三載：「紹熙五年八月乙卯，謝深甫爲御史中丞。深甫，侂胄之黨也。先是，侂胄恃功，意望建節，恨趙汝愚抑之，有怨言。……日夜謀引其黨爲臺諫，以擯汝愚。……九月壬申，京鏜簽書樞密院事。鏜亦韓侂胄之黨，故擢用之。……羣憸附和，視正士如仇讎，衣冠之禍自此始矣。」其時趙汝愚已爲右丞相，故韓侂胄密謀除去之。而《會要》記事之時相，則指留正，非汝愚。蓋本年七月，寧宗始即位，即有臣僚劾留正擅去相位也。

閏十月，朱熹罷侍講。

《宋史》卷三七《寧宗紀》一：「紹熙五年閏十月戊寅，侍講朱熹以上疏忤韓侂胄罷，趙汝愚力諫，不聽。」

《宋史全文》卷二八：「紹熙五年閏十月戊寅，侍講朱熹以上疏忤韓侂胄罷。御批云：『朕憫卿耆艾，方此隆冬，恐難立講，已除卿宫觀，可知悉。』趙汝愚獨袖内批還上，且諫且拜，侂胄必欲出之，汝愚退求去，不許。侂胄使中使王德謙封内批以授熹，熹即附奏謝，遂行。……熹以十月辛卯入見，中間進講者七，内引留身奏事者再，面對賜食各一，在朝甫四十有六日。……疏入，侂胄大怒，陰與其黨謀去其爲首者，則其餘去之易耳。所謂首者，蓋指熹也。熹時急於致君，知無不言，言無不切，亦頗見嚴憚，於是侂胄之計遂行。及熹講筵留身，再乞施行前疏，退則内批徑下矣。」

馬大同卒。

《景定嚴州續志》卷三：「馬大同字會叔，郡人，登紹興二十四年進士第。……每對上，輒陳恢復大計。歷中外要官，必求盡職，以洗冤澤物爲己任，所至雖遐僻童孺，無不知公名。仕至户部侍郎。」

《止齋集》卷一八《馬大同特復元官致仕制》：「霜臺有請，固不可屈於恩；泉壤可懷，亦不容廢以法。爰棄前咎，遂還故官。以昭念舊之仁，以示勸能之典。具官某，信己之學，兼人之才。粤自少年，意已輕於先達；浸更膴仕，恥徒事於清談。蓋時出其抱負之長，而概見於設施之際。修明臬事，有發伏擿姦之功；論建版曹，皆足用長財之畫。肆予初政，洊有煩言。屬爾沉痾，姑從薄責。諒兼忘於寵辱，何遽隔於幽明？」

按：陳傅良所撰制詞，在十二月二十三日《著作佐郎王奭除著作郎制》之前，知爲是年冬之事。

十二月，謝深甫奏劾中書舍人陳傅良，語及稼軒。

《宋會要輯稿・職官》七三之一九：「紹熙五年十二月九日，中書舍人陳傅良與宫觀，以御史中丞謝深甫言其芘護辛棄疾，依託朱熹。」

再到期思卜築，即自行在歸來事。

稼軒《沁園春·再到期思卜築》詞：「一水西來，千丈晴虹，十里翠屏。喜草堂經歲，重來杜老；斜川好景，不負淵明。老鶴高飛，一枝投宿，長笑蝸牛戴屋行。平章了，待十分佳處，著箇茅亭。　青山意氣崢嶸，似爲我歸來嫵媚生。解頻教花鳥，前歌後舞；更催雲水，暮送朝迎。酒聖詩豪，可能無勢，我乃而今駕馭卿。清溪上，被山靈却笑，白髮歸耕。」

按：《辛稼軒年譜》謂：「稼軒自淳熙八年罷江西帥任後即家居帶湖新第，及訪泉於期思而得瓢泉之勝，乃復時往時來於帶湖、瓢泉之間，故於陳同甫之來訪，則『酌瓢泉而共飲』，於赴閩憲之時，則與諸友話别瓢泉而賦《浣溪沙》。此詞有『喜草堂經歲，重來杜老』語，知其絶非作於居帶湖時期。又有『青山意氣崢嶸，似爲我歸來嫵媚生』，及『被山靈却笑，白髮歸耕』語，均可證明爲久别重到，係再度宦遊歸來以後之作。」所言甚是。

《菱湖辛氏族譜》卷一《僑居目類》：「期思位，惟叶公五世孫稼軒公，由濟南寓京口，復卜上饒城北帶湖，因遭回禄，徙居鵝湖之西期思渡瓜山五寶洲中，今屬廣信府鉛山縣崇義鄉十都。」〔同治〕《鉛山縣志》卷三〇《類佚事》：「辛稼軒卜地建居，形家以崩洪、芙蓉洲示曰：『二地皆吉，但崩洪發甚速，不及蓉洲悠久耳。』辛取崩洪，形者曰：『貪了崩洪，失却芙蓉，五百年後，只見芙蓉，不見崩洪。』後其言果驗。《耳聞録》。」

按：《縣志》此條記事謂出自《耳聞録》，此書不知出於何時何人之手。查《鉛山縣志》之嘉靖、乾隆、嘉慶諸本皆未載此條，而〔同治〕《鉛山縣志》卷三載：「桐木水源於桐木關下，……由梧桐灣（章山水自左會）過沙阪繞石塘（觀星嶺魚源黄沙源諸水由左而會），達崩洪（薛家邊高橋壟下石壟，紫溪汪家源黄柏坑諸水出紫溪十都，由左而會）。」是以會合於稼軒所居地五堡洲之桐木水（即鉛山河）、紫溪水交彙之地爲崩洪也。稼軒期思卜築即於五堡洲上，而《耳聞録》所載又爲取崩洪建居，二者似爲相合，然崩洪一詞，據《永樂大典》卷一四二二〇地字韻引《家寶經》，其爲風水家之術語，謂兩山夾水之地形也。此卷所載，即有《十大崩洪圖》，見《海外新發現永樂大典十七卷》一書。〔同治〕《縣志》晚出，謂兩溪流水相會，澎湃有聲，遂以崩洪名之，恐出附會。

宋寧宗趙擴慶元元年　乙卯（一一九五）

稼軒五十六歲。

家居上饒。

二月，趙汝愚罷相。

《宋史》卷三七《寧宗紀》一：「慶元元年二月戊寅，以右正言李沐言，罷趙汝愚爲觀文殿大學士知福州。……甲申，謝深甫等再劾汝愚，詔與宫觀。……七月丁酉，落趙汝愚觀文殿大學士，罷宫觀。……十一月丙午，以監察御史胡紘言，責授趙汝愚寧遠軍節度副使、永州安置。」

《兩朝綱目備要》卷四：「慶元元年二月戊寅，右丞相趙汝愚罷。先是，正月辛亥，將作監李沐爲右正言。是月丁丑，沐以本職公事上殿，乞罷汝愚政柄，以尊安天位，塞絶奸原。是日，汝愚乞罷政，出浙江亭待罪。詔中使宣押赴都堂治事。沐又入札子，乞即賜明斷，更不宣押，無使之往來道路，重失進退之義。是晚，召權直學士院鄭湜鎖院，汝愚遂罷右丞相，除觀文殿大學士知福州。……於是御史中丞謝深甫、殿中侍御史楊大法、監察御史劉德秀、劉三傑札子：『臣等竊見趙汝愚冒居相位，陛下示以諫臣之章，汝愚倉皇出門，至宣麻罷免，在廷之臣，猶以爲不當加以書殿隆名，帥藩重寄，伏望因其有請，姑寢福唐之命令。汝愚且以職名奉祠。』……有旨依所乞，依舊觀文殿大學士提舉臨安府洞霄宫。」

《朱文公續集》卷二《答蔡季通書》：「北方之傳果爾，趙已罷去。蓋新用李兼濟爲諫官，一章便行，未知誰代其任，此可深慮。」

是夏，與客飲瓢泉，賦詞，言及時局動蕩險惡。

稼軒《祝英臺近》詞題云：「與客飲瓢泉，客以泉聲喧静爲問。余醉，未及答，或者以『蟬噪林逾静』代對，意甚美矣。翌日，爲賦此詞以褒之。」詞上片云：「水縱横，山遠近，拄杖占千頃。老眼羞明，水底看山影。試教水動山摇，吾生堪笑，似此箇青山無定。」

又《水龍吟·用些語再題瓢泉歌以飲客聲韻甚諧客皆爲之釂》詞：「聽兮清珮瓊瑶些。明兮鏡秋毫些。君無去此，流昏漲膩，生蓬蒿些。虎豹甘人，渴而飲汝，寧猿猱些？大而流江海，覆舟如芥，君無助，狂濤些！」

秋，友人劉宰校文上饒，以徐文卿領鄉薦。

《漫塘集》卷六《回艾節幹慶長書》：「徐斯遠尚友好學，安貧守道，不愧古人。頃歲校文上饒，惟以親得此人爲喜。所惠詩文三册，回思在上饒見斯遠時，今整整四十年，而信上三君子，皆已逝矣。」

同書卷一九《送洪季揚揚祖教授横州序》：「紹熙庚戌，余與嚴陵洪叔誼兄弟同登進士第。慶元乙卯，又與叔誼同校文上饒，事竟，復同塗歸。」

《宋詩紀事》卷六一「徐文卿」：「文卿字斯遠，號樟丘，玉山人。嘉定四年進士，與趙昌父、韓仲止齊名，有《蕭秋詩集》。」

十月，御史中丞何澹，奏劾稼軒席卷福州，爲之一室，落職。

《宋會要輯稿·職官》七三之六三：「慶元元年十月二十六日，前知漢州張縯罷祠禄，降授秘閣修撰知福州辛棄疾與落職。知郢州曾三聘、知南劍州黄瀚並與宫觀。御史中丞何澹言，縯累以受金見之白簡，抆拭得郡，貪污如故。棄疾酷虐裒斂，掩帑藏爲私家之物，席卷福州，爲之一室。」

《宋史》本傳：「慶元元年落職。」

按：《兩朝綱目備要》卷四載慶元元年七月請禁僞學，有云：「澹爲御史中丞，始上疏論專門之學，流而爲僞。空虚短拙，文詐沽名，願風厲學者，專師孔孟，不必自相標榜。詔榜朝堂。」其與劉德秀於六月請考核真僞，爲論僞學之始也。

程大昌卒，年七十三。

《宋史》卷四三三《程大昌傳》：「慶元元年卒，年七十三。」

《劍南詩稿》卷三三《程泰之挽詞》，次於慶元元年十一月諸作間。

慶元二年　丙辰（一一九六）

稼軒五十七歲。

家居鉛山。

正月，趙汝愚卒於衡州。

《宋史》卷三九二《趙汝愚傳》：「趙汝愚字子直，漢恭憲王元佐七世孫，居饒之餘干縣。……侂冑欲逐汝愚而難其名，或教之曰：彼宗姓，誣以謀危社稷，則一網無遺。……侂冑忌汝愚益深，謂不重貶，人言不已，以中丞何澹疏，落大觀文。監察御史胡紘疏汝愚唱引僞徒，謀爲不軌。乘龍授鼎，假夢爲符。責寧遠軍節度副使、永州安置。……時汪義端行詞，用漢誅劉屈氂、唐戮李林甫事，示欲殺之意。迪功郎趙師召亦上書，乞斬汝愚。汝愚怡然就道，謂諸子曰：『觀侂冑之意，必欲殺我。我死，汝曹尚可免也。』至衡州病作，爲守臣錢鍪所窘，暴薨，天下聞而冤之。時慶元二年正月壬午也。」

〔同治〕《餘干縣志》卷一八載劉光祖撰《宋丞相忠定趙公墓志銘》：「公既去位，臺臣相繼誣公不已，竟責授寧遠軍節度副使，永州安置。……公怡然就道。舊病渴，醫以爲熱也，投寒劑，舟行瀟湘間，雪大作，愛而玩之，寒外内侵，抵衡陽寢疾，甫四日，正月，乘舟薨，年五十七。」

《朱文公别集》卷一《與劉德修書》：「餘干竟以柩還，卜以此十日葬矣，寃哉痛哉！聞有爲之賦詩摹印，揭之都市而匿其名者，不知亦傳到蜀中否？得其子婿書云：『道間渴甚，誤服涼劑，遂不能食。又感風寒，遂至大故。臨行亦甚了了。』然向更不死，今必已度嶺矣。前日聞訃，因就其婿家哭之，聞要路已有切齒者，亦且得行止分明也。」

三月，王正己卒，年七十八。

《攻媿集》卷九九《朝議大夫秘閣修撰致仕王公墓志銘》：「慶元二年三月二日，屬疾，却藥不進，翌日，終於正寢，享年七十有八。」

是春，在靈山齊庵欲築偃湖，未果。

稼軒《歸朝歡》詞題云：「靈山齊庵菖蒲港，皆長松茂林，得野櫻花一株，照映可愛。不數日，風雨催敗殆盡。意有感，因效介庵體爲賦，且以菖蒲緑名之。丙辰三月三日也。」

《沁園春·靈山齊庵賦時築偃湖未成》詞（疊嶂西馳闋）。

以病酒，遷居未成，遣去歌者。

稼軒《水調歌頭》詞題云：「將遷居不成，有感，戲作。時以病止酒，且遣去歌者，末章及之。」全詞云：「我亦卜居者，歲晚望三閭。昂昂千里，泛泛不作水中鳧。好在書攜一束，莫問家徒四壁，往日置錐無？借車載家具，家具少於車。舞烏有，歌亡是，飲子虚。二三子者愛我，此外故人疏。幽事欲論誰共？白鶴飛來似可，忽去復何如？衆鳥欣有託，吾亦愛吾廬。」

按：本年春夏稼軒止酒，均見本書有關詞作。而遣去歌者之詞，如《鵲橋仙·送粉卿行》詞（轎兒排了闋）、《臨江仙·侍者阿錢將行賦錢字以贈之》詞（一自酒情詩興嬾闋）等。

妻范氏夫人之卒，疑在本年春夏間。

稼軒有《西江月》無題詞：「粉面都成醉夢，霜髯能幾春秋？來時送我《伴牢愁》，一見尊前似舊。　詩在陰何側畔，字居羅趙前頭。錦囊來往幾時休？已遣蛾眉等候。」

按：右詞疑爲稼軒妻范氏病歿所作。稼軒續娶范氏，事在乾道九年或淳熙元年。蓋乾道八年稼軒守滁州，始與范如山交往，而其女弟遂歸稼軒。范氏卒於慶元二年移居鉛山之前後，右詞當爲追憶之作。舊以爲遣去歌者，然其下片既謂之能詩善書，恐非侍女歌伎身份，又謂遣蛾眉等候，則自應非侍女，屬悼亡之作無疑矣。

五月，妻兄范如山卒，年六十七。

《漫塘集》卷三四《故公安范大夫及夫人張氏行述》：「公諱如山，字南伯，邢臺人。……女弟歸稼軒先生辛公棄疾。辛與公皆中州之豪，相得甚。辛詞有『萬里功名莫放休』之句，蓋以屬公。……公以慶元二年五月七日卒，得年六十有七，官終忠訓郎。」

友人楊炎正登第，徐文卿省闈不偶。

《誠齋集》卷一一四《詩話》：「予族弟炎正字濟翁，……年五十二乃登第，初仕寧遠簿，甚爲京丞相所知。」

《忠節楊氏總譜·楊莊延規公克弼幼子亨支系圖》：「郁文，邦乂公子，行二，字文昌，以父蔭任迪功郎、江西安撫司準備差遣。生一子：炎正，行小大，字濟翁。年五十二，以書經與從弟夢信同登慶元二年丙辰進士。授大理司直，承議郎兼瓊管安撫使，終朝請大夫。有文集四十卷，名《無編集》，又撰《西樵語業》一卷。」

《朱文公文集》卷六四《答鞏仲至書》：「比日秋冷，恭惟幕府燕閑，起處佳福。……近日得昌父、斯遠書，附到書一角，今附往。中有大卷，意必是詩。累年不見斯遠一字，欲發封觀之，又不欲破戒。或看畢，幸轉以見示也。但斯遠省闈不偶，家無内助，嗣續之計，亦復茫然，急欲爲謀婚之計，而未有其處。不知親舊間，亦有可爲物色處否？想二公書中，亦須説及此事。渠來見囑，此間無處可致力，只得並奉浼也。」

按：據《水心集》卷二二《鞏仲至墓志銘》、卷一四《楊夫人墓表》，知鞏仲名豐，婺州武義人，以太學上舍登第，自浙東提刑司幹辦公事改幹辦福建帥司公事。紹熙間其母楊氏卒時，正在江東憲司任上。則右書中「幕府燕閑」語，當指其在福建帥司幕府而言。其時必在慶元二年。徐文卿去年既秋試合格，本年自須參加禮部考試。所謂「省闈不偶」，蓋指其會試未能如願也。

移居鉛山縣期思市瓜山之下。

《稼軒公歷仕始末》：「卜居廣信帶湖，爲煨燼所變，慶元丙辰，徙居鉛山州期思市瓜山之下，所居有瓢泉、秋水。」

《菱湖辛氏族譜·僑居目類》：「卜築上饒城北帶湖，因遭回禄，徙居鵝湖之西期思渡瓜山五寶州中。」

《濟南派下支分期思世系》：「丙辰火災，遷居鉛山州期思市。」

按：帶湖雪樓被焚，袁桷《清容居士集》卷四六《跋朱文公與辛稼軒手書》：「公所居號帶湖，一夕而燼，時文公猶無恙。」《後村先生大全集》卷九七《詩境集序》：「詩境方公少時，語出驚人，爲誠齋、放翁所知。稼軒所居雪樓火，公唁之，有『何處卧元龍』之句。」

又按：據《後村先生大全集》卷一六六《寶謨寺丞詩境方公行狀》，方信孺字孚若，莆田人。九歲落筆屬文，其父崧卿於紹熙五年三月卒於京西運判任上（見《水心集》卷一九《京西運判方公神道碑》）。方信孺以郊恩補將仕郎，授番禺縣尉。查《宋史》卷三七《寧宗紀》一，紹熙五年九月合祭天地於明堂。方信孺補官必在此後。其縣尉秩滿改承務郎，丁母憂，服闋，爲蕭山縣丞。據（康熙）《蕭山縣志》卷一六《宋縣丞》記載，方信孺爲開禧間任，此仕歷皆在稼軒雪樓火災以後。則其唁稼軒雪樓火災，乃在其除縣尉未赴官之時，自莆田往返於行在途中。《方公行狀》又載：「公美姿容，性疏豁豪爽，幼及交辛稼軒、陳同父諸賢。」稼軒與方信孺之相識交往，亦必在此時。

又按：瓢泉在瓜山之下，秋水在五堡洲，中間有紫溪之上秋水長廊相連接，稼軒期思之居集中於此。另有秋水堂在期思嶺，停雲堂在隱湖山，均見詞集考證。

九月，以言者論列，罷宫觀。

《宋會要輯稿·職官》七三之六六：「慶元二年九月十九日，朝散大夫主管建寧府武夷山沖佑觀辛棄疾罷宫觀。以臣僚言棄疾贓污恣横，惟嗜殺戮，累遭白簡，恬不少悛。今俾奉祠，使他時得刺一州，持一節，帥一路，必肆故態，爲國家軍民之害。」

十二月，朱熹落職罷宫觀。

《宋史》卷三七《寧宗紀》一：「慶元二年十二月，監察御史沈繼祖劾朱熹，詔落熹秘閣修撰，罷宫觀。竄處士蔡元定於道州。」

《兩朝綱目備要》卷四：「慶元二年十二月，朱熹落職罷祠，爲監察御史沈繼祖所劾。詔落秘閣修撰，罷宫觀，竄處士蔡元定。……時臺諫洶洶，争欲以熹爲奇貨。……然羣憸相顧久之，不敢發，獨監察御史胡紘草疏將上，會遷去不果。……紘以稿授之，繼祖……遂奏熹剽竊張載、程頤之餘論，寓以喫菜事魔之妖術，以簧鼓後進，張浮駕誕，私立品題，收召四方無行義之徒，以益其黨伍。……及不忠不孝不仁不義不公不廉等十罪，乞褫職罷祠。其徒蔡元定佐熹爲妖，乞送别州編管。」

按：沈繼祖所劾朱熹章疏，見載於《四朝聞見録》丁集《慶元黨》條。

慶元三年　丁巳（一一九七）

稼軒五十八歲。

家居鉛山。

友人趙蕃爲賦一丘一壑，有詩詞唱和。

稼軒《驀山溪》詞，題云：「趙昌父賦一丘一壑，格律高古，因效其體。」詞云：「飯疏飲水，客莫嘲吾拙。高處看浮雲，一丘壑中間甚樂。功名妙手，壯也不如人。今老矣，尚何堪？堪釣前溪月。　病來止酒，辜負鸕鷀杓。歲晚念平生，待都與鄰翁細説。人間萬事，先覺者賢乎？深雪裹，一枝開，春事梅先覺。」

《和趙昌父問訊新居之作》：「草堂經始上元初，四面溪山畫不如。疇昔人憐翁失馬，只今自喜我知魚。苦無突兀千間庇，豈負辛勤一束書。種木十年渾未辦，此心留待百年餘。」

按：右詞既謂賦稼軒期思之一丘一壑，顯然當作於慶元二年稼軒移居鉛山之後，詞中又有「深雪裹，一枝開，春事梅先覺」語，知作詞時已至慶元三年初春。而稼軒詩中亦既有疇昔云云，則顯在雪樓被焚之後，蓋與趙蕃原作皆作於本年春。稼軒及其友人所謂一丘一壑，丘即瓜山，壑即紫溪，亦即期思溪。

六月，陳居仁卒，年六十九。

《攻媿集》卷八九《華文閣直學士奉政大夫致仕贈金紫光禄大夫陳公行狀》：「本貫興化軍莆田

縣崇業鄉孝義里，陳公居仁，字安行，年六十有九。……慶元三年二月，召赴行在，……疾復作，力請外祠至再，始進華文閣直學士，提舉江州太平興國宫。六月庚戌抵家，甲寅疾勢遽變，遂薨於正寢。」

十二月，詔省部籍僞學姓名。

見《宋史》卷三七《寧宗紀》一。

《兩朝綱目備要》卷五：「慶元三年十二月有丁酉，籍僞學。知綿州王沇，乞置僞學之籍，仍自今曾受僞學舉薦關陞及刑法廉吏自代之人，並令省部籍記姓名，與閑慢差遣。從之。於是自慶元至今，以僞學逆黨得罪者，凡五十有九人。」

按：此五十九人中，宰執四人，待制以上十三人，餘官三十一人，武臣三人，士人八人。而稼軒並不在僞逆黨籍中。

慶元四年　戊午（一一九八）

稼軒五十九歲。

家居鉛山。

春，友人趙不遏置兼濟倉以濟窮民，有詞記其事。

稼軒《滿江紅·壽趙茂嘉郎中前章記兼濟倉事》詞上片：「我對君侯，怪長見兩眉陰德。還夢見玉皇金闕，姓名仙籍。舊歲炊煙渾欲斷，被公扶起千人活。算胸中除却五車書，都無物。」

〔嘉靖〕《鉛山縣志》卷一一：「趙不逷字茂嘉，宋宗室之子。仕至直華文閣。嘗慕黄兼濟平糴之説，立兼濟倉於邑之天王寺左，州上其事，除直秘閣以旌之。」

徐元傑《楳埜集》卷一一《羣賢堂贊》：「嘉遁趙公，公名不逷，字茂中。自幼有聲能文。登進士第，初爲清湘令，請以所增之秩封其母，孝廟褒而從之。居鄉無異韋布，不恃氣陵物，不屑意貨殖，訓子弟以禮法，勿撓寓邑。置兼濟倉，冬糴夏糶，糶直損於糴時。閭里德之，繪像勒石祠焉。慶元間，州狀其事於上，詔除直秘閣，以示旌異，繼升華文。年八十餘終於家。贊曰：孝之與誼，惟公獨全。燦燦褕霞，續續炊煙。賀白之文，問平之賢。天錫以壽，嘉遁丘園。」

〔雍正〕《江西通志》卷五〇：「隆興元年癸未木待問榜，趙不逷，鉛山人，直華文閣。」〔同治〕《鉛山縣志》卷八：「兼濟倉在天王寺之左，直華文閣趙不逷所立。初慕兼濟平糴之意，以穀賤時糴，至明年穀貴，損價以出糶。淳熙十五年米始百斛，歲時增益，後至千斛。意欲自少至多，自近及遠，不爲立額。鄉人德之，慶元五年，狀其事於州，州以聞，詔除直秘閣，以慰父老德之之心。」

《永樂大典》卷七五一四倉字韻引《廣信府永平志》趙不逷《兼濟倉文》：「夫兼濟倉者，因張乖崖垂警之言，慕黄兼濟平糴之意。肆爲此舉，初無妄心。始謀粗用於餘糧，逐歲遞增於百斛。從微至著，自邇及遐。庶窮民無艱食之憂，同此身有一飽之樂。大爲編秩，永紀章程。高厚實鑑於本情，毫髮靡容於失度。」

按：據〔同治〕《鉛山縣志》卷一，天王寺在縣北一里。

前岡周氏以三世兄弟同居獲旌表，賦詩詞祝賀。

〔乾隆〕《鉛山縣志》卷七《士行》：「周欽若字彦恭，累世業儒。初有聲三舍間，不就禄仕，積書教子。欽若始願欲其伯仲同居而不異籍，自以身在季不得專，切以爲恨。逮病亟，索紙筆書字戒其四子曰：『吾平日教汝讀書，固不專於利禄，欲汝等知義以興薄俗爾。我病不瘳，汝等盡孝以事母，當以義協居，勿有異志。居舍雖小不足恥，田園雖寡不足慮，不能尊我訓是謂不孝也。不孝不忠，非吾子孫也。』卒後其妻虞氏守義如夫言。子曰藻曰芸曰苾曰芾，亦皆能孝如母言，守遺命同居。至慶元改元，三世矣。四年，州以狀聞，都司奏旌表門閭，長吏致禮，免本家差役，依初品官限田法，詔從之。」

稼軒有《題前岡周氏敬榮堂》詩、《最高樓・聞前岡周氏旌表有期》詞（君聽取闋）、《南鄉子・慶前岡周氏旌表》詞（無處着春光闋）。

復集英殿修撰，主管建寧府武夷山沖佑觀。

《宋史》本傳：「慶元元年落職，四年復主管沖佑觀。」

稼軒《鷓鴣天・戊午拜復職奉祠之命》詞（老退何曾説着官闋）。

按：稼軒於紹熙五年秋七月罷知福州，以集英殿修撰主管建寧府武夷山沖佑觀。同年九月，以御史中丞謝深甫論列，降充秘閣修撰。慶元元年十月，又以御史中丞何澹論列，落職。二年九月，又罷武夷山沖佑觀宫觀。至慶元四年之後，始因慶元三年十二月公布逆黨僞學籍，稼軒以非趙、朱一黨，未嘗在籍，故予復職奉祠。所復之職即集英殿修撰，而所奉之祠亦必武夷山沖佑觀也。

《菱湖辛氏族譜》卷首載朱熹《濟南辛氏宗圖舊序》：「熹始得御公於慶元戊午，公復起就職，來主建寧武夷沖佑觀，益相親切。」

按：《辛稼軒年譜》考此條記事云：「此序不見朱氏集中。右引諸語見《稼軒集抄存》附録朱熹《答辛幼安啓》之案語中，疑由《鉛山辛氏族譜》輯録者。稱《稼軒譜》似未當。又查宋代食祠禄者，例不須親往其地供職，朱序云云，似亦不合。頗疑此序乃後來人所僞爲也。」

吴紹古來爲鉛山尉，與稼軒相得，唱酬甚多。

〔乾隆〕《鉛山縣志》卷五：「吴紹古字子嗣，鄱陽人。慶元五年任鉛山尉，多所建白。有史才，纂《永平志》，條分類舉，先民故實，搜羅殆盡。建居養院以濟窮民及旅處之有疾阨者，見宋晉之記。」

同書卷九《藝文》載趙蕃《劉之道祠記》：「鄱陽吴紹古子嗣來之明年，因諸生請白於其長而復於學，涓良酌清，告成如禮，慶元五年也。」

按：吴紹古尉鉛山年份不同，此從趙蕃記文。

慶元五年　己未（一一九九）

稼軒六十歲。

家居鉛山。

友人朱熹來書，以克己復禮相勉。

袁桷《清容居士集》卷四六《跋朱文公與辛稼軒手書》：「晦庵嘗以『卓犖奇才，股肱王室』期辛公，此帖復以『克己復禮』相勉，朋友琢磨之道備矣。嘗聞先生盛年，以恢復爲最急議，晚歲則曰：『用兵當在數十年後。』辛公開禧之際亦曰：『更須二十年。』閱歷之深，老少議論，自有不同焉者矣。公所居號帶湖，一夕而燼。時文公猶無恙。慶元四年，公復殿撰，此書蓋戊午歲以後所作，至六年，則文公夢奠矣。今觀此帖，益知前賢講道，彌老不廢，炳燭之功，良有以也夫。」

按：此書《朱文公文集》失收。

友人傅爲棟發廩，賑鄰里艱食者，稼軒欲諷朝廷奏官之。

陳文蔚《克齋集》卷一〇《傅講書生祠堂記》：「鉛山傅巖叟，幼親師學，肄儒業，抱負不凡。壯而欲行愛人利物之志，命與時違，抑而弗信，則曰：『士有窮達，道無顯晦。』乃以是理施之家而達之鄉。遇歲歉，若霖潦，鄰里艱食，則捐金粟以賑之。易凍而温，變餒而充，繇是歡聲和氣，周浹閭井。歲己未，穀頻年不熟，民間嗷嗷。州家以爲憂，檄永豐丞林君汝皋至邑勸分，父老相率詣林自言，謂公不待勸分，先已捐直發廩，且能遍諭鄉之諸豪，謂閉糴非所以恤災。林以是深相歸重。會先是，邑之多士亦以白令尹，父老之言益信。即以事聞之郡，郡聞之臺。既覈得其實，則轉以申省。時稼軒辛公有時望，欲諷廟堂奏官之。巖叟以非其志辭，辛不能奪，議遂寢。節目具存，尚可覆也。……人感之深，即其所居之側玉虛道宮闢室，肖容而表敬焉。……巖叟雖無軒冕之榮，開徑延賓，竹深荷浄，暇時勝日，飲酒賦詩，自適其適，不知有王公之貴，豈非憂人之憂，故能樂己之樂，是不可以不書，因亦附見云。巖叟名爲棟，嘗爲鄂州州學講書。嘉定四年歲重光協洽閏月戊子，上饒陳某記。」

八月十日，夢張難敵與人搏，雖敗猶鬥，覺而賦詞紀之。

稼軒《蘭陵王》詞小序：「己未八月二十日夜，夢有人以石研屏見饟者，其色如玉，光潤可愛。中有一牛，磨角作鬥狀，云：『湘潭里中有張其姓者，多力善鬥，號張難敵。一日，與人搏，偶敗，忿赴河而死。居三日，其家人來視之，浮水上，則牛耳。自後並水之山，往往有此石，或得之，里中輒不利。』夢中異之，爲作詩數百言，大抵皆取古之怨憤變化異物等事，覺而忘其言。後三日，賦詞以識其異。」

王自中卒，年六十。

《止齋集》卷五〇《王道甫壙志》：「道甫諱自中。……起知邵州、興化軍，連以論罷。興化之命下，道甫已病，慶元五年七月也。八月二十三日卒，官至朝請郎，年六十。」

《宋會要輯稿·職官》七四之六：「慶元五年六月廿一日，新知興化軍王自中放罷，以臣僚言自中守上饒日，偷竊貪污。」

按：《鶴山集》卷七六《宋故籍田令知信州王公墓志銘》謂自中卒年六十六，此從《止齋集》。

族弟辛勣赴調過鉛山，戲賦辛字詞，亦此一二年事。

稼軒《永遇樂·戲賦辛字送茂嘉十二弟赴調》詞（烈日秋霜闋）。

按：辛茂嘉應即名勣者。《宋故資政殿學士左通議大夫致仕東萊縣開國侯贈左光禄大夫辛公墓志銘》：「男種學，右承議郎。孫助，將仕郎。勵，登仕郎。劼，通仕郎。勸，將仕郎。勴，勣。」據知爲辛次膺之孫。《重修玉篇》卷七謂「勣，子亦切，功也」。通作「績」。唐有李勣，《舊唐書》卷六七《李勣傳》不著其字，僅於傳贊中有「功以懋賞，震主則危」語，《新唐書》卷九三《李勣傳》則直謂「李勣字茂功」。「茂」與「懋」亦互通。故知辛茂嘉名勣。《咸淳臨安志》卷五一《仁和縣令》載有辛勣，列於何洪、趙時逢、趙善□、趙善僎之後，鄭域、謝庭玉、趙希醇、李仁方、陳晐、姚師虎之前。其中姚師虎嘉定五年爲令，見《臨安志》卷五六「嘉定五年姚師虎築屋廟左」之記載，疑辛勣之爲仁和令，事在嘉泰三年之前。而《閩中金石略》卷七載晉江縣清源山宋人題名九段，其中瑞像巖題名是：「廬陵胡仲方、温陵林廣叔、高密趙東武、萊陽辛懋嘉，慶元三年二月中休來遊。」周必大《益國文忠公集》卷三〇《資政殿學士贈通奉大夫胡忠簡公神道碑》（即胡銓碑）作於紹熙三年，謂其孫胡榘「文林郎，監泉州市舶務」。辛勣題名於晉江，應爲泉州之提舉福建市舶司屬官，如幹辦公事之類。其在任當在慶元三年至五年之間。既去任，而歸饒州浮梁，又自浮梁前往行在所赴調，其間必經鉛山，而其時或在慶元五六年之間。

是年，友人張杓卒。

按：《益國文忠公集》卷九《端明殿學士張定叟杓挽詞》：「魏國勳勞四海知，南軒愛直古人遺。中興家世誰如此，季氏豪英尚似之。金殿新班將得政，玉麟舊鎮且移麾。落星少駐星還落，江路東西總去思。」此詩次於己未九月二十八日《小詩戲王甫駒》之後，庚申諸作之前。《宋史》卷三六一《張杓傳》：「進端明殿學士，復知建康府。以疾乞祠卒。」《景定建康志》卷一四《建康表》載張杓慶元四年三月罷建康帥。

慶元六年　庚申（一二〇〇）

稼軒六十一歲。

家居鉛山。

二月，友人杜斿再訪鉛山。

稼軒詩題云：「同杜叔高、祝彦集觀天保庵瀑布，主人留飲兩日，且約牡丹之飲。」題下注：「庚申歲二月二十八日也。」

三月，友人朱熹卒，年七十一。有悼詞。

稼軒《感皇恩·讀莊子聞朱晦庵即世》詞：「案上數編書，非《莊》即《老》。會説忘言始知道。萬言千句，不自能忘堪笑。今朝梅雨霽，青天好。一壑一丘，輕衫短帽。白髮多時故人少。子雲何在？應有《玄經》遺草。江河流日夜，何時了？」

按：鄧廣銘《書諸家跋四卷本稼軒詞後》：「前片云云，自是讀《莊子》之所感，後片之白髮句，則明是聞故人噩耗而發者，而子雲以下諸語，更爲最適合於朱晦庵身分之悼語。……當丙集刊布之時，韓侂胄勢焰正盛，蓋不欲以此引惹糾紛，故於題中削去刺人耳目之朱晦庵云云而改著以『有所思』三字以爲代：洎夫十二卷本編刻之空曠地，則韓氏已被誅戮，遂得無所避忌而復其原題之舊，此絶非不明曲折之人所能憑空增入者也。」此詞四卷本題作「讀莊子有所思」。查此前夏敬觀著文，曾疑此詞原題非爲聞朱熹逝世消息而作，故作此駁語也。

是秋，友人韓淲自行在歸，來訪鉛山。

稼軒《賀新郎·韓仲止判院山中見訪席上用前韻》詞：「聽我三章約。有談功談名者舞，談經深酌。作賦相如親滌器，識字子雲投閣。算枉把精神費却。此會不如公榮者，莫呼來政爾妨人樂。醫俗士，苦無藥。當年衆鳥看孤鶚。意飄然横空直把，曹吞劉攫。老我山中誰來伴？須信窮愁有腳。似剪盡還生僧髮。自斷此生天休問，倩何人說與乘軒鶴？吾有志，在丘壑。」

按：韓淲自紹熙二年以後居行在太平惠民和劑局近十年。《澗泉集》卷二《秋興家山》詩云：「幽棲吴山底，偶占大隱坊。晨興到藥局，夜坐惟書房。」卷一五有詩題云：「慶元庚申二月，藥局書滿，七月還澗上。嘉泰元年秋，入吴試罷，冬暮得闕而歸，今五年矣。」而周文璞《方泉詩集》卷三《送澗泉》詩有「長安賣藥市，堇堇十載强」句，據此可知，韓淲於判院就職十年，於慶元六年二月任滿，七月還上饒南澗舊居。判院，即主管太平惠民和劑局。方大琮《鐵庵集》卷三五有《判院方公孺人鄭氏壙志》，判院方公即大琮祖父方萬，《壙志》謂其授行在太平惠民和劑局，可證。韓淲自判院任上既歸，故得於是年秋冬訪稼軒於鉛山山中。

十一月，朱熹葬於建陽縣，爲文往祭之。

《宋史》本傳：「熹殁，僞學禁方嚴，門生故舊至無送葬者。棄疾爲文往哭之，曰：『所不朽者，垂萬世名。孰謂公死？凛凛猶生。』」

《續資治通鑑》卷一五五：「將葬，右正言施康年言：『四方僞徒，欲送僞師朱熹之葬，臣聞僞師在浙東則浙東之徒盛，在湖南則湖南之徒盛。……今熹已殁，其徒畫像以事之，設位以祭之。會聚之間，非妄談世人之短長，則謬議時政之得失，望令守臣約束。』從之。於是門生故舊不敢送葬，惟李燔等數人視窆，不少怵。」

《朱子年譜》卷四下：「慶元六年十一月壬申，葬於建陽縣唐石里之大林谷。會葬者幾千人（李本）。」本傳：「既殁將葬，言者謂四方僞徒期會，送僞師之葬，會聚之期，非妄談時人短長，則謬議時政得失，望令守臣約束。從之。」

按：《朱子年譜考異》卷四對會葬千人抑數人有考證云：「《續通鑑》載右正言施康年疏，凡數百言。《宋史》止舉其略，不知《續通鑑》所載出於何書也。康年疏前後皆云：『會於信上。』信州今之廣信府，鵝湖寺在焉，蓋浙江入閩必由之路也。又，《續通鑑》云：『以是門生故舊不敢送葬，惟李燔率一二同志往會葬，視封窆不少怵。』與《年譜》『會葬幾千人』又不合。……考之《行狀》，言『訃告所至，從遊之士，與夫聞風慕義者，莫不相與爲位而聚哭焉，禁錮雖嚴，有所不避也』。而公季子敬之謂『家禮久亡，葬之日，有士子攜來，因得之』，可知會葬者固多人矣。《續通鑑》雖本之《李燔傳》，然恐非其實，當以《年譜》爲正。」今查稼軒本傳已謂「門生故舊至無送葬者」。綜合諸書記載，知臨葬期，門生故舊皆聚於信上，若言此時「幾千人」，當得其實。然此後經朝廷約束，不許前往會聚，則豈能有近千人犯禁不顧而往建陽者？知記載臨葬者僅有少數門生故舊，亦恐得其實也。二者不能相代，所謂「幾千人」，或聚於鵝湖寺者，並非抵建陽也。

又按：《宋史》本傳所謂「爲文往哭之」，不知是遣人送祭文，抑親往送葬，因原文意義含混，故不得而知也。

嘉泰元年　辛酉（一二〇一）

稼軒六十二歲。

家居鉛山。

友人趙不迂自南昌歸來，與之相唱和多爲本年事。

按：趙不迂字晉臣，不遏弟。〔嘉靖〕《鉛山縣志》卷一〇：「趙不迂字晉臣，張孝祥榜進士及第，任江西運使、福建提刑，贈金紫光禄大夫，賜紫金魚袋。」《夷堅三志》壬卷三《滕王閣火》條載：「慶元四年，……趙不迂以漕使兼府事。」《明一統名勝志·江西》卷一《南昌府》載：「東園即宋漕司花圃，……慶元五年秘閣趙不迂榜以今名。」〔嘉靖〕《廣信府志》卷三《鉛山縣》：

「積翠巖，縣西四里。晉太始間高將軍獵逐白鹿至積翠巖。《方輿記》：『積翠巖房蓄煙靄，五峰相對。自五峰以東，由斷玉峽二十餘步，有石屹立名擎天柱，又一巖天成兩竇，如日月相對，名合璧。循右轉，有雲壑、藏雲洞、玉麒麟，餘可名者尚多。慶元六年趙不迂開闢，中爲堂，望之如五雲縹緲間，後得柱杖泉，亦足用。』」據知其慶元五年底六年初自南昌歸來，慶元六年稼軒已與之唱和，而本年所與詞作尤多，故次其事於此。

嘉泰二年　壬戌（一二〇二）

稼軒六十三歲。

家居鉛山。

二月，韓侂胄弛僞學黨禁。

《兩朝綱目備要》卷七：「嘉泰二年二月，弛學禁。初，學禁之行也，京鏜、何澹、劉德秀、胡紘四人者，實横身以任其責，爲韓侂胄斥逐異己者。羣小附之，牢不可破。慶元五年二月，紘罷吏部侍郎，七月，德秀自吏部尚書出知婺州，六年八月，鏜以左相死於位，去年七月，澹罷知樞密院事。魁憸盡去，侂胄亦厭前事，欲稍示更改，以消中外意。時亦有勸其開黨禁以杜他日報復之禍者，侂胄以爲然。……是春，趙汝愚追復資政，於是黨人之見在者徐誼、劉光祖、陳傅良、章穎、薛叔似、葉適、曾三聘、項安世、范仲黼、黄灝、詹體仁、游仲鴻諸人，咸先後復官自便，或典州、宫觀，又削薦牘中『不係僞學』一節。」

四月，趙像之卒，年七十五。

《誠齋集》卷一一九《朝請大夫將作少監趙公行狀》：「公諱像之，字民則。……嘉泰二年四月二十三日，以疾終於正寢，享年七十有五。」

五月，賦生日書懷詞。

稼軒《臨江仙·壬戌歲生日書懷》詞：「六十三年無限事，從頭悔恨難追。已知六十二年非。只應今日是，後日又尋思。少是多非惟有酒，何須過後方知？從今休似去年時。病中留客飲，醉裏和人詩。」

開山徑得石壁，因命之曰蒼壁，賦詞詠之。

稼軒《千年調》詞題云：「開山徑得石壁，因名曰蒼壁。事出望外，意天之所賜邪？喜而賦。」又有《臨江仙》詞，題云：「蒼壁初開，傳聞過實。客有來觀者，意其如積翠、清風、巖石、玲瓏之勝，既見之，乃獨爲是突兀而止也，大笑而去。主人戲下一轉語，爲蒼壁解嘲。」

按：稼軒移居期思嶺下八年之後，乃於深山尋幽，訪得蒼壁，遂作詞自嘲，蓋隱喻其「天作高山」之雄心壯懷耳。

八月，袁説友同知樞密院事，有賀啓。

稼軒《賀袁同知啓》：「疇咨兵本，眷用老成。清乎尚書之言，久受知於南面；任以天下之重，爰正位於中樞。」

《東塘集》卷二〇附録《家傳》：「公諱説友，字起巖，建安人。……知紹興府、浙東路安撫使，吏部尚書兼侍讀，兼實録院修撰，兼修國史，同知樞密院事，參知政事。」

按：《宋史》卷二一三《宰輔表》四載：「嘉泰二年八月丙子，袁説友自吏部尚書除同知樞密院事。」於時稼軒正家居鉛山，與啓中「瓜廬屏跡，藥裏關心」相符，因知袁同知即袁説友。袁説友《宋史》無傳。

九月，曹盅卒，年六十八。

《攻媿集》卷一〇六《朝請大夫曹君墓志銘》：「君諱盅，字囦明，明之定海縣人。……嘉泰二年九月朔，以疾終於官舍，享年六十有八。」

洪邁卒，年八十。

錢大昕《洪文敏公年譜》：「公年八十，見於本傳，以《容齋續筆》考之，乾道己丑年四十七，則其卒當在嘉泰二年壬戌也。」

嘉泰三年　癸亥（一二〇三）

稼軒六十四歲。

元日，賦詩慨歎老病。

稼軒《癸亥元日題克己復禮齋》詩：「老病忘時節，空齋曉尚眠。兒童唤翁起，今日是新年。」

是年夏，知紹興府兼浙東安撫使。

稼軒有《浣溪沙·常山道中即事》詞：「北隴田高踏水頻，西溪禾早已嘗新。隔牆沽酒煮纖鱗。忽有微涼何處雨，更無留影霎時雲。賣瓜人過竹邊村。」此詞當係稼軒赴任途中作。據知稼軒此行蓋自玉山經常山衢州。

《寶慶會稽續志》卷二《安撫題名》：「辛棄疾，以朝請大夫集英殿修撰知，嘉泰三年六月十一日到任。」

在任内，疏奏州縣害農之甚者六事，願詔内外臺察劾。

《文獻通考》卷五《田賦考》五：「嘉泰三年，知紹興府辛棄疾，奏州縣害農之甚者六事。如輸納歲計有餘，又爲折變，高估趣納，其一也。往時有大吏，爲郡四年，多取斗面米六十萬斛，及錢百餘萬緡，別貯之倉庫，以欺朝廷，曰：『用此錢糴此米。』還盜其錢而去。願明詔内外臺察劾無赦。從之。」

按：右文中例舉某大吏任滿盜庫錢之事。既謂大吏，當指曾任知州者。查《嘉泰會稽志》等浙東七州地方志，在稼軒之前任及六州長吏中，兩任連續四年在知州任内者，僅知台州葉籈一人。《嘉定赤城志》卷九：「葉籈，慶元三年十二月七日以朝奉郎知，霅川人，龔之從弟。英敏無留事，能治財賦，創酒樓。慶元六年九月二十一日除本路提舉茶鹽。」不知所指是否即爲此人。

是秋，於郡治創建秋風亭。

張鎡《南湖集》卷一〇有《漢宮春》詞，題爲：「稼軒帥浙東，作秋風亭成，以長短句寄余。欲和久之，偶霜晴，小樓登眺，因次來韻，代書奉酬。」詞云：「城畔芙蓉，愛吹晴映水，光照園廬。清霜乍凋岸柳，風景偏殊。登樓念遠，望越山青補林疏。人正在秋風亭上，高情遠解知無？江南久無豪氣，看規恢意概，當代誰如？乾坤盡歸妙用，何處非予？騎鯨浪海，更那須採菊思鱸！應會得文章事業，從來不在詩書。」

丘崈《文定公詞・漢宫春・和辛幼安秋風亭韻癸亥中秋前二日》詞：「聞説瓢泉，占煙霏空翠，中著精廬。旁連歌臺吹榭，人境清殊。猶疑未足，稱主人胸次恢疏。天自與相攸佳處，除今禹會應無。選勝卧龍東畔，望蓬萊對起，巖壑屏如。秋風夜凉弄笛，明月邀予。三英笑粲，更吴天不隔蓴鱸。新度曲銀鉤照眼，争看阿素工書。」

《寶慶會稽續志》卷一：「秋風亭在觀風之側，其廢已久。嘉定十五年，汪綱即舊址再建，綱自記於柱云：『秋風亭，辛稼軒曾賦詞，膾炙人口，今廢矣。余即舊基，面東爲亭，復掾於後。』」

按：稼軒所賦《漢宫春》詞，題爲「秋風亭懷古」。詞中亦未道及此亭創葺經始，僅據張詞，知亭所創建，當始於本年秋。

是冬，奏請於紹興府諸暨縣增置縣尉，省罷税官。

《宋會要輯稿・職官》四八之八三：「嘉泰四年正月二十三日，詔紹興府諸暨縣添置縣尉一員，以守臣辛棄疾奏，楓橋鎮，浙東一路衝要之地，乾道間嘗陞爲義安縣，至淳熙初復罷爲鎮，止有鎮税官各一員，無事力可以彈壓，奸民無忌憚，乞增置縣尉一員，以武舉初任人注授。故有是詔。」

同書《職官》四八之一四二：「嘉泰四年正月二十三日，詔省罷紹興府諸暨縣税官，領鎮官兼領，從守臣辛棄疾之請也。」

按：詔旨即行下於四年初，則奏請之日必在本年冬，故著其事於此。

招趙汝鐩入幕府。

《後村先生大全集》卷一五二《刑部趙郎中墓志銘》：「公諱汝鐩，字明翁，濮安懿王七世孫。……擢嘉泰壬戌第，主東陽簿。辟崇陵橋道頓遞官，易諸暨簿。帥稼軒辛公羅致幕下，辛性嚴峻，公獨從容規益。」

按：《四庫全書總目》卷一六二《野谷詩稿提要》：「《野谷詩稿》六卷，宋趙汝鐩撰。汝鐩字明翁，袁州人。」《詩稿》今存。

會稽縣丞朱權勤勉公事，深爲稼軒敬賞。

程珌《洺水集》卷一一《朱惠州行狀》：「本貫徽州休寧縣千秋鄉千秋里，朱公諱權，字聖與，……淳熙庚子秋試，遂魁鄉薦。十四年，登進士第，授迪功郎，調隆興府分寧主簿，未赴任，丁朝議艱。服闋，調福州連江縣主簿，須次間，工部侍郎朱公晞顔帥廣西，改辟象州連山縣尉兼主簿，留攝幹官，盡忠毗畫，多所裨贊。慶元五年，以舉主關陞從事郎，調紹興府會稽縣丞。邑當東浙會府之下，三司委送紛沓，判决晝夜不倦。前後連率如辛公棄疾、李公大性、李公浹，皆敬賞之。開禧元年，調泰州如皋縣買納鹽場。」

爲友人杜斿開山田。

高翥《菊磵集·喜杜仲高移居清湖》詩題下小注：「稼軒爲仲高開山田，仲高有《辛田記》。」詩云：「笑擕雞犬入城居，無復游從歎闊疏。河水通船堪載酒，桐陰近屋可修書。飯香休憶辛田米，羹美何慚丙穴魚。我亦買山湖上住，效芹時擬貢園蔬。」

按：杜斿兄弟爲婺州蘭溪人。稼軒本年赴會稽任，當途經蘭溪，故知杜斿家境。其爲杜斿開山田，必爲稼軒在任内之後事。惟仲高《辛田記》今已無考，故其事之詳亦不得而知矣。

爲友人陸游送蔬菜，又欲爲其築舍，游辭之，遂止。

《劍南詩稿》卷六一《草堂》詩：「幸有湖邊舊草堂，敢煩地主築林塘。」自注：「辛幼安每欲爲築舍，予辭之，遂止。」

同書卷六三《貧甚戲作絶句》之二：「處窮上策更誰如，日晏猶眠爲腹虚（饑則卧不起，貧者之常也）。尚闕鄰僧分供米，敢煩地主送園蔬。」

按：《劍南詩稿》諸詩皆繫年，前詩作於開禧元年春，後詩作於開禧元年秋，皆追述前事也。故其所謂地主，當指嘉泰三年知紹興府之稼軒也。

十一月，陳傅良卒，年六十七。

《止齋集》附録蔡幼學所撰《行狀》：「公諱傅良，字君舉，姓陳氏。其先自閩徙温州瑞安縣之帆遊鄉。……嘉泰二年正月，詔復元官，提舉江州太平興國宫。三年起知泉州，公以疾力辭，許之，授集英殿修撰。疾益侵，請謝事，授寶謨閣待制，以其年十有一月丙子卒於家。屬纊，酌酒與兄訣，凝然而逝，年止六十有七。」

招詩人劉過來會，不至。

《龍洲集》卷一一《沁園春·寄辛稼軒》詞：「古豈無人，可以似吾稼軒者誰？擁七州都督，雖然陶侃，機明神鑑，未必能詩。常袞何如？羊公聊爾，千騎東方侯會稽。中原事，縱匈奴未滅，畢竟男兒。　平生出處天知。算整頓乾坤終有時。問湖南賓客，侵尋老矣；江西户口，流落何之？盡日樓臺，四邊屏障，目斷江山魂欲飛。長安道，奈世無劉表，王粲疇依？」

岳珂《桯史》卷二《劉改之詩詞》條：「開禧乙丑，過京口，余爲鑣幕庾吏，因識焉。……嘉泰癸亥歲，改之在中都。時辛稼軒棄疾帥越，聞其名，遣介招之。適以事不及行，作書歸輅者，因效辛體《沁園春》一詞，併緘往，下筆便逼真。其詞曰：『斗酒彘肩，醉渡浙江，豈不快哉？被香山居士，約林和靖，與蘇公等，駕勒吾回。坡謂西湖，正如西子，濃抹淡妝臨照臺。諸人者，都掉頭不顧，只管傳杯。　白雲天竺去來，圖畫裏峥嶸樓觀開。看縱横一澗，東西水繞；兩山南北，高下雲堆。逋曰不然，暗香疏影，只可孤山先探梅。蓬萊閣，訪稼軒未晚，且此徘徊。』辛得之大喜，致饋數百千，竟邀之去，館燕彌月，酬倡亹亹，皆似之。逾喜，垂别，賙之千緡，曰：『以是爲求田資。』改之歸，竟蕩於酒，不問也。……余時與之飲西園，改之中席自言，掀髯有得色。」

按：　據此條記事，似稼軒招劉過不至，而以詞往。至致饋數百千之後，乃來。則本年劉過或有過會稽事。鄧廣銘《辛稼軒年譜》於嘉泰三年遂書：「是年，……招劉改之過、趙明翁汝鐩至幕府。」又書按語謂「其識拔改之，事在晚年帥浙東時」。然其事甚可疑。劉過《沁園春》詞，有「暗香疏影，只可孤山先探梅」語，據知作詞之時已至歲末。稼軒本年底被召，安得此時邀之過訪，更何況「館燕彌月，酬倡亹亹」？而細讀《桯史》此條記事，蓋劉過於開禧乙丑，方過京口，而嘉泰三年則僅以詞作呈稼軒，二人未嘗見面也。因知本年劉過決無至會稽事。其與稼軒相識且過從頗久，必在後年稼軒知鎮江府時。《桯史》已明言劉過本年「適以事不及行」，是《辛稼軒年譜》之記事舛誤，乃把二事混作一談也。

按：蔣子正《山房隨筆》載：「辛稼軒帥浙東時，晦庵、南軒任倉使，劉改之欲見，辛不納，二公爲之地云：『某日公宴，至後庭便坐，君可來。門者不納，但喧争之，必可入。』既而改之如所教，門外果喧嘩，辛問故，門者以告，辛怒甚。二公因言：『改之豪傑也，善賦詩，可試納入。』改之至，長揖，公問：『能詩乎？』曰能。時方進羊腰腎羹，辛命賦之。改之對：『寒甚，欲乞卮酒。』酒罷，乞韻。時飲酒手顫，餘瀝流於懷，因以流字爲韻，即吟云：『拔毫已付管城子，爛首曾封關内侯。死後不知身外物，也隨尊酒伴風流。』辛大喜，命共嘗此羹，終席而去，厚饋焉。」此文紕繆獨甚。稼軒帥浙東時，朱熹與張栻均已去世多年，安得爲劉過介也？劉過之與稼軒過從，當始於本年在會稽，以詞投稼軒，得稼軒賞識，故招之，而迫近歲末未赴，遂有後年京口會晤之期。此皆非後來雜談小説者流所能知也。

紹興府督零稅急，或即稼軒在任時事。

《水心集》卷一九《太府少卿福建運判直寶謨閣李公墓志銘》：「少卿諱浹，字兼善，有夙成之度。……改知徽州。尋提舉浙東常平。會稽督零稅急，械繫滿府縣，值公攝帥，盡釋之。士民歌呼，叉手至額，曰：『真李参政兒也。』以兵部郎召。」

按：《寶慶會稽續志》卷二《浙東提舉》：「李浹，嘉泰三年十月初八日，以朝散大夫到任。嘉泰四年二月二十日，磨勘轉朝請大夫。當年六月二十六日，召赴行在。」稼軒於嘉泰三年十二月二十八日召赴行在。稼軒被召，浙東後帥林采於嘉泰四年四月到任，浙東闕帥期間，李浹暫代帥事，則「會稽督零稅」云云，乃稼軒在浙東帥任内事，蓋頗招致物議也。

歲杪，召赴行在。

《寶慶會稽續志》卷二《安撫題名》：「辛棄疾，……當年十二月二十八日，召赴行在。」

嘉泰四年　甲子（一二〇四）

稼軒六十五歲。

正月，宋廷召赴行在。行前，陸游有送行詩。

《劍南詩稿》卷五七《送辛幼安殿撰造朝》詩：「稼軒落筆淩鮑謝，退避聲名稱學稼。十年高卧不出門，參透南宗牧牛話。功名固是券内事，且葺園廬了婚嫁。千篇昌谷詩滿囊，萬卷鄴侯書插架。忽然起冠東諸侯，黄旗皂纛從天下。聖朝仄席意未快，尺一東來煩促駕。大材小用古所歎，管仲蕭何實流亞。天山掛旆或少須，先挽銀河洗嵩華。中原麟鳳争自奮，殘虜犬羊何足嚇。但令小試出緒餘，青史英豪可雄跨。古來立事戒輕發，往往讒夫出乘罅。深仇積憤在逆胡，不用追思灞亭夜。」

按：《辛稼軒年譜》謂「陸詩編次本年《上巳》詩之後，《三月三十日聞杜宇》詩之前，則其召見之命或在正月，而其自紹興啓行造朝，則當在三月間矣」。所言甚誤。紹興臨安甚近，豈有三月後方造朝之理？時人蘇泂《泠然齋詩集》卷四有詩，題爲「正月二十七日陪唐子耆登卧龍，時稼軒已去，令人懷之」。詩云：「晴雨煙雲態，高深會見聞。亂山依越定，一水向吴分。元白諸侯表，楊王俊士羣。春風到紅緑，花草總能文。」據知稼軒啓行造朝，必在正月二十七日之前無疑也。

寧宗召見，言鹽法。又言金國必亂必亡，願屬元老大臣，預爲應變計。

《宋史》本傳：「四年，召見，言鹽法。」

《宋史》卷四七四《奸臣》四《韓侂胄傳》：「或勸侂胄立蓋世功名以自固者，於是恢復之議興。以殿前都指揮使吴曦爲興州都統，識者多言曦不可主西師，必叛，侂胄不省。安豐守厲仲方言淮北流民願歸附。會辛棄疾入見，言敵國必亂必亡，願屬元老大臣，預爲應變計。鄭挺、鄧友龍等又附和其言。」

《建炎以來朝野雜記》乙集卷一八《丙寅淮漢蜀口用兵事目》條：「三年冬，知安豐軍厲仲方言，淮北流民有願過淮者，帥臣以聞。會辛殿撰棄疾除紹興府，過闕入見，言金必亂必亡，願付之元老大臣，務爲倉猝可以應變之計。侂胄大喜，時四年正月也。」

《慶元黨禁》：「嘉泰四年甲子春正月，辛棄疾入見，陳用兵之利，乞付之元老大臣。侂胄大喜，遂決意開邊。」

按：開禧北伐之議，始於鄧友龍、蘇師旦等韓侂胄同黨。《續宋編年續資治通鑑》卷一三：「開禧二年十二月甲寅，督府復遺書金人言和好。……至是，募得盱眙小吏王文，持書往金營，大略謂用兵乃蘇師旦、鄧友龍、皇甫斌等所爲，非朝廷本意。」《兩朝綱目備要》卷九：「嘉泰元年秋八月己卯，以殿前都指揮使吴曦爲興州都統制，規恢之意，自此起矣。三年冬，知安豐軍厲仲方，言淮北流民有願過淮者，帥臣以聞。會殿撰辛棄疾除知紹興府，過闕入見，言敵國必亂必亡，願付之元老大臣，務爲倉猝可以應變之計。侂胄大喜，時四年正月也。既而盱眙守臣施宿、正旦副使林伯成，皆言北方事。其夏，議遣知院許及之守金陵，爲出師計，不能行而罷。自是，襄帥鄭挺、淮漕鄧友龍，皆進用兵之策。」諸書所載，雖皆有錯亂，然稼軒入見，僅言敵我形勢，且言應付之元老大臣，預爲應變。未主張此時攻敵者。所謂元老大臣，據《朝野類要》卷二所載，「元老，國之老舊名臣也」。開禧北伐失敗後，韓侂胄伏誅，投降派欲尋找用兵罪首，以鄧、蘇等人皆韓之黨羽，聲望甚低，故誣稼軒爲贊用兵者。當時倪思章疏一出，國史等諸書記載之，其餘諸書之記載，皆源自國史，迄於南宋滅亡。此謝枋得大聲疾呼，欲爲稼軒辯誣者也。

然其於南宋未亡前雖曾上奏朝廷，改正稼軒文傳，然而國史韓侂胄傳中之記載却依舊未改，而據其撰寫之各種私家著作中，亦仍祖其遺意，此諸書紛紛將稼軒本年入見所言與韓侂胄開邊聯繫之原因也。

加寶謨閣待制，提舉佑神觀，奉朝請。

《宋史》本傳：「加寶謨閣待制，提舉佑神觀，奉朝請。」

《朝野類要》卷四：「奉朝請，在京宮觀仍奉朝請者，依舊趁赴六參也。」

三月，爲陳景思跋《紹興辛巳親征詔草》。

《陳文正公集》卷八載稼軒《讀親征詔草跋》：「使此詔出於紹興之初，可以無事讎之大耻，使此詔行於隆興之後，可以卒不世之大功。今此詔與此虜猶俱存也，悲夫！嘉泰四年三月，門生辛棄疾拜手謹書。」

同書卷一三陳景思《讀親征草詔跋》：「慶元庚申夏四月，先兄得大父所草《紹興辛巳親征詔》本，感慨事業，爲之涕零。一時王公大人争相是正，主將摹刻，信傳後來，而兄逝矣。嗚呼，大父忠憤之文，隱而弗彰，先兄顯揚之誠，作而弗遂。景思無所肖似，復何以推廣先志哉？於是命匠鑱之樂石，庶幾忠孝之實其不泯云。嘉泰癸亥臘月望，孫朝散郎秘閣權兩浙路轉運判官提領户部犒賞後庫兼權臨安府兼浙西安撫司公事景思再拜敬書。」

〔同治〕《弋陽縣志》卷一二於《親征詔草》後附按語云：「按《達賢録》云：『金亮渝盟，天子北伐，一時詔檄，多出陳魯公筆。忠義激烈，讀者流涕。』《鶴林玉露》載《辛巳親征詔》『惟天惟祖宗，既共扶於昌運；有民有社稷，敢自逸於偏安』，及『歲星臨於吴分』一聯，並内禪赦文『凡今者發政施仁之日，皆得之問安視膳之餘』，云此洪容齋筆也。《容齋三筆》自録其四六亦及之。而陳氏《家集》，公之孫景思輩刻其原草，有陳以初叙，慶元時何澹、謝深甫，嘉泰時陳讜、葉適、辛棄疾諸人跋，殆容齋呈稿，公親點竄與？乃邑乘、家集暨近人《宋四六》各選本，此詔皆無『天祖』四語，何也？」

按：稼軒於跋文中自稱「門生」者，蓋以《親征詔草》爲陳康伯撰寫而言。《朝野類要》卷三《改官》條載：「承直郎以下選人在任，須俟得本路帥撫監司郡守舉主保奏，堪與改官狀五紙，即趨赴春班，改官謝恩，則换承務郎以上官序，謂之京官，方有顯達。且舉主各有格法限員，故求改官奏狀最爲艱得，如得，則稱門生。」《三朝北盟會編》卷二四九載稼軒南歸補官，先爲右儒林郎，改右承務郎。儒林郎爲選人官階，而承務郎爲京官官階，其時宰相爲陳康伯，改官當出於陳康伯，故援例亦自稱門生也。

差知鎮江府，賜金帶。

《宋史》本傳：「尋差知鎮江府，賜金帶。」

途經嘉興府，專程見黄榦於石門，有「是爲聖賢乘田委吏者也」之語。

《勉齋集》卷末附門人陳義和編《勉齋先生黄文肅公年譜》：「嘉泰三年冬，赴石門酒庫，十二月到任。……四年甲子，石門酒政修舉。葉氏士龍曰：曩者弊端百出，酒味澆漓，其技止於抑拍户，且嚴於私酤，雖追繩治而酒之不行自若也。先生至，宿弊頓革，酒復醇醲，不行抑賣，罕捕私酤。於是舊户盡復，新課日登，甫一年而舊額補足，又一年而盡還上户所貸。林海塢曰：官酤既行，私釀不禁而自戢，歲入沛然。謂是瑣瑣者何足以煩君子，先生笑曰：『孰非公家事耶？惟無事不知，無事不能，乃爲通材。世之仕者，務爲簡佚，儼如神明，竟亦何用？』侍郎辛公棄疾過石門見之，歎曰：『是所謂聖賢嘗爲委吏乘田者也。』是歲，有《謁陸宣公祠》、《謁高僉判閔雨》、《喜雨》、《道中石門》諸詩。又《謝漕使啓》、《與辛侍郎書》。」

同書附門人林羽《行實》：「文公心喪三年，再任監嘉興府石門酒庫。前此庫官多子弟武夫爲之，既律身不廉，而吏恣爲奸，沽醨薄而私釀横行，故積負上司錢以萬計，庫官率以此得罪。先生既至，以官本錢自往市米於産米之地，凡纖悉必躬親，雖隆寒烈暑，不憚也。官酤既行，私釀不禁而自戢，歲入霈然矣。或謂是瑣瑣者，何足以煩君子？先生笑曰：『孰非公家事耶？惟無事不知，無事不能，乃爲通材。世之仕者，務爲簡佚，儼然如神明，竟亦何用？』侍郎辛公棄疾過官，枉車騎見之，歎曰：『是爲聖賢嘗爲乘田委吏者也。』邊事方起，吴公獵宣撫湖北，辟先生參軍事。先生於吴爲夙好，誼不可辭，單騎從之。」

黄榦致書於稼軒，論及時事出處諸事。

《勉齋集》卷四《與辛稼軒侍郎書》：「榦拜違几舄，十有餘年。禍患餘生，不復有人世之念。以是愚賤之跡，久自絶於門下。今者不自意乃得俯伏道左，以慰拳拳慕戀之私。惟是有懷未吐，而舟馭啓行。深夜不敢造謁，坐局不敢離遠，終夕輾轉，如有所失。恭惟明公，以果毅之資，剛大之氣，真一世之雄也。而抑遏摧伏，不使得以盡其才。一旦有警，拔起於山谷之間，而委之以方面之寄，明公不以久閑爲念，不以家事爲懷，單車就道，風采凛然，已足以折衝於千里之外。雖然，今之所以用明公，與其所以爲明公用者，亦嘗深思之乎？古之立大功於外者，内不可以無所主。非張仲則吉甫不能成其功，非魏相則充國無以行其計。今之所以主明公者何如哉？黑白雜揉，賢不肖混淆。佞諛滿前，横恩四出。國且自伐，何以伐人？此僕所以深慮夫用明公者，尤不可以不審夫自治之策也。國家以仁厚操馭天下士大夫之氣，士大夫之論素以寬大長者爲風俗。江左人物，素號怯懦。秦氏和議，又從而銷靡之。士大夫至是奄奄然不復有生氣矣。語文章者多虚浮，談道德者多拘滯。求一人焉足以持一道之印，寄百里之命，已不復可得，况敢望其相與冒霜露，犯鋒鏑，以立不世之大功乎？此僕所以又慮夫爲明公用者，無其人也。内之所以用我，與外之所以爲我用者，皆有未滿吾意者焉。」

按：　黄榦此書作於何時何地，鄧廣銘《辛稼軒年譜》繫於開禧二年稼軒除兵部侍郎之時，以爲「黄氏此書當寫於稼軒已除兵部侍郎而辭免未獲之時，故以侍郎見稱」，此言甚誤。查此書述寫近事，則云：「今者不自意乃得俯伏道左，以慰拳拳慕戀之私。惟是有懷未吐，而舟馭啓行。深夜不敢造謁，坐局不敢離遠，終夕輾轉，如有所失。」既自稱「坐局不敢離遠」，則「舟馭啓行」者必稼軒也。此甚明之理。另查黄榦事歷，據《宋史》卷四三〇《道學》四《黄榦傳》及右引林羽《行實》，朱熹卒後，黄榦持心喪三年畢，調監嘉興府石門酒庫。《勉齋集》卷二二《跋三衢毛氏增韻》文自署：「開禧乙丑二月五日，長樂黄榦書於石門酒庫。」「坐局」語，與其所任石門酒庫之差遣甚合。而開禧元年乙丑十二月吴獵自秘書少監除知江陵府時（此見《南宋館閣續録》卷七《秘書少監・開禧以後》），爲其辟爲湖北路安撫司激賞酒庫兼準備差遣，繼而辟爲臨川令，此已爲嘉定改元以後事矣。因知其與稼軒會晤，惟此次稼軒自行在赴鎮江行程中，得以經嘉興府，而與其會面。其所論時事及出處，皆嘉泰四年語也。

又按：《勉齋集》書信共有十四卷之多，與稼軒書載於其首卷。此卷所致書者，由於致一人者或有多篇書信，雖可以編年，而各人之間則多以相識先後爲序編置。此卷先置《與晦庵朱先生書》八篇，其次則爲失其主名之書三篇，且其後亦闕。而再次則爲此致稼軒書，據其語意，此書後半亦闕，此亦甚明者。意黄榦與稼軒書，或不止此一篇，當有稼軒除侍郎後所致之書，惜其闕佚，無從考知耳。鄧廣銘先生未能考定，故致此誤也。

是月，到鎮江任。京口學者劉宰有賀啓。

《嘉定鎮江志》卷一五《宋太守題名》：「辛棄疾，朝議大夫，寶謨閣待制，嘉泰四年三月到。」

劉宰《漫塘文集》卷一五《賀辛待制棄疾知鎮江啓》：「奉上密旨，守國要衝。三輔不見漢官儀，今百年矣；諸公第效楚囚泣，誰一洗之？敢因畫戟之來，遂賀輿圖之復。豈比兒童之拍手？

謾誇師帥之得人。某官卷懷蓋世之氣，如圯下子房；　剤量濟世之策，若隆中諸葛。大兒僅數文舉，上床自卧元龍。赫然勳名，付之談笑。繩雁鶩於三尺，俾愁恨歎息之俱無；　隸貔虎於五符，使災害禍亂之不作。田園歸去，翰墨生涯。馳騁百家，搜羅萬象。得其小者，風蟬碎錦襭；　宏而肆之，金薤垂琳琅。落紙雲煙，争光日月。上會稽，探虎穴，方八命九命之增崇；　坐宣室，思賈生，忽一節二節之促召。皇圖天啓，虜運日衰。壺漿以迎，久鬱遺民之望；　肉食者鄙，誰裨上聖之謀？　星拱百僚，雷同一説。自介圭之入覲，借前箸以爲籌。究財貨之源流，指山川之險易。金馬玉堂之學士，聞所未聞；　灞上棘門之將軍，立之斯立。眷惟京口，實控邊頭。雖地之瘠，民之貧，然酒可飲，兵可用。藺絲保障，豈惟增北固之雄？　約軧錯衡，旋即首東都之會。某年幾四十，才僅下中。向須菽水之供，故五斗米是爲；　今罹風樹之戚，雖萬鍾禄何加？　未忘父教之忠，有喜國讎之雪。矧鷦巢之有託，豈燕賀之敢稽？　未終素韠之期，莫扣黄堂之下。執舍人之役，雖阻見於曹參；　勒燕然之銘，尚或須於班固。」

按：　右啓有「今罹風樹之戚」語，據《宋史》卷四〇一《劉宰傳》載，劉宰爲紹熙元年進士，調江寧尉，授泰興令，以父喪居憂。

四月，錢象祖同知樞密院事，有賀啓。

《宋史》卷三八《寧宗紀》二：　「嘉泰四年四月乙巳，吏部尚書錢象祖賜出身，同知樞密院事。」

《賀錢同知啓》見本書卷五。啓中有「某風雨孤蹤，山林晚景。候西清之對，疏淺奚堪；　分北顧之憂，切逾已甚。所託萬間庇，殆成一己之私。富貴功名之及時，行快風雨之會；王侯將相之有種，更增茅土之傳」諸語。

自出守會稽以來，即屢遣間諜至金，刺探敵兵騎之數，屯戍之地，將帥之姓名，官寺帑廩之位置，以爲敵之兵馬尚若是，不可易也。及至鎮江，即造紅衲萬領，先招萬人，用沿邊土丁以備應敵。

程珌《洺水集》卷二《丙子輪對札子》其二：「甲子之夏，辛棄疾嘗爲臣言：『中國之兵，不戰自潰者，蓋自李顯忠符離之役始。百年以來，父以詔子，子以授孫，雖盡僇之，不爲衰止。惟當以禁旅列屯江上，以壯國威。至若渡淮迎敵，左右應援，則非沿邊土丁，斷不可用。目今鎮江所造紅衲萬領，且欲先招萬人，正爲是也。蓋沿邊之人，幼則走馬臂弓，長則騎河爲盜，其視虜人，素所狎易。若夫通、泰、真、揚、舒、蘄、濡須之人，則手便犁鉏，膽驚鉦鼓，與吳人一耳，其可例以爲邊丁哉？招之得其地矣，又當各分其屯，無雜官軍。蓋一與之雜，則日漸月染，盡成棄甲之人。不幸有警，則彼此相持，莫肯先進；一有微功，則彼此交奪，反戈自戕，豈暇向敵哉？雖然，既知屯之不可不分矣，又當知軍勢之不可不壯也。淮之東西，分爲二屯，每屯必得二萬人，乃能成軍。淮東則於山陽，淮西則於安豐，擇依山或阻水之地而爲之屯。令其老幼，悉歸其中，使無反顧之慮，然後新其將帥，嚴其教閱，使勢合而氣震，固將有不戰而自屈者。』又言：『諜者師之耳目也，兵之勝負與夫國之安危悉繫焉。而比年有司以銀數兩、布數匹給之，而欲使之捐軀深入，刺取虜之動息，豈理也哉？』於是出方尺之錦以示臣，其上皆虜人兵騎之數，屯戍之地，與夫將帥之姓名。且指其錦而言曰：『此已廢四千緡矣。』又言：『棄疾之遣諜也，必鉤之以旁證，使不得而欺。如已至幽燕矣，又令至中山，至濟南。中山之爲州也，或背水，或負山，官寺帑廩位置之方，左右之所歸，當悉數之。其往濟南也亦然。』又曰：『北方之地，皆棄疾少年所經行者，彼皆不得而欺也。』又指其錦而言曰：『虜之士馬尚若是，其可易乎？』蓋方是時，朝廷有其意而未有其事也。明年乙丑，棄疾免歸。又明年丙寅，始出師。一出塗地，不可收拾。百年教養之兵，一日而潰；百年葺治之器，一日而散；百年公私之蓄藏，一日而空；百年中原之人心，一日而失。鄧友龍敗，朝廷以丘崈代之。臣從丘崈至於淮甸，目擊橫潰，爲之推尋其由，無一而非棄疾預言於二年之先者。所集民兵，皆鉏犁之人，拘留維揚，物故幾半。臣言之崈，一日而縱去者不啻萬人，此蓋犯招兵不擇之忌也。禁旅民兵，混而不分，争泗攻壽，相戕殆盡，此蓋犯兵屯不分之忌也。兵數單寡，分布不敷，人心既寒，望風争竄，此蓋犯軍勢不張之忌也。十月晦夜，虜人以筏濟兵，已滿南岸，而劉世顯等熟卧不知，遽報寖急，倉皇授甲。晨未及食，饑而接戰，一鼓大潰。至若烽亭，近在路隅，一聞邊聲，燧卒先遁。所至烽煙不舉，虜猝至前，率不能辨，此又犯諜候不明之忌也。丘崈經理，曾未三月，而虜騎已渡淮矣。夫往者之轍，來者之鑑也，覆而不鑑，則又前轍耳。」

按：程珌字懷古，休寧人，家本河北洺州，故自稱洺水遺民。甲子爲嘉泰四年，丙子爲嘉定九年。據《宋史》卷四二二《程珌傳》，其紹熙四年登進士第後，授昌化主簿，調建康府教授。《景定建康志》卷二八《教授題名》：「程珌，從政郎，嘉泰四年四月二十六日到任。」知本年夏程珌與稼軒會晤時，必在建康府教授任上。其因何事至鎮江，與稼軒會晤，已不可考。而其追述此次會晤談話之札子，據《南宋館閣續録》卷七《丞・嘉定以後》所載，並參本傳，知其時乃在右司郎官任上。《辛稼軒年譜》於此札子之後作按語云：「據嘉靖本《洺水集》，《丙子輪對札子》凡二篇，首篇爲泛論治體文字，此其第二篇。《四庫》本《洺水集》僅載前篇，後篇則一字未録，不知爲有意之刪除抑爲無意之漏脱。稼軒一生志切恢復，且以知兵見推於時，而現時則除《十論》、《九議》及數篇奏疏僅存外，其生平言論均已不可復見；茲篇雖出程氏之手，其中則盡爲轉述稼軒言語者，稼軒之兵家韜略，由此僅可考見，故備録其有關各語如上。」其論稼軒關於兵家言論諸語皆是。惟《四庫》本原即收有《丙子輪對札子》之第二篇，右文即據《四庫》本移録，僅據嘉靖本改「敵」爲「虜」字，鄧先生作《年譜》時，影印文淵閣《四庫全書》未出，不知其所見何種《四庫》本，何以未有此第二篇札子。

以丹徒縣没官田爲學田，修葺橋梁。

《嘉定鎮江志》附録所引《咸淳鎮江志》佚文：「丹徒縣薛村田一頃十四畝二角，元係羽流宋其姓者之田，後没於官。嘉泰甲子，守臣辛待制棄疾撥歸本學。見十卷學官條。」

同書卷二一：「清風橋在嘉定橋南，宋景祐間郡守范公希文重建，俗呼爲范公橋。民懷范公之德，故名。蘇子瞻《懷刁景純》詩有『傷心范橋水』之句。嘉泰中郡守辛棄疾重修，復甃以石。」〔光緒〕《丹徒縣志》卷四：「夢溪橋，在朱方門外。水源自園通溝入漕渠，以沈内翰括居夢溪，故名。嘉泰中郡守辛棄疾重修。」

同上：「嘉泰橋，在市東紫金坊，宋嘉泰間造，故名。俗名真子橋。」

劉宰復作啓，謝稼軒送金。

《漫塘集》卷一五《謝辛待制棄疾啓》：「孤生屏處，已載二千石之良；專介鼎來，忽拜五十鎰之饋。周之則受，感不容言。伏念某未報劬勞，荐罹禍釁。顧何求於當世，惟苟活於殘年。時扣城闉，愧未忘於舐犢；日趨幕府，幸已遂於登龍。載月遄歸，望塵弗再。方慚疏慢，敢意記憐？欲於燕寢凝香之餘，進之尊酒論文之列。雖回船已遠，莫陪瀛洲山上之游；然折俎寵頒，猶是北海坐中之客。自惟庸瑣，何克堪承？茲蓋伏遇某官，憫士之貧，行古之道。謂唐賢之鎮蜀，頗加厚於少陵；而長公之帥杭，亦垂情於和靖。故茲厚意，誤及微蹤。不勝銘佩之私，就貢管蠡之見。今歲之稔，雖及七八；時雨之愆，豈無二三？如聞里正不申被旱之圖，縣吏憚受訴災之牒。倘陳詞有踰於八月，則籲哀莫徹於一天。仰冀慈祥，亟垂矜憫。賜之揭示，許以實聞。庶使窮閻，盡被邦君之惠；是爲小子，不孤國士之知。」

十月，周必大卒。

《攻媿集》卷九四《少傅觀文殿大學士致仕益國公贈太師謚文忠周公神道碑》：「嘉泰四年十月

庚寅朔，薨，年七十有九。」

袁説友卒，年六十五。

《東塘集》卷二〇附《家傳》：「公諱説友，字起巖，建安人。生於紹興庚申歲。……嘉泰甲子歲薨於德清寓第，享年六十有五。」

開禧元年　乙丑（一二〇五）

稼軒六十六歲。

二月下旬，在知鎮江府任上賦《永遇樂·京口北固亭懷古》。

岳珂《桯史》卷三《稼軒論詞》條：「辛稼軒守南徐，已多病謝客。予來筮仕委吏，實隸總所，例於州家殊參辰，旦望贄謁刺而已。余時以乙丑南宫試，歲前莅事僅兩旬，即謁告去。稼軒偶讀余《通名啓》而喜，又頗階父兄舊，特與其潔。余試既不利，歸官下，時一招去。稼軒以詞名，每燕必命侍妓歌其所作，特好歌《賀新郎》一詞，自誦其警句曰：『我見青山多嫵媚，料青山見我應如是。』又曰：『不恨古人吾不見，恨古人不見吾狂耳。』每至此，輒拊髀自笑，顧問坐客何如，皆歎譽如出一口。既而又作一《永遇樂》，序北府事。首章曰：『千古江山，英雄無覓孫仲謀處。』又曰：『尋常巷陌，人道寄奴曾住。』其寓感慨者，則曰：『可堪回首，佛狸祠下，一片神鴉社鼓。憑誰問，廉頗老矣，尚能飯否。』特置酒，召數客，使妓迭歌，益自擊節，徧問客，必使摘其疵，遜謝不可。客或措一二辭，不契其意，又弗答，然揮羽四視不止。余時年少，勇於言，偶坐於席側，稼軒因誦《啓》語顧問再四，余率然對曰：『待制詞句，脱去今古軫轍，每見集中有解道此句，真宰上訴，天應嗔耳之序，嘗以爲其言不誣。童子何知，而敢有議？然必欲如范文正以千金求《嚴陵祠記》一字之易，則晚進尚竊有疑也。』稼軒喜，促膝亟使畢其説。余曰：『前篇豪視一世，獨首尾二腔，警語差相似。新作微覺用事多耳。』於是大喜，酌酒而謂坐中曰：『夫君實中予痼。』乃味改其語，日數十易，累月猶未竟，其刻意如此。余既以一語之合，益加厚，頗取視其骫骳，欲以家世薦之朝，會其去，未果。」

按：岳珂所謂《賀新郎》詞與此詞「首尾警語相似」及「用典多」二憾事，其實皆非。查今十二卷本此詞與其所引，無一字之異，則知稼軒果有「味改其語，日數十易，累月猶未竟」云云諸事，最後亦以爲不須改也。蓋此詞千錘百煉，岳珂非能知音也。戴復古有《減字木蘭花·寄五羊鍾子洪》詞，下片云：「吴姬勸酒，唱得廉頗能飯否？西雨東晴，人道無情又有情。」又知此詞雖不改字，亦傳唱海内也。

又按：據《永遇樂·京口北固亭懷古》下片「四十三年」諸語，知右詞作於開禧元年。詞中又有「神鴉社鼓」語，知作右詞時適逢社日。而稼軒於此年六月與祠，不及在鎮江過秋社，則右詞當作於是年二月春社期間。開禧元年正月八日立春，見《宋會要輯稿·運曆》一之三二。春社爲立春後第五個戊日，知即在是年二月二十日戊戌之後數日也。

三月，坐繆舉，降兩官。

《宋史》本傳：「坐繆舉，降朝散大夫。」

《宋會要輯稿・職官》七四之一八：「開禧元年三月二日，寶謨閣待制知鎮江府辛棄疾降兩官，以通直郎張謨不法，棄疾坐繆舉之責也。」

劉過至京口相訪。

《桯史》卷二《劉改之詩詞》條：「廬陵劉改之過，以詩鳴江西，厄於韋布，放浪荆楚，客食諸侯間。開禧乙丑，過京口，余爲饟幕庾吏，因識焉。……辛得之大喜，致饋數百千，竟邀之去，館燕彌月，酬倡亹亹，皆似之。逾喜，垂別，賙之千緡，曰：『以是爲求田資。』改之歸，竟蕩於酒，不問也。」

魏慶之《詩人玉屑》卷一九引吕炎《近録》：「劉過《送王簡卿歸天台》：『枚數人才難倒指，有如公者又東歸。……歸期趁得東風早，莫放梅花一片飛。……』辛稼軒簡云：『夜來見示送王簡卿詩，偉甚，真所謂横空盤硬語，妥帖力排奡者也。健羨，健羨！』」

按：《宋史》卷四〇五《王居安傳》：「王居安字資道，黄巖人，始名居敬，字簡卿，避祧廟嫌易。……執政謂居安曰：『朝廷於節度尚不較，況館職乎？』居安因言：『節鉞之重，文非位極，武非勳高，胡可妄得？丞相言不較，過矣。』時蘇師旦命且下，故居安言及之。改司農丞。御史迎意論劾，主管仙都觀。」另據同書卷三八《寧宗紀》二，蘇師旦爲安遠軍節度使領閤門事，命下在開禧元年七月丙寅，時稼軒已罷。王居安因言蘇師旦之命而罷，見載《宋會要輯稿・職官》七三之三一，爲嘉泰二年閏十二月十一日事。劉過送王簡卿詩，當作於嘉泰三年，而其舉似稼軒，必已至開禧元年春夏矣。

郭霄鳳《江湖紀聞》載：「劉過字改之，吉州太和人也。性疏豪好施，辛稼軒客之。稼軒帥淮時，改之以母病告歸，囊橐蕭然。是夕，稼軒與改之微服縱登倡樓，適一都吏命樂飲酒，不知爲稼軒也，命左右逐之。二公大笑而歸，即以爲有機密文書，唤某都吏，其夜不至，稼軒欲籍其産而流之，言者數十，皆不能解，遂以五千緡爲改之母壽，請言於稼軒，稼軒曰：『未也，令倍之。』都吏如數增作萬緡，稼軒爲買舟於岸，舉萬緡於舟中，戒曰：『可即行，無如常日輕用也。』改之作《念奴嬌》爲别云。」

按：《新刊分類江湖紀聞》，元孤本原載國家圖書館。有《中華再造善本》流行於世。殘本，僅存前集卷六至卷一〇，題署「大觀郭霄鳳雲翼」。此書内容，蓋雜記宋元間官商醫卜士人奇聞逸事，頗類似於洪邁《夷堅志》。然遍查此本，並無鄧先生所鈔上條記事。據聞國内尚存十二卷鈔本，此本予未見，不知此條載於何卷，亦不知上條是否即出於此鈔本，未能核對也。

又按：僅據鄧先生所鈔此條記事看，一起便言稼軒帥淮，即誤。蓋稼軒平生未嘗帥淮。其識拔劉過，乃在其知鎮江府期間。此謂「改之以母病告歸，囊橐蕭然」，又記稼軒以萬緡爲改之母壽，舉於舟中，戒曰「可即行，無如常日輕用也」云云，與岳珂《桯史》所載「垂别，賙之千緡，曰：『以是爲求田資。』改之歸，竟蕩於酒，不問也」諸事極爲相似，疑即劉過京口訪别事之傳聞誤記也。而劉過所賦《念奴嬌》詞（知音者少闋），集本題作「留别辛稼軒」，《龍洲詞》本則作「回侍郎李大異」，是則其事非與史實全不相涉。故全載於此，以爲之參考云爾。

六月，改知隆興府，以言者論列，與宮觀。

《嘉定鎮江志》卷一五《宋太守題名》：「辛棄疾，……開禧元年六月十九日改知隆興府，七月五日宮觀。」

《宋會要輯稿·職官》七五之三七：「開禧元年七月二日，新知隆興府辛棄疾與宮觀，理作自陳。以臣僚言棄疾好色貪財，淫刑聚斂。」

《宋史》本傳：「提舉沖佑觀。」

林鎰於稼軒改知隆興府之際，有賀啓。

《五百家播芳大全文粹》卷四九林豈塵《通待制辛帥啓》：「疇庸北固，易鎮南昌。棠舍陰濃，頓改江山之舊；松階望峻，載觀戟纛之新。先聲鼎來，闔郡欲舞。顧趨承於秉屬，尤感發於私衷。蓋謂自三光五岳之氣分，歎英豪其有幾？更四聖百年之治足，慨功業之良難。早聆季子之來歸，衆喜夷吾之復見。使表餌得行其策，則規恢豈俟於今？方期父老之椎牛，開關持勞；豈謂兒童之竹馬，夾道俟迎！抑九重深軫於此方，乃三錫重勤於老手。恭惟某官，蓄雄剛之至德，負卓越之奇才。九卿高惟月之班，四國偏子蓄之績。維是胸中之湖海，飄然與造物者遊。發爲筆下之波瀾，殆非食煙火人語。脱略軒裳之表，逍遥巖壑之姿。然而當世望其有爲，吾君引以自近。旋由次對，薦畀輔藩。居中則可寢謀於淮南，捍外則尚何憂於江左？雖咽喉之内地，實襟帶於上流。眷顧周行，見大夫無可使者；儀圖宿望，一敵國豈不隱然？不妨玉節之重臨，佇聽金甌之有命。某低徊一第，遭蹇半生。素亡踰人，矧未更事。猥玷公朝之薦口，重慚計幕之素餐。會逢十乘之啓行，欣託二天之覆露。豈若秦之視越瘠，當不動心；倘如晉之用楚材，或堪爲役。」

按：此啓又見《翰苑新書》續集卷三，文字略有異同。《文粹》署名林豈塵，又於卷首姓氏中標其名爲鎰。然林鎰生平事跡無考。《齊東野語》卷一三《林外》條載：「林外字豈塵，泉南人。詞翰瀟爽，詼譎不羈。飲酒無算，在上庠，暇日獨遊西湖，幽寂處得小旗亭飲焉。外美丰姿，角巾羽氅，飄飄然神仙中人也。」〔乾隆〕《福建通志》卷五一載：「林外字豈塵，晉江人。遊太學，工詩詞，嘗題吴江垂虹亭，人以爲不食煙火語。他日，衣鶴氅，往西湖，題詩雪中，既去，讀者咸驚歎，以爲仙筆。紹興三十年第進士，仕至興化令所，著有《孏窠類稿》。」不知林外本名即鎰否也。此啓予於《大全文粹》發現時，曾提供於鄧廣銘先生。鄧先生後出版增訂本《辛稼軒年譜》，不取《文粹》，而取《翰苑新書》，署爲林克齋，且作按語，謂「林克齋名籍不詳，據啓中語意，當爲豫章人」。查啓中雖有「闔郡欲舞」語，然其後又謂「猥玷公朝之薦口，重慚計幕之素餐。會逢十乘之啓行，欣託二天之覆露」。則林氏本非豫章人，蓋於江西安撫司任參議官一類職務，故於稼軒有易鎮之命時，能致賀啓，以示歡迎之意也。

本年，第八子辛褎生。

《濟南派下支分期思世系》：「九八公，稼軒公八子諱裦，字仲舉，乙丑年生。黄樸榜及第，仕至從仕郎、平江府司户。」

開禧二年　丙寅（一二〇六）

稼軒六十七歲。

家居鉛山。

是春，武學生華岳以上書請誅韓侂胄編管建寧，途次鉛山，與稼軒相與唱和。

《翠微南征録》卷五《梅・次稼軒香字韻》詩：「一年無處覓春光，杖策尋春特地忙。牆角數枝偏冷淡，江頭千樹欲昏黄。梢横波面月摇影，花落尊前酒帶香。更仗西湖老居士，爲予收拾付詩囊。」

同卷《不遇・次稼軒韻》詩：「英雄不遇勿長吁，苟遇風雲彼豈拘？不向關中效蕭相，便於江左作夷吾。當知晉霸非由晉，所謂虞亡豈在虞？多少英靈費河岳，鍾予不遇獨何歟。」

按：華岳字子西，貴池人。《宋史》卷四五五《忠義》一〇有傳。《續資治通鑑》卷一五七：「開禧元年四月甲寅，武學生華岳上書，諫朝廷未宜用兵啓邊釁，且乞斬韓侂胄、蘇師旦、周筠以謝天下。侂胄大怒，下岳大理，編管建寧。」華岳前詩當作於本年正月。同書卷八《倪尚書生祠》詩題下小注有「翠微以丙寅春被命南下，建安守王君」云云諸語，知其下大理獄，事在開禧元年，後被貶建寧府，於二年初始赴貶所。

又按：《翠微南征録》卷六又有《春郊即事・次稼軒韻》詩，當亦作於是年春。不録。稼軒原唱皆無考。

三月，彭龜年卒，年六十五。

《攻媿集》卷九六《寶謨閣待制致仕特贈龍圖閣學士忠肅彭公神道碑》：「公字子壽，世爲臨江軍清江縣人。……開禧二年三月二十三日終於家，享年六十有五。」

四月，韓侂胄對金發動戰争。

《宋史》卷三八《寧宗紀》二：「開禧二年夏四月乙亥，以郭倪兼山東、京東路招撫使，鄂州都統趙淳兼京西北路招撫使，……鎮江都統制陳孝慶復泗州，江州統制許進復新息縣。……五月丁亥，下詔伐金。……癸巳，皇甫斌引兵攻唐州，敗績。興元都統秦世輔出師至城固縣，軍大亂。甲午，以池州副都統郭倬、主管馬軍行司公事李汝翼會兵攻宿州，敗績。……癸卯，郭倬等還至蘄縣，金人追而圍之，倬執馬軍司統制田俊邁以與金人，乃得免。六月癸丑，建康都統李爽攻壽州，敗績。」

《宋會要輯稿・兵》九之一九：「開禧二年五月七日，内降詔曰：『天道好還，蓋中國有必伸之理；人心助順，雖匹夫無不報之仇。朕丕承萬世之基，追述三朝之志。蠢兹逆虜，猶託要盟。朘生靈之資，奉溪壑之欲。此非出於得已，彼乃謂之當然。衣冠遺黎，虐視均於草芥；骨肉同性，吞噬居於豺狼。兼别境之侵陵，重連年之水旱。流移罔恤，盗賊恣行。邊陲第謹於周防，文牒屢形於恐脅。自處大國，如臨小邦。跡其不恭，姑務容忍。曾故態之弗改，謂皇朝之可欺。軍入塞而公肆創殘，使來庭而敢爲桀驁。洎行李之繼遣，復慢詞之見加。含垢納污，在人情而已極；聲罪致討，屬胡運之將傾。兵出有名，師直爲壯。而况志士仁人，挺身而竭節；謀臣猛將，投袂以立功。西北二百州之豪傑，懷舊而願歸；東南七十載之生聚，久鬱而思奮。聞鼓旗之雷舉，想怒氣之焱馳。噫，齊君復讎，上通九世；唐宗刷恥，卒報百王。矧吾家國之免，接於耳目之近。夙宵是悼，涕泗無從。將勉輯於大勳，必允資於衆力。言乎遠，言乎邇，孰無忠義之心？爲人子，爲人臣，當念祖宗之憤。益勵執戈之勇，式對在天之靈。庶幾中興舊業之再光，庸示永世宏綱之猶在。布告天下，明體至懷。』」

夏秋，差知江陵府、兩浙東路安撫使，辭免未赴。

衛涇《後樂集》卷一《降授朝散大夫充寶謨閣待制提舉建寧府武夷山沖佑觀賜紫金魚袋辛棄疾依前官特授知紹興軍府兼管内勸農使充兩浙東路安撫使馬步軍都總管賜如故制》：「師帥承流，本以寬大奉行爲首。會稽並海，思得文武牧御之才。屬此疇咨，得於已試。惟素望夙煩於鎮壓，則赤子必善於撫摩。其即祠廷，往分閫制。具官某，謀猷經遠，智略無前。方燕昭碣石之築宫，何愧海濱之至？駕華山騄耳以行遠，詎忘烈祖之知？久矣踐揚，蔚有風采。爰擢登於禁從，將旋畀以事功。其才任重有餘，蓋一旦緩急之可賴；爲吏太剛則折，此三期賢佞之未齊。朕惟甸四方而用俊民，豈以一眚而掩大德？其以濟南之名彦，載新浙左之旌麾。夫才固有其所長，政亦貴於相濟。往者盜鬻爲害，賴卿銷彌居多。今聞懷綬以重來，必且望風而屏去。惟寬嚴之不倚，庶操縱之適宜。噫，黄霸治如其前，終歸長者；粤人輕而好勇，務在安之。可。」

劉宰《漫塘文集》卷一四《上安撫辛待制啓》：「恭審祇奉堯言，載臨禹會。五侯九伯，即專鈇鉞之征；萬壑千巖，重仰詩書之帥。神人胥豫，宗社有休。恭惟某官，命世大才，濟時遠略。挺中流之砥柱，清明寒露之玉壺。十載倦遊，飽看帶湖之風月；一麾出鎮，迥臨越嶠之煙霞。上方爲尅復神州之圖，公雅有誓清中原之志。乾旋坤轉，虎嘯風生。俟對西清，入陪閑燕；承流北府，出分顧憂。肆煩十乘之啓行，盡董六師而于邁。然念京口之兵可用，徒侈流傳；太倉之粟相因，未多紅腐。必考杜牧自治之策，庶收宣王外攘之功。衆竊遲之，我則異是。上還印綬，歸卧林園。既乖曲突之謀，屢見俗庖之折。旋悔雁門之失計，輕用王恢；欲使淮南之寢謀，莫如汲黯。起家有詔，賀厦無涯。竹馬驩迎，誤喜細侯之至；木牛饋運，正須丞相之來。某跪別風姿，驟更歲律。曩竊棠陰之覆，兹欣芝檢之頒。一天獨有二天，敢恃門牆之舊？今日以至後日，所祈山藪之容。誦詠罙深，敷陳罔既。」

《續資治通鑑》卷一五七：「開禧元年十一月，召辛棄疾知紹興府，兼兩浙安撫使，又進寶文閣待制，皆辭免。」

按：稼軒再知紹興府之年月，《續資治通鑑》所載甚誤。查稼軒於開禧元年六月自知鎮江改知隆興府，旋以言者論列，奉祠而歸。鎮江劉宰於賀啓中既言「某跪別風姿，驟更歲律」，可知此項新命必行下於開禧二年。而制詞中雖未涉及南宋北伐金國一事，然劉宰之賀啓則有「上還印綬，歸卧林園。既乖曲突之謀，屢見俗庖之折。旋悔雁門之失計，輕用王恢；欲使淮南之寢謀，莫如汲黯」諸語，知必在開禧北伐初戰失利之後。另查《寶慶會稽續志》卷一《安撫題名》所載，知開禧元年守紹興府有人，至開禧二年四月二十一日，知紹興府周珌除寶謨閣待制，與宫觀。而趙師羼以開禧二年五月十三日到任，六月十一日改知廬州。錢象祖於八月二十二日到任。則稼軒之命知紹興府，必此年六七月間之事無疑。

又按：周南《山房集》亦有稼軒知紹興府制，與衛涇之制内容大同小異。而周南平生未嘗爲中書舍人。其何以集中多有制草？據吴子良《荆溪林下偶談》卷三《水心薦周南仲》條載：「韓侂胄當國，欲以水心直學士院，草用兵詔。水心謝不能爲四六。易彦章見水心，言院吏自有見成本子，何難？蓋兒童之論，非知水心者。既而衛清叔被命，草詔云：『百年爲墟，誰任諸人之責？一日縱敵，遂貽數世之憂。』清叔見水心舉似，誤以『爲墟』爲『成墟』，水心問之，衛惘然。他日，周南仲至，水心謂清叔文字近頗長進，然『成墟』字可疑。南仲愕曰：『本爲墟字，何改也？』水心方知南仲實代作，蓋南仲其姻家也。水心因薦南仲宜爲文字官，遂召試館職。」知開禧二年衛涇爲中舍期間，其所草制，多爲周南所代作，故稼軒知紹興府制草今尚兩存也。

周南《山房集》卷二《辛棄疾待制知紹興府制》：「師帥承流，本以寬大奉行爲首。會稽近海，思得文武備足之才。屬此疇咨，得於已試。惟素望夙煩於鎮壓，則赤子必善於撫摩。其即祠庭，往分閫制。具官辛某，忠誠素矢，智略無前。方燕昭碣石之築宫，無愧海濱之至；駕華山騄耳以行遠，忍忘烈祖之知？久矣蹉揚，蔚有風采。爰擢登於禁從，將旋付以事功。其才任重有餘，蓋一旦緩急之有賴；爲吏太剛則折，此三期賢佞之未齊。朕方甸四方而用俊民，豈因一眚而掩大德？其以濟南之名彦，載新浙左之旌麾。夫材固有於所長，政亦貴於相濟。往者鹽鬻爲害，賴卿姦黨爲銷。今聞仗節以重來，必且望風而盡屏。惟威嚴之少霽，庶寬猛之適中。噫，黄霸治如其前，終歸長者；越人輕而好勇，務在安之。」

按：續查《後樂集》卷一，稼軒除浙東帥制，在《朝散大夫賜紫金魚袋陳景思依前官特授江南西路轉運判官朝請郎江南西路轉運判官賜緋魚袋章良能依前官特授江南東路轉運判官賜如故制》之後，《顯謨閣直學士通議大夫樓鑰可特落顯謨閣直學士制》、《李壁除參知政事封贈三代並妻制曾祖母恭人郭氏贈隴西郡夫人制》之前。查《水心集》卷一八，陳景思移江西運副在其知鎮江府固辭之後，鎮江府闕守，事在開禧二年六月十九日至八月十九日之間，見《嘉定鎮江志》卷一五《太守題名》。李壁之除參政則在開禧二年七月二十四日癸卯，見《宋史》卷三八《寧宗紀》二。則稼軒除浙東帥，其事必在此年六七月間。

八月，宋廷斬僨軍之將郭倬於鎮江，稼軒聞諸將有下獄者，賦詩痛詆之。

《宋史》卷三八《寧宗紀》二：「開禧二年八月丙寅，斬郭倬於鎮江。」

《宋會要輯稿·兵》九之二〇：「開禧二年五月三日，馬軍司後軍統制知濠州田俊邁率所部兵渡淮。四日，池州都統制郭倬兵繼之。是日，鍾離縣民兵統領曹智、通衡道吴達等率兵克復靈壁縣。六日，主管侍衛馬軍李汝翼兵渡淮。八日，俊邁兵至蘄縣。十一日，倬兵繼至。十二日，倬、俊邁引兵趨宿州。虜遣騎迎戰，俊邁與倬麾下將孟思齊合力敗之於西流村。十五日，至宿州城下，治攻具，翌日攻城不克。十七日黎明，虜出兵來戰，我師敗之。虜退入城中，至暮，汝翼兵至。十九日，虜又出兵城西大王湖木林中來戰，已遽退歸，汝翼等復鼓衆攻城不克。二十日，俊邁及倬、汝翼所統兵以久雨糧不繼潰去者甚衆。二十一日，虜出騎三千來攻，其夜，倬、汝翼、俊邁率軍退屯蘄州，至西流村，復爲虜邀擊，多所殺傷。二十三日，虜兵圍蘄縣，我師勢不敵，虜乘勝登城，焚城北門、縣治倉庫等。倬等戰不利，兵多死。是晚，倬、汝翼受虜僞書，使人執俊邁送虜軍。虜既得俊邁，即鳴金斂兵北歸。其夜，倬、汝翼引餘衆南還。是役也，兵初渡淮，三帥所統合部騎民兵幾三萬人，倬、汝翼孱懦無謀，兵無鬥志。又值連雨，器甲爛脱，弓矢皆盡，所至水潦横溢，糧食不繼，軍還，潰亂不整，士卒多奔散，至靈壁，兩軍所存纔五千餘人而已。（先是，俊邁知濠州，嘗遣忠義人吴忠等入北界，紹集徒黨。事覺，爲虜捕獲，盡得俊邁所給旗號等。又俊邁常遣人抄略彼界，殺人，奪其鞍馬橐駝等，故虜知俊邁名甚久。至是，倬等受虜僞書，其語謂能執送俊邁，則開以生路，免萬人性命。倬等愚怯，信之。用其帳下余永寧計，詐作請俊邁議事，遂擁衆圍簇俊邁，奪其馬及佩刀兜鍪等，相與執縛送虜寨。倬、汝翼尋送詔獄鞫得其實，倬、汝翼伏誅，餘人論罪有差。詳見《特用刑》門，此據郭倬獄案修入。）」

稼軒《丙寅歲山間競傳諸將有下棘寺者》詩：「去年騎鶴上揚州，意氣平吞萬户侯。誰使匈奴來塞上，却從廷尉望山頭。榮華大抵有時竭，禍福無非自己求。記取山西千古恨，李陵門下至今羞。」

九月，祭天地於明堂，大赦，稼軒因進寶文閣待制、歷城縣開國男。

《宋史》卷三八《寧宗紀》二：「開禧二年九月辛卯，合祭天地於明堂，大赦。」

《宋史》本傳：「進寶文閣待制。」

《宋兵部侍郎賜紫金魚袋稼軒公歷仕始末》：「寶文閣待制、歷城縣開國男。」

按：《建炎以來朝野雜記》甲集卷一二《郡公不着開國字》條載：「國朝封爵之制，階至奉直大夫，職至權侍郎已上，遇郊，封縣開國男。」知稼軒初封開國男，必晚年遇郊祀之事，因其官待制，相當於權侍郎以上，故有此封爵。

賦明年告老詩。

稼軒《丙寅九月二十八日作明年將告老》詩：「漸識空虛不二門，掃除諸幻絶根塵。此心自擬終成佛，許事從今只任真。有我故應還起滅，無求何自别冤親。西山病叟支離甚，欲向君王乞此身。」

開禧三年　丁卯（一二〇七）

稼軒六十八歲。家居鉛山。

三月，進龍圖閣待制，知江陵府，赴行在所奏事。

《宋史》本傳：「又進龍圖閣待制，知江陵府。令赴行在奏事。」

按：鄧廣銘《辛稼軒年譜》有按語云：「以上均見《宋史》稼軒本傳，唯均未著明其年月。據《魏鶴山大全集・吴獵行狀》及《宋史・寧宗本紀》，知吴獵於開禧元年十二月知江陵，至開禧二年十二月改爲湖北京西宣撫使。至開禧三年夏四月吴曦被誅後方改充四川宣諭使。稼軒知江陵之命或即在二年十二月吴獵改湖北京西定撫使時。但在就任前而召赴行在奏事，奏事後即有試兵部侍郎之詔命，則稼軒實未往就職也。」查以上按語多誤。《續宋編年資治通鑑》卷一三：「開禧二年十二月庚午，薛叔似、陳謙罷，以吴獵爲湖北京西宣撫使，仍知江陵軍。」《兩朝綱目備要》卷九：「開禧二年十二月庚午，薛叔似、陳謙罷宣撫使副，吴獵宣撫京湖。獵以荆湖北路安撫使爲湖北京西宣撫使，仍知江陵府。」《鶴山集》卷八九《敷文閣直學士贈通議大夫吴公行狀》：「開禧三年春正月壬午，即拜湖北京西宣撫使，仍治荆州。……會安公丙矯制誅曦，三月戊子，露布至荆，公率吏士拜表賀，遣人勞安公，復馳書當路，乞厚平蜀之賞。壬辰，除刑部侍郎。」據以上所載，知吴獵之知江陵府，至其除刑侍之日止（《宋會要輯稿・職官》四一之四一載其雖除刑侍，仍兼宣撫，而知江陵府則理應免兼），其間並不曾因除湖北、京西宣撫使而有所改變。則稼軒知江陵府之命，必於開禧三年三月十七日壬辰或稍後一二日公布，焉能提前至開禧二年十二月份？

吴曦伏誅，與在京侍從等官聯名集議合得刑名。

《宋會要輯稿·刑法》六之四四：「開禧三年三月二十六日，吏部尚書兼給事中陸峻、兵部尚書宇文紹節、吏部侍郎兼直學士院衛涇、工部侍郎兼知臨安府趙善堅、龍圖閣待制在京宫觀辛棄疾、吏部侍郎雷孝友、……狀奏，逆曦就戮，族屬悉當連坐。恭奉聖旨，令臣等集議合得刑名聞奏。臣等竊詳，……除曦妻男並决重杖處死外，其男年十五以下，並女反生子之妾，並分送二廣遠惡州軍編管。……施行訖聞奏。」

按：吴曦爲吴璘之孫，韓侂胄不顧羣臣反對起用吴曦，於慶元元年冬，自建康軍馬都統制除知興州兼利西路安撫使，繼命曦爲興州駐札御前諸軍都統制兼知興州利州西路安撫使。曦遂爲反謀，開禧二年四月，陰遣客姚淮源獻關外階、成、和、鳳四州於金，求封爲蜀王。六月，金持詔書金印，封曦蜀王，曦密受之，於三年正月僭王位於興州，即治所爲行宫。二月乙亥，宣撫副使司隨軍轉運安丙及興州將李好義、楊巨源等共誅吴曦。詳見《宋史》卷三八《寧宗紀》二及同書卷四七五《叛臣》上《吴曦傳》。

叙復朝請大夫。

蔡幼學《育德堂外制集》卷一《辛棄疾叙朝請大夫制》：「推賢達能，士之素志；失舉連坐，國之舊章。法雖必行，情或可亮。具官某，夙懷氣概，自許功名。被器使於累朝，歷蕃宣於數路。更事既久，閲人亦多。胡决擇之未精，以薦揚而自累？爰因霈宥，浸叙前官。觀過知仁，朕豈追尤於既往？惟善舉類，卿其益謹於將來。」

按：稼軒於開禧元年三月，以所舉通直郎張謨不法，連坐降兩官，自朝議大夫降爲朝散大夫。《辛稼軒年譜》謂：「兩年以來，雖一再進職，而官階迄未復舊，及今方因霈宥而叙復朝請大夫。此所謂『霈宥』，不知究緣何事。查蔡集此制列置於《吴總落寶文閣直學士》、《程松澧州安置》兩制詞之間，《宋會要·刑法》六之二四繫前一詔於三月二十七日丙寅，《宋史·寧宗本紀》亦繫後一詔於三月丙寅，則稼軒之叙復朝請大夫亦必與此兩事在同一日内也。」此段按語有兩處錯誤：吴總落寶文閣直學士，《宋會要輯稿·刑法》記載此事之頁數爲六之四六，此其一；是年三月丙子朔，無丙寅之紀日，丙寅當爲是月二十七日壬寅之誤，此其二。而所謂「霈宥」，查《宋史》卷三八《寧宗紀》二，開禧三年三月辛丑，即丙寅之前一日，有曲赦四川等記載，應即因吴曦之伏誅而宥赦也，非無記載也。《年譜》其餘所考則甚確。

四月，試兵部侍郎，上章辭免。

《宋史》本傳：「試兵部侍郎，辭免。」

《宋兵部侍郎賜紫金魚袋稼軒公歷仕始末》：「龍圖待制、尚書兵部侍郎。」

《宋會要輯稿·職官》四一之四一：「開禧三年四月十五日，詔權兵部尚書宇文紹節除華文閣學士知江陵府，兼湖北京西宣撫使。」

按：稼軒試兵部侍郎之命，雖史册未得其年月，然開禧三年四月宇文紹節除知江陵府之後，兵部長貳無人，稼軒之除目，當在此年四月中旬行下。此必稼軒至行在所之時。

《後樂集》卷三《辛棄疾辭免除兵部侍郎不允詔》：「敕具悉，朕念國事之方殷，慨人材之難得。外而鎮臨方面，欲藉於威望；內而論思禁列，將賴於訏謨。熟計重輕之所關，莫若挽留而自近。卿精忠自許，白首不衰。歘歷累朝，亶爲舊德；周旋劇任，居有茂庸。建大纛以于蕃，趣介圭而入覲。雖戎閫正資於謀帥，而武部尤急於需賢。勉圖厥難之勳，宜略好謙之牘。所辭宜不允。」

按：《宋史》本傳謂稼軒「試兵部侍郎，辭免」，此所載乃辭免不允詔。依宋制，須三辭而後方可（《辛稼軒年譜》謂「再辭而後得請」，不確），而稼軒所上辭免之表，朝廷其餘兩次答詔皆已無考，僅存此不允之一篇詔旨也。

又叙復朝議大夫。

《育德堂外制集》卷一《辛棄疾叙朝議大夫制》：「侍從之臣，朕所望以汲引人物，共濟事功。然人之難知，或至於失舉，而其心可察也。具官某，材高一世，名在累朝。方乍去於論思，固尚深於簡注。乃以微累，未復前階。甄滌之常，朕亦何吝？爾其勉思報國，益務進賢。毋懲創於一人，而自沮其推轂之志，斯朕之所以望爾者，尚念之哉！」

按：《辛稼軒年譜》在此制之下作按語云：「《蔡集》此制列置《項安世落直龍圖閣制》詞之前。今查《宋會要·職官》七四之二五，繫項氏落直龍圖閣事於七月二十二日，然則稼軒之叙復朝議大夫至晚亦當在同一月日也。」此論亦難言確鑿。查此制之前有《趙淳江淮制置使制》，而趙淳爲殿前副都指揮使兼江淮制置使在開禧三年九月辛卯，見《宋史》卷三八《寧宗紀》二。其後亦有《王枏授朝奉郎制》，而據同書所載，遣王枏持書赴金都元帥府議和亦在九月辛丑，則稼軒叙復朝議大夫之準確月日已不可考，不能僅據項安世落直龍圖閣之日期而確定必在七月之前。然其再復原官雖無法確定月日，却必在其居行在奉朝請期間，當可確定無疑，或距其復朝請大夫亦爲時不甚遠也。

秋七月，自行在歸鉛山。

稼軒《慶雲橋》詩：「草梢出水已無多，村落瀰漫奈雨何。水底有橋橋有月，只今平地怕風波。（其一）斷崖老樹互撑拄，白水緑畦相灌輸。焉得溪南一丘壑，放船畫作歸來圖。（其二）」

按：稼軒知江陵府之命應在宇文紹節改除知江陵府之稍前，或爲本年三月事。既至行在進見而除兵部侍郎，則其受命知江陵，實未到任。在《慶雲橋》詩之前有《江郎山和韻》詩（慶雲橋及江郎山皆在衢州江山縣），應即赴召時作。既到行在，復奉朝請而不得歸，至是年夏，稼軒不復主管在京宮觀，當可獲得歸返家鄉之自由。《慶雲橋》詩，或即歸途中經江山時所作。蓋前一詩有「草梢」句，疑寫水災。《兩朝綱目備要》卷一〇：「開禧三年秋七月乙酉，下罪己詔，以大水及飛蝗爲災也。」後一詩又有「歸來圖」語，可以爲證也。

途經江山縣景星山，有題名。

《明一統名勝志·衢州府志勝》卷一〇《江山縣》：「景星山高四十五丈，與騎石山相望。初名突星，紹興間改今名。山之西有煙蘿洞，可容二十人，怪石奇崛，其色紺碧。舊傳有煙蘿子隱此。宋汪大猷、辛棄疾皆有題名。」

〔同治〕《江山縣志》卷一：「煙蘿洞，……石下有泉一泓，深不可測。趙抃、蘇舜元、汪大猷、辛棄疾留題，刻石至今尚存。趙抃題名尚可辨，題云：『慶曆五年孟冬十八日，趙閱道、同宗□叔，及郎誠之謁此洞。』」

按：據江山縣人考察，煙蘿洞有兩宋留題七，除趙抃所題稍可摩挲外，包括稼軒題名在內，俱已無法辨識。〔同治〕《江山縣志》卷一二《拾遺》又載：「景星館，在江山縣南五十步，宋汪大猷、辛棄疾皆有留題。」又謂：「煙蘿洞舊有趙閱道、辛幼安刻石，今俱剥蝕，莫可考已。」稼軒所題，必在此次歸鉛山時也。

八月得疾。

稼軒有《洞仙歌·丁卯八月病中作》詞（賢愚相去閑），謂「羨安樂窩中泰和湯，更劇飲無過，半醺而已」，乃歸後家居所作，殆絶筆也。

九月，除樞密都承旨，疾速赴行在奏事。未受命，初十日午時卒。賜對衣金帶，守龍圖閣待制致仕，特贈四官。

《宋史》本傳：「進樞密都承旨，未受命而卒。賜對衣金帶，守龍圖閣待制致仕，特贈四官。」

《兩朝綱目備要》卷一〇：「開禧三年九月己卯，召辛棄疾。侂胄復有用兵意，遂除棄疾樞密院都承旨，疾速赴行在奏事。會棄疾病死，乃已。」

《育德堂外制集》卷三《辛棄疾待制致仕制》：「下賜環之詔，正切須材；慕垂車之榮，遽聞謝事。勉從忱悃，載錫寵章。具官某，藴識疏明，臨機果毅。功名自許，早已負於奇材；險阻備嘗，晚益堅於壯志。事我烈祖，逮於沖人。疇其外庸，登之法從。顧歸休之未久，曾眷注之不忘。念熟贊於邊籌，俾入承於密旨。胡然抱病，亟此乞身？即次對之舊班，疏文階之新渥。以崇體貌，以賁丘園。無競維人，方緬懷於故老；勿藥有喜，尚永介於壽祺。」

謝枋得《疊山集》卷七《祭辛稼軒先生墓記》：「稼軒垂殁，乃謂樞府曰：『侂胄豈能用稼軒以立功名者乎？稼軒豈肯依侂胄以求富貴者乎？』」

《宋兵部侍郎賜紫金魚袋稼軒公歷仕始末》：「開禧丁卯九月初十終於家。卒之日，家無餘財，僅遺生平詞、詩、奏議、雜著、書集而已。」

〔康熙〕《濟南府志》卷三五：「進樞密都承旨，臨卒，大呼：『殺賊，殺賊！』數聲而止。」

《鄉園憶舊録》卷四：「辛稼軒少名青兕，歷城人，居甸柳莊。宋孝宗時鋭意恢復，作《九議》上之，竟阻。病亟，大呼殺賊數聲而終，與宗澤三呼渡河者相似。」

按：《辛稼軒年譜》於稼軒病卒條書云：「進樞密都承旨，令疾速赴行在奏事。未受命，並上章陳乞致仕。九月初十日卒。特贈四官。」據《宋史》本傳，其申乞致仕，乃稼軒卒後事，《年譜》

謂其臨終前陳乞致仕，誤。洪邁《容齋隨筆》卷一〇《致仕之失》條載：「宣和以前，蓋未有既死而方乞致仕者。南渡之後，故實散亡，於是朝奉、武翼郎以上，不以内外高卑，率爲此舉。其最甚而無理者，雖宰相、輔臣考終於位，其家發哀即服，降旨聲鍾，給賻既已閲日，方且爲之告廷出命。綸書之中，不免有『親醫藥、介壽康』之語。如秦太師、万俟丞相、陳魯公、沈必先、王時亨、鄭仲益是已。其在外者，非易簀屬纊，不復有請，間千百人中有一二焉。」蓋承習既久，已爲慣例，故不得以爲臨終前已申乞致仕之事也。

又按：《年譜》於稼軒臨終大呼殺賊事亦作按語，謂「《濟南府志》云云，未知所本。既不能確證其事之有無，姑存其説於此」。查清康熙時，《稼軒集》尚未佚失，故《府志》所載，乃綜合文集及當時所能見到之記載，而有此記述。此外，據《備要》所載，召稼軒爲己卯，即九月六日，據謝文，知樞密院促行官員已於十日抵達鉛山，可知其事之疾速，殆真欲付稼軒以兵事也。

《餘干里溪辛氏宗譜》之《自稼軒公派下世系五世相因之圖》載：「殁於開禧丁卯年九月初十日午時。……當事憚其骨鯁，起復難並，譖以辛字似帝，改辛未兹，遂致殞館，時開禧丁卯年九月初十日，暴薨於瓢泉秋水院。」

按：此記載又見於《辛墩辛氏宗譜》。謂稼軒殁於九月十日午時，不見他書記載，應可從。然謂其暴薨，且謂其爲宋廷所譖而致，則恐無其事。蓋開禧三年十一月韓侂胄被殺之前，稼軒雖與韓黨多有齟齬，然其時形勢動蕩，如何處理北伐敗局，實爲重要課題，從侂胄敗亡前以稼軒爲樞密都承旨一事可知，韓黨尚欲倚重稼軒，以挽狂瀾於既倒，安得有所謂譖辛似帝之誣？類似此事，於有宋一代對待士大夫之態度亦大相徑庭，故其説應即後人無知而僞爲者也。

葬鉛山縣南十五里陽原山中。

《宋兵部侍郎賜紫金魚袋稼軒公歷仕始末》：「紹定庚午贈少保、光禄大夫，謚忠敏。奉敕葬鉛山鵝湖鄉洋源，立神道碑於官路，勒墓碑門石。」

陸友仁《研北雜志》卷下：「辛幼安墓，在鉛山州南十五里陽原山中。」

王惲《秋澗集》卷三一《過稼軒先生墓》詩，題下自注：「在鉛山州南十里陽原山中。廿七年歸自福唐作。」

《菱湖譜》之《濟南派下支分期思世系》：「公與范碩人俱葬本里鵝湖鄉洋源，立庵名圓通。」

〔嘉靖〕《鉛山縣志》卷八：「辛稼軒先生墓，在七都。宋紹定間贈光禄大夫，敕葬於此，有墓碑，舊有金字牌立於驛路旁，曰稼軒先生辛公神道。」

〔同治〕《鉛山縣志》卷三〇《塋墓》：「辛忠敏棄疾墓，在七都虎頭門，宋紹定間贈光禄大夫，敕葬於此，舊有金字碑立驛路旁，曰稼軒先生神道。」

按：稼軒墓在陽原山，明代屬鵝湖鄉七都。今在陳家寨西南六里。〔同治〕《志》所謂虎頭門，今稱鼓樓門，舊懸虎頭牌，故又稱虎頭門，今在墓東北四里。

又按：稼軒墓今存。惟此墓認定，在上世紀八十年代初，並未經考古發掘證實。蓋當時墓地標志全無，僅據鄉民口頭流傳，謂墓在其地耳。《餘干里溪辛氏宗譜》之《自稼軒公派下世系五世相因之圖》載：「理宗朝褒封光禄大夫，兵部少保，謚忠敏。敕葬於鉛之七都圓通庵。驛路旁豎有金字碑，曰稼軒先生辛公神道。紹定庚午招魂葬公於龍湖塘，有石碑敕制。大元朝克取江西地，坊被胡兒毀碎。」

按：紹定無庚午，稼軒葬於龍湖塘，亦未見他書記載，姑存此説，以待後考。

時人之哀詩、祭文，今僅存陸游、項安世、韓淲三人之作。

陸游《劍南詩稿》卷八〇《寄趙昌甫》詩：「小兒得禄在傍邑，我貧初辦一鹿車。過門剥啄亦奇事，拜起幸未須人扶。君看幼安氣如虎，一病遽已歸荒墟。吾曹雖健固難恃，相覓寧待折簡呼。」

項安世《平庵悔稿》卷四《答杜仲高來書哭兄伯高及辛待制且言杜氏至仲高始預薦榜》詩：「康廬之子蠡之皋，太息書生杜仲高。待制功名千古傑，賢良文字萬夫豪。淚痕頻向西風滴，場屋新餘寒更祝勤自愛，時寄新詩來起予。」

隨舉子曹。且爲門闌闢青紫，輌親威父一生勞。」

劉克莊《後村先生大全集》卷一八〇《詩話續集》：「項平庵《祭辛幼安文》云：『人之生也，能致天下之憎；則其死也，必享天下之名。豈天之所生，必死而後美？蓋人之所憎，必死而後正。嗚呼哀哉！死者人之所惡，公乃以此而爲榮；予者公之所愛，必當與我而皆行。苟旦暮而相從，固予心之所愛；尚眠食以偷生，恨公行之不待！』自昔哀詞，未有悲於此者。」

韓淲《澗泉日記》：「老覺賓朋日日稀，故家言語轉依違。百年以往自興廢，千古其間誰是非。江左風流徒可想，山東豪傑竟何歸？勾吴於越連閩嶠，瘴雨蠻煙百鳥飛。」

按：此條《四庫》本《澗泉日記》未收，《永樂大典》卷一二〇一七引《澗泉日記》佚文有此。據「山東豪傑」句，知爲悼念稼軒所賦。蓋以避時忌，未能收入集中也。

是年十一月，史彌遠謀殺韓侂胄，政局爲之一變。

《宋史》卷三八《寧宗紀》二：「開禧三年十一月甲戌，詔韓侂胄輕啓兵端，罷平章軍國事。陳自强阿附充位，罷右丞相。乙亥，禮部侍郎史彌遠等以密旨，命權主管殿前司公事夏震誅韓侂胄於玉津園。」

嘉定元年　戊辰（一二〇八）

稼軒卒後一年。

三月，攝給事中倪思劾稼軒迎合開邊，請追削爵秩，奪從官恤典。

魏了翁《鶴山集》卷八五《顯謨閣學士特賜光禄大夫倪公墓志銘》：「公諱思，正甫字也。湖州歸安縣人，湖今爲安吉。……擢乾道二年進士第。授遂安軍節度掌書記。丁少師憂，再調筠州軍事判官。明謹據正，不爲苟從。辨廬陵寃獄，爲刑獄使者辛棄疾所知，自後旁郡疑獄，率從公決。淳熙五年中博學宏詞科，七年除國子正。……侂胄誅，召爲兵部尚書兼侍讀。入見便殿，請遵用故事，命東宫參決政事，以杜權臣之專。不時宣引宰執，及别創直廬，令詞臣候對，以備批旨。論大臣以容受直言，飭朝列以砥礪名節。嘉定元年，兼修國史兼實録院修撰，同知貢舉。三月，給事中許奕使虜，公暫攝其事。内侍李樞、符澄、李益、徐考叔久竄得歸，公執不行。蓋是時斥官寺之黨韓者。甘昺再圖知省，而懼不獲使，其子宗茂首以四璫嘗外庭，聞公之風而寢。公又言辛棄疾迎合開邊，請追削爵秩，奪從官恤典。陳自强罪侔侂胄，不可異罰。乞用丁謂、王黼故事遠竄，簿録其家。」

按：《辛稼軒年譜》在引此條後有按語云：「倪思彈章今失傳。辛啓泰編《稼軒年譜》開禧二年下有云：『先生因韓侂胄將用兵，值其生日作詞壽之云：如今塞北，傳得真消息：赤地人間無一粒，更五單于争立。熊羆百萬堂堂，維師尚父鷹揚。看取黄金假鉞，歸來異姓真王。假鉞、真王皆曹操司馬昭秉政時事。先生卒後爲倪正甫所論，盡奪遺恩，即指此詞。』未知其所本爲何。但查倪氏於韓侂胄當權時，依違於附韓、反韓者之間，模稜兩可。《慶元黨禁》載其知貢舉時與劉德秀等逢迎韓意，奏論文弊，上言『僞學之魁以匹夫竊人主之柄，鼓動天下，故文風未能丕變，乞將語録之類，並行除毁』。是科取士，稍涉義理，悉見黜落。及侂胄殂滅，乃復反顔相擊，曾對彼深加賞識畀倚如稼軒者，亦復遭其捃摭，則無論於彈章中藉口何者，其事均無足深論。在倪氏論列之後，是否果從其請，《墓志》中未曾言及，但據下列辨謗一事測之，蓋已悉如所請矣。」所論甚確。

又按：倪思所請「追削爵秩，奪從官恤典」者，爵，應即開禧二年所封歷城縣開國男。秩，稼軒開禧三年再叙復朝議大夫。臨終前除樞密都承旨，同時是否轉官，無考。惟《有宋南雄太守朝奉辛公壙志》載「祖棄疾，故任中奉大夫、龍圖閣待制」。知其卒後乃因致仕恩轉中奉大夫（依制，中奉大夫之下中散大夫不轉）。王明清《揮麈録》卷二載：「國朝，百官致仕，庶僚守本官，以合遷一官回授任子。侍從仍轉一官。」即侍從官致仕，除任子一名外，仍遷一官。又載：「舊制，如侍從致仕轉官，遺表贈四官，皆自合遷官上加之。」洪邁《容齋隨筆》卷一四《贈典輕重》條亦載：「元豐以後，待制以上皆有四官之贈，後遂以爲常典。而致仕又遷一秩。」周麟之《海陵集》卷二〇有《蕭振上遺表特贈四官制》，周必大《益國文忠公集》卷九四亦有《劉觀上遺表特贈四官制》。稼軒之遺表恩自中奉大夫特贈四官，則越中大夫、太中大夫、通議大夫，贈至通奉大夫。此即《宋兵部侍郎賜紫金魚袋稼軒公歷仕始末》所謂樞密都承旨，官通奉大夫。《菱湖譜》之《濟南派下支分期思世系》亦謂稼軒「官止通奉大夫」。而經倪思彈劾後，所謂奪稼軒從官恤典者，當即此四官也。《稼軒公歷仕始末》謂稼軒「官通奉大夫，贈光禄大夫」，光禄大夫之贈當誤。

嘉定十一年　戊寅（一二一八）

稼軒卒後十一年。

稼軒子在趙方幕下，受其恩報。

劉一清《錢塘遺事》卷三《趙方威名》條：「後辛死，其子遇趙作荆湖制置，適在幕下。僉屬謂趙以乃父曩疇之故，賜以提挈，不料待之反嚴，無時程督，幾不能堪，至與其母對泣。幸三年官滿，辭趙告歸，趙曰：『且可留一日。』即開宴，請其母夫人同來。尊前與其母子曰：『某三年非待令嗣之薄，吾受先公厚恩，正恐其恃此不留心職業，故爾。今已爲經營到諸監司舉紙七狀皆足，並發放在省部訖，自即當奉少費，請直去改官。』辛母子方感謝無涯。大賢之陶鑄後進、報稱舊恩如此夫。」

按：此條記事亦不知源自何書。惟書中所載皆合史實，當必有其事也。《宋史》卷四〇三《趙方傳》載，嘉定間，趙方自湖北運判知鄂州升直焕章閣兼權江陵府。後進秘閣修撰知江陵府，主管湖北安撫司事兼權荆湖制司。然後權工部侍郎寶謨閣待制、京湖制置使兼知江陵府。查《宋會要輯稿·職官》七五之九、七五之一一，皆載嘉定八年九月、九年五月知江陵府趙方言事。而《宋史》卷四〇《寧宗紀》四則載嘉定十年四月金人犯邊，詔京湖制置使趙方措置調遣事。因知趙方爲荆湖制置乃實有其事，即應在嘉定九年。至十年則進京湖制置使兼知襄陽府矣。蓋制置司初置，治所在江陵，故以荆湖爲名，迨移司襄陽，則以京湖爲名矣。因知稼軒之子在趙方幕下，當自嘉定九年爲始，三年任滿，則爲嘉定十一年，故次其事於此。此稼軒之子未言其名，亦不知爲第幾子，稼軒去世十一年之後，其妻尚在，此必其三娶之夫人林氏也。稼軒第八子辛褎生於開禧元年，與其第五子穰、六子穟、七子秸或均爲林氏所生，稼軒第五子辛穰、第六子辛穟，據《菱湖辛氏族譜》所載，均官至承務郎，宋制，無出身選人改京官承務郎。嘗仕於荆湖制置司者，殆此二子，然不知確爲何人也。

嘉定某年

稼軒卒後若干年。

稼軒第五子辛穰作書，請父執之友代爲辨謗。

李劉《梅亭四六標準》卷三八《代回辛宣教穰辨謗啓》：「惠以朋箋，申之儷語。辯先正之謗，勁氣凛然；叙通家之情，高懷厚甚。恭惟某官，象賢濟美，燕譽蜚英。李師中之讀書，不難擢第；王文正之有子，猶未沾恩。是非以久而明，公侯必復其始。一生一死，詎敢爲翟公之交？三浴三熏，所望聽韓子之説。某緬懷契闊，倍有盡傷。吾言之聽者誰與？法當小待；子歸而求有餘也，願益自强。」

按：《辛稼軒年譜》對此有考證云：「《辨謗文》作於何年，所辨之謗何所指，俱無可考，頗疑其即針對倪思之彈章而發。《四六標準》中多代何異酬答之文。此文雖未注明代誰人作，惟據『叙通家之情』及『一生一死，詎敢爲翟公之交』等語，知必爲稼軒在世時友人。何異年八十一方卒，爲稼軒朋輩中享壽最高者，嘉定五年壬申尚爲《容齋隨筆》作序文，同年四月中澣又作《桂隱堂記》（見《永樂大典》卷七二三九堂字韻十七葉引），知其卒至早當在嘉定五年之後。因疑梅亭此文亦代何氏作者。兹姑附次倪氏劾案之後以竢詳考。」查《四六標準》同卷載此啓之前篇即《代回孫秘校暄》，題下自注：「蓋代月湖。」月湖道人即稼軒之友何異之號。故鄧廣銘先生疑此文代何異作。然《四六標準》一書中實無其他任何可資參據之處，可以支持此論，因之此辛稼《辨謗啓》作於何年，寫致何人，均無可考知（惟宣教郎高承務郎三階，此必辛稼改官若干年之後事也）。

宋理宗趙昀紹定三年　庚寅（一二三〇）

稼軒卒後二十三年。

鉛山縣令章謙亨作西湖羣賢堂成，祀鄉賢十六人，稼軒即其中之一人。

陳文蔚《克齋集》卷一〇《鉛山西湖羣賢堂記》：「苕溪章侯，來宰鉛山，慈祥惻怛，寬大樂易。民之歸之如嬰兒之慕慈母，至家具其銜，焚香以祝之。然則侯之爲政可知矣。未幾，一新縣庠，植僵起仆，縮地費以養生員。……然侯之心，猶以爲是特故事之常，未足以償吾素，乃於西湖之傍，買屋一區，取是邑前後名賢之所經歷，邦人之有行義，寓客之爲時望者，不以爵秩崇卑，姓名顯晦，凡有善可書，莫不傳之，以著其始末，贊之以揚其德美，祠之以表其敬共。大者則取其講學之功，道統之繼，辨異端似是之非，發前聖未明之藴。扶人極，立世教，有功於萬世者。其次則志氣之激昂，風烈之峻拔，忠君孝父，捨生取義，有如秋霜烈日，足以激貪而起懦。其下則居官可紀，處鄉以義，厲金石不移之操，剖藩籬爾汝之私，以至履行之修飾，文章之典雅，足以傳世而行遠者，莫不取之。凡一十有六人。堂以羣賢扁之，倣錢塘湖上之意，然則是舉也，其於人心風俗豈小補哉？……侯既於講學，留意以正人心爲本，則風俗之變不難矣。邦人其朞月以俟。規畫既定，走書上饒，諉文蔚志其顛末。文蔚不敢以不文辭，遂爲之書。侯名謙亨，字牧叔。其先政貳卿，嘗歷言路，議論風采，有足尚者，宜侯克世其家云。紹定庚寅二月既望，潁川陳文蔚記。」

徐元杰《楳埜集》卷一一《稼軒辛公贊》：「公名棄疾，字幼安，其先濟南人。徙於邑之期思。靖康之難，朝請公累族衆，不克南渡，常誨先生無忘國讎。紹興末，虜渝盟，乃與郡豪耿京糾合義兵二十五萬，以圖克復。高宗勞師建康，亟入，條奏大計。上偉其忠，驟用之。會羣盜攻剽江右，先生毅然請行，衣繡，節制軍馬，期以一月盪平，果如其言。晚登禁從。所居有瓢泉、秋水。諫稿、詞集行於世。贊曰：摩空節氣，貫日忠誠。紳綏動色，草木知名。陽春白雪，世所共珍。秋水瓢泉，清哉斯人。」

按：《辛稼軒年譜》於此二條下有長考，語云：「右《傳贊》一首，《稼軒集抄存》收録於雜録文中，云輯自《播芳大全文粹》。今查《播芳大全文粹》並無此文。《文粹》爲魏齊賢、葉棻二人所編，書前有南徐許開序文，作年爲紹熙庚戌，書中所收録雖亦間有紹熙以後之作，可爲紹熙中尚未成書之證，然嘉泰、開禧間之作品則概未見收，更絶無紹定而後之作。《抄存》所注出處自必有誤。又，此《傳贊》今見《四庫》本《楳埜集》卷一一，同卷尚有《趙嘉遁傳贊》一首。《抄存》及〔同治〕《鉛山縣志》均謂爲鉛山縣令章謙亨作。今查〔乾隆〕《鉛山縣志》卷一一《藝文志》附存明費寀作《鉛山縣志後序》云：『予兄鵝湖先生初及第，讀中秘書，考求四方故事，間得鄉邑遺文，如《羣賢堂贊》出楳埜徐先生手作，所以記諸賢行實者甚詳，因録以示吾子弟。寀竊歎焉：夫楳埜鄉人也，羣賢堂鄉制也，記於鄉者弗能存而顧存之於秘籍，則夫秘籍弗及者於所遺亦已多矣。』又同書卷七《寓賢志》云：『陳文蔚，字才卿，上饒人。……門人徐元杰，字伯仁，號楳埜，上饒人，亦追隨鵝湖講學數年。章公立羣賢堂，請文蔚作記，元杰爲贊。』此均可證知《傳贊》確出楳埜之手，謂出章氏者亦誤也。」今查鉛山今存世最早之地方志（嘉靖）《鉛山縣志》卷七《宫室·羣賢堂》條具載徐楳埜所撰《羣賢堂贊》，所載《晦庵朱先生傳贊》以下十六人文字並全，可補今《四庫》本《楳埜集》之闕佚（《四庫》輯本僅有十一人《傳贊》）。

紹定六年　癸巳（一二三三）

稼軒卒後二十六年。

稼軒第三子辛秬被命潼川路提點刑獄公事。

《有宋南雄太守朝奉辛公壙志》：「紹定六年正月，賞循從事郎。適秘閣公有潼川憲節之命。」

《菱湖辛氏族譜》之《濟南派下支分期思世系》：「九三公，諱秬，字望農。官朝請大夫直秘閣，潼川提刑。」

洪咨夔《平齋集》卷二一《辛秬潼川府路提點刑獄趙希濬夔州路提點刑獄張起艮成都路提點刑獄制》：「敕，……爾秬，世傳威望，身佩材名。直指夔巫，奸宄屏息。其進以典東川之獄。……在《易》，《賁》，無所敢折獄。《豐》，折獄致刑。《噬嗑》，明罰敕法皆有。《離》象，取其外剛而内明也。然無欲者必剛，無私者必明，爾等果能以明用剛，則數道之間，吏之不良，民之無告，悉瞭乎目擊矣。欽哉，毋謂君門萬里之遠。可。」

是年，稼軒或有贈官之事。

《宋史》本傳：「紹定六年，贈光禄大夫。」

按：據《宋史》卷四一《理宗紀》一，紹定六年十月乙未，史彌遠卒。十一月戊辰，禮部郎中洪咨夔進對，言今日急務在進君子退小人。帝是之，乃命爲監察御史。稼軒於史彌遠專擅期間，未嘗得以甄别冤抑。謝枋得所謂「嘉定名臣，無一人議公者，非腐儒則詞臣也」（《疊山集》卷七《祭辛稼軒先生墓記》），亦形勢使然。疑涉及稼軒贈官之事，即在史彌遠冰山倒塌之後，由禮部郎中洪咨夔所奏請者。然《有宋南雄太守朝奉辛公壙志》僅謂：「祖棄疾，故任中奉大夫，龍圖閣待制，累贈正議大夫。」稼軒孫辛鞬卒於咸淳八年七月，其父子在稼軒諸子孫仕宦中爲最顯著者，於理宗、度宗時曾任諸路憲漕、守臣，遇明堂大禮自有恩澤爲其父祖增秩，故稼軒雖經彈劾，降至本官階，然其後亦漸復官，至其孫辛鞬在世期間，累贈至南渡階官第八階正議大夫。咸淳八年上距紹定六年已近四十年，倘紹定六年稼軒即已贈至階官第五階光禄大夫，不應咸淳八年猶爲正議大夫。因知《宋史》本傳此條記事斷不可信。若必謂此年有贈官之事，按照常理，稼軒最高亦僅能復其所贈之通奉大夫而已，謂其是年贈光禄大夫，而地方志遂據書「宋紹定間贈光禄大夫，敕葬於此，有墓碑，舊有金字牌立於驛路旁，曰稼軒先生辛公神道」云云，皆不足信據也。

端平元年　甲午(一二三四)

稼軒卒後二十七年。

稼軒婿范炎召赴都堂審察,稱疾不赴。

《平齋集》卷一九《范炎辭免赴都堂審察特轉承議郎與宫觀制》:「敕,具官某,高帝有尊顯賢士之詔,而魯兩生不至。朕收攬衆正如茅斯拔。爾顧安貧樂天,不屑弓旌之詔,《易》所謂履道坦坦,幽人正吉,非耶? 進秩賦祠,姑遂雅志。病愈造朝,尚其有待。可。」

《後村先生大全集》卷一一有詩,題爲:「友人先輩李丑父嘗以夷成詩二帙示余,莫知其爲何人所作,心甚愛之。……因用其韻爲謝。」詩後有自注:「端平初元,召審八士,余預焉。惟張洽、趙端頤、范炎三君子力辭不至。」

按:端平元年,理宗親政,召八士都堂審察,稼軒婿范炎稱疾不至。

端平三年　丙申(一二三六)

稼軒卒後二十九年。

是年冬,蒙古軍攻入西川,辛秠以按部得免。

《歷代名臣奏議》卷三三九《禦邊·吴昌裔準御史臺牒輪當十二月一日視朝轉對有已見下項事須至奏聞者》之《貼黄》:「臣蜀人也,向在臺時,屢言蜀事,謂趙彦呐年老智窮,所當儲代,又於秋防一疏,論蜀必危,而朝堂廷臣之言,曾不留意。今聞虜騎徑破閬中,分爲兩隊,一沿江至順慶,一絶流指潼川。曹友聞以轉戰敗於芭蕉谷，劉孝全以食盡潰於雞翁隘，趙彦呐以羸卒退保劍門，今又之江油。楊恢以無兵禦閬寇，今已趨東關。辛稏以按部行，項容孫以新除去，潼、遂、順慶，皆無守臣。驚移之舟，邀截於虜，拚面赴江死者以數十萬計。此得於著作郎李心傳十月十七日成都書報如此。吁，蜀亡矣！」

《辛稼軒年譜》於此條下有按語：「據《續資治通鑑》，吴昌裔於理宗端平二年十二月與杜範、徐清叟並擢監察御史。又據《宋史·理宗紀》，端平三年九月壬午，曹友聞與元兵戰於大安軍陽平關，兵敗死之。知昌裔此奏必即在端平三年冬，其時辛稏尚在潼川提刑任也。」

淳祐二年　壬寅（一二四二）

稼軒卒後三十五年。

三月，辛稏卒，年六十二。

《有宋南雄太守朝奉辛公壙志》：「淳祐二年三月，以父憂解官。」

《菱湖辛氏族譜》之《濟南派下支分期思世系》：「淳祐壬寅年三月廿九日卒，葬北福寺。」

《楳埜集》卷一二《挽辛憲若五首》詩：「在昔我先翁，禮凰先正隆。潭潭帶湖府，凛凛玉溪風。夜韭觴籌裏，春花唱詠中。懷哉秋水去，世好孰如公？（其一）榮顯宜超躐，威聲憎外陲。邊疆多嶮歷，麾節兩朝推。范子甲兵有，張名草木知。急流緣底勇，路口峴山碑。（其二）十載居間學，瓢泉映潔清。陶潛黄菊趣，杜老白鷗盟。雲自無心出，春隨有腳行。知非古巴蜀，使指若爲情。（其三）旌廉優召節，丐佚得臨漳。静退家庭舊，清芬滋味長。病中知命見，力上掛冠章。了了遺言善，雖亡實不亡。（其四）眷義門牆舊，交遊手足如。方勤來妣賻，忍寫慰公書。繼世多先烈，諸郎總令譽。觀音山路黯，飛些重欷歔。（其五）」

按：《辛稼軒年譜》對此五詩有考，作按語云：「據此可知所挽者必爲稼軒之子。」（其一）「據此知所挽者持節之地爲古代巴蜀，正爲潼川府路，則必爲挽辛穮之詩無可疑也。」（其二）「據此可知穮之病卒蓋僅踰五十歲耳。」（其四）「據此知穮之子必多英俊者，則辛《譜》『四子皆官於朝』句必不誤也。」查鄧先生所考尚有不足及錯誤之處。今據新近發現之《菱湖辛氏族譜》及《有宋南雄太守朝奉辛公壙志》，可補充内容或糾正失誤者如：一、辛穮生於淳熙八年辛丑四月十四日，見於《濟南派下支分期思世系》，至淳祐二年卒，得年六十二歲。鄧按謂穮之病卒蓋僅踰五十歲，此推論不確。二、詩中稱辛穮「邊疆多嶮歷，麾節兩朝推」，又謂「急流緣底勇，路口峴山碑」（峴山在襄陽），查《壙志》，有「寶慶元年二月，以父任京西憲漕，該理宗皇帝登極恩，補將仕郎」之記載，寧宗於嘉定十七年閏八月病逝，理宗即位，明年改元寶慶。據「兩朝」語，知辛穮之任京西路提刑兼轉運判官，必在寧宗朝。理宗即位時，正在任内。此舊譜所不知者。三、《菱湖辛氏族譜》謂辛穮葬北福寺，其地名不可考。據詩中「觀音山路黯」語，則或在紫溪坑口村下源塢之觀音山。

寶祐六年戊午、開慶元年　己未間（一二五八、一二五九）

稼軒卒後五十一年、五十二年。

文壇領袖劉克莊應辛穮父子之屬，爲序《辛稼軒集》。

《後村先生大全集》卷九八《辛稼軒集序》：「建炎省方畫淮而守者，百三十餘年矣。其間北方驍勇，自拔而歸，如李侯顯忠、魏侯勝，士大夫如王公仲衡、辛公幼安，皆著節本朝，爲名卿將。辛公文墨議論，尤英偉磊落。……烏虖，以孝皇之神武，及公盛壯之時，行其説而盡其才，縱未封狼居胥，豈遂置中原於度外哉？機會一差，至於開禧，則向之文武名臣欲盡，而公亦老矣。余讀其書而深悲焉。世之知公者，誦其詩詞而已。前輩謂有井水處，皆唱柳詞。余謂耆卿直留連光景，歌詠太平爾。公所作大聲鞺鞳，小聲鏗鍧，横絶六合，掃空萬古，自有蒼生以來所無。其穠纖綿密者，亦不在小晏、秦郎之下，余幼皆成誦。公嗣子故京西憲穮，欲以序見屬，未遣書而卒。其子肅，具言先志。恨余衰憊，不能發斯文之光焰，而姑述其梗概如此。」

按：據「建炎省方畫淮而守者，百三十餘年」一語，自宋南渡立國之建炎元年，下推一百三十年，應爲寶祐五年。知右序之作，當在寶祐五年之後一二三年間。《稼軒集》之編，當於稼軒三子辛穮晚年賦閑期間。序之請，始由辛穮，繼由辛肅而成。前此稼軒詞集、奏議皆行於世，至此始合爲一集而刊行矣。

度宗趙禥咸淳七年　辛未（一二七一）

稼軒卒後六十四年。

謝枋得與同志十六人及稼軒曾孫辛徽會於金相寺，夜宿墳庵祠堂，有疾聲大呼。枋得夜作祭墓記，文成聲息。

《宋史》本傳：「咸淳間，史館校勘謝枋得過棄疾墓旁僧舍，有疾聲大呼於堂上，若鳴其不平，自昏暮至三鼓不絕聲。枋得秉燭作文，旦且祭之，文成而聲始息。」

《疊山集》卷七《同會辛稼軒先生祠堂記》：「唐虞五臣皆有帝王之才，三國英雄僅了將相之事。器不大不能以運天下。余談稼軒久，知其人。與同志會於金相寺，過其庵，可以想見夫器之大。夜宿祠堂前。公平日爲官但以隻雞斗酒爲膳，吾明日奠以隻雞斗酒。唐人謂『武侯祠堂不可忘』，悲其定中原，興漢室，有志而不遂也。天地間好功名必待真男子，儘多器大者得之。吾黨必有成稼軒之志者，毋忘此會。同志者：闕大猷子遠、應君實伯誠、虞公著壽翁、南方應得人、王濟仲、胡子敏雲晁、藍國舉、張海潛、顏子宗、吴志道、袁太初、林道安、周人傑淑貞、吴仁壽、李仁權、趙平民。外有稼軒之孫辛徽慶美如會。咸淳七年十月二十三日記。」

同書卷二《祭辛稼軒先生墓記》：「稼軒字幼安，名棄疾，列侍清班，久歷中外。五十年間，身事四朝，僅得老從官號名。稼軒垂殁，乃謂樞府曰：『侂胄豈能用稼軒以立功名者乎？稼軒豈肯依侂胄以求富貴者乎？』自甲子至丁卯，而立朝署四年，官不爲邊閫，手不掌兵權，耳不聞邊議。後之誣公以片言隻字而文致其罪，孰非天乎？嘉定名臣無一人議公者，非腐儒則詞也。公論不明則人極不立，人極不立則天之心無所寄，世道如之何？枋得先伯父嘗登公之門，生五歲，聞公之遺風盛烈而嘉焉。年十六歲，先人以稼軒奏議教之，曰：『西漢人物也。』讀其書，知其人，欣然其執節之想。乃今始與同志升公之堂，瞻公之像，見公之曾孫多英傑不凡，固知天地於忠義有報矣。爲信陵置守冢者，慕其能共人也。祭田横墓而歎者，感其義高能得士也。謁武侯祠堂至不可忘，思其有志定中原而願不遂也。有疾聲大呼於祠堂者，如人鳴其不平，自昏暮至三更不絶聲，近吾寢室愈悲，一寺數十人，驚以爲神。公有英雄之才，忠義之心，剛大之氣，所學皆聖賢之富，朱文公所敬愛，每以『股肱王室，經綸天下』奇之，自負欲作何如人？昔公遇仙，以公真相乃青兕也。公以詞名天下。公初卜，得離卦，乃南方丙丁火，以鎮南也。後之誣公者，欺天亦甚哉！」（以下略）

按：《宋史》卷四二五《謝枋得傳》載：「景定五年，彗星出東方，枋得考試建康，擿似道政事爲問目，言兵必至，國必亡。漕使陸景思銜之，上其稿於似道，坐居鄉不法，起兵時冒破科降錢，且訕謗。追兩官，謫居興國軍。咸淳三年赦，放歸。」謝枋得以江東漕試問目得罪賈似道，文見本譜乾道八年。其咸淳間，始終家居弋陽，故能集會同志，訪稼軒於金相寺。查金相寺在五堡洲西，與秋水觀隔紫溪相望。而謝文中之祠堂，當指稼軒墓祠圓通庵。所謂「會於金相寺，過其庵」，可以考見也。

咸淳八年　壬申（一二七二）

稼軒卒後六十五年。

七月，稼軒孫辛鞬卒。

《有宋南雄太守朝奉辛公壙志》：「先君生於嘉定己巳四月二十三日，……咸淳八年七月，卒於正寢。」

宋恭帝趙㬎德祐元年　乙亥（一二七五）

稼軒卒後六十八年。

謝枋得請於朝，贈稼軒少師，謚忠敏。

《宋史》本傳：「德祐初，枋得請於朝，加贈少師，謚忠敏。」

按：《稼軒公歷仕始末》謂「紹定庚午贈少保、光禄大夫，謚忠敏」，然理宗紹定共六年，其間無庚午。咸淳六年雖爲庚午，然是年謝枋得待罪家居弋陽，無緣爲稼軒申乞易名諸事。而德祐元年，朝廷以史館校勘召謝枋得，繼除校書郎兼權司封郎官。謝枋得曾於《祭辛稼軒墓記》中言及：「枋得倘見君父，當披肝瀝膽，以雪公之冤，復官，還職，恤典，易名，録後，改正文傳，立墓道碑，皆仁厚之朝所易行者。」至此，始得奏請於朝，遂有贈典及易名之事。因知《歷仕始末》所記紹定庚午事，當必有誤。且《歷仕始末》其後所記「奉敕葬鉛山鵝湖鄉洋源，立神道於官路，勒墓碑門石」，亦非如各本《鉛山縣志》所載，爲紹定之時事。因謝枋得曾於咸淳間親至稼軒墓庵祭拜，當時若已有墓碑立於神道，焉能於文中再提及立墓道碑？故立墓道碑諸事仍應在德祐初無疑，而稼軒光禄大夫之贈，疑亦在德祐初也。

四、稼軒先生後裔

稼軒共九子，《菱湖辛氏族譜》之《隴西派下支分濟南之圖》：「生子九：稹、秬、穮、穮、穰、穟、秸、褎、穮。女二，長䅉，幼穟。」穮早卒，《族譜》以爲第九子，誤，詳考見本《年譜》及有關詩詞箋注。以下稼軒後裔，先據書辛啓泰《稼軒先生年譜》，後據書《菱湖辛氏族譜》之《濟南派下支分期思世系》。有所增訂則附次於後。

辛啓泰於《年譜後記》有云：「啓泰幼讀《宋史》，至公本傳，輒慨然太息，想見其爲人。歲乙未，遊學白鹿洞書院，同舍詹君春芳，鉛山人也，從之問公後裔，則云『某少時見辛氏一人，持畫像求售』而已。詹時年已四十許也。既辛紹業從鉛山得公手輯《濟南辛氏譜》及《鉛山辛氏譜》，且言：『公墓旁近地，今爲他姓侵逼，至爲可傷。』按《鉛山譜》，公九子，稹、秬、穮、穮、穰、穟、秸、褎、穮。穮早殤，其八子名皆從禾，蓋即名軒之意焉。（以下皆見後譜）……嗟乎，自公至今，五六百年，後裔衰息式微，至不能守墳墓。生平著作又不盡存，其存者如奏議等篇，謝疊山所謂『西漢人物也』。而《十論》人猶疑爲臨川黄兑悦道作。公之孤忠大節，始終如一，顧亭林乃有『廉頗思用趙人』之議。其有以害理滅義、荒陋無稽之書，妄託公名，真贋是非混焉。顛倒如此，不誠深可慨哉！爰不自揆，爲編《年譜》，其採摭以《宋史》及《綱鑑補》、《宋元史略》爲主，以近所鈔公集及各家集爲附。世系從《濟南譜》，生卒年月日時從《鉛山譜》。或者以二譜爲疑，然公大父名與《進士論札子》所稱合，詩中有《哭𠍐十五章》，可徵已。」

（一）稹

辛啓泰《稼軒年譜》：「稹，無子。」

《菱湖辛氏族譜》之《濟南派下支分期思世系》：「九一公，諱稹，字兆祥，避難居興安之姚鋪，得其山曰𡌿坊，遂就居焉。生子三：奇、章、童。生女一，贅豐城縣進士李邇，後爲白玕李氏祖母。」

按：辛稹所遷之興安姚鋪，據（同治）《興安縣志》卷二，在興安縣西十里招賢鄉。另據《世系》記載，稹三子俱遷居他地，其中辛奇遷南昌石亭，辛章遷𡌿尾嶺，辛童遷永湖渡。《族譜》載萬曆二年十六世孫梅鼎子實之《𡌿墩族譜後序》，有「尾嶺、永湖、清平、南昌各地，雖出自稼軒公後，乃元子稹公之苗裔」諸語，知辛《譜》誤。奇有一子名端，《世系》未言其後。

（二）秬

《稼軒年譜》：「秬，任崇仁尉，撫浮興伍俱之子爲嗣，傳八世止。」

《濟南派下支分期思世系》：「九二公，諱秬，字廣潤，任撫州崇仁縣尉。避難下至臨川之廣東鄉七節橋九株松下，後見神山之勝概，有取曰辛墩，子侄遂定居焉。宋紹興己卯年生，室熊氏，司馬温公之女孫。生女一，適趙若璜。繼立浮興伍之子，名立中，行十一。公再室李氏孺人。公葬何家樓，李氏孺人葬東山窠。生子四：三七、三八、三九、四十。」

同治《崇仁縣志》卷六之一《職官志·縣尉》：「辛秬、楊大智，以上均寶祐年間任。」

按：七節橋之辛墩神山，今在江西東鄉縣小璜鎮辛墩村。〔嘉靖〕《東鄉縣志》卷上：「崇德橋，俗名七節橋。宋景定甲子郡守家坤翁建石橋，上爲屋十三間，屋廢橋圮。」《菱湖辛氏族譜》卷首之稼軒十六世孫辛忠邦直《辛墩辛氏族譜序》載：「辛氏祖曰棄疾幼安者，别號稼軒，宋謚忠敏公也。來自山東濟南，志切澄清中原，掃除腥膻，挈還君父。不合權奸，遭讒危問，子孫易姓，避地散下。吾祖秬公，遷居古墩神山，仍加古於辛，易姓幸氏，尤恐後世而忘其本，故名其地曰辛峰里，凡冠婚喪祭，昭告祠堂，皆曰辛公嗣孫某某，令子孫世傳而知其所自也。迄今數百年，子孫日繁，宗族無恙，皆祖宗忠貞之靈、蒼穹降祥之兆也。」辛秬之八世孫受一，於元至正六年遷居臨川菱湖，是爲菱湖辛村之初祖。辛鼎梅之《辛墩族譜後序》稱：「自辛墩地秬公支而遷者，則首舉石嘴嶺、上金溪、斗橋、石塘、湧橋、霞溪橋、南源、東山、冷井、菱湖、遊村、杭橋、石港、陳坊、汶田、古染、艾橋等處。」今撫州各縣之辛氏，皆辛秬之後裔，而又大都在明清兩代先後復其辛姓也。辛《譜》未言秬有子，已甚誤。

又按：明代〔弘治〕《撫州府志》並未載辛秬任崇仁縣尉，〔同治〕《崇仁縣志》顯係增補，以不詳年代，誤置於寶祐間。辛秬任縣尉，或應在稼軒去世後之嘉定間。

又按：此譜記辛秬諸孫事歷，則各有舛誤。如辛康，謂生於淳熙二年乙未，仕臨江府尹，辛細弼，謂嘉定間爲撫州路千户鎮府，謂辛光弼，淳熙十年癸卯生，元初任翰林編修，右文殿直修撰。淳熙間下距南宋滅亡近一百年，而臨江府尹、千户鎮府、翰林編修等官亦皆非宋官，可知此譜所記稼軒二子後裔之錯亂亦甚多。

（三）穮

《稼軒年譜》：「穮，官朝請大夫，直秘閣，潼州提刑。四子，皆官於朝。五世孫樂，遷福建崇安縣。又有從鉛山遷貴溪之瑶墟者，皆穮裔也。今亦不著。」

《濟南派下支分期思世系》：「九三公，諱穮，字望農，官朝請大夫，直秘閣潼州提刑，任正議大夫。淳熙辛丑年四月十四日巳時生，淳祐壬寅年三月廿九日卒，葬北福寺。

室熊氏，贈恭人。繼室范碩人女甥韓氏，生子四：　鞬、律、棣、肅。生女二：　長適朝散大夫趙汝愚，幼早卒。」

辛衍《有宋南雄太守朝奉辛公壙志》：　「先君諱鞬，字仲武，家世濟南辛氏。自稼軒公仗義渡江，寓居信州鉛山縣之期思，因居焉。……父秠，故任朝請大夫、直秘閣，贈中奉大夫。妣韓氏，贈令人。所生陳氏，封安人。」

按：　稼軒續娶范氏，爲范如山之女弟，如山有女四人，適修武郎韓居仁者，其次女也。見《漫塘集》卷三四《故公安范大夫及夫人張氏行述》。辛秠續娶韓氏，必如山之外孫女也。其女適趙汝愚，趙汝愚乃孝光寧三朝名臣，疑《譜》載其名有誤。

又按：　《譜》載：　「十八公，諱肅，字仲恭，仕止文林郎、廣東帳司。寶慶乙酉年生，咸淳戊辰年卒，葬軫源，立庵。室傅氏，生子二，光祖、榮祖。」秠之四子肅，即助其父編輯《稼軒集》者，名見《後村先生大全集》卷九八《辛稼軒集序》。

(四)穮

《稼軒年譜》：　「穮，仕至迪功郎，六世孫祐，登永樂丙戌林環榜進士，官河南監察御史，生二子，俱殤。」

《濟南派下支分期思世系》：　「九四公，稼軒公四子諱穮，字子尚，仕至迪功郎、潭州衢縣尉。卒葬洋源。室聶氏，生子一：健。」

按：稼軒有《第四子學春秋發憤不輟書以勉之》詩。

又按：《菱湖辛氏族譜》卷一《期思世系》：「丙十四公諱狄，字子申，改名祐。登永樂丙戌林環榜進士，任南京轉運，改河南監察御史，壽五十餘卒，葬八都爛田塢。……生子二，永良、永童。……公存日，無嗣，以河南蔣文寶繼，後瓢泉書院家財悉歸蔣氏。」

（五）穰

《稼軒年譜》：「穰，仕至承務郎，無子。」

《濟南派下支分期思世系》：「九五公，稼軒公五子諱穰，字康功，仕至承務郎。卒葬隱湖。室祝氏，生子一：肇。」

按：《辛稼軒年譜》：「《梅亭四六標準》有《回辛宣教穰啓》，有『象賢濟美，燕譽蜚英』等語，當亦賢而有才者也。」既書宣教郎，其官則不止承務郎而已也。

又按：據《譜》載，穰之子肇，生於嘉定十六年，早卒。而稼軒四子穮之子健，則生於開禧元年，二子生日相差十八年，疑辛秬、辛穮皆范氏所生，而五子辛穰以下，則爲稼軒三娶林氏出矣。辛《譜》謂穰無子，誤。

（六）穟

《稼軒年譜》：「穟，仕至承務郎，子庸，黄樸榜進士。子徽，官承德郎，無子。」

《濟南派下支分期思世系》：「九六公，稼軒公六子諱穟，字君實，仕遺澤至承務郎。壽七十三，葬紫溪暨家。歲因兵火，改葬里之胡墠。室黄氏，復室王氏，三室丁氏，生子一：庸。」

按：辛穟爲稼軒諸子中年壽最長者。其子庸，《譜》載：「十二公，諱庸，字仲登，己丑年生，黄樸榜上有名及第。仕至從仕郎、平江司户。殁葬旌孝鄉。室劉氏，生子一，徽。」又載：「百六公，諱徽，字慶美，仕承德郎，江西招幹。續陳乞祖澤，任通仕郎歸。後除餘姚教諭。室三衢魏中丞女孫，生子一，壽南。女二，長適趙必大，次適東陽傅。」謝枋得《同會辛稼軒先生祠堂記》：「外有稼軒之孫辛徽慶美如會，咸淳七年十月二十三日記。」《祭辛稼軒先生墓記》：「見公之曾孫多英傑不凡。」辛《譜》謂辛徽無子，誤。

（七）秸

《稼軒年譜》：「秸，生子早卒。」

《濟南派下支分期思世系》：「九七公，稼軒公七子諱秸，字賓夫，卒葬花園塢。室林氏，生子一：韋。」

按：《譜》載：「十四公，諱韋，早卒。」

（八）褒

《稼軒年譜》：「褒，無子。」

《濟南派下支分期思世系》：「九八公，稼軒公八子諱褒，字仲舉，乙丑年生。黄樸榜及第，仕至從仕郎、平江府司户。庚戌年卒，乙未年葬信州之毛村。生子一：逮。」

按：褒爲稼軒幼子，生於開禧元年乙丑，卒於淳祐十年庚戌，得年四十六。有一子逮，《譜》載：「十六公，諱逮，嘉定壬午年生，咸淳庚午年卒，葬隱湖。」未載其有子，然辛《譜》謂褒無子，亦誤。